记 MEMORY 忆

Lois McMaster Bujold

【美】洛伊斯·麦克马斯特·比约德 —————— 著

何锐 —————— 译

四川文艺出版社

献给

大特鲁迪

以及

小特鲁迪

（译者注：小特鲁迪是作者的妯娌，大特鲁迪是小特鲁迪的母亲。后者在本书出版前死于老年痴呆症——和本书中的一个关键情节存在共同之处）

目录

CONTENTS

第一章

迈尔斯清醒过来了，但眼睛还闭着。他似乎刚做了一场惊心动魄的梦，虽然梦的内容已含糊不清，正渐渐退却，但余波所及却仍然让他的大脑一片混乱。他在震撼中恐惧地以为自己又被人给杀死了（译者注：迈尔斯被人杀死过，但尸体被及时冷冻，后来又被救活了。详情参见《镜舞》），直到他的记忆和理性开始恢复，取代了那些支离破碎的感觉。

他开始用双眼之外的感官清查周围的状况。他处于零重力状态，短小的身躯四肢摊开，被绑在了一个平面上，包着一层薄薄的金属布料，感觉像是医用包布——在军队里这种事很常见。我受伤了？四肢似乎都在，而且都感觉正常。他身上还穿着衬在太空作战服里面的柔软的内衣，可作战服已经不在了。绑带绑得不紧。经过多重过滤后的又凉又干的空气有股复杂的气味，撩动着他的鼻子。他悄悄地挣脱出一只手臂，小心翼翼地不让包布发出声音，然后摸了摸自己的脸。脸上光光的。没有控制线，没有传感器——也没有鲜血——我的太空作战服、我的武器，还有我的指挥耳麦，它们都去哪儿了？

与以往的类似行动一样，这次营救行动一直都进展得很顺利。他和奎因上校带领他们的小队进入绑架者的飞船，找到了船上的囚室。他们炸开了房间，找到了被劫持的贝拉亚帝国安全部信使弗·伯格中尉。他还活着，只是被镇静剂弄得昏昏沉沉的。救护兵宣布，人质身上既没有机械的也没有化学的机关陷阱，然后他们开始沿着黑乎乎的走廊喜气洋洋地往守候在外面的登达立战机上撤退。

绑匪们正在别处忙得不可开交，根本没有试图袭击他们。哪儿出问题了？

他周围的响动很小：设备的哔哔声，空气循环时正常的“嗞嗞”声，人们的低语声。还有一声低低的、动物般的呻吟。迈尔斯舔了舔嘴唇，想确定那声音不是他自己发出来的。他大概没有受伤，可不远处有人情况不妙。空气中有一丝没过滤掉的抗菌剂的刺鼻气味。他把眼睛微微睁开，准备着一旦发现自己身陷敌手，就再装成昏迷不醒的样子，然后迅速考虑应对之策。

但他现在——正安全地，至少他这么希望——身处自己的登达立舰队的战机里，给人绑在靠近机身后部的一张折叠床上。周围一共有四张同样的折叠床。是应急医疗点。这里的景象很熟悉，只是他通常观察的视角和现在不同。蓝队的救护兵背朝着迈尔斯，正俯身在过道对面的床上忙碌。那边同样绑着一个人。迈尔斯没看到有尸体袋。*只有另外一名伤员。他想说，这很不错。只不过本来应该没有任何伤员。*

只有一名伤员。迈尔斯在自己心中纠正道。他的脑袋底部一阵阵剧烈的疼痛。但他并没有感到自己身上有等离子弧光枪的灼伤，也没有被神经干扰枪（译者注：作者虚构的一种致命武器。直接对人体神经系统造成损害，即使存活也会有严重后遗症）击中后的麻痹感更没有静脉输液管或是皮下注射器正在往他的身体里输送人造血液或是用来抗休克的西尼根因（译者注：作者虚构的一种多功能药剂，常用于抗休克或者治疗头晕、头疼）。他没觉得有服用止痛药后的那种如坠梦中的朦胧恍惚感，身上也没有会对轻微运动造成阻碍的弹力绷带。感官也都没有被阻塞。脑袋上这种痛感倒像是被击晕枪（译者注：作者虚构的一种非致命武器。直接命中头部会造成昏厥，击中其他部位会导致麻痹，但过后基本能完全恢复，无后遗症）命中后醒来时的感觉。*可我穿着战斗服，又怎么会被击晕枪打昏呢*（译者注：迈尔斯他们的新型战斗服可以抵御击晕枪攻击）？

那边的登达立救护兵还穿着战斗服，但头盔和手套都取下来了。他转过身来，看到迈尔斯的眼睛已经睁开。“您醒了，长官？我得通知奎因上校。”他飞快地俯下身子，盯着迈尔斯的脸，揿亮电筒在他的双眼上晃了晃。无疑他是在检查是否有异常的瞳孔反应。

“我……昏迷了多久？发生什么事了？”

“您发病了，也可能是惊厥。没有明显的诱因。用应急设备进行的毒素测试没有任何发现，不过那些基础测试太粗略了。等回到飞船上的医务舱以后，我们会给您做更彻底的检查。”

不是又死了一次。但这更糟糕。这应该又是上次留下的后遗症。噢，见鬼！我都做了什么？他们又看到了什么？

他倒宁愿——嗯，不。他不会宁愿自己吃了一记神经扰乱枪。但也差不多了。“多久？”迈尔斯重复了一遍问题。

“发病过程似乎持续了四到五分钟。”

从那个地方回到这里，花的肯定不止五分钟。“然后？”

“我恐怕你已经昏迷了半个小时左右，内史密斯将军（译者注：内史密斯是迈尔斯的中间名，来自他的母亲的家族。他在雇佣兵中以内史密斯将军之名活动。详见《战争学徒》）。”

他还从没有昏迷过这么久。到目前为止，这次发病是最严重的。他之前还祈望上次发作就是最后一次呢。自从那次短暂、无人目击的发作，到现在已经过去两个多月了。该死的，他之前还以为新疗法确实管用了呢。

他动了一下，想挣开保暖包带和铺位上的绑带，重获自由。

“请先别试着起来，长官。”

“我必须去听取汇报。”

救护兵小心地一只手按在他的胸膛上，把他推回到床面上。“奎因上校命令我，要是你试图起来，就给你用镇静剂，长官。”

迈尔斯差点就要厉喝一声：“我现在撤销这道命令！”但是他们现在并不是在战斗中，他没有权力发号施令，而且救护兵的眼中有种钢铁般的决心——一位无论冒什么风险都准备履行自己职责的医护人员的眼神。*真受不了这些正人君子。*“所以我才昏迷了这么久？因为被打了镇静剂？”

“没有，长官，我只给你用了西尼根因。您的生命体征很稳定。在我更清楚您的病况到底怎么回事之前，我也不敢给你用别的药物。”

“我的小队怎样了？大家都出来了吗？那个贝拉亚人质，我们把他安全救出来了没？”

“所有人都平安出来了。那个贝拉亚人，呃……会活下来的。我把他的腿捡回来了。军医会有很大概率能给他把腿重新安上。”他四下里望了望，仿佛在寻找友军支援他。

“你说什么？他怎么受的伤？”

“呃……我去给您叫奎因上校，长官。”

“那就去做。”迈尔斯没好气地说。

救护兵转过身，在失重环境下一飞而起，急切地对着对面墙上的内部通话系统低声说了些什么。然后他再度回头照顾那位病人——弗·伯格中尉？他的一条胳膊和脖子上各插着一根输液管，血浆和药物正被泵进他的身体。病人身体的其余部分都被保暖箔片覆着。机舱前方舱壁上的指示灯亮了。救护兵急忙把自己在固定座椅上绑好。穿梭机开始了一系列的加速、减速、姿态调整，以准备与母舰进行对接。

穿梭机一停稳，人们首先就理所当然地急忙把受伤的人质送了出去——分两部分。迈尔斯紧咬牙关，沮丧地看着那名手里抓着一个大冰盒的士兵跟在救护兵和浮空托盘的后面。不过周围倒没有多少血迹。就在迈尔斯刚刚放弃继续等候奎因，打算挣脱掉绑住自己的医疗包带的时候，她出现在驾驶舱外，顺着过道朝他飘了过来。

奎因脱掉了战斗服上的头盔和手套，把紧身服的兜帽向后推开，让她那已经被汗水浸透，全都贴在了一起的黑色卷发出来透口气。她那雕塑般的美丽面孔因紧张而显得苍白，棕色的眼睛因为恐惧颜色变得更深了。不过迈尔斯手上这支包括三艘飞船的小型舰队暂时应该不会有什么危险，否则她就会忙着去照顾它，而不是他了。“你还好吧？”她的声音有些嘶哑。

“奎因，怎么……不。先向我报告一下大体情况吧。”

“绿队救出了被劫持飞船的全体船员。设备有一点损坏——保险公司这次不会像上次那样欣喜若狂了——不过我们的生命花红安然无恙。”

“赞美上帝，赞美陶娜中士！那些绑匪呢？”

“我们占领了他们的大船，抓到了十九个俘虏，杀死了三个敌人。我们的人都好好的。我们负责押解的船员正在船上进行收尾工作。有六到八个杂种坐着有跃迁功能的舰载艇跑掉了。那玩意的火力装备很弱——这里距最近的跃迁点都远得很，羚羊号可以轻而易举地追上他们，是隔得远远地炸死他们，还是试着进行抓捕，全看你的决定了。”

迈尔斯揉了揉自己的脸。“讯问那些俘虏。如果这些人就是去年劫持陈酿号并杀害了全部乘客和机组人员的那帮双手沾满鲜血的家伙的话，维加太空站（译者注：一个不属于任何国家的独立太空站。相关详情参见《西塔甘达》和《镜舞》）会有奖励的，我们这次任务就会拿到三倍的收入。而且维加人提供奖赏不论生死，只要能提供证据——所以要把所有情况仔细记录下来。我们会要求他们投降。只一次。”他叹了口气。“我觉得事情并没有完全依照事先的计划那样进展。总是这样。”

“嘿，按照正常的标准，只要能让所有人都活着，那么营救行动就是成功的。假如我们舰队的军医不把那位倒霉的贝拉亚人的左腿接到右腿上，或者前后接反了的话，那这次行动就是一次百分之百的成功。”

“呃……没错。我倒下的……那时候发生什么了？弗·伯格怎么样了？”

“他不幸被友军火力击中了。尽管当时看起来开火者不怎么友好。你跌倒了——把我们给吓得魂飞天外。你的太空服胡乱进行了一大堆遥感测定，接着你的等离子弧光枪就锁定了目标。”她用手梳了下自己的头发。

迈尔斯瞥了一眼固定在奎因的太空作战服右臂上的大功率等离子弧光枪，和他的那把一模一样。他的心沉了下去，直沉到翻腾着的胃里。“哦，不。哦，见鬼。别告诉我……”

“恐怕就是你不想听到的那样。你把你自己救出来的那人齐膝斩断了。干净利落，双腿齐平。幸运的是——我想这大概算是幸运吧——光束切过的同时起了烧灼止血的作用，所以他并没有流血而死。而且他在药物作用下昏沉得太厉害了，我都不知道当时他还有多少感觉。有那么一会儿，我还以为敌人对你的战斗服实行了远距入侵控制，可那些工程人员发誓说这种情况绝对不可能再发生了（译者注：迈尔斯曾远距入侵控制过当时还是欧瑟部下的登达立雇佣兵的战斗服系统。详见《战争学徒》）。你炸穿了好几堵墙——我们四个人压着你的手臂，才能用医用拆卸工具撬开你的战斗服，伸到里面去，断开电路。你一直都在拼命挣扎——差一点就把我们也干掉了。我完全绝望了，只好冲你颈子后面用击晕枪来了一发，然后你就瘫倒在地了。我当时很害怕我把你打死了（译者注：击晕枪通常不会造成严重后果，但对有某些疾病的人也可能致死）。”

奎因讲到这里有点喘不过气的样子。也难怪。她美丽的面孔并不是原本的，而是她自己惨遭等离子炮火打击后才换上的。那是十来年前的事情（译者注：该段故事详见《战争学徒》）。“迈尔斯，见鬼的，你当时到底是怎么了？”

“我想我……是发病了。类似癫痫，只不过似乎不会有任何神经生理学上的迹象。我恐怕那是我去年那次被冷冻复活的一个后遗症。”你其实非常清楚，就是如此。他抚摩着脖子两边对称的伤疤。现在它们已经愈合得不太容易看出来，颜色很淡了。这是那次事件留下的比较轻微的影响。奎因情急之下的那一发击晕处置解释了为什么这次他昏迷了那么长的时间，也解释了过后头部的疼痛。这么说来，这次的发作并不比之前更严重……

“噢，亲爱的。”奎因说道，“但这是第一次——”她停了下来，更仔细地端详了一阵迈尔斯的脸。她的嗓音低沉了下去。“这不是你第一次发病了，对吧。”

在沉默中气氛越绷越紧。迈尔斯强迫自己开口，免得它被绷断。“发生过三四次——”也许是五次。“——就从我被从冷冻中救回来后不久开始。给我做冷冻复活的那位医生告诉我，这种现象会自行消失，就跟我的记忆缺失和呼吸艰难问题一样。而且那之后好像就停止发作了。”

“你的脑袋里有这么个定时炸弹，帝国安全部居然还让你出外执行秘密作战任务？”

“帝国安全部……他们不知道。”

“迈尔斯……”

“奎因，”他绝望地说道，“他们会立即把我从我的岗位上拖走的。你知道他们会这样做的。最好的安排也是从此我的靴子就只能在办公桌后面的地上磨蹭。最坏的情况我会被安排病退——那样的话，‘内史密斯将军’就完了。永远。”

奎因被这话打蒙了，愣在那里。

“我当时想：如果再次发作的话，我会自己解决。我以为我已经解决了。”

“有没有人知道这事儿？”

“没……没几个人，我不想冒让安全部知道的危险，我告诉了登达立舰队的一位军医，我让她发誓保密，我们正试图诊断病因，目前还没多少进展，毕竟她的专业是外伤。”没错，就像医治等离子弧光灼伤、断肢再续这一类的。至少弗·伯格中尉现在获得了最有经验也最出色的手术治疗。即使有什么魔法能够把他瞬间送回贝拉亚自己的帝国军医院，那里的医疗水平也不会比现在更好。

奎因的嘴唇紧绷。“但你没有告诉过我。就算不提我俩的私人关系，我可是你这次行动中的副手！”

“我本该告诉你来着。事后看来这点很清楚。”清楚得要命。

奎因抬头瞟了一眼穿梭机的后面。来自游隼号的一名救护兵正费力地从舱门口把一个浮空托盘弄进来。“我还得去视察一下善后工作。在我回来之前，你就一直在那医务舱里老实待着，好吗？”

“我现在已经好了！再次发作要好几个月之后了。如果会再次发作的话。”

“好吗？”奎因瞪大眼睛怒视着他，咬牙切齿地把问题重复了一遍。

他想起了弗·伯格，不由得泄了气。“好的。”他咕哝道。

“谢谢。”

迈尔斯对浮空托盘嗤之以鼻，坚持要自己走，但最后还是服从了救护兵的要求。他惊恐地感觉自己被制服了。我正对这里失去控制……

迈尔斯一到医务舱，一名救护兵就迫不及待地给他做了脑部扫描，抽了血，提取了身体中所能产生的每一种体液，然后重新检测了他的每一项生命体征。之后除了等待军医来，他们就没什么事情了。迈尔斯小心翼翼地退到一个小检查室里，在那里他的勤务兵给他带来了一套飞船上穿的制服。这家伙似乎打算一直热心地围着他转悠。迈尔斯烦躁地把他打发走了。

于是迈尔斯就独自留在了屋子里，除了东想西想之外无事可干。也许这是个战术失误。把善后工作托付给奎因倒是没问题，要不让她当自己的副手干吗呢？上次在行星杰克逊·霍尔（译者注：迈尔斯系列中的一个重要行星。命名来自地球上的美国小镇杰克逊·霍尔，霍尔原本是“洞”，这里开玩笑地加上了一个不发音的“虫”的首字母w）上的行动中，他的胸膛整个被狙击手用针爆弹（译者注：一种预制破片弹药。击中人体后会爆开，释放出内部小针，进一步破坏人体以增强杀伤力）炸烂了（译者注：即前文提到的他死去一次的事件）。他被从指挥链中突然移去之后，正是奎因接下了指挥任务，而且干得相当出色。

他把自己的灰色军裤提上系好，端详着自己的躯干，用手指抚摩着皮肤上密如蛛网、四处遍布的疤痕。它们正在褪去。杰克逊联邦（译者注：杰克逊·霍尔星球实行联邦制，由大大小小的多个家族联合统治）的冷冻复活医生这活儿干得可真了不起。他新的心脏，新的肺叶，以及其他器官现在差不多都完全长成了，功能完好。在最后几次附加手术中，他浑身上下那先天就容易折断，让他痛苦多年的骨头也几乎全都被用合成材料替换掉了。冷冻复活医生甚至还顺便把他的脊柱也拉直了，现在他身上几乎完全看不出过去弯腰驼背的影子。就因为他的驼背和矮小的身材，他那些贝拉亚同胞常在他们以为迈尔斯听不到的地方用“畸形”这个叫法嘲讽他。这甚至让他增高了几厘米——代价高昂的小小红利，但对他来说非常有意义。他的疲惫并没有显现出来。在外人看来，此刻他的身体状况比起他将近三十年的人生中任何时候都要更好。

只是有一个小小的麻烦。

在他来之不易（译者注：详情参见《战争学徒》和《贵族们的游戏》）的职业生涯中，他遇到过各种各样威胁到他事业的情况，但这次是最难捉摸的，最出乎意料的，也是最要命的。他曾经激情洋溢，一心一意地投身于他的事业，战胜了人们对他身体缺陷的种种怀疑，最终赢得了最富创造力的银河系事务特工的名衔，在贝拉亚帝国安全部中也是首屈一指的角色。有些地方贝拉亚帝国的常规部队会鞭长莫及，但一支名义上独立的雇佣军团队却能超越政治和距离的障碍，在把整个银河系联系成一体的虫洞跃迁网道里出没无常，畅通无阻。迈尔斯花了足足十年时间来完善自己自封的“内史密斯将军”的身份。他是登达立自由佣兵舰队的首领。“大胆的营救是我们的专长”。

就拿这次的行动来说吧。在那群卑劣的劫匪好运到头的那天，他们打劫了一艘在佐维曙光星球（译者注：佐维曙光是和维加通过虫洞相连的一颗行星。虫洞网道的交通枢纽之一。更多详情可参见《西塔甘达》《镜舞》）登记的非武装货运飞船。然后他们觉得自己中了大奖，发现了一个人形大礼包——一名秘密携带着若干信用点卡以及重要外交信息的贝拉亚帝的信使。如果他们有哪怕一丁点自我保护的意识，他们就该立刻把弗·伯格中尉和他的行李原封未动地在最近的降落点释放，并且拼命赔礼道歉。

他们没有那么做，而是试图把信使卖给出价最高的人。杀光他们。帝国安全部部长西蒙·伊林低声说。魔鬼会自己去分辨他们的罪行。（译者注：伊林这两句台词是戏仿1209年十字军对法国贝济耶进行大屠杀时随军修道院院长的名言——“杀光他们。上帝会自己去分辨他们的罪行。”）接着他把具体处置权授予了迈尔斯。皇帝不喜欢有人未经许可就阻拦他的信使。也不喜欢有人折磨他们，或者把他们拿到市场上作为“高情报含量的肉块”给卖掉。在这次行动中，虽然登达立舰队的正式资助方是为佐维曙光的货运飞船提供保险的保险公司，但让人知道它的另一个赞助方是贝拉亚帝国也没什么不妥。从保护以后帝国的信使不会再遭遇这种坏运气的角度而言，这是个很好的公关举措。

假如那真是因为坏运气的话。迈尔斯心里直痒痒，很想去监督对俘虏的审讯。伊林除了关心弗·伯格能被活着救出来之外，第二关心的事就是这位信使的被绑架究竟是个意外，还是有人有意为之。如果是有意的……有人就得做些内部清查了。总的来说，迈尔斯特别高兴这种麻烦的工作不在他的专职领域内。

军医终于穿着消毒制服进来了。她把手放在臀部，盯着迈尔斯，然后叹了口气。她看上去很疲惫。

“那个贝拉亚人怎么样了？”迈尔斯小心翼翼地问道，“他，呃……会恢复吗？”

“他的情况不算太糟。切口很干净，而且幸运的是伤口刚刚在膝关节下面，这样就省了一世界的麻烦。以后他会比现在矮大概三厘米就是了。”

迈尔斯脸上满是痛苦。

“但是他回到家时，应该能站起来了。”她补充道，“假如回去需要大概六周的话。”

“啊，很好。”可是假如等离子弧光枪当时随机一闪的结果是正好打穿弗·伯格的膝盖呢。或者再高一米，把他斩成了两半呢。即使是他手下这位登达立的外科专家，所能创造的奇迹也是有限的。迈尔斯曾潇洒地向他的安全部部长保证说，拯救弗·伯格对他只是项常规任务，轻而易举。如果结果是把人质装在一个运尸袋里送回去，那在他的职业生涯中可不是什么亮点。不，两个运尸袋。迈尔斯感到一阵虚弱。他心中如释重负，却又怪异地混着几分恐惧。*哦，上帝，我讨厌要向伊林解释这事。*

军医研究着迈尔斯的扫描结果，嘴里念叨着些医学术语，迈尔斯听着感觉跟念咒似的。“我们看到的还是处于基底形态。这里。没有出现明显的异常。唯一能让我对这件事情有所了解的办法就是在你发作时对你进行监控。”

“见鬼，我还以为我们在实验室里已经用尽了所有的办法试图激发出结果了呢。增大身心压力、电休克，各种科学上已知的刺激法不是全都用上了吗？我还以为你给我的药片已经把它控制住了。”

“标准抗惊厥药剂吗？你真的有正确服用吗？”她怀疑地看着他。

“没错。”他忍住没说出更多亵渎神圣的抗辩来，“你想到了能再试一试的新点子了吗？”

“没有。这就是为什么我让你戴上监控器。”她在检查室里四下张望，监控器踪影全无。“监控器在哪儿？”

“在我的船舱里。”

她愤怒地抿起了嘴唇。“我来猜猜。你发病的时候并没戴着它。”

“那玩意没法塞到作战服里面。”

她紧咬牙关。“你就不能至少考虑一下——比如不用你的武器？”

“没有武器，在紧急情况下我在我的小分队里起不了多少作用。那我还不如就待在游隼号上呢。”

“你自己就是个紧急情况的制造者。而且你确实就应该待在游隼号上。”

或者回到贝拉亚去。可是营救弗·伯格这个人是行动中最关键的一部分，而迈尔斯是登达立所有军官当中唯一一名被帝国安全部授予了贝拉亚帝国安全识别码的。“我……”他停下了无益的抗辩，然后重新开口说道，“你是对的。这样的事不会再发生了，直到……我们弄明白这是怎么回事。接下来我们该怎么办？

她摊开双手。“我已经把我所知道的测试全部做过了。显而易见，抗惊厥药不是解决问题的办法。这是某种特异反应。冷冻保存过程对你的身体在细胞或是亚细胞水平上造成了损害。你需要让你能找到的水平最高的冷冻神经学专家来检查一下你的脑袋。”

他叹了口气，双肩一耸，穿上了自己的黑色T恤和灰色制服外套。“现在我们查完了吗？我急着要去视察对犯人的审讯。”

“我想是的。”她做了个鬼脸，“不过请帮我们大家一个忙——别带武器。”

“好的，女士。”他恭恭敬敬地说完这句话，赶忙逃走。

第二章

迈尔斯回到舰队旗舰游隼号他的船舱里，坐到他的保密算讯终端（译者注：作者书中宇宙的一种电子设备。相当于可视电话等通信工具和个人计算机的综合体）前，开始撰写送交贝拉亚帝国安全部部长西蒙·伊林的秘密战报。感觉好像是第一千次写这种报告了。好吧，不是第一千次，这种说法很荒谬。他每年的任务次数平均不会超过四次，而且是在那次西塔甘达人入侵沃维事件中一番历险（译者注：这段故事详见《贵族们的游戏》）后他才被正式任命到这个位置上，时间至今还不到十年，出任务总共不到四十次。但他已经无法随口就说出准确的数字，除非停下来想一想，然后把数目加一加。而且这并不是缠绵不愈的冷冻遗忘症导致的。

继续组织文字，伙计。他的个人总结只要给附件里包含的原始数据做一个简短的介绍就行。这些数据则是从登达立舰队本身的档案中直接抽取的。伊林的情报分析员们喜欢有大量的原始数据供他们咀嚼。那些人潜藏在弗贝拉苏丹娜（译者注：贝拉亚帝国首都。这个名字意为“弗·贝拉家的贵妇”。弗·贝拉是贝拉亚帝国皇帝的姓氏，贝拉亚意为“贝拉山谷”）的帝国安全部总部大楼里，窝在各自的小隔间里，一有数据就忙个不停。迈尔斯有时候觉得，他们恐怕其实挺享受做这种事的。

游隼号、羚羊号，还有“内史密斯将军”精心挑选出的战斗集群的其余成员现在正在环绕佐维曙光星球的轨道上。他手下的舰队会计已经忙活好几天了：跟最终收回了他们货运飞船和船员的保险公司进行结算，申请政府为被劫机者劫持的飞船支付救助费，同时正式向维加太空站在这里的使馆提出申领赏金。迈尔斯把成本/收益表单全文放进了自己的报告中，作为“附件A”。

犯人们已经被丢到了下面的行星上，让维加和佐维的政府瓜分——最好是来个像可怜的弗·伯格那样的分法。这些原劫匪真是群坏透了的家伙。“附件B”是登达立对犯人们的审讯记录拷贝。本地政府会得到一个编辑过的版本，其中大多数关于贝拉亚的问题和回答都会被删去。其中有大量犯罪证据，尽管帝国安全部会有直接兴趣的只占很少一部分，但维加人看到后应该会相当兴奋。

从伊林的角度来看，报告中很重要的一部分是，已获取的证据中没有任何迹象显示对贝拉亚信使的绑架并非仅仅是那次打劫货船的一个意外副产品。除非——迈尔斯确认自己在报告里提到了这点——相关信息只有那些被杀掉了的劫匪才知道。由于被杀的人里边包括了那两个被他们称为上校的人，以及另外两个级别较高的军官，这就留下了充分的可能性，足以伊林的情报分析人员保住他们的饭碗了。但现在线索必须从另一头开始追查了，从曾试图从劫犯手上接过信使的买卖，或者说赎出交易的哈格雷夫斯家族（译者注：杰克逊联邦的各大家族之一。专长在于和绑匪进行谈判。更多他们的相关情况除本书之外参见《迷宫》和《镜舞》）的代表那里找到答案。迈尔斯衷心希望帝国安全部将他们那恼人的注意力都集中在这个杰克逊联邦的半黑社会性质大家族上。虽然哈格雷夫斯家族的特工们曾对登达立舰队策划袭击的过程大有助益——尽管可能是无意的。

伊林应该会喜欢会计报告。这次登达立不仅成功地将支出控制在预算范围内——一个喜人的变化——而且还获得了相当惊人的收益。伊林只有在真正迫不得已的情况下才会花帝国马克如流水，而这回他的信使被救了回来，实际上却没花钱。我们很棒，对吧？

那么——什么时候，这位如此能干的帝国安全部中尉迈尔斯·弗·科西根勋爵才能获得他向往已久的晋升，变成上尉呢？真奇怪，在迈尔斯看来，他的贝拉亚军衔还是比他的登达立军衔更为真实。确实，他在登达立是先宣称自己是将军，然后才挣来这个头衔的，而不是通过更正规的其他手段来获得。但事隔多年，已经没人能否认他现在确实已然名副其实，真的成为了他当初扮演的那位将军。从银河系居民的角度看，“内史密斯将军”这个身份从一开始就是真实的。他当初宣称自己所具有的各种能力，他现在都真的具备了。他的贝拉亚身份只存在于另一个维度。一个附件？

没有哪里能像家那么好。

我并不是说没有更好的地方。我只是说哪里都和家不一样。

然后他又回头继续看“附件C”。那是来自登达立舰队战斗服的现场记录，真实地记录了如何突入敌船和营救人质的一系列过程。陶娜中士的绿队以及该队如何营救货船船员的过程，还有他自己的蓝队和整个……系列事件的过程。包括全部的音频和彩色视频资料，以及队员们的衣服上发来的医学及通信数据、遥感数据。迈尔斯病态地浏览了全部他发病以及发病导致的不幸事件的实时记录。060号战斗服的录像中有一些弗·伯格中尉的大特写镜头：他从药物造成的昏沉状态中被惊醒，痛苦地尖叫着，然后失去了意识，摇晃着朝一旁倒下，同时他被切断了的双腿则倒向另一边。迈尔斯不知不觉间弓下了身子，感同身受地用手紧紧地抓住了自己的胸口。

现在可不是缠着伊林要升职的好时机。

康复中的弗·伯格昨天被移交给了设在佐维曙光星球上的贝拉亚领事馆，准备通过常规渠道让他搭船回国。迈尔斯暗自庆幸自己的秘密身份让他摆脱了一件苦差事：他用不着到医务舱去亲自向那个人道歉了。在发生等离子弧光枪事故之前，弗·伯格从没见到迈尔斯的脸，因为迈尔斯当时戴着头盔；而那之后，当然……登达立的军医报告说，弗·伯格对于自己被营救的过程只有一些非常模糊而且混乱不堪的记忆。

迈尔斯真希望自己可以把报告中整个蓝队的记录全删掉。唉，这样行不通。最精彩的场面不见了，就好像高山顶上燃起了烽火，肯定会引起伊林的注意。

当然，如果他把整个附件全删掉，所有小队的记录都去掉，那么这部分记录的缺失混在里面就不那么起眼了……

迈尔斯思考着可以把“附件C”换成什么。以前他也写过很多简短或者语焉不详的任务总结——或是被形势所迫，或是因为疲劳。“由于发生了故障，032号战斗服右臂上的等离子弧光枪锁定在了发射状态。在排除故障中出现了几分钟的混乱，目标不幸被等离子光束击中……”如果读报告的人把这段话理解成出故障的是战斗服而不是穿它的人……那不是他的错。

不行，他不能向伊林撒谎。即使用被动语气也不行。

我那也不是撒谎。我只不过是把我的报告编辑得简短些。

行不通的。他肯定会在其他的文件中漏掉某个细节的。细微的，但确凿无疑的证据，然后伊林的分析人员会发现它，到时候他的麻烦会是现在的十倍。

不过在别的部分中倒是没有那么多跟这个一晃而过的事件相关的内容。把整个报告全都捋一遍也并非什么难事。

这是个糟糕的主意。

然而……会是个有趣的尝试。说不定哪天他也会从事阅读作战报告的工作呢——愿上帝保佑别真的那样！那样的话，这样可以让他提前知道报道里面可以塞进多少胡话。出于好奇心，他首先将整份报告保存了下来，拷贝了一份，然后开始在上面做起手脚来。至少需要修改和删除多少东西，才能够消除一名战地特工的窘迫感呢？

整个过程只花了大约二十分钟。

他盯着最后的成品。完全是一份杰作。但他心里有点不适的感觉。*这会让我被开除军籍的。*

*只有我被逮到了才会。*他感觉自己一生似乎都是遵循着这条原则。他逃过了暗杀，逃过了医学事故，逃过了军队的规章，还有他贵族地位带来的种种约束……确实，他甚至逃过了死亡本身。*我的行动甚至可以比你还要迅捷，伊林。*

他想了想伊林派驻登达立舰队的独立观察员们目前的部署所在。一个同舰队主力在一起，另一个则在羚羊号上当通讯官。两个人全都不在游隼号上，也都没有跟出击小队在一起，两个人都不可能戳穿他。

*我想这事还是得好好考虑下。*他把修改后的版本划为绝密文件，把它存档，就放在原版报告旁边。他伸了个懒腰，以减轻背部的疼痛。文书工作总是让他背疼。

他舱外的门铃响起。“谁？”

“巴兹和埃蕾娜。”一个女子的声音从内部通话系统中传来。

迈尔斯清除了算讯终端上的显示，匆忙穿上制服外套，然后打开门锁。“请进。”他坐在椅子上转了个身，面带微笑地看着他们走进来。

巴兹是登达立准将巴兹·杰萨克，舰队的总工程师兼迈尔斯名义上的副手。埃蕾娜是埃蕾娜·伯沙瑞·杰萨克上校，巴兹的妻子，也是游隼号目前的舰长。两人都是登达立舰队中屈指可数的贝拉亚雇员，并且两人都很清楚迈尔斯的双重身份——一个是内史密斯将军，带一点儿叛逆色彩的贝塔（译者注：迈尔斯的母亲出生的太空殖民地。技术发达，社会多元化）雇佣兵；另一个则是中尉迈尔斯·弗·科西根勋爵，尽忠职守的贝拉亚帝国安全部秘密外勤特工——因为他们都早在登达立舰队建立之前就认识迈尔斯了。瘦高个儿、正在谢顶中的巴兹参与了舰队建立的全过程。他当初是个亡命天涯的逃兵，是迈尔斯收留了他，并（按照自己的观念）重新铸造了他。埃蕾娜……则完全是另一种情况。

她是迈尔斯的贝拉亚保镖的女儿，从小在弗·科西根伯爵家中长大，实际上可以算是迈尔斯的义妹。生长在对军队狂热追捧的母星的她一直渴望成为一名士兵，却由于性别原因被挡在了贝拉亚军营之外。迈尔斯找到了让她实现愿望的途径。她现在看上去完全是个军人样，身穿干净利落的登达立灰色军便装，身材苗条，个头和她丈夫一样高。她的黑发被剪成齐耳短发，几绺头发从耳边伸出，映衬着她如鹰隼般的苍白面容和一双警觉的黑色眼睛。

如果在他们还只有十八岁的时候，她面对迈尔斯那热情而慌张的求婚说了声“好”，那么他们之后的生活会有何不同？他们现在会在哪里？在首都过着弗氏（译者注：贝拉亚的贵族姓氏前均冠以“弗”，这个阶层类似日本武士或者德国容克）贵族的舒适生活？他们会快乐吗？或者他们会厌倦了对方，后悔自己失去的机会？不会的，他们甚至不会知道他们失去了什么机会。也许他们都已经有了孩子……迈尔斯打断了自己的思绪。这么想徒劳无益。

然而，在迈尔斯的心底，某个地方仍然有些期待。埃蕾娜看起来跟她自己选择的丈夫在一起很快乐。可是一名雇佣兵的生活——正如他近来的遭遇所证明的——实在是风险重重。只要在前线上，某个敌人的枪稍微瞄得准一点，都可能使她沦为一个悲痛的寡妇，需要人前去安慰……在舰上隐秘的黑夜中，在迈尔斯的思维深处，诞生出了这么一个邪恶的计划。可这计划有个严重的缺陷：埃蕾娜本人比巴兹更经常冲在战场一线。唉，可人就是没法子管住自己的思维。不过，你可以管住自己的嘴，不让自己说出一些真正的蠢话。

“嗨，你们好。自己拉把椅子坐下吧。需要我做什么？”迈尔斯快活地问道。

埃蕾娜报以一个微笑。两位军官把座位安在了迈尔斯的算讯终端桌的另一侧。他们就座的样子有些地方异常地正规。巴兹向埃蕾娜摊了摊手，请她先开口。这是个明显的信号，意味着他们要说的事会相当麻烦。迈尔斯提醒自己，要集中注意力。

她先客套了一下：“你现在感觉还好吗，迈尔斯？”

“哦，我很好。”

“那就好。”她深吸了一口气，“大人——”

又是一个明确的信号，意味着事情非同寻常——因为她在使用显示他们在贝拉亚的主臣关系的称呼。

“——我们想辞职。”让人不解的是，她的笑容更灿烂了，好像她刚才说的是些让人高兴的话。

迈尔斯差点从自己椅子上摔下来。“什么？为什么？”

埃蕾娜瞟了一眼巴兹，于是他接过了话头。“我刚刚得到了一份工作机会，在埃斯科巴（译者注：与贝拉亚和贝塔殖民地均相邻的一颗行星，经济和技术发达）的轨道船厂里的工程师岗位。薪水足够我们两个退职后的开销。”

“我，我……没想到过你们对你们的薪资水平不满。如果是钱的问题，可以做些调整。”

“和钱一点关系也没有……”巴兹说。

他怕的就是这个。不，这也太容易——

“我们想退职，准备生孩子。”埃蕾娜补完了后半句。

这个简单明了、合情合理的声明中到底有什么东西，居然让迈尔斯的脑海中清晰地回想起了那枚狙击手的针爆弹把他的胸膛炸开，让他的身体组织在路面上四下飞溅的那一刻？“嗯……”

“作为登达立的军官，”埃蕾娜接着说道，“我们只需以合适的方式通知你就可以退职了。但是作为曾经宣誓效忠你的家臣，我们想要离开必须请你赐予殊恩。”

“呃……我……不能肯定舰队是否为一次性失去两名高层军官做好了准备。特别是巴兹。我大约有一半的时间都不在舰队里，这段时间我都得依靠他，不仅是靠他管理工程和后勤方面的工作，还靠他掌控全局。确保私人合约不会触犯到贝拉亚的任何利益。靠他保守全部的秘密。我不知道要怎么用其他人替代他。”

“我们觉得，你可以把巴兹现在的工作一分为二。”埃蕾娜体贴地说道。

“是的。我的工程副官早就做好准备晋升了。”巴兹也安慰道，“实际上，他比我更好。你知道的，他更年轻。”

“而且每个人都知道，多年来你一直都在培养埃莉·奎因成为指挥官。”埃蕾娜继续说道，“她已经急不可耐地等着提升，而且也做好了准备。我认为她去年的表现已经充分证明了这点，还绰绰有余。”

“她不是……贝拉亚人。如果让她站到这么关键的岗位上，”迈尔斯敷衍道，“伊林可能会感到不安的。”

“到目前为止，伊林还从没为这种事不安过。现在他肯定对她有了足够的了解。况且帝国安全部本来就雇有大量的非贝拉亚特工。”埃蕾娜说。

“你们确定想正式退职吗？我是说，真的有那个必要吗？放个长假或者休个年休还不够吗？”

埃蕾娜摇摇头。“为人父母……会让人改变的。我不认为我还会想要回到这里。”

“我还以为你想成为一名士兵。发自内心地想，胜过其他任何事情。就跟我一样。”*你到底知不知道这一切对你有多重要——哪怕仅仅是对你而言？*

“我原来的确是。我已经成为了一名士兵。我……已经完成了自己的心愿。但我知道，‘足够’这个概念跟你是没什么缘分的。我怀疑，无论是多么巨大的成功都不能让你感到满足。”

那是因为我实在太空虚了……

“可是……在我的整个童年时代、整个少女时代，贝拉亚一直在向我灌输一个信条——成为军人是唯一值得做的事。最重要的事。无论是过去还是未来。而我则永远都是微不足道的，因为我永远也成不了军人。好啦，我已经证明贝拉亚错了。我成为了一名军人，而且还是个非常出色的。”

“是的……”

“于是接下来我开始怀疑，是不是还有别的地方贝拉亚也错了。比方说，什么是真正重要的，谁是真正重要的。你去年处于冷冻中的时候，我有很长一段时间都跟你母亲在一起。”

“哦。”奔赴她的家乡，她一度激动地发誓绝不会再度踏足的地方。是啊……

“我们，就我们俩，谈了很多。我一直都以为自己之所以崇拜她，是因为她年轻时曾是一名军人。在移民到贝拉亚嫁给你父亲之前，她是贝塔殖民地的军人，参加了埃斯科巴战争。但有一次，在回忆往事的时候，她说出了一长串过去她曾经从事的职业。比如星图测绘员、探险家、飞船船长、战俘、妻子、母亲、政客（译者注：埃斯科巴战争的经过参见《荣誉碎片》；考迪利亚的经历主要也在这本书中，余下部分参见《贝拉亚》）……单子越说越长。她告诉我，她自己也无法预言自己下一次会成为什么样的人。于是我想……我也希望像那样。我希望能像她一样。不是只做一件事，而是有无限的可能。我希望知道自己还能成为别的什么样的人。”

迈尔斯偷偷瞟了一眼巴兹。他正骄傲地对着自己的妻子微笑。毫无疑问，这决定是由她的意志所推动的。但巴兹是埃蕾娜的卑躬屈膝的仆人——这么形容毫不夸张。她无论说出什么话他都会觉得无比迷人。迈尔斯自己也一样。可恶。

“你们不认为……以后什么时候，你们也许又会想回来吗？”

“十年、十五年，还是二十年之后？”埃蕾娜说道，“你真的觉得到了那个时候，登达立雇佣军还会存在吗？不。我不觉得我会想要回来。我会想要一路向前。我已经想清楚了。”

“你肯定会对某些工作更加青睐。能让你的技能用得上的工作。”

“我考虑过当一名商船船主。那会使我所受的大部分训练都派得上用场——除了杀人的那种以外。我已经厌倦了死亡。我希望改弦易辙，拥抱生活。”

“我……敢肯定你不论选择做什么，都会做得很棒。”有那么一刻，迈尔斯头脑中疯狂地考虑着拒绝给他们自由的可能。不行，你不能走，你得陪着我……“严格来说，你应该也意识到了，我只能允许你们辞去这里的职务，但我不能解除你的效忠誓言，就像格雷果皇帝无权解除我的贵族身份一样。不过我们并不是不能……达成一致。在以后的时间里延续不断忽略彼此的存在就好。”

埃蕾娜朝他露出一个和蔼的笑容，让他一时间相当吃惊地想到了他的母亲。她仿佛把整个弗氏贵族体系看作一个幻觉，一个可以由人们的意愿而改变的法律拟制。那神情带着自信和专注的力量，她不需要依托任何身外之物……无论为了什么目的。

这不公平。他刚刚从死亡边缘回来，就有人前来告诉他事情已经变了。没有事先通知一声，甚至也没有要求他的许可。他会因为这个损失而哀号的，只是……你很多年前就失去她了。从那时开始事情就已经变了，永久地变了。你只不过是病态地无法承认失败罢了。作为一名军事首脑，有时候这也是个有用的品质。但作为一名情人，或者是有志于成为一名情人的人，这就十分让人头疼了。

不过，迈尔斯还是一边纳闷自己为什么要费这份心思，一边同他们一道遵照弗氏贵族的规矩进行仪式：让他和她依次跪倒在他面前，将自己的双手放在他的手中。他打开手掌，看着埃蕾娜修长的双手升起离开，像一只鸟儿飞离樊笼。我不知道我把你禁锢了，我最初的爱人。对不起……

“好了，我衷心祝你们快乐。”埃蕾娜站起身，抓住巴兹的手时，迈尔斯说道。他甚至还成功地让自己挤了下眼。“给第一个孩子取我的名字，可以吗？”

埃蕾娜咧嘴笑了。“我不确定她会不会喜欢这样。迈尔萨娜，还是迈尔西亚？”

“迈尔西亚听着像疾病的名称（译者注：英文中许多疾病名称读音均以“-ia”结尾，发音“西亚”）。”迈尔斯有些吃惊地承认。他脑子有些迷糊了。“那还是算了吧。我不希望她怀着对我的怨恨长大，虽然我远隔天涯［译者注：原文这里故意用“（审判）缺席”这个词尾也是“-ia”的词，玩文字游戏。故也用押韵的形容对译］。”

“我们什么时候能走？”埃蕾娜问道，“我们现在没有合同。舰队的时间表上这段时间总之是个空窗期。”

“工程和后勤方面的所有工作都秩序井然。”巴兹补充道，“而且和往常不同，这次任务完成之后没有损坏的设备需要维修。”

拖延一下？不。还是迅速了结了吧。“我想很快了。当然，我得先通知奎因上校。”

“是奎因准将。”埃蕾娜点点头，“她会喜欢这个叫法的。”她给了迈尔斯一个非军事化的临别拥抱。门在他们俩身后轻声关上了，而迈尔斯依然静静站在原地，努力把她留下的最后一抹余香吸进体内。

奎因正在下面的佐维曙光星球上执行任务，迈尔斯给她留下指令，让她一回到游隼号就向他报到。他在等待期间打开了自己的算讯终端，调出登达立舰队的花名册，研究着巴兹建议的职务调动方案。看不出有什么会让这些建议行不通的理由。把这个人提升到这个位置，然后把那个人以及那个人调去填补空缺……他在心中告诉自己，其实你对这件事并没有那么震惊。毕竟，就算是他，装腔作势自欺欺人的能力也是有极限的。也许他是有些失衡，就像一个人突然被别人拿走了他早已惯于倚靠其上的装饰华丽的手杖。或者是一根剑杖，就像老库德尔卡准将（译者注：迈尔斯父亲的老部下，朋友）那根。从舰队的角度来看，他不得不说这夫妻俩选了个好时机。如果不是他那小小的个人健康问题……

奎因终于来了。穿着那套灰色的军常服，提着一个密码文件箱，干净利落地像阵风一样吹了进来。由于此刻只有他们两人，她没有按规定敬礼，而是给了他一个吻，他也饶有兴味地予以同样的回应。“这个是贝拉亚大使馆给你的，亲爱的。也许是西蒙叔叔送的冬节礼物（译者注：冬节是贝拉亚的传统节日，风俗跟地球上欧美的圣诞节类似，但时间在冬至前后。这里是开玩笑地把西蒙·伊林比作相当于圣诞老人的‘冬天老人’）。”

“希望是吧。”他输入密码，打开了箱子。“哈！果真没错。是信用点卡。给我们刚刚完成的任务的中期付款。总部不可能知道我们已经完成了任务——他一定是想确保我们不会干到一半没了资金。知道他这么重视给部下的补给问题，我真是高兴。将来或许哪天我也得关注下这类事情。”

“去年的时候你就关注过了。而且，伊林他确实很重视这个问题。”奎因表示赞同，“在这一点上帝国安全部值得大大表扬一番，至少他们确实挺照顾自己人的。这是非常传统的贝拉亚品质，尽管他们是个尽力要赶上时代的组织。”

“嗯？这个又是什么？”他从箱子里拿出第二件东西。是仅限他本人过目的加密指令。

迈尔斯在算讯终端上扫描指令时，奎因礼貌地把视线移开了。但天生好奇的她还是禁不住要问一句：“什么？家乡来的命令？贺词还是牢骚？”

“嗯……呼。”他困惑不解地坐回到自己座位上。“很短，而且没什么实际内容。他们为什么要费那个功夫进行深度加密？我被命令回去复命，去帝国安全部总部，亲自去，马上就去。有一艘政府的信使飞船按计划要经过鲸鱼座天仑五星系（译者注：在弗西根系列小说中，该星系中有住人行星，是银行系虫洞网道的重要交通枢纽，人口众多，经济发达。和埃斯科巴经虫洞相连。更多情况可以参见该恒星的天文学资料以及《荣誉碎片》《自由落体》《迷宫》《冷冻燃烧》和《兄弟手足》，特别是《兄弟手足》）。这艘船会在那儿稍作停留，等我登船——我被要求尽一切可能以最快的方式赶去会合，如果必要的话可以乘坐商务航班。难道他们完全没有从弗·伯格的小小历险中吸取到教训吗？指令上甚至都没说'结束任务然后回来'……只是说'回来'。显然是要我放下手头的一切直接往回赶。既然这么急，那应该是要分配给我新任务。可那样的话他们为什么要让我花上好几周的时间赶到那里，然后再花更多的时间回到舰队？"突然，他的胸中感到一阵冰冷的恐惧。除非是私事。我父亲——我母亲……不会的。如果正在瑟格亚担任帝国总督兼殖民地执政官的弗·科西根伯爵有什么不测的话，哪怕是遥远的佐维曙光星球也会在银河星际新闻中播放这一消息的。

"要是——"奎因靠在终端桌的另一边，似乎忽然觉得自己的指甲上有些东西很值得研究，"——你在路上又发病倒下会怎样？"

"不会有啥大不了。"他耸耸肩。

"你怎么知道？"

"呃……"

她抬起眼，严厉地望着迈尔斯。"我以前都不知道心理拒绝反应能让一个人的智商跌落得这么厉害。该死的，你得对你的病症采取应对措施。你不能就那么忽略它们，假装它们不存在。可显然你就是在试图这么做。"

"我已经在试着应对了。我本以为登达立的军医能对付得了这问题。我当时火急火燎地急速回到舰队，来找我信得过的医生。结果，她确实可以信赖，但她说她帮不上我的忙。现在我只能另想办法了。"

"你信得过她。为什么不相信我？"

迈尔斯装出可怜巴巴的样子，耸了下肩膀。这动作显然没有收到预期效果，让他不得不马上补上一句安慰的话："她总是听我的命令。至于你，我则要担心可能会为了我好而采取行动，而不管我愿不愿意。"

奎因花了点时间品味这话里的意思。然后她带着些不耐烦的神色说道："那你们自己人呢？弗贝拉苏丹娜的帝国军队医院的医疗技术水平近来不是已经接近全银河系的最高水准了吗？”

迈尔斯一时间沉默了。然后他说：“我去年冬天就该那么做的。我……现在只能另想办法。”

“换句话说，你对你的上级撒谎了。而现在你被抓到了。”

我还没被抓到。“你知道我会损失什么。”他站起身，绕过桌子，在奎因开始咬自己的指甲之前抓住了她的手，然后他们抱到了一起。他的头稍稍向后仰着，一只手溜向上方，搂住她的脖子，把她按到跟他平齐的高度，好吻上她。从她那急促的呼吸和忧郁的眼神中，他能感觉得到她心中满怀压抑的恐惧——他自己也一样。

“哦，*迈尔斯*。告诉他们——告诉他们当时你的大脑还在解冻恢复中。你那时候对自己的判断负不了责任。听凭伊林发落，希望他会饶过你。要快，赶在情况变得更糟之前。”

他摇摇头。“上周之前的任何时候，这个法子都还有可能奏效，可是在我伤害弗·伯格之后？我觉得现在的情况已经糟糕得没法更糟了。要是我的下级胆敢那样耍花招的话，我绝不会饶了他，那为什么伊林要饶过我呢？除非伊林……压根就没发现这个问题。”

“大大小小的众神在上，你该不会是以为自己还能隐瞒这件事吧？”

“这事情已经从行动报告里消失得一干二净了。”

惊骇莫名的奎因推开他，往后退去。“你真的是大脑被冻坏了吧。”

他大为恼火，怒气冲冲地说：“伊林相当精心地给自己营造出无所不知的名声，但那只是宣传手段而已。别让那些荷鲁斯之眼（译者注：又称真知之眼，古埃及的神符。有多重含义，如辨别善恶、守卫君权、正义之怒、无所不知等。贝拉亚帝国安全部使用该符号作为自己的徽记）的徽章——”他举起手，用拇指和其余的手指摆出一个圆圈，模仿出安全部徽章的样子，放在双眼上，像只猫头鹰似的透过圆圈向外张望着，“——影响你的思维。我们只不过是尽量让自己看起来像是总知道自己在干什么的样子。我看过秘密文件，知道暗地里有些事情被搞得多么糟糕。伊林脑袋里那个精致的芯片不会让他成为天才，只是让他变得非常的讨人嫌。”

“目击者太多了。”

“所有登达立的任务都是保密的。队员们不会乱说话的。”

“唯独在他们之间会。半真半假的故事已经在船上传遍了。甚至有人直接来问我了。”

“嗯……你跟他们怎么说的？”

她恼怒地耸起一边肩膀。“我一直都在暗示那是一次战斗服故障。”

“哦，很好。无论如何……他们现在都在这儿，而伊林远在天边。隔着漫长的距离。除了我告诉他的事情，他还能知道些什么？”

“也没你说的那么远。”奎因咧开了嘴，但毫无笑意。

“得了，动用下你的逻辑思维吧。我知道你行的。如果安全部能发现这个问题的话，他们早好几个月之前就该发现了。很显然，所有存在于杰克逊那边的证据都彻底地逃过了他们的眼睛。”

她脖子上一根青筋暴起。“这样做完全不符合逻辑！你还不明白吗？你他妈的把自己脑子都丢哪儿去了？众神做证，你正变得像你的克隆兄弟马克一样无法无天！”

“说着说着怎么忽然又扯到马克了？”这是个不好的征兆，表明他们争论的气氛将急转直下。他跟埃莉有史以来三次最激烈的争吵全都是因为马克，全都是在最近。仁慈的上帝啊！这次行动中，为了怕她见到自己发病的情形，他基本上回避了跟奎因惯常的亲热。他觉得自己怎么也没法把一次病发昏迷给解释成极度高潮的一种全新的骇人表现形式。她是不是把他的冷淡归咎于他们在他的兄弟的事情上久久难以弥合的分歧了？“这事跟马克没关系。”

“这事完全就是因为马克！如果你没跟在他后面降落到杰克逊行星上去，你就根本不会被杀死。你的脑袋里也就不会因为冷冻而出现该死的短路。也许你认为他是自从奈克林引擎（译者注：一种作者虚构的引擎，能制造出虫洞航行时必需的‘奈克林场’，将三维空间的飞船折叠到五维时空泡中以穿过虫洞）以来最伟大的创造，可我讨厌那个又肥又矮的丑八怪！”

“好吧，我可是很喜欢那个又肥又矮的丑八怪！总得有人喜欢他。我敢打赌，你是他妈的嫉妒了。该死的，别让自己变成个铁石心肠的女人（译者注：戏仿1989年电影《深渊》。电影中女主角林茜故意以此贬义词自称，意为‘铁娘子’‘不懂妥协、拒绝屈服的女人’，此后该词即成为自强独立的女性的代称，翻为褒义。此处故意再次翻转过来，带贬义使用）！”

他们面对面站着，两个人都紧握拳头，都在喘着粗气，谁也不碰谁。要是真打起来的话，不管怎么算，他都会是输家。于是他没有动手，只是开口说道：“巴兹和埃蕾娜要走了，你知不知道？我要提升你为准将，同时接任巴兹舰队副司令的位置。皮尔森将接手舰队工程师一职。在你率队跟舰队的另一部分会合之前，你还将担任游隼号的临时舰长。之后选择谁成为游隼号的新指挥官将会是你的第一项人事任命。选一个你觉得自己能信……能与之共事的人。解散！”

该死的！这可绝不是他原本计划中通知奎因她盼望已久的晋升消息的方式。他本打算把它作为一个大奖摆在她的脚前，让她心生欢喜，报答她杰出的贡献。而不是把它甩到她的头上，就好像两口子吵架到了狂怒的地方，语言已经承载不了感情的重量，于是抄起一个罐子扣到对方的脑袋上。

她的嘴张开，合拢，然后再次张开。“见鬼的，那你现在觉得你到底能去哪儿——没有我在身边做保镖的话？”她问道，“我知道伊林给过你最明确的指令，说你没有保镖陪同不能出门，而且指令长期有效。你觉得自己还需要多少次违反指令才能毁掉你的事业？”

“在这一地区，保镖只是个形式问题，而且是资源浪费。”他吸了口气，“我会……带陶娜中士去。那样的话，就算是再多疑的安全部老板也会满意的。而且陶娜也应该获得一段假期了。”

“噢！你这个！”奎因的脏话居然会用完了，这可真少见。她一个向后转，大踏步朝门口走去，然后在门口回过身，“啪”的一下朝迈尔斯敬了个礼，逼得他也回敬了一个。谢天谢地，自动门总算不会“砰”的一声关上。但它关上时的咝咝声怎么听都觉得像是蛇在吐信。

他跌回到自己的座椅里，望着自己的算讯终端陷入了沉思。他犹豫了一会，然后调出那份短一些的任务文档，把它加密存储到一张安全记忆卡里。他用力敲击键盘，调出了那个更长的版本——然后敲下删除的命令。完成了。

他把加密报告装进有密码锁的文件袋里，把袋子丢到自己床上，然后站起身来，开始打点行装准备回家。

第三章

从佐维曙光出发开往鲸鱼座天仓五的第一班跃迁飞船上只剩下两个相邻的船舱了，恰好是豪华贵宾套房。这个不幸的意外让迈尔斯笑了起来，同时在心里为向伊林手下的会计们证明这在安保上的必要性打好了腹稿：他最好同时指出刚完成的任务创造了多少利润。他在房间里悠闲地晃荡着，一边把自己寥寥无几的行李给放好，一边等着陶娜中士一丝不苟地完成全面安全检查。这里的灯光和装潢格调恬静优雅，床铺又大又软，独立浴室能很好地保护住客的隐私，而且他们连吃饭都不用出门——船票高昂的价格中包含有不限次数的客房服务费。飞船一升入太空，接下来的七天里他们实际上就是生活在自己的私人小天地当中了。

然而这趟归家之旅中接下来的路途就远远没这么诱人了。在鲸鱼座天仓五中转站，他会更换制服和证件，以安全部信使中尉迈尔斯·弗·科西根勋爵的身份登上贝拉亚政府的飞船。这是位谦恭的年轻军官，同不幸的弗·伯格中尉拥有相同的军衔，执行同一类任务。他抖开自己绿色的帝国军常服，把它们挂到一个带锁的橱柜里，跟配套的军靴一起。为了保持光亮度，靴子被装在了密封的袋子里。在迈尔斯离开或者奔赴登达立舰队的长途旅行中，信使官通常都是个极好的掩护身份：一名信使从不需要对别人做出任何解释。这个身份也有负面影响：接下来那艘船上的其他乘客会全是男性，全是军人，而且，呜呼，全是贝拉亚人。他不再需要保镖。陶娜中士可以在那儿跟他分手，折回登达立，而迈尔斯则会被独自留下，与他帝国的其他臣民为伍。

长期的经验让他可以预见他们对他的反应。他这个五短身材显然不能胜任军中的职责。他们不会公开说出来——虽然在他们眼里，他能拿到信使官这份美差闲职显然是凭借着他父亲，名将总督弗某某伯爵那强有力的裙带关系。这反应他简直求之不得：这样才好保证他的秘密深藏不露。“迟钝者”弗·科西根中尉不会去纠正他们的偏见的。他自己对恶语中伤十分敏感的探测触角会填补上他没听到的部分。嗯，也许船上会包括几个之前跟他一起上过路，对他已经比较熟悉的人吧。

他锁上橱柜。眼不见心不烦。在接下来的一周里，姑且让弗·科西根中尉和他所有的麻烦都待在他视野以外吧。有更迷人的事物值得他关切。他的腹部因期待而颤动着。

陶娜中士终于回来了。她低下头，钻过两个套间之间敞开的房门。“安检完成。”她报告道。“任何地方都没有发现窃听器。实际上，我们订票之后一直就没有新的乘客或者货物加入登船单。我们刚刚离开轨道。”

他仰起头，朝陶娜微笑。她是登达立最特别的一名士兵，也是他最优秀的士兵之一。她工作出色，这让人毫不意外——她就是为了这个任务而用基因工程设计出来的。

陶娜是个活生生的实验原型体，诞生于一项在暧昧不明、是非难分的伦理道德原则下进行的基因设计工程。项目筹划和实施都是在杰克逊·霍尔进行的。他们想拥有一名超级士兵，于是指派了一个研究小组来负责这个项目。一个全部由生物工程学专家组成的小组，其中没有任何一名有经验的士兵。他们想一鸣惊人，好给客户留下深刻印象。这一点他们确确实实做到了。

迈尔斯第一次遇见她时，十六岁的陶娜已经发育完全，八英尺高的身上全是精瘦的肌肉。她的手指和脚趾顶端长着粗壮的爪子。嘴里伸出的尖牙交错在外翻的嘴唇之上，显得格外凶暴。她的新陈代谢速度快得简直像在燃烧，赋予她超常的力量和速度的同时释放出大量的热量，让她整个人看起来似乎都在发光。这一切，再加上她茶金色的眼眸，让她的神态犹如恶狼。当她全身心地投入她的工作时，那凶恶的凝视足以让全副武装的男人们丢下自己的武器，整个人五体投地。迈尔斯曾偶然目睹过这样一个让人愉悦的场景。

迈尔斯长期以来一直觉得，陶娜是他所见过的女子中最美丽的之一。她有自己独特的美。只要你能用正确的方式看待。迈尔斯对他在登达立执行过的任务次数记得并不清楚，但对他们这些年来偶尔才有的几次做爱如数家珍。他们第一次邂逅离现在大概有六年或者七年了吧？如此算来，其实他跟陶娜在一起是比他跟奎因成为一对还早。对他而言，陶娜在某种意义上是非常特别的，是他的第一次，就像他是她的第一次一样。他们之间的这个秘密纽带从未断绝。

哦，他们也曾经试图遵章守纪。在登达立，禁止上下级发生亲密关系的规章是为了双方的利益：既保护士兵们免遭压迫，也免得军官们失去对手下的控制，或者是发生更糟糕的情况。而迈尔斯曾下定决心，身为年轻而勤勉的内史密斯将军，他要为自己的部队树立一个好榜样，可这一高尚的信念不知何时已经偷偷溜到了……不知哪里去了。大概是在他不知第多少次差点被杀死之后吧。

嗯，如果做不到遵章守纪，至少还可以谨守秘密。

“很好，中士。”他朝她伸出一只手。“你最好也休息一下——接下来连休七天怎么样？”

她的脸顿时亮了起来。她咧开嘴唇，露出一个笑容，獠牙也随之露了出来。“真的吗？”她问道。那洪亮的声音真是扣人心弦。

“真的。”

她踏步向迈尔斯走来，肌肉所带来的重量让她的登达立战靴下方的甲板被踩得发出轻微的吱嘎声。然后她弯下腰，跟迈尔斯交换了一个誓约之吻。她的嘴同往常一样热，让迈尔斯兴奋不已。她的尖牙也许是激发他下意识冲动的诱因之一，但更主要的还是她那美妙的、纯粹的……陶娜式的风情。她品味生活，如饥似渴地体验着它，永远活在当下，而且她这样做有非常好的理由……他强迫自己不去思考将来——那可能骤然跌入深渊的将来，或者是别的任何将来——而是把手绕到陶娜的脑袋后面，解开她整整齐齐结在一起的桃花心木色发辫。

“我去沐浴。”过了一会儿，她咧嘴一笑，挣脱开去，开始扯下自己已经松开的灰色制服外套。

“把这里的洗浴设施享受个够吧。”迈尔斯衷心建议道，“除了上次在戴恩太空站（译者注：全称哈格雷夫斯·戴恩太空站。是由哈格雷夫斯和戴恩两个家族共同建设、联合管控的太空站。贝拉亚帝国驻杰克逊联邦大使馆就设在这个太空站上。参见《镜舞》。迈尔斯这时有意回避了提到和上次任务相关的哈格雷夫斯家族）的大使馆里见到的浴室，这是我见过的最豪华的洗浴设施了。”

他回到自己的浴室，扔下制服，丢开军衔徽章，开始不紧不慢地从事准备工作。这个愉悦的仪式包括：全身去毛，洗澡，洒古龙水。陶娜理当得到最好的。也理当拥有她所希望的全部时间。她很少能有机会甩掉“坚强中士”的外壳，显露出她羞答答地藏在里面的女性自我。真的很少有人能让她信任，来为她保护那柔弱的一面。在他心中，她就像一位童话里的公主。*我们看起来各自都有人所不知的秘密身份。*

他用一条预热好的蓬松毛巾当作纱笼围在腰间，走到床边，一边休息一边竖起耳朵等着陶娜。她预料到了他们会有这样的私密空间吗？如果有的话，她这次会从自己的提箱里拿出哪件小可爱来呢？她会坚持在他面前把她觉得性感的衣服一件件穿过来吧。看起来她并没有意识到她除了那一头柔顺如水的秀发之外一丝不挂的时候有多么像个女神。嗯，好吧，其实她的头发并不柔顺；如果听之任之的话，它们会变得僵硬，不听话，还会卷成小卷，让迈尔斯鼻子痒痒的，不过在她头上看起来却很合适。他希望陶娜已经丢掉了那件丑得吓人，上面装饰着羽毛的粉红色衣服。上次，他绞尽脑汁才在对她的美学品位和身体外表上的缺陷毫无提及的前提下让她明白一个概念：也许那玩意的颜色和式样并不能为她最美好的特征增光添彩。她或许用一只手就能把他折成两段，但他可以用一个词就杀死她。他绝不会那么做的。

见到陶娜回来的一刻，迈尔斯自己的脸毫不掩饰地亮了起来。她穿着件柔滑如丝绸的淡黄色衣服，闪闪发光。这面料太细了，人们大概可以把整件衣服好几米的料子轻松地从一个戒指当中穿过。那女神般的气质得到了很好的增强，而那天生的威武庄严又丝毫未受损害。“噢，棒极了！”他带着由衷的热忱欢唱道。

“你真的这么想？”她旋转着朝他靠近。丝袂飘飞，一股麝香味的芬芳气息似乎从他的鼻孔一路直冲到他的后脑勺，沿途毫无阻碍。她的光脚踩在地板上，没有咔嗒作响——她小心地把手指甲和脚指甲都修剪、打磨过了，然后还涂上了金色的指甲油。这次他不必艰难地找借口解释身上的缝线或者外科胶水（译者注：用于黏合伤口的特殊有机药物）了。

陶娜在他身旁躺下，消除了他们之间显得滑稽的身高差。在这里，他们终于可以尽情地满足他们对人类——或者类人——爱抚的渴望，直到他们心满意足。没人会来打搅，没人会说三道四……想到这里他内心戒备地竖起了刚毛：会不会有人正在看着这里，时不时吃惊爆发出一阵大笑，或者是冒出几句俏皮的挖苦呢？他如此紧张是不是因为他正在打破自己制定的规则？他并不指望任何外人能理解他们之间的这种关系。

他自己就理解吗？曾经有一度，他也许会咕哝着这很刺激啊、他对登山着迷啊、这是小个子幻想中的终极性爱啊一类的话。后来，他大概会说什么生命对死亡的重击之类的。但也许事情没那么复杂。

也许这就是爱。

过了很久很久之后，他醒来了，看着睡梦中的陶娜。他轻微的动作并没有导致她按照被设计在基因中的程序驱使骤然觉醒，这足以说明她对迈尔斯有多么信任。

在她那多种多样的迷人反应里，她能在迈尔斯面前入睡最能见真情——如果你能知道藏在她心里的故事就会明白这点。

被他们揉成了一团乱的床单将她高大的身躯半掩着；迈尔斯端详着那象牙般的颀长身体上变幻着的光影，让自己的手沿着她身体的曲线移动。手离她的皮肤只隔着一两厘米，仿佛是被她金色皮肤上滚烫的热气浮起一般。随着她的呼吸，身体微微起伏，阴影随之起舞。她的呼吸总是这样，太深了点，太快了点。他真想让它慢一点。仿佛她不是剩下的日子有限，而是剩下的呼吸的次数有限，一旦被用尽了……

她是她那一批原型体中最后一个幸存者了。他们都被基因编程成短寿体，其原因一部分可能是作为一种防止他们失控的机制，另一部分也可能是想要方便给他们灌输军人的勇气。这做法是基于一种愚蠢的理论，说是在战斗中短命的人会比长命的人更愿意牺牲生命。迈尔斯认为那些研究人员既不怎么了解勇气，也不怎么了解生命。这些超级士兵死去时，最终的死亡降临得很快，没有漫长的老年，不会有关节炎症渐渐削弱他们的杀伤力。他们的痛苦只会持续几周，顶多个把月，身体机能的衰退就跟他们的生命一样激烈。仿佛他们就是被设计成在烈焰中升腾，而不是在耻辱中倒下。他端详着陶娜桃花心木色头发中闪动着的几丝银光。

去年都还没有的呢……

登达立舰队的军医仔细研究过她，给了她一些药物来延缓她那激烈的新陈代谢。她现在只跟两个大男人吃得一样多，而不是四个了。一年，又一年，他们延长着陶娜的生命，就像透过一个滤孔抽出一根炽热的金线。但这根线总是会有啪的一下突然折断的一刻。

还有多久？一年还是两年？等他下次回到登达立时，陶娜还会不会在那里？她迎接他的时候会在大家面前规规矩矩地说一声“您好，内史密斯将军”，然后在私下里毫无规矩，甚至是粗鲁无礼地喊一嗓子“嗨，亲爱的！”……

她爱的是内史密斯将军，这是件好事。弗·科西根勋爵可应付不来这些。

他有些愧疚地想着内史密斯将军的另一个情人，那个公开的、众所周知的情人——奎因。谁都用不着为爱上美丽的奎因作解释或者寻找借口。不证自明，内史密斯将军就该跟她是一对儿。

其实他也不算是在对埃莉·奎因不忠。实际上，陶娜跟他发生关系还在奎因之前呢。而且他和奎因之间并没有交换过誓言，也没有誓约或者承诺。不是他没向她求过婚，他求婚的次数已经多得让人伤心了。问题在于奎因，她跟陶娜一样，爱的是内史密斯将军，而不是弗·科西根勋爵。成为弗·科西根勋爵夫人，永远地扎根在下面一颗她本人曾蔑称为“僻壤脏球”的星球上——一想到这个念头就能让“太空种”的奎因（译者注：奎因生长在人造太空站上，成年后一直在太空飞船上工作）尖叫着转身逃走，也会让她惶恐不安地开始寻找脱身的借口。

内史密斯将军的爱情生活简直是青年男性的梦想：不受限制，时有惊人之举的性爱，不必承担任何责任。为什么现在这种生活看起来没那么吸引人了呢？

他爱奎因，爱她的活力，爱她的才智，爱她的冲劲，也爱她跟他共有的对军旅生活的热情。她是迈尔斯最棒的朋友。但最终，迈尔斯从她那里……一无所获。他们之间没有未来，就像他和埃蕾娜之间一样：埃蕾娜已经是巴兹的人了。或者他和陶娜之间一样：陶娜正在步入死亡。

上帝啊，我真难受。逃离内史密斯将军的身份，重新做回弗·科西根勋爵，这大概也是种解脱。弗·科西根勋爵没有性生活。

他停了下来。如此说来……那件事，是从什么时候开始……从他的生活中消失的？实际上，那是很早以前的事了。真奇怪。他以前从没注意到这个问题。

陶娜的眼睛睁开了些，蜜色的光泽闪动。她给了迈尔斯一个睡眼惺忪，尖牙毕露的笑容。

“饿吗？”迈尔斯问道。他很确定会听到什么样的回答。

“嗯，嗯嗯。”

他们花了几分钟，愉快地一起研究了下飞船厨房提供的那份长长的菜单，然后哗啦啦点了一大堆东西。迈尔斯高兴地意识到，有陶娜在身边，他可以把几乎每样食物都尝一点，又不会尴尬地浪费掉吃不完的食物。

在等着他们的飨宴送来的当口，陶娜摞起枕头，在床上坐起身来凝望着迈尔斯，她那双金色的眼眸中流露出缅怀往事的神情。“你还记得你第一次拿东西给我吃吗？”

“记得。那是在瑞阿瓦尔（译者注：杰克逊联邦的大家族之一，长于生物技术。陶娜就是他们制造出来的）的地牢里。那包难吃的军用口粮压缩饼干。”

“让我告诉你吧，哪怕是耗子药饼干都比生耗子好吃（译者注：当时被囚禁在地牢中的陶娜以捕捉老鼠吃生肉维生）。”

“现在我能给你好点的东西吃了。”

“也知道怎么给。”

人们得救之后，就应该从此免于磨难。童话里不都是这样安排的吗？不是吗？然后所有人从此都过着幸福的生活。直到我们死去。可在他头上悬着病退威胁的情况下，他就那么肯定一定是陶娜先离开吗？也许到头来先离开的是内史密斯将军……“那是我最初执行的几次营救行动之一。也是最好的之一，虽然方式有些匪夷所思。”

“你对我，是一见钟情吗？”

“嗯……老实说，不是的。更像是一见生畏。爱上你用了……哦……一小时左右吧。”

“我也是。你回来找我时，我才开始真的爱上你。”

“你是知道的……开始时那实际上并不是一次营救行动。”这是个轻描淡写的叙述：他是受雇前往“终结实验”的。

“但是你把它变成了一次营救行动。我想，那是你最喜欢的行动。每当你在进行营救任务时，你看上去总是显得特别兴高采烈，无论事情有多么棘手。”

“我工作的回报并不都是金钱上的。我不否认，从一个深而又深的困境中把那些绝望的人给拉出来的那一刻我会感觉到非常兴奋。尤其是当别人都认为那事根本无法完成的时候。我喜欢出风头，而且观众们也总是很欣赏我的表演。”呃，也许弗·伯格不会。

“我有时会好奇，你是不是有些像你跟我说过的那个贝拉亚伙计。他四处给每个人分发过冬节吃的肝酱，因为他自己很喜欢吃那东西。然后他总是因为从没有人给他送这种肝酱而十分沮丧。”

“我不需要别人来营救我。通常如此。”去年在杰克逊·霍尔的那段短暂滞留期间是个例外，非常值得回忆。只是他对那段日子的回忆里有一段长达三个月的空白。

“嗯，确切地说，不是营救。是营救的结果。自由。只要有可能，你就会给人以自由。这是不是因为那也是你自己想要的？”

而且得不到的？“并不。我渴望的是惊险刺激。”

他们的大餐给装在两辆手推车里送来了。迈尔斯在门口把送饭的人类乘务员打发走，然后自己和陶娜忙碌了一阵家务活，把食物摆得整整齐齐。这里的船舱真是很宽敞，桌子甚至都不是折叠式的，而是永久固定在甲板上的。迈尔斯一边小口尝着食物，一边看着陶娜吃。给陶娜吃东西总是让他心里奇怪地高兴起来。那场景本身也确实非常令人难忘。“别错过了那些小块的香辣炸奶酪。”他热心地指点着，“我敢肯定，里面含有大量的卡路里。”

“谢谢。”一阵和谐的静默中，唯一的声音是持续的咀嚼声。

"好吃吗？"他问道。

她把入口即化的美味厚切星形蛋糕咬下一大口，咽了下去。"噢，是的。"

迈尔斯笑了。他觉得，陶娜可真有追求幸福的天分，不然怎么能这么永远保持活在当下呢。事先就知道自己的死期不远，这会不会给她带来压力，就好像一只吃腐肉的乌鸦在她肩上驱之不去？是的，肯定会。不过我们还是别破坏现在的气氛。

"去年你发现我是弗·科西根勋爵，而内史密斯将军并不真实存在时，你介意吗？"

她耸耸肩："在我看来这很正常。我一直觉得你应该是个乔装打扮的王子。"

"别瞎说啦！"他大笑起来。上帝啊，救我脱离帝国吧，阿门。或许他现在这话才是在欺骗自己，而不是当时？也许内史密斯将军才是真实的存在，而弗·科西根勋爵则是戴在脸上的面具。内史密斯那平滑的贝塔口音从他的舌尖吐出时是那么轻快。而这些日子里，弗·科西根的贝拉亚喉音却似乎越来越需要刻意努力才能发出了。那么容易就能适应内史密斯的角色，而变成弗·科西根却是如此……痛苦。

"实际上——"迈尔斯重新拾起了先前的话头，他有把握陶娜会跟得上，"——自由正好是我所不想要的。我不想要漫无目的，或者，或者……无人雇用的自由。"特别是后者，"我想要的并不是自由的时间——此刻除外。"他迅速地加上了限定。陶娜点头以示赞许。"我猜，我想要的是……完成我的天命。我所能作为，或者成为的完全的我。"因此他创造了内史密斯将军，将他自己体内那些在贝拉亚没有容身之地的部分收纳其中。

上帝知道，有个念头他已经想过一百遍了。那就是永远地抛弃弗·科西根的身份，就当内史密斯。一脚踢开安全部加在他身上的枷锁，无论那是财政限制还是爱国思想。叛离出去，靠着登达立自由雇佣舰队在银河系里自谋生计。但那是一条单行道。身为一名弗氏贵族，拥有私人武装力量是叛国之行，是严重的违法行为，是死罪。一旦他踏上那条路，就再也回不了家了。

更重要的是，他不能对他的父亲做出那种事来。"我的父亲伯爵大人"，一个一口气就能说完的称呼。只要那个老人还在世，还对儿子抱有贝拉亚传统的期望，他就不能那样做。他拿不准他母亲会作何反应。她虽然在贝拉亚生活了这么多年，但骨子里还是个贝塔人。她并不抵触贝拉亚那套信条，但她并不怎么赞成迈尔斯从军。不过她也并没有怎么反对，她只是清楚地表示，她觉得具有智能的人类还有更值得去做的事情。一旦迈尔斯的父亲真的……他就会成为弗·科西根伯爵，附赠一块领地，还有在伯爵议会中重要的投票权，以及终日无休的工作……活下去，父亲大人。万寿无疆。

而且，他自己也有些部分是内史密斯将军所不能容纳的。

“说到值得回忆的营救——”陶娜可爱的男中音把他带回了当下，“——你那可怜的克隆双胞胎兄弟马克现在怎么样？他找到自己的天命了吗？”

陶娜至少没把他唯一的手足称为“那个又肥又矮的丑八怪”。他感激地朝她笑笑。“我想他现在挺好的。我父母动身去瑟格亚的时候，他也一起离开了贝拉亚。他先跟着他们待了一阵子，然后就去了贝塔殖民地。我的贝塔外祖母替我母亲在照看他。他进入了西利卡（译者注：贝塔殖民地的首都）大学就读，就在我外祖母住的城市里——真没想到他会选择学习会计学。他好像很喜欢那门课。让人难以理解。我总是不由自主地会认为双胞胎之间该比一般的兄弟姐妹之间有更多共同兴趣。”

“也许以后，你们两个会变得更相像。”

“我不觉得马克还会让自己跟军队扯上关系了。”

“他是不会，但也许你会对会计学感兴趣呀。”

他抬头怀疑地瞟了一眼——哦，好吧。她是在开玩笑。他可以从她眼角处堆起的细纹判断出这点。不过当那些细纹展开时，那里仍然有些淡淡的痕迹，就像乌鸦的爪痕。“只要我的腰围没他那么大就不会。”

他啜了口酒。提到马克，让他想起了杰克逊·霍尔，想起了他的冷冻复活，以及他隐藏着的那些麻烦事。它们现在仍未解决，还制造出了不良的后果。他还想起了杜罗娜医生，给他施行冷冻复活术的外科大夫。逃离杰克逊的杜罗娜姐妹们（译者注：一群克隆人姐妹，人数颇多。她们的来历详见《镜舞》）有没有在埃斯科巴星球上，在远离她们那无可眷恋的故乡的地方建立起新的诊所？马克应该知道，上回他们联系时他提到过，他还在给她们送钱。那么，她们是否准备好接受一名新病人，或者更确切地说，一名旧病人了呢？非常、非常秘密？

他可以休个长假，表面上就说去看望他在瑟格亚的双亲。从瑟格亚到埃斯科巴只要坐趟短途飞船。到了那边以后，他就可以去找罗温·杜罗娜……也许他甚至可以假称是去埃斯科巴看望一个情人，更公开地在伊林面前蒙混过关。或者至少在伯爵面前这么蒙混。即便是安全部的特工也勉强可以有私生活的。不过要是伊林自己也有情人，那对迈尔斯来说倒是个新闻了。迈尔斯和罗温之间短暂的情人关系是个错误，是他仍然苦于冷冻失忆症期间的一次意外。不过迈尔斯觉得，他们分手时关系还是挺友善的。也许他能说服罗温给他治疗，但不做任何记录，免得被帝国安全部查到？

这样行得通……不管他的脑袋到底是出了什么鬼毛病，去把它修好，要悄悄的，神不知鬼不觉。对吧？

他的心里已经开始有几分后悔，后悔自己没把给安全部的行动报告的两个版本都放到加密存储卡里，把最后决定延后，让他多点好好考虑的时间。交上一个版本，咽下另一个。但他现在已经定下来了。既然如此，他就需要一个比赌运气更好些的计划。

那就是埃斯科巴了。只要他的时间表上排得出空就去。非常恼人的是，这次往回的旅途中并不经过埃斯科巴。

他往后一靠，打量着桌上乱七八糟的胜利成果：盘子、杯子还有碗零乱地堆在一起，看上去就像是一片战场……嗯，陶娜走过之后的战场。无须打扫的战场。他的目光越过她披着丝绸的肩膀落在了床上。“嗯，这位太太。小睡一会儿，还是做点什么？”

她追随着他的目光看了过去。“做点什么。然后再睡。”她做出了决定。

“如您所命。”他坐着鞠了个弗氏派头十足的躬，然后站起来握住她的手，“把握良宵。”

第四章

依照通常接待返国信使的操作程序，一辆帝国安全部的地面汽车和司机在弗贝拉苏丹娜郊外的军用航天港等候着。接到迈尔斯以后车子就一路飞驰，直接把他送到了市中心的安全部总部。耸立在前面街角的总部大楼渐渐逼近，他不由得希望司机能开慢点，或者围着这个街区多绕几圈。他回家路上在政府的飞船上度过的几周全都在沮丧地反复考虑着自己身处的窘境，现在看来仿佛还是不够。不，他不需要再考虑了，他只需要行动。

司机开车通过了安全检查站，又穿过重重大门，来到了那幢巨大、阴森、让人心生不祥预感的灰色建筑物前。这种印象并非全是迈尔斯的心境使然，帝国安全部总部大楼本来就是弗贝拉苏丹娜最丑陋的建筑之一。来自乡下的游客们按理来说本该避开这个地方的，却往往专门开车经过这里来看一眼，只为了向修建这幢大楼的建筑师的一段有趣的传说致意。据说他在自己的恩主尤里皇帝突然垮台后，也得了疯病而死。司机载着迈尔斯开过大楼那可怖的正面，绕到了边上不起眼的侧门旁，这道门是专为信使、间谍、告密者、分析员、秘书、管理员，以及其他来这里真正办事的人开的。

迈尔斯挥挥手让司机开车走了，然后独自在秋天寒冷的下午站在门外，最后又踌躇了一下。他有种糟糕的感觉：他精心编制的计划可能压根行不通。

*而且即便行得通，我从此也得永远提心吊胆，等待着东窗事发。*不行。他逃不过去的。他会交上修改过的加密卡片，这没错，这点上他已经让自己别无选择。不过接下来，他会向伊林口头汇报，告诉他事情的真相（而且要赶在伊林有机会审核那份该死的材料之前）。他可以谎称自己是觉得他健康出状况的事情即便是放在加密报告里面也太危险，就好像他是把这个问题又快又准地扔到伊林的怀里，等他来决定一

样。无论如何，迈尔斯实际上本来也不可能把这个消息更快地传递到总部嘛。

要是他在冷风中再多站一会儿，继续假装研究门楣上刻着的那些程式化的浅浮雕花岗石怪兽——有些饶舌的家伙给它们取了个绰号：“印刷石像鬼”——就会有警卫走上前，礼貌但直截了当地盘问他了。他下定决心，脱掉自己的军大衣，把它整齐叠好，搭在胳膊上，然后抱起密码箱，让它贴住自己绿色的短上衣，迈步进门。

坐在桌后的办事员一言不发地对他进行了例行的安保身份验证。全是例行公事。他把自己的大衣——那可不是在任何一家军品商店里买得来的，而是找裁缝专门按照他非常规的身材定制的——留在了寄存处。对他的安全审核结果应该没有问题，没派人送他去伊林那间不是那么容易找到的办公室就证明了这点。要去伊林办公室所在的那层楼，你得先换乘两个不同的电梯往上，再转第三个电梯往下。

他到了那里，然后通过了走廊里的最后一道扫描检查，接着发现外间办公室的门是打开的。伊林的秘书正坐在自己桌旁，同国内事务司的司长卢卡斯·哈罗彻将军交谈着。哈罗彻将军的这个头衔总是让迈尔斯联想起给百无聊赖的太太们解闷的牛郎（译者注：文字游戏。“国内”和“事务”这两个词分别另有“家内”“男女关系”的意思），但实际上这个部门处理的是军队中相当棘手也相当不讨人喜欢的工作——严格地站在贝拉亚立场上，追查可能存在叛乱阴谋和反政府团体。在被征服但仍未被驯服的科玛，阿莱格尔将军充当着相应的角色，整天忙于同样的工作。

迈尔斯通常只在偶尔没有直接跟伊林交接任务的情况下，才会同那位银河事务司的司长（在迈尔斯看来，那个官衔远比这个要更有异域风情，更有吸引力）打交道。但银河系事务司就设在科玛行星上，而这次迈尔斯是被要求直接回到贝拉亚，都没有让他在那颗守卫着贝拉亚通往银河系虫洞交通网的唯一跃迁通路的行星上停留。这让人觉得事情肯定很紧急。也许甚至会紧急得足以让伊林那让人不快的注意力从迈尔斯的坏消息上转移开来。

“你好，上尉。你好，哈罗彻将军。”作为理论上在场的军官中地位最低的一人，迈尔斯朝着他们两人那边一并敬了个礼，而他们两个答礼的姿态也同样随意。迈尔斯对伊林的秘书不熟，那人在这个重要岗位上已经工作了大约两年时间，那么算下来，迈尔斯作为“伊林星”的“卫星”的时间比他长了至少六年——如果你愿意这样考虑问题的话。

秘书伸出手来，要接过密码箱。“你的报告来了，很好。请签个字。”

“我……想亲手把这个交给老板。”迈尔斯朝伊林里间办公室紧闭的房门点点头。

“不行，今天不行。他不在。”

“不在？我本希望……有些事我需要口头补充一下。”

“他一回来我就立刻帮你转达。”

“他会很快回来吗？我可以等。”

“今天不会回来。他出城去了。”

妈的。“好吧……”迈尔斯不甘地把箱子交给了程序规定的接收人，然后用手掌在算讯终端的读取器上按了四次，确认并证明报告已经送达。“那么……他给我留下命令了吗？他肯定知道我会什么时候到。”

“是的，中尉。命令你暂时休假，等待他的召唤。”

“我还以为这事很紧急呢，不然为什么催着我坐第一班船回来？只给了我几周的时间，一路全被关在飞船里。”

“我能说什么呢？”秘书耸耸肩，“帝国安全部偶尔还记得它是个军事组织。快回去，等着吧。”

迈尔斯从这个人嘴里得不到任何小道消息。不过如果有那么多的时间……不久前他刚刚压下去的那个机智的小计划，溜到埃斯科巴接受秘密治疗的计划现在又从泥坑里探出了头。“休假是吗？我的时间够不够，能不能让我到瑟格亚看望一下我的父母？”

“我恐怕不行。你必须随时待命，接到通知后一小时内回来报到。你最好别离开本城。”看到迈尔斯沮丧的样子，他又加上一句，“我很遗憾，弗·科西根中尉。”

远远不如我遗憾。他不由自主地想起了自己创作的一句格言警句，内容大概是说，任何战斗计划一经接敌便告死亡。“好吧……告诉伊林，在他有空的时候我想尽快见他。”

“当然。”秘书做了记录。

“你父母好吗，弗·科西根中尉？”哈罗彻将军亲切地问道。哈罗彻是个五十出头的男人，头发已经开始发灰，身上穿着套有些发皱的绿色军常服。迈尔斯喜欢他的声音，深沉而圆润，有时很幽默，稍带一点口音——虽然他在首都待了这么多年，可他来自西部领地的乡音还是没被完全磨灭。哈罗彻的工作为他在安全部的内部圈子里赢得了赫赫声名，但外界却对此几乎一无所知。这种窘境迈尔斯也深有体会。他比迈尔斯大约早一年成为帝国安全部总部的固定工作人员。迈尔斯觉得，不管是谁，只要在哈罗彻这个位置上干上十年，肯定都会头发花白，外加患有胃病。

“你对他们的近况应该知道得比我还多吧，长官。我记得给我的邮件可是催我不许在科玛的帝国安全部银河事务司大楼停留，直接回家呢。”

哈罗彻摊开双手，耸了耸肩。“不，我其实也不清楚。伊林已经把瑟格亚从我的部门分出去了，成立了一个独立的瑟格亚事务司，跟科玛那边平级。”

“那边应该没有需要一个独立的部门来处理的那么多事务啊。”迈尔斯说，“瑟格亚殖民地建立了不到三十年。人口甚至还不到一百万，是吧？”

“刚超过一百万。”秘书插了句嘴。

哈罗彻笑得有几分冷。“我认为这样做还为时过早，不过我们杰出的总督大人弗·科西根伯爵要求什么，什么事情就会发生。”他半垂下自己的眼睑，似乎向迈尔斯投去意味深长的一瞥。

别跟我说那些裙带关系之类的鬼扯，哈罗彻。你知道我真正的工作是什么。也知道我做得多么出色。“我听着觉得这似乎又多了个在帝国安全部里做文书工作的闲职美差啊。那个殖民地的人们正忙得四脚朝天，顾不上煽动叛乱。也许我该申请那个职位。”

“恐怕那位子已经有人坐了。是奥尔山斯基上校。”

“哦？听说他是个很稳重的人。瑟格亚当然在虫洞交通网中占据着很重要的战略位置，但我觉得这方面的事务应该归属银河系事务司管辖。我估计伊林是在为将来考虑吧。”迈尔斯叹了口气，“我想我还是回家吧。办公室想找我的时候，可以在弗·科西根府找到我。”

秘书的嘴角往两边拉开，露出一个狞笑。“噢，无论你在哪儿，我们都找得到你。”

这是个帝国安全部式的内部笑话。迈尔斯附和着笑了笑，然后逃之夭夭。

迈尔斯在回去出口的路上准备换乘最后一架电梯时，有一位穿着绿色军常服的上尉正好也走进了电梯换乘间。这位军官正值中年，一头黑发；一双肉豆蔻褐色的眼睛炯炯有神，眼皮却耷拉着；脸部轮廓像罗马人，可唯独那鼻子却是肉乎乎的。这是张熟悉的面孔，可迈尔斯完全没想到会在这里遇到他。

“达夫·盖伦尼！”迈尔斯叫道，“你在这里做什么？”

“啊，你好，迈尔斯。”盖伦尼露出一个他所能露出的最欢快的笑容——高兴地咧了咧嘴。他比迈尔斯上次见到他时显得老了些，也胖了些，但是看上去轻松些，也有自信了（译者注：盖伦尼和迈尔斯等人之前的相关故事详见《兄弟手足》）。“当然是工作了。是我要求重新分配到这里的。”

“上次我们见面时，你正在科玛执行反间谍任务。这算是提升吗？还是你突然之间渴望案头胜过了一线？抑或你来这里是想沐浴在帝国权力的中心所放射出的些许光辉之中？”

“都有一点吧，并且……”盖伦尼朝四下里望了望，似乎想确认这里只有他们俩。有什么秘密那么敏感，非得在这个迷宫的正中央低声耳语？“有一个女人现在在这儿。”

“仁慈的上帝啊，这听起来怎么像是我表兄伊凡的台词。你，一个女人，然后呢？”

“不许嘲笑我。你和那个让人敬畏的奎因之间还有那种，呃，让人羡慕的关系吗？”

迈尔斯想起他和奎因上次的争吵，差点就皱起了眉头。“差不多吧。”他必须尽快找机会回去解决和奎因之间的矛盾。他出发时奎因的态度缓和了些，算是去游隼号的穿梭机库送了下他，但他们之间的道别完全是一板一眼，气氛紧张。

“你又是这套说辞。”盖伦尼宽容地说道，“我说的那个女人是个科玛人。来自托斯凯恩（译者注：意大利语“托斯卡纳”的英文形式。盖伦也是意大利地区姓氏）家族。她在科玛获得商业理论博士学位后，就进了她家族的飞船运输企业（译者注：托斯凯恩家族是在科玛拥有多家大型企业的财阀）中做事。现在她长驻在弗贝拉苏丹娜，固定从事说客工作，代表着科玛所有持有航运许可证的公司组成的商贸集团，充当他们和帝国之间的中间人。一位杰出女性。”

这话由盖伦尼嘴里说出来，实际就是相当高的赞誉了。他本人是加入帝国部队中的首批科玛人之一，而且入伍前拿到过历史学的博士学位。“那么……你是想跟她来一段罗曼史，还是想着把她招到你的部门？”

迈尔斯敢发誓，盖伦尼的脸都快涨红了。“我是认真的，弗·科西根。”

“而且雄心勃勃。如果她是那个托斯凯恩家族的后裔的话。”

“我还是那个盖伦家族的子孙呢（译者注：达夫·盖伦尼原名大卫·盖伦，因故改名，原因见后）。想当年，盖伦家族也配得上这样在说话时中加重语气以示强调。”

“你想重振家族事业，是吗？”

“嗯……时代已经变了。不会倒退回去。而是继续向前发展。我觉得，我也到了该有点雄心壮志的年纪了。你知道的，我都快四十了。”

“而且显然，正摇摇欲坠，随时会越过边缘成为真正的老朽。”迈尔斯咧开嘴笑了，“好了，祝贺你。或许我应该说，祝你好运？”

“我想我是需要碰碰运气。祝贺的话还为时过早。不过我希望事情很快就会有头绪。你呢？”

我的爱情生活现在实在是太复杂了。或者至少……内史密斯将军的爱情生活是这样的。“哦，你指的是工作吧。我目前，啊……不是在工作。暂时的。我到银河系里转了一小圈，刚回来。”

盖伦尼把一边的眉毛扬了扬，表示他明白了。他自己对于几年前遇见登达立雇佣军和“内史密斯将军”的那些经历还记忆犹新。“你这是要往上，进去，还是要往下，出去？”

迈尔斯指了指向下的电梯。“我准备回家。我有几天的假期。”

“那么说不定我们会在城里碰到。”盖伦尼转身进了朝上的电梯，还高高兴兴地朝他敬了半个告别礼。

“希望如此。保重。”迈尔斯也下去了，从一楼出口离开。

在侧门的安检台前，迈尔斯停了会儿。他遇到了一个小小的两难抉择。从前每次在帝国安全部做完行动总结汇报回家时，有时候是他打电话从伯爵的车库里叫一辆车来，开车的可能是他家的卫士，也可能是仆人；更多的情况下，是在他从伊林的老巢里出来时，就发现已经有辆车在等着他了。可是卫士、仆人、车辆，以及家中其余的人员都跟着伯爵和伯爵夫人拔营而走，搬到瑟格亚的总督宫里去了（不过他母亲在写给他的信中曾冷漠地表示“宫”这个叫法根本就是在误导人）。那么他是该请求帝国安全部总部的公用车库调辆车送他一程，还是叫一辆商务出租车？不过差不多可以肯定，任何进到这里的出租车都会事先经过安全审查。他的行李不多，而且从航天港直接让人送回家了。

外面很冷，天灰蒙蒙的，但没下雨。而且他才在绝对是挤得一塌糊涂（虽说速度还算快）的跃迁飞船里憋了那么多天。他拿起自己的军大衣，走出门去。反正给他的命令也只说，在银河系中旅行的时候身边随时要有当班保镖。

帝国安全部总部和弗·科西根府邸都坐落在旧城区的中心地带，相隔大约四公里。我觉得我可以走回家去。

他转过最后一个拐角，来到弗·科西根府邸面前的大街上时，下午灰色的天空已经变得更加阴沉，还下起了毛毛细雨，让他庆幸自己到得正是时候。四公里用了……唉，或许这次不是他走得最快的一次，不过至少他现在没像在六个月前那样，走几步路就气喘吁吁了。

他一路快步走过，什么也没发生。首都市中心下午的街道上交通繁忙，行人摩肩接踵，为各自的事务奔忙，对身边这个穿着军服昂首阔步的小个子几乎连一眼都懒得看。没有人久久地盯着他，没有人做出粗野的手势，没有人无礼地评头论足，甚至没人偷偷摸摸地照古老的传统施法念咒，对抗“变种人流毒”。他现在走路不再一瘸一拐，双腿上没了支架，驼背也给矫正得差不多了，是这些身体上的改变带来了这么大的不同吗？还是因为贝拉亚人的观念发生了变化？

以前这个街区由三栋老式建筑共分。出于安全考虑，在迈尔斯的父亲做摄政王时帝国政府买下了街这头的房子，现在里面塞着些不重要的官僚机构办公室。街那头的房子则更老旧，下水管道还出了问题，已经给拆掉了，取而代之的是一个小小的公园。在它们的鼎盛时期，一个半世纪以前，这些宏伟的建筑一定曾巍然俯瞰着来往的马车和骑士。但如今它们在街对面更高大的现代建筑面前已然相形见绌。

弗·科西根府邸坐落在街面中央，往街道的方向是一片草坪和花坛组成的绿化带。绿化带被一段半环形车道的圆环部分圈在里面。一道墙头装着黑色的精铁尖刺的石墙又包围在车道和府邸之外。这幢四层的大型灰色石制建筑主要包括左右两翼，此外还有别的几个附属建筑，一同矗立在地上，显得古老又宏大。就差没有狭长的窗口和护城河了。呃，还少了几只作为点缀的蝙蝠和乌鸦。来自地球的蝙蝠在贝拉亚很罕见，因为这里没有足够的地球昆虫给它们食用，而本地被错误地称为“虫子”的那些生物通常都是有毒的，不能吃。紧贴着外墙有一圈力场屏障作为真正的防御设施，同时也完全消灭了蝙蝠飞舞的浪漫景象出现的可能。大门旁有一个混凝土的小亭子，门卫就在里面。在阿罗摄政期间，最多的时候曾有整整三个排的帝国安全部卫兵在这里三班倒轮流站岗，岗哨把大厦整整围了一圈，还延伸到几个街区之外，昼夜注视着在这里匆忙出没的全男性的政府要员们。

现在这里只有一名形单影只的门卫。听到迈尔斯的脚步声，他从开着的门里探出头来，然后走了出来，向他敬礼。这名年轻的帝国安全部下士是个新人，迈尔斯不认识。

“下午好，弗·科西根中尉。”年轻人说，“我正在等你呢。几小时前，他们就把您的旅行箱送来了，我全部扫描过了，随时可以拿进去。”

“谢谢你，下士。”迈尔斯严肃地回了个礼，“最近这里有什么激动人心的事吗？”

“没什么，长官。自从伯爵和伯爵夫人离开后就没什么大事发生。我们遇到的最大的动静是只流浪猫弄出来的。那家伙不知怎么在夜里躲过了扫描电波，撞进了缠绊场（译者注：作者虚构的一种力场，原理不明。词面上来自“绊网”的变形，能麻痹其中生物的神经，跟电击效果类似。迈尔斯的世界中有很多应用该力场的非致命性捕缚用具）里。我从来都不知道猫能制造出那么大的噪声。它显然以为自己就要被杀死吃掉了。”

迈尔斯目光一扫，看到岗亭里面正对门的墙边地板上扔着一个三明治的空包装袋，还有一小碟牛奶。岗亭的第二间小屋里摆着一排显示屏，显示出宅邸外围监视器传来的视频。此刻显示屏上闪动的亮光透过狭窄的门口，在地上投射下一片阴冷的辉光。“然后，呃……它真的被？我是说，真的被杀死了吗？”

“噢，没有，长官。真是万幸。”

“很好。”迈尔斯伸手去提箱子，可卫兵这时候后知后觉地也想起了这件事，试图自己把箱子递给迈尔斯。于是他们俩尴尬地争抢了一阵，迈尔斯才拿到箱子。在碟子旁边卫兵的座椅下的阴影中，一双黄绿色的眼睛反射着微光，带着猫科动物那种受迫害妄想症的眼神紧盯着他。年轻下士身上有些有趣的地方：他制服前襟上缀着几根长长的黑色猫毛；手上还有几道抓伤，伤口挺深的，还没完全愈合。当班的时候养宠物是很严重的违规行为。不过，每天九小时就困在这么一个微型碉堡里……他肯定是烦躁得要发疯了。

“掌纹锁已经为您重新设置好了，长官。”卫兵继续热心地说道，“我已经全部重新检查过了。检查了两遍。我来为您提那个好吗？您知道您要在这里待多久吗？这里会有什么新的……变化吗？”

“我不知道，有什么我会告诉你的。”这孩子显然渴望多交谈一会儿，但迈尔斯累了，也许回头可以陪他谈谈。迈尔斯转身沿着车道走去，但随即转过身来。“你给它取的名字是？”

“什么，长官？”

“那只猫。”

年轻人脸上掠过一丝惊慌之色，毫无疑问，不准饲养宠物的禁令这会再度回到了他的大脑中。“呃……叫扎普，长官。”

至少他很诚实。“很合适（译者注：这个名字作为单词有‘激动’‘叫着攻击’的意思）。继续做你的事吧，下士。”迈尔斯朝他敬了一个安全部总部分析员式的分别礼：把两个手指头在太阳穴附近挥一挥。安全部的分析员们通常都不怎么尊敬那些智力水平低于自己的人，其中包括了绝大部分帝国军队的其他成员。卫兵感激地朝他回了一个军礼，动作漂亮得多。

从什么时候开始，安全部派孩子们来给我们守门了？在迈尔斯父亲的那个年代，在这里巡逻的那些冷面男人会当场处决那只不幸的猫，然后还会仔细检查它的尸体里有没有探测装置或者炸弹之类的东西。那小家伙的年龄肯定……少说也有二十一岁了——如果他确实是帝国安全部的，而且能拿到这个军衔，在首都工作。迈尔斯压下这阵漫无边际的联想冲动，大踏步走进车道上，走到从门口一直延伸过来的顶棚下，避开雨水的侵袭。细雨现在已经变成了倾盆大雨。

他把手在大门右方掌纹锁的面板上按了按，两扇门向外转开，隆重地迎候他的到来，然后等他一跨过门槛，又在他背后关上了。自己开门的感觉很怪，过去总是会有个身穿弗·科西根家棕银双色制服的卫士前来迎接他。他们什么时候把大门给搞自动化了？

大雨和濒临入夜的暮色像两张大网，遮住了阳光，让铺着黑白相间地砖的巨大门厅显得又冷又暗。迈尔斯几乎要喊出一声“开灯”，好让这里亮堂起来。但他及时停住了，放下箱子。他长这么大，还从没有整个弗·科西根府只剩他一个人的经历。

“总有一天，我的儿子，所有这一切都会是你的。”他试探着朝阴影中低语。棋盘般的地方似乎把他的话给反弹了回来，化作刺耳的回声，让他好容易才忍住没打激灵。他转身向右，开始慢慢探索这栋大房子。

隔壁房间里铺着地毯，将他军靴沉重孤单的脚步声减轻了许多。家具看起来大约有一半都不在了，剩下的全都盖着鬼气森森的白布。他把一楼整个转了一圈。这地方看起来比他记忆中的更大，似乎又更小。这真是个让人迷惑的悖论。

他去占据了整个东翼地下一层的车库检查了一下。他自己的轻便飞车被很好地收藏在一个角落里。另一个角落里是一辆大型装甲地行车（译者注：科幻小说中的一种交通工具，在离地面一定高度处悬浮行驶），精光锃亮，舒适豪华，只是有些年头了。他想起了自己的战斗服。在我脑袋里这该死的毛病被治好之前，我大概不该想着去驾车或者飞行。开轻便飞车，他有可能害死自己；要是在开那辆大车的时候发作，则有可能撞死路上任何人。其实去年冬天，到他有信心自己已经像医生说的那样痊愈的时候，他已经很习惯时不时乞求别人搭他一程了。

车库后面有几条楼梯，他沿着其中之一爬上去，进入了楼下的大厨房。当他还是个小孩子的时候，这里一直都是个高价值目标地点：能找到可口的零嘴，还有人陪伴，充满了乐趣。到处都是忙忙碌碌的厨子、卫士还有仆人，甚至帝国摄政王偶尔也会游荡到这里，饥肠辘辘地来找点点心。有些厨房用具还在，但这里已经没有一点可以吃的东西了。食品储藏室和冷冻库以及几个冰箱里全都空空如也，里面不冷不热，电源全切断了。

他重新启动了最小的一个冰箱。如果他要在这里待很长时间的话，就不得不弄点吃的。或是找个仆人来弄。一个仆人肯定就够了。但他不想找个陌生人来这里……也许能找到个不久前退休，领着退职金生活的老伙计，然后说服他回来帮几天忙。但他也许不会在这里待很长时间。也许他该去买一些即食餐品——但要谢绝军队补给品。他用自己的弗·科西根家人手掌打开了控温控湿的地窖大门。里面静静地躺着大量度数高低不等的葡萄酒，在其中渐渐陈化。他拿上来几瓶酒体特别耐嚼（译者注：葡萄酒品鉴术语，指酒中单宁酸和其他味道浓重）的红酒，是他祖父的时代放进去的。

他懒得开电梯，把酒和箱子一并沿着旋转楼梯拖上了三楼侧翼，走进自己俯瞰着后花园的卧室。这次他喊了一声，开启了声控电灯，因为真正的黑夜降临后，他要是还在黑暗中磕磕绊绊地走，那带来的已经不是使人抑郁的焦虑，而是真正的危险了。房间里的样子跟他离开时一样……好像才四个月？这里也太干净整洁了，似乎很长时间都没有人真的在这里住过了。噢，弗·科西根勋爵去年冬天其实在这里困了很长时间，可是以他那时的身体状况，是掀不起什么风浪的。

*我可以点些外卖。跟门卫分着吃。*可他确实没怎么觉得饿。

我可以为所欲为。什么事都可以。

只除了他唯一真正想做的事情：今晚就出发，搭乘最快的跃迁飞船奔赴埃斯科巴，或者到银河系中别的哪个医学同样发达的星球去。他的内心咆哮着，可他最后只是打开箱子把里面的东西一样样都拿出来放好，脱下自己的靴子，把军服挂起来，然后舒舒服服地穿上一套老式针织服装。

他坐在床上，往漱口玻璃杯里倒了些酒。上次在登达立执行任务期间，他一直滴酒未沾，更没沾过任何可能有毒品效果的东西或者类似的玩意，但看起来那样根本毫无意义，他的病症仍然偶尔不可预测地发作。要是他一个人安安静静地待在弗·科西根府邸里等着和伊林会面，那么就算再发生那么一次小插曲，至少也不会有人看到。

*我要喝杯酒，然后叫点吃的。*明天，他必须制订出另一个进攻计划来对付……

潜伏在他神经细胞中的那些该死的破坏分子。

酒顺着嗓子滑下去，带烟熏味，酒味醇厚，一路暖暖的。为让自己镇静下来所需的酒精量看来要比以往更多了，这有点麻烦，但很容易解决。脱敏作用可能是冷冻复活的另一个副作用，但他闷闷不乐地怀疑那恐怕不过是由于年龄的缘故。喝掉了超过三分之二瓶酒后，他进入了梦乡。

到了第二天中午，食物问题上的矛盾已经越来越尖锐。虽说吃了点止痛药当早餐，可缺少咖啡和茶的问题已经发展到极端严重的程度。我经过帝国安全部的训练。我可以解决这个问题。这么多年来，肯定一直有某个人在负责采办食品……不对，他想起来了。厨房的物资以前都是每天由一辆集装箱卡车送来的，他还记得卫士们进行检查的情景。厨师长实际上干的相当于一名连队军需官的活，他要负责伯爵、伯爵夫人、几十个仆人、二十名卫士，以及其他所有他们的各类下属人员的营养补给。除了上面那些人之外，有时肚子饿了的帝国安全部卫兵们也会来要些小吃，而且这里还会频繁地举办国宴、派对、招待会，来吃饭的客人可能会有好几百人。

不一会儿，迈尔斯就从厨房外面厨师长办公室里的算讯终端里找到了自己想要的资料。以前他们是有个固定的供应商的——账户如今已经关闭了，不过他肯定可以重新开户。供应的范围之广相当惊人，其价格之高则更加惊人。他们买鸡蛋居然要花这么多马克？——噢，那是一箱，总共十二打鸡蛋的价钱，而不是十二只的。迈尔斯试着想象他能用一百四十四只鸡蛋做什么。也许他能回到十三岁的话可以拿它们派上些用场。生命中有些际遇总是姗姗来迟。

他没继续想下去，把注意力转回到显示器上的目录里。最近的食品供应商在大约六个街区之外，是家位于城市中部的一个小杂货店。又一个两难的选择：他敢开车吗？不。走着去，坐出租车回家。

最后他发现那个地方其实只能算是墙上开了个古怪的小洞，但它里面供应咖啡、茶、牛奶、数量合理的鸡蛋、盒装即食麦片，还有一排包装好的标有“瑞迪套餐”（译者注：英文的“瑞迪”是“即食、速食”的谐音）的玩意。他把五种口味的预制餐各拿了两份，堆在一起。他冲动地还抓起了半打锡箔纸包装的高级软性猫粮，那种散发着猫喜欢的怪味的玩意。那么……他是该把这东西交给门卫还是试着用它们来引诱小猫扎普成为他自己的部下？不过在经历了缠绊场事件之后，那畜生多半不会再时常在弗·科西根府的后门闲荡了。

他收拾起自己的战利品，把它们拿到了收银台，那里的收银员上下打量着他，对着他古怪地笑了笑。他在心里做好了准备，等待着听到像“啊，变种？”之类的挖苦话。他该穿着自己的帝国安全部制服来的，没人敢冲着他领子上那闪闪发光的荷鲁斯之眼冷嘲热讽。但女收银员说出口的却是：“啊哈。单身？”

他赶回家，在正下午吃了顿早饭，这就又过去了一个小时。离天黑还有五个小时。离上床睡觉还要更久。他没用多长时间就查出了贝拉亚每一个冷冻神经学诊所和专家的名字，然后按两种顺序把它们排列成表单：一种是医学声誉的高低；另一种是向帝国安全部保守他就诊的秘密的概率大小。第二个要求是关键。他真的想要最优秀的医生来处理他脑袋里的问题，但令人沮丧的是，那些人很难被说服去做某些事——比如，治疗一个病人，但不保留任何记录。去埃斯科巴？就在贝拉亚？也许他去看病的地方离总部该尽可能远点，那么就等到下一次他出去到银河系里执行任务的时候再说？

他焦躁不安地在房子里来回踱步，心中翻腾着回忆。这里曾是埃蕾娜的房间。那间小小的屋子曾经属于伯沙瑞军士，她的父亲。伊凡曾经从这个位置的安全护栏上翻了下去，摔下去半层楼的高度，脑袋都开了花，他的智力却没出现明显的变化。原指望这一跤能让他变聪明点呢……

对于晚上的正餐，迈尔斯决定要保持一贯的高标准。于是他穿上绿色礼服，把国宴厅所有家具上的罩单全部扯掉，然后把他的葡萄酒和一个名副其实的水晶杯摆放在好几米长的餐桌顶头。他差点还想去搜个盘子出来，但转念之间他决定还是就着“瑞迪套餐”的包装盒直接吃掉快餐，可以省掉洗碟子的麻烦。他让电唱机放出轻柔的音乐。除去这些准备的时间之外，晚餐用了大约五分钟。吃完后，他又勤勤恳恳地把锃亮的木桌和漂亮的椅子重新罩了起来。

要是登达立舰队的成员在这儿的话，我今晚就可以来一场真正的派对了。

埃莉·奎因。或者陶娜。或者罗温·杜罗娜，甚至是埃蕾娜，附带上巴兹也可以。贝尔·索恩，迈尔斯现在还在想念着的人（*译者注：索恩是贝塔的双性人，爱慕迈尔斯。在登达立舰队中一度身居要职，但在《镜舞》中他犯下了严重的过失，被迈尔斯要求自动辞职离开登达立。二人后来在《外交豁免权》一书中再度联手*）。以上所有的人，谁都好。他在心中想象着登达立的人们占据了整个弗·科西根府邸的场面，想到头晕目眩。毫无疑问，他们会知道怎样让这地方生气勃勃。

第二天还没到晚上，他已经受不了了，于是给他表兄伊凡打了个电话。

伊凡在算讯终端上迅速回复了他。中尉伊凡·弗·帕特利尔勋爵身上此刻还穿着套绿色军常服，同迈尔斯的那套完全一样，只不过他衣领上代表中尉军衔的红色方块前面别着的是作战部的徽章，而不是帝国安全部的。至少伊凡还没变，白天仍然在帝国军队司令部的同一张桌子旁得过且过，晚上依旧作为一名贵族军官在首都过着快乐的夜生活。

一看到迈尔斯，伊凡那张英俊而富有亲和力的脸上就亮了起来。他露出一个由衷的笑容。“啊，表弟！我都还不知道你回到城里了。”

“我回来一两天了。”迈尔斯坦白交代，“回来后就在体验自己一人独占弗·科西根府邸的感觉。多少有些怪异。”

“敬爱的上帝啊，就你一个人待在那座陵墓里？”

“除了我就是门卫，还有小猫扎普。他们俩待在一起，根本不来理我。”

“这应该挺适合你的啊。刚刚死而复生嘛。”伊凡说。

迈尔斯摸了摸自己的胸口。“没这回事。以前我从来没注意过这座老房子晚上会吱吱嘎嘎响得这么厉害。今天下午我一直在……”他显然不能告诉伊凡自己一整天都在策划怎么悄悄来一次“突袭式就诊”，那样伊凡不可能不问个“为什么”。他继续说道，“翻看档案。我有些好奇，这一两个世纪里到底有多少人死在了这所房子里。当然，是除了我祖父以外还有多少。结果发现比我原先以为的要多得多。”那确实是个很吸引人的问题，他的确该去浏览了一下档案。

“呸呸。”

“那么……城里有什么新闻？你有时间过来一下吗？”

“我整天都在值班，不过当然……没多少大事。我们现在处于一个特殊时段，皇帝圣诞过了，但冬节还没到。”

“今年的圣诞盛典怎么样？我刚好错过了。当时我还在路上，还差三周才到。飞船上都没人喝醉酒以示庆祝的。”

“是啊，我知道。我把你们领地的黄金税袋（译者注：传统上在这一天统治各个领地的伯爵们要举行向皇帝完纳赋税的仪式。虽然到书中的年代，赋税已经主要通过电子转账缴纳，但庆典上每个伯爵仍然要向皇帝呈交一个装有少量金币的袋子，在形式上保留这个传统。这次显然是因为迈尔斯一家三口都不在，改由伊凡作为他们的代理。参见《贝拉亚》）送上去时都被挤得举步维艰。每次都那么多人。格雷果很早就离开了，各种热闹渐渐减少，到凌晨前就全散了。”伊凡抿起了嘴，看那样子似乎他突然抓住了一个灵感。迈尔斯让自己做好听到糟糕点子的准备。

“不过，我有个想法。后天晚上格雷果要举办一场国宴。有两三个银河系大国来了新任大使，还有几个次一等的参赞在上个月递交了国书，格雷果打算把他们聚在一块，一次性完成招待。跟平时一样，母亲大人会在他宴会上充当女主人的角色。”

艾利丝·弗·帕特利尔夫人是公认的弗贝拉苏丹娜社交方面的首席权威，一个相当重要的原因就是她常常在皇宫中为没有妻子、没有母亲也没有姐妹的当今皇帝格雷果充当官方迎宾员的角色。

“宴会完了之后有场舞会。母亲问我能不能找些年轻人来给舞会暖场子。她所谓的年轻，我想是指四十岁以下。这些人年龄合适，你知道其中道理吧。要是我事先知道你在城里的话，肯定早就把你定到名单里了。”

“她想让你带个女朋友去，”迈尔斯打断了他，“最好是未婚妻。”

伊凡咧嘴一笑。“是啊。但是不知怎么回事，我认识的大多数家伙都不愿意把他们的未婚妻借我一用。”

“我是不是也要带个舞伴？但这里的女性我现在几乎一个都不认识。”

“那么就带个库德尔卡家的女孩儿去吧。我就这样打算的。的确，带她们跟带自己的姐妹一样，不过她们非常能给人挣脸面，她们一起出动的时候更是如此。”

“你约了迪黎娅吗？”迈尔斯若有所思地问。

“没错。但是如果你希望的话，我可以把她让给你，我就带玛蒂娅好了。不过你要是跟迪黎娅走在一块，你必须保证不让她穿高跟鞋。她讨厌别人让她穿高跟鞋。”

“可是她若穿上高跟鞋，会那么……让人印象深刻。”

“她不穿高跟鞋也让人印象深刻。”

“你说得对。那么……好吧，就这么定了。”迈尔斯脑中瞬间闪出了自己在皇宫舞厅地板上，当着首都社交界一半的弗氏精英的面突然发病的场景。可有什么别的选择吗？再在家里独自待一晚上，他也照样无事可干。或者可以幻想一下完成下次任务之后怎么偷跑到埃斯科巴去？再不切实际点，推演出十九个在帝国安全部的主场摆脱他们对自己的监控的法子？或者头脑风暴一下，想想看怎么把门卫的猫偷来给自己做伴？况且伊凡也许还能解决他的交通困境呢。

“我没车。”迈尔斯说。

“你的轻便飞车呢？”

“它……在店里。在调校。”

“要我来接你吗？”

他的脑子怎么这么迟钝了。要是那样就会是伊凡开车，让所有审慎的乘客恐惧不安，除非迈尔斯能胁迫迪黎娅·库德尔卡接手驾驶工作。迈尔斯坐直身子，这次是他自己突然抓到了一个灵感。“你母亲真的想多找些人吗？”

“她是这样说的。”

“达夫·盖伦尼上尉在城里，那天我在帝国安全部总部遇见了他。他给丢进了分析部门，不过看来他倒认为那是个难得的好差事。”

“哦，对，我知道！我本来想着最后再告诉你这事的。几周前他来过我们这一块，是跟着阿利格里将军来的，那些高高在上的大人物在这有个什么会议。我本打算安排点什么节目欢迎他到弗贝拉苏丹娜来，但我一直没抽出空。你们帝国安全部的小伙子们总喜欢让自个窝在那个‘妄想狂中心大楼’里面。”

“但是伊凡啊，他现在正试图追一个科玛女孩呢。”迈尔斯开始编造谎言，“我想其实不是女孩，是女人，在一个贸易代表团里掌控大权的女人。我估计她更富于聪明才智，而不是外表美丽。照我对盖伦尼的了解，这样才不意外。而且她在科玛还有一些很有价值的人际关系。你觉得盖伦尼把她带去参加一场国宴能给他赢得多少印象分？”

“很多分，”伊凡果断地说，“特别是在这个国宴是我母亲组织的内部小规模社交晚会的情况下。”

“我们俩都欠他些情。”

“欠他很多情。而且我注意到他也远不像以前那样尖酸刻薄了。也许他正在变得老成吧。对，把他一道请上。”伊凡说。

“我去给他打个电话，然后回头再跟你联系。”迈尔斯挂断了联络，心中暗暗得意于自己的妙计。

第五章

盖伦尼上尉把地行车停在了皇宫东门廊。迈尔斯从车里爬出来，转头想帮迪黎娅·库德尔卡下车：尽管她根本用不着人帮。迪黎娅把她那双运动员般的长腿向外一伸，直接跳了下来。她穿着一件裙子，颜色是她最喜欢的蓝色。裙子飘起的一刹那露出了下面配套的舞鞋：朴素，舒适，而且是平跟。她是库德尔卡准将家四个女儿中个子最高的；迈尔斯的头顶比她的肩头还低足足十厘米。迈尔斯抬头向她咧嘴一笑。她则报以一个有些古怪的微笑：像是对着朋友，又像是对着体育场上的对手。

“我都不知道怎么会让你和伊凡把我骗到这里来了。”她在他耳边叹息道。

“因为你喜欢跳舞。”迈尔斯把握十足地说道，“跟我跳前两曲，我保证之后会找一个又帅又高的银河系外交官来陪你度过今晚余下的时光。”

“我不是指这个。”她打量着迈尔斯的小矮个儿否认道。

“在身高上的欠缺，我会用速度来弥补。”

“麻烦就在这儿。”她用力地点点头。

盖伦尼把自己那辆中档车交给等候在旁的皇室仆从开走，让他的女伴把手搭在自己胳膊上。要对盖伦尼有一定的了解，才能读懂他那张死人脸。在迈尔斯看来，他现在有点骄傲，有点得意，还有点窘迫，就像一个人去参加派对，却发现自己打扮得太过隆重了一般。但盖伦尼尽管整洁得让人头疼，也只是洗得干干净净，刮了胡子，擦了鞋子。他跟迈尔斯穿的是同样的帝国军绿色制服，上面同样戴着闪闪发亮的徽章，因此这种效应只能来自他的同伴。

他应该得意，迈尔斯想。等着瞧伊凡见到这姑娘的表情吧。

如果蕾莎·托斯凯恩拥有的聪明才智更甚于她外表的美，那她必定并非凡人了。然而要说她的外表给人留下极为深刻印象究竟是靠着什么，却很难分清。她的脸线条柔和，相当可人，但看起来在妩媚动人这方面远远不如某些人的脸，比如埃莉·奎因那张花了大价钱雕琢出来的面孔。她的眼睛比较特别，是明亮的蓝绿色，不过究竟那颜色是化妆的成果，还是基因的赋予，迈尔斯说不好。即便在科玛女人当中她的个头也算是矮的，比盖伦尼矮了两拃宽，而后者的身高跟迪黎娅差不多。但她最为明显的特征是她那奶白色，看上去几乎在发光的皮肤——迈尔斯觉得，这样美好的肌肤应该用“丰满”来形容。“微胖”这个词会造成误解，而且远远不够热情。除了在西塔甘达那些待在力场屏障里的霍特贵妇（译者注：西塔甘达人的贵族分为两个种姓。霍特种姓地位较高——这个词就有“高位”的意思，控制着生育和遗传工程技术，并掌握中央政权。这一种姓的女性美貌惊人，外出时都待在不透明的力场屏障中。详见《西塔甘达》）之外，迈尔斯还从没见过如此秀色可餐的女子。

财富并不总会赋予它的拥有者以品位，但一旦这样的事情发生，结果就会令人赞叹不已。她下身穿一条宽松的科玛式的暗红色长裤，上身是一件相同颜色的低胸装，外面套着一件前面敞开的箱形夹克，淡黄色和蓝绿色相杂，搭配在一起显得相当雅致。戴着素雅的首饰。她的头发说是金发吧太深，说是褐发又太亮，打成了一个个小卷，显然是时下科玛的流行款式。她抬头瞧着自己的护花使者时，笑容看起来欢欣鼓舞，但丝毫没有兴奋异常的迹象。*就是走在艾利丝姑妈面前*，迈尔斯心想，*她也会表现得同样出色*。迈尔斯放大步子，好配合迪黎娅的步伐，然后鞠躬示意他的同伴们进门，就好像格雷果皇帝的国宴是迈尔斯个人送给他们的礼物似的。

门口的皇家卫兵略略查了一下他们就放行了。一位大管家认为不需要让他们把外套解开，而且既然有迈尔斯带队，也没必要派人给他们指路。他们遇到的下一个人居然就是站在扶梯口旁的艾利丝·弗·帕特利尔夫人。今晚她挑选了一件绲金边的深蓝色天鹅绒长裙，这很可能是用属于弗·帕特利尔家族的颜色在向她去世已久的丈夫致敬。迈尔斯依稀记得，在他的整个童年时代，她一直都穿着寡妇穿的鸽灰色（译者注：隐隐带有蓝紫色的中度灰色。跟灰鸽子的羽毛颜色类似，故而得名）衣服，但她最后终于脱掉了那身衣服，大概就是在那时，她终于原谅了弗·帕特利尔勋爵（译者注：这里指她的丈夫，伊凡的父亲帕德玛·弗·帕特利尔勋爵。关于他的死亡和弗·达瑞安觊觎皇权引发的战争等故事详见《贝拉亚》）：此前她一直对他在弗·达瑞安觎位战争中以那种荒谬绝伦的方式被杀害耿耿于怀。

“你好啊，亲爱的迈尔斯，迪黎娅。”她对他们表示欢迎。迈尔斯对她行了吻手礼，然后以正规礼节向她引介了盖伦尼上尉和托斯凯恩博士。艾利丝夫人赞许地点着头——迈尔斯松了一口气：伊凡这次总算坚持到了最后都没出幺蛾子，确实像说好的那样把他们都加进了客人名单，而不是到了令人尴尬的最后一刻或者为时已晚的时候才想起来。“跟以往一样，格雷果在玻璃厅接待所有人。”艾利丝夫人接着说道，“你们跟他坐一桌，就坐在埃斯科巴的大使和她丈夫的下首——我觉得这里我们应该在银河系的来客之间安插点本国人。”

“谢谢你，艾利丝表叔母。”迈尔斯的目光越过她的肩膀，落在了一个熟悉的瘦小身影上。那人穿着一身绿色军礼服，正站在扶梯左边那扇门的阴影里，同一名帝国安全部卫兵低声交谈。“呃，迪黎娅，你能不能领着达夫和蕾莎去玻璃厅？我很快就过去。”

“没问题，迈尔斯。”迪黎娅对着蕾莎笑了笑，驾轻就熟地一摆长裙，领着两个科玛人登上宽大的阶梯。

“多可爱的年轻女子啊。”艾利丝夫人注视着他们说道。

“啊，您是说托斯凯恩博士？”迈尔斯大胆地猜测道，“这么说来，把她带来是对的。”

“噢，是的。知道吗，她是那个托斯凯恩家族的重要继承人之一。非常合适。”艾利丝又加了一句让这个赞美完全变了味的话，“作为一个科玛人而言。”

我们每个人都有各自的小缺陷。艾利丝夫人是格雷果属下负责保证获准参加者都是合适的人选；而迈尔斯刚才看到的那位也是皇帝的属下，他则是格雷果手下负责保证获准参加者都很安全的。帝国安全部部长西蒙·伊林和那名帝国安全部卫士的交谈终于结束了。卫士对他敬了个礼，消失在门后。伊林没有朝迈尔斯微笑，也没招手叫他，可迈尔斯还是径自绕过艾利丝夫人朝他走去，在他跟在卫兵后面走掉之前逮到了他。

“长官。”迈尔斯向他敬了个分析员式的军礼，而伊林的还礼甚至比他还不规范，只是略带不满地挥了下手，那样子不像是致意，倒更像是在赶人。这位安全部部长如今刚过六十，棕色的头发正在变白，有一张很容易让人上当的平和的面容，而且永远习惯于悄悄地融入周围的背景中。今晚伊林显然承担着主管皇帝人身安保工作的任务，他右耳里插着的无线外联耳机和两边屁股后面别着的两把上了膛的致命武器就是明证。这就意味着要么今晚这里将要发生的事情会比迈尔斯预计的更多，要么就是别的地方没什么大事，伊林用不着坐镇总部，而是把那些日常事务交给了他那沉稳踏实的副手哈罗彻负责。“您的秘书把我的口信告诉您了吗，长官？”

“说了，中尉。”

“他告诉我说您不在城里。”

“当时是不在。刚回来。”

“您已经……看过我最新的报告了吗？”

“看过了。”

该死。那句“有些重要的东西我没写在里面”好像堵在了他的嗓子眼里。“我需要跟您谈谈。”

伊林向来神秘莫测，这会儿显得比往常更面无表情。“但现在既不是时候，也不是地方。”

“没错，长官。那什么时候？”

“我正在等待进一步的信息。”

没错。不是快点回去然后等着，就是回去等着然后快来。不过，肯定很快就会出现什么状况的，不然伊林不会让迈尔斯在弗贝拉苏丹娜随时待命，在得到通知一小时之内就必须报到了。如果是有个新的任务，我真希望他会让我参与。我至少可以开始准备应急计划了。“很好，我会准备好的。”

伊林点头让迈尔斯离开。但当迈尔斯转过身后，他追加了一句：“中尉……”

迈尔斯转过身来。

“你今晚是开车来的吗？”

“是的。呃，坐盖伦尼上尉开的车。”

“哦。”伊林似乎在迈尔斯的头顶上方看到了什么令他有点兴趣的东西，“是盖伦尼啊。精明的家伙。”

“我也这么觉得。”迈尔斯放弃了今晚从伊林那里刺探出更多消息的企图，匆忙前去追赶他的朋友们。

他发现大家都在玻璃厅外宽敞的走廊上等着他。盖伦尼正同迪黎娅友好地交谈着什么，后者似乎也并不急于进去找伊凡和她的妹妹。蕾莎正注视着四周的古董手工艺品和走廊上的细密纹样彩色地毯，显然是对它们大为着迷。迈尔斯漫步走过去，同她一起研究一张抛光木桌面上匠人煞费苦心做出的镶嵌画。图上有若干匹奔马，完全是以不同木料的天然颜色表现出来的。

“这完全就是经典的贝拉亚风。”她向迈尔斯倾诉道。

“达到你的期望值了吗？”

“是的，确实是。你觉得那个桌子有多古老？做它的工匠当初心里是怎么想的？你觉得他有没有揣测过，将来会有人——我们——在这里揣测着他？”她那看上去就很敏感的手指在桌子的抛光表面上滑过。桌面上涂着的一层高级香蜡散发着芬芳。她笑了起来。

“我猜的话，桌子大概两百年吧。他应该没想过。”迈尔斯说。

“嗯。”她的笑容有些思虑重重，“我们有些穹顶的历史已经超过四百年了。但看上去贝拉亚还要古老些，尽管实际上并非如此。我觉得你们有种真正的古风。”

迈尔斯快速回忆了一下她母星的状况。再过四百年，科玛的地球化改造（译者注：将外星球生态系统和地理环境进行改造，使之适合地球人生存的过程）工程有可能会开始让那里适宜人居，人们不必戴上呼吸面具就可以出门。目前，科玛人全部住在穹顶笼罩下的生态圈里，完全依赖于他们的科技才得以在那窒息、严寒的地方生存，就像贝塔人依赖科技才得以在他们那热得骇人的沙漠世界中生存一样。科玛从未有过“隔绝年代”（译者注：贝拉亚曾长期和银河系其他星球之间失去联系，这段时间被称为隔绝年代），从没跟银河系的交通主流脱离过联系。实际上，它正是从这一主流中捞到自己赖以生存的物资的：靠着它所拥有的一样重要自然资源——六个重要的虫洞跃迁点，相互邻近，很有实用价值。这些跃迁点让科玛附近的太空成为了交通网中的一个枢纽要地，于是也就不幸成为了一个战略目标。贝拉亚只有一条通向虫洞交通网的跃迁路线——而这条路线就经过科玛。如果你不掌控属于自己的大门，那么你自己就会归于掌控它的人所有。

迈尔斯将思绪拉回到一个更小更私人的人性化尺度。显而易见，盖伦尼应该带着他这位女士到贝拉亚的露天中去。她肯定会喜欢科玛上没有的连绵若干公里的旷野。比方说去徒步旅行，或者，若是她真正喜爱古风的话——

“你应该让达夫带你去骑马。”迈尔斯提议道。

“天啊。他也会骑马吗？”她那绿松石般迷人的眼睛瞪得老大。

“呃……”这问题问得好。嗯，要是盖伦尼不会的话，迈尔斯可以给他上堂速成课。“当然。”

“真正的古风看来这么——”她把音量降到悄悄话的程度，“——真正地浪漫。不过别告诉达夫我说了这话。他是个对历史的精确性一丝不苟的人。他会上来就吹去所有覆盖在历史上的神话尘埃。”

迈尔斯笑了。“我并不感到奇怪。但我还以为你自己就是那种讲求现实的女商人类型呢。”

她的笑容变得有些严肃。“我是个科玛人，所以我不得不注重现实。如果没有我们在贸易、劳工、运输、金融、机器翻新等方方面面创造的产品附加值（译者注：经济学术语。有几种不同的定义，但都是对企业所创造价值的量度），科玛将会无可救药地衰退回只能挣扎求生——甚至挣扎都未必能求生——的境地。然后我们的人十个当中就有七个会以不同的方式死去。”

迈尔斯饶有兴味地扬起了眉毛。虽说她看起来是真那么认为的，但他还是觉得她有些夸大其词。“哦，我们不该老挡在走廊上。进去吗？”

他和盖伦尼回到了各自的女伴身边，然后迈尔斯领头走进不远处的双层门。玻璃厅是一间长方形的接待室，一面全是高高的窗子，另一面则是一排高大的古董镜子，“玻璃厅”因而得名：当初玻璃是非常难得的。

格雷果今晚扮演的角色更多的是宴会主人而不是封臣之君。他站在门旁，跟少数被拉过来参加宴会的政府高官一道欢迎他的客人。这位贝拉亚的皇帝是个瘦高个儿，作为一名三十多岁的男人甚至可以说有点纤细，黑色头发，榛色眼睛。今晚他穿着剪裁得体的便装，是最保守、最正规的贝拉亚式样，裤子的装饰和绲边上的颜色暗示着他属于弗·贝拉家族。如果可以的话，格雷果自己会选择安静得超乎常人，但现在当然不行，他正在执行社交任务。这是个他很不喜欢的职责，但他还是一如既往，跟完成其他所有任务一样，做得很好。

“就是他吗？”在等着前面那批人寒暄完毕，继续向前的空当里，蕾莎悄悄向迈尔斯问道，“我还以为他会穿上那身在各种影像资料里穿的古怪军装呢。”

“哦，你是说那套红蓝两色的阅兵礼服？他只有在仲夏节阅兵式、他的诞辰，还有冬节时才穿。他的祖父伊扎皇帝在成为皇帝之前是名真正的将军，身上的军服对他来说犹如第二层皮肤，可格雷果觉得自己永远都不是一名真正的将军，哪怕名义上他是帝国军队的统帅，因此只要礼仪上允许，他更喜欢穿他的弗·贝拉家族制服或者类似现在这样的。我们都特别喜欢他这样，因为这样我们也用不着穿那种该死的玩意了。衣领挤得难受，佩剑扎得难受，靴子上的流苏老挂着东西。”倒不是说绿色军服的领子要更低，高筒靴上的流苏其实也是一样的，但迈尔斯发现，以他的高度而言，佩带一对长剑简直是种特别的苦行。

“我明白了。”蕾莎说。她的眼睛闪动着愉悦的光芒。

“啊。该我们上前了。”迈尔斯领着他的羔羊们走上去。

迪黎娅同格雷果一直很熟，所以她只是笑着略打了声招呼，就退到一旁让位给两位新来者。

“啊，盖伦尼上尉，我听说过你。”当迈尔斯向他介绍这位出生在科玛的军官时，格雷果严肃地说道。一刹那间盖伦尼脸上的表情仿佛显示，这句短短的评语让他大为惶恐，吃不准该如何理解，于是格雷果马上补充了一句，“都是说你好的。”

格雷果转向蕾莎。有那么一小会，他的目光被俘获在这位女士的身上。但他很快恢复了常态，执着她一只手微微躬身，低声说了几句客套话，希望科玛将来成为帝国备受欢迎的一部分之类的。

等这套礼仪一结束，迪黎娅就带头离开，到衣着光鲜的来客中去找伊凡和她的妹妹去了。房间里的人远远比不上皇帝诞辰节或冬节时那般拥挤，显得稀稀拉拉的。蕾莎扭头又看了眼格雷果。“诸天啊。我简直觉得他是在为征服我们感到抱歉了。”

“呃，其实并没有。”迈尔斯说，“在西塔甘达人通过你们那里入侵我们之后，我们并无多少选择余地。他只是为我们的征服中对你们的人造成的麻烦表示遗憾。但那毕竟是三十五年前的事情了，都渐渐过去了。多行星帝国的政策制定相当棘手，要仔细维持平衡。虽说西塔甘达人已经成功管治他们的帝国都好几个世纪了，但要我来选的话，他们的施政模式可不能作为效仿的榜样。”

“他的个性看上去并不完全像你们的官方新闻机构刻画得那么严峻，对吗？”

“他与其说是严峻，还不如说是忧郁——那些只是他在录像里的形象。这大概该算是幸运的事吧。”

他们发现前面的路暂时被一个骨瘦如柴、步履蹒跚、拄着拐杖的老人挡住了；过于正式的红蓝色阅兵礼服松垮垮地吊在他身上，各式配件一应俱全，甚至连两柄剑都没落下，走起路来剑鞘在他皮包骨的胯部撞得邦邦直响——可奇怪的是衣服的颜色却褪色得厉害。迈尔斯赶忙拽着他的客人向后退去，等着老人过去。

蕾莎很感兴趣地看着他。“这位老将军是谁？”

“他是弗贝拉苏丹娜最著名的老古董之一。”迈尔斯说，“弗·帕拉戴斯（译者注：这个姓氏意为“天堂”，原文为荷兰语，发音规则和英文略有不同）将军是伊扎皇帝钦点的帝国审计官中唯一还在世的一位。”

“作为一名审计人员，他看来可太有军人风范了。”蕾莎满是疑惑地说。

“是帝国审计官。写出来的话两个词都要大写，”迈尔斯纠正道，“是个专有名词。呃……每个社会都要面对这个问题：谁来监察那些监察人员？帝国审计官就是贝拉亚人给出的答案。这些审计官相当于……哦……一名贝塔的特别检察官和总检察长的混合体，再加上一点点神性。

“这一职务未必能跟会计工作扯上关系，不过头衔的名称确实来源于此。最初的伯爵们其实是瓦瑞达·陶（译者注：贝拉亚帝国的初代皇帝，弗氏贵族制度的奠基者）的税务官。我们那些目不识丁的远祖们经手的钱数量太大了，他们往往忍不住雁过拔毛。审计官们为皇帝监督伯爵们。一名突然到来的皇家审计官通常都带着大队的皇家骑兵，经常会让领地里一片混乱，有时候还会让人以奇特的方式自杀。那时候这些审计官常遭到暗杀，但早期的皇帝们处理这问题的方式真的很一致：追查到底，哪怕要处决的人多得吓人。结果审计官们就成了格外碰不得的人物了。传说以前他们可以骑马通过乡野，马鞍上挂着一袋袋金子，身边几乎没有卫兵。各地的土匪们会悄悄骑马给他们扫清道路，只为了保证审计官们能迅速离开他们的地盘，而不会让人恼火地迟迟不去。不过我个人觉得那只是个传说。”

蕾莎大笑起来：“但这故事确实很棒。”

“他们应该有九个人。”盖伦尼加入了谈话，“一个传统的数字，来自古老的地球，其起源有多种可能。历史专业的大学本科生们很喜欢选用的论文课题。不过我记得现在活着的审计官只有七位。”

“他们的任命是终身的吗？”蕾莎问道。

“有时候是。”迈尔斯说，“有些则是为某些案件临时任命的。我父亲摄政期间，只任命了一些代理审计官，不过格雷果达到成年后就对其中几人追加了正式任命。在他们进行调查时所涉及的所有事务中，他们实际上被认为是在为皇帝代言。这也是个很贝拉亚式的事物。我曾经在调查我家领地内的一起小小谋杀案的时候为我父亲伯爵大人代言过。那种经历感觉相当奇怪。”

“从社会学的角度而言，这听起来确实很有趣。”蕾莎说道，“你觉得我们能不能上去跟弗·帕拉戴斯将军谈谈，让他跟我们讲讲过去的事情？”

“不，不要！”迈尔斯惊恐地说，“有趣的是这个职位。弗·帕拉戴斯本人是弗贝拉苏丹娜最让人厌烦的老弗氏。这老糊涂只会喋喋不休地宣讲伊扎时代以后世风如何日下，”——通常还边说边用尖利的目光盯着我——“当中穿插些对他消化道病痛的详尽罗列。”

“是的。”迪黎娅·库德尔卡表示赞成，“他会不停地打断你，说‘年轻人真不懂规矩’。所有年龄六十以下的人在他嘴里都是年轻人。”

“七十以下。”迈尔斯纠正道，“他现在还管我父亲叫‘皮欧特的小儿子’（译者注：阿罗是次子。他哥哥和一个姐姐或者妹妹早年被杀）呢。”

“所有的审计官都那么老吗？”

“呃，也没他那么老。但他们通常会从退休的三军将领中选人，好在面对那些现役将领的时候能占据心理优势。”

他们避开那位死气沉沉的将军，找到了伊凡和玛蒂娅·库德尔卡，可立刻就被总管再度把他们分开了。那两位被安排到了一间富丽堂皇的小宴会厅里吃饭。这次宴会真不错，迈尔斯想。迈尔斯自己努力向埃斯科巴大使提出诱导性问题，同时耐心忍受着大使接二连三的询问——一如既往，全是关于他那鼎鼎大名的父亲的。坐在他对面的蕾莎同埃斯科巴大使的随行人员中一位年长的绅士进行交谈。格雷果和盖伦尼上尉则保持着精致的礼节交换了几个有关贝拉亚、科玛关系的话题：全是适合那些银河系来宾敏锐的耳朵听到的。迈尔斯断定，他们被安排与格雷果同桌吃饭肯定不光是为了自己的缘故。

蕾莎抬起了她那双明亮的眼睛。迈尔斯注意到，盖伦尼正好提出了一个直接与科玛航运业有关的话题，巧妙地为她奉上了话头。她隔着那些埃斯科巴人直接向格雷果讲了起来：“是的，陛下。事实上，我为之工作的科玛航运辛迪加非常关注目前部长理事会正在讨论的议题。我们已经提出请愿，要求对直接再投资于到资产改良（译者注：经济学术语，指对设备等资产进行优化、整修、技术改造等，以提高总产出为目的的投资行为）方面的那部分利润予以税款减免。”

迈尔斯在内心暗暗为她的勇气叫好，居然就在饭桌上直接游说皇帝本人——好啊，上吧！为什么不呢？

“是的。”格雷果微微一笑，然后说，“拉科兹首相跟我提过这事。我恐怕这事在伯爵理事会上将遇到坚决反对，那里较为保守的成员们觉得我们用于对科玛的跃迁点进行防御的巨额军费开支应该……呃……按比例分给那些第一线的人。”

“可是资产的增加会为下一轮提供大得多的税基。过早地抽取利润就像……像把玉米种子拿来吃掉。”

格雷果扬起了眉毛。“这是一个非常好用的譬喻，托斯凯恩博士。我会把这句话转告拉科兹首相的。对我们那些边远地区的伯爵来说，用这句话去劝说比起他一直以来在用的叙述会好使得多。他老试图给他们讲解复杂的跃迁技术问题。”

蕾莎笑了。格雷果笑了。盖伦尼看起来完全是得意扬扬。蕾莎达到了目的之后，知情识趣地立刻打住，立刻把话题转回到了更轻松的方面，或者说，至少比起贝拉亚·科玛的税收问题来说不那么尖锐的方面：埃斯科巴的跃迁技术管制问题。

晚宴后的舞会在楼下的舞厅举行，音乐同往常一样由帝国军交响乐团伴奏。这些贝拉亚士兵虽然更有才华，但显然没那么威武。负责指挥的那位上了年纪的上校多年来一直都在皇宫固定当差。格雷果带着艾利丝夫人在舞池里转了下，正式拉开了舞会的序幕。接下来他依照礼仪，从埃斯科巴的女大使起头，按照身份地位依次邀请了一长串女宾跳舞。迈尔斯找高挑的金发美女迪黎娅跳了两轮，攒够了那种说不清道不明的点数，获得了做个旁观者的权利。然后他就像伊林一般，隐身到墙角里充当观众。盖伦尼上尉跳得也许不好，但至少非常努力。他有心等自己二十年的军旅生涯结束之后进入政界，因此正在有条不紊地积累可能相关的全部技能经验。

格雷果的一名卫士走近蕾莎。迈尔斯再次瞧见她时，她正在倾身滑步跳着镜舞（译者注：贝拉亚的一种社交舞。类似华尔兹，但舞蹈者之一的动作是模仿舞伴而动。适合初学者和一个较为熟练的舞者配对跳。更多描述见《贝拉亚》和《镜舞》），对面的舞伴是格雷果。迈尔斯有些好奇，她会不会借此机会再多说几句关于贸易关系的良言妙语。她并没有浪费这个激动人心的机遇，科玛航运辛迪加应该为她今晚的表现给她发放奖金。阴郁皇格雷果居然因为她说的某些话大笑起来。

她回到此刻暂且同迈尔斯一块靠墙站着的盖伦尼身边，眼中熠熠生辉。“他比我想象的更聪明。”她上气不接下气地说道，“他听得……非常聚精会神。感觉好像他全都听进去了。或者那只是做做样子？”

“不是装样子。”迈尔斯说，“他全都听进去了，在考虑。但格雷果不得不特别谨言慎行，因为他说出的话都可能变成真正的法律条文。要是可以的话，他会选择当个害羞鬼，不跟人打交道，但人们不允许他那样。”

“不允许？这听起来可真是奇怪。”蕾莎不解。

当夜晚的时光逐渐靠近午夜，按照传统，舞会就要在一个适当的时间结束。在那之前蕾莎又获得了三次在镶嵌地板舞池上检验格雷果的矜持程度的机会。格雷果居然也让蕾莎大笑了一两次，这让迈尔斯有些怀疑，他是不是在刻意要显示说他害羞是个谎言？

在舞会散场之前迈尔斯终于找到了机会靠近格雷果，想跟他私下说几句悄悄话。不幸的是，格雷果开口说的就是：“我听说你成功地把朕的信使给弄了回来，可离平安无恙还差一点点。有点低于你平时的水准啊，是不是？”

“啊。这么说，弗·伯格已经回来了吧？”

“我是这么听说的。到底发生了什么事？”

“一次……让人很尴尬的事故。跟自动等离子弧光枪有关。我会把全部情况告诉你的，可是……不是在这里。”

“我期待听到你的叙述。”

于是格雷果也被迈尔斯列入了需要逃避者的名单。这名单越来越长了。真该死。

“你是从哪儿找到那个出类拔萃的科玛女人的？”格雷果加了一句，眼睛出神地盯着不远的地方。

“你是说托斯凯恩博士吗？令人难忘，是吧？我很赞赏她那道深沟，对她的勇气也同样佩服。你们在那儿都谈了些什么呢？”

“主要是科玛的事……你有她的……呃……航运辛迪加的地址吗？哦，你不用记在心上，西蒙可以帮我弄到的。毫无疑问，他还会附上一份详尽的安全报告，无论我想不想要都会。”

迈尔斯鞠了一躬：“帝国安全部存在的意义就是为您服务，陛下。”

“自重。”格雷果低声说。迈尔斯咧开嘴笑了。

回到弗·科西根府时，迈尔斯邀请两位科玛人进去喝一杯，都没考虑到这时招待客人在后勤上会遇到的棘手状况。盖伦尼开口委婉地拒绝，说他明天还有某某工作要做；但与此同时，蕾莎说：“噢，好的，多谢。我正想看看这座房子，弗·科西根勋爵。这座房子里充满了那么多的历史。”盖伦尼马上咽下了后面要说的不知什么话，面带微笑地跟着她走了进去。

对于他们这区区三个人来说，楼下所有的房间都显得太大了，太暗了，太阴森了，迈尔斯于是把他们领到了楼上，换个尺度比较人性化的小会客室，然后他不得不在房间里迅速地转了一圈，把所有家具上的罩单全都扯下来，好让人能有个坐的位子。他把灯调到适合深夜的浪漫柔光，然后三两下飞蹿回楼下，找出了三个酒杯和一瓶适合的葡萄酒。等他爬回到楼上的时候，真是已经上气不接下气了。

回到小会客室里时，他发现盖伦尼并没有好好利用机会。早知如此，迈尔斯就该只取掉罩在小沙发上的罩子，逼迫他们两人坐得近些、亲密些，而不是像现在这样，两人选择了两张分开的椅子——必须承认，这样坐是舒服些。稳重的老盖伦尼，循规蹈矩的他看起来根本没意识到自己的女伴暗地里会渴望他做点浪漫的傻事。这让迈尔斯奇怪地想起了陶娜：她的个头，她的工作，她的军衔迫使她不得不在众人面前永远戴着一副令人连玩笑都不敢跟她开一个的面具。蕾莎的个头没那么大，但她也许是太聪明了，对自己肩上的公众和社会责任太敏感了。她从不直接提出要求。盖伦尼能让她微笑，但不能让她大笑。他们之间没有半点玩闹的感觉，让迈尔斯颇为忧心。要在谈恋爱的同时保持理性，你非得有很强的幽默感才行。

但迈尔斯觉得自己现在不太有资格向盖伦尼提出建议，告诉他该如何运营自己的爱情生活。他又想起了陶娜对自己的评价：*你试图给别人自己想要的东西*。见鬼。盖伦尼是个大男孩啦，他要自己作死也由他去啦。

把和蕾莎之间的交谈话题引向蕾莎的工作并不困难，不过这么做的结果让谈话有点一面倒：迈尔斯和盖伦尼对他们高度保密的工作自然不能说得太多。于是科玛·贝拉亚的关系与历史这个话题就一直持续下去，变成了今晚的讨论主题。托斯凯恩家族是科玛被征服后有名的合作派，他们正因此才有了今天的显赫地位。

"但你不能，"谈到这件事情的时候，迈尔斯断然坚持道，"说他们是通敌者，这么说不合适。我认为这个词该留给那些在贝拉亚入侵之前就跟我们合作的人。不能因为托斯凯恩家族拒绝支持焦土政策，或者不如说，拒绝接受后期抵抗中化为焦土的科玛，就指责他们不爱国。事实上正好相反。"贝拉亚的入侵确实并不完全是一个双赢的局面，但至少那些合作派知道如何止损，然后继续前进。现在，整整一代人之后，以托斯凯恩家族为首的寡头政治集团成功复兴，这证明了他们的推想是正确的。

而且，托斯凯恩的立场让蕾莎没有令她尴尬的亲戚，不必努力为家族洗刷名誉；盖伦尼家则不然，他的父亲萨尔·盖伦一辈子都徒劳无功地从事着为科玛人复仇的事业。无论是迈尔斯还是盖伦尼都不好提起萨尔这个人，免得尴尬。不知道盖伦尼把他这位已故的疯狂父亲的事情告诉了多少给蕾莎？迈尔斯心中暗自疑惑。

他们干掉第二瓶顶级好酒的时候，已经到了午夜和破晓之间的中点。迈尔斯这才把他打着哈欠的客人送走。他心事重重地看着盖伦尼的地行车转出车道，驶向黑夜中静静的街道，看着帝国安全部那位孤独的夜班守卫向经过的车子敬礼。和迈尔斯一样，盖伦尼过去十年都花在了一个需要人全身心投入的职业上，而导致他在浪漫方面智力低下的，大概正是这一工作的保密性带来的压力吧。迈尔斯很希望，当那一刻到来时，盖伦尼不会把对蕾莎的求婚搞成一次商务合作申请——但他相当担心，恐怕盖伦尼一定会让自己把事情弄成那样的。他没有足够的冲劲。那份文书工作很适合他。

那姑娘不会为你逗留太久的，盖伦尼。会有个更厚脸皮的人插进来，争夺她，然后把她带走，贪婪地据为己有。作为一名未来的巴巴（贝拉亚传统的媒人），迈尔斯觉得今晚盖伦尼取得的进展实在离及格线还差得太远。同时为两个朋友充当爱情代理让他觉得两性关系格外令人沮丧。他回到了房间里。门自动锁上了。

他坐在床上，一边慢慢地脱着衣服，一边紧张地盯着他的算讯终端，就像小猫扎普盯着一个拿着食物的人一样，随时准备扑上去。它保持着静默。你这该死的东西，快响啊。按照事情一贯的乖戾劲头，现在他疲惫不堪，喝得半醉，根本不适合去报到，那正该是伊林打电话来找他的时候啊。就是现在，伊林。我想接任务！每过一个小时，压力就更大一分。每小时他就又浪费了一个小时。要是伊林的电话来之前的时间够长，长得够他往返埃斯科巴那么久，那他就算不发病失控，也会精神崩溃，然后用嘴啃地毯（译者注：参见希特勒发狂咬毯子的镜头）了。

他考虑要不再拿瓶酒上来，然后真的喝醉，好通过感应巫术让伊林真的想打电话来。但恶心和呕吐会让主观时间过得更慢，而不是更快。那样的前景可没啥吸引力。或许伊林已经忘掉了我。

这笑话不好笑，伊林从来都不忘记任何东西。他不能。当年，在他自己是个年近三十的安全部中尉的时候，当时的皇帝伊扎把他送到了遥远的伊利里卡，让人在他的大脑中装上了一个实验性的超清记忆芯片。老伊扎幻想着能拥有一个会走路的记录装置，专门负责回答他自己一个人的问题。这一技术一直没能发展到商业化的程度，因为装上了这种芯片的人有百分之九十的概率随后会被诱发医源性（译者注：医学术语，指由医疗手段引起的疾病）精神分裂症。冷酷无情的伊扎乐意冒百分之九十的危险来换取百分之十的回报，或者更确切地说，他乐意让一个他可以随意抛弃的年轻军官去为他冒这个险。在他玩弄权谋的一生中，伊扎抛弃了成千上万像伊林那样的士兵。

但在那之后不久，伊扎就死了，结果伊林像一颗流浪的小行星一样，落入了围绕阿罗·弗·科西根将军运行的轨道。而事实证明，后者是本世纪最显眼的政治明星。在其后的三十年中，伊林以这样或那样的方式为迈尔斯的父亲从事安全工作。

三十五年的记忆，招之即来，就像刚经历过一样清晰、一样鲜活。迈尔斯不知道那是一种什么样的感觉。你的过去永远不会被那让人愉快的粉红色的遗忘之雾模糊。你所犯的每一个错误都可以在大脑中重播，声音和色彩完美无缺……那必定是犹如身在地狱。难怪那些戴芯片的人要发疯。不过也许记住其他人的错误没有那么痛苦。你学会了在伊林附近的时候要管好自己的嘴巴。他可以把你说的每一句蠢话、糊涂话，或者考虑不周的话复述出来，一字不漏，还附带全部的动作和表情。

总而言之，迈尔斯觉得自己并不会喜欢这么一块芯片，哪怕他的身体条件符合要求也不。他觉得自己够接近于得精神分裂性失智症了，实在不必再用技术辅助往那个方向更进一步。免了。

真要找个人装那玩意，目前看来温和而缺乏想象力的盖伦尼倒是适合。但迈尔斯有理由相信盖伦尼心里深处藏着些不为人知的东西，就像他的父亲，恐怖分子萨尔·盖伦的过去一样。不。盖伦尼也不是一个适合的人选。盖伦尼只会悄然无声地疯掉，他会在任何人来得及发觉之前就造成巨大的破坏。

迈尔斯盯着自己的算讯终端，希望它能亮起指示灯。*打给我。打给我。打给我。给我个天杀的任务。让我离开这里。*它的缄默简直像在嘲笑他。最终，他放弃了，起身又拿了一瓶酒来。

第六章

整整两天过后的晚上，他卧房里的个人算讯终端才再度响起。迈尔斯在它边上坐了一整天了，此时差点惊得从椅子上摔到地上。他故意让它又响了一遍，趁机调匀呼吸，让自己急促的心跳慢下来。*好的。这一定是的了。冷静，镇定，泰然自若，小子。别让伊林的秘书看到你在流汗。*

但让他失望透顶的是，在视讯板上浮现出的只是他的表兄伊凡的脸。伊凡显然是刚刚结束了在帝国军队司令部一天的工作之后匆忙打来电话的，身上还穿着他那套绿色军常服……衣领上的作战部青铜徽章后面的长方形军衔标志是蓝色的，而不是红色。*上尉衔章？伊凡戴着上尉衔章？*

“嗨，表弟，”伊凡快活地说，“你今天过得怎么样？”

“很慢。”迈尔斯挤出一个礼貌的笑容，希望能掩饰住自己内心越来越低沉的情绪。

伊凡笑得更欢了。他抬起一只手梳理自己的头发。他在炫耀。“有没有注意到什么？”

你他妈的很清楚我瞬间就注意到了。“换了个发型师？”迈尔斯假装在胡乱猜测。

“哈。”伊凡用一根指甲在衔章上弹了一下。

“你知道的，冒充军官是犯罪，伊凡。虽然他们至今还没能抓到你……”*伊凡在我之前晋升了上尉……？！*

伊凡又扬扬得意地“哈”了一声，然后继续说道：“是正式的，今天开始生效。今天早上起床号吹过以后，我的薪水级别就更新了。这事在走流程的时候我就知道了，但我一直把这消息压着没说。我觉得该给你们大家一个小小的惊喜。”

“他们怎么会让你比我先晋升的？见鬼，你到底是爬上了谁的床啊？”这些话脱口而出，他甚至来不及把它们咽回去。他说话的声音也刺耳得出乎自己的意料。

伊凡傻笑着耸了耸肩。“我完成了自己的工作。而且过程中我可没有把各项规则给扭曲得跟折纸艺术似的。另外，你请在病假上的时间我都不知道有多长。扣掉那些时间的话，我比你的年资大概还多好几年呢。”

流血，骨折。那些我压根不想要的病休，当中的每一刻都是以流血、骨折和无穷无尽的痛苦为代价的，是他心甘情愿为皇帝效力的结果。*我流血、骨折，然后他们提拔了伊凡？在提拔我之前……？！*一股无名火冲上来，像团棉花一样塞住了他的喉咙，让他说不出话来。

看到迈尔斯的表情，伊凡的脸色沉了下去。对了，当然了，伊凡本期望得到喝彩，那种恰当地转弯抹角一下的喝彩。他期望迈尔斯能分享他获得这一成就的自豪和喜悦：好莱要是一个人品尝，那确实也会让人悲哀。迈尔斯挣扎着，他得更好地控制住自己的表情、自己的嘴巴、自己的念头。他尽力把语声恢复到恰当的调子，略带些打趣的口气：“恭喜，表兄。既然你的军衔和薪水都这么高了，你准备再在你母亲面前找什么借口不娶个弗氏好姑娘回家呢？”

“她们得先抓到我才行，”伊凡被迈尔斯的话再度逗乐了，咧嘴笑道，“我跑得很快的。”

“嗯。最好别等太久。塔蒂娅·弗·文塔最近不是放弃你，然后结婚了吗？不过我想薇奥丽塔·弗·索伊松还在。”

“呃，不对。实际上，她去年夏天就结婚了。”伊凡坦白地说道。

“赫尔加·弗·斯迈思？”

“那朵花被她老爸的一位实业家朋友给摘走啦。真是想不到啊。他甚至都不是弗氏贵族。不过有钱得要死。三年前的事了。上帝啊，迈尔斯，你对这些事也太漠不关心了。没关系的。我总还有机会去追求更年轻的。”

“照这个势头下去，你最后得去追求胚胎了。”*我们都可能落到那个地步。*“我们出生时男女出生比例的严重扭曲，如今正在逐渐对我们产生影响。好了，希望你当上尉当得顺心。我知道，虽然你表面上假装若无其事，但你的确是一直在为此努力。我敢打包票，你转头就要当上作战部部长啦。”

伊凡叹了口气。“除非他们终于肯让步，安排我去飞船上干段时间，让我简历上有那么一笔。如今他们在这方面苛刻得很。”

“我恐怕在培训阶段，他们还可能动不动就砍掉你一半的分数。这个问题上每个人都在抱怨。”

“在我所认识的人当中，你上飞船干活的时间比谁都多，而且是以你自己那颠颠倒倒，没人能效仿的方式。”伊凡艳羡地加上一句。

“对，可都是些机密任务。知者寥寥，其中包括你。”

“关键是，你从没让被扣掉一半的分数阻止你。任何规定也一样不行。在我看来，你甚至不尊重现实，拒绝被它束缚。”

“我从不让任何东西阻止我。人要那样才能够得到自己想要的东西，伊凡。没人会把你想要的东西径自奉上。”呃……只是没人会把迈尔斯想要的自动奉上。好事会从天而降，落到伊凡的头上，他这幸运儿这辈子总这样。“要是赢不了，就换个游戏。”

伊凡扬起一条眉毛：“如果没有游戏，那么‘胜利’是否就成了个毫无意义的概念？”

“这话居然从伊凡……你的嘴里说出来，我得……想想这怎么回事。”迈尔斯吞吞吐吐地说。

“别自寻烦恼，小天才。”

迈尔斯挤出个不带感情的笑容。从伊凡的表情来看，他也跟迈尔斯一样觉得这场对话的感觉越来越糟糕了。最好赶快止损。他回头可以跟伊凡再修补关系。他常这么做。“我想我现在要出去一下。”

“好的。你有那么多事情要做。”伊凡做了个鬼脸，然后在迈尔斯正伸手去按关闭键时，他已经切断了通信。

迈尔斯坐在自己算讯终端前面的座椅上，一言不发，整整一分钟。然后，在一片孤寂中，他仰起头，朝着卧室的天花板发泄自己沮丧的情绪，让他所知道的整个银河系中所有火药味十足的骂人话都一涌而出。然后他感觉好些了，仿佛他在吐出这些恶毒话语的同时，也把自己灵魂里的恶毒心思给喷了出去。他实际上并不是在嫉妒伊凡的升职。只是……只是……

他真正想要的，难道仅仅是胜利？还是说他也希望让别人看到他获得胜利？让谁？如果想要追名逐利，帝国安全部可不是个适合的工作场所。不过，伊林知道，迈尔斯的父母知道，格雷果知道，所有他真正在乎的、亲近的人都知道内史密斯将军，知道迈尔斯实际上是什么样的人。埃蕾娜、奎因、全体登达立舰队成员。甚至连伊凡都知道。*如果不是为他们，那我他妈的到底为谁奔忙？*

哦……还有个人一直在他心中。他的祖父，十三年前去世的老伯爵皮欧特·弗·科西根将军。迈尔斯的眼光落在他祖父的典礼短剑上。它装在精致的剑鞘里，摆放在显耀的地方——至少没跟其他没用的东西放在一起，而是放在房间对面它的专用架子上。在自己职业生涯的早期，迈尔斯甚至曾坚持随时把这把剑带在身边。他在证明……什么？向谁？现在已经没什么好证明的了，也没有人需要他的证明了。

他站起身，走到架子旁，拿起那武器，从剑鞘中抽出利刃，看着光芒在花纹钢上闪烁。它仍旧是一件上佳的古董，可已然没有了……过去曾在他身上起的某种咒约（译者注：原文为凯尔特神话传说中的词汇"geis"的变形，或译禁制。这个词指一种带有魔力的誓约、禁忌，会给誓约者带来强大力量，但一旦打破禁忌、违反誓约，发誓者就会遭到悲惨的诅咒），魔法已经消失了，或者至少可以说，诅咒已经离去。它只是把剑而已。他让短剑滑落鞘中，松开自己的手，让它掉回原来的地方。

他感到心烦意乱。他之前在家的时候这种感觉就会越来越强烈，但这一次尤为清晰。伯爵和伯爵夫人居然不在家，这带给他一种陌生的感觉，仿佛是在预演他们去世后的情形。让他体验成为迈尔斯·弗·科西根伯爵终日在家的感觉。他怀疑自己是否喜欢这种滋味。

*我需要……内史密斯。*这种胸口空空荡荡的贵族生活让他手足无措。然而内史密斯是个代价高昂的爱好。让帝国安全部为内史密斯出钱，需要找到一个理由这真的是个不折不扣求生任务。"你今天做了些什么来证明你的存在是合理的？"——内史密斯将军每天最好都能给出这个问题的答案，要不然就有被抹杀掉的危险。帝国安全部的会计们对他的生命延续所构成的威胁并不亚于敌人的枪炮。*好吧……还是差一点。*他一只手伸到衬衫里，摩挲着胸膛上溅射状的伤疤。

他的新心脏什么地方感觉不太对劲。它能正常泵血，所有的心室和瓣膜也都工作正常……它应该是用他自己的组织里培育出来的，但它好像是个配合不当的陌生人的器官……*一个人待在这空房子里的你正越来越疯狂*（译者注：此处原文为文字游戏，"疯狂"一词故意用了一个跟"孤独"谐音的拼法）。

一个任务。他需要的就是一个任务。然后一切都会恢复正常。他并不希望任何人受到伤害，可是他渴望发生一次劫案、一次封锁，或者一场小规模的殖民地战争……要是一场营救行动，那就更好了。解放囚徒，耶！

那些你都做过了。如果你想要的就是那些，那你为什么还是不快乐？

看来，刺激的滋味会让人上瘾，尝到越多，瘾头越大。内史密斯这个身份是一种毒品，一种渴望，为得到同样的满足感，毒性和药力得一次比一次强。

他尝试过几项危险的运动，想实验一下看能不能缓解心中的饥渴。他并不太擅长那些东西，因为他缺乏足够的时间来做真正的练习，此外还有些别的问题。而且……那种特别的快感没有出现。仅仅拿自己冒险并不太有趣。而且对一个曾经在一轮游戏中以万人的性命为赌注，并且赢得了胜利的人来说，那些奖杯看起来也只是俗气的垃圾。

我他妈的想要有任务。打电话来啊，伊林！

电话最终打来的时候，正好抓到了他正在打瞌睡的时候。他一晚上差不多都没睡，一直在翻来覆去地被焦虑和无用的臆测折磨着。下午时分他刚疲惫不堪地打了个盹，就被铃声骤然惊醒。迈尔斯估计，他已经在自己脑海里反复演习了三百种和伊林会面的不同场景。可他现在唯一能确定的只有一件事：真正的第一次会见和那三百次演习将会完全不同。

伊林秘书的脸浮现在视讯板上。“现在？”秘书还没来得及说话，迈尔斯已经开口了。他用手捋了捋睡觉时弄乱的头发，又摸了摸有点麻木的脸。

秘书眨了眨眼睛，清了清嗓子，然后开始讲那几句他已经说得极熟的话。“下午好，弗·科西根中尉。伊林部长要求你在一个小时后到他的办公室做汇报。”

“我可以更早点儿去。”

“一个小时后。”秘书重复道，“总部会派车来接你的。”

“哦，谢谢。”想通过算讯终端询问到更多的消息是徒劳的。迈尔斯这台机器比商用型保密性能好得多，但仍然远远不够好。

秘书切断了通信。好吧，一个小时，这让他有充足的时间再冲个冷水澡，并且换上得体的服装。

在冲完当天的第二个凉水澡后，他从衣橱里拿出一套新熨过的绿色军常服，然后动手把帝国安全部的眼徽（*译者注：荷鲁斯之眼徽章的简称*）移到军常服的领子上，钉在……喀喀……他在整整八年流血流汗的服役中一直穿着，都有些破烂了的红色中尉领章的前面。衔章有很多份，但带别针的荷鲁斯之眼徽章每名军人只有一套（左右各一），是用防锈银质分子层（*译者注：原文如此*）叠合而成，内有暗纹。姓名和序列号都被刻在背面，谁要是搞丢了，那他就要倒霉了。帝国安全部的眼徽像货币一样难以伪造，也同样拥有巨大的影响力。迈尔斯打扮停当了。此刻他仪容齐整，不亚于任何一次跟皇帝见面的时候。不，是更加整洁。格雷果对于他命运的控制毕竟没有伊林那么直接。

这全都是感应巫术。当你做不了真正有用的事情时，你就会倾向于把郁积的精力发泄在做一些无用但可行的事情上，比如把自己收拾得漂漂亮亮的。即便如此，他下楼以后，在帝国安全部的地行车在前面的门廊出现以前，还是等了有十分钟。

当他准时到达伊林的办公室时，通向里间的门正敞开着。秘书挥手示意他进去。

伊林从他那体积超大、工作量超多的算讯终端前抬起头，隔着桌子对着迈尔斯点了点头，算是对他那个只比分析员式敬礼正规一点的军礼的回应。他伸手按了下一个控制钮，然后通向外面办公室的滑动门就关上了，并且自动锁上了安全锁。上锁是一个不寻常的姿态，迈尔斯内心升起了希望，也许这意味着这次，有件真的很大的事件正在筹备中，真正有挑战性的事。他按捺住自己。

给他预备了一把椅子，很好。众所周知，当伊林特别生气时，会一直让人站着，直到他训斥完为止。但伊林从来都不会升高自己的音调，他只会用精心选择的凶狠词句来表达他的感情。这种风格迈尔斯非常欣赏，他希望自己哪天也能模仿。但今天这位帝国安全部部长有一种特别的紧张气氛。他非常冷峻，比往常要冷峻得多。迈尔斯坐下来，对伊林点了下脑袋，示意他的长官，他已经全神贯注：*我准备好了。开始吧。*

伊林的身体并未向前倾，反而向后仰去。他隔着宽大的黑色桌面审视着迈尔斯。"你告诉过我的秘书，说你想将一些情况加进你的上一份报告里？"

*糟糕。要么现在说，要么永远不提。*但是如果把他那小小的健康问题招供出来，即将分配给他的任务——不论是什么任务，肯定会生变的。*那么，就永远不提。稍后我会自己搞定它的。尽快。*"现在没什么必要了。怎么了？"

伊林若有所思地叹了口气，手指在面前的黑色玻璃上敲了一下。"我从杰克逊·霍尔收到了一份让人烦心的报告。"

迈尔斯倒抽了一口冷气。*我在那里死过一次。*"内史密斯将军在那些地方非常不受欢迎，但我已经准备好跟他们再决雌雄。那些杂种这回又做了些什么？"

"这不是一个新的任务，也不是一份新的报告。是关于你上一次……我几乎不能把它称作一次任务，因为我从没有命令你去。你上一次在那里的冒险。"伊林抬起头看着他。

"哦？"迈尔斯小心地说。

"你的冷冻复活手术的完整医疗记录终于被发现了。这很花了些时间，因为那群杜罗娜离开杰克逊·霍尔星球时走得很匆忙，她们的记录被散落在埃斯科巴和菲尔家族两处。不用说，菲尔家族是不乐意给我们提供更多数据的。我的分析部门不得不花了更多的时间才获得这些医疗记录，并对它们进行处理，最后由明白它们的重要性及其中隐含意义的人加以详尽研读。实际上，这花了好几个月。”

迈尔斯的肚子忽然变得冰冷，仿佛忆起了他死时被冻结起来的感觉。他突然明了了一个从很高的大楼楼顶掉下/跳下/被推下的人的心境，在落到下面的人行道上之前，在那段感觉仿佛没完没了地延续的时间里的心境。*我们刚刚铸成了一个大错。噢，是的。*

“当然，最让我烦恼的，”伊林继续说道，“不是你的发病本身，而是你向试图治好你、好让你适合复归岗位的帝国安全部医师们隐瞒病情这一事实。你向他们撒了谎，通过他们，你对我撒了谎。”

迈尔斯咽了口唾沫，用他发木的思维努力搜寻着为这个无可辩解的过错进行辩解的理由。无法辩解，那么就只能加以否认。他想象了一下自己像小鸟似的欢快地来一句“什么发病啊，长官？”的样子。不行。“杜罗娜医生……说它们会自行消失。”她当时说，该死的，她当时说……“或者……它们有可能自行消失。”他更正道，“那时，我以为它们已经消失了。”

伊林的脸抽动了一下。他从桌子上拿起一张加密卡，掂在拇指和食指中间。“这个，”他解释道，“是我从登达立得到的最新报告。包括了你的舰队军医的医疗报告。是这位医生放在她的卧舱里的那份，而不是放在她医务舱办公室里的。很不容易到手。我一直都在等这些报告。昨天晚上刚拿到。”

他还有第三个观察员。我本可以想到的。我早该想到的。

“你还想再玩个小游戏，猜猜看这里面的内容不？”伊林冷冰冰地追问道。

“不了，长官。”迈尔斯轻声说。他都没想到自己的声音会低得像一声耳语。“没什么可玩的了。”

“好。”伊林在他的座椅里轻轻摇着，把加密卡丢回桌上。他的面孔宛如死神。迈尔斯不知道自己的脸看上去又是什么样子。他怀疑别人现在看他时，会不会感觉像是坐在一辆朝着一只动物以时速一百公里冲过去的地行车里，正望着车头灯的亮光中那只惊恐地瞪大眼睛的野兽。

“这——”伊林指了指加密卡，“——不仅是对信任你的上级的背叛，也是对依赖你的部下的背叛。而且是蓄意背叛，这点有弗·伯格中尉的身体为证。你还有什么要为自己辩护的吗？”

要是战争形势不利，就转移阵地。要是你不能赢，就换个游戏。迈尔斯内心的紧张情绪驱使着他从椅子上弹了起来，在伊林桌子前面来来回回地踱步。他的嗓门变大了。“我在你手下，流血又流汗——我流的血真的很多——干了九年啊，长官。问问迈瑞莱克（译者注：西塔甘达帝国和佐维曙光之间的一个行星。迈尔斯曾带领登达立舰队对他们的战俘进行过大规模营救。相关故事详见《西塔甘达》《无尽的边界》和《镜舞》）人我干得有多棒。再找别的人问问，多找些人问问。超过三十次的任务，只有两次能勉勉强强算作失败。我几十次让自己命悬一线，我还曾经真的丢了性命。是不是突然之间这些都毫无价值了？”

“有价值——”伊林吸了口气，“——很高的价值。这就是为什么我现在打算给你个机会。如果你现在辞职的话，算病退，一切待遇都正常给你。”

“辞职？退出？你把这当作给我的恩惠？更恶劣的丑闻帝国安全部都抹平过——我知道，如果你愿意的话，你可以做得比这更多！”

“这是最好的解决方法。不只是对你最好，也是对你的姓氏。我从每一个角度通盘考虑过了。我已经想了好几个星期。”

这就是为什么他召我回来，没有任务，从头到尾都没有，只有这个，我从一开始就被算计了，没有任何机会。

“为你父亲服务了三十年之后，”伊林继续道，“我不能做得比这还少。也不能再多。”

迈尔斯浑身僵硬。“我父亲……要求这样的？他知道了？”

“还没有。向他通报的任务我留给你。这是我最不愿做的报告。”

这在伊林是少有的怯懦，也是个令人害怕的惩罚。“我父亲的影响力。”迈尔斯挖苦道，“还真是带来了些恩惠啊。”

“相信我，如果没有你刚才那么理直气壮地提到的那些战功记录，即便是你的父亲，也不能让我就这样放过你。你的职业生涯会悄悄地结束，不会有公开的丑闻。”

“是啊。”迈尔斯喘息着，“真的很便利。让我闭嘴，而且不给我任何上诉的机会。”

“我建议——非常真心地——建议你别把这件事闹上军事法庭。你不会得到比我们两人之间这个私了结果更宽大的判决的。我得告诉你，你根本就站不住脚的——这话可没有半点幽默的意思。”伊林敲打着加密卡以示强调。确实，他脸上丝毫也没有愉快的迹象。“光是这些文件证据，不用考虑其他证据，你如果仅仅被不名誉地强制退役，而没有附加其他处罚，那都得算是你走运。”

“这件事，你同格雷果谈过了吗？”迈尔斯问道。皇帝的恩宠，他最后的应急防洪堤。他曾发誓宁死也不会用这招——

“是的，详详细细谈过了。今天就这个问题我专门和他密谈了一个上午。”

“噢。”

伊林朝他的算讯终端比了个手势。“我已经把你的档案准备好了，你现在，就在这里办辞职手续。按掌纹，网膜扫描，然后就办好了。你的制服……不是从军需库里领出的，因此不必归还；按照传统，你也可以保留你的军衔章。但我恐怕必须得要求你交还你的银眼徽（译者注：镀银荷鲁斯之眼徽章的简称。有时候进一步简称为银眼或者眼徽）。”

迈尔斯原地向后转，激动地抬起双手，想要紧紧护住自己的衣领，但中途停住了。“不要拿走我的眼徽！这……不是真的，我可以解释，我可以——”算讯终端，椅子，伊林的脸，房间里所有东西的边缘和表面，看起来突然变得比以前更加线条分明，仿佛被叠加上了某种增强现实图像。一蓬绿色的火光炸裂成五颜六色的彩色碎屑向他包围过来。不——！

他恢复了知觉，平躺在伊林的地毯上。伊林面无血色的脸在他的上方晃动，神情紧张而焦虑。有什么东西卡在迈尔斯的嘴里——他把头扭向一边，吐出了一根钢管笔。是伊林桌上的一支光笔。他的衣领被解开了——他伸手去摸了一下——他的银眼徽倒是还在原位。他就这么躺在那里，躺了一会儿。

“好吧，”他最后漠然地说道，“我猜刚才你看了出好戏。有多久？”

“大约——”伊林瞥了眼他的计时器——“四分钟。”

“差不多是平均时长。”

“躺着别动。我叫个医生来。”

“我不需要哪个该死的医生。我自己能走。”他试着站起来。有条腿一软，于是他又摔了回去，脸撞在地毯上。他脸上黏糊糊的——显然他在第一次摔倒时把嘴给撞伤了，现在还肿着；他的鼻子也撞到了，正流着血。伊林递给他一个手帕，迈尔斯把它按在自己的脸上。大约一分钟后，他听凭伊林帮助自己坐回到椅子上。

伊林半坐半靠在自己的桌子边上，望着他。看护着他。他总这样。“你明明知道，”伊林说，“而你撒了谎，对我撒谎，用文字。该死的，在那份篡改过的报告里，你践踏了……一切。我宁可先怀疑我的记忆芯片，也不愿怀疑你。为什么，迈尔斯？你就那么恐慌吗？”痛苦渗进了他那平稳的话音，如同鲜血渗进皮肤下的瘀伤。

是的。就有那么恐慌。我不想失去内史密斯。我不想失去……一切。“现在都无所谓了。”他的手在衣领上摸索着。他的双手抖得厉害，有一边的别针把绿色的布料给划破了。他茫然地把徽章朝伊林手上塞过去。“拿着。你赢了。”

伊林合拢了掌心。“上帝保佑，”他轻声说道，“别让我再有这种胜利了。”

“是的，没问题。给我读取器，给我做视网膜扫描，让这见鬼的事情快点结束吧。我已经厌烦了帝国安全部，也厌烦了对它卑躬屈膝。到此为止。很好。”他的身子还在发抖，战抖从他的肚子中（译者注：英美人认为情绪、本能带来的感觉的发源地在腹部内脏）伴随着阵阵热浪传向全身。他非常害怕下一刻自己也许就会在伊林面前哭起来了。

伊林往后坐了点，攥着徽章的手收在心口。“待几分钟镇静一下。需要待多久就待多久。然后去我的洗漱间洗个脸。等你准备好离开我再开门。”

奇怪的慈悲，伊林。你杀死了我，却如此谦恭有礼。但他还是点了点头，然后踉跄着走进伊林的小盥洗室。伊林跟着他走到了门口，然后他显然判断自己这个时候应该留在原地，让迈尔斯一个人待会儿。镜子里的脸伤痕累累，满脸血污，确实不适合见人。看起来非常像比阿特丽斯中士被杀的那天，她回头时眸子中迈尔斯的脸（译者注：相关情节详见《无尽的边界》），只是现在这张脸比那张老了有上百岁。伊林不愿让一个伟大的名字蒙羞，我也不应该。他仔细地洗着，不过他划破了的领子和领子下面敞着的米色衬衫上都沾上了血污，他怎么也洗不干净。

他走回去，温顺地坐在那里，让伊林递给他读取器来盖上掌纹，又进行了视网膜扫描，然后录下他简短而正式的辞职声明。“好了。让我出去。”他平静地说。

“迈尔斯，你还在发抖呢。”

“我还得继续抖一会儿。会过去的。请让我出去。”

“我叫辆车，把你送到车上。现在不适合让你自己一个人走。”

哦，不，我就想要自己一个人走。“很好。”

“你想直接去医院吗？你应该去。作为正常离职的退伍军人，你有资格在帝国军队的医院接受治疗。以你自己的权限，不用你父亲的名字。我……认为那一点会很重要。”

“不。我想回家。我会去治……回头去。这是慢性病，不是急性的。如果按照以往的规律，下次多半要再过一个月了。”

“你应该去医院。”

“你——”迈尔斯盯着他，“——刚刚已经失去了对我的行动指手画脚的权力。我可以提醒你一下吧。西蒙。”

伊林郁闷地摊开手，默默地表示同意。他走回去，绕过桌子，按下按钮，打开了房门。他用手在自己脸上擦了一会儿，仿佛是要抹掉他所有的情感，以及眼里噙着的泪水。迈尔斯有种错觉，他仿佛几乎可以感受到泪水在伊林圆圆的颧骨上蒸发时那种凉飕飕的感觉。等伊林转回身来时，他脸上已经换上了一副冷漠而神秘的表情，迈尔斯以前从没看过他露出更冷漠、更神秘的表情。

*上帝，我的心好痛。*他的头也痛，还有他的肚子，还有全身其他每一个部位。他扶着椅子站起来，走到门口，用力甩开伊林犹犹豫豫地伸到他胳膊肘下的手。

门开了，露出门外正焦急地等候着的三个人：伊林的秘书，哈罗彻将军，以及盖伦尼上尉。盖伦尼看着迈尔斯，眉毛抬了起来，迈尔斯可以确切地说出他是在哪一刻注意到了自己给撕掉了徽章的衣领的，因为那一刻他的眼睛吃惊地瞪圆了。

*基督啊，达夫，你觉得是怎么回事？*盖伦尼是不是以为他同伊林一面大叫着做口舌之争一面拳来拳往？是不是以为当时狂怒不已的伊林硬把迈尔斯上衣上的帝国安全部眼徽给扯了下来？*有很充分的间接证据证明这点呢。*

哈罗彻惊疑不定地抽了口气，张开了嘴。“见鬼了，这……？”他朝着伊林摊开一只手，示意询问。

“让一下。”伊林的眼神避开了所有人，推开他们朝外走去。他们两人走上过道，然后朝左边拐去。帝国安全部的军官们纷纷聚拢在走廊里，转动身体盯着他们的背影。

第七章

迈尔斯小心翼翼地走进弗·科西根府的大门，帝国安全部派来的司机的眼睛一直在他背后盯着，让他很不舒服。身后的门严严实实地关上以后，他的双肩一下就垮了下来。他一头栽进离他最近的椅子里，直接坐在了罩单上。过了一个钟头之后，他才终于停止了颤抖。

最后驱使他站起身来的并非是越来越沉的暮色，而是越来越胀的膀胱。我们的身体是我们的主人，而我们是囚犯。解救囚犯。站起来动了几下之后，他唯一的愿望就是坐回去不动。我该把自己灌醉。在这种情况下，传统上理当如此，不是吗？他从地窖里找出一瓶白兰地。低度酒的毒性这种时候可不够。这一阵短暂的活动最终在他能找到的最小的房间里平息下来。这个四楼的小间如果不是有扇窗户的话，从外面走过的人也许都会把它当成橱柜。它原本是个给用人用的小房，不过里面倒是有张旧翼椅（译者注：一种现代高背扶手椅设计，展开的扶手状若双翼，因而得名）。之前费了那么大工夫找到白兰地，他现在一点打开它的劲头都没剩下了。他整个人蜷缩进了这张大椅子里。

午夜过后，他第二次去卫生间的时候，拿上了祖父的短剑，把它带了回来，放在他左手边的灯柜上，紧挨着没开封的白兰地酒瓶。和酒一样，短剑对他根本没什么诱惑力，不过把玩它倒是让他片刻间提起了兴致。他让灯光从刀刃上溜过，然后把刀刃压在自己的手腕和喉头上，让它沿着冷冻复活前的预备手术造成的细细伤疤划过。如果要下刀的话，最好是喉头。要做就做彻底，不要只是做做样子。

但是他已经死过一次了，死亡于事无补。死亡既不神秘，也不会带来任何希望。而且这里还有个很可怕的潜在可能：上次那些付出了巨大代价复活他的人会再接再厉，再试一次。然后把他的身体补好。更可能是补得越发糟糕。他曾见过只成功了一半的冷冻复活者。曾经是个人类的躯壳里，装着植物或者是动物的灵魂，只是断断续续地哀鸣惨叫。不。他并不想死。至少不想死在他的尸体会被发现的地方。他现在只不过是无法忍受继续活着。

在有机体的这两种状态之间的避难所，睡眠，拒绝降临到他身上。不过只要他在那儿坐足够长的时间，最终他必定会睡着的。一定的。

*起来。起来，快跑，跑得越快越好。*在安全部或者不论什么人来得及拦住他之前回到登达立。这是他的机会。内史密斯的机会。内史密斯最后的机会。*去啊。去啊。快去啊。*

他坐在原地，肌肉紧绷，一连串逃跑的呼声在他的大脑中鼓动。

他发现，如果自己不喝水，就用不着那么频繁地起来。他还是睡不着，不过在黎明前他的思维开始慢了下来。一小时只有一个念头。这还不错。

阳光又从窗户里透了进来，让灯光显得苍白暗淡。一个明亮的四边形慢慢地横过破旧的花格子地毯：速度跟他的思维一样慢。它从左边爬到中间，从中间爬到右边，然后消失了。

外面城市的喧嚣随着暮色的来临渐渐减弱。但他内心那团小小的黑暗仍然跟冷冻休眠舱一样与世隔绝。

远方有人在呼喊他的名字。是伊凡。*呸，我不想跟伊凡说话。*他没有回答。要是他什么也不说，什么也不做，也许他们就找不到他了。

也许他们就会又走掉了。他一直盯着老化的灰泥墙上的一条裂缝，好几个小时了。盯得眼睛干涩。

但是他的策略没有奏效。皮靴声在这个小房间外面的走廊里响了起来。接着是伊凡的叫声。他叫得太响了，把迈尔斯的耳朵都震疼了："在这里，达夫！我找到他了！"

更多的脚步声，步伐急促而沉重。伊凡的脸晃进了他的视野，把那面墙给挡住了。伊凡做了个鬼脸。"迈尔斯？你在那儿吗，伙计？"

盖伦尼的声音。"我的上帝啊。"

"别慌，"伊凡说道，"他不过是让自己喝了个酩酊大醉罢了。"他拿起没开封的酒瓶。"呃……也许不是。"他戳了戳酒瓶旁出鞘的匕首。

"伊林说得对。"盖伦尼嘟囔道。

"不……见得，"伊凡说，"这场面你看过大约二十五次之后，就不会激动了。这只是……他身上常有的事。要是他真想自杀的话，他早就死了多少年了。”

“你以前见过他这样吗？”

“啊……也许不大一样……”伊凡绷紧的面孔又挡住了墙面。他伸出一只手在迈尔斯的眼前摇晃着。

“他没有眨眼，”盖伦尼紧张地说，“也许……我们不该碰他。你不觉得我们该把医生找来吗？”

“你是说精神病医生？绝对不行。这主意太糟糕了。那些治精神病的家伙一旦得到他，就绝不会放他走。不行。这是桩家庭内部事务。”伊凡果断地站直身子，“我知道该怎么做。跟我来。”

“把他一个人留下没问题吗？”

“行。既然他一天半都没动的话，他走不远的。”伊凡顿了一下，“不过还是把那把刀带走。以防万一。”

他们又咔嗒咔嗒地出去了。迈尔斯迟钝的思维琢磨着这件事，每一刻钟一个念头。

他们走了。

很好。

也许他们不会回来了。

但随后，唉，他们又出现了。

“我抬他的肩膀，”伊凡指挥道，“你抬着他的脚。不，最好先把他的靴子脱下来。”

盖伦尼照办了。“至少他还没变僵硬。”

*不，他身上很软。身子僵硬得使劲绷紧肌肉才行。*靴子砰地落到地上。伊凡脱下自己的军服上衣，卷起里面圆领衬衣的袖子，双手插进迈尔斯的腋下，把他托了起来。盖伦尼照伊凡说的抬起了他的双脚。

“他比我想象的要轻。”盖伦尼说道。

“没错，不过你真该看看马克现在的样子。”伊凡说道。

这两个男人抬着他走下四楼和三楼之间狭窄的仆役用楼梯。也许他们准备把他放到床上去。这样他可以省点事。也许他会在床上睡着。也许，如果够幸运的话，他会直到下个世纪才醒来。到那时，他的名字和他的世界就都已烟消云散，人们所知的只剩下一个被扭曲了的传奇故事。

可他们走过了迈尔斯的卧室门口，继续向前，一路颠簸着把他抬进了大厅尽头处的一个旧浴室里。那间从来没改建过的浴室里边有一个古老的，至少有一个世纪历史的铁浴缸，大得够让一个小男孩在里面游泳。

他们想淹死我，那更好。我就随便他们吧。

“一二三，数到三？”伊凡问盖伦尼。

“直接数三。”盖伦尼说。

“好吧。”

他们把他在浴缸边上荡悠着。这时迈尔斯才第一次瞧见了下面等着他的是什么。他的身子试图挣扎，但他好久没用的肌肉僵硬，不听使唤。他干涩的嗓子也无法发出愤怒的吼声。

下面是大约一百升的水。还有约五十公斤的冰块浮在水面上。

他坠入了刺骨的冰寒中。伊凡长长的手臂一路把他往下按。

他浮起来惨叫一声：“冰水——”还没叫完伊凡就把他又推了回去。

第二次他起来透气时：“伊凡，你这个天杀的他——”

第三次从水里出来时，他只是发出了一声无语的号叫。

“哈哈！”伊凡高兴地大笑起来，“我就知道那样能让你大发雷霆！”他向躲到四溅的水花射程之外的盖伦尼补充解释了一句：“自从当年他在永冻营当过一阵子气象官之后（译者注：详见《贵族们的游戏》，或者短篇《气象官》），他最恨的就是寒冷了。沉回去吧，伙计。”

迈尔斯挣开伊凡的手，吐出嘴里的冰水，爬上来，然后翻过浴盆边落到外面的地上。他身上湿透了的制服上衣外面到处都沾着冰块，还有些在他的脖子上往下滑。他把手收回来，攥成一个拳头，朝着上方他表兄大笑着的脸庞挥过去。

他满意地听到了“嘭”的一声响：拳头打到了伊凡的下巴肉上，他手上的疼痛显得那么美妙。这是他这辈子头一回成功地痛揍伊凡。

“嘿！”伊凡叫了一嗓子，朝后面躲去。迈尔斯的第二拳挥空了，因为伊凡现在小心地伸直手臂抵住迈尔斯，站在迈尔斯的攻击范围之外。“我觉得做那种事会弄断你的胳膊的！”

“已经不会了。”迈尔斯喘息着说道。他不再挥拳了，只是站在那儿发抖。

伊凡揉着自己的下巴，扬起了眉毛。“现在感觉好些了？”过了一会儿他问道。

迈尔斯报以一连串的咒骂，同时还把沾在上衣外头的最后几块冰块摘下来，连同那些诅咒一块向伊凡的头上砸过去。

“很高兴听到你这话。”伊凡和蔼地说，“现在我要告诉你，你该做些什么，而你呢，要照办。首先，你要到你的房间，去把这身湿衣服脱了，然后刮掉那些讨厌的胡子楂，洗个热水澡，接下来把衣服穿好，再接下来我们会带你出去吃晚饭。”

“不想出去。”迈尔斯阴郁地嘟囔着。

“我让你争辩了吗？你听见我说来个贝塔式的表决（译者注：贝塔殖民地实行自由民主制）了吗，达夫？”

一直入迷地看着这边的盖伦尼摇了摇头。

“可不是。”伊凡接着说道，“我不想听你争辩，你也没有选择权。我另外还有五十公斤的冰块正塞在楼下的冰箱里，而且你该知道我会毫不犹豫地使用它们的。”

迈尔斯从伊凡的脸上可以看出他对自己这个威胁确实是认真的，绝对是认真的，甚至是热衷于付诸实施的。他的脏话变成了满腹牢骚，但并不表示反对的嘘声。“这么做你还挺享受的啊。”最后他抱怨道。

“说得太对了。”伊凡说道，“现在，去换衣服吧。”

伊凡在把迈尔斯拽到附近一家餐馆之前，没再进一步要求迈尔斯做些什么。在那里，他不断小声威胁，直到迈尔斯往嘴里放了几口东西，嚼了嚼，咽了下去。他一开始吃东西，就发现自己其实非常饿。伊凡对他的表现感到满意，也停止了威胁。

“喂，”伊凡一边拿勺铲起他那份甜点的最后部分，一边说道，“你到底怎么回事？”

迈尔斯抬头瞟了瞟两位上尉，盯着盖伦尼别在身上的荷鲁斯之眼徽章。“你们先说。是伊林派你们两个来的吗？”

“他让我来查看下你的情况。”盖伦尼说，“他已经知道我们两个算是朋友。因为门卫报告说你进去了，但是再也没出来，而且给你的算讯终端打电话发消息你全都不回，所以我想我最好亲自进去看一眼。我觉得……自己一个人闯进弗·科西根府不大自在，所以我拉上了伊凡。我认为他作为你的家属，应该有探视权。我从伊林那里得到授权后，门卫把门锁打开让我们进去了，所以我们不必打碎窗子。”盖伦尼犹豫了一下，“另外要是得把你的尸体从哪根房梁上给拖下来，我也不想要自己一个人做。”

“就跟你说不会的啦。”伊凡说，“那不是他的风格。他要是真自杀的话，我打赌会伴随着若干大爆炸。而且多半还会把大量无辜的旁观者卷进去。”

迈尔斯和伊凡互相朝着对方露出一个嘲讽的冷笑。

“我可没那么肯定。”盖伦尼说，“他从伊林的办公室里出来的时候，伊凡，你没看到他当时的样子。我上次见到那么可怕的表情还是在一名我帮着从他坠毁的轻便飞车里拖出来的家伙脸上。”

“我会解释的，”迈尔斯叹息道，“但不是在这里。得在更私密的地方。这件事跟我的工作有很大关系。”他把目光从盖伦尼的银色眼徽上移开，“我以前的工作。”

“好吧。”盖伦尼温和地表示同意。

最后，他们又回到了弗·科西根府的厨房里。迈尔斯希望伊凡会帮他喝醉，可他的表兄没倒酒，反而是沏好了茶，让他喝了两杯好补充水分，然后他反着跨坐到一张椅子上，双臂交叉搭在椅背上说道：“好了。说吧。你知道你不说不行的。”

“是的。我知道。”迈尔斯短暂地闭上了眼睛。他不知该从何说起。也许从开头讲起就好吧。练习得滚瓜烂熟的借口和辩词在他的脑海中翻腾。他咂摸着它们的滋味，只觉得比坦白交代更让人恶心，也更不干脆。两点之间，直线段最短。“去年我冷冻复活之后……出了问题。我开始会发病。惊厥，持续两到五分钟。看起来压力过大就会引起发作。给我做手术的大夫说，就跟记忆丧失问题一样，这毛病自己可能就会好了。发作很罕见，而且看起来正如她所说的在好转。于是我……回来的时候没向帝国安全部给我治疗的医生们说起这事。”

“噢，妈的。”伊凡嘟囔着，“我知道后面发生什么事了。你有跟任何人讲过这事吗？”

“马克知道。”

“你告诉了马克，却不告诉我？”

“我能相信马克……会照我说的去做；而你，我只能相信你会做你认为正确的事。”他对奎因说过差不多一模一样的话，是不是？上帝啊。

伊凡撇了撇嘴，但没否认这话。

“你们可以理解为什么我会害怕的吧。在最糟糕的情况下，那可能成为一张通往病退的单程票。最好的情况下，我也得从此只能坐办公室，不再有登达立雇佣军，再也上不了战场。但我想，如果我，或者不如说我在登达立的军医能悄悄把这毛病治好的话，那就根本没必要让伊林知道。她给我用了些药。我还以为有作用了。”不。别找借口了，该死的。

“然后伊林抓到了你说谎，就让你卷铺盖走人？你为他干了那么多，这样未免有点太过分了吧？”

“还没完。”

“啊。”

“我最后一次执行任务的时候……我们是去武力攻打一帮正经过佐维曙光附近的劫匪，好救出他们手里一名被绑架的安全部信使劫匪。我想亲自带队营救。当时我穿着自己的战斗服。我……正在行动中途的时候发病了。我衣服上的等离子弧光枪锁定了目标。我他妈的几乎把那名可怜的信使给一切两半，幸好他还算走运。结果我只是把他的两条腿给削了下去。”

一时间伊凡惊得下巴都掉了，好容易才合拢嘴。“我……明白了。”

“不，你不明白。还没呢。那只不过是极度的愚蠢。我接下来做的那件事才是真正要命的。我篡改了我的任务报告。声称发生在弗·伯格身上的意外是设备故障导致的。”

盖伦尼的呼吸急促起来。“伊林说……你是被要求辞职的。但他没说是谁的要求，也没说为什么，而我也不敢问。我不相信他的话。我以为那可能是个骗局的开始，为了内务调查或者别的什么。只是我也觉得就算是你，也装不出当时你脸上那副表情。”

伊凡还没完全接受整件事。“你对伊林撒谎？”

“是的。而且把我的谎言做成了书面文档。值得一做的事情都值得做好，不是吗？我没有辞职，伊凡。我是被解雇了。此刻在整个贝拉亚，我是被解雇得最实实在在的一个。”

“他真的把你的银眼徽扯下来了吗？”伊凡把自己的双眼瞪得溜圆。

“这话谁说的？”

盖伦尼嘟囔了一句：“看样子是那么回事。哈罗彻是这样想的。”

*还要更糟，伊凡。伊林哭了。*迈尔斯这辈子还从没见到伊林落泪过。“不。是我自己扯下来的。完全是我自己干的。”他犹豫了一下，“我最近一次发病就是在他的办公室里。当着他的面。我想我提到过吧，它们似乎是由压力诱发的。”

伊凡似乎深有同感，脸皱成了一团。

盖伦尼长出了一口气。“哈罗彻也难以置信真会是那样。他说帝国安全部总部里人人都知道，伊林觉得你拉出来的屎都是金条。”

噢，没错，内史密斯是最好的。“在达古拉四号的行动之后，他当然该那么

想（译者注：详见《无尽的边界》）。”不过达古拉营救都是将近四前的事了。那么近来你们嘴里又在让我拉什么啊？“我觉得你这是直接引用的哈罗彻的原话吧。”

“呃，他有时候说话是怪粗鲁的。他不怎么能宽容愚行。我听说他是一步步升到今天的位置的。他说你正在被培养成伊林的接班人。”

迈尔斯吃惊地扬起了眉毛。“不可能。坐在办公桌后面指挥别人跟当一线特工需要的能力大不相同。头一条，对规章应有的态度就截然相反。我不是……我离伊林的岗位的要求差得很远。”

“哈罗彻是这么说的。说看起来下一步会任命你做他的助手。在国内干上五年，然后等伊林准备退休的时候，你就可以准备好上位了。”

“瞎扯。国内事务司是不可能的。要是我必须改做行政工作的话，在科玛的银河系事务司倒还合理些。我在那方面有些经验。”

“他们希望你在哈罗彻手下磨炼就是为了填补你经验中的那片空白。伊林曾告诉我，哈罗彻在国内事务司当特工时，亲手挫败过不下四次企图夺取皇帝性命的重大阴谋。还不包括使他跻身上层军官行列的欧蓍草号事件。也许伊林希望你能在哈罗彻的影响下学到他全部的优点。”

“我不需要——”迈尔斯欲言又止。

“欧蓍草号事件是什么？”伊凡问道，“如果它那么重大，为什么我都没听说过？”

“那是个教科书式的反恐案例，”盖伦尼说道，“伊林让自己手下所有新来的分析员都要研究它。”

“这个案子在帝国安全部内部赫赫有名。”迈尔斯解释道，“不过我们成功地让外界对它几乎一无所知。这工作天然就这样。成功是保密的，得不到感激；失败则会引人注目，可给你带来的只有唾骂。”我的职业生涯就是个好例子……

“那真可谓间不容发。”盖伦尼说道，“一个跟弗·特里福拉尼伯爵有关的极端孤立主义者集团，密谋将一艘名为欧蓍草号的旧跃迁货船瞄准皇宫进行自杀性坠落。飞船里其实不用装炸药，也足以把绝大部分建筑夷为平地。放炸药是他们犯的一个错误，因为哈罗彻的团队正是从这条线索入手找到了他们。弗·特里福拉尼使出浑身解数让自己脱了身，但这让他的支持者大大减少，于是帝国从此……呃……被他困扰的时候就少多了。”

伊凡眨眨眼：“我母亲的公寓离皇宫不远……”

“是啊，如果他们的坠落地点出错，不知道有多少住在弗贝拉苏丹娜的人会被炸死。”

“成千上万。”迈尔斯轻声说。

“我得记着在下次见到哈罗彻的时候谢谢他。”伊凡的声音听起来很感动的样子。

“当时我在贝拉亚之外，”迈尔斯叹了口气，“和往常一样。”他压下心中一股荒唐的嫉妒感，“从没有人告诉过我将要晋职。可恶，他们打算在什么时候抛出这个小小的惊喜？”

“看样子就在年内。”

“我还以为自己让登达立对帝国安全部的价值变得太高，以至于他们根本不会想到给我做其他的安排呢。”

“是啊，你这份工作干得太好了一点。”

“三十五岁当安全部部长。嘿。赞美上帝，至少我不用那样了。嗯。要让哈罗彻去训练某个弗氏小崽子，给他擦屁股，好让他坐上特快列车升职到自己头上，他可不会高兴。现在他应该是大大松了口气吧。”

盖伦尼满怀歉意地说道：“我猜他确实是。”

“哈！”迈尔斯阴郁地说。过了一会儿，他补充道，“顺便说句，达夫，我相信你很清楚，刚才我告诉你的那些都是私密消息。官方的版本，帝国安全部总部还是其他所有地方都一样，只说我是因病退役，保留一切权益。”

“哈罗彻问的时候，伊林就是这么说的。伊林口风紧得可怕。但是你也该想得到，对这事肯定会有更多的说法的。”

伊凡起身离开了。迈尔斯盯着自己的茶杯沉思。他觉得，自己现在可以睡得着了。实际上，现在他最想的就是睡觉。伊凡很快就回来了，太快了。他把一个旅行箱砰的一声扔在餐桌旁边。

“那是什么？”迈尔斯怀疑地问。

“我的东西，”伊凡说，“几天的用品。”

“你不会是要搬进来吧！”

“怎么，你这里地方不够不成？你这儿的房间开旅馆都有多了，迈尔斯。”

迈尔斯意识到自己现在争不过，又颓然了。“我有了个想法，是关于我接下来的事业的。弗·科西根家的住宿及早餐服务。”

“房间便宜吗？”伊凡挑起一边眉毛。

“见鬼，不。要收住户一大笔钱。”他停了一下，“那么，你打算什么时候搬回去呢？”

“在你招些人进来之前不会走。在你把自己的脑袋治好之前，你至少需要一名司机吧。顺便，我在楼下车库里看到了你的轻便飞车。‘在店里调教’，扯淡。还得有人做饭，并且站在你边上盯着你吃下去。还得有人跟在你后面收拾。”

“我没那么不爱整洁——”

“还得跟在所有其他来的人后面收拾，”伊凡毫不留情地继续说道。“这个地方需要一整套工作人员，迈尔斯。”

“就像别的随便哪个博物馆一样？我不知道。”

“如果你是在说你不知道需不需要他们，猜猜看会怎样？你没有选择。如果你的意思是你不知道怎么雇人……想让我母亲来给你操办吗？”

“呃……我想我还是愿意自己选人。用当年伯沙瑞军士（译者注：迈尔斯小时候的贴身保镖。他的故事详见《荣誉碎片》《贝拉亚》《战争学徒》）的话说，她会把整件事情办得太中规中矩了。”

“就是这样。去做吧，不然我就让她替你做。这个威胁怎样？”

“很有效。”

“这就对了。”

“你不觉得我找一个人就行了吗？什么都做，开车，做饭……”

伊凡轻蔑地哼了一声。“——并且跟在你后面让你吃那些恶心的药？要那样的话，你需要雇个巴巴给你找个妻子。为什么你不先从找个司机和厨子开始呢。”

迈尔斯没精打采地做了个鬼脸。

“你看，”伊凡说，“身为一名弗氏贵族，你却在弗贝拉苏丹娜如此悲惨。这座城市属于我们。所以，活得像个贵族样吧！找点乐子，改变自己！”

“你疯了吗，伊凡？”

“你不是弗·科西根府上的客人，迈尔斯。你是这里唯一的孩子，也许该说在马克出现前一直是，而他有他自己的私人财产。至少拓展一下你自己的可能性吧！给伊林做事让你活得越来越狭隘了。近来你简直好像根本就没有自己的生活了。”

*这话很对。内史密斯占据了全部的生活。*可是内史密斯现在已经死了——杰克逊·霍尔上的那一发针爆弹终究还是杀死了他，尽管他过了整整一年才恍然大悟，明白到这点。

迈尔斯读过些讲畸形儿的故事，里面提到有的双胞胎生下来身子就紧密相连，无法分离。可怕的是，有时其中一个会先死去，留下另一个跟一具死尸连在一块，持续几小时甚至几天，直到也死掉。弗·科西根勋爵和内史密斯将军就好似一对连体双胞胎。我不愿再想这个了。我根本就不愿想。

“我们……去睡觉吧，伊凡。很晚了，是吧？”

“是够晚的了。”伊凡说。

第八章

迈尔斯第二天直睡到日上三竿。让他沮丧的是，当他穿过宅邸迷宫下到厨房之后，他发现伊凡正坐在里面喝咖啡，他早餐用过的盘子正堆在洗碗槽里。

“你不用去上班吗？”迈尔斯一边问，一边把咖啡机里那些味道浓厚的余沥倒进自己杯子里。

“我有几天休假。”伊凡告诉他。

“几天？”

“我要几天就几天。”

他要几天就几天，那就是说，得要他满意，觉得迈尔斯会行为得当。迈尔斯通盘考虑了一下。那么……如果他聘用了他其实并不想要的那群雇工，伊凡就不用给他做“临终看护”了，自然会从家里溜走，回到他自己那套整洁的小公寓里——顺便一提，那儿可没有碍手碍脚的仆工，只有一名守口如瓶的外包清洁工。然后迈尔斯就可以把那些雇员解雇掉……也就是说，让他们再度退职。给他们写上得体的推荐信，里面把他们热情洋溢地赞美一番，附送红包一份。没错。这办法行得通。

“你跟你父母联络，说过这事了吗？”伊凡问道。

“没有，还没呢。”

“你该告诉他们。在他们从其他渠道听到歪曲的说法之前。”

“我是该去说。这事……不容易啊。”他抬眼看了看伊凡，“我不知你可否……？”

“绝对不！”伊凡的叫声中透着恐惧。沉默了一会儿后，他同情地说道，“嗯……要是你实在办不到，我可以去说。但我真的很不愿意那样。”

“我会……再考虑下。”

迈尔斯把最后一点浅绿色的咖啡倒进自己的杯子里，艰难地爬回楼上，从自己衣橱深处翻出来一件式样老土的宽松绣花衬衣和一条黑色长裤，穿到身上。他上次穿这两件衣服是三年前了。至少它们还没太紧。乘着伊凡不在身边，他把自己所有的贝拉亚军装和军靴从衣橱里拖了出来，打包塞进了客厅边上一间没人用的客房里。如此一来，他开衣柜门的时候就不会每次都看到它们了。犹豫了好一阵子之后，他把自己的登达立雇佣军军服也同样给流放过去了。衣柜里只剩下几件衣服，冷冷清清，孤苦伶仃地挂在里面。

他在自己卧室的算讯终端前坐了下来。上帝啊，是得给父母发消息。而且他应该给埃莉·奎因也发一条。他还有机会同她重归于好吗？面对面，身体贴着身体？要通过算讯终端来传递消息做到这点实在太复杂了：传过去的只是他单薄的电子幽灵，口中可能吐出选择不当的词句，可能令人误解，两地的时间差长达几周。而且他发给登达立的所有信息都被帝国安全部的审查员监控着。

我现在还应付不了这个问题。我回头会处理的。很快。我发誓。

他让自己的思绪转到弗·科西根府邸雇用工作人员的问题上，这个问题没那么令人生畏。那么这个项目的预算是多少呢？他病退后只能拿到一半的中尉工资，虽然有免费房间供应，也连一名全职用人的薪水和伙食费都很难负担得起。至少按首都的贵族人家通常雇用的那种高级人才的价码算就是如此——他在这里的劳动力市场上会遇到激烈的竞争：有另外六十家拥有领地的伯爵府，有大把较低级别的贵族家庭，外加那些并非弗氏贵族的工业新贵——他们同时还正在把相当一部分宜婚的弗氏少女夺回家中，主持中馈，让他们的家中变得跟他们向往的贵族家庭一样。真是令人悲伤。

迈尔斯在算讯终端上键入一个号码。他的电话被接到了在海萨达尔（译者注：弗·科西根领的首府）的弗·科西根家商务总管提皮斯的办公室里，提皮斯那张愉快的笑脸随即以惊人的速度出现在视讯板上空。“早上好，弗·科西根勋爵！我还不知道您已经执行完了星外任务回来了呢。我能为您做点什么吗？”

显然他还不知道迈尔斯病退的事。迈尔斯太累了，连专门编辑给公众看的版本的事情经过都懒得说，于是他径直说道：“对，我几周前回来的。看起来……我在行星上待得会比我预计的更久。我有可以动用的资金吗？父亲给你留下交代没？”

“所有的。”提皮斯回答道。

“抱歉，你是说？我不明白。”

“所有的账户和资金您全都有权动用。伯爵和伯爵夫人动身去瑟格亚之前就办好了这事。以防万一。您是您父亲指定的遗嘱执行人，您知道的。”

“是，可是……”他没想到过瑟格亚居然会是那么蛮荒的边疆，“呃……我能做些什么？”

“说您不能做些什么要简单得多。您不能卖掉限定继承的产业，也就是在海萨达尔的房子，还有首都的弗·科西根府邸。当然，您可以买下您想要的任何东西，或者卖掉您祖父留在您个人名下的任何一样物品。”

“那么……我能雇得起一个全职司机吗？”

“天哪，当然了。您可以雇得起弗·科西根府需要的整套仆佣。资金就在那里，而且还在继续累积。”

“在瑟格亚的总督宫难道不需要这些钱吗？”

“弗·科西根伯爵夫人从自己的私人账户上转走了些钱，显然是为支付重新装修的工程款，但您父亲目前只需要为他那二十名卫士付钱。在瑟格亚其他一切开支都由帝国财政支付。”

“哦。”

提皮斯兴奋起来。“您在考虑重新开放弗·科西根府吗，大人？那会非常棒的。去年冬节我在那儿吃晚饭的时候，那景象真是漂亮极了。”

“不……现在不。”

提皮斯消沉下去。“啊。”他嘟囔的声音听起来很失望。然后他脸上出现了一副终于恍然大悟的表情。“大人……您是要用钱？”

“呃……是的。我正是在想这个。为了，比方说，雇个司机，或者雇个厨子，付账单，买东西……一笔合适的生活费用，你明白的。”安全部发给他的工资由于他长期都在外值勤，回来时总是累积了不少，所以以前供应他在此地的开销一直都绰绰有余。他不知道该跟提皮斯要多少钱比较合适。

“当然啦。您想怎么个取法？每周存进您在军中的账户里，可以吗？”

“不……我想开个新账户，单独的。列在……作为弗·科西根勋爵的我的名下。”

“高明的主意。您父亲一直都很小心地将他的个人私产和帝国公财分得清清楚楚。养成这个习惯是好事。当然，就算最莽撞的皇家审计官也不敢去冒犯他。即使真查他的账，把数字一列出来之后，他们也只能满脸傻相而已。”提皮斯目光瞟着旁边的什么读数，在他的算讯终端上敲了几下。“您看这样如何：我把没有动用过的家用金一并转到您的新账户上，作为种子基金。然后每个星期再把日常用度给您拨过去。”

“很好。”

“还有，要是您需要更多的钱，务必马上通知我。”

“好的。”

“我会在一小时内派出信使，给您把新账号的储蓄卡送过去。”

“谢谢。”迈尔斯伸手去关闭通信，转念间又问了一句，“多少钱？”

“五千马克。”

“哦，好的。”

“以及八万马克的启动资金。”提皮斯补充说。

迈尔斯迅速在心里回放了一下之前的对话，并且算了算。“以前这地方每个星期就要吃掉五千马克？”

“噢，还要多得多呢。当时还有那么多卫士，还有伯爵夫人的私人支出。而且这还不包括大修的费用，那是单列预算的。”

“我……明白了。”

“要是您感兴趣的话，我很乐意把您的财务情况为您复述一遍，带上多得多的细节。”提皮斯热心地加了一句，“如果您处理财务的方式有更多的进取心，创业精神，以及，恕我直言，不那么保守，更加有创造性的话，有太多可以做到的事情了。”

“如果……我有空的话。谢谢你，提皮斯。”迈尔斯退出通信时，态度远没有先前那么随意了。

仁慈的上帝呀。他可以买下……天哪，差不多他想要的一切。他努力思考着自己想要什么。

登达立。

*是的。我们都知道。*可对他而言，那支舰队的卖价并不只是要付出金钱。*还有什么别的？*

曾经，在距现在越来越遥远的他的青春年代，有那么一阵子，他特别想要一款轻便飞车，比伊凡的那辆更快，颜色更红。

那是一款经典型号，虽然现在已经过时几年了。它就停在楼下的车库里，用得很少。当然了，现在他根本就不能开。

让我念念不忘的从来都不是我想买什么东西，而是我想成为什么样的人。

我想当什么呢？嗯，是一名将军。当然，得是贝拉亚海军的。要在三十五岁之前，比孤立时代之后史上最年轻的将军，当年三十六岁的他父亲年轻一岁。哪怕他那么矮小，哪怕要跟他的残障对抗。可即便他天生没有身体残疾，他的时代也没有大战来方便他快速升职。在帝国安全部进行秘密作战是他最好的选择了，不仅是因为军队里只有这个部门肯要他，也是因为只有这里会把他放到一线，参加当今只有这里才会有的重大行动。如果历史进程不给你伟大的事件，你又如何能成为伟大的人物？事件来临的时机不对也不行——你可能太小，或者是太老？或者伤得太重。

他转向住在弗贝拉苏丹娜的弗·科西根家族退役卫士的名单。一共有五位。他们虽然上了年纪，但他们的太太也许能来担任厨师，加上当司机的卫士，这就是个他眼下麻烦的完美解决方案了。他也不必给他们交代弗·科西根府邸的各种惯例，而且他们也不会拒绝来这边短期工作。他开始拨电话。也许我打第一个电话就会有好运气呢。

有一位卫士已经老得不能亲自驾车了。另外四位的太太都表示拒绝，或者干脆就一个字："不！"

现在他并没有处在激烈的战斗中，把那些古老的效忠誓言拿出来压人是不合道理的。他用鼻子喷了口气，放弃了这件事，起身去收拾厨房到这边沿路上的食物残渣。那是昨晚他同扎普猫展开的未完战斗留下的：他想说服它不要用锋利的爪子抓食物，不要在椅子下面乱窜，不要从喉咙里发出低沉的咆哮，而应该像一只规规矩矩的贵族猫那样，优雅地进食，吃完以后坐在人的膝头上，发出感激的呼噜声。总的来说，扎普有很多地方让迈尔斯想到了他的克隆兄弟马克，而他最终成功地说服了马克。另外，告诉门卫提皮斯的信使要过来的事情也不坏。

迈尔斯走到门卫那里时发现他有个客人。一名高个子的金发年轻人，长得跟科斯特下士很像，只是五官比起棱角分明的后者柔和些。他还提着个大的漆盒子。

"早上好，或者我该说，下午好，长官。"警卫举手要向他敬礼，然后才意识到迈尔斯身上没穿军装，又把手放下了，结果差不多相当于敬了个总部分析员式的军礼。"呃……我可以介绍一下我的弟弟马丁吗？"

你应该还没到有弟弟的年纪吧？"你好。"迈尔斯伸出手。

金发年轻人毫不迟疑地和他握了握手，虽然在低头看着迈尔斯时他的眼睛还是略为瞪大了点。"哦……您好，中尉。弗·科西根勋爵。"

看来也没有人把事情告诉科斯特。或许是因为下士在军中的阶层太低了吧。迈尔斯的眼睛从大科斯特的硬领上移开，不再盯着那儿的一对帝国安全部银眼徽。

唉，忘了它吧。“我恐怕不再是中尉了。我不久前离开了帝国军队。是病退。”

“噢。我听到这个很难过，长——大人。”门卫的声音听上去相当真诚。不过他没有追问原因，让迈尔斯免了几分尴尬。看着迈尔斯的样子，没有人会质疑这个病退的故事的。

扎普从门卫的椅子下悄悄溜了出来，对着它渐渐熟悉的迈尔斯轻声低吼。“那个毛茸茸的畜生一点都没变得友好些，是吧？”迈尔斯说，“只是长胖了。”

“我一点都不觉得奇怪。”科斯特下士说：“每次我们换岗的时候，不管谁来接班，它都会试图让那人相信，前一个人把它给饿着了。”

迈尔斯递出一点食物。扎普以它一贯的方式屈尊接受了，然后退到一边狼吞虎咽自己的战利品。迈尔斯舔着自己拇指背面的抓伤。“很明显，它正在被训练成一只警卫猫。如果我们能教会它分辨朋友和敌人的话。”他重新站起来。

“仅仅只能工作两个月，完全都没人愿意雇我。”马丁对他的哥哥说。显然是在继续因迈尔斯的到来而被打断的话题。

迈尔斯的眉毛扬了起来。“你在找工作，马丁？”

“我马上要满十八岁了，已经申请了入伍。”马丁毫不犹豫地说道，“我还得再等两个月。但我妈妈说如果这段时间我找不到事做，她就给我找一个。我恐怕她找的是打扫清洁之类的工作。”

等你遇到你的第一个军士长，孩子，你才会知道打扫清洁到底是怎么回事。“我在克里尔岛上清理过阴沟，”迈尔斯追忆起往事来，“我干得很不错。”

“您，大人？”马丁惊讶地瞪圆了双眼。

迈尔斯瘪了下嘴唇：“很令人激动。我发现了一具尸体。”

“噢。”马丁镇定下来，“帝国安全部的任务，是吗？”

“不……我那时候还不是。”

“他遇到的第一位军士长会把他打磨好的。”下士信心十足地对迈尔斯说。

*他把我当作一名值得尊重的老兵。*他不知道……“哦，是的。”两个知情人对着那名未来的学徒兵露出了充满恶意的诡笑。“这些日子以来，军方在征募新兵的时候越来越挑剔了……我希望你没有荒废你的功课。”

“没有，大人。”马丁说。

如果是真的，这家伙入伍是十拿九稳的了。他有做仪仗兵所需的体格；他的哥哥，很显然，有成为真正的仪仗兵所需的智力。“那么，祝你好运。”*比我的运气好。*不。他活着吸进的每一口空气都是上天的恩赐，不应当用来对自己的运气口吐怨言。“嗯，马丁……你会开车吗？”

“当然，大人。”

“轻便飞车呢？”

他略微迟疑了一下。“开过几次。”

“我凑巧临时需要一个司机。”

“真的，大人？你觉得——我能不能——？”

“也许。”

下士有些不知所措，额头皱了起来。“我的工作一部分内容就是要让他活着，马丁。你不会要来碍我的事吧？”

马丁对着他充满兄弟情谊地噘了噘嘴，但有趣的是，他并没上钩，对这个话题未予理会。他的注意力集中在迈尔斯身上。“我什么时候可以开始？”

“我想，随时都行。如果你愿意的话，就今天。”是的，今天他至少得去一次食品杂货店，再去买一箱瑞迪套餐。“刚开始可能没什么太多的事情，但我没法预先知道我什么时候需要你，所以我希望你能住进来。你可以利用你的空闲时间准备你的入伍考试。”除此之外，当然，还要看护他的病情。有了这位应该会更加听话的马丁，他可以换掉伊凡了吗？这份工作的这点额外细节他稍后得知会马丁一声。

不。得早点告诉他。下次发病随时都可能到来。不事先警告一声，就让这个孩子突然面对一个抽羊痫风的雇主是不公平的。埃莉·奎因也会有同感的。“我自己不能驾车。我近来会犯癫痫。是去年我急症死亡的后遗症。多亏了……一发瞄得很准的针爆弹。冷冻复活术基本还算成功。”

下士一副恍然大悟的样子。“我从来都不觉得信使的工作像有些人说的那样，是个轻松安适的闲职。”

马丁低头盯着他，完全被迷住了，几乎像听到他坦承自己打扫过阴沟一样被深深震撼。“您死过了，大人？”

“他们是这样告诉我的。”

“那是种什么感觉？”

“我不知道，”迈尔斯没好气地说，“我错过了那种体验。”他的口气放缓了点，“不过又活过来时感觉很痛苦。”

“哇噢。”马丁伸手把漆盒递给他哥哥。猫咪扎普蹿了出来，在下士擦得锃亮的鞋子尖上往后一滚，使劲呜呜叫着，在空中挥舞着它的爪子，眼睛死死地盯着那个盒子。

“安静，扎普，你会把警报弄响的。”下士被逗乐了。他把盒子放在岗亭的小桌子上，打开盖子。他有点心不在焉地撕掉部队发给他的方便午餐盒上的覆膜，然后把那份午餐放在地板上；扎普凑过去闻了一下，又回来用爪子扒住他穿着长筒靴的腿，眼巴巴地看着漆盒。

盒子的盖子内侧翻过来以后成了一个设计巧妙的托盘，里面分成了几个小格。科斯特往它里面放上了两个带控温功能的罐子、一只碗，还有几个杯子；接着他从盒子里拿出了好几个各式各样的三明治，由两种不同的面包去皮后夹上了五颜六色的馅儿做成，还切成了圆圈、星形或方形五花八门的形状；还有用竹签穿着的一串水果块；几块奶油曲奇；几片水果圆饼，薄脆的外皮上有凹槽，撒上了糖霜，还有浓稠的黑色果酱。科斯特从一个罐子里倒出些粉红色的奶油汤，用碗装着；又从另一个罐子里倒出些热乎乎的香辣饮料。两边都在微凉的空气中水汽蒸腾。还有一团用绿色的叶子包着，绑得整整齐齐的东西，打开来是一坨肉酱之类的东西，明显跟有个三明治里灌进去的馅是一样的。这个是专门给猫咪扎普准备的。科斯特刚把它摊到地板上，扎普就欣喜若狂地大叫着扑了过去，还一个劲地摇晃着尾巴。

迈尔斯惊得目瞪口呆。他咽了咽口水，问道：“那都是些什么，下士？”

“我的午饭，”科斯特简单地答道，“我母亲每天都让人给我送过来。”他啪的一下把弟弟伸向三明治的手打开。“嘿。你可以在家里吃你那份。这份是我的。”他有点犹疑地抬头望了一眼迈尔斯。

按照规定，帝国安全部人员在值班时除了安全部配发的食物之外，是不准吃别的东西的，以免遭遇口服性药物或者毒素的攻击。可如果你连自己的母亲和兄弟都信不过，你还能相信谁呢？而且……迈尔斯已经不是军官了，不必再食古不化地时时把帝国安全部的规条强加于人。“全是你母亲做的？她每天都做这么多？”

“基本上是。”科斯特答道，“因为我姐姐已经嫁人了——”

当然（译者注：贝拉亚女性通常早婚）。

“——家里只剩下马丁，我想她感觉有点无聊。”

“科斯特下士。马丁。”迈尔斯深吸了一口气。空气中充满了饭菜的香味，“你们觉得你们的母亲会想找个事情做吗？”

“大有改善。”第二天，伊凡对着他们的午饭做出了贤明的评论。科斯特的母亲已经摆好了她那艺术品似的食物，离开了黄厅（译者注：弗·科西根府邸二楼的一个较小的客厅，常被用作餐厅），可能又去拿第二批了。几分钟后，嘴里塞得满满的伊凡含混不清地又来了一句：“你付她多少钱？”

迈尔斯告诉了他。

“要翻番。”伊凡斩钉截铁地说道，“否则在你的第一次家庭宴会之后，你就会失去她。会有人把她挖走的。或者是绑走。”

“有她儿子做我的门卫他们办不到。另外，我也没有开什么家庭宴会的打算。”

“那可太遗憾了。想让我来办一次不？”

“不。”也许是因为嘴里正融化的香喷喷的桃子馅饼起了某种微妙而又诡秘的作用，迈尔斯放松了口气，“眼下还不。”他慢慢地微笑起来，“但在研究历史上的伟人的学术部门里……你可以告诉每一个人，说弗·科西根勋爵跟他的门卫和司机吃同样的食物。这绝对是事实。”

迈尔斯跟给伊凡打扫清洁的那家公司签了合同，让他们每周两次派人来做卫生，总算是照伊凡说的完成了弗·科西根府的人员配置工作。但迈尔斯意识到，赶走伊凡的这一计划中招募科斯特的母亲这一步出现了小小的误算。他该雇个低水平的厨师的。

要是伊凡离开就好了。那样迈尔斯就可以回到宁静的冥思中。否则他把自己卧室的门锁上，有人敲门也不应的话，就必定招致伊凡破门而入；咆哮和生闷气也得有个限度，不然就又有被泡冰水的危险。

至少伊凡可以开始白天回去上班了，迈尔斯想道。他在晚饭时很明白地向伊凡暗示过。

“‘大多数人，’”他引述道，“‘终其一生不过是化食物为粪便之机器而已，绝无它用。’”

伊凡冲他挑起一边眉毛。“谁说的？你祖父吗？”

“列奥纳多·达·芬奇。”迈尔斯一本正经地答道。但他忍不住又加了一句，“不过是祖父告诉我的。”

“我就知道。”伊凡满意地说，“一听就是那位老将军的口气。在他那个年代，他真是个怪人，不是吗？”伊凡又往自己嘴里塞进一口滴着葡萄酒汁的烤肉，嚼了起来。

伊凡……真是让人头疼。一个怪人最不想要的就是个整天拿着面镜子跟着自己的家伙。

一天又一天悄然过去，不知不觉就过了一周。这时迈尔斯才在自己的算讯终端上发现了一条来自外界的消息。他按下重播键，艾利丝·弗·帕特利尔夫人那骨骼纤细的面孔就在他的视讯板上空浮现出来。

“你好，迈尔斯，”她开始说道，“听说你病退的消息，我感到很难过。我知道你肯定十分失望，尤其这还是在你费尽辛劳之后。”

感谢伊凡，他肯定没告诉她全部实情，不然她安慰话的措辞会大不相同的。她随意地挥了挥手，没再继续摧残迈尔斯，开始继续自己要说的话。“应格雷果的要求，我将于明天下午在皇宫南花园主持一个私人午餐会。他让我请你参加。他让你提前一小时来，私下跟他谈谈。我要是你的话，会把前面这事理解成*要求和命令*你*按时到场*，而不仅仅是邀请。至少我感觉他的言外之意是这样，虽然他说这话的时候声音一直很柔和。你知道的，他有时是那样的。收到消息后，请马上回复。”她切断了通信。

迈尔斯弯下腰，把前额抵在算讯终端冰凉的棱线上。他早知道这一刻一定会来临的，选择活下去这就是无可避免的。格雷果是在给他一个正式谢罪的机会。他们迟早得澄清事实的。哪怕将来仅仅是作为自己领地的伯爵，迈尔斯也得在弗贝拉苏丹娜长时间逗留。要是古代剖腹谢罪的方式还没被废止就好了，他可以那样表达自己的歉意。而不用亲身面对格雷果。那样会容易些，也少些痛苦。

为什么他们不让我第一次就彻底死掉算了呢?

他叹了口气，坐起身，使劲在算讯终端上按出艾利丝夫人的号码。

第九章

弗·科西根伯爵的装甲地行车发出一声呜呜，停在了皇宫东门廊下的路面上。马丁紧张地扭头看着大门，还有聚在门前指手画脚的卫兵们。“您确信这样没事吗，大人？”

“别担心，”挨着他坐在驾驶舱里的迈尔斯说道，“我敢打包票，在下次准备召见我之前，他们会把那儿的精铁弄直并重新涂上漆的。”

马丁想让座舱罩打开，或者至少是大胆地在他前面一排闪烁着的按钮上摸索着试图打开它。迈尔斯指了指正确的按钮。“谢谢。”马丁咕哝着说。

座舱罩升了起来，迈尔斯总算能从车里全身而逃。

“马丁……我跟你说啊。我待在这里的时候，你干吗不开着这辆大家伙到城里绕一圈，练练手？”他把地行车的联络器丢到自己口袋里，“我需要你的时候就叫你回来。要是你——”迈尔斯在心里默默删去“撞到了某个……”的话，而是说道：“——有什么问题的话，跟我联系……不对。”他怀疑自己也许有一瞬间在祈祷，希望在跟格雷果接下来的会面中能有什么事来打断他们，可事先安排的话那就成了欺诈了。“打这个号码。”他俯身过去，在车子精美复杂的控制板上敲出一串数字。“这会让你联系到一位名叫提皮斯的人，他很能干，是个和气的家伙。他会告诉你怎么办的。”

“好的，大人。”

“注意向前的冲力。这巨兽的力量很能蒙蔽人。大功率燃料电池增加的车重几乎跟外装甲一样多。操纵时很容易失误。把它开到一个空间很充裕的地方，多试试，这样以后你就不会再被吓一跳了。”

“呃……谢谢你，长官。”座舱罩关上了，车子再度升起，朝前移动。透过半反射的偏光罩，迈尔斯能看到马丁聚精会神地咬着自己嘴唇的样子。他还注意到，车子银光闪闪的左后缘毫不意外地丝毫未损。啊，是啊，又一名接受训练的新丁。如果他之前脑子够清醒的话，上周一开始他就该把这孩子送去练习，这样就不会跟格雷果的大门之间发生那略有点尴尬的事件了。不过只要有足够的经验，马丁会行的。另外如果他那高贵的小个子新雇主没有坐在他旁边，让他神经紧张的话，他大概会干得更好些。

皇宫里一位身穿非军人制服的仆人在门口迎接迈尔斯，并领他走到了北翼，现在他们正朝着格雷果的私人办公室前进。北翼是形状参差不齐的皇宫中唯一一块历史还不到两百年的地方。在弗·达瑞安觎位战争中，在迈尔斯受到毒气弹侵害之后出生的同一年，这里的建筑曾被烧成了平地，然后又被重新建起。皇帝在这里一楼的办公室是格雷果少有的几处真正属于他自己的私人空间之一。那里的装饰很少，里面有限的几件艺术品全都购自还在世的艺术新星们，一件古董都没有。

迈尔斯进去时，格雷果正站在一扇高高的挂着厚厚窗帘的窗户旁，凝望着外面他的花园。迈尔斯刚才走来时他一直在观察吗？他今天穿着弗·贝拉家族的制服，显得十分优雅；而迈尔斯现在觉得自己对制服有些过敏，于是从自己的衣橱里翻出件略微有些过时的街头时尚装，在皇宫里显得有些不够庄重。

仆人宣告一声："弗·科西根勋爵到。"然后鞠了个躬退出去了。格雷果点点头，挥手让迈尔斯坐到椅子上。迈尔斯回了一个多少有些僵硬的笑容，看着格雷果在自己对面坐下，然后身子前倾，双手紧紧扣住膝盖。

"我知道这件事对你来说肯定很难受。我也同样难受。"格雷果开始道。

迈尔斯的笑容更干涩了。"我认为，也没有……那么难受。"他低声说道。

格雷果扮了个鬼脸。他一只手向外一挥，仿佛在抛撒鱼饵似的。"我真希望你没那么做。"

"我也希望自己没那么做。"

格雷果有些纠结地继续说道："我们没法改变既成事实。无论我们有多么希望能那样。"

"嗯，如果可以选择一件——这种一厢情愿的事——我甚至都不知道自己会选择什么事。或许会选择回到当初伯沙瑞军士死去的时候，改变那个结果。我不知道……也许到头来结果也不见得更好。多半不会。可那是个无心之过，虽然更为要命。这些年来，我倒是学到了怎么做个机关算尽的傻瓜。"他的声音非常呆板。

"你本来离那么重要的职位已经触手可及了。"

“怎么，在国内事务司做文书工作？恕难从命。”也许那是这团乱麻中最刺痛人的地方：他牺牲了甚至包括自己的诚信在内的一切，想要挽救一个身份，可这个身份已经注定在一年之内无论如何都要离他而去。要是他早知道的话，他会……怎么做？能怎么做？

格雷果看起来确实不高兴了，嘴唇抿了起来。“我这辈子总在让老人们管理我的各种事务。在我的同辈，你是第一个让我觉得可以成功地安排进这个被滑稽地称为‘我的’政府的朝堂中，占据一个真正有实权、负责人的位置的人。”

而我把一切都搞砸了，是的，你我都知道，格雷果。“你不得不那么多多信重他们。他们开始为你服务的时候可并不老。伊林在战场上被荣誉提升（译者注：不加薪的晋升）为帝国安全部部长时是多大来着？三十？而这个伪君子却打算让我等到三十五岁。”

格雷果在摇头。要是他说：“迈尔斯啊，迈尔斯，我们该拿你怎么办呢？”我就起身离开这里。但格雷果并没有那么说。他说出的是：“那么，你现在打算怎么办？”

这话几乎同样糟糕。可迈尔斯坐在那里没动。“我不知道。我需要……一段空闲时间，真正闲下来的时间。好好思考的时间。病退和度假其实不是一回事。”

“我……要求你，不要试图自己跟登达立雇佣兵团联系。我知道要是你下决心挟持他们，一飞冲天，我和帝国安全部加在一起多半也拦不住你。但那样我就没法让你免于被控叛国了。”

迈尔斯抑制住自己的负罪感，点了点头，表示他完全明白。他一直都知道那是条不归路。“登达立也不需要一个时不时痉挛抽搐的司令官。在我把自己的脑袋治好之前——如果能治好的话——这对我没有半点吸引力。”也许幸好如此。他犹豫了一下，然后用他能找到的最中立的措辞问出了他此刻最为担心的问题，“接下来登达立舰队的地位将会如何？”

“那看来得取决于它的新任指挥官。奎因会愿意接手吗？”

这么看来，格雷果并没有打算单方面把迈尔斯创造出来的全部成果弃若敝屣。迈尔斯心里松了一口气，然后仔细地选择接下来的措辞。“她要是丢掉我们的——她的——帝国仆从的身份的话，就是个傻瓜。她可绝不是个傻瓜。我看不出有任何原因会让舰队在她手下不能继续成为帝国安全部的一笔人力资源——就同在我手下时一样。”

“我愿意等着看看结果会怎样。看看她是能不负所托带来胜利呢，还是不能。”

愿上帝帮助你，奎因。不过，是的，即使没有了他，登达立舰队仍会是属于皇帝本人的，这是最重要的。他们不会被抛弃。“奎因做我的助手已经差不多十年了。她现在三十多岁，正处在巅峰期。她富于创造力，坚决果断，而且她跟着我度过了许多危急时刻，在那种时候她的效率会特别高。要是她还不算是已经准备好更上一层……那么我大概并不像自己以为的那样是个好指挥官。”

格雷果略略点了下头。“很好。”他吸了一口气，改变话题的意图几乎肉眼可见。他的脸色好了一些。“你现在愿意跟我一块吃午饭吗，弗·科西根少爷（译者注：原文此处的称呼一般是文化层次较低的人使用的，不够正式）？”

“我感谢您的这个姿态，格雷果。但我真的有必要留下吗？”

“有个人我想让你见见。或者倒不如说，观察观察。”

他还重视我的意见吗？“近来我的判断力可不怎么样，实在没什么能写信回家炫耀给父母看的成果。”

“呃……说到这个……这事你告诉你父母了吗？”

“没有。”迈尔斯说完后，小心翼翼地加了一句，“你告诉他们了吗？”

“没有……”

他们陷入了一阵闷闷不乐的沉默中。

“那是你的职责。”最后格雷果坚决地说道。

“我没否认。”

“你真的要去好好看看医生，迈尔斯。如果有必要的话，我愿意把这个要求作为帝国敕令下发。”

“没……没必要，陛下。”

“那就好。”格雷果站起身来，迈尔斯只好跟着站了起来。

他们朝门口走去。走到一半的时候，迈尔斯终于小声说出了口：“格雷果？”

“怎么……？”

“对不起。”

格雷果犹豫了一下，然后动作几不可察地点了点头。他们继续一起往外走去。

南花园有个僻静的角落，下面绿草茵茵，周围是树木和繁花似锦的灌木丛。这里现在摆上了一套四人用的桌椅，上面是一个边上垂着流苏的细纹布顶棚。此刻天公作美，秋日的阳光投下斑驳的影子，微风吹来，清凉得恰到好处。外面城市的喧嚣听起来模模糊糊，十分遥远，显得这座花园仿佛是藏身在一个梦境之中。迈尔斯在格雷果左手边坐下，看着周围的布置心里略有些不安。他这么搞肯定不是为了表彰我。现在如果他那么做，只会变成对我的嘲讽。一名身穿宫廷制服的仆人紧张地走过来，送上一张餐前饮品单。格雷果挥手把他打发走了。看起来，他们正在等什么人。

艾利丝·弗·帕特利尔夫人出现时，迈尔斯立刻恍然大悟。夫人穿着一套弗氏妇女下午常穿的得体衣着：一件蓝色的波蕾若外套（译者注：一种前面敞开，但配有长袖的女式短外套），下面裙子上镶着的银边看起来——有意地？——让她黑发中隐隐可见的几缕银丝显得越发突出。她陪伴着蕾莎·托斯凯恩博士，后者穿着一套入时的科玛样式的上衣和裤子，干净利落。仆人们踊跃而前，伺候两位女士落座，然后小心地消失到他们的视野之外。

“下午好，托斯凯恩博士，”大家互相打招呼时迈尔斯说道，“我们又见面了。那么，这是你第二次来皇宫吗？”

“第四次。”她微笑着说，“格雷果上周非常亲切地邀请我参加了拉科兹首相和他的部分幕僚的午餐会，让我有机会传达了我们贸易集团的一些观点。此后我还参加了一个为即将退休的伯爵领军官们举办的仪式性招待会，那真的非常有趣。”

格雷果？迈尔斯瞟了一眼坐在他左边的艾利丝·弗·帕特利尔，她面无表情地回看着他。

仆人们开始呈上食物。毫不意外，谈话以一些关于科玛事务的陈词滥调起头。然而，话题几乎是立刻就来了个急转弯，格雷果和蕾莎开始突兀地比较起他们的家人和童年时代来，他们都是独生子女，这一点似乎让他们找到了共同感兴趣的话题，并且觉得很值得就此大作比较研究。迈尔斯有种强烈的感觉，仿佛自己身处一部正在上映的连续剧中——大概是在第二集里，或者也许是在第四集？迈尔斯自己在剧中的角色似乎仅限于偶尔嘀咕几声，证实在遥远得他几乎什么都不记得的过去确实发生过某些事。平时很健谈的艾利丝今天说得几乎跟他一样少。

格雷果使出浑身解数要逗蕾莎说话，但她毫不动摇，温和地坚守着自己一句换一句的信息交换原则。这么多年来，迈尔斯还从没有哪次听到格雷果说这么多的话。

当奶油蛋糕被端了上来，五种咖啡和茶也跟着甜品一并上桌的时候，格雷果羞怯地说道：“我给你安排了一个小小的惊喜，蕾莎。”他把手伸到一旁，做了个隐秘的手势。显然这是个早有安排的信号：一名身穿宫廷制服的仆从一直在盯着这边，看到信号后迅速消失在灌木丛中。“你说你从没见过真正的马，只在视频里看过。马堪称弗氏贵族的象征，我觉得你也许想骑一下。”

那位穿制服的仆人正当其时地回来了，手上牵着一匹白色的小母马。迈尔斯这辈子还从来没见过这么漂亮的马，就是他祖父马厩里那些昂贵的纯种马也没这么漂亮。大大的双眼，优雅的四足……蹄子都是高贵的纯黑色，长长的银色鬃毛和飘动的马尾还用绯红色的丝带编成了穗带，同鞍垫的颜色十分相衬；更不必说还有那绯红色的绣花缰绳，挂在镀金的笼头上。

“噢，天哪。”蕾莎的美目凝望着这头四足畜类，连呼吸都停滞了，“我可以抚摩它吗？可是我一点都不知道怎么骑马啊！”

“当然没问题。”格雷果陪着她走到那匹母马旁。她笑着伸出手，在它平滑的脖颈上抚过，又捋过它闪闪发光的鬃毛。雌马安详的眼睛半闭着，平静地接受了这恰如其分的殷勤。“我要亲自给你牵马。”格雷果说，“就散个步。它很温柔的。”实际上在迈尔斯看来，这匹雌马几乎是处于催眠状态。格雷果显然不想冒任何风险，不想让任何糟糕的事故/马匹（译者注：原文这里是双关语，同时表示这两个意思）把他的演出搞砸了。

蕾莎嘴里发出的声音显示她又是疑惑，又是着迷，就差直接说出“快来说服我吧”了。迈尔斯探过身子，对艾利丝夫人悄然耳语：“格雷果究竟从什么地方搞来那匹马儿的？”

“从三块伯爵领地以外。”她也低声回答，“昨天空运到皇宫马厩的。格雷果这四天里一直在对这次午餐会的每个细节进行反复策划，把他的内务人员都快逼疯了。”

“我来扶你上去。”格雷果让马夫抓着绣花缰绳，自己说道，“到这儿来，我来给你示范。你弯下腿，我把它捧起来……”

试了三次，笑了好多回，格雷果这才把蕾莎扶上了马背。要是他是想偷偷揩油的话，那他可是成功了，这手腕简直高明得令人震惊。蕾莎端坐在垫着天鹅绒坐垫的马鞍上，看起来十分高兴，又有几分忸怩，还有点自豪。格雷果从马夫手里拿过缰绳，打手势让他走开，牵着马沿着花园小路走了出去，沿路还手舞足蹈地跟蕾莎说着什么。

迈尔斯的双眼瞪得溜圆，把一大口滚烫的茶水都给吞了下去。“那么，艾利丝表叔母……您这是在做巴巴？还是别的什么？”

“开始有点那个意思了。”艾利丝冷着脸说道。她自己的眼睛也在跟随着那队姿态优雅的人马。

“什么时候开始的？”

“我不太清楚。我视线转开了一会儿，然后……就已经发生了。打那以后，我光是要跟上趟就已经手忙脚乱了。”

“可是艾利丝……一个科玛人，做皇后？”格雷果想找的只能是皇后，艾利丝也绝对不会让自己堕落到皮条客的地步。“那些保守派的弗氏爵爷不会被吓得屁滚尿流吗？不消说，那些残留的激进的革命派科玛人也一样。他们会从两边大放狗屁的。”

“请不要在饭桌上说军队里的脏话，迈尔斯。至于你的问题嘛……答案是也许会。不过中间派联盟会高兴的。或者是可以被说服的。”

“由你说服吗？或者是由你让他们的妻子说服他们？你自己赞成这件事吗？”

她的眼睛若有所思地眯了起来。“通盘考虑这件事的话……是的，我想我赞成。由于你母亲不愿意操那份心，我自然就得接过为格雷果寻找新娘的工作。我都找了十年了，可这工作的成果真是让人沮丧。我是说，他一直都只是坐在那儿，盯着我，脸上挂着那副可怕的悲伤表情，仿佛在问我：‘你干吗对我做这些事？’我觉得这个星球上每一个又高又苗条的弗氏美女我已经或早或晚地都在他面前展示过了，哪怕这么做干扰了她们的生活，打破了人家全家的日常活动，我还给他看了好几十份个人简历……全都毫无用处。我发誓，格雷果甚至比伊凡还让我伤脑筋，虽然伊凡已经丢掉了那么多好机会……某个聪明人，或者说某个自以为聪明的笨蛋，我就不说他的名字了，甚至悄悄对我说我该开始在小男孩当中试着找找，但是我指出那样无法解决子嗣问题，而这档子事的要点本来就在于解决子嗣问题。”

“除非进行大量史无前例的遗传学工程干预。”迈尔斯表示同意，“不行，男孩子不行的。格雷果不会有兴趣。但也不能找贵族。我好几年前就明白这点了——我真希望你早点问问我这事。格雷果跟疯皇尤里的血缘关系比我更近。而且，嗯……他对自己已故的父亲——那位无人缅怀的赛格王储——了解得太多了些，有些事我觉得我父母不会希望他了解的。由于这些历史原因，他有充分的理由对于遗传产生一种偏执的妄想，害怕自己变成——嗯——妄想偏执狂。也害怕在弗氏亲族内部进行婚配繁衍。他绝不会让自己爱上另一名弗氏的。”（译者注：格雷果的这种心态由来参见《贵族们的游戏》）

艾利丝清秀的黑色眉毛都扭得要打结了。“我最后也弄明白了在弗氏上的这问题。你大概想象得到吧，那让我进退两难。”

“那么……你觉得他在托斯凯恩博士身上看到了哪些优点？除去智慧之外，还有美貌，好性格，富于幽默，举止优雅，财富，以及非弗氏的血统，对吗？”

艾利丝鼻子里轻轻哼了一声。“我觉得比你说的要简单得多，也基本得多，虽然我怀疑格雷果是否意识到了这点。我不是想模仿你母亲让人恼火的贝塔风即席心理分析，不过……格雷果的母亲在他五岁时就遭人杀害了。”旧日的痛苦让她鲜红的嘴唇有几丝颤抖——艾利丝夫人当年和凯琳太子妃是认识的，“看看托斯凯恩博士的身材。相当的……母性。到处都见不到骨头。我浪费了那么多时间，带着一个个高个子的苗条淑女到他面前，可我本该去找些矮个儿的丰满佳人。简直能让我哭出来。”她没哭，只是狠狠地咬了一口奶油蛋糕。

迈尔斯不置可否地清了清嗓子。格雷果和蕾莎拐了个弯，转了个方向，走进一段修剪过的紫杉树夹成的小巷。高高瘦瘦的格雷果在蕾莎的马镫旁大步走着，热烈地打着手势，谈笑风生。蕾莎坐在马鞍上，朝他那边半弯下身子，眼睛闪闪发亮，双唇微张，倾听着……迈尔斯觉得，她是全心全意的。

“那么，迈尔斯，”艾利丝接着说话时，声音冷静了些，“跟我讲讲你那位盖伦尼上尉的事。我还不清楚他在这里面扮演什么角色呢。”

“他不是我的上尉，”迈尔斯说，“他是格雷果的上尉。”

“可他是你的朋友，伊凡说的。”

“伊凡跟他共事的时间比我跟他要长得多。”

“不许回避问题。我有一个感觉，这事很重要，或者可能会很重要。让格雷果免于家门不幸是我的职责，就如同西蒙要避免他出安全事故，或者说就像你父亲要负责防止政治灾难一样——最后这个我想现在是拉科兹首相的工作了。西蒙的安全部报告说盖伦尼和托斯凯恩博士不是情人关系。”

“我……不。我也认为不是。不过他正在追求她。我当初就是因为这个才请他们参加皇家国宴的。为了帮他的忙。”迈尔斯肚子里的皇家午餐变得沉重起来。

“但他们没有正式订婚吧？”

“我想没有。”

“他们说过关于结婚的话吗？”

“我不知道。你知道，我和盖伦尼并不熟。我们只是……一起工作过。先是在处理在地球上那次关于马克的乱子的时候偶然凑到了一起，后来又一起被帝国安全部派到科玛上调查一件糟糕的事情。我想，是的，盖伦尼是在考虑结婚的。但他是个非常内向的人——他这样有多种原因。我想对他来说，试图接近蕾莎相当困难。不是因为蕾莎，而是因为他的个性，或者说他的为人处世。温吞，审慎，而且小心翼翼。”

艾利丝夫人伸出一根涂了指甲油的、长长的指甲在蕾丝桌布上敲打着。她面前的桌布干干净净，没有半点碎屑或者污渍。“迈尔斯，我需要知道——这事上，盖伦尼会不会带来麻烦？我可不想再遭遇意外了。”

“你说的麻烦指的是什么？是说他本人就是个麻烦，还是说他会制造麻烦？”

艾利丝柔和悦耳的声音严厉起来。“这正是我要问你的。”

“我……我不知道。我觉得他会受伤。我很遗憾。”因为盖伦尼会他妈的遍体鳞伤的。上帝啊，达夫……我没想到让你这样。对不起，对不起。好了，我今天成了个没完没了说抱歉的讨厌鬼。

“不过，最终的选择还是在于蕾莎。”艾利丝下了个贤明的断语。

“可怜的盖伦尼怎么争得过皇帝呢？”

她略带怜悯地看了他一眼。“如果她爱盖伦尼……那就没竞争可言；如果她不爱……那就没问题。不是吗？”

“我觉得我的脑仁都疼起来了。”

艾利丝夫人的嘴唇微微翘起，暗暗表示同意，但当格雷果和那匹小马再度出现，朝他们走近时，她脸上就恢复了那一贯的平和而愉快的表情。格雷果帮助蕾莎下马，过程中有个动作十分可疑，简直就是在拥抱了。他把马交还给了马夫，另一名仆从端上了银盆，让这对年轻人洗掉他们从马身上沾上的污物——如果有的话。这完全是个多余的动作：那畜生今天早上肯定被用香波仔仔细细洗过了，不洗到它快要没命是不会罢休的。迈尔斯觉得，要是有些这顿午餐的食物掉到了它闪闪发光的腰腿上，自己完全可以毫不犹豫地捡起来吃掉。

艾利丝动作夸张地看了看自己的计时器。“很抱歉我得打断这个愉快的下午了，格雷果，但你同弗·塔拉伯爵以及范恩部长（译者注：全名为范恩·弗·加斯塔夫逊，富商，实业家，贝拉亚帝国重工业部副部长兼帝国审计官）的会议还有二十分钟就到点了。”

“哦。”蕾莎双颊飞红，受到了良心谴责。她匆忙从刚刚重新落座的椅子上站起身来，“我耽误你的工作了。”

“有艾利丝夫人在这儿提醒我，不会的。”格雷果回答道。他的眼神中闪过一丝不满，让艾利丝不由得收起了笑容。不过格雷果还是乖乖站了起来，朝着蕾莎的手俯下身子——他是要……？是的。他是要亲吻它。实际上，他把蕾莎的手翻了过来，用自己的嘴唇拂过她的掌心。迈尔斯环抱住自己，一只手捂住了嘴，钳口不语。蕾莎合拢五指，把被亲吻的地方攥在掌心，就好像抓住一只蝴蝶，然后笑了。实际上，是露齿大笑。格雷果也回以兴奋的欢笑。艾利丝清了清嗓子。迈尔斯的嘴闭得更紧了。格雷果和蕾莎两人互相对视了很久，满脸痴相。最后艾利丝打断了他们。她牵起蕾莎的手，拖走了蕾莎，边走边满面笑容地说着要带她去楼下的会客室走走，沿途看看墙上的镶嵌画。

格雷果半侧着身子倒进椅子里，一只穿着靴子的脚钩在扶手上晃荡着。“呼。你觉得她怎么样？”

“托斯凯恩博士吗？”

“我可不会问你对你的表叔母艾利丝怎么看。”

迈尔斯打量着格雷果热切的笑容。不……这个人并不是真的想要他的评论。“很可爱。”

“难道不是吗？”

“非常聪明。”

“才华横溢。我真希望在拉科兹的阁僚会议上你也在场。她的发言透彻清晰，堪称典范。”

毫无疑问，她的贸易联盟全体专家肯定是整夜都在帮她准备讲稿……不过，迈尔斯自己也主持过一两次参谋班子的汇报会。他尊重投入其中的劳动。但是格雷果与其说是在征求他的意见，还不如说是找人证实自己的观点。*我可从不做应声虫。*

“很爱国，”格雷果有点语无伦次了，“而且正是你父亲一直希望在科玛实现的那种，有远见的，合作的方式。”

“是的，陛下。”

“眼睛很美。”

“是的，陛下。”迈尔斯叹道，“很，呃，是蓝绿色的。”*他跟我说这些干吗？*大概是因为弗·科西根伯爵和伯爵夫人现在都不在吧。他把迈尔斯当作了他父母的替身，他们毕竟也算是失怙失恃的格雷果的养父母。仁慈的上帝啊，他们对此会有什么反应？

“反应很快……”

“是的，陛下。很快。”

“迈尔斯？”

“是的，陛下？”

“不许这样。”

"嗯。"迈尔斯再度玩起了闭口不语的把戏。

格雷果的靴子停止了摆动，他的面容严肃起来，显得有些阴郁。他轻声说道："我很害怕。"

"怕被拒绝？虽然我不像伊凡那样可以自称是女性问题专家，可是……在我看来，所有早期迹象都表明，她在鼓励你继续。"

"不是。我害怕的是……以后可能会发生的事。我的工作可能会带来死亡。不只是我的，也可能是那些我最亲密的人的。"

空气变得阴冷起来。不是因为变化无常的轻风，而是因为凯琳太子妃的阴影。可格雷果母亲死在北翼之后那里就已经被夷为平地，再度重建之后并没有死人。也许是格雷果对自己的心智之健全仍然信心不足而已。

"普通的男男女女……每天都在死去。从偶然的不幸到无可改变的时光流逝，各种各样的原因都有。死亡可不是皇家的专利。"

格雷果看着他。"当然不是。"他轻声说道。他坚决地点点头，仿佛迈尔斯刚刚说了些很有用的话似的。这是怎么回事？

迈尔斯试图改变话题："那，你和弗·达拉伯爵和范恩部长的会议主题是什么？"

"哦，例会。他们皇家土地分配委员会的人想为朋友们寻求好处。我想让他们的朋友们证明他们制订了能有效利用土地的计划。"

"啊。"都是南大陆（译者注：贝拉亚两块大陆中开发较少的一块）的事务，同弗·科西根领地没有直接利害关系。迈尔斯不知道自己该不该给父亲的代理人透个话：要想游说格雷果，让他给自己的领地提供优惠待遇的话，本周会是理想的时机。在如今这种爱迷心窍、精神恍惚、痴痴傻傻的状态下，为情所困的格雷果很可能会批准任何请求。不……为了帝国利益起见，还是把这种暂时的疯狂状态当作国家机密的好。结婚会迅速地把格雷果治好的。

一位科玛人皇后。上帝啊。这对于安全部会是怎样的一场噩梦啊。伊林这些年来一直拿来吓唬人的事情这下要成真了。"这事你预先通报伊林了吗？"

"我想等事情看起来有希望以后再派艾利丝夫人告知他。会很快的。她看来已经把这事当作自己分内的事了。"

"她是你所能找到的最佳盟友和中间人。只要你行为得体，她就会一直支持你。不过你考虑过这个……婚姻……在政治上会引起的诸多后果吗？"迈尔斯意识到，这是第一次有人说出这个问题。

“过去一周里，我一直在考虑的就是这个。这可能是件好事，你也知道，迈尔斯。帝国团结的象征等。”

更有可能的是，科玛的地下组织会把这事当作科玛再度被贝拉亚蹂躏的象征。迈尔斯想象着那些可能出现的恶毒的政治讽刺，不禁皱起了眉头。“不要对这点寄予太大期望。”

格雷果摇了摇头：“归根结底……那些都不重要。我终于找到了我自己想要的。真的只是为自己，不是为帝国，甚至不是为了皇帝。只是为我自己。”

“那就用双手抓牢它。不要让那些杂种把它从你手里抢走。”

“谢谢。”格雷果低声说道。

迈尔斯鞠了一躬，离开了花园。他寻思着：自己的新司机有没有撞死什么人，伯爵家的车子现在有没有底朝天。但他更多的是在琢磨，接下来几周里，他要怎样才能躲开达夫·盖伦尼。

第十章

迈尔斯用了好几天时间才摆脱了伊凡的掌握，独自，或者说几乎是独自，向南逃向弗·科西根的领地。他最后是以弗·科西根的名义正式向伊凡发誓，说自己离开后绝对不会再搞自杀的把戏，无论主动或是被动都不会。伊凡勉强接受了，不过从马丁近来明显提高了的警惕性来看，伊凡是选择了私下悄悄告诉了马丁他这位雇主除了要当心发病以外还有其他问题，而且说不定还给了他几个号码，在状况紧急或者特别不对劲的时候可以拨过去。*现在这孩子肯定觉得我是疯子。或者至少是因为发疯而被解职，并不是因为被解职了才发疯。*谢了啊，伊凡。不过也许在弗科西根萨尔洛（译者注：意为“弗·科西根领的水边镇”）过上几天和平安宁的日子后，迈尔斯的心情就会放松些，而马丁也一样。

在摇曳的空气中，登达立山脉第一波山峦那蓝色的影子像海市蜃楼般兀然浮现，将前方的地平线也染上了颜色。于是迈尔斯知道，他们已经越过了他家领地的北部边境。“往东，这边，”迈尔斯告诉马丁，“我想围着领地四下转转。我们会从海萨达尔北边飞过。你以前走过这条路吗？”

“没有，大人。”马丁忠实地执行了命令，轻便飞车略为倾斜，转向初升的太阳，偏光舱盖部分削弱了刺眼的阳光。正如迈尔斯所料，马丁作为轻便飞车驾驶员比当地行车司机还更靠不住。但轻便飞车小巧的车身、优良的操纵性能、介于反重力滑板和飞机之间的精简结构，加上多套故障防护系统，使得它几乎不可能坠毁。尽管如此，一名发病时会痉挛抽搐五分钟之久的驾驶员还是有可能完成这一壮举的。

有时候，要遍历一个四方形，最好的办法就是绕着它的三条边走一道……弗·科西根领并不是正方形，确切来说，更像个压扁了的不规则四边形。北边狭长的低洼地带到南边的诸多山隘约有三百五十公里，东西向约五百公里，大部分都被群山的高峰环绕。只有北方的约五分之一土地是肥沃的平原，当然，其中只有一半是可以使用的（译者注：西塔甘达入侵期间在弗·科西根领使用了核武器，摧毁了领地旧首府，同时将部分土地化为辐射废土）。海萨达尔城出现在他们右方不远处，迈尔斯指挥着马丁远远地绕开那边交通繁忙的区域，免得城市导航计算机要对轻便飞车的飞航进行管制，给他们平添一堆麻烦。

“我觉得，海萨达尔应该很不错。”在弗贝拉苏丹娜出生长大的马丁盯着机舱外。这座城市正在朝四面积极扩建，但成果还不大。

“它跟贝拉亚的任何一个城市一样现代化，”迈尔斯说，“比弗贝拉苏丹娜更现代化。几乎整个城市都是在西塔甘达人入侵之后才建立起来的，当时是我祖父选了这个地方来作为领地的新首府。”

“是啊。可是海萨达尔差不多就是这个领地的全部了，”马丁说道，“我是说，除此之外，这里几乎就没别的什么了。”

“嗯……如果你说的‘什么’指的是城市的话，那确实。这地方是内陆地区，远离海岸，毫无机会利用海贸。这地方一直都是农业区，人们在山地所限制的范围之内尽量耕作。”

“从到弗贝拉苏丹娜找工作的山民的数量来看，在大山里的确没太多活儿可干。”马丁说，“我们有些拿他们做题材的玩笑。比方说，你管一个能比她哥哥们跑得更快的登达立山民女孩叫什么？处女。”马丁咯咯笑着说。

迈尔斯没笑。飞车里的气氛明显冷了下来。马丁的眼神朝边上瞟去，然后蜷缩到座椅里。“对不起，少爷。”他小声说道。

“我以前听到过这个笑话。所有的这种笑话我都听到过。”实际上，他父亲的卫士都是他们领地里的人，他们也曾经拿这些笑话打趣，可那种情况有所不同。他们有些人自己就是山民，而且并不缺少聪明才智。“确实，登达立大山中的人们的祖先人数比你们这些弗贝拉苏丹娜鼻涕虫的要少得多，但那是因为他们实在做不到滚过去向西塔甘达人投降。”这话有点夸大其词：西塔甘达人占领了低地，由年轻得可怕的将军皮欧特·弗·科西根伯爵（译者注：此时他年仅22岁）率领的山民居高临下，可以轻松攻击他们。西塔甘达人本该把战线后退五十公里，而他们错误地选择了试图把战线向上推进，进入危机四伏的群山中。弗·科西根领是整个贝拉亚上在战争中受创最严重的地区，因此在战后的发展落到了其他地区后头。

呃……在两代人之前，这是个很好的借口，甚至在一代人以前也不错。可是现在呢？

帝国把我们这些弗·科西根从我们的领地上拉走，把我们榨干，永远都不会偿还它夺去的东西。而且还编笑话，嘲讽我们的贫穷。真奇怪……他以前从没想到过，自己家族对帝国的热切服务其实也是种领地缴纳的隐形税赋。

迈尔斯比他原本的计划又多等了十分钟，然后说道：“在这儿转向南方。不过高度再增加一千米。”

“好的，少爷。”飞行器向右拐了个弯。又过了几分钟后，地面上的自动信标探测到了他们，通过轻便飞车上的联络台向他们发出了标准警告语。一个录好的声音瓮声瓮气地说道：“警告。你们正在进入高辐射区域……”

马丁脸都白了。“少爷？我还要继续朝这方向开吗？”

“继续。我们在这个高度是安全的。不过我已经很多年没飞过这片废土的中心地带了。看看下面的状况，检查一下有什么变化是件很有意思的事。”

他们飞过的下面不再是农田，而是林地。飞出几公里之后，林地变得越来越稀疏，颜色也越来越奇怪、越来越灰暗，有些地方的树木参差不齐，万树凋零，而另一些地方的树又异常茂密。“那些地方几乎全都属于我，你知道吗。”迈尔斯盯着下面继续说道，“我是说，属于我个人。这么说并不是因为我父亲是领地的伯爵，不是修辞手法。我祖父把这块土地留给了我。而不是像家族里的其他大部分家产那样留给我父亲。我一直想知道，他这么做是在向我传递什么信息。”一个对他早岁残疾的评论：被毒害的土地留给被毒害的后人？或者是无可奈何地意识到阿罗伯爵的生命告终会远远早于这块饱受摧残的土地开始恢复生机？“我还从没踏上这里。我打算等我有了孩子以后，找个时间穿上辐射防护装备去探访一下。他们说那下面有些很奇怪的动、植物。”

“那里没人，是吗？”马丁盯着下面问道。他身上不安的情绪简直触手可及。没等迈尔斯发话，他就把高度又增加了几百米。

“有一些擅自闯入这里居住的匪徒。他们不指望自己活得长到会患上癌症或者生下孩子。领地里的游骑队时不时会把他们赶到一起，然后驱逐出去。有些地点的生态表面看上去已经恢复了，颇具欺骗性。实际上，我出生到现在这段时间里，有些区域的辐射水平已经降低了一半。等我老的时候，这里的土地应该会可以开始利用了。”

“再过十年吗，少爷？”马丁问。

迈尔斯的嘴唇抽动了一下。“我在想，大概，再过五十年吧，马丁。”他温和地说道。

“噢。”

又过了几分钟，他伸长脖子，目光越过马丁向座舱外直直地望去。“你的左边那里。那个小斑点，就是过去的领地首府弗科西根瓦什诺伊的所在。哈，现在它带点灰绿色了。以前我是个小孩子的时候，那里还全都是黑乎乎的。我有点好奇，现在到了夜里那儿是否还发光？”

“我们可以在天黑之后回来看看。”马丁略微顿了一会儿后提议道。

“不……不用。”迈尔斯在座位上向后靠了靠，盯着前方向南绵延的高大群山，“这样就可以了。”

“我可以把动力再加大些。”马丁过了一会儿说道。此时下面那片霉乎乎的颜色已经被抛在了后面，取而代之的是更健康的绿色、棕色和金色。“看看这架飞车可以有多快。”他的语气中充满了向往。

“我知道它可以有多快，”迈尔斯说，“而且今天我没理由要赶时间。或许下次吧。”

马丁已经做过几次这样的暗示了，他显然是发现自己的雇主在旅行方面偏好求稳，有点沉闷。迈尔斯心里痒痒的，简直想接过操纵器，穿过登达立大峡谷，带马丁来一趟真正惊险刺激的旅程。三重急降从壁立千仞的山缝间穿过，下方大瀑布的景象能让一个已经神经紧张不堪的乘客当场吐出来。

唉，即便没有癫痫的问题，迈尔斯也觉得自己无论是体力上还是心理上——或者道德上——都不再能承受那样的飞行了，虽然他和伊凡在比现在的马丁年纪还略微小一点的时候经常那么干。他们俩没把自己的小命玩掉真是个奇迹。当年他们自以为是因为他们弗氏的高超技术，但现在回头看看，那更像是神意的干预。

那个游戏是伊凡发起的。表兄弟俩轮流坐在轻便飞车的驾驶座上，一次次开过幽深曲折的峡谷，直到另一方要么按照武术比赛的规矩猛拍几下主动认输，要么因为把他们最近吃的那顿饭给吐了出来而告负。为了能够完成比赛，他们还得事先把轻便飞车上的故障防护系统中的几条线路给关闭掉——迈尔斯宁愿马丁不要学会这个把戏。最初迈尔斯在得分上遥遥领先于伊凡，因为他采取了一个简单的准备措施：不吃早饭。后来伊凡明白了他的这个花招，于是坚持他们俩一起吃早餐，以保证公平。

迈尔斯通过在夜间挑战伊凡赢得了最后的胜利。伊凡当时先驾驶，然后成功地把他们两个活着带出了峡谷，尽管最后他们从山边飞出，转入水平飞行时他已经脸色惨白，汗流浃背。

轮到迈尔斯的回合了。他关掉了飞车上的灯。伊凡的胆量值得大书特书：他没有放声尖叫，没有精神崩溃去抓（已经失效的）紧急弹射按钮——直到他发现他表弟在飞速穿过大峡谷的时候还一直闭着眼睛。

当然了，迈尔斯可没有殷勤地告诉他，在之前三天里，他在白天以同样的流程在这条路上都飞了超过六十次了，过程中逐渐降低座舱盖的亮度，最终让它完全不透明。

那是他们最后一次玩那个游戏。伊凡再没有向他挑战过。

“你在笑什么啊，少爷？”马丁问道。

“啊……没什么，马丁。就在这儿转弯，朝着那片有树的区域正当中上面飞过去。我很好奇我的林子长得怎么样了。”

弗·科西根家的老爷们经常不在领地，因此他们很大程度上倾向于发展对监管需求少的农林业。经过五十年的育林之后，那些品质优良的硬木林差不多可以进行可持续的选择性采伐了。比如，再过十年就开始？一片片的橡树、枫树、榆树、胡桃树，还有夜桦（译者注：作者虚构的物种。由“夜晚”和“桦树”两个词加起来组成），在秋日的阳光下争奇斗艳。在陡峭的山坡上散落着一片片深绿色的美丽印迹，那是基因工程制造出的耐寒黑檀树，一个新品系（译者注：尚未形成新品种，但和原种有遗传和性状上差异的动、植物）——确切地说，只是对贝拉亚来说是新的，仅仅三十年前才引进这里。迈尔斯有些好奇这些树木去向何方：家具、房子，还是其他的日用品？他希望至少有部分木头会被做成美丽的东西。比如说，做成乐器，或者是雕塑，或者用来做镶嵌艺术的材料。

看到几道山梁之外升起了一根烟柱，迈尔斯的眉头皱了起来。“去那儿。”他用手指着那边对马丁说。不过等到了之后，他发现那里并没什么不对的：是他领地里的地球化改造工作人员们在烧掉一面山坡上的有毒本地灌木，好在之后用源自地球的生物产生的有机废料对土壤进行处理，再种上小树苗。

马丁在他们上方兜着圈子，那六七个戴着呼吸面具的人朝上望来，友好地挥着手，完全不知道在观察他们的是谁。“朝他们摇下翅膀，作为回答。”迈尔斯告诉马丁，后者照办了。迈尔斯不知道这些人会是什么样的感觉：用这种古老的低科技方式一米一米地对贝拉亚的土壤进行地球化改造，日复一日，日日如此。但至少在多年后回首估量这辈子的成就时，他们可以心中坦然。

他们离开了育林区，继续向西，飞过高低不平的棕红色小山。四下里到处都点缀着一片片来自地球的斑斓色彩，标志着人类居住或者有野兽生存。他们左侧的灰色群山上白雪皑皑，越往前就越高。迈尔斯没来由地觉得累了，往后靠了靠，闭了会儿眼，明明他的饮食和睡眠都一如既往的。最后，他听到马丁在小声询问什么，于是睁开了眼睛，看到了远方波光粼粼。那是弗科西根萨尔洛的长湖，它向西在斑驳的山丘间曲折绵延出去大约四十公里之远。

他们越过了湖边的村子，还有坐落在上面山岬的已经被烧毁的城堡废墟，那曾是下面小镇建立的起因。迈尔斯和马丁一直飞到了湖的上源，然后飞了回来，盘旋了几周后准备在弗·科西根家的土地上着陆。在属于他家的蜿蜒湖岸边，几公里内散落着的新房子多半有一百来所，拥有者都是来自海萨达尔或者弗贝拉苏丹娜的人们。他们是此地近年来人口爆炸的主因……唉，至少有一打小艇，把蓝色的水面搞得一塌糊涂——也可以说是装点着蓝色的水面，端看说话者的观点了。这村子也在发展，提供服务的对象不再仅仅是附近少数的弗氏居所，也包括了度假者和退休人员。

弗·科西根家的避暑居所是一栋两层楼的狭长石头建筑，早先曾是城堡卫队的兵营，现在已经变成了一个雅致的居所，俯瞰着景致优美的湖面。迈尔斯让马丁把轻便飞车停在了山梁上车库旁的起降坪上。

“拎到屋里去吗，大人？”马丁边从车上拿下行李，并问道。

这栋房子至少还有一对夫妇住在里面，照管房子，让它有点生气，同时维护外面宽广的庭院，不会像首都的官邸那么阴暗，像坟墓般死气沉沉。

“不，先把那些东西放下。我想先去一趟马厩。”

迈尔斯走在前头，顺着小路走向离长湖最近的一个小山谷，那里建有一堆各式各样的附属建筑，还有种着来自地球的绿草的牧场。村里照管这里剩下的几匹马的少女从屋里走出来迎接他们，马丁之前显然是准备忠实地陪着他古怪的主人，忍受几天乡村无可排遣的枯燥生活，现在却瞬间来了精神。迈尔斯抛下正互相自我介绍的那两个人，独自走到了草场门口。

迈尔斯的坐骑，还是个几周大的小马驹时就不走运地被他的祖父赐名“肥傻子”的那匹马听到了他的召唤，跑过来欢迎他，嘴里嘶鸣着，而迈尔斯也照例从口袋里摸出些薄荷糖来犒劳它。他爱抚着这匹大块头灰斑栗色马那宽阔、光滑而柔软的鼻子。这畜生的年纪……现在将近二十三岁了吧？身上的灰毛已经多过了红毛；不过是穿过草场慢跑过来，鼻子里就呼哧呼哧的了。那么，现在，在有可能癫痫的情况下，他还敢骑马吗？大概不能再像以往他最喜欢的那样，骑马到山中野游，一去几天了。要是他把马丁训练成自己的马倌，也许他可以冒险在草场上溜达几圈。

就算从马上掉下来，他身上的合成骨骼也不太可能摔断，而且他相信“傻子”是不会踩到他身上的。

他在弗科西根萨尔洛的生活中的另一个主要乐趣——游泳——是完全不可能了。划船则很难说，他得一直穿着救生衣，还得带着马丁。马丁到底会不会游泳都还不知道，更别提要他一边救护发病落水的人，一边还要不让船从他身边漂远了。看起来这对他要求是太高了。嗯……反正秋天到了以后湖水也冷得要命。

迈尔斯太平无事、百无聊赖地在湖边逗留到第二周的时候，他的三十岁生日如期而至。要忽略这件事情，这里就是最好的地方：在首都可不行，在那里他多半会遭到熟人和亲友们的骚扰，至少伊凡很可能会拿这个话题嘲弄他，要不就会强行给他安排一次派对，那样更糟。不过伊凡也知道要不了几个月就轮到他自己了，这会让他收敛些的。无论如何，这一天迈尔斯其实也只是老了一天而已，跟其他的日子没什么差别。不是吗？

刚才谈论的日子终于到来的前一天一直在下雨，跟迈尔斯忧郁的心情恰好相称。生日当天早上仍然湿度很大，雾蒙蒙的，但从头顶正上方淡蓝色的无云天空来看，显然天气会转暖，正适合人睡懒觉。同样显而易见的还有另一件事：人们并不打算允许他若无其事地度过这一天。第一个祝贺电话已经打到了屋子里的算讯终端上，艾利丝夫人在那头拘谨地笑着。伊凡的来电还会远吗？要是他不找个办法躲起来，他今天搞不好会一直被这种可恶的事情纠缠个没完的。

他经过厨房，抓起一个为早餐准备的面包卷，走出大门，然后沿着山边的小路朝着花园墓地走去。之前这里原本是兵营中的卫士们最终安息的场所，在弗科西根瓦什诺伊被毁之后，弗·科西根家族就把这里拿来充作了他们家族的专用地。迈尔斯在伯沙瑞中士的墓前坐了会儿，伴着这位老友，一边小口咬着面包卷，一边看着火红的太阳穿透弗科西根萨尔洛上空薄薄的晨雾冉冉升起。

然后他慢慢走到已故将军皮欧特的墓前，低头盯着它看了很久。他曾经对着那块似乎是在以沉默嘲笑他的石头跺脚叫喊，低声恳求。但是老人和他看来已经没有什么可以互相交流的了。为什么没有？

迈尔斯突然就有了结论：这块墓碑他妈的是假的，这就是问题所在。迈尔斯忽地做出了这样的判断。他转过身，慢慢走回房子里去叫醒马丁。那家伙只要得到允许，是能睡到中午的。他知道一个地方，在那里，通信控制台无法找到他，而且他急不可待地需要同那里的某位小小女士谈一谈。

“我们这是要去哪儿，少爷？”马丁在飞车的驾驶座上坐定，边活动自己的手指边问道。

“我们要去一个山中的小型居民点，名叫锡尔维河谷。”迈尔斯俯身过来向屏幕的地图/导航系统中输入指令，随即弹出了一幅计算机着色的彩色三维坐标图。“我想让你降落在一个特别的点上，在这个小山谷里，就在这个窄窄的岔路上面一点。那实际上是片公墓。那儿的树木之间应该有足够的空隙让轻便飞车降落。至少我上次去的时候还有。那是个很漂亮的地方，就挨着小溪。阳光穿过树冠照射下来……也许我该打包些野餐食品。从这里走过去大概要四天，骑马两天半。乘坐轻便飞车的话就不到一个小时。”

马丁点点头，打开发动机。他们升到了山脊的上空，然后转向东南方。“我打赌，我可以再快些把你送到那里。”马丁建议道。

“不……”

“我们还绕着走吗？”

迈尔斯犹豫了一下。现在既然已经在空中了，他反而不那么急了，取而代之的是油然而生的恐惧感。*你还曾经以为向皇帝道歉就难得不得了。*“对。我一直都打算让你了解些山里的下冲气流和轻便飞车之间真正的状况。先往南再往西，朝那些山峰开。”

“很好，长官。”马丁这句话很有身为一名顶尖贵族仆从的风范，可他紧跟着就用下一句话把这个效果完全破坏掉了：“比再上一堂见鬼的骑马训练课好多了。”马丁和“傻子”之间的相处看来没有迈尔斯期望的那么顺利。马丁明显还是更喜欢轻便飞车。

接下来他们在登达立大峡谷里以及周边度过了饶有趣味的一个小时。迈尔斯高兴地注意到，就算是马丁这样的城里孩子也被此地的壮观景象震撼了。他们开得比当初他和伊凡比赛的时候慢得多。这次教学让他们觉得没吃早餐也只是略有遗憾，并没感到有迫切的需要。但最终，迈尔斯觉得实在已经不能再耽搁下去了，于是他们再度向东开去。

“那，到锡尔维河谷去干什么？”马丁问道，“去见朋友？欣赏风景？”

“不……严格来说都不是。我差不多像你哥哥现在这个年纪的时候——事实上我当时刚刚从帝国军事学院毕业——我的伯爵父亲给我出了个难题。是这样的：他指派我作为他的代言人，去处理一个被提交伯爵裁断的案子。他把我派到锡尔维河谷去调查并审理一件谋杀案。一个畸形婴儿被杀死了。很大程度上是按照过时的传统习俗。”

马丁做了个鬼脸。“山里人。”他厌恶地说道。

“嗯。事情的复杂程度超乎我的预想，甚至是我找出了谁是真正的嫌犯之后的预想。那个小女孩——被杀的是个出生才四天的小女孩，因为她生下来的时候嘴长得像猫嘴巴——她名叫蕾娜·沙瑞克。要是她还活着，现在差不多快要十岁了。我想跟她说说话。”

马丁的眉毛扬了起来。“您，呃……经常跟死人说话吗，少爷？”

“有时候说。”

马丁的嘴巴弯了弯，露出个“我们希望这只是在开玩笑”的似笑非笑的表情。“他们回过什么话吗？”

“有时候会……怎么，你从来没跟死人说过话吗？”

“我不认识任何死人。除了您，少爷。”马丁稍稍修正了一下自己的话。

“我当时只是即将成为尸体，还没真死。”*给自己点时间，马丁。你的死人朋友肯定会随着时间推移渐渐增多的。*迈尔斯就认识很多死人。

但是即使在那个长长的名单上，蕾娜也占据着一个特殊的地位。在他已经看穿了帝国加在军队上的重重浮华虚饰和空泛美言之后；在他已经厌倦了为晋升提拔而你争我夺之后；在他已经跟军中所有那些愚蠢的规则做过斗争，从其中所有黑暗肮脏的角落里艰难脱身之后……当竞争不再是一场他妈的游戏，当一切都是真的，当生命和灵魂为了胜利像垃圾一般被投入粉碎机中，真实得骇人……蕾娜是唯一的象征物，象征着他的军旅生涯还是有那么点意义的。一种可怕的感觉在他心头生起：在最近这些乱七八糟的事情当中，他不知怎么也已经失去了跟蕾娜的联系。

是不是他为了赢得那场游戏，为了扮演内史密斯太过紧张专注，以至于忘记了他本来的目的是什么呢？蕾娜这十年来一直被埋在地下，她是唯一一个内史密斯永远救不出来的囚徒。

有一个流传甚广但并无实据的故事，说迈尔斯的祖先塞利格·弗·科西根伯爵向他领地上的人民收税——也有说只是试图收税，后者看来更可信点。那些人得知有人要来收税，倒也并不比当代的山民们更加惊慌。有个贫苦的寡妇，她那不负责任的丈夫在身后只给她留下了一大笔债务。她奉上了自己仅有的财产——她儿子奏鼓的手艺，连同她儿子本人一起——来充当税款。据说，塞利格收下了她儿子的演奏，但把那男孩还给了他母亲。毫无疑问，这是完全为自己私利起见的贵族式宣传。内史密斯曾经一直都是迈尔斯自己最好的祭品，是他所拥有的一切，是他翻遍自己全身能找到的最好的东西。贝拉亚的星际利益离这大山中上午的阳光似乎非常遥远，但为那些利益服务的历史已经成了他不可分割的一部分。内史密斯就是他奏出的鼓乐，只不过这次弗·科西根变成了演奏的一方。

说到这儿，他清楚自己是如何一步错，步步错，最终失去了内史密斯的。那条灾难性事件的链锁上的每个环节他都历历在目。可他到底是在哪里失去了弗·科西根呢？

等他们降落以后，他会告诉马丁去散散步，或者开着飞车在附近再转转。这是一场与死者之间的对话，他不愿让其他人听到。迈尔斯辜负了格雷果，但已经面对过他了，也辜负了家人，很快就会不得不面对他们。可是面对蕾娜……那会像针爆弹的火力一样伤人。

*哦，蕾娜。小淑女。请告诉我。我现在该做些什么？*他的头疼痛不已。他弓起身子，保持缄默，躲开马丁，紧闭双眼，把自己的前额顶在座舱盖上。

马丁的声音打破了他让自己越来越痛苦的妄想。“少爷？我该怎么办？我没法降落到你说的山谷里。那儿全是水。”

“什么？”迈尔斯大吃一惊，直起身子，睁开眼睛，向外望去。

“下面看起来是个湖。”马丁说。

确实。原本两道小溪向下流去，在一个狭窄的山尖处汇合，现在那里横亘着一座小小的水力发电站的水坝。在它后面陡峭的山谷中灌满了水，蜿蜒的水面上依稀倒映着上午的蓝天。迈尔斯重新查对了一遍三维地图，以保证自己没搞错，然后看了看地图上的日期。“绘制这套地图才过了两年。上面没有这个见鬼的水库。可是……就是这里，没搞错。”

“您还想着陆吗？”

“是的，嗯……试着降落在东面的岸上，尽可能接近地图上这个点。”

这任务并不容易，但马丁最终找到了一个合适的降落点，小心地让飞车降到了下面的树林间。他让座舱盖弹开后，迈尔斯爬了出来，站在陡峭的岸上，凝视着下面清澈的褐色的湖水。他只能看到水下几米深的位置。那里有几根零零散散的白色树桩，从更深的地方戳出来，好像骨头似的。马丁好奇地跟着他，站在他的身旁，仿佛要帮他看得更清楚似的。

“那么……公墓是依然在那里，在水下呢，还是锡尔维河谷的人把他们的墓地移走了？要是移走了的话，他们把墓地移到哪儿去了呢？”迈尔斯咕哝着。

马丁耸耸肩。宁静如镜的茫茫水面也保持沉默，不予回答。

第十一章

马丁使尽了手段才让轻便飞车成功升空，离开树林。迈尔斯从天上找到了他想找的空地，位于大约一公里之外。他让马丁在一所小木屋前的院子里把他们两个放下来。屋子是用风干（译者注：对原木在最后加工成产品前先放置数年，除去其中水分和部分挥发性物质，使材料性能更好的预处理过程。也可以用人工方法加工）后泛着银光的木料制成的，站在走廊上俯瞰下面的山谷和新出现的人工湖视角很好。它本身和房子正面的全通走廊（译者注：和房子宽度等同的带顶走廊）看起来都没什么变化，只是山坡下面多了几处新修的附属建筑。

一个男人走了出来，站在走廊上观察着降落在他院子里的是什么。这人并非那位谢顶的独臂村长卡拉尔。是个完全陌生的人，高高的个子，黑色的胡须修剪得整整齐齐。可他饶有兴致地斜靠在用剥去树皮的小树做成的走廊栏杆上的那样子好像又显示他就是这个地方的主人。迈尔斯从轻便飞车里爬出来，有点犹豫不定地在车旁站了一会儿，盯着那个人，心里思考着该如何解释，同时暗自庆幸马丁是个大块头。也许他该多带个受过训练的保镖来。

但那个陌生人的脸亮了起来，带着认出了来人的兴奋表情。“弗·科西根勋爵！”他叫道。他一边三步并作两步地跑下走廊，大步朝迈尔斯走来，一边伸出双手迎接他，脸上笑容灿烂。“再见到你真是太好了！”他的笑容消失了。“没什么事吧？我希望没事。”

呃，这个人还记得迈尔斯，就靠着快十年前留下的印象。很好。那人走到迈尔斯的面前，热情洋溢地握住他的手——双手——摇晃着。“没事，只是顺道来走访一下。”迈尔斯说道，“没什么正事。”

这人向后退了一步，低头看着他的脸，微笑变成了狡黠的笑意。“您不知道我是谁吗？”

“嗯……”

“我是泽达·卡拉尔。”

“泽达？”泽达·卡拉尔，村长卡拉尔的二儿子，那时才十二岁……迈尔斯迅速地算了一下。现在他是二十二岁左右。没错，“上次我见到你的时候，你比我还矮些。”

“噢，我当年有个好厨师，我老妈。”

“是的，我还记得。”迈尔斯犹豫了一下，“当年？你的父母亲，难道……”

“噢，他们很好。只是没在这儿。我哥哥娶了个塞利格拉达的低地女孩，然后就到那边安了家。爸妈下山去他们那里过冬了，因为这里的冬天对他们来说越来越难过了。妈帮他们带孩子。”

“那么卡拉尔已经不再是锡尔维河谷的村长了，是吗？”

“是的。我们有个新村长，到现在差不多有两年时间了。是个了不起的小伙子，满脑子都是他在海萨达尔学到的进步思想，就跟你一样。我想你应该会记得这个人，他的名字叫莱姆·沙瑞克。”泽达的笑容更灿烂了。

“噢！”迈尔斯说道。今天头一次，一个笑容浮上了他的嘴角。“确实记得。我想去看看他。”

“要是你们能捎上我的话，我现在就带你们去。他今天多半正在诊所里干活呢。你一定不知道诊所在哪儿，刚修好不久呢。稍等片刻。”泽达冲回自己的屋子里去整理什么东西去了。他奔跑的样子中依稀可辨从前那个十二岁孩子的身影。迈尔斯真想把自己脑袋往轻便飞车的座舱盖上撞几下，看看能不能让自己晕乎乎的脑袋恢复清醒。

泽达回来了，一跃而入轻便飞车，坐到后座上。他们升到空中，越过第二个山脊。泽达给马丁接二连三地指点着方向，嘴里还不停地对下面的景物加以解说。他把他们带到了大约两公里以外，降落在一栋正在拔地而起的六居室楼的框架前。这是迈尔斯在锡尔维河谷见到的最大的一栋建筑。它边上已经布好了电线，正连着一堆放在架子上的充电器，给电动工具充电。六个正在干活的人停了下来，看着他们着陆。

泽达爬下车子，挥手叫喊。“莱姆，嗨，莱姆！你绝对猜不出是谁来了！”迈尔斯随着他朝工地走去，马丁坐在驾驶室里，茫然地看着他们。

“大人！”莱姆·沙瑞克也是立刻就认出了他，不过话说回来，迈尔斯的外貌，唉，本来就好认。反过来要是莱姆混在一堆人当中，迈尔斯可能要仔细看一会儿才能找出他来。他还是迈尔斯记忆中的那个山民汉子，瘦而结实，年纪跟迈尔斯差不多，不过比起十年前他被误控谋杀的那天样子明显高兴多了，跟六年前迈尔斯在海萨达尔匆匆瞥见的他相比，他的自信心更强了。莱姆也双手握住他的手欢迎他，像是要抱住他似的。

“沙瑞克村长。恭喜你。”迈尔斯对他说道，“我看你很忙的样子。”

“哦，你还没看到我到底有多忙呢，大人！来看看吧。我们就要有自己的诊所了——它将为整个地区的居民服务。我正在督促加紧施工，好在第一场雪到来之前封顶，在冬节之前让一切就绪。那时我们的医生就来了，真正的医生，不是之前每周飞来一次巡回出诊的那种医护人员。医生来自海萨达尔新开办的学校，获得过您母亲设立的奖学金。他会在我们这里服务四年——以抵充他的学费。冬节是他按期毕业的日子。我们同时也在为他搭建一栋小木屋，在山坡上。从那里看下去，风景真的很美——”

莱姆向迈尔斯介绍了他手下的工人，又带他参观了下这座建筑。这里虽然还称不上诊所，但起码代表了他心目中热切梦想着的诊所，迈尔斯仿佛都能在空气中隐隐看到它完工时的模样了。

“我来的时候看到了峡谷里的发电水坝。”等莱姆终于停下来歇口气时，迈尔斯问道，“那是怎么回事？”

“我们建的，”莱姆骄傲地说，“我敢说，以我们手头这么点电动工具，那绝对是个了不起的工程。当然，我们还得设法给它们充电。我们等领地答应给我们的能源卫星接收器，等了很久，可在发放次序表上我们排得太靠后了，还得继续等下来。于是我开始想办法。我到多斯托瓦去看了看他们已经用了很多年的水电站。那是个技术水平很低的玩意，但能用。我从那儿找了几个伙计过来帮我们修水坝，请他们挑选最佳地点，等等，然后从海萨达尔找了个工程师，我帮他盖过他家的房子，他来帮我们搞定核心的电力系统。作为回报，他夏天可以来新湖边上，住在一间小木屋里度假。我们还欠着发电机的钱，但其他的都已经解决了。”

“那是最好的地点，是吗？”

“噢，是的。那里是我们能找到的跨度最窄，水头最高，而且水量最大的地方。我们发展起来后，渐渐就不需要它了，但发展正是关键所在。没有基本的电力，这地方就一直停滞不前。现在我们才能开始发展。比如说吧，要是无法给诊所供电，我们也就没可能在领地的抽签选拔中胜出，请来医生了。”

“你不会让任何障碍阻挡住你，是不是？”

“噢，少爷，你知道我是从谁那里学来这一点的。”

当然，是从海拉，他的妻子，蕾娜的母亲那里。迈尔斯点了点头。“说到海拉，她今天在哪儿？”他来这儿原本只是想站在死者坟前静静地待会儿的，但他现在开始想跟海拉谈谈了。非常想。

“在学校上课。我盖了间新屋——要知道，我们现在有两个老师了。海拉带出来的一个姑娘教年纪小一些的孩子，海拉教年纪大些的。”

“我可以……呃……去看看吗？”

“要是我让你走掉而没去看她，海拉会把我活活剥皮的！来吧，我现在就带你去那里。”

泽达既然已经把迈尔斯交给了负责的人，就跟他们挥手作别，朝自己家走去，消失在树林中。莱姆对他的工人们简单交代了几句，就坐进了轻便飞车的后座，取代泽达当起了向导。

又飞了一小段距离之后，他们来到了一座更古老、更传统的建筑面前：那是一座长条形的木屋，两头各有一道门和一个粗石砌成的壁炉。走廊上方挂着一块手工雕刻的大匾，上面用花样文字写着这里的名称：“蕾娜·沙瑞克学校”。莱姆领着迈尔斯从左边大门走了进去，跟在后面的马丁在门口犹犹豫豫，徘徊不前。屋子里放着一排排手制的木桌，桌上放着算讯终端共享连接器，桌前坐着二十来个大大小小的十几岁孩子，正在听着屋子顶头那位手舞足蹈、活力四射的女士说着什么。

海拉·沙瑞克还是跟迈尔斯记忆中一样又高又瘦。她稻草黄色的直发按照山民女性的方式在后颈上扎得整整齐齐；身上穿着的也是山民女性的朴素衣服，不过很整洁，做工也很精细。她和大多数学生一样，在温和的天气里都是光着脚，但她那凸出的灰眼睛充满活力和热情。她一看见迈尔斯和莱姆，就猛然停下了讲课。

“弗·科西根勋爵！哎呀，我怎么也没想到会是你！”她像泽达和莱姆那样走向他，不过她并不满足于只是握握手，而是拥抱了他。至少她还没把他整个身子抱起来。迈尔斯隐藏住自己的惊讶，迅速反应过来，还抱过去，在她松开他时还握住她的双手上下摇了摇。

“你好，海拉。你看上去光彩动人啊。”

“离开海萨达尔之后，我就没见过你了。”

“是的。我……早就该来这里看看了。可是脱不开身。”

“我必须告诉您，您前去出席我在师范学院的毕业典礼，对我来说真是重要得无以复加。”

“那只是一次好运。当时我正好在这个星球上。没什么大不了的。”

“那得看从谁的视角而言了。来，看看……”她拖着他走到屋子的前面。“看，孩子们，谁来看我们了！是你们的弗·科西根勋爵大人！”

他们看着迈尔斯的眼神中没多少怀疑或者厌恶，倒是颇有兴致。他们的眼神在这个古怪的小个子男人站在他们身前的肉体和挂在他们教室前方墙上的画像之间来回移动，对照着二者。在三维视讯投影的上空挂着三张普通的半身肖像照片，其中有两张是法律要求挂的：一张是格雷果皇帝身穿那身华丽而花哨的阅兵礼服的；另一张是他们的伯爵领主，迈尔斯的父亲，穿着弗·科西根家最正式的棕银双色制服，严肃地盯着前方；第三张则并无法律要求——没有什么官方规定要求公共设施把他们伯爵的继承人的肖像也挂上去。可现在迈尔斯自己的脸就在那上面，冲着他傻笑着。这是张扫描翻版，上面的他比现在年轻，姿势有些僵硬，穿着帝国军的绿色军服，衣领上是淡蓝色的长方形少尉军衔章。那肯定是他从学院毕业之前照的，因为领子上还没别上那熠熠生辉的银色荷鲁斯之眼徽章。神了，海拉从哪儿弄到这张照片的？

她在学生们面前炫耀着他，骄傲得就像是个在展示陈述课上展示自己珍藏的学生，激动得像个捧着装着自己心爱虫子们的罐子的六岁小孩。他来锡尔维河谷时根本就没打算见谁，更别说要发表公开讲话了。现在他觉得自己穿得实在是太不得体了：一件穷乡僻壤款式的短上衣，一条磨破了的黑色长裤，来自他在军队里的一套工作服，更不用说他穿着的靴子，破旧不堪，而且还在水库边上弄得全是泥巴。但他还是成功地讲了几句“干得不错，干得很好”之类的泛泛而谈，这些热切的评论看起来让所有人都挺高兴的。海拉带着他绕过前面的走廊，进入另一头的房间里，重复了一遍刚才的表演，让那在上课的年轻女子完全仓皇失措，同时让那些低年级学生的“蠕动系数”升高到了濒临爆炸的程度。

他们离开那间教室，又回到了走廊上。迈尔斯抓住海拉的手让她暂且慢下脚步。“海拉——看在老天的分上，我来这儿不是做突击检查的。我只是来……唉，说实话，我只是想在蕾娜的坟前焚香悼念一下。”三脚架、火盆还有香木都收在了轻便飞车的后备厢里。

“您真好，少爷。”海拉说。迈尔斯略略做了个推辞的手势，但她摇摇头，否定了他的否认。

迈尔斯继续说道：“现在看来我需要艘小船，可是我又不愿冒险在我坐的船上点火。或者你们把墓地迁走了？”

“是的，在那里淹掉之前，部分想要迁墓的家属迁走了一些坟。我们在山脊上选了一块非常好的墓地，在那里可以俯瞰原址。当然我们没有移我母亲的坟。我把她留在那下面了。让她的坟墓给埋在下面，没人给她烧香（译者注：原因详见《无尽的边界》）。”海拉做了个鬼脸，迈尔斯理解地点点头，“蕾娜的坟……唉，我猜是因为那下面小溪旁太潮湿了，而且埋她的时候只是临时找了个木盒子当棺材，况且她又那么小……我们想迁坟的时候找不到她了。我想她又复归了泥土。我并不介意。仔细想想，这样也没什么不好的。不管怎么说，我真的觉得这所学校就是对她最好的纪念。每天我来这里教书，也相当于给她上香了，但这样比真的上香更好。因为这是在创造，而不是毁灭。”她又点了点头，很坚决，也很平静。

“我明白了。”

她更仔细地看了看他。“您没事吧，少爷？你看上去非常累。脸色白得吓人。您没生病什么的吧？”

他觉得，死掉三个月差不多可以称得上是人类所能患上的最严重的病了。“噢，有的。或者说类似于疾病。不过我正在康复。”

“哦。好吧。这之后您要到哪儿去呢？”

“没什么特别的目的地。我现在是在……度假。”

“我想让你见见我们的孩子，我和莱姆的。我上课的时候，莱姆的母亲和妹妹负责照顾他们。您不想来我家同我们一块吃个午饭吗？”

他原本是打算午饭时间之前回到弗科西根萨尔洛的。“孩子？”

“我们现在有两个孩子。一个四岁男孩，还有一个一岁的女孩。”

这里还没人用人造子宫。她是在自己的身体里孕育了他们，就像孕育她那死去的头胎孩子一样。亲爱的上帝，这个女人真行。这个邀请是他无法逃避的。“很荣幸。”

“莱姆，带弗·科西根勋爵四处转会儿——”海拉回到教室里，同另一个老师商量了下，然后去找学生们开会；而莱姆则按照她的要求带着迈尔斯出去转了一圈，参观了学校里比较重要的建筑。几分钟后，提前放学的孩子们从屋子里迸流而出，快活地尖叫着四下散去。

“我没打算干扰你们的日常工作的。”迈尔斯的反对现在毫无意义了。他已经欲罢不能了。无论如何，他也绝对不能辜负那盛情的微笑。

他们乘着轻便飞车直接飞到了莱姆的妹妹家，莱姆的妹妹对忽然增加的客人带来的挑战应付自如。感谢上帝，她招待他们吃的午餐很清淡。迈尔斯老老实实地见了沙瑞克的两个孩子，以及他的侄儿侄女，把每个孩子都夸奖了一番。他被孩子们逮住不放，带到树林里走了一趟，还去看了他们游泳时最喜欢去的水湾。他脱下靴子，郑重其事地跟他们一道踩着水底光滑的石头蹚水，直到双脚都给冻得麻木了才上岸。然后他以贵族的权威口吻宣布，那水湾是个棒极了的游泳地点，很可能在他的整个领地里都是最好的。显然，他这么个跟孩子们差不多个头的成年人虽然异乎寻常，对他们倒是挺有吸引力的。

由于这样或那样的种种原因，他们回到学校的时候已经快到傍晚了。迈尔斯看了一眼蜂拥而至聚集在前面宽阔的场地上的人们。他们带着盘子和篮子以及花，乐器和坛子以及酒壶，椅子、长凳、三角凳以及木板，还有木柴和桌布。他的心沉了下去。虽然他今天一天都在尽力避免这种事情，看来他还是逃不掉一场意料之外的宴会了。

像“我们得在天黑前走，马丁不习惯在山里飞行”这样的话已经到了他嘴边，但又咽了回去。他们若是能在明天上午离开这里就算运气好了。否则——他注意到了一罐罐石坛里装的都是登达立山出产的枫糖浆酒，那是人类发明的最要命的酒精饮料——就会拖到明天下午了。

他吃完了饭，欣赏了日落，观看了篝火，还一小口一小口地呷了很多口枫糖浆酒，不过最后，他总算是真正放松了下来。接着音乐开始了，他自然而然地享受起来。在边上，本来对这些乡村土产的水平有些不屑一顾的马丁，发现自己已经在给一群热情的十来岁孩子教授城里的舞蹈了。迈尔斯忍住了即将脱口而出的告诫，没有劝马丁要小心点，比如说“枫糖浆酒可能喝起来爽口清甜，但酒劲上来以后会破坏细胞膜的”。有些东西，某个年龄段的人必须自己学到才行。迈尔斯和海拉，然后跟其他妇女跳着传统舞步，最后他已经数不清换了几个舞伴了。几个十年前他断案时就在场的老人朝他毕恭毕敬地点着头，尽管他自个正在欢快地跳来蹦去。尽管人们用祝福语和笑话对他进行连环轰炸，这终究不是为他开的。这是锡尔维河谷的一场派对。如果说他的生日为这场欢庆提供了借口，那也很好：这是过去几周来他为别人做出的最大的贡献了。

可是当篝火的余烬渐渐熄灭，晚会随之步入尾声时，他越来越觉得缺了点什么。他是到这儿来……干吗的？大概是为了试着让自己久治不愈的抑郁症有个了结，就好像切开化脓的疖子，虽然很疼，但是疼完了就轻松了。恶心的比喻，不过他反正已经对自己深恶痛绝了。他想来上一大壶枫糖浆酒，再完成和蕾娜的对话。这多半是个糟糕的主意。最后他可能是醉醺醺地在水库旁哭泣，然后把自己的人连同他的悲伤一并淹没到水底——锡尔维河谷给他了一个美好的晚会，这种回报可是太糟糕了。而且这样也背叛了他对伊凡的诺言。他究竟是在寻求治愈，还是寻求毁灭？哪样都行。他无法忍受的是这种暧昧不明的中间状态。

最终，不知怎的，在午夜过后，他终究还是来到了水边。但不是一个人。莱姆和海拉陪着他，和他一起坐在水边的原木上。两轮明月高挂空中，在水面的涟漪中倒映出模糊不清的柔和影像，月光将峡谷中升起的夜雾照成了银色的轻烟。莱姆拿着一大壶枫糖浆酒，小心翼翼地给每个人倒上一些，除此以外的时候都在酒后的陶然中沉默不语。

在黑暗中，迈尔斯意识到，自己需要的交谈对象不是死者。而是生者。对死人忏悔没有任何作用，他们无力赦免他的罪过。但我会相信你的话，海拉，就像你曾经相信我的话一样。

"我必须告诉你一些事情。"迈尔斯对海拉说。

"我就知道有什么地方不对劲。"她说，"我希望不是你快死了之类的。"

"不是。"

"我本来担心可能是那样。好多变种都活不太长，哪怕没有人去割断他们的喉咙。"

"弗·科西根是反着来的。我的喉咙的确被割断了（译者注：奎因做的。详见《镜舞》），但那是为了救活我，不是为了杀死我。说来话长，而且细节是保密的，不过最终，我被丢进了银河系的另一个地方的一间冷冻室里。去年的事情。当他们把我解冻之后，我身体上出了些毛病。然后我做了件蠢事。然后我做了件更蠢的事：撒谎隐瞒前一件事。再然后，我被逮到了。再然后我被开除了。我曾经的那些让你们钦佩的成就，激励过你们的成就，全都付诸东流。十三年勤勤恳恳的工作，到头来被一股脑抛进了垃圾粉碎机。把酒壶给我。"他咽下一口甜酒，感觉就像是咽下了一团火。他把酒壶还给了莱姆。莱姆把酒壶递给了海拉，然后又拿回自己手上。"我曾经想过自己在三十岁的时候会是什么样的人。各种各样的想法都有，可从来没想到过会成为一个平民。"

水面上波光粼粼。"而你曾告诉我，要挺直腰板说出真相。"一阵长长的停顿之后，海拉说道。"这是不是就意味着你会在领地多待些时候？"

"也许吧。"

"很好。"

"海拉，你太残忍了。"迈尔斯呻吟道。

虫子们在林中唱出它们轻柔的和声，一曲生命的小小月下奏鸣。"小矮子——"黑暗中海拉的声音像枫糖浆酒一样的甜美，一样的要命，"——我的母亲杀死了我的女儿。然后为了这事当着全锡尔维河谷人的面受到了审判。你觉得我不知道什么叫当众出丑吗？或者什么叫被人抛弃？”

“你以为我为什么对你说这些？”

海拉沉默了很久，久得莱姆都已经在暗淡的月光和阴影中最后一次把石头酒壶在他们中传了一圈了。然后她说道：“你应该继续向前。只是向前。没什么别的好考虑，也没什么更好走的捷径。你只管向前就是了。”

“一直向前，然后呢？在另一头会找到什么？”

她耸耸肩。“当然是重新发现了你的生活。还能有别的什么？”

“那是个承诺吗？”

她捡起一块卵石，用手指捻了捻，然后把它丢进了水里。水面上的月影闪烁着，舞动着。“那是不可避免的结局。没有捷径。没有选择，你只管向前就是了。”

第二天中午，迈尔斯带着马丁一道，坐着轻便飞车再度升入了空中。马丁的眼睛又红又肿，脸上泛着淡淡的青色——哪怕来一趟穿过登达立大峡谷竞速比赛之后也不过如此。他飞得非常小心，非常温柔，正合迈尔斯的心意。马丁不是个喜欢多嘴的人，但他还是忍不住问了一句：“少爷，找到你要找的东西了吗？”

“这大山上的阳光把一切照得比贝拉亚任何地方都更为清晰，不过……没找到。它曾经在这里，但现在不在了。”迈尔斯在座位上他的安全带里扭过身子，转头盯着向后退去的崎岖群山。这里的人们需要千百种东西，但他们不需要英雄，至少不需要内史密斯将军那样的英雄，像莱姆和海拉那样的英雄倒是需要的。

马丁眯起眼，大概他并不喜欢此刻的阳光。

过了一会儿，迈尔斯问道：“中年是多大，马丁？”

“噢……”马丁耸耸肩，“三十吧，我猜的话。”

“我以前也一直那么认为。”不过曾经有一次，他听到伯爵夫人把中年定义为比当前老十岁时候的年纪——不论你有多大。就像是个日期可以变化的节庆。

“我过去在帝国军事学院学习时有个教授，”迈尔斯看着他们下面渐渐缓和的山势，继续说道，“他教授我们战术工程学引论课程。他说他从不为了防止作弊而花费心思每学期改变考题，因为虽然问题总是那些，可答案总是变化的。我当时以为他在开玩笑。”

“哦？”马丁随口附和了一声。

“没什么，马丁，你不用在意。”迈尔斯叹了口气，“只管向前就是了。”

第十二章

他们回到湖边的房子，来了顿非常简朴的午餐。马丁一开始就借故离开了。然后迈尔斯把自己锁在了放算讯终端的房间里，准备面对预料中会从弗贝拉苏丹娜发来的连串消息。生日的祝福话语体现了发送者各自的风格：严肃而又直接的是来自格雷果的；小心地带上了一丝嘲弄的是伊凡发来的；语气介于两者之间的则是知道他在这个星球的少数几个熟人发来的。

马克从贝塔殖民地发来的窄波通信（译者注：又称定向波束。在通话双方间建立一个定向光束连接，进行外人很难察觉、窃听或者干扰的通信方式）录音则是……马克式的。他语气中的嘲弄是对伊凡的拙劣模仿，太刻意，太不自然。从那生硬地努力想让人觉得尖刻的措辞中，迈尔斯推断出这条信息肯定不是初稿。但迈尔斯随即条件反射式地想起，这很可能是马克有生以来头一次不得不撰写一份给别人的生日贺词。*继续努力啊，马克，总有一天你能学会该怎么做人的。*

迈尔斯的那点沾沾自喜在他意识到这来信意味着他也不得不写一封回信的时候立刻就消失了。显然，马克还没听说迈尔斯的身份从军人变成了平民的消息。见鬼的，他要怎么把这件事告诉马克，才能不让他的克隆兄弟觉得那是责备？姑且还是把这问题放一放吧。

他把父母亲发来的消息留到了最后。是窄波通信格式，不是邮件格式。那么这消息是用瑟格亚的政府数据窄波通信频道传到了虫洞前，由特快飞船装载飞过虫洞的阻隔，再由这边的太空站播发过来——全程只要一天多一点；用邮政飞船从瑟格亚一路把信息盘送过来则跟人在两地之间旅行的速度一样，差不多要两周（译者注：飞船在不进行跃迁飞行时的速度是低于光速的，因此这样要慢得多）。因此，这是最新的消息，里面应该包含了他们对所得到的最新消息的反应。他深深地吸了口气，按下按键打开了它。

他们为了让两个人都能被镜头拍到，坐的位置离视频接收器略有点远，于是在迈尔斯这边的视讯板上显示出的就是两个小小的半身像。阿罗·弗·科西根伯爵已经七十出头了，身材粗壮，满头白发，身上穿着弗·科西根家族的棕、银两色制服；这段信息一定是在他的工作日里抽时间录制的。伯爵夫人穿着一件弗氏贵妇下午常穿的绿色夹克，配的裙子也是绿色的。她红中夹白的发色跟“傻子”的毛色挺像的，甚至白比红多这点都一样。她的头发现在和平时一样，用几个精致的发卡往后别着，露出她宽阔的前额。她跟她丈夫一般高，灰色的眼中闪动着笑意。

他们不知道。还没人告诉他们。没等他们俩开口，迈尔斯就可以确认这点了。他的心情更沉重了。

“你好，亲爱的，”伯爵夫人第一个说话，“恭喜你活到了三十岁。”

“是的。”伯爵接着说道，“有很多次，我们真的不知道你不能活到三十。不过现在我们都在，这就好。虽然有些疲惫不堪，但仔细想想另外那种可能性，就觉得还是这样好了。我在瑟格亚跟你可谓相隔遥远，但每天早上我照镜子的时候，看见这些为你而生的白发就会想起你。”

“那不是真的，迈尔斯。”伯爵夫人笑着批驳道，“我遇见他的时候，他四十多岁，那时候他就已经有白头发了。我的白头发倒真是在那之后才有的。”

“我们想你。”伯爵继续说道，“在你要为执行下一次分派给你任务安排行程的时候，一定要让路线经过瑟格亚：去的时候，回来的时候，或者两次都经过；至少安排在这里临时停留一下。这里正在发生许许多多对帝国的未来意义重大的事情。我相信其中有些事情你会有兴趣看看的。”

“要是西蒙不派你出来经过这边，我就会让他的生活充满阳光。”伯爵夫人补充道，“你可以告诉他这句话，就说是我个人对他的威胁。艾利丝告诉我你回家都几个星期了。为什么你一直没给我们消息？跟伊凡一起忙着吃喝玩乐，甚至都挤不出十分钟的时间跟你上了年纪的父母说说话？”

看来，艾利丝夫人同样也不愿意充当报告那个坏消息的信使，她甚至连事件的公开版本都没有对他们说。而通常来说，伯爵夫人获取各种弗氏贵族圈子里有趣八卦的渠道正是她——不管是发生在弗贝拉苏丹娜市内的，还是发生在格雷果宫廷中的。

“说到艾利丝，”伯爵夫人接着说道，“她告诉我格雷果已经遇到了他的心上人——她说‘心上人’三个字时明显加重了语气。你对这事知道什么不？你见过那姑娘吗？我们是该高兴，还是担心，或是别的什么？”

“皇室要同一个科玛人联姻，”弗·科西根伯爵——他的政敌们曾称他为“科玛屠夫”，不过他们大多数人都已经不在世了——说道，“这会有许多潜在的麻烦。不过到了这个时候，只要是格雷果愿意履行他的义务，生出一个合适的王储来，无论如何我都会全力支持他的。我们这代人里面所有拥有潜在的帝位继承权的人都会大大地松一口气。让格雷果放心，我完全支持他。我相信他的判断。”伯爵的脸突然带上了一种古怪的怅惘神情，“她看上去像个好姑娘吗？格雷果应该得到一点个人的欢乐，好补偿他在另一方面为我们大家经受的那些不合情理的事情。

“艾利丝说那女孩挺适合的，”伯爵夫人说，“而我相信艾利丝的判断。不过我不知道这位年轻女士是不是充分意识到了她将卷入什么样的旋涡。请让托斯凯恩博士放心，说我完全支持她，迈尔斯，不论她做出什么样的决定。”

“要是格雷果向她求婚的话，她一定会接受的。”伯爵说。

“只有她爱得全然倾倒，浑然忘却了所有的自我保护意识的时候，她才会接受。”伯爵夫人说，“相信我，一个女人必须是完全失去理智才会嫁给贝拉亚的弗氏男子。让我们期望她爱得够深吧。”迈尔斯的父母双双朝对方露出一个古怪的笑容。

“那么，我们等着瞧吧。”伯爵继续说道，“我们三十岁的时候在做什么？你记得起那么遥远的事吗，考迪利亚？”

“都快忘了。我当时在贝塔宇宙勘测局工作，在第一年的时候把提升为上校的机会给弄砸了，不过第二年机会又来了，当然，这次我抓住了机会。如果不是那样，后来我就不可能在那个时间、那个地点遇见阿罗，迈尔斯你也就不会存在了，所以现在我一点也不希望当时的情况有什么改变。”

“我在二十八岁时就是上校了。”伯爵得意扬扬地回忆道。伯爵夫人朝他做了个鬼脸。“飞船上的岗位很适合我。然后伊扎和总部那些大人物开始计划合并科玛，于是我又省去了四五年困在案头文牍中的时间。”他的面容又严肃起来。“希望格雷果在这件事上能交好运。我希望他能成功，在……在我没能像自己想象的那样获得成功的地方（译者注：阿罗在遇见考迪利亚前有过一次失败的婚姻。阿罗和考迪利亚的早年经历参见《荣誉碎片》）。感谢上帝，为新一代人能有一个全新的开端。”他和伯爵夫人对视了一眼，然后他说出了结束语：“就这么多了，孩子。该死的，记得跟我们联络。”

伯爵夫人补充了一句：“照顾好自己，孩子，好吗？该死的，记得跟我们联络。”他们的影像闪烁了几下，消散在空中。

迈尔斯叹了口气。*我不能再拖下去了，真的不能了。*

然后他又成功地拖延了一天，第二天上午才让马丁把他送回了弗贝拉苏丹娜。科斯特的母亲给他准备了午饭，让他“光荣孤立”地在黄厅用餐，显然她在努力让自己的做法合乎体统。最近她要么是好好研究了一下她新工作的礼仪手册，要么是从附近别的弗氏贵族家中的仆人那儿得到了指点。他老老实实地吃完了这顿饭，虽然心中恨不得马上把盘子收到一块，到厨房里跟马丁和他母亲一起吃。有些时候，弗氏贵族这个身份的某些方面看起来真是蠢得可以。

之后他回到自己的房间，终于开始面对给父母录信的任务。他录了三次，又删了三次——一次太阴郁了，一次太轻浮了，另外一次里有太多难听的讽刺——这时一个来电打断了他的尝试。正中迈尔斯下怀——哪怕那是伊凡打来的。伊凡穿着制服，可能是在午休时间给他打过来的吧。

“啊，你回到城里了。很好。”伊凡开口说道。那句“很好”看来很由衷，而且显然有不止一种原因。“我相信，你在山里度了几天假后感觉好些了吧？”

“多少好些了。”迈尔斯谨慎地答道。伊凡怎么这么快就知道他已经回来了？

“很好。”伊凡把这词又说了一遍，“言归正传，我一直都想知道，你有没有开始着手找人看看你的脑袋？去看个医生？”

“还没呢。”

“跟哪儿的医生预约过吗？”

“没有。”

“呃，母亲找我问这个，看来是格雷果找她问过。你猜，这条指挥链的最底层那个被命令采取实际行动的是谁？我说我觉得你还什么都没做，不过我还是得问问。为什么还没有？”

“我……”迈尔斯耸耸肩，“这事似乎不用着急。我又不是因为发病被帝国安全部踢出来的——我被他们踢出来是因为篡改报告。而且不是在无关紧要的小事上。那些‘治疗师’（译者注：原文为‘医生’的一个诙谐表述）能做的事情，登达立舰队里我的军医早就做了。就算他们真能做到让我明天就恢复到完完全全适任工作的状态，那也不会……不会改变任何事情。”*伊林不会把我要回去的。他不能。那是个他妈的原则问题，而伊林是我所知道的最讲原则的人。*

“我曾经怀疑……是不是因为你不愿意到帝国部队医院，”伊凡说，“不想跟军队里的医生打交道。要是那样的话，我想我能理解。虽然我得说，我觉得——我认为你这么想很傻，但我能理解。所以我找到了三家不同的民营医院，都擅长冷冻复活术，在外的名声似乎都很好。一家就在弗贝拉苏丹娜，另一家在弗·达瑞安的领地里的维恩诺维亚，还有一家在科玛：如果你认为离银河系医疗水平更接近的优点能抵消你在那里招惹的怨恨的话那里最好了。想让我帮你找其中一家预约一下吗？”

迈尔斯认为自己可以猜得出所有三家医院的名字，他之前都搜过了。“不用。谢谢。”

伊凡往后坐了点，困惑地咬着自己的嘴唇。“你知道……我还以为，一旦那个小小的冰水澡让你不再懵懂以后，那将是你要去做的第一件事情。你会站起来，拔腿就跑，就像往常一样。我从没见过当你面对着爬不过的墙时，没有去试着找到别的方法过去的。你要么绕过去，要么钻过去，要么从下面爬过去，要么就用坑道兵的炸药把它给炸了。或者用你的脑袋撞过去，一直到把它撞塌。然后他们会为难我，要我追随你的榜样。一次又一次。”

“拔腿就跑，跑到哪儿去呢，伊凡？”

伊凡做了个怪相。“当然是回到登达立舰队。”

“你知道我不能那样做的。没有在安全部的正式职位，没有帝国授予的合法权力，上帝啊，我对登达立舰队的指挥就成了一名‘弗’贵族、一个伯爵的继承人在管理一支私人军队了。那是叛国罪，伊凡，是叛国死罪。我们以前一起经历过这种事了（译者注：这段故事详见《战争学徒》）。要是我去了，我就再也回不来了。我向格雷果保证过我不会那样做的。”

“是吗？”伊凡说，“要是你不回来了，那你作为弗·科西根说出的承诺又有什么意义呢？”

迈尔斯坐在那儿，陷入了沉默。果然。让伊凡待在弗·科西根府邸里碍手碍脚并不只是为了看着他，免得他死掉。也是为了免得他逃跑。

“我都准备拿出钱来跟人赌你要跑掉。”伊凡接着说道，“只要有哪个安全级别够高的人愿意跟我打赌的话。当然盖伦尼除外，而且他也不是爱打赌的人。就为这个，我一直以来都在拖着，尽管格雷果和母亲都在让我多催催你，让你尽快把你的头治好。何必自找麻烦呢？顺便说一句，那个赌我情愿输。不过你到底什么时候去预约呢？”

“……近期吧。”

“太笼统了。”伊凡不接受这个答案，“我要一个直截了当的回答。比方说，‘今天’。或者是‘明天中午之前’。”

伊凡不从自己嘴里撬出个令他满意的答案是不会离开的了。“在……本周末之前。”迈尔斯勉强说道。

“很好。”伊凡点了点头。“我周末会回来检查的，希望到时候能听到全部经过。再见——暂时再见。”他切断了通信。

迈尔斯呆坐在那儿，盯着空空如也的显示板。伊凡是对的。自从他被炒掉之后，他还没做过哪怕一件和寻找治疗有关的事情。他已经不用为了要对帝国安全部保密而束手束脚了，那他为什么还没有仔细研究过自己癫痫发作的问题，向它发起进攻，把它撕成碎片，或者至少把某个倒霉的治疗师指挥得团团转，就像为了成功完成任务而指挥登达立雇佣军那样？

为了争取时间。

他知道这是真实的答案，可这答案只是让他自己陷入了更深的困惑中。*争取时间用来干什么？*

接着休自己一手“安排”的病假，这样就可以让他避免坦诚直面某些不愉快的现实。比方说听到医生说那种毛病是治不好的，于是希望就真的，永久地破灭了；不会有冷冻复活术来救活这具行尸走肉，只会是温热着腐烂，活生生的下葬。

是吗？真的吗？

或者……他也同样害怕自己的脑袋可以治好——而那时，按逻辑来说他会忍不住去抓住登达立的指挥权，启程离开？回到他的真实的生活，再度展翅远扬，远赴银河中闪烁的夜空，逃离所有泥里刨食的俗人那些鸡虫得失。再度以英勇的冒险为生。

他是更害怕后者。

他是不是在经历了那次可怕的针爆弹攻击之后就失去了自己的勇气？他的脑海里清晰地闪现出自己从很奇怪的角度看到的画面：他自己的胸膛向外爆开，喷出一大蓬里面混着许多肉块的血雾，还有那无可估量的剧痛和无法言喻的绝望。之后的苏醒过程也一点都不好过。那种痛延续了好几周，无法逃避。再度全副武装，同队员们一起营救弗·伯格，毫无疑问也很难的，可是他一直都做得很好，直到那次发病。

那么……这整件事情，从头到尾，从发病到造假再到被开除，难道就是一连串的狡计，目的就是要让他自己不用再度面对一根针爆弹发射器那致命的一端，同时又不必说出“我要退出”？

见鬼，他当然害怕。不怕的那是他妈的白痴。谁都会怕死，可他是已经死过一次了。他知道那有多糟糕。死亡的过程很痛苦，死后一切成空，任何心智健全的人都该避免和这二者沾边。然而他又回去了。之前他一次次险死还生（译者注：文字游戏……原文的常见意思是欲仙欲死）后也都回去了。他的双腿被粉碎过，他的双臂被粉碎过，他全身上下从头到脚都是细细的白色伤疤，密如蛛网。一次，又一次，再一次。一个人要死多少次才能证明你不是个懦夫，要承受多大的痛苦才能算是通过了考验?

伊凡是对的。他一直都会去找到越过障碍的办法。他把事情从头到尾想象了一下。假如他把头治好了，至于是在哪儿治好的并不重要：在这儿，还是在科玛，或是在埃斯科巴都行。然后假如他跑了，而帝国安全部不愿意暗杀他们这位变节弗氏的话，那么他们就会达成某种默契，从此永远对彼此视而不见。而他就是内史密斯了，也只是内史密斯了。

然后呢?

我面对挑战。爬过那堵墙。

然后呢?

再来一次。

然后呢?

再来一次。

然后呢?

从逻辑上来说，不可能有相反的答案。

翻墙的游戏我已经玩累了。

不对。他应该既不寻求挑战，也不回避挑战。如果他的前路上出现了挑战，他就会设法应对。这不管是什么，反正不是该死的懦弱。

那么为什么我还没试着治好我的脑袋呢?

他搓搓自己的脸，揉了揉眼睛，坐了起来，再度尝试着把自己新近的平民身份以及如何变成平民的经过组织成一份有条理的报告，发给将军伯爵及其夫人，那位他父亲通常称作“亲爱的船长”的女人。语句很生硬，很直接，他觉得恐怕比马克那段生日贺词还糟糕。但他不想再明日复明日的拖下去了。他把信息录制下来，发送出去。

不过没用窄波通信发送。他用的是在路上要花更多时间的普通邮件方式，不过标上了“亲启”字样。至少它已经发出去了，迈尔斯已经不可能把它再召回了。

奎因也发来了一份生日祝福，措辞十分矜持，免得为帝国安全部的审查员们提供太多娱乐素材。她外表看似漫不经心，但内心强烈的焦虑还是多少看得出来。第二份问候更明白地显示出她的担忧。

他十分勉强地向奎因回复了一条掐头去尾的消息，没提事情经过，只是把她当初预测到的结果直白地说了出来。她应该得到一个更好的解释，可现在他只能做到这一步了。她不该被不理不睬，不该被视而不见。对不起，埃莉。

第二天晚上，伊凡不请自来，跑来吃晚餐了。迈尔斯害怕让他去修正自己健康问题的战役会再度袭来——老实说，他还什么都没做呢。可伊凡没说什么，倒是带了些花给科斯特的母亲，然后在她准备晚饭的时候一直在厨房里晃悠，逗她发笑，直到被轰了出来。迈尔斯开始担心这会不会是另一场战役的开端，伊凡是不是打算把他的大厨挖走——尽管伊凡这么干到底是自己的主意还是在代表艾利丝夫人出手他还并不能确定。

他们正在吃甜点——按照伊凡的要求，特别多做了一份多味桃子馅饼——的时候，被算讯终端来电打断了他们的用餐，确切地说，是被慌慌张张冲进来的马丁打断的。他通报道："有个帝国安全部的竹竿在算讯终端上找你，弗·科西根勋爵。"

是伊林吗？伊林找我干什么？虽然心里这么想着，可迈尔斯已经快步走到那层楼最近的装有算讯终端的房间，伊凡也好奇地跟了过去。那间房是他祖父原来的起居室，从里面可以俯瞰后花园。他打开触摸开关，出现在视讯板上的是达夫·盖伦尼的脸。

"你这个虚情假意的天杀的拉皮条的侏儒。"盖伦尼的声音冷得像个死人。

迈尔斯让自己用轻快的、无辜的、惊讶的语气开了口："嗨，达夫，怎么了？"可说完这句话的时候他的语声已经低落下去，再也说不出什么来，盖伦尼的怒目让他感觉无地自容。盖伦尼面带狂怒，脸色却不红也不白，而是一片死灰。我想，我应该在弗科西根萨尔洛多待一星期的。

"你自己清楚。你一手策划的。你设计害我。"

"嗯……我正在想。"迈尔斯咽了口唾沫，"你在说什么？"

"是不是关于格雷果和蕾莎的事？"迈尔斯冒险说道。那边的沉默变得更沉重了，传来的只有盖伦尼的呼吸声。"达夫……我不知道事情会变成这个样子。他都单身这么多年了，谁能猜得到啊？可恶，我是在试图帮你！"

"这是我这辈子唯一遇到的一件好事。被拿走了，被偷走了。'弗'确实是小偷的意思（译者注：据作者解释，在俄语中有这个意思）。你们这些天杀的贝拉亚小偷沆瀣一气，是吧。你，还有你们那个他妈的尊贵的皇帝，还有你们整个该死的团伙。”

“呃，”旁边的伊凡插话道，“这个算讯终端保险吗，迈尔斯？对不起，达夫，可是要是你想这么……呃……直率地表达自己的感受，当面说话不会更好吗？我的意思是，我希望这次通话没通过你们帝国安全部的线路。最意想不到的地方都有他们的耳朵。”

“安全部尽可以拿好它的两只耳朵还有那当中夹着的扁平头，然后一并塞进它那无所不收的屁眼里去。”盖伦尼说话的时候通常都温文尔雅，基本不带口音，可现在他不但语调中有明显的科玛腔，而且还在说科玛街头的脏话。

迈尔斯向伊凡示意让他住口。他记起了上次看见盖伦尼生这么大气时两个倒霉的西塔甘达人落到了什么下场。如此看来，直接见面是个极度糟糕的主意。当然，这里还有科斯特下士保护他，可科斯特对付得了他的上级吗？而且还是个被杀意冲昏了头脑的上级？这看起来对那个可怜的小伙子来说实在是要求太高了。

“达夫，我很抱歉。我没想让事情发展成这样子的。我根本没有策划什么。这事让每个人都大吃一惊，甚至包括艾利丝夫人。你可以问问伊凡。”

伊凡摊开双手，耸了耸肩。“是真的。”

迈尔斯小心翼翼地清了清嗓子。“你是怎么，呃……发现这件事的？”

“她给我打了电话。”

“什么时候？”

“大约五分钟前。”

她刚刚抛弃他。噢，太棒了。

“他们两个一起给我打的电话，”盖伦尼呻吟道，“她说我是她在这儿最好的朋友，还说她想让我成为第一个知道这个消息的科玛人。”

这么说，格雷果真的行动了，也成功了。“那么，呃……你是怎么说的？”

“当然是恭喜了。我还能说什么？当他们那一对儿坐在那儿冲我傻笑的时候？”

迈尔斯舒了口气。还好，盖伦尼还没有完全失控。他给迈尔斯打电话只是想找个肩膀狠狠咬上去。从某种角度来看，这是对自己极大的信任。*好极了。谢谢，达夫。*

伊凡揉揉脖子。“你追这个女人追了五个月，可唯一的收获是她把你当作朋友？达夫，这么长时间你究竟在干吗？”

“她是托斯凯恩家族的人，”盖伦尼说，“而以她家的标准看，我只是个一文不名的合作者。我必须说服她我很有前途，将来会配得上她，现在我没什么能拿得出手的，没有，但是以后……接着他出现了，然后就，就不费吹灰之力掳获了她。”

迈尔斯曾亲眼见到格雷果为了取悦蕾莎都做了些什么。皇帝在她面前简直是变成了个大翻跟斗的杂耍艺人。他只是对盖伦尼说了声：“嗯。”

“五个月实在是太慢了，”伊凡再度开口，还是那副真诚的批评口吻，“上帝啊，达夫，我真希望你早先有来找我要点建议。”

“她是个科玛人。你们这些该死的贝拉亚人，甜腻腻的娘娘腔，满手血腥的小丑，你们对科玛女人他妈的懂得什么？一个天资聪慧，受过良好教育，见多识广的——”

“快三十的……”迈尔斯体贴地加上一个形容。

“我制定了一份时间表。”盖伦尼说，“等她认识我正好六个月的时候，我就会向她求婚。”

伊凡皱了皱眉。

盖伦尼看来正在平静下来，或者至少可以说，他的情绪正开始从最初听到消息后立刻产生的愤怒和痛苦的顶峰滑向一种不那么激烈的绝望状态。也许他那些极端的言辞足以像安全阀一样，把他沸腾的情感给发泄出去，以免他为此做出极端的行为。“迈尔斯——”至少现在他没有在这个名字之前加上一串贬称了——“你差不多就是格雷果的义兄弟。”

不是差不多。“嗯？”

“你觉得……你有没有可能说服他放手……不可能的。”盖伦尼完全精疲力竭了。

不行的。“我欠格雷果的……实在太多了。无论是在政治层面还是在个人层面上。而且他的继承人问题对我将来的健康和安全都至关重要，格雷果在这件事上却一直在拖个没完没了。一直到现在。我只能支持他，别无选择。而且说到底——”他想起了他表叔母艾利丝的话——“决定权在于蕾莎，而不是你，不是我，也不是格雷果。要是你忘记告诉她你的时间表，我也无能为力。我很抱歉。”

“放屁。”盖伦尼切断了通信。

“好吧。”在随之而来的沉默中，伊凡淡淡地说道，“至少这事了结了。”

“你最近也在躲他吗？”

“是的。”

“懦夫。”

“前两周一直躲到山里去了的是谁啊？”

“那是战略撤退。”

“得了。我觉得我们丢在餐厅里的甜点要干掉了。”

“我不饿。况且……如果今晚格雷果和蕾莎开始在公布官方消息前，先通知他们选择的亲朋好友的话……我也许该在这儿多待几分钟。”

“啊。”伊凡点点头，拉过一把椅子，坐了下来。

三分钟后，算讯终端上响起了铃声。迈尔斯打开通话。

格雷果身上穿得整整齐齐的是一套深色的衣服，样式明显是平民装；蕾莎则跟往常一样，穿着一套科玛风格很突出的衣服，美丽动人。两人都在微笑，眼神中跳动着兴奋的火花——来自他们彼此之间熊熊燃烧的爱火。

“你好，迈尔斯。”格雷果先开口，然后蕾莎跟着说道：“你好，弗·科西根勋爵。”

迈尔斯清清嗓子。“你们好。有什么我能为你们效劳的吗？”

“我想让你成为率先知道的人之一。”格雷果说，“我请求蕾莎嫁给我了。而且她答应了。”格雷果看上去一副大为惊喜的样子，好像蕾莎会立刻同意大出他的意料。值得一提的是，蕾莎的微笑里惊喜之色也不比格雷果少。

“恭喜。”迈尔斯总算说出了这句话。

伊凡趴到他肩上，把脸伸到摄像头前，表示附议。然后格雷果说：“噢，很好，你也在。本来下一个就是你了。”他是在按照正式的品级高低（译者注：迈尔斯家是伯爵，因此排在伊凡前面）逐一通知那些总算可以大松一口气的拥有潜在继承权的人吗？好吧……这是有贝拉亚特色的行事方式。蕾莎也轻声对伊凡打了个招呼。

“我是第一个知道的吗？”迈尔斯有意问道。

“不算是，”格雷果说，“我们在依次通知。艾利丝夫人当然是第一个，她从一开始就参与进去了，至少是参与了大部分过程。”

“我昨天发消息给我父母了。我还告诉了盖伦尼上尉，”蕾莎补充道，“我欠他太多了。也欠你的，欠你们二位。”

“那……呃……他怎么说的？”

“他说这会对行星间的和谐关系有好处，”格雷果说，“考虑到他的背景，我觉得这番话发自肺腑。”

换句话说，你直截了当地问他，于是他回答，是的，陛下。可怜的达夫，他太称职了。难怪他给我打电话，要不然他非炸了不可。“盖伦尼……是个一言难尽的人。”

“是的，我知道你喜欢他。”格雷果说道，“我也给你父母亲发了消息，今天晚上应该就到了。我希望明天能收到他们的回音。”

“噢，”迈尔斯被他这话提醒了，“我想艾利丝表叔母抢先了你们一步。我父亲让我告诉你，他个人保证支持你。而我母亲让我告诉你，她同样支持——支持你，托斯凯恩博士。”

“我很期待见到传奇人物考迪利亚·弗·科西根，”蕾莎非常真诚地说，“我想我可以从她那儿学到很多东西。”

“我也认为你可以。”迈尔斯表示赞同，“仁慈的上帝啊。为这事他们很快就会回来了，是吧。”

“在我的婚礼上，我最想要站在我身边的人除了你就是他们了。”格雷果说，“我想你愿意做我的助手吧？”

就像在决斗中。“当然。呃……你们婚礼中各项公开典礼的日期是怎么定的？”

格雷果的情绪略微低沉了点。“艾利丝夫人似乎在那点上有些不可动摇的信念。我想要立刻举行订婚典礼，但她坚持在她从科玛回来前甚至都不能宣布我俩的事情。你知道的，按照正规的礼仪，我马上就要派她作为我的代表去见蕾莎的父母。而正式订婚至少要在两个月后。而婚礼差不多要至少一年后！我们妥协折中了一下，等她返回一个月后举行订婚仪式，另一个时间则还在争论中。她说要是我们不给弗氏贵妇们足够的时间打扮停当，她们永远都不会原谅我的。我真看不出来为什么她们打扮一趟要花两个月。”

“嗯。我要是你的话，我会在这事上任她放手施为。她可以替你把那些保守的老派弗氏贵族玩弄于股掌之间，而他们甚至都意识不到问题出在哪儿。这样你的麻烦就少了一半了。至于科玛极端派那一半，我恐怕还是不好说。”

“艾利丝认为我们应该举办两次婚礼，一次在这里，一次在科玛。”格雷果说，“双重磨难啊。”他的眼神朝身边望去，然后捏了捏蕾莎的手。“不过很值得。”

眼前是即将开始的社交酷刑，而且会很烦琐，想到这点的他们两个看起来似乎正在琢磨私奔的事情。“你们会成功熬过去的。”迈尔斯向他们由衷保证道。“我们都会帮忙的，对吧，伊凡？”

“我母亲已经径自把我列入志愿者名单啦。”伊凡闷闷不乐地承认。

“你已经，啊，告诉伊林了吗？”迈尔斯问。

“我让艾利丝夫人第一个把这事告诉了他。”格雷果说，“他亲自给我打了电话，向我保证他会从公私两方面支持我——‘支持’这个词不断地冒出来。我是不是看上去像要晕倒了的样子？我说不出他究竟是高兴还是害怕，不过话说回来，伊林有时本来就是很难搞懂。”

“没那么难懂。我猜的话，在私而言，他个人是很高兴的；而在公呢，从他职业的角度出发他则很害怕。”

“伊林还建议我在订婚仪式之前尽最大努力加快你那位了不起的母亲返回的速度，用他的话说是，好让她把自己的影响力借给艾利丝夫人。我不知道你能不能帮我们求求她，迈尔斯。要让她跟你父亲分开太难了。”

“我试试看。其实，我恐怕难的是要阻止她回来，那非得把虫洞封锁才行。”

格雷果笑了。“也祝贺你，迈尔斯。之前你父亲改变贝拉亚的历史进程需要一整支大军，而你则仅仅只用了一次晚餐会邀请。”

迈尔斯无可奈何地耸耸肩。上帝啊，每个人都打算把这事怪到我头上吗？连同接下来的所有后果也都是我背锅？“我们尽量别把这说法记在历史上，好吗？我觉得我们应该多做点事，好缓和一下国内的沉闷气氛。”

“我会尽心的。”格雷果说。他兴高采烈地敬了个礼，关上了通信。

迈尔斯把头放在桌子上呻吟着：“那不是我的错！”

“不，就是你的错，”伊凡说，“都是你的主意，你提出来的时候我就在场。”

“不对，不是这么回事。是你的主意。最开始是你强迫着我去参加那场该死的国宴的。”

“我只邀请了你。盖伦尼是你请的。而且再说了，是我母亲强迫我的。”

“哦。所以这都是她的错。很好。这个我可以接受。”

伊凡耸耸肩表示同意。“好了，我们要不要为这幸福的一对举杯庆祝一下？你们地窖里有些东西上头的积灰比那些老派弗氏脑子里的还多呢。”

迈尔斯想了想。“没错。我们去找找看。”

在楼下一排排搁酒的架子前，迈尔斯有点迟疑地建议，选枫糖浆酒作为晚饭后的“有害饮品”，遭到了伊凡的粗暴否决。然后，伊凡不怎么情愿地问了个问题：“你觉得盖伦尼会想要去做出些让他后悔的事吗？或者会让我们后悔的事？”

迈尔斯犹豫了很长时间，然后答道：“不会。”

第十三章

伊凡并没有能真正实施他的威胁，在迈尔斯去接受治疗还是不去接受治疗的问题上继续纠缠不休。因为他被艾利丝夫人抓了壮丁，送她离开贝拉亚远赴科玛。她途经弗·科西根府邸时停了一会儿，丢下了好几公斤记载以前的皇家婚礼的历史资料，并给迈尔斯下了命令，让他用功钻研。等她回来后，她毫无疑问会给每个人列出一条长长的单子，上面写满了需要该员完成的杂事，显然打头的就是伊凡。而紧跟在伊凡后面的就是迈尔斯了。

迈尔斯有些沮丧地翻阅着这些旧书。他们打算从博物馆里拖出多少这种尘封已久的礼仪？自从上次皇室举行婚礼以来，已经过了四十年。那场婚礼的两个主角是在人们记忆中显赫无比/暧昧难明的赛格王子，以及命运多舛的凯琳王子妃。那场庆典的每个环节都气势宏大，而赛格那时候还不过是皇储，还不是在位的皇帝。不过，迈尔斯估计像这样一次弗氏礼仪的大复兴会大大增强他们对自己这个阶层正日渐削薄的认同感。也许一次策划和实施成功的典礼能成为给这个社会的一剂免疫抑制剂，让弗氏贵族们不至于排斥植入的科玛组织。艾利丝看起来肯定也这么认为，而且她应该清楚那些人的想法，弗·帕特利尔家本身就是历史悠久的贵族世家。

迈尔斯闷闷不乐地思量着自己将来的职责。他相信，在婚礼上做皇帝的伴郎无论是在政治上还是在社交上都具有重要意义，毕竟在弗贝拉苏丹娜，这二者的运行轨迹早已深深纠缠在了一起，不过这任务还是让他感觉自己就像草坪上举着火炬的石膏像一样，仅仅是摆设罢了。也罢……以前还分派过给他更奇怪的任务呢。他宁愿回去清理永冻营地下结冰的阴沟吗？或者在杰克逊·霍尔到处跑，离身后受雇于当地某个疯狂男爵的一队暴徒只有一步之遥？

我不想回答这个问题，伙计。

艾利丝暂时找来了德鲁·库德尔卡代替自己充当格雷果在社交场合的陪伴。德鲁是库德尔卡准将的妻子，迪黎娅的母亲。迈尔斯一直等到库德尔卡夫人打电话来找他才知道这点。电话里向他发出了参加格雷果又一次向蕾莎献殷勤的/宫廷花园野餐会的邀请/命令，让他充当一件有弗氏风格的装饰品。迈尔斯稍微提前了一点到达皇宫东门廊，正好撞见一群身穿红、蓝两色阅兵礼服的人出来，他们是刚参加完当天上午某些极为正式的典礼。他竭力掩盖住自己脸上赤裸裸的羡妒之情，站到一边好让那些穿着制服的军官过去。

一个人扶着栏杆，慢慢地、小心翼翼地走下楼梯。迈尔斯立刻认出了他，然后强压下一股想躲进最近的一团造型灌木后面去的冲动。那是弗·伯格中尉。弗·伯格从没见过内史密斯将军，弗·伯格从没见过内史密斯将军，只见过一套好像被锯短了一截的太空战斗服。显然，今天是格雷果颁发各式各样的皇家褒奖的日子，因为在弗·伯格胸前挂着一枚闪闪发亮的勋章，颁给英勇负伤的皇帝陛下的军人的勋章。迈尔斯家里有个抽屉，里面类似的勋章起码有半罐子；本来还会更多，可从某天开始，伊林就再也不给他发勋章了，可能是害怕迈尔斯威胁说哪天要把它们一下子全戴上的话不是开玩笑的。但那很明显是弗·伯格平生第一次有机会拿到这样的重大荣誉，因为他戴着这枚勋章看起来有几分茫然，几分忸怩不安。

迈尔斯实在忍不住了。“啊——你是弗·伯格吧？”当这位中尉经过他身边时，他试着说道。

弗·伯格眨眨眼，有些迟疑地看了看他，然后表情显得明白过来。“弗·科西根，是吗？我想，我在科玛的银河事务司总部附近见到过你。”他友好地点了点头：一名身为帝国安全部信使的弗氏贵族向另一名致意。

“你是从哪儿得到这枚象征厄运的符咒的？”迈尔斯朝弗·伯格胸前点点脑袋，“或许我不该问？”

“那事没多少要保密的。我在外面执行一次常规任务——很普通的常规任务——时经过佐维曙光。一伙天杀的劫犯掳获了我所在的飞船。”

“那艘飞船不是我们的信使船吧！我肯定听说过这件事。要那样就会算是一次重大事故了。”

“我倒希望是呢。那样的话，帝国安全部为了营救我也许会派一支像样的部队来找我。我坐的只是一艘佐维籍的商务货船。反正，不知怎么回事，智慧无边的帝国安全部无疑是听取了某些死抠预算的会计的建议——当初就是那帮家伙给我订了那艘该死的飞船的船票的，然后凑了几支要价低廉的雇佣兵小队去试着营救我。真是一团糟。”他压低了声音，对迈尔斯窃窃私语，“如果你出去的时候也遇到那种事，千万躲开那群自称登达立自由佣兵舰队的小丑。他们能要了人的性命。”

“雇佣军不就是为了做这种事的吗？”

“不是为了要你自己这边人的命。”

“噢。”肯定有人告诉过弗·伯格他是被自己人的火力击中的。可能是那位军医吧：她诚实得无可救药。“不过我也听说过这个登达立舰队。我是说，显然他们的高层队伍里有变节的贝拉亚人，否则他们也不会用我领地中最著名的地理特征给自己命名了。除非他们里面有对我祖父的游击战印象深刻的军事历史迷（译者注：这两句话都是半真半假，分别暗指阿狄·梅休和凯·董。参见《战争学徒》和《贵族们的游戏》等系列其他几本书）。”

“没错，他们的指挥官是个被放逐的贝拉亚人。我遇见过他。有传言说他们的司令官是个贝塔人。显然贝塔人的医疗体系把他漏掉了。”

“我还以为登达立应该是很不错的呢。”

“看不出来。”

“你还是活着回到了这里，不是吗？”迈尔斯有点恼怒地问。他控制住了自己。“那么……你会复归岗位吗？”

“这之后我得在总部从事几周的文书工作。”弗·伯格略略点了点头，示意他说的“这”是指的刚刚结束的典礼。“打发时间的工作。我不清楚我的腿为什么在回来的旅途上都没痊愈，但医生们显然认为我应该恢复到在必要的时候能够全速逃跑才行。”

“这看法太正确了。”迈尔斯悔恨交加地说，“要是我自己当时能动作再快点……”他截住了自己的话。

弗·伯格这时似乎才第一次觉察到迈尔斯穿的那身不起眼的平民服装。“你也在休病假吗？”

迈尔斯粗声粗气地答了一句：“我是病退。”

“噢。”弗·伯格颇有涵养地做出一个尴尬的表情，“可是——我还以为……呃……上头……嗯……对你会有些特别的宽免。”弗·伯格可能不太清楚迈尔斯是何许人也，但他倒是很清楚迈尔斯的父亲是什么人。

“超过限度了。拜一发针爆弹所赐。”

“哎哟，”弗·伯格说，“这听起来比等离子枪更糟糕。我很抱歉问你这个。那，你打算做什么？”

“我真的不知道。”

“你会回到你的领地去吗？”

“不，我有些……嗯……社交方面的职责，为此得在弗贝拉苏丹娜待一阵子。”格雷果的订婚还没公开发表，这事肯定会在某个时候泄露出去，但迈尔斯打定主意不做那个走漏消息的人。一旦婚礼的各项准备工作全盘展开，帝国安全部总部里的人就会大为忙碌。要是迈尔斯还在那里工作的话，现在最好是找个去遥远的银河系里执行的长期使命。不过这个事情他不太好告诉弗·伯格。“住在弗·科西根府邸……也算是家里了。”

“也许我会去看看你。祝你好运。”

“你也是。”迈尔斯向他敬了个分析员式的军礼，然后越过他往前走去。当然，弗·伯格并没有向他这个平民还礼，只是礼貌地点了点头。

格雷果的宫廷总管带着迈尔斯走进了花园，这次聚会没有马了，私密性也没那么强。在座的有格雷果的好朋友亨利·弗·沃克伯爵和他的伯爵夫人，还有另外几个格雷果的亲信。今天下午的社交日程看来是把未来的新娘介绍给仅次于艾利丝、迈尔斯、伊凡这些看着格雷果长大的人之外的皇帝的熟人。格雷果到得稍稍晚了些，显然是刚刚去把上午的颁奖典礼穿的礼服给换了下来。

迪黎娅的母亲，德鲁·库德尔卡高高兴兴地取代了不在场的艾利丝。德鲁在嫁给库德尔卡之前，做过孩提时代的格雷果的保镖，也曾经负责保护迈尔斯母亲的安全。迈尔斯能看得出来，格雷果非常渴望德鲁和蕾莎能迅速成为朋友。

格雷果其实不必担心。库德尔卡夫人在弗贝拉苏丹娜的社交场合身经百战，跟每个人都处得很好。她时常近距离地观察那些弗氏贵族，而又不是其中的一员，她的这种社会位置正好适合给蕾莎提供些私人建议——格雷果看样子就是打的这个主意。

蕾莎同往常一样，也表现得很好。她拥有做外交大使的才能：观察力敏锐，而且从不会重复同样的错误。把她空投到贝拉亚的城市贫民窟或者是穷乡僻壤里，然后期望她能活下来可能会过于乐观，但很明显她处理贝拉亚的银河外交事务会相当得心应手。

尽管日程表排得满满的，格雷果还是设法同他的未婚妻单独待了一会儿：皇帝陛下做了个非常明显的暗示，于是众人立刻散开了，各自去庭院里进行餐后散步。迈尔斯同迪黎娅·库德尔卡一道迅速冲了出去，坐到一张可以俯瞰刚才聚会的那片花园的长凳上，然后观看着下面格雷果和蕾莎的小步舞，也看着那些兢兢业业的散步者怎么好心地竭力避免走岔路撞到他们那边。

“你爸怎么样？”他们坐下来后，迈尔斯问她，“我想我该去看看他的。”

“是的，他之前很纳闷你这次回家度假怎么好像在躲着他。后来我们听说了你病退的事。他让我告诉你，他对此非常遗憾。我们去参加国宴的那天晚上，你就已经知道这件事了吗？你可一点口风都没露。不过对你来说那事不会是意外吧。”

“当时我还在绝望地希望我最后能逃过一劫呢。”这说法不完全对，他当时是处在一种完全拒绝相信，拒绝考虑现实的状态中。回想起来，那可真是严重的错误。

“你那位盖伦尼上尉怎么样了？”

“达夫·盖伦尼可不是我的私有财产。虽然每个人似乎都认为他是。”

她不耐烦地嘟起了嘴。“你知道我的意思。他怎么看蕾莎和格雷果订婚这事？我敢肯定，那天晚上他对蕾莎很有些意思。”

“感觉不太好，”迈尔斯承认，“不过他会恢复过来的。我觉得，他追求的步调是太慢了。蕾莎肯定觉得他对自己没那么感兴趣。”

“要是她也被一群成天总想爬到自己身上的蠢货包围着，那这招倒是个不错的变招。”迪黎娅叹道。

迈尔斯想象着自己拿着些岩钉，还有好多好多的绳索，试图登顶迪黎娅峰的画面。那山坡可是非常险峻的。“你最近和伊凡处得怎么样？我不知道自己该不该为那天晚上把你从他那里抢走向他道歉。”

“噢，伊凡哪。”

迈尔斯无力地笑了笑。“你很期待这场皇家婚礼吗？”

“嗯，母亲特别兴奋，那可不光是为了格雷果的缘故。她已经在计划我们每个人要穿什么样的衣服了，而且很想知道我妹妹凯琳能不能为了婚礼从贝塔殖民地赶回来。我怀疑她是不是觉得婚礼这事情有传染性。我们不断从爸妈那里得到些小小的暗示说他们希望有朝一日房子再度只属于他们俩。或者至少浴室是。”

“那你呢？”

“这个嘛，到时候会有舞会。”她高兴了些，“而且也许会出现有吸引力的男人。”

“伊凡不是个有吸引力的男人吗？”

“我说的是男人，不是男孩。”

“他都快三十岁了。你多大来着，二十四？”

“不是年龄问题，是态度问题。男孩只想着上床。而男人想结婚，共度余生。”

“我相当肯定，男人也想要上床的。”迈尔斯颇为抱歉地说。

“好吧，是的，但他们的想不是那么种席卷一切的欲望。他们还留有一些脑细胞来执行其他功能。”

“你不能对我说女人就不会有相应的问题。”

“也许我们更挑剔些吧。”

“你的观点没有数据来证明。几乎每个人看来都结婚了。所以她们不可能有那么挑剔。”

她看上去若有所思，显然这个论证触动了她。“只是在我们的文化中是这样。凯琳说在贝塔殖民地，他们的做法就不一样。”

“在贝塔殖民地，人们所有的做法都和我们不同。”

“那么也许婚姻这事有传染性吧。”

那么为什么我会似乎对此免疫呢？“我很惊讶你们家的女孩一个都还没给人抢走。”

“我想这是因为我们有四个。”迪黎娅向他吐露心声，“小伙子们接近我们这群女孩，然后就完全搞不清楚到底以哪个作为他们的目标了。”

“我看得出来。”迈尔斯承认她说得有理。库德尔卡家的金发美女集体出动的场景，真是能让人心胆俱寒。“想甩开你的妹妹们，是吗？”

“任何时候都想。”迪黎娅叹了口气。

弗·沃克夫妇逛到他们身边，停下来闲聊了一会儿。迈尔斯和迪黎娅最后也跟在他们后面慢慢走回库德尔卡夫人那里，然后聚会就散了。迈尔斯回到弗·科西根府邸，到处用心搜寻着可做的事情——除了离开的艾利丝夫人留给他的家庭作业之外的任务。

晚饭后，迈尔斯舒舒服服地窝在黄厅里，仔细查看着提皮斯送来的月度财政报告，边看边做着笔记，对角落里那堆落满灰尘的皮面精装书册依旧视而不见。这时马丁闯了进来。

“有人到门口了。”马丁有些惊愕地通报道。马丁现在除了作为司机的本职以及偶尔充当洗碗工之外，还被默认加上了见习管家这么个繁杂差事。迈尔斯已经教过了他应该如何引领客人进来，然后带着他们穿过屋里的迷宫找到里面的住民。大概是时候让他把相关的规矩再稍微复习一下了。

迈尔斯放下手中的阅读器。“那么，你让他、她或者它进来了吗？我相信不会是推销东西的，门卫通常都很善于把他们挡在外面的……”

达夫·盖伦尼跟在马丁身后走了进来。迈尔斯把剩下的絮叨给咽了回去。盖伦尼穿着制服，还是他白天在办公室上班穿的那套绿色军常服。他看来没带武器。事实上，他的样子看起来主要是很疲惫，还有点心神不宁，但并没有迈尔斯视为危险信号的那种隐约处于狂躁边缘的迹象。“哦，”迈尔斯勉强说道，“进来。坐吧。”

盖伦尼冷冰冰地摊开手，表示接受这个邀请，尽管事实上他已经进来了。他动作僵硬地坐进一把直背椅中。

“你……要喝点什么吗？”

“不，谢谢你。”

“啊，那，马丁，没别的事了。谢谢你。”马丁顿了一下才明白这个暗示，然后离开了。

迈尔斯完全不知道对方要干什么，于是只扬了扬眉毛。

盖伦尼很不自在地清了清嗓子。“我想我该向你道歉。我那天过分了。”

迈尔斯放松了下来。也许今天没什么大不了的。“你是该道歉。也是过分了。不过可以理解。这事到此为止吧。”

盖伦尼点了一下头，又回到了他通常的冷静模式。

“嗯……我希望那天晚上，我是你唯一推心置腹的好友。”

“是的。但和我今天来这里的目的相比，那只是个开场白。出了些比那还棘手许多的麻烦。”又怎么了？拜托，别又是错综复杂的多角恋爱……“哦？什么样的麻烦？”

“这回是工作上的难题，不是个人问题。”

我已经不在帝国安全部了。迈尔斯谨慎地没指明这点。他被激起了好奇心，等着要听到下文。

盖伦尼的眉头皱得更深了。“告诉我……你有没有见过西蒙·伊林做错事情？”

“有啊，他把我给解雇了。”迈尔斯挖苦道。

盖伦尼摆了摆手，拒绝接受这个玩笑。“不是。我的意思是无意的差错。”

迈尔斯犹豫了一下。“他又不是超人。我见过他被人引入歧途，沿着错误的方向推理，不过这种情况不是经常发生。他相当善于不断用新证据对自己的理论进行重新验证。”

“不是复杂的错。很简单的那种。”

“那真没有。”迈尔斯顿了一下？“你见过？”

“以前从来没有。我工作上跟他接触并不密切，你也知道的。每周我所在的部门要向他进行一次简报，偶尔他还会特别要求某些信息。但在过去三天里就发生了四次……很奇怪的事件。”

“事件，欤？什么事？”

“第一次……他让我给他一份我正在准备的材料的摘要。我写完了就送到楼上去了，过了两小时他又打电话下来要同一份东西。有一会儿我都糊涂了，然后他的秘书翻出办公室的记录证实我已经交到了秘书手上，还说自己已经交给了他。伊林随后在他桌子上找到了那张加密卡，向我道了歉。我也就没多想。”

“他有些……缺乏耐心。”迈尔斯表示。

盖伦尼耸耸肩。“第二件事情很小，只是从他办公室发下来的一份备忘录上日期写错了。我打电话给他秘书，然后改了过来。没啥。”

盖伦尼深吸了一口气。“第三件是一份日期有错的备忘录，发给我的前任的，可他都已经离开五个月了。在那份备忘录上，伊林让他写一份最新的关于科玛·贝拉亚联合贸易船队的报告，可那个船队早就出发了，绕鲸鱼座天仓五走了一大圈。然后六个月前就已经回到了我们星球的轨道上。当我打电话过去问伊林到底想要哪方面的信息时，他根本否认有提出过这种要求。我把备忘录给他发回去，然后他沉默了好一会儿，挂断了。那是今天上午的事。”

“这是三件了。”

“然后是今天下午，我们部门的人向他作本周简报，参加的有我们五个科玛事务分析员，还有阿利格里将军。你知道伊林通常演讲的风格的。长时间地停顿，但一旦说话就一针见血。这次……是次数更多的短时间停顿。而开口说的话又跳来跳去的，有时简直让人摸不着头脑。他提前就宣布散会了，我们甚至连一半的内容都没讲完。”

“嗯……今天说的是什么题目？”

盖伦尼不开口了。

“好吧，我明白了，你确实不能告诉我，不过如果谈的是和格雷果将要到来的婚姻有关的事宜——也许他是为了你好，才故意把有的事情略去不提的，大概是正在匆忙进行的准备工作之类的。”

“要是他不信任我，那他根本就不会让我参加简报会。”盖伦尼怒气冲冲地说。然后他很不情愿地补充了一句，“这是个不错的解释。但是不太……我真希望你当时能在场。”

这明显的一语双关让迈尔斯咬紧了牙关。“你到底想说什么？”

“我不知道，帝国安全部花了许多金钱和时间训练我成为一名分析员，我寻找行为模式的变化，而这里就出现了一个变化，可我在这里是个新来的外人，而且还是个科玛人，你认识伊林这么多年了，以前你见过这样的情况吗？”

“没有，”迈尔斯不得不承认，“但那些听起来都只是些凡人常出的差错。”

“要是发生得分散一些，我恐怕也不会注意到了。我不需要——也不想——知道详情，不过，伊林现在是不是在个人生活上有什么特别的压力，而我们那些还在安全部里的人无人知晓？”

就像你一样，达夫？“我觉得伊林没有个人生活。他从没结过婚……在离工作场所六个街区远的那套小公寓里一住就是十五年，直到他们把那栋楼拆了。两年前他搬到总部大楼楼下一套给证人住的公寓里临时落脚，然后到现在还懒得搬出来。我不了解他早年的生活，但是这些年来他身边一个女人都没有，也没有男人，也没有绵羊，不过我总觉得我能看到绵羊，它们反正不会说话，就算用吐真药也不会。这是个笑话。”最后这句是他见盖伦尼没笑加上的。“伊林的生活规律得像钟表一样。他喜欢音乐……从不跳舞……能注意到香水、香花以及各种气味。那些感知输入的神经回路不经过他脑袋里的芯片。我觉得芯片和体感（译者注：狭义指人体对自身肢体、肌肉、关节、内脏等的状态感知；广义也包含皮肤上的触觉、痛觉、压觉、温度感知等。这里似乎指除了触觉之外的广义体感）也无关，和触觉也无关，只跟听觉和视觉有关。”

“是的。我也在怀疑那个芯片。有人说芯片会导致精神疾病，你知不知道这方面的情况？”

“我想不会是芯片的问题。我对技术细节了解得并不多，但是所有那些得病的人都应该在安装芯片后一到两年内出现异常。要是伊林会发疯的话，那他应该几十年前就疯了。”迈尔斯犹豫了一下，“我倒是怀疑可能是……压力？轻度中风？他都六十多了……见鬼，也许他只不过是累了。他在那个该死的岗位上干了三十年了。难怪他在计划再过五年就退休。”

“我无法想象没有了伊林的帝国安全部。这两个名字简直是同义词。”

“我不清楚他到底喜不喜欢他的工作。他只是很擅长这个工作。他的经验太丰富了，差不多已经到了无论什么事都不能让他吃惊的地步，也不会恐慌。”

“他对安全部的管理方法颇具个人风格。”盖伦尼评论道，“这很有弗氏特色，真的。除了贝拉亚这里，大多数组织都倾向于将各个岗位的职责厘清，好让各个岗位上的人都成为可替换的零件。这样可以保证组织运作的连续性。”

“同时消灭了天才的灵感。伊林的领导风格不是很华丽，这我得承认，但他很灵活，而且绝对靠得住。”

盖伦尼扬起一条眉毛。“绝对？”

“通常靠得住。”迈尔斯迅速纠正了说法。生平头一回，迈尔斯有些怀疑伊林是不是天生就这么单调乏味。他以前一直认为那是伊林所从事的工作的高度保密性质使然——他的生活不能给敌人留下任何把柄，免得敌人抓住了加以利用。不过也许其实事情的真相是，他沉闷无趣的行事方式不过是应对那块记忆芯片造成的某种影响的需要压倒了其余的一切？

盖伦尼把双手摊开，平放在自己膝头。“我已经把我观察到的现象告诉你了。你有什么建议吗？”

迈尔斯叹了口气。“观察。观望。目前你得到的信息甚至不足以做出任何推测。只能算是捕风捉影。”

“我的推测结论是，这‘风’‘影’背后有非常严重的问题。”

“那只是直觉。顺便说一句，这并不是侮辱。我已经学会了要高度尊重直觉。但你绝不能把它同证据混淆。我不知道该说什么。要是伊林的认知能力开始出现某种微妙的问题的话，那应该由他的各部门的头头……”干什么？造反？检查伊林的头？这个星球上只有拉科兹首相和皇帝格雷果两个人有这样的权力。“要是这件事是真的，其他人早晚也会注意到。首先指出这问题的可以是帝国安全部的任何人，但最好不是你。我除外。我开口只会更糟。”

“要是他们所有人也都那么觉得呢？”

“我……”迈尔斯揉揉额头，“我很高兴你跟我讲了这事。”

“只是因为你是我所认识的唯一真的认识伊林很久的人。要不然……我都拿不准自己现在到底该不该对人说这个事。似乎尤其不该在帝国安全部之外说。”

“也不该在帝国安全部内说。虽说那儿有哈罗彻在。他直接受伊林领导的时间和我差不多一样长。”

“可能正是这个原因让我感觉很难接近他。”

“嗯……如果再发生让你不安的事情的话，你再来告诉我？”

“也许一切都只是蜃楼幻影。”盖伦尼不抱太多希望地说。

这些日子，迈尔斯隔着几百米远就能闻到拒绝的味道。“是啊。呃……关于喝一杯的事，你改主意了吗？”

“是的。”盖伦尼叹了口气。

这次谈话过后两天的上午，迈尔斯专心地清点着自己衣橱里为数不多的平民服装，一边把缺少的衣物记录下来，一边疑惑着雇用一个贴身男仆，然后对他说“管好这摊子”会不会更省心些。这时他卧室里的算讯终端上响起了铃声。他对铃声充耳不闻，过了一会儿才从那堆丢弃在地板上的衣服旁爬起身来，没精打采地走过去接电话。

伊林那张严肃的面孔出现的一刻，迈尔斯自动挺直了脊梁。“什么事，长官？”

“你在哪儿？”伊林突兀地问道。

迈尔斯瞪大了眼睛。“在弗·科西根府啊。你刚把电话打到这儿。”

“我知道！”伊林烦躁地说，“为什么你没按照命令，在九点整到这儿来？”

“抱歉。请问是什么命令？”

“我的命令。‘在九点整准时赶到，带上你的报告板（译者注：作者虚构的一种电子设备。功能类似掌上电脑，外形和一个小的平板电脑近似。用于在外工作时输入、存储、查看报告和数据）。你会喜欢这个任务的。是一次越狱任务。’我还以为你会提前到呢。”

迈尔斯辨认出了这话里纯粹的伊林风格：是的，一字不差地引用自己所说过的话。可命令的内容在他心中激起了微弱的回声。仿佛警钟在低鸣。“这到底怎么回事？”

“我的西塔甘达分析员们拼凑出了一个计划，然后花了一周时间不断向我兜售。有机会成为一次成果很大、投入很低的战术行动。避实击虚（译者注：原文“柔道”）。有位特蒙特上校先生，他们觉得这人也许是个最佳人选，可以给正在衰退的迈瑞莱克抵抗运动注入一支强心剂。这里只有一个小小的障碍。他现在在达古拉四号行星上的西塔甘达集中营里做客。要是能把他解救出来，这段经历应该会让他斗志昂扬。当然，营救必须匿名进行。在营救的具体方案上，我打算给你很大的自主权，不过必须达到我想要的结果：一名迈瑞莱克的新领袖，而且跟贝拉亚没有任何关系。”

迈尔斯不仅记得这次行动，他甚至可以发誓这些话正是伊林第一次向他描述这次任务时所用的措辞。那是在帝国安全部总部的一次绝密晨会上，很久以前的事了……

“西蒙。达古拉行动五年前就完成了。去年，迈瑞莱克人把最后一批西塔甘达人赶出了他们的行星。你一个多月前解雇了我。我已经不再为你干活了。”

“你疯了吗？”伊林刚问完，突然停住了。他们互相瞪视着。

伊林的脸色变了。他僵住了一会儿。“对不起。”他咕哝着切断了通信。

迈尔斯呆呆地坐在原地，眼睛盯着空空如也的视讯板。他以前像现在这样独自在空旷的房间里静坐不动时，从没感觉过心脏会跳得这么厉害。之前盖伦尼带来的消息让他担心。

而现在他被吓坏了。

第十四章

迈尔斯一动不动地坐了十分钟。盖伦尼是对的。见鬼，事实比盖伦尼的猜测还要严重许多倍。伊林不仅仅是在忘记眼前的事，他还在记起并不属于现在的事情。记忆闪回？

嘿，我发现，如果这个男人都搞不清现在是哪年了，那有个办法可以让你恢复你原来的职位……

这笑话不太有趣。

怎么办？迈尔斯现在肯定是全贝拉亚最最不敢批评伊林一个字的人。别人马上就会认为那是因为他被伊林解雇后狗急跳墙，或者是寻求报复——那样更糟。

但他既然已经知道了这些事情，就不能对现在的状况视而不见。命令从伊林的办公室流出，然后人们就服从这些命令。深信不疑。三十年积累起来的信任之堤，崩溃也是需要时间的。而在这段时间里，伊林会造成多大的损失啊？现在，怎么偏偏是现在？要是伊林的记忆闪回到了科玛暴动时期的某个混乱时刻怎么办？

还有，在盖伦尼注意到之前，他这种状况持续多久了？这看起来好像突如其来，但也许只是突然被人注意到而已。多少星期——多少个月——的命令中存在这种不可靠的因素？必须得安排某个人去逐条检查以前从伊林办公室发出的信息，一直追溯到——什么时候？某个人。*但不是我。*

还有，问题是出在芯片上，还是出在伊林自己的神经组织上？抑或这是某种二者微妙的协同作用引起的病症？这是个医学问题，也是个生物工程学的问题，解答它的得是技术专家。*也不是我。*

最后，他想到的解决办法——如果可以把那称为解决办法的话——恰好就是盖伦尼最终不得已而选择的办法。*踢皮球。把这个信息传给别的人，然后希望他们会*

采取措施。那么，那些伊林关注者委员会成员得把这个烫手的山芋抛来抛去多长时间，才会联合起来采取有效的行动呢？那不是由我决定的。我真他妈希望能由我来决定。

他不情不愿地用力地往算讯终端里敲进一个号码。“我是弗·科西根勋爵。请给我接国内事务司办公室。”他对接电话的帝国安全部下士说道。

哈罗彻将军不在。“一联系上他，就立刻让他给我打电话。”迈尔斯告诉办公室里的办事员，“有急事。”

他在等待的间隙回到了地板上那堆衣服旁。他简直不知道哪些该扔了，哪些该放回去。哈罗彻没有回电。迈尔斯又往他办公室打了两次电话，终于把他逮了个正着。

哈罗彻在算讯终端的显示屏上不耐烦地对他皱着眉头。“是我，有什么事，弗·科西根勋爵？”

迈尔斯深吸了一口气。“西蒙·伊林不久前给我打了个电话。我觉得你应该看看通话记录。”

“你说什么？”

“到伊林的办公室去，让他的秘书给你重放一遍那段通话记录。实际上，你们两个都该看看。我知道电话是录下来了的，那是标准工作流程。”

“为什么？”

问得好。为什么哈罗彻该听信一个被安全部抛弃的贱民的话呢？他是亲眼见到他尊敬的长官伊林不但把这人开除，还亲自把这个人从他的总部里送出去的。“将军，事情真的很重要，真的很紧急，我真的很希望你能亲自做出判断。”

“你在花言巧语，故弄玄虚，弗·科西根勋爵。”哈罗彻严肃地皱着眉头，仍然拒绝同意。

“对不起。”迈尔斯让自己的语气保持心平气和，“等你看了就会明白了。”

哈罗彻扬起了一条眉毛。“哦？那也许我会去看的。”

“谢谢你。”迈尔斯结束了通信。要求哈罗彻看完录像视频后给他回话是没有用的，下面的事情肯定不是迈尔斯能插手的了。

到此为止。他已经把事情做完了，做了正确的事，在目前的环境下他差不多只能做这么多了。

他还是感到很不舒服。

接下来，他该给格雷果打电话吗？这事让皇帝一无所知是不公平的，可是，上帝啊……

哈罗彻会很快向皇帝汇报的，迈尔斯想。哈罗彻一旦明白状况，就会给伊林安排好恰当的治疗，并且按照指挥链上他的地位顺理成章地成为帝国安全部的代理部长，接下来他立刻要履行的一项职责就是将这起讨厌的事件通知格雷果，然后探明皇帝对此事的态度。不等今天过去，这些事情就得全部完成。

也许导致伊林犯糊涂的原因是某个很简单、很容易修正的问题，也许他几天后就会回到岗位上。比如说，芯片里出现了一处短路。有关那块芯片的问题都不会简单。但帝国安全部会照管好它的。

迈尔斯叹了口气，再度回到他强迫自己找给自己的无关痛痒的杂务上，可几乎完全心不在焉。他试着读书，可也无法集中精力。伊林不可能在掩饰自己的行为留下的证据吧？假如哈罗彻去看那次通话录像，可它已经不在记录里了呢？但是如果伊林对自己的问题有那种程度的自觉的话，他应该老早就让他自己去找人给他治疗了。

这天过得特别慢，没完没了。到了晚上，他再也忍不住了，给格雷果和哈罗彻都打了电话，但二者他都没能联系上。大概他们都在忙于应对这场危机吧。他留了口信，让他们给他回电，但回电一直也没来。他睡得很不踏实。

他痛恨被排除在知情圈子外头。到了第二天晚上，迈尔斯已经准备要亲自到帝国安全部走一趟，在总部后门上用劲捶打，要求他们告诉他未经任何知情授权的秘密了。正在这时，盖伦尼出现在了弗·科西根府邸。他显然是一下班直接过来的，身上还穿着军服。他平时本来就是一副闷闷不乐的模样，而现在脸上完全是一片愁云惨雾了。

“喝酒？”马丁把盖伦尼带到了黄厅。然后合乎体统地通报了一声。迈尔斯看了盖伦尼一眼，然后问道：“还是吃晚饭？”

“喝酒。”盖伦尼一下子扑到离自己最近的扶手椅里，随即把脑袋向后仰去，仿佛他的脖子往下整根脊柱都在疼似的，“吃饭问题我得考虑考虑。我现在还不饿。”他等到马丁走开后才又说道，“完了。”

“说吧。发生什么事了？”

“伊林在今天下午的全体部门简报会中完全崩溃了。”

“今天下午？你是说哈罗彻将军昨天没把他送到帝国安全部的医务部门去？”

“什么？”

迈尔斯把伊林给他打来的那个令他毛骨悚然的电话跟他讲了一遍。“我马上就通知了哈罗彻将军。请别告诉我他没按我说的去做。”

“我不知道，”盖伦尼说，“我只能把我所见的告诉你。”作为一个训练有素的分析员，何况还是个历史学家，盖伦尼对目击证言、道听途说，以及推断结论是分得很清楚的。别人总是会很清楚他在说的内容属于哪一类。

“伊林现在处于医疗监护下了，是不是？”迈尔斯焦急地问道。

“噢，上帝，是的。”盖伦尼叹了口气，“简报会开始的时候基本是正常的。各部门的头头都做了本周概况汇报，列举了所有他们希望其他部门应该注意避免的问题。伊林好像很紧张，比平常更加焦躁，不停地摆弄着桌上的东西……他把一个数据卡掰成了两截，然后低声说了些抱歉的话。他站起身来，按照惯例开列所有人的任务清单，然后说出的话……完全前言不搭后语。东一句西一句地跳来跳去。那样子不只是搞错了今天的日期，更像是他把今天当成了二十个不同的日子。每个句子语法上都是正确的，但完全不连贯。而且他似乎浑然不觉。他一直到开始察觉我们所有人都在目瞪口呆地望着他，这才停了下来。

“然后哈罗彻站了起来——我发誓，这是我见过的最英勇的行为。然后他说：‘长官，我觉得您应该马上到医院给自己做医学评估。’然后伊林对他大吼，说他没病，叫哈罗彻他妈的乖乖坐下……可是他的眼神不断地在愤怒和迷茫之间交错闪动。他在发抖。你那个大块头小家伙把酒端到哪儿去啦？”

“可能又拐错弯，然后在另外一翼楼里迷路了。他最后会找到正确的路的。请接着讲。”

“啊。”盖伦尼捏了捏自己的脖子，“伊林不愿意去。哈罗彻就叫医生过来。伊林下令撤销了哈罗彻的命令，说他不能在正处于危机当中的时候离开，只是他所说的危机……他看来是认为我们正处在十年前，西塔甘达人对沃维的入侵危机中。哈罗彻吓得面如白纸，抓住他的胳膊，想把他拉出去——这是个错误的决定，因为伊林开始跟他打了起来。哈罗彻大声叫喊：‘噢，可恶，找医生来，要快！’这回他总算聪明了一把。可是，该死的，伊林打架的时候下手是真黑啊。我从来没见过他那个样子。”

“我也没有。”迈尔斯说，他对这件事不正常地大感兴趣。

“等医生到了的时候，已经又多了两个需要治疗的人。他们给伊林打了镇静剂，一直打到他除了眼珠子全身都动弹不得。然后把他绑到了帝国安全部总部大楼下面的诊所里。那场会议就这么收场了。想想吧，我以前还老抱怨那些会议太枯燥乏味呢。”

“上帝啊。”迈尔斯用双手揉了揉眼睛，又按摩了一下自己的脸部。即便有人有意制造一个场面，想把乱子闹得最大，好尽可能地羞辱伊林，其结果也不会比这个更糟糕了，看见的人也不会比这更多。

“不用说，哈罗彻今天夜里要工作到很晚。”盖伦尼接着说道，“整座大楼里人心惶惶，虽然没人说出来。当然，哈罗彻给我们下了命令，谁都不许跟任何人说。”

“我是例外？”

“出于某些原因，他忘了把你除外。”盖伦尼不动声色地说道，“所以你并没有从我这里听到上面这些消息。你不知道这些事情。完毕。”

“正是。我可以理解。我认为现在他应该已经把这件事报告给格雷果了吧。”

“希望如此。”

“该死的，哈罗彻在昨天晚上下班之前就该把伊林送去就医了！”

“他看起来吓得够呛。我们所有人都吓坏了。在帝国安全部总部里把安全部部长抓起来……不是件轻松的事情。”

“确实不是。不过……我想我不该对战斗在第一线的人指指点点。他可能是需要花足够多的时间来把事情弄清楚吧。要是你在乎你的职业的话，这种事情上你绝对不敢犯错才对。而哈罗彻对自己的职业很在乎。”在那么一个公众场合把伊林拿下显得没有必要地残忍。*至少伊林解雇我的时候是私下做的。*不过从另一方面而言，这样做绝对是明明白白，绝不含糊，不给疑惑、流言或者影射留下半点余地。也不容争议。

“这时机真是太糟糕了。”迈尔斯继续说道，“不过我想，生物控制系统崩溃这种事任何时候发生都不合适。我怀疑……会不会是即将到来的……嗯……那些皇家事务给他的过大压力成为了诱因？不过这不大可能。伊林经受过比一场婚礼要困难得多的考验。”

“成为最后致病诱因的压力并不一定就是最大的压力。”盖伦尼指出，“可能不知从什么时候开始，一直以来他的神经系统都已经岌岌可危。”盖伦尼犹豫着继续说道，“我在想，他解雇你的时候不会就已经出问题了吧？我是说……你会不会认为那时他的判断力就已经遭到了损害？”

迈尔斯咽了口唾沫。他拿不准自己该不该感激盖伦尼，因为他大声说出了自己几乎想都不敢想的东西。“我真希望可以那么说。但不行。那时他的判断力没有任何问题。解雇我的决定逻辑上完全符合他的原则。”

“那么他是从什么时候开始出问题的？这很关键。”

“是的。我也一直在问自己。我敢肯定，每个人也都在这么问自己。可我猜所有人都只能眼巴巴地等着帝国安全部的医生来告诉我们结论。说到这儿，到底是什么导致他出问题的，目前有没有一点消息？”

“还没有消息泄露到我这里来。不过他们几乎不大可能已经动手检查伊林的问题了。我想他们必须要从外面请些不会引人注意的专家来。”

马丁终于端着他们的酒出现了，然后盖伦尼选择了留下来吃晚饭。这个新消息让马丁的脸垮了下来。科斯特的母亲在事先没有得到任何通知的情况下，居然为宾主二人准备了精致的食物，分量也完全够两个人享用，所以迈尔斯只能认为是马丁被迫把自己的那份让给了客人，而他本人则被要求靠三明治凑合过去了。见识过科斯特的母亲那里所谓的快餐是什么样子之后，迈尔斯对此并不觉得有太多的愧疚，不过今夜因为他本人和盖伦尼都吃得心不在焉，她的厨艺多多少少是有些浪费了。

然而……对于伊林来说，最糟糕的时候已经过去了，更大的危险也得以避免了，剩下的就只是收拾残局了。

迈尔斯心里觉得，帝国安全部总部侧门门楣上那些印刷石像鬼今天早上看上去特别饱满，似乎不堪悲伤的重负，快要在那些不可告人的秘密形成的内压下爆开了。他遇见的一些人的脸上挂着的表情也隐隐约约跟他们那些花岗石同事们有些相似。大厅里安检台前坐着的办事员抬起头来看着他，疲惫地眨巴着眼睛。“我能为您做什么吗，先生？”

“我是弗·科西根勋爵。我是来探望西蒙·伊林的。”

办事员在他的算讯终端上查了查。“我这里的花名册上没有您的名字，大人。”

“是没有。我只是顺路来看看他。”办事员还有其他所有人至少应当知道伊林现在没有上班，因为总得通知他们哈罗彻现在是他们的实际领导人吧。“他在医务室。请给我个牌子让我进去。”

“我不能那么做，大人。”

“你当然可以。这是你的分内事。今天谁是值班军官？”

“是加莱斯少校，大人。”

“很好。他认得我。打个电话给他要求授权吧。”

几分钟后，加莱斯的脸出现在办事员的算讯终端上。“什么事？”

办事员把迈尔斯的要求解释了一遍。

“我想那不行，大人。”加莱斯犹豫着对趴在办事员肩膀上，好让自己进入摄像范围的迈尔斯说道。

迈尔斯叹了口气。“打电话给你的上司……不行，见鬼，我这么沿着指挥链一级级找上去，那得花上半小时了。让我们把中间那些人都删掉，好吗？我也不愿意打搅哈罗彻将军，他今天早上肯定忙得不可开交，但还是给他打个电话吧。”

加莱斯显然也一样不愿意打搅他的上司，但是一位坐在自己大楼门厅里的弗氏勋爵不好打发，更不可能置之不理。他们接通哈罗彻的算讯终端仅仅用了十分钟——迈尔斯觉得，在现在的状况下，十分钟算是很不错的了。

“早上好，将军。”迈尔斯对着悬浮在办事员桌子上的视讯板顶上的哈罗彻的影像说道，“我来看望西蒙。”

“不可能。”哈罗彻沉声说道。

迈尔斯的声调尖厉起来。“只有他死了才不可能。我想你其实是想说你不愿意让我去。为什么？”

哈罗彻犹豫了一下。“下士，请把你的消音罩打开，然后把你的座位让给弗·科西根勋爵一会儿。”

办事员顺从地闪到一旁。一片阴影从座椅上方的保密场发生器中落下，罩住了迈尔斯和哈罗彻的身影。

“你是从哪儿听到这消息的？”谈话的私密性刚得到确认，哈罗彻就怀疑地质问道。

迈尔斯扬起眉毛，脑筋转得飞快，毫不迟疑地给出了回答：“我担心极了。前天我打电话找你之后你没有给我回电，我留下的其他口信也没有回音，于是最后我给格雷果打了电话。”

“哦。”哈罗彻说。他的怀疑烟消云散，只剩下了恼怒。

真是好险啊，迈尔斯意识到。要是哈罗彻还没向格雷果报告，那这话可就成了严重的失误，可能会给盖伦尼带去大麻烦。他最好在自己是什么时候给皇帝打电话的问题上小心地含糊其词，起码在他真的跟格雷果通话之前必须如此。“我想见伊林。”

“伊林可能都认不出你了。”哈罗彻停顿了许久之后才说，“每分钟从他嘴里念叨出的机密材料打印出来得有一米厚。我不得不派可以接触最高密级情报的人去看守。”

“那又怎么样？我就有接触最高密级情报的许可。”见鬼，他本身就是绝密材料。

“肯定没有。在你被解职的时候，你的许可就肯定被废止了。”

“去查验一下。”啊，见鬼。现在哈罗彻可以访问查看伊林所有的文件，只要他有空，迈尔斯的职务终止事件的全部真实资料他都可以拿来看。迈尔斯希望昨天他没有多少的空闲时间来花在查询这种事上。

哈罗彻眯起眼看了看迈尔斯，然后轻点几下，在他的算讯终端上敲出了一个号码。“你的许可仍然记录在册。”他有些吃惊地说。

“你看，可不是嘛。”

“一定是伊林忘记更改了。他那么早就开始犯糊涂了吗？好吧……”他的手指又轻点了几下，“我现在就撤销许可。”

*你不能那么做！*迈尔斯差点就怒吼起来，勉强抑制住了。哈罗彻当然，肯定，可以那么做。迈尔斯沮丧地盯着他。接下来他该怎么办？狼狈离开帝国安全部，留下一声愤怒的叫嚷：“*等着瞧，我要找大哥告你状！*”不行。格雷果这张牌他只敢用一次，只能用在最严重的危机中。他小心控制住自己的呼吸，叹了口气，把他的怒气也一并吐了出去。“将军。谨慎是一码事。而敌我不分的无端猜疑则完全是另一码事。”

“弗·科西根勋爵，”哈罗彻的口气同样坚决，“我们都还不知道这究竟是怎么一回事。今天上午我没有时间能用来取悦无所事事、充满好奇的平民，无论他们是敌是友都一样。请不要再纠缠我的人了。皇帝选择把什么事告诉你那是他自己的问题。我唯一的职责就是向他汇报。再见。”他猛地挥手切断了通信，迈尔斯周围的消音罩消失了，他又回到了大厅里。办事员一个劲地盯着他。

出师不利。

他回到弗·科西根府邸里之后，第一件事就是把自己锁在卧室里，开始给格雷果打电话。用了四十五分钟才接通。可哪怕用上四十五个小时，他也会一样坚持到底的。

“格雷果，”皇帝的脸刚出现在他这边的视讯板上，迈尔斯就开门见山地问道，“伊林到底怎么样了？”

“你从哪儿听来的？”格雷果无意中问了与哈罗彻同样的话。他一副忧心忡忡的样子。

迈尔斯把两天前伊林打给他的电话，还有他给哈罗彻打电话的内容给大致说了一遍，还是没提盖伦尼的事情。“后来怎么样了？显然，肯定是出大事了吧。”

格雷果把伊林精神崩溃的概况简单地告诉了他，盖伦尼提到的大部分令人痛心的细节都被略过不提。“哈罗彻把他送到了帝国安全部自己的诊所里。在当时的情况下，这样处理是有道理的。”

“是的。今天上午我想去看看伊林。哈罗彻不让我进去。”

“不论他们需要什么设备还是专家，都可以得到。我已经亲自确保了资金，并且授予了哈罗彻许可，他可以征调任何需要的东西。”

“格雷果，再听我说两句，就一会儿。哈罗彻不准我进去，去看伊林。”

格雷果手指摊开，做了个无可奈何的手势。“迈尔斯，放他一马吧。他突然接手了伊林所有的职责，还要把他自己的部门转交他的副手来处理，现在手上全是事——请给他几天时间安排停当，不要从旁掣肘。我相信，等他觉得有把握些了，就会放松下来的。你得承认，西蒙会头一个赞成在这种紧急情况下小心从事的。”

“确实。西蒙会更情愿由真正注重安全性的人来照顾他。不过我开始觉得，要是有什么迹象，表明照顾他的人真的在乎西蒙·伊林这个人的话，我会更高兴的。”他想起了自己那场挥之不去的噩梦——时常发作的冷冻复活术后健忘症。那是他一生中最可怖的时期，丢失了那么多记忆，迷失了自我……伊林现在的体验是不是也有些类似？抑或是更为荒诞不经？迈尔斯曾经在陌生人中间迷失自己。伊林似乎则是在本该是朋友的人中间迷失了自己。

迈尔斯叹了口气。“好吧。我不去打搅可怜的哈罗彻。上帝可鉴，我可不羡慕他的工作。但你可不可以随时通知我治疗的进展情况？我发现这些事出乎意料地令人沮丧。”

格雷果脸上满是同情。“对你而言，伊林可真的是个好老师，对吗？”

“是的，以他那尖酸苛刻的风格。回想起来，那是个优秀的教学方法。但那之前，从……他在我父亲手下干了三十年，我出生到现在也才活了这么多年。我十八岁之前一直都叫他‘西蒙叔叔’，那年我被军事学院录取了，从此我就只叫他‘长官’。那时候他自己已经没有在世的亲人了，而他的工作，以及我现在开始觉得，他脑袋里那块该死的芯片，把他开始一段为自己而活的新生活的所有机会全都给吞噬掉了。”

“我以前都没想到，他在你心目中的地位类似于养父了，迈尔斯。”

迈尔斯耸耸肩。“某种意义上的一位叔叔。所以这是件……家务事。而且我是个弗氏。”

“很高兴听到你承认这点。”格雷果轻声说道，“有时人家都怀疑你有没有意识到这个事实。”

迈尔斯脸红了。“伊林在我心目中的地位介于叔叔和家臣之间，我应该为他做些什么……而且我是现在弗·科西根家里唯一一个在这个星球上的人。这感觉就像……不，这就是我的责任。”

“弗·科西根家的人们，”格雷果说，“从来都是极端忠诚的。”

“这已经成为一种习惯了。”

格雷果叹了口气。“我会持续向你通报进展的。一定的。”

“每天一次？我知道哈罗彻每天早上会在简要汇报帝国安全部状况的同时，也向你通报伊林的情况。”

“是的，过去伊林的简报都是和我的咖啡一起送达的。有时候，如果他人亲自过来的话，会亲手帮我把咖啡端来。我总觉得那是个礼貌的暗示：‘坐好了，注意了’。”

迈尔斯笑了。“伊林就是那样。每天一次，对吗？”

“哦，没错。你看，我现在必须离开了。”

“谢谢你，格雷果。”

皇帝关闭了通信。

迈尔斯部分满意地坐回座位上。他得耐心些，等着事情有了眉目，等着人们理清头绪。他想起了他自己是怎么心平气和地对盖伦尼建议要区分清楚直觉和证据的。他的直觉恶魔可以回到它的盒子里去了——他想象着自己把一个长得跟内史密斯一模一样的小地精塞进大衣箱里，然后用带子把盖子绑紧。从里面传来些微弱的声音：意义不明的絮叨和哐哐的敲打声……我成为伊林手下的头号特工并不是因为我比其他任何人都更循规蹈矩。但现在说“这事情当中某些地方有问题”也实在是为时太早，哪怕是在心里自言自语也一样。

帝国安全部会管好自己的事的，它一向能办到。他不会再到众人面前去出洋相了。他会等着的。

第十五章

时间慢吞吞地过去了一周。每天通过算讯终端从格雷果那里得到的简报开始看起来还正常，可日复一日，每一份新的简报和前一份相比总是没什么进展的样子，于是迈尔斯开始感觉帝国安全部的谨慎实在是太过冷酷了。他把这感觉对格雷果抱怨了一下。

“你总是没有耐心，迈尔斯。”格雷果指出，“不论什么事情你总是觉得不够快。”

“伊林应该不用老等着医生。也许其他人必须等，但他不一样。他们还没得出什么结论来吗？”

“他们排除了中风的可能。”

“他们第一天就排除了中风。然后呢？关于那块芯片有什么发现？”

“有明显的证据表明，芯片出现了老化或者损坏。”

“这我们也早猜到了。到底哪类问题？什么时候出的问题？怎么出问题的？为什么？见鬼，这么长时间了，他们都在干什么？”

“他们还在试图排除其他神经问题的可能。还有精神问题的。这显然并不容易。”

迈尔斯不高兴地弓起身子。“我不相信医源性精神病的理论。那块芯片在他脑子里那么长时间了，他之前从来没出现过任何会出这种问题的征兆。”

“嗯……似乎问题的关键就在这里。伊林脑袋里安装这个特制的神经增强装置并且使用它的时间比任何人都长。没有可供比较的标准。他就是基准。谁都不知道那些人工记忆累积了三十五年之后对人格会产生什么影响。我们可能正在找出答案。”

“我还是觉得，我们应该找得更快点。”

“他们正在尽力而为，迈尔斯。你也得和我们其他人一样等着。”

“对，对……”

格雷果关掉了通信，迈尔斯心不在焉地盯着视讯板上方空无一物的空间。这些概略信息的麻烦之处在于，它们太模糊不清了。魔鬼在细节中，在原始数据里，那里深埋着所有的微小线索，直觉恶魔需要这些线索提供养料，直到它长得强壮、肥大，直到它，有时候，成为真正的假说，甚至是证明。迈尔斯和那边的真实情况之间至少隔了三层；帝国安全部的医师们把情况概略汇报给哈罗彻，他会把信息浓缩一下再转给格雷果，格雷果呢，会过滤一下听到的消息再告诉迈尔斯。最后滴落到迈尔斯这里的澄清液体中已经没有足够的“事实色素”了（译者注：上句话字面上有把信息传递失去细节的过程比喻成煮咖啡的意思，这句话就顺势以滤过的咖啡液来作比他得到的材料），他无法涂抹出任何观点。

第二天早上，艾利丝·弗·帕特利尔夫人结束了她对科玛的出访回来了。当天下午，她往迈尔斯的算讯终端上打来了电话。他打起精神准备承受即将劈头盖脸砸过来的诸多社交事务，在他心里，一个声音一边高喊着“来了”！一边忙着钻进掩体，虽然那样一点用都没有。躲起来也只会被抓着脚后跟重新拽出来，然后被逼着立正站好，听从她的命令。

可她说的第一句话却是：“迈尔斯，那件发生在西蒙身上的可怕的荒唐事你知道多久了？”

“呃……有几周了。”

“你们三个笨男孩就一直没人想到过我也会想得到通知吗？”

三个笨男孩——伊凡、迈尔斯，还有……格雷果？她生气了。

“没有办法通知您。您当时正在去科玛的路上，而且您正身负重要使命。不过您说得对，我承认我没想到过这一点。”

“傻瓜。”她低低地说道。她棕色的眼睛里眼神忧郁。

“呃……顺便问问，事情进展如何了？科玛的事。”

“不是非常好。蕾莎的父母很不安。我尽最大努力安抚他们，让他们不要害怕，虽然据我判断，他们的一些顾虑颇有道理。我已经请你母亲回来的时候在那儿停留一下，再跟他们谈谈。”

“我母亲在回来的路上了吗？”

“很快就回来了。”

“啊……您肯定我母亲是承担这项任务的最佳人选吗？她对贝拉亚的那些观点可常常是直率得可怕。而且她一直都不是个优秀的外交家。”

“的确不是，但她绝对诚实。而且她有特别的技巧，能让最古怪离奇的事情显得完全的合情合理，至少在跟她面对面说话的时候感觉是那样。人们跟她谈到最后就会赞成她的看法，然后在接下来的一个月里纳闷怎么会那样。而我反正已经完成了身为格雷果的巴巴所有应当完成的仪式和任务。”

“那……格雷果的婚礼准备工作是继续，还是取消？”

“哦，当然是继续了。不过手忙脚乱地做事，和把事情做得很棒，还是很不一样的。会有相当多我也无法缓解的紧张局面。但只要是我能解决的，我就不会让事情拖着。友好的态度这种时候将弥足珍贵。”她紧皱眉头，“说到友好的态度，确切地说，是缺乏友好态度的问题——他们告诉我伊林在帝国安全部总部的诊所里，我理所当然地立刻就去看他。那个白痴将军，叫什么来着，他不准我进去！”

“哈罗彻？”迈尔斯试探着说道。

“对，就是这个名字。那家伙，非常明显，不是个弗氏。迈尔斯，你不能做点什么吗？”

“我？我没有权力。”

“可你同那些，那些，那些……男人们一起共事过很多年。你应该对他们有所了解吧。”

*我是帝国安全部的。*他曾经有一次这么告诉埃莉·奎因。他曾为把自己归属于那个强大的组织而感到相当自豪，仿佛他们汇聚在一起，组成了某种超级机器人似的。唉，他如今被从上面截下来了，而帝国安全部看起来没了他也毫不在意，仍然迈动沉重的脚步继续前行。“我不再为他们工作了。而且即使我还在，我也只不过是个小小的中尉。中尉不能对将军发号施令，即便是贵族中尉也不行。哈罗彻也不让我进去。我觉得您得去跟格雷果说说。”

“我刚跟他说了。他对这档子事的态度模棱两可，简直让人抓狂。”

“也许他是不想让您难过。我猜伊林现在可能处于一个相当恼人的精神状态，谁都不认得，等等。”

“是啊，他的熟人们一个都不准去见他，那他能认出谁来啊？”

“嗯。问得好。您看，我并没有在您面前为哈罗彻辩护的意思。我自己也很生他的气。”

“气得还不够。”艾利丝夫人怒气冲冲地说，“哈罗彻居然胆敢对我——对我！——说那场面女士不宜。我问他，在弗·达瑞安觎位战争中，他又做了些什么——”她的音量低了下去，变成了微弱的嗞嗞声——迈尔斯不能确信自己的耳朵有没有出错，但他觉得它们是探测到了些压低声音骂出的军营脏话。“我能看出格雷果是在想，他可能还得跟哈罗彻合作很长一段时间。当然，他没说得这么详细，不过我估计哈罗彻已经说服了格雷果，让格雷果相信代理安全部部长一职对他而言是个全新的工作，他此刻如履薄冰，经不起未经授权——而且还是女性——的我危险的打扰。西蒙就从来没有这样的疑虑。我真希望考迪利亚在这儿。她一直都比我更擅长让那些胡言乱语的大男子主义者闭上嘴巴。”

“可以这么说。”迈尔斯说话的时候不由想起了弗·达瑞安到头来在他母亲手里的惨样（译者注：该场面比较惊悚，参见《贝拉亚》）。可艾利丝夫人说得很对：伊林一直把她当作格雷果的支援团队里一名宝贵的成员——虽说有些与众不同。哈罗彻更强硬的新作风肯定是让她有点震惊。迈尔斯继续道：“哈罗彻处于一个很有利的位置，可以轻松说服格雷果。什么消息能流到格雷果那边，完全由他控制。”虽然你也不能说他这样是改变了什么，事情一向如此。可当信息水闸的管理员是伊林的时候，迈尔斯不知为什么从没担心过。

艾利丝黑色的眉毛都打结了，她什么都没说。她若有所思的神色让沉默变得……过于明显了。

为了打破自己没留神说出的那几句话带来的不快，迈尔斯故作轻快地说道：“您可以发动罢工。不筹办婚事，直到格雷果帮你把哈罗彻制服。”

“要是没人采取明智的行动，并且是尽快行动的话，我也许真的会罢工。”

“我是开玩笑的。”他赶紧说。

“我没开玩笑。”她对他略点了下头，关闭了通信。

第二天早上太阳刚出来没一会儿，马丁就小心翼翼地摇醒了迈尔斯。

“嗯……少爷？楼下有客人要见您。”

“这么个早得亵渎神明的时刻？”迈尔斯揉了揉睡觉时压麻了的脸，打了个哈欠。“谁呀？”

“他说自己是弗·伯格中尉。我猜又是你们帝国安全部里那帮家伙的一员。”

“弗·伯格？”迈尔斯眨吧着眼睛，“在这儿？现在？他来干什么？”

“他想跟您说话，所以我想这问题您最好去问他。”

“很对，马丁。呃……你没让他站在门外等吧？”

“没有，我把他领到东翼楼下那间大屋子里了。”

“那是第二接待室。干得好。告诉他我过会儿就下去。弄点咖啡，用两个杯子放在托盘上送过去，带好常用的配料。如果厨房里你母亲做的馅饼或者面包还有剩下的，那就装到篮子或者别的什么里面一块拿去，好吗？就这样。”

迈尔斯的好奇心给激了起来，他穿上了抓到手的第一件衬衣和第一条长裤，然后光着脚踮起脚尖沿着前面的旋转楼梯爬下去两层楼，接着往左拐，又穿过了三个房间之后走到了第二接待室。马丁已经为客人把一张椅子上的白色罩单给扯下来了，而且就让它直接堆在了地上。阳光透过厚厚的窗帘伸进来几根手指，一定程度上让弗·伯格坐的地方的阴影显得更深了。中尉此刻穿着的军常服是绿色的，但他的脸色却是灰暗的，周围还有些淡淡的胡楂。他疲惫不堪地望着迈尔斯，眉头紧锁。

“早上好，弗·伯格。”迈尔斯小心翼翼地保持着礼貌，“是什么风把你今天这么一大早就吹到弗·科西根府来了？”

“对我来说是今天很晚的时候。”弗·伯格说，“我刚刚下夜班。”他的眼皮都在打架了。

“他们给你找了份差事，是吗？”

“是的。我现在是诊所里的夜班警备班长，负责要人保安。”

迈尔斯在一把还被罩着的椅子上坐了下来。虽然没有喝咖啡，但他猛然完全清醒了。*弗·伯格是伊林的守卫之一？*不过当然了，身为一名信使，他肯定具有所需的接触高级机密的资格。他现在是闲着的，完全可以被调去执行一项虽然精神上要求很高，但体力消耗很少的工作。而且……他不是总部里的人。在那里他没有关系密切的老朋友可供传播八卦。迈尔斯努力让自己的语气平淡，不置可否地说道：“噢？出什么事了？”

弗·伯格的声音变得有些恼火，甚至接近愤怒了。“我真的觉得你这样不成体统，弗·科西根。在现在的情况下，甚至近乎卑劣。伊林跟你父亲干了那么多年。我给你传了至少四次口信了。为什么你一直都没来？”

迈尔斯纹丝不动地坐在原位。“请原谅。我想我大概是漏掉了你前面说的什么话。什么，呃……你能不能告诉我那里这段时间究竟是个什么状况？你在这个岗位上待了多久了？”

“从他们把他弄进去的第一天晚上开始。这事弄得相当难看。没给他用镇静剂的时候，他会喋喋不休。给他用了镇静剂之后，如果赶上他斗志旺盛的时候，他也会喋喋不休，不过你根本听不清他在说什么。医护人员几乎一直把他绑着。在他的脑海中，他似乎在历史里四下飘荡，但隔一段时间就有那么一刻，他看起来会经过现在。这种时候他就会要找你。最开始我以为他想找的是你的父亲，伯爵大人，但后来确定他找的绝对是你。他会喊‘迈尔斯’，还有‘把那个傻男孩带到这里来’，以及‘你还没找到他吗，弗·伯格？那个有多动症的小讨厌鬼’。抱歉，”弗·伯格说完又加了句，“他原话就是这么说的。”

“我听得出这说话的风格。”迈尔斯轻声说道。他清了清嗓子，然后说话的音量放大了些。“对不起。我还是第一次听到这些话。”

“不可能。我把这些话记在我的夜班报告上，到现在算下来都交上去有四五夜了。”

格雷果不可能不把这样的话转达给他的。没有迹象表明格雷果知道这些。信息的传递是断在弗·伯格的某个上级那里了。*我们会查出来的。哦，是的，我们会的。*“他们在给他做什么样的治疗或者测试？”

“我不知道。我值班的时候什么都没做。”

“我想……那是有原因的。”

他们俩都沉默了。这时马丁把咖啡和几个面包卷放在一张权作托盘的烘焙纸上端了进来——*记下来，管家培训第六课就是：《找到餐具》*——然后他自己抓起一个面包卷，高兴地笑着，从容不迫地又走了出去。这奇特的招待方式让弗·伯格直眨巴眼睛，但他还是充满感激地啜起了咖啡。他又冲着迈尔斯皱起眉头，这次看起来更多是在想着什么。“在深夜时，我从那位嘴里听到了许多奇怪的事情。在镇静剂逐渐失去效用后，到他变得……呃……变得吵闹于是又被打上一针之前的空当里。”

“是的。我想象得到。你知道为什么伊林要找我过去吗？”

“不太清楚。即使在他相对清醒的时候，他的话听起来也相当混乱。但我一直都有个极其不快的感觉，似乎问题有一半在于我。由于我不知道背景情况，我完全解读不了他的意思，哪怕那也许已经是非常清楚的宣告了。我只明白了一件事，你绝对不是什么鬼信使。”

“不是。是秘密特工。”一道阳光正爬过他椅子的扶手，让搁在上头的薄壁杯子里的咖啡闪着红色的光。

“高级秘密特工。”弗·伯格看着处在光暗交错之中的迈尔斯说道。

“最高级的。”

“我不大明白他为什么把你解职——”

“啊。”迈尔斯凄惨地笑了笑，“这事我肯定总有一天是必须告诉你的。针爆弹的事情是真的。只是还不只这些。”

“有的时候，他似乎并不知道他已经把你解职了。可有的时候他又似乎又记得。可即使那个时候，他还是想要你过去。”

“你有没有把这个问题直接向哈罗彻将军报告？”

“报告了。两次。”

“他怎么说？”

“‘谢谢你，弗·伯格中尉。’”

“我明白了。”

“我不明白。”

“哦……我也不完全明白。不过现在我想我可以找出答案。啊……我觉得也许我们这次谈话最好并未发生过。”

弗·伯格的眼睛眯了起来。“哦？”

“要是有人问起我们的交谈，可以告诉他我们在皇宫外面的台阶那次谈话。”

“嗬。那你和登达立雇佣军是什么关系，弗·科西根？”

“现在什么关系都没有。”

“唉……你们这些秘密特工总这样。我见过的说话最模棱两可的家伙就是你们了，所以直到现在，我都不知道自己是不是该信任你，不过要是你现在对我说的是老实话……我为了弗氏的缘故感到高兴，高兴你还没抛弃你父亲的臣下。现在我们当中没多少人还对这个问题有足够的关注，足够……我不知道该怎么表达。”

“足够使‘弗’这个头衔名副其实。”迈尔斯提出了建议。

“对，”弗·伯格感激地说，“正是如此。”

“你太正直了，弗·伯格。”

一小时后，迈尔斯在早上灰暗的天色下大踏步走到了帝国安全部总部大楼的侧门口。乌云从东面的天空中滚滚而来，先前早早出来的太阳预示的晴天岌岌可危，他可以闻到空气中有下雨的味道。那些花岗岩石像鬼在散淡的天光下看起来板着面孔，表情阴沉。它们顶上的大楼高高耸立，密不透风，粗壮结实。并且丑陋非常。

哈罗彻最关心的是在伊林周围安排些安全许可级别最高的守卫。只字未提安全许可级别最高的医生，或者医务人员，或者，上帝啊，为什么不是：*最好的专家，无论有没有安全许可*。他对待伊林不像对待一位病人，倒更像是对待一名囚犯。伊林成了他自己的组织里的一名囚犯——伊林会欣赏这个讽刺笑话吗？迈尔斯觉得他恐怕不会。

那么，哈罗彻天生就是个愚顽不灵的偏执狂？抑或他只是暂时被他的新职责弄得手足无措？哈罗彻如果很愚蠢，那他不可能升到他现在的位置；而他新的、错综复杂的工作倒确实是在事先没有多少征兆的情况下突如其来地落入他怀中的。哈罗彻的职业生涯开始于军事安全局，在那里他是一名宪兵。加入帝国安全部后，他先是作为国内事务司的助理，然后是司长，主要接触的是下层和内部的事务，跟军队中那些行为模式单一的下级打交道。伊林则是帝国安全部面对上层以及外部事务的代表，他跟皇帝和弗氏贵族们打交道手腕圆滑，对弗氏体系内部那些不成文的，有时甚至不被人承认的特殊规矩应付自如。比如说，他处理跟艾利丝·弗·帕特利尔的关系的方式就巧妙而高明，令首都的弗氏社交圈子里的私人信息向他敞开了大门，这些信息曾不止一次地被证明可以用来补足更"正式"些的内幕消息，价值极高。而哈罗彻则在跟艾利丝夫人的第一次接触中就深深地冒犯了这个潜在的盟友，仿佛她的名字没有在政府的组织流程图中出现就意味着她的权力并不存在似的。这倒是对他愚顽不灵的假说提供了一个很有力的支持。

不过至于偏执嘛——迈尔斯不得不承认，伊林的脑袋里塞满了过去三十年来贝拉亚最烫手的秘密，他的脑袋没有老早就被烤融了简直是个奇迹。在他不知道今夕何年的时候，人们是不能让他出去在大街上乱晃悠的。哈罗彻的谨慎实际上是值得赞赏的，但他该带有更多的……什么呢？尊敬？礼遇？还是悲痛？

迈尔斯深吸了一口气，走进了大门。马丁今天交到了难得的好运，在附近就找到了一个足够大的地方停放伯爵的装甲地行车，这会儿也跟在迈尔斯身后。他有点不知所措，显然是被这幢凶险异常的建筑给吓着了，哪怕有迈尔斯的亲戚关系为他撑腰。迈尔斯站定在安检台前，朝着办事员皱起了眉头：还是上周值班的那位。

"又见面了，早上好。我是来看西蒙·伊林的。"

"呃……"办事员敲击着他的算讯终端，"您的名字还是没出现在我的花名册上，弗·科西根勋爵。"

"没有，可我已经在你面前了。而且我会一直待在这里，直到有个结果。给你上司打电话。"

办事员犹豫了一下，不过还是决定，最好是让地位更高些的人来面对一个弗氏爵爷，哪怕是迈尔斯这样一个矮小的怪爵爷。他们在哈罗彻的——原来是伊林的——秘书那里略为耽搁了一下，但迈尔斯把办事员从他的座椅上赶走，连哄带吓地逼退秘书，联系上了哈罗彻本人。

“早上好，将军。我是来看伊林的。”

“又来了？我还以为我已经把这事解决了呢。伊林的情况不适合跟人交际。”

“我也不觉得他适合。我只要求获准进去看看他。”

“我拒绝。”哈罗彻伸手要去关闭通信。

迈尔斯控制住自己的怒火，试图找些软话，来几句迂回巧妙的争辩。他愿意耗上一整天，直到能够让自己进去。不行，不能说软话——哈罗彻更喜欢直来直去，尽管他每天千方百计地剪裁自己的话语，好适应弗贝拉苏丹娜上流社会的规则。“哈罗彻！告诉我！少来来回回说这些废话了。里面到底他妈的发生了什么事情，让你这么坐立不安？我是想帮点忙，该死的！”

有一会儿，哈罗彻的眉头皱得不那么紧了，但很快他的脸又板了起来。“弗·科西根，你现在跟这里没关系了。请自觉离开。”

“不。”

“那我就让人帮你离开。”

“那我就会再回来。”

哈罗彻的嘴唇绷紧了。“考虑到你父亲的身份，我想我不能让人开枪打死你。而且，大家都知道你有……精神问题。不过你要是继续来捣乱的话，我可以让人逮捕你。”

“以什么罪名？”

“擅闯禁地一项就够判你监禁一年的了。我想我还可以找到其他罪名。拒捕的罪名差不多是十拿九稳。但在需要对你使用击晕枪的时候我也不会迟疑。”

他不敢的。“多少次？”

“你觉得多少次才够？”

迈尔斯咬牙切齿地说：“就是把靴子脱了，你也数不过二十二次的，哈罗彻。”在这个极其害怕生物变种的星球上，这种暗示对方有额外的脚指头的话是严重的侮辱。马丁和在一旁听着的办事员看着这场争辩不断升温，越来越惊恐不安。

哈罗彻的脸涨红了。“够了。伊林把你开除是心肠软了——要是我的话，我会把你送上军事法庭。离开这栋大楼，现在！”

“见到伊林前我不走。”

哈罗彻切断了通信。

大约一分钟后，迈尔斯正在催促办事员再次试着给哈罗彻的秘书打电话时，两名全副武装的卫兵出现在转角，朝着迈尔斯大步走来。该死的，他不敢的——他难道敢……？

他敢。两名卫兵上来什么也没说，一边一个架起他的胳膊，开始把他向门外拖去。他们并不太在乎他的脚尖是否沾到了地面。马丁跟在他们后面，活像一只过度激动的小狗，不知道该叫还是该咬。他们走出门去。出了院子大门。他们把他放在外面的人行道上，倒是让他脚着地的——虽然差点儿让他摔倒。领头的那名军官对门卫说："哈罗彻将军刚才直接下了一道命令，如果此人再次试图进入这幢大楼，就用击晕枪打倒他。"

"好的，长官。"门卫班长敬了个礼，然后不安地盯着迈尔斯。迈尔斯满脸通红，耻辱和愤怒让他胸口憋闷得厉害，不得不大口大口地喘息着。两名卫兵向后转身，迈步回到大楼里。

街对面有个狭长的小公园，里面的草木几乎都已凋零。公园里有几个长椅，椅面正对着帝国安全部那恶名昭彰的建筑。此刻寒雾涌动，园内空无一人。迈尔斯摇摇晃晃地走到一把长椅前坐下，抬头盯着那栋已经第二次击败他的建筑。马丁不知所措地跟了过来，小心翼翼地坐在长椅的另一头，噤若寒蝉地等着迈尔斯的命令。

一幅幅内史密斯式的秘密特工突袭行动的狂野画面在迈尔斯脑中闪过。他想象着自己率领身穿灰色制服的雇佣军像忍者般从天而降，攀在帝国安全部总部大楼的侧面……别瞎扯啦。那样他真的会被打死的，不是吗？他嘴里轻蔑地冷笑一声。伊林也是一名内史密斯能力范围之外的囚徒。

迈尔斯在心里咆哮着：哈罗彻怎么敢威胁我！见鬼，哈罗彻为什么不敢？迈尔斯一直极度渴望能被按照自己的功过评断，为此他这十三年来（译者注：从他毕业算起）一直在尽力削弱自己身上弗·科西根勋爵的影子。他想在别人眼里首先是他自己，而不是他父亲的儿子，也不是他祖父的孙子，更不是过去十一代的弗·科西根家主中任何一人的后裔。他是那么努力，无怪乎他成功地让每个人，甚至让他自己，都相信弗·科西根勋爵这个身份……无足轻重。

内史密斯沉迷于不惜一切代价夺取胜利，而且在人前展示自己的胜利。

但弗·科西根……弗·科西根绝不会投降。

那不完全是一回事，对吧？

不投降是个家族传统。历史上的弗·科西根爵爷们有的被捅死，有的被枪杀，有的被溺死，有的被践踏而死，还有的被活活烧死。最近有位的经历更惊人，他几乎被人炸成了两截，然后被速冻，解冻，缝缝补补，接着就又给推上路，好像一个头部遭到重击的拳击手，在晕眩中踉跄前行。迈尔斯有些怀疑，弗·科西根家那久负盛名的倔脾气的部分原因会不会是因为运气——至于是好运还是坏运，他可说不上来。也许有一两个人其实是想投降的，但是没抓住机会，就像传说中的某位将军，据说他留给世人的最后一句话是："别担心，中尉，敌人不可能打中我们的，在这个距——（译者注：南北战争中约翰·塞奇威克将军被狙击手击毙的故事，词句略有变化）"

有个关于登达立领的笑话，说那些人本来想要屈服了，但找不到一个文化够多，能看得懂西塔甘达人的特赦令的人，于是他们只好接着战斗，最后稀里糊涂就赢了。我身上的山民本色比我从前以为的更强。作为一个私底下很喜欢枫糖浆酒味道的男人，他本该早就想得到的。

内史密斯确乎可以杀死弗·科西根。他能把这个小爵爷身上每一点正面的个性都剥夺归自己所有，就像露天采矿一样，一路挖下去，直到裸露出登达立山中冰冷、贫瘠的岩床。内史密斯盗用了他的精力，从他身上劫夺了时间、勇气和才智，自他的声音中析出了相当多的口音，甚至偷走了他的性欲。但到了这步田地之后，即便内史密斯也无法再进一步了。一个山民，愚钝得如同他脚下的岩石，就是不知放弃。我正是拥有弗科西根瓦什诺伊的那个人。

迈尔斯仰头大笑起来，欣然品尝着飘落进他张开的嘴里的雨雾那浓重的金属味。

"大人？"马丁不安地问道。

迈尔斯清了清嗓子，用力揉了揉脸，抹去了那怪异的笑容。"对不起。我刚想明白为什么我还没去治好我的脑袋。"而他还曾以为内史密斯是个机灵的家伙。是弗·科西根最后的退路，嗯哼？"那原因让我觉得好笑。"实际上，他是觉得那太滑稽了。他站起身，勉强忍住了又一阵怪笑。

"您不会是又要回那边再试一次，是吧？"马丁惊恐地问道。

"不。不直接去。先回弗·科西根府。回家，马丁。"

他又冲了个澡，好洗掉上午积聚在他身上的雨水和城市的尘垢，但主要的是擦去那令人不快、挥之不去的耻辱的气息。他脑子里也想起了他母亲故乡那里人洗礼的风俗。他在腰间围上一块毛巾，打开了好几个衣柜和抽屉，把衣物都摆到自己眼前。

他有几年没穿自己的弗·科西根家族制服了，甚至在皇帝诞辰节或者是冬节的舞会上，他都会把这套制服丢在一边，而选择在他看来代表更高地位的真正的帝国军队制服，绿色军服或者是红、蓝双色的阅兵礼服。他把这套棕色的织物在床上铺开，中空的衣服看起来就好像一条蛇的蛇蜕。他仔细检查着衣服上的缝线，还有双肩、领口和袖口上用银线绣出的弗·科西根家的徽记，看有没有破旧了的地方；不过看来是某个细心的仆人把它给洗干净以后，好好地收了起来，所以衣服不但完整，还特别挺括。深棕色的靴子也是，从保护袋里拿出来后，上面还闪着柔和的光泽。

伯爵及其后代们从帝国军队中光荣退休以后，按照传统可以把军功章戴在他们的家族制服上，以彰显弗氏在官方正史上的光辉地位——那些个疯话是怎么说的来着？“帝国的肌肉，皇帝的右臂”。倒是从来没人把他们说成帝国的大脑嘛。迈尔斯冷冷地想道。那么，为什么从来没人曾说自己是，比方说，帝国的胆囊，或者皇帝的胰腺？有些比喻最好还是不要深究了。

迈尔斯从没一次性把自己积功所得的全部勋章都戴上过，部分原因是因为它们有五分之四是在秘密行动中获得的：戴上一枚你不能就此讲出一段精彩故事的勋章有什么意思呢？另外也有部分是因为……为什么？因为它们是属于内史密斯将军的？

他庄重地把它们按照正确的顺序全部依次摆到棕色的制服上装上。弗·伯格戴的那种代表着坏运的颁发给负伤者的勋章占了一整排还多。他获得的第一枚军功章来自沃维政府（参见《贵族们的游戏》）。他最近到手的一枚高级勋章是对他感激涕零的迈瑞莱克人寄来的，通过跃迁飞船邮寄的，姗姗来迟。他喜欢做秘密特工；这一行把他带到了那么多个那么奇特的地方。他摆出不下五枚由价值不等的金属材料制成的贝拉亚帝国星辰勋章，它们的材料与其说取决于迈尔斯本人在前线洒下了多少血，还不如说取决于在他执行任务期间，伊林在后方的总部里流的汗里有多少盐。青铜代表着他的司令官啃手指甲啃到了自己的第二指关节，黄金则意味着伊林已经一路噬咬到自己的手腕上了。

他犹豫了一下，然后把西塔甘达功勋奖章的金质奖牌跟它色彩鲜艳的绶带一起得体地套到自己的制服上衣高高的领子外面。牌子拿在手上的感觉凉凉的、沉甸甸的。在同一场战争中被交战双方同时授勋嘉奖的战士史上大概寥寥无几，而他就是一个……不过老实说，这枚功勋奖章来得比较晚，而且实际上是颁发给弗·科西根勋爵的，而不像其他多数嘉奖是给那个小个子将军的。

全部摆好之后，那效果简直能把人吓傻。

各自分开放在若干隐秘处所的时候，迈尔斯从没意识到这些东西他已经攒了有多少，直到他又把它们放到一起。不，不是又。是第一次。

来，我们来亮牌吧。他狞笑着把勋章一一挂好。他穿上贴身的白色丝衬衣，挂好绣着银线的吊带，扯上绲着银边的褐色长裤，套上闪闪发光的马靴。最后，披上沉重的制服上衣。他把自己祖父的那把短剑插进掐丝珐琅的剑鞘里，露出镶有宝石的剑柄底端弗·科西根家的印章，系在相称的腰带上。他梳好头发，然后倒退一步，打量着镜子中光彩照人的自己。

*我们要入乡随俗，不是吗？*内心讽刺的声音渐渐减弱。

“要是你想去捅马蜂窝，”他这次终于不再是内心独白，而是说出了声，“最好别嫌麻烦，准备好够长的杆子。”

正在专心致志地看着掌上阅读器的马丁听到了迈尔斯的脚步声。他抬起头来一看，愣了一会儿，然后又看了迈尔斯半天——这种反应让迈尔斯很满意。

“把我的车开到前门廊。”迈尔斯镇定自若地向他发出指令。

“大人，我们去哪儿？”

“去皇宫。我有个约会。”

第十六章

格雷果在皇宫北翼他安静的私人办公室里接待了迈尔斯。他正坐在算讯终端桌前，埋头研究着面前显示的图像，直到总管通报了迈尔斯的到来，并退出去之后，他才抬起头来。他按下一个控制键，全息图像消失了，露出站在他对面的那个小个子——身穿棕色制服，气得头顶冒烟。

“好吧，迈尔斯，这又是怎——仁慈的上帝啊！”格雷果大吃一惊，坐直了身子，待他看清楚迈尔斯打扮的细节时，眉毛扬了起来。“我印象里从没见过你会意有所图地以弗氏贵族的身份来见我。”

“现在这会儿，”迈尔斯说，“意图应该都已经在从我两只耳朵里往外直冒了。我可以赌上——”以前这种时候他惯用的口头禅是，我赌上我的帝国安全部的银眼徽章——“你乐意要我赌什么都可以，伊林那边的问题比哈罗彻向你汇报的要严重得多。”

格雷果缓缓说道：“他报告的肯定只是概况。”

“哈。你也感觉到了，是吧。哈罗彻有没有跟你转达过哪怕一次，说伊林想见我？”

“没有……伊林这么说过？你怎么知道的？”

“我是从一个，我该怎么说呢，一个很可靠的匿名信息源那里知道的。”

“有多可靠？”

“设想他在编假话骗我，那就是在假设一个在我看来简直正直得让我受不了的人的脑子突然出了怪毛病。而且还有动机的问题。这么说吧，消息事实上是足够可靠的。”

格雷果缓缓说道：“据我所知，伊林目前……嗯，直说了吧，处于危险的疯癫状态。他一直在提出一些不现实的要求。哈罗彻对我提到过他的一个要求：派跃迁飞船朝海根枢纽进行突击，以击退他想象中的敌军入侵。”

“入侵曾经真的发生过。你当时也在场。”

“那是十年前。你怎么知道他要你过去不是又一次在幻觉中的胡言乱语？”

“问题就在这里。我不能判断，因为我没有获准进去看他。谁都没进去过。你听艾利丝夫人说过吧？”

“呃，是的。”

“哈罗彻已经两次拒绝我了。今天早上他说要是我再纠缠不休的话，就让人把我击晕。”

“你有多纠缠不休？”

“你肯定可以要求看一下——我要是你的话就会提出这要求，甚至发出命令了——哈罗彻的算讯终端上关于我们两个上次对话的记录。你可能甚至会发现那看起来很有趣。不过格雷果——我有权去看望伊林。不是作为他从前的下属，而是作为我父亲的儿子。这是身为一名弗氏的义务，可以完全绕过帝国安全部的军阶体系，从另一个突破口进入。毫无疑问那会让他们感到震惊，可那是他们的问题。我怀疑……我不知道自己怀疑什么。但我不能枯坐空想，指望能想出结果来。”

“你觉得有什么可疑的迹象？”

“不……实际上并没有。”迈尔斯放慢了说话的速度，“但有时愚蠢可能会跟恶意同样有害。如果那个芯片崩溃的结果和我的冷冻后健忘症是类似的，那伊林现在就好像身处地狱。自己脑袋里都不知道自己是谁……那是我这辈子最孤独的一段时间。也没有人理我，直到马克闯了进去。哈罗彻至少也是处理不当，可能是因为太紧张而且缺乏经验，需要人温和地，或者也许不那么温和地纠正他的错误。在最坏的情况下——你脑子里肯定也曾闪过这是蓄意破坏的可能吧。虽然你一直没跟我说起这个问题。”

格雷果清了清自己的嗓子。“哈罗彻让我不要跟你说。”

迈尔斯踌躇了一下。“他终于去看过我的档案了，是吧？”

“我恐怕是的。哈罗彻对于……忠诚的标准相当古板。”

“好吧，嗯……我不是在质疑他对忠诚的标准。我质疑的是他的判断力。我还是想进去。”

“去看伊林？我想我可以命令他们让你进去。我估摸着也该是时候了。”

“不，不仅如此。我还要检查有关这件案子的所有原始材料，无论多么琐碎，也不管是医学上的，还是其他方面的。我要进去督办。”

“哈罗彻会不高兴的。”

“我想，他会很执拗的。而我不可能每过十五分钟就给你打电话，请你重申你的支持。我需要获得真正的权威。我想要你给我指派一名帝国审计官。”

“什么？”

“即使是帝国安全部，在帝国审计官面前也得乖乖弯下腰，掰开两边屁股，听候检查。一名帝国审计官依法可以征调任何东西，而哈罗彻或者另外的任何人所能做的只有暴跳如雷——然后把东西交上去。帝国审计官的话就是你的御言。他们只能听从。你不能假装认为这件事不够重要，还不足以合情合理地引来一位帝国审计官的注意。”

“确实不能，不过……你要寻找什么呢？”

“如果我已经知道了，我就用不着找了。我所知道的就是这事——”他摊开双手——“看上去不对劲。原因可能是微不足道的。也许不是。不知道。一定要弄清楚。”

“你有考虑具体要哪位审计官吗？”

“嗯……我可以让弗·豪威斯跟我一起去吗？”

“我最好的审计官。”

“我知道。我想我能跟他合作。”

“很不巧，他正在去科玛的路上。”

“哦。我希望不是出了什么严重问题吧。”

“预防性措施。我们要跟科玛的寡头们协商如何安排我婚礼的对外公布，我派他同弗·欧勃叶夫勋爵（译者注：前贝拉亚驻西塔甘达大使。参见《西塔甘达》）夫妇一道去，好让交流更加顺畅。他有相当的外交天赋。”

“呃。”迈尔斯迟疑起来。他灵机一动想到这主意时，心目中的最佳人选正是弗·豪威斯。“弗·雷斯纳，瓦伦丁，还有弗·卡罗纳都稍微有点……保守。”

“害怕他们会和哈罗彻站在一边来反对你？”

“嗯。”

格雷果的眼睛亮了起来。“弗·帕拉迪斯将军总是有空。”

“噢，上帝啊。饶了我吧。”

格雷果若有所思地揉着他的下巴。“这里我预见到会出现一个问题。无论我给你指派哪个审计官，你总有大约百分之五十的可能会在第二天一早回到我这里，要求我再派一名新的审计官，好控制住头一个。你并不是真正需要一名审计官，你是想在自己进行调查的时候有个审计官形状的挡箭牌保护住自己的后方。”

“啊……对。我不知道。也许……也许我还是可以和弗·帕拉迪斯一起做点事情。”想到这种前景让他的心沉了下去。

“一名审计官，”格雷果说道，“不仅是代我发言。他也同样是我的耳目。相当程度上，他就像这个词的词源本义所暗示的那样，是替我‘聆听’的人。到我不能去的地方去进行调查，就像个探针，但工作方式绝对不像机器人那样死板，然后回来从一个绝对独立的角度向我汇报。你——”格雷果的下嘴唇翘了起来——“是我遇见过的所有男人里面看待问题的角度最为独立的。”

迈尔斯的心脏似乎停止了跳动。格雷果肯定不会想着要——

“我想，”格雷果说，“如果我干脆把你任命为一名代理帝国审计官的话，那可以省下许多麻烦。当然，和通常的第九审计官一样，你的权力要受到多方面的限制，你做的任何事情都必须至少要跟指派你去评估的事件之间能建立起一点点微弱的关联——在这个案子里就是要跟伊林的精神崩溃有关。你不能下令将人处刑，在你发出逮捕令的情况下，虽然这不太可能……好吧，如果有足够的证据能成功定讼的话，我会赞同的。我们都会期望一名帝国审计官在调查中遵照些……嗯……传统的礼仪，而且足够谨慎。”

“任何事情只要值得做，”迈尔斯引用着弗·科西根伯爵夫人的话，“就值得做好。”他都有些怀疑自己的眼睛是不是开始放光了。它们感觉就像是火炭一般。

格雷果听出了这话的来源，笑了。“确实如此。”

“可是格雷果——哈罗彻会看出这只是在吓唬他的。”

格雷果说话的声音很轻柔。“那么哈罗彻就犯了个危险的错误。”他又补充道，“对于事态现在这样的发展，我也不满意，可除了亲自去一趟之外，我也不知道该怎么办。现在我知道了。这样你满意吗——弗·科西根勋爵？”

“噢，格雷果。你简直猜不出我有多满意。过去十三年，我在命令的束缚下工作，就好像试着跟一头大象跳华尔兹。那家伙又慢，又笨重，随时都可以一脚踩上来，把你踩成肉泥。能有机会可以站在那头该死的大象身上跳舞，而不是在它身下跳，哪怕只有一次——你想象得到这种感觉会有多好吗？”

“我就觉得你会高兴的。”

“高兴？我简直要高潮了。”

“别得意忘形了。”格雷果眯起眼睛告诫道。

“不会的。”迈尔斯定住呼吸，“不过……我想这样已经够好了。谢谢你。我接受您的命令，我的主君。”

格雷果叫来他的总管，让他到皇宫宝库里去取象征审计官职位的金链，还有配套的、绝非只具有象征意义的电子印玺。在他们等着总管回来的时候，迈尔斯提出了个建议：“一名审计官第一次查案的时候得悄悄去，这是个传统。”他条件反射式地加了一句，“很可能对他们来说，这样也非常好玩。”

“我早就这么怀疑了。”格雷果表示同意。

“不过我可不愿意在走进帝国安全部正门的时候让人给击晕。你觉得你该不该亲自给哈罗彻打个电话，然后安排好我和他们的第一次约见？”

“你想让我这么做吗？”

“嗯……我吃不准。”

“那样的话……就按传统来吧。”格雷果现在的语调有些像是个冷静的科学家，“我们看一下会发生什么。”

迈尔斯整个人一顿，大起疑心。“你说这话的口气听起来活像我母亲。你是不是还有事没告诉我？”

“目前，我知道的比你还少，而且我越来越肯定这点。不过，我最近一直在琢磨哈罗彻这人，在观察他。除了在伊林这事上他显示出可以理解的慌乱之外，他接手帝国安全部的日常事务看来做得很顺利。要是伊林……无法恢复的话，我早晚都必须面临到底是批准哈罗彻担任正式的部长，还是另外任命他人的问题。我很想知道他这人到底怎么样。你可以从多个层面对他进行考验。”

“你是说你要给他一个机会，让他把事情搞砸看看？”

“这事宜早不宜迟。”

迈尔斯做了个鬼脸。“这同时也有反方向的作用吧？你也在给我一个把事情搞砸的机会，对不对？”

格雷果的嘴边浮起一丝浅笑。“这么说吧……从多个角度观察问题最能见出真相。”他又加了一句，“我确实有想过那个问题：伊林的神经增强装置到底是遭到了人为破坏，还是出现了自然衰退。”

“结论是？”

“蓄意破坏之后应该有随之而来的攻击，就在伊林刚刚崩溃后人们不知所措的时候。”

“或者在他崩溃之前，那样更好。”迈尔斯说。

“对。可一切都很正常，除了伊林的，我不知道该怎么说……疾病，或者身体不适？”

“‘不适’这个词好，”迈尔斯表示，“‘疾病’这个词暗示原因在于身体内部。受伤则暗示是外因引起。这两个说法中的任何一个我现在都拿不准能不能肯定地使用。”

“是的。不管怎样，目前除了伊林的身体不适之外，还没有任何异常发生。”

还有伊林的毁灭。“知道了。”迈尔斯说，“除非事情的动机在于某种……嗯……个人恩怨。不是连续攻击，只是一次重击。”

“你有没有在着手拟订一个潜在嫌疑人的名单？”

迈尔斯叫起苦来。“要是从个人动机，还有政治动机方面着手的话——那就得把帝国安全部过去三十年里对所有人做的所有事情依次排查一遍。动机甚至可能是非理性的——有些人可以从一点小伤害出发，让自己的积怨越来越深。这不是解决问题的合适入口，这实在太宽泛了。我倾向于从那块芯片入手。那玩意只有一块。”他清了清自己的嗓子，“我怎么才不会给人在门口打晕的问题还是需要考虑。我没打算单枪匹马同帝国安全部较量。我原来想找一位真正的审计官，比方说某位魁伟的前海军将领——好藏在他身后；我现在还是觉得我会需要一名证人。确切地说，是一名助手，虽然他真正的作用是证人。某个我可以信任，你也可以信任的人，某个有所需的安全许可，但本人又不是帝国安全部一员的人。”

“你心目中有人选了吗？”格雷果问道。

“我的上帝啊！”伊凡目瞪口呆地盯着迈尔斯，无意之中和格雷果说了同样的话。“这是真家伙吗？”他用手指弹了弹此刻挂在迈尔斯脖子上的那根沉重的金链子，它代表着帝国审计官的头衔和职位。粗粗的金环连缀起几块大大的正方形搪瓷牌，牌子上雕有弗·贝拉家族的纹章和标志。链子从迈尔斯的双肩上绕到他的胸口，迈尔斯判断总重量大约有一公斤。电子印章用金钩别着挂在中间，上面也雕着格雷果家族的纹章。

“你想试试能不能剥掉锡箔包装纸，然后吃里面的巧克力？”迈尔斯冷冷地问道。

“啊哦。”伊凡环视着格雷果的办公室。皇帝正坐在他的算讯终端桌边上，晃荡着一条腿。“格雷果派来个身穿号衣的家伙飞奔直入司令部把我从工作中拉走的时候，我还以为这该死的皇宫快烧垮了，要不就是我母亲犯心脏病了，或者类似的事。原来却只是因为你，表弟？”

“在一段时间内，是你的审计官表弟大人。”

伊凡恳求格雷果：“告诉我这是个玩笑。”

“不。”格雷果说，“完全是真的。我正想进行一些审计事务。我，或者说得更正式些，朕，对目前的进展不满。你知道，一位帝国审计官可以要求他想要的任何东西。他的第一个要求就是一名助手。恭喜。”

伊凡的眼睛转了转：“他想要一头驴子给他驮行李，而他想到的第一头蠢驴就是我。真是荣幸啊。谢谢啊，审计官表弟大人。我肯定，这真是会让人高兴。”

迈尔斯语气平和地说：“伊凡，我们要去审查帝国安全部是如何处理伊林的崩溃问题的。我不知道会要求你背负起什么，但至少有一定概率会是高爆炸药。我需要一头我绝对信得过的驴子。”

“噢。”伊凡嘲讽的神情立刻烟消云散了。他挺直腰背。“噢。伊林，哈？”他犹豫了一下，然后又说道，“很好。是时候有人去在某人屁股下面生堆火了。母亲会高兴的。”

“我希望如此。”格雷果诚心诚意地说道。

虽然眼里出现了严肃的神色，伊凡还是把嘴噘了起来：“哎呀，哎呀，迈尔斯。我得说，那玩意看起来跟你很合适。我一直觉得你脖子上需要拴条链子。”

这回迈尔斯让马丁把地行车就停在了帝国安全部的大门口。他让格雷果借给他的两名身穿弗·贝拉家族制服的皇家卫士先下去，然后他走向门口的卫兵的时候，打了个手势示意二人掩护好他的侧翼。跟在后面的伊凡看得都入迷了。迈尔斯让两名卫士和伊凡先拿出证件，扫描确认他们的身份。

“下午好，先生们。”待这些仪式结束，门卫机器上的灯闪起绿光之后，迈尔斯友好地朝他们说道。他们绷紧了身子，眯起眼睛迟疑不定地看着他。迈尔斯希望他们有在扪心自省。他对那位领班军士说，“请接通你们的算讯终端，告诉哈罗彻将军，帝国审计官驾到。我要求以及命令他，亲自到正门口来迎接我。马上。”

“你不就是今天上午我们丢出去的那个家伙吗？”军士忧心忡忡地问道。

迈尔斯淡淡一笑。“不。确切地说，并不是。”那以后我发生了一些变化。他伸出空空的双手。“请注意，我现在并没有试图闯入你们的院内。我不想把你们置于进退两难的境地，逼你们要么违抗直接下达给你们的命令，要么犯下叛国罪。但我很清楚，从部长办公室走到正门口大约需要四分钟。到那个时候，你们的麻烦就结束了。”

领班军士回到他的岗亭里，急促地对着算讯终端说着什么，那副抓耳挠腮的样子看起来真是好玩。他又出来时，迈尔斯看了看自己计时器上的时间。“接下来，我们看看会发生什么。格雷果肯定会这样说。”伊凡舔了舔自己的下嘴唇，一言不发。

终于，几个身穿军服的身影急匆匆地出现在了帝国安全部大楼前方高大的台阶上。哈罗彻快步穿过被雨水洗刷得很光滑的鹅卵石地面走上前来，身后跟着个引人注目的下属——伊林的秘书。“四分钟二十九秒，”迈尔斯低声对伊凡说，“还不坏。”

“我能不能放弃现在的职位，藏到灌木丛后面去？”伊凡眼看着帝国安全部的赫赫权势朝他们步步逼近，压低声音回问了一句。

“不行。抛弃为人下属的思维方式吧。”

迈尔斯摆出背手稍息的姿势，等着气喘吁吁的哈罗彻在他面前停下。他留出了一点时间，让哈罗彻看清他的样子，也让自己欣赏将军脸上惊骇的表情，然后对望时间结束。他可以把这段记忆带回去，珍藏起来。心中苦受名为医疗的折磨的伊林的样子鞭策着他继续推进。“下午好，将军。”

“弗·科西根。我告诉过你不要回来。”

“再说一次试试。”迈尔斯冷冷地说。

哈罗彻盯着他胸前闪闪发亮的链子。虽然迈尔斯身旁各站着一个弗·贝拉家族的卫士，而且还是他认识的人，他还是怀疑地挤出几个字：“这不可能是真的。”

“伪造帝国审计官印信的惩罚，”迈尔斯斩钉截铁地说道，“是死刑。”

迈尔斯觉得自己几乎可以听见哈罗彻脑袋里的齿轮嘎嘎摩擦的声音。时间又慢慢前行了漫长的几秒后，哈罗彻才用略带嘶哑的声音改了口：“审计官大人。”

“谢谢。”迈尔斯深沉地说道。现在，一如事先的脚本，他的权威已经广为人知，受到了承认，那么就该继续了。“帝国之主格雷果·弗·贝拉陛下要求并命令我审查帝国安全部对目前情势的处理。我要求并命令你们在这次检查中全面配合。我们要不要到你办公室里再接着谈？”

哈罗彻的眉毛耷拉了下来，他眼中闪过一丝讥讽的眼神。“噢，我想我们应该去。审计官大人。”

迈尔斯遣散了那两位弗·贝拉家族的侍从骑士，让马丁开车把他们送回皇宫，然后带着哈罗彻向里面走去。

伊林办公室里那过滤后没有多少气味的空气中充满了过去的回忆。迈尔斯曾经上百次地在这里或坐或站，或接受命令，或报告结果。在这里，他曾经着迷过，兴奋过；必然要接受挑战，偶然会得意扬扬；有时筋疲力尽，有时垂头丧气；还有时会感到痛苦。有时会痛苦不堪。这个房间曾是他全部生命活动出发的原点。现在那一切都已过去。迈尔斯此刻仍然站在伊林算讯终端桌的对面，权力的走势却是颠倒的了。他得小心不受自己老习惯的影响。

哈罗彻亲自动手为他从墙边拖了把椅子过来；伊凡花了点时间，也为自己找来把椅子，坐在迈尔斯旁边。哈罗彻把他庞大的身躯放进伊林的椅子中，双手搁到桌面黑色的玻璃上，战战兢兢地等待着。

迈尔斯的身子往前倾去，右手的手指头一个个轻轻按到冰冷的桌面上。“好。正如你现在应该已经推断出来的，格雷果对本机构目前为止处理西蒙·伊林崩溃问题的方式甚为不满。因此，我想要采取如下行动，而且我希望它们作为命令得到执行。首先，我要见伊林。其次，我要跟他的医疗小组全体成员开会。我希望他们能把已经掌握的全部资料都带来，并准备好向我汇报。最后……开完会后我会决定下一步行动。”

“您必定会得到我的全力配合。审计官大人。”

“现在既然我们开始干正事了，你可以暂时放下这些繁文缛节。”

“可你让我进退两难。”

而且有一刻差不多快要心力衰竭了，迈尔斯恶毒地希望。这可不行。现在不能让个人憎恶有发挥的余地。“哦？”

“在伊林的芯片故障事件中，要指控任何人蓄意破坏一直都……现在也还为时过早。芯片故障的原因至今尚未确定下来。如果最后发现是自然原因，那可能会使人很难堪。”

“我也明白这一点。”

“是的……你应该能明白。但我无法不去事先考虑这点。实际上，那是我的工作。因此，我有个不大的名单，暂时捏在手里，等着出现一些能把名单和现实联系起来的证据。”

“名单不大？”

“伊林总是把他的名单分成两类，短的和长的。我想这是一种优先分类法。看起来是个不错的体系。可在我的短名单上——你的名字排得非常靠前。”

“噢。”迈尔斯随口附和了一声。忽然之间，哈罗彻的一再阻挠变成了自然而然的事情。

“可你现在让自己成了个动不得的了。”哈罗彻又说道。

“全称是‘动不得的弗氏讨厌鬼’吧。”迈尔斯说道，“我……明白了。”这恰恰是他在营救伊林的任务当中最担心的事情，可耻地遭人怀疑。唉……太糟糕了。

他们隔着黑色的玻璃桌子，定定地盯着对方。哈罗彻继续说道：“所以，这世上我最不愿意做的事就是允许你到伊林的面前去，好让你有补枪的机会。现在看来，我不能不这么做了。可我要正式声明一个事实，记录在案：我在这么做的同时持有异议。我的审计官大人。”

“知道了。”迈尔斯嘴里很干，“你把我列入你的黑名单里，是觉得我有机会，方法呢，反正子虚乌有。那你找到动机了吗？”

“不是明摆着的吗？”哈罗彻双手一摊，“伊林突如其来地解雇了你。毁了你的前程。”

“伊林帮助造就了我。他有权利毁掉我。”在当时的情况下——哈罗彻现在已经完全清楚当时的情况了，迈尔斯从他的眼睛里能看出这点——那样做几乎是一种义务了。

“他解雇你是因为你篡改自己的报告。这个事实我也想正式声明，记录在案，审计官大人。”哈罗彻瞟了一眼伊凡，后者脸上还是一副奇妙的空白表情，他这辈子都在琢磨完善这个防御性反应。

“只是一份报告。只有一次。而且格雷果已经全都知道了。”迈尔斯几乎感觉得到自己脚下的立足点在动摇。他怎么居然曾把这个人划分到蠢人之列呢？他正在失去冲劲，速度几乎跟之前他得到时一样迅猛。但他紧咬牙关，抵制住自己的冲动，不自我辩护，不为自己解释，不去抗议，也不去道歉。否则，他就会被引得偏离自己的目标。

“我不信任你，弗·科西根勋爵。”

“嗯，可是你无法摆脱我。要撤换我，除非亲口发话任命了我的皇帝再度下达谕令，或者是召集伯爵理事会和部长会议的全体成员开联席大会，在会上以四分之三以上的票数通过弹劾案。我不认为你能安排得了这样一次大会。”

“看来，我就是去找格雷果，要求他另派一位审计官来负责这个案子也只会徒劳无功。”

“你可以试试看。”

“哈。这话等于肯定的回答。即便你有罪……我开始怀疑我又能够做些什么了。唯一的申诉对象是皇帝陛下，而他看起来已经被你搞定了。试图赶你走是否只是在自毁前程？”

“嗯……要是我们两个的位置颠倒过来，我不用能找到的最大的钉子把你钉死在墙上是不会罢休的。”停了一会儿后，迈尔斯又说道，“不过如果……如果在让我进去看伊林之后，发生了某种补枪之类的事情……你尽可以相信，我在测量弹道的时候会极度小心的。”

哈罗彻发出一声长长的叹息。“说这话还为时太早。要是医生得出诊断，病因是自然原因的话，我会比任何人都更宽慰。那会省去无数的麻烦。”

迈尔斯做了个怪相，勉强表示同意。“你有权利这么说，将军。”

他们互相看着对方，陷入了一阵平静而安稳的缄默。总的来说，迈尔斯觉得现在他的感觉更多的是宽慰而不是泄气。哈罗彻澄清误会的方式无疑比迈尔斯指望的最佳情况更直率。也许他还是可以跟这个男人合作的。

哈罗彻打量迈尔斯的视线在他制服外套上挂着的那堆闪闪发光的军人饰品大收藏上久久徘徊。他的声音变得出乎意料地有些哀怨。“弗·科西根，告诉我——那个是真的西塔甘达功勋奖章吗？”

“是的。”

“其余的呢？”

“如果你是在问我是不是把我父亲抽屉里的东西给全翻了出来，那么我的回答是没有。这儿所有的奖章都有据可查，翻翻我的机密档案就能看到。这颗星球上大概只有少数几个人在这个问题上不用只听信我的一面之词，而你就是其中之一。”

“嗯。”哈罗彻的眉毛猛地一扬，“那么，审计官大人，继续吧。不过我会盯着你的。”

“很好。盯紧了。”迈尔斯轻轻敲了敲黑色玻璃，站起身来。伊凡也匆忙站了起来。

在下楼去总部诊所的路上的走廊里，伊凡小声说道：“我以前从来没见过有将军坐在那里跳踢踏舞的。”

“对我来说，感觉就像在雷区里跳小步舞一样。”迈尔斯承认道。

“不过，看到你在他面前变回那个小个子将军的模样，就值回票价啦。”

“什么？”迈尔斯差点跌了一跤。

“那难道不是故意的吗？你的举止就跟你在扮演内史密斯将军时一样，只不过没有贝塔口音而已。身子整个前倾，毫无畏惧，无辜的旁观者只有狼狈逃命。我觉得你会说‘恐怖对我有好处，可以让血脉畅通’之类的。”

对他而言，内史密斯将军那浮夸的举止难道相当于某种魔法护身符？迈尔斯现在完全不想品味这当中蕴含的意味。他只是语气轻快地说道：“你当自己是个无辜的旁观者吗？”

“上帝知道，我是努力想扮演这个角色来着。”伊凡回答。

诊所和法医实验室加起来占据了安全部总部的整整一层楼。迈尔斯一进门就觉得，诊所里的空气中有股浓浓的熟悉的气味：讨厌的药味。这些年来，在这地方他已经待了太长的时间：从他第一次因为体温过低而患上了初期肺炎，到他最近一次体检。正是那次体检结果让他得以回到岗位上，去执行那次招致不幸的任务，营救弗·伯格中尉。这地方的味道让他不寒而栗。

四间私人病房中除一间外都没有病人，门都敞开着，里面空荡荡、黑乎乎的。在那扇关着的房门外，一名身穿绿色制服的卫兵一动不动地在站着。

与此同时，一名制服上衣上别着医务人员标志的帝国安全部上校在他边上气喘吁吁地冒了出来。“审计官大人。我是瑞鲍医生。您有什么吩咐吗？”瑞鲍是个矮个子男人，圆脸，浓浓的眉毛此刻不安地拧成了一条弯曲的绳子。

“告诉我伊林的情况。不，带我去看伊林。之后我们再谈。”

“这边走，大人。”医生打手势让卫兵闪到一旁，然后领着迈尔斯走进这间没有窗户的屋子。

伊林仰面躺在床上，一条被单盖着半个身子，手腕和脚踝都被医生们称为“软性约束带”的东西绑着。他的呼吸粗重。给他用了镇静剂？他的眼睁着，目光呆滞，茫无目的。他通常都很干净的那张脸现在蒙上了一圈厚厚的胡子楂。屋子里暖烘烘的，有干掉了的汗渍味，还有一种更难闻的有机肥料的味道。迈尔斯花了一个星期的时间才闯进这里，其中还使用了他敢于尝试的最极端的方式。而现在，他满心都想着要掉过头，跑回外面去。

“为什么他光着身子？”迈尔斯向上校问道，“他大小便失禁？”

“不是。”瑞鲍说，“是程序需要。”

迈尔斯没有看见任何管子、探针，或者机器。“什么程序？”

“啊，现在没在进行。可是他很不好对付。让他穿上或者脱掉衣服都……给我们带来了很大的麻烦。”

确实如此。那名正在屋内门口徘徊的卫兵让迈尔斯看到了一只周围青一块紫一块的眼睛。瑞鲍自己的嘴也肿了，下嘴唇还裂开了。“我……明白了。”

他迫使自己再靠近了些，然后半跪在伊林的脑袋旁边。“西蒙？”他试探着叫了一声。

伊林的脸朝他转了过来。那双呆滞的眼睛眨了眨，有了焦点。然后亮了起来，显然是认出了来人：“迈尔斯！迈尔斯！感谢上帝，你来了。”他的声音急切而嘶哑，“弗·维恩勋爵的妻子和孩子们——你把他们活着救出来了吗？第四天区（译者注：贝拉亚军方将银河路网划分为若干个天区）的瑞维克准将发狂了。”

迈尔斯想起了那次任务。那大约是五年前的旧事了。他舔了舔嘴唇。“是的。都办好了。我们把他们救出来了，毫发无伤。”因为那次行动，他还得到了一枚金星勋章。现在就挂在他胸前的某一行中，从左边数第三个。

“好，好。”伊林叹了口气，又仰面朝天，他的眼睛闭上了。他满是胡楂的嘴唇动了动。他的眼又睁开了，再次亮了起来，再次认出了迈尔斯。“迈尔斯！感谢上帝，你来了。”他的手动了动，但立刻就被拘束带给挡住了。“这是干什么？把我放开。”

“西蒙。今天是什么日子？”

“明天是皇帝诞辰节。还是今天？你都穿戴好了啊……我必须去出席典礼。”

“不。”迈尔斯说，“皇帝诞辰节过了好几周了。你的记忆芯片出故障了。你必须待在这里，直到他们弄清楚是什么地方出问题了，然后把它修好。”

“哦。”四分钟后，伊林再次把脑袋转向迈尔斯，他吃惊地张开了嘴唇。“迈尔斯，见鬼，你在这儿干什么？我派你去天仓五了啊。为什么你就是不能服从命令，哪怕一次也好呢？”

“西蒙，你的记忆芯片出故障了。”

伊林迟疑了一下。“今天是哪一天？我在哪里？”

迈尔斯把那些话重复了一遍。

“亲爱的上帝，”伊林轻声说道，“这回可麻烦大了。”他无精打采地躺着不动了，看上去非常沮丧。

五分钟后，伊林抬眼看了看他，然后说：“迈尔斯！见鬼，你在这干什么？”

妈的。迈尔斯不得不站起来，将身子暂时背过去一会儿。我不知道这种情况我可以忍受多久。然后他意识到瑞鲍医生正在仔细地打量着他。

“是不是整整一周都这么糟糕？”他问。

瑞鲍摇摇头。“病情无疑出现了明显的恶化。他的……我该怎么形容呢。他那种暂时的混乱状态出现的间隔一直在稳步缩短。第一天我觉得自己发现了六次知觉跳跃。昨天是每小时就出现六次。”

而现在的速度又是昨天的两倍。迈尔斯转回身去。过了一小会儿，伊林抬眼望着他，认出了他，脸色明朗起来。“迈尔斯。见鬼，发生什么事了？”

迈尔斯又耐心地解释了一遍。他意识到，重复同样的话语没有关系。伊林不会厌烦的。五分钟后，他也不会再记得。

在下一轮里，伊林对他皱起了眉头。“你到底是谁？”

“迈尔斯。弗·科西根。”

“别瞎说了。迈尔斯才五岁。”

“西蒙叔叔。看着我。”

伊林认真地盯着他，然后轻声说：“当心。你祖父想要杀死你。相信伯沙瑞。”

“噢，我相信他。”迈尔斯叹息一声。

三分钟后：“迈尔斯！见鬼，发生什么事了？我在哪儿？”

迈尔斯又重复了一遍。

给打成了熊猫眼的卫兵忍不住说道：“他怎么会一直都信任你？五次里他大概只会有一次信任我们。其余的四次他都会试图杀死我们。”

“我也不知道。”迈尔斯感到说不出的痛苦。

又一次。“迈尔斯！弗·伯格找到你了！”

“是的……什么？”迈尔斯一下子坐得笔直，“西蒙，今天是哪一天？”

“上帝啊。我不知道，我那该死的芯片完蛋了，修不好了。它正在我脑袋里变成一摊鼻涕。它在把我变成个疯子。”他使劲抓住迈尔斯的手，以无比急切的眼神盯住他的眼睛，“我受不了了。如果这东西修不好……向我发誓，你会帮我割断我的喉咙。不要让它一直继续下去，没完没了。我自己到时候会无力做到这件事的。向我发誓。以你们弗·科西根家的名义！”

“上帝啊，西蒙，我不能答应这种事！”

“你必须答应。你不能把我抛下不管，让我永远像这样不得解脱。发誓。”

“我不能，”迈尔斯低语着，“这就是……你派弗·伯格去找我的目的吗？”

伊林的脸色又变了，绝望散去，困惑袭来。“弗·伯格是谁？”然后是突然的怀疑。“你到底是谁？”伊林挣脱了他的手。

迈尔斯又撑过了五轮，然后他走出门去，走到走廊里。他斜靠在墙上，低着脑袋，直到反胃的感觉过去才抬头。他摇摇欲坠，极力压抑着从头到脚每一处的颤抖。瑞鲍医生跟了过来。伊凡也趁机走了出来，深深吸气。

“你看到了我们面临的局面了。”瑞鲍说。

“这太……不体面了。”迈尔斯的声音很轻很轻，但瑞鲍为之畏缩。“瑞鲍。你去让人把他清洗干净。把胡子刮了。给他穿回几件衣服。我知道楼下他的套间里有的是便服。”也许要是伊林的样子看上去不那么像一头野兽，他们就不会把他当作野兽一样对待了。

“大人，”上校说，“我不愿意让我手下冒丢掉更多牙齿的风险。可是如果您会在旁边守着，我们可以试试。在所有人当中，您是第一个没有被他袭击的。”

“好的。当然。”

迈尔斯观看着事情的进行。有个熟悉的人在旁边看来确实能让伊林平静下来。最好是认识时间最久的人，这样无论每隔五分钟后他睁开眼睛时以为自己身在何年何日，他都会看见一张认识的脸，那人告诉他的故事可能会让他相信。伊林重新穿上了衣服，坐在一张椅子上，吃着一个士兵拿来的托盘上的食物。显然这是几天来他第一次吃饭的时候没试着把饭菜当成武器丢出去。

一名军官出现在门口，对瑞鲍说了些什么。

“您要求的汇报已经准备好了，审计官大人。”瑞鲍告诉迈尔斯。他语气中的奉承应该不只是为了迈尔斯身为审计官的威慑力，因为他随后又满怀希望地加了一句，“您之后会回来吧？”

“哦，是的。在这段时间里……”迈尔斯的目光落到伊凡身上。

“我宁愿，”伊凡语气平静地说，“光着身子朝配有激光炮的火力点冲锋，也不愿意一个人待在这里。”

“我会把这话牢牢记住的。”迈尔斯说，“这段时间里——跟他待在一起，等我回来。”

“好的。”迈尔斯站起身来，伊凡坐到了伊林身边他腾出的椅子上。

迈尔斯跟着瑞鲍走出门去，听到背后又传来了伊林的声音。声音变得更加和蔼，不再那么紧张了：“伊凡，你这个傻瓜。你在这儿干什么呢？”

第十七章

诊所里的会议室布置在各方面都跟帝国安全部里其他任何一间会议室非常相似——迈尔斯已经在类似的房间里不知待过多少个小时了。房间里有张黑色的圆桌，上面最显眼的是一台安全无虞的全息图像投影仪，投影仪的控制面板看起来跟跃迁飞船的导航计算机面板差不多。围着桌子现在放有五把大椅子，其中三把有人坐在上面，瑞鲍把迈尔斯领进来的时候他们慌忙站起来立正敬礼。他们人都聚齐了。房间里除了迈尔斯之外没有一个人的军衔低于上校。这在弗贝拉苏丹娜一点也不稀奇，有个笑话说，在城市那头伊凡就职的帝国军司令部里，端咖啡的都是上校。

不对。他的级别既不比他们高，也不比他们低，迈尔斯提醒自己。他完全处于他们的体系之外。显然，不管他们多么习惯于与将军们打交道，这可是他们第一次同一名帝国审计官进行近距离的接触。帝国安全部上次遭到帝国审计官的调查差不多是五年前的事情，而且内容是更为传统的财政问题。那件事和迈尔斯也略微有点关系，只不过他当时处于和现在相反的位置：因为那位审计官被佣兵账目上的某些项目给吓得差点噎住。那次调查略带几分危险的政治色彩，但伊林挡在了他前面，使他免受影响。

瑞鲍向他介绍了团队成员。瑞鲍本人是神经学专家。下一位，也许在重要性上是第一位的，是一名少将，阿瓦克里医生，生物控制论专家。阿瓦克里是从负责为帝国军队中所有跃迁飞船飞行员安装神经植入装置的医学团队中借调来的。那种神经增强技术是目前在贝拉亚使用的唯一一种跟制造伊林的那块超忆芯片的技术有相似之处的技术。阿瓦克里跟圆滚滚的瑞鲍形成了鲜明对比：又高又瘦，神情严肃，而且谢顶。迈尔斯希望，最后这项特征意味着他的智力水平相当之高。另外两人是阿瓦克里的技术助手。

"先生们，谢谢诸位。"介绍结束后，迈尔斯说道。他坐下了，另外几个也坐下了，只有瑞鲍还站着，显然是作为团队选出来的发言人。

"您想让我从哪儿讲起，审计官大人？"瑞鲍问迈尔斯。

"嗯……从开头讲起？"

瑞鲍从善如流，开始迅速罗列一连串长长的神经测试项目，同时用全息图像给出数据和结果。

"抱歉。"他说了几分钟后，迈尔斯打断了他，"是我自己没有把意思说清楚。你可以跳过所有阴性结果数据。直接说阳性结果。"

瑞鲍沉默了一小会儿，然后说："总而言之，我没有发现神经系统出现器质性损害的迹象。生理和心理的紧张水平都高到了相当危险的地步，但我判断这是生物控制系统崩溃的结果，而不是原因。"

"你同意这个判断吗？"迈尔斯问阿瓦克里，后者点点头，不过他的嘴唇审慎地瘪了瘪，仿佛在表明，人类永远存在犯错的可能。阿瓦克里和瑞鲍朝对方点点头，然后阿瓦克里取代了瑞鲍的位置，站到全息图像投影仪前。

阿瓦克里放出了一张芯片内部结构的全息投影图，开始进行解说。迈尔斯长舒了一口气。他之前一直有点担心，怕他们会告诉他帝国安全部的医务部门在过去三十五年里的某个时候把这东西的用户手册给弄丢了，但看起来他们手上的数据可是相当多。芯片本身是个极为复杂的三明治结构，由有机分子层和无机分子层交替叠合而成，正面为约五乘七厘米的长方形，厚度约半厘米，竖直放置在伊林的两个大脑半球之间。连接到它上面的神经线路多得让跃迁飞行员的头部控件相形之下犹如儿童玩具。最复杂的部分看起来是信息检索网部分，而不是蛋白质基底的数据存储部分，不过二者都繁复得要命，更糟的是大部分区域还是空白的——这两部分系统有自主学习功能，是在芯片装好之后才以高度非线性的方式进行自组装完成的。

"那么……我们见到的损坏或者恶化是局限在有机质部分，还是无机质部分，或者两者都有？"迈尔斯问阿瓦克里。

"有机质的，"阿瓦克里说，"几乎可以肯定。"

迈尔斯意识到，阿瓦克里属于打赌都必须对冲风险的那种科学家。

"不幸的是，"阿瓦克里继续说道，"芯片最初就没有设计数据下载的功能。它上面完全没有任何一个可供连接的数据端口，只有成千上万条神经纤维在表面进进出出。"

鉴于这块芯片原本是用作伊扎皇帝的绝密数据库的历史，这很合理。迈尔斯对于得知那玩意被专门设计成绝对无法下载读取一点也不惊讶。

“我听你的说法有了这么个印象：这东西和伊林自身的大脑记忆库是平行运转的。它并没取代后者，对不对？”

“说得很正确，大人。输入的神经信号只是从感知神经里劈分出来的，并没有将信号全部转到这边。被装上这东西的人显然对他们所有的经验都有双重记忆。这点看起来是他们之后医源性精神分裂症出现高发的主要原因。这属于固有的设计缺陷，但与其说是芯片的缺陷，还不如说是人类大脑的。”

瑞鲍清咳了两声，礼貌地表示反对——从理论的角度，或者也许是从神学的角度。

伊林肯定是生来就该做间谍的。在证据到手之前，脑子里一直装着不止一套对现实的记忆，却没有因为悬而未决的焦虑而发疯，这绝对是一名伟大探员的标志。

阿瓦克里接下来进行了一段高度技术化的讨论，谈了三个设法从芯片上抽取部分数据下载出来的概念性方案。三个方案听起来都是权宜之计，没一个对结果有把握。阿瓦克里自己在描述这些方案的时候都显得不怎么高兴，也没多少热情。大多数方案看来都涉及长时间的精密显微神经外科手术才能实现。瑞鲍连连皱眉。

“那么，”迈尔斯最后打断了阿瓦克里的讲述，“如果你们把芯片取出来会怎么样？”

“用非专业术语来说的话，”阿瓦克里说，“它就会死掉，崩溃掉。肯定是设计成就该如此的，显然是为了避免……呃……盗窃信息。”

没错。迈尔斯想象着伊林被窃取芯片的间谍打劫的场面。他的脑袋被人劈开，被丢下等死……别的人也事先想到了那种情况。在伊扎那个时代，有很多妄想偏执狂。

“这个器件是被设计成无法从支持它的有机电子基体中完整取出的类型，”阿瓦克里继续说道，“不管怎样，恢复任何连贯的数据的可能性都会微乎其微。”

“而要是不把它取出来呢？”

“蛋白质链阵解离的速度没有任何减慢的迹象。”

“或者，用科学家们的话来说，芯片正在伊林的脑袋里变成一团鼻涕。顺便提一句，你们当中的某位机灵小伙子显然在被问到的时候就是用的这个描述。”

阿瓦克里的一名助手得体地露出了愧疚之色。

“阿瓦克里将军，对于芯片崩溃的原因，你认为最有解释力的理论是什么？”

阿瓦克里蹙紧眉头。“按照可能性大小排列的话——首先是衰老，也就是说，老化，引发了某种自毁机制，也可能是某种化学或者生物方面的攻击。想要证实第二个假说，我必须要把芯片拆开才行。”

“那么……不存在拿下芯片，修好它，再重新安上的问题？”

“我想基本不存在。”

“你们不能在现场（译者注：科技和工程术语，指零件、器官或者微生物等的工作或者生存环境）把它修好，除非已经知道了原因，而要确定原因，就必须把它拿出来拆开检查。一拆开检查就会把它破坏掉。”

阿瓦克里的嘴唇瘪了瘪，冷冰冰地承认现在这个他们的麻烦中的固有怪圈。“我恐怕修复是不可能的了。我主要是在考虑如何试着制定一个切实可行的信息下载方案。”

“看来很不巧，”迈尔斯继续道，“你误会了我先前的问题。如果把芯片取出来的话，伊林会怎么样？”

阿瓦克里朝瑞鲍做了个手势，把这棘手的任务丢给了他。

“我们无法做出肯定的预测。”瑞鲍说。

“能做出有相当概率正确的猜测吗？比如说，他是否会立刻回到二十七岁？”

“不，我想不会。单是把芯片取出来而不考虑保全它的话，实际上会是一个相当简单的手术。但是大脑是个复杂的东西。比如，我们不知道在这三十五年里，大脑在多大程度上围绕着这个人造器官重新规划了它内部的功能。然后还有心理因素问题。他之前令自己的人格发生了某些变化，好让他能跟芯片协同工作，而又保持理智，到时候这些变化反而会让他心理失衡。”

“就好比……丢开一根拐杖，然后发现自己的腿已经萎缩了？”

“也许吧。”

“那么说说看，对认知方面的损害呢？一点点，还是很大？”

瑞鲍耸耸肩，表示对此问题无能为力。

“你们找到在银河系里什么地方有这种过时技术方面的老专家了吗？”

“还没有，”瑞鲍说，“那可能要好几个月时间。”

“到了那个时候，”迈尔斯冷冷地说道，“如果我的理解没错的话，芯片就已经成了一堆果冻，而伊林要么是永远地疯掉，要么已经衰竭而死。”

“啊。”瑞鲍说。

“总而言之，差不多就是这样，大人。”阿瓦克里说。

“那为什么我们还不把这该死的东西给拔出来？”

“大人，我们得到的命令，”阿瓦克里表示，“是保住芯片，或者尽可能多地恢复芯片上的数据。”

迈尔斯摩擦着自己的嘴巴。“为什么？”他最后问。

阿瓦克里的眉毛扬了起来。“我猜测，这是因为那些数据对安全部和帝国至关重要。”

“是吗？”迈尔斯身子前倾，瞪视着眼前那悬浮在桌面正当中视讯板上空的芯片结构图。一个色彩艳丽的生物控制学噩梦。“给伊林装上这个芯片从来都不是为了把他变成一个超人。那只是伊扎皇帝的一个玩具。他异想天开地想拥有一个长着双腿的录像机。我承认，它曾经给伊林带来了便利。给他加上了一圈‘绝不犯错’的华丽光环，能把人吓得魂飞天外，可是那其实是扯淡的，而且他知道这一点，哪怕其他人并不明白。

“这个芯片和他对帝国安全部的管理毫无关系，真的。提拔他做这个工作，是因为他的前任被弗·达瑞安的部队杀死的时候，他是我父亲的得力干将，而我父亲喜爱他，信任他。当时内战正愈演愈烈，没有时间去选拔人才。伊林能成为帝国安全部有史以来最好的部长，是因为他有许多的优良品质……其中这块芯片肯定是最微不足道的。”迈尔斯的声音已经低得近乎耳语了。阿瓦克里和瑞鲍都往前倾着身子，好听到他的话。他清了清嗓子，坐直了身子。

“那块芯片上的信息只有四类，”迈尔斯接着说道，“旧的，过时的信息。当前的信息，这种全都有实体备份——伊林在能正常工作的时候也一直得无时无刻不假设他可能会在任何时候垮掉或者被人杀死，于是哈罗彻或者其他什么人就必须要中途接手。然后是些垃圾数据，伊林的个人资料，对其他人一点儿用都没有。甚至对伊林本人可能也没用。三十五年来洗澡、吃饭、换衣服、填表格的记忆。天杀的，我恐怕里面都不会有多少性行为。许许多多拙劣的小说和全息戏剧，全都存在里面，毫厘不差。那些东西比其他任何信息都多上千倍。最后，在这数以十亿计的图像中，大概有那么十来个烫手的秘密，其他任何人都不知道。也许根本就没有其他任何人应该知道。”

“您希望我们怎么做，审计官大人？”这段独白之后是一阵长长的沉默，直到瑞鲍开口。

你想要授权。现在你已经得到了，伙计。迈尔斯叹了口气。“我想再跟一个人谈一下。与此同时……你们准备好手术移除芯片所需的一切。设备当然是要的，但主要是人员。我希望你们让能找到的技术最棒的外科医生主刀，不管他是不是帝国安全部里的人。”

“我们应该在什么时候开始，大人？”瑞鲍问道。

“我希望你们在两小时内完成。”迈尔斯敲了敲桌子，站起身来，“谢谢诸位。先生们，散会。”

诊所这层楼里就有保密通信线路。迈尔斯用这里的一台算讯终端给格雷果打了个电话。

“那么，你找到了你想要的东西了吗？”格雷果问。

“找到的这些我一点都不想要。但我已经取得了进展。我现在相当肯定，问题不是出在伊林的脑袋，而是在于那块该死的芯片上。你听到这个应该不会惊讶吧。那东西在进行不受控制的数据输出。每隔大约五分钟，芯片就随机取出过去某个时候的一套崭新的鲜明记忆，往他脑子里灌进去。结果……惨不忍睹。原因不明的情况下，他们没法修好它，取出芯片就会毁掉仍然存在里面的数据，把它继续留在那里会毁掉伊林。你应该看出来结论是什么了。”

格雷果点点头。“取出来。”

“看来这是必需的了。早就应该……嗯，就算不动手，至少早该提出这个问题并做好准备。麻烦在于，以伊林现在的情况，根本无法表示赞成手术。”

“我知道了。”

“而且他们不知道取出芯片后会有什么结果。完全康复，部分康复，性格改变，认知力改变……他们只能碰运气。我想说的是，你可能仍然无法救回你的帝国安全部部长。”

“我知道了。”

“下一件事。芯片上有什么我不知道的你想保留的内容吗？”

格雷果叹了口气。“这问题除了伊林，大概只有你父亲一个人能回答。我已经长大成人十五年了，可他一直还是觉得那些东西不适合告诉我。过去的秘密看来要永远成为秘密了。”

“伊林的一切由您决定。您同意把芯片取出来吗，我君？”

“你建议如此，我的审计官？”

迈尔斯用力吐出一个字：“是。”

格雷果咬了一会儿下嘴唇，然后他的脸坚定起来。“那么，让死人去埋葬他们的死人吧（译者注：《新约·马太福音》第8章第22节）。让过去的都过去吧。就这么办。”

“好的，陛下。”

迈尔斯关闭了通信。

这一次，迈尔斯直接就被放进了哈罗彻（伊林）的办公室，没有任何耽搁，也没有任何的低声抗议。哈罗彻正在研究着他算讯终端屏幕上的什么东西，随手指了指一把椅子。迈尔斯把椅子拖过来，反着跨坐在上面，胳膊放在椅背上。

“嗯，我的审计官大人，”哈罗彻边关掉显示器边说，“我相信您发现我下属的合作完全能令您满意。”

伊林的话会嘲讽得更漂亮些，但对于哈罗彻的努力人们必须给点表扬。“是的，谢谢你。”

“我得承认——”哈罗彻指了一下算讯终端——“我错估了你。我看见你在这里进进出出这么多年，我明知道你是个秘密特工。但我一直并不完全清楚你是干什么的秘密特工，也不知道你完成了多少次任务。难怪你是伊林的宠儿。”他盯着迈尔斯那满是饰物的制服上衣的目光里现在更多的是算计，而不是怀疑了。

“你读了我的记录了？”迈尔斯拒绝在哈罗彻面前退缩。

“浏览了一下概要，以及伊林的一些注解。研读全部内容要花一周。我的时间现在非常宝贵。”

“是的。我刚跟格雷果通了话。”迈尔斯吸了一口气，“我们做出了结论，必须把芯片取出来。”

哈罗彻叹了口气。“我曾经希望能避免这种结果。那东西看上去固定得太结实了。拔出来会造成严重损害的。”

“远不如现在这样的损害大。顺便，从一开始就绝对应该找个伊林熟悉的人在他身边，好让他感觉舒服些的。那样他的好斗性会跟现在天差地别。本来他可以避免被打上那么多镇静剂的，也不用被那些侮辱人的绑带捆着，更别说还有那些士兵们遭受的折磨了。”

“早些时候，我都还不清楚我们面对的到底是什么呢。”

“嗯。但任凭他独自遭受痛苦总是不对的。”

“我承认，我没有亲自到诊所视察。第一天就够糟的了。”

可以理解，虽然有些懦弱。“伊凡和我仅仅是待在那里，就起了很大作用。我想到了另外一个人，可以帮更多的忙。我觉得应该让艾利丝·弗·帕特利尔夫人去坐在他身边，直到手术准备工作完成。”

哈罗彻皱着眉。“你和弗·帕特利尔中尉是，或者至少曾经是，宣过誓的军方人士。她是个平民，而且作为女性，她是被禁止宣誓的。”

“尽管如此，她可绝对不是个无关紧要的小人物。如果必要的话，我会以审计官的职权命令你允许她前来，但我想给你一个机会弥补你的过错。不说别的，你至少应该意识到一个事实：作为格雷果的巴巴以及最亲近的女性亲属，她会全面负责皇帝婚礼的各项社交活动安排。那时你可能还是帝国安全部的代理负责人。这会对你的安保工作面临的……挑战有何种影响，应该是很明显的。蕾莎皇后入主皇宫后，她可能会重新做出安排，但在那之前，艾利丝夫人还会照旧守在皇帝身边，负责过渡期间的事宜。这是弗氏贵族的传统。

“军方为了提倡功劳优先于血统的观念，令人钦佩地花了很多的时间努力装作弗氏的身份并不是真实的；而高级弗氏们花在假装弗氏的身份是真实的存在上的精力绝不比他们少，而且只要你坐在那张桌子后面，保障这帮人的人身安全和合乎礼仪的行动自由就是你特有的职责。”

哈罗彻的眉毛扬了起来。“那么，哪一方是对的？”

迈尔斯耸耸肩。“我母亲会把这叫作‘两种相互竞争的想象之间的冲突’。但不论你对弗氏贵族体系的优缺点有什么个人的看法——我自己对它也有些想法，但我并不会在伯爵议会的大厅里把这些想法说出来——这是个我们二人都宣誓过要效忠的体系。弗氏们是帝国的筋腱。如果你不喜欢这套，你可以移民，但如果你留下的话，这里唯一的游戏规则就是如此。”

“那么伊林怎么跟你们所有人都处得那么好呢？他跟我一样，也不是弗氏。”

“实际上，我想他相当欣赏这种奇观。我不知道他年轻的时候是怎么想的，但到了我真正了解他的时候，大概是十年前的时候……我想他已经开始觉得帝国是个他帮着维护的造物似的。仿佛帝国这份大产业有一份属于他似的。一种近乎西塔甘达人对待国家的态度，那种奇怪的方式与其说是仆人对主人，还不如说是一名艺术家对自己的作品。伊林扮演格雷果的仆人这个角色演得挥洒自如，但我觉得我见过的人类里，没人比他更独立了。”

“啊。”哈罗彻听着这段话的时候，眼神一直很警醒。他的手指又在黑色玻璃桌面上敲了起来——彻头彻尾的伊林式的手势。上帝可证，这人确实是在听。并且在学习？这想法很令人振奋。

哈罗彻抿起嘴唇，打定了主意。他敲了几下，往算讯终端里输入一个号码。

艾利丝夫人的秘书出现了，一阵低声的寒暄和解释之后，艾利丝本人出现在视讯板上。她朝哈罗彻皱着眉头。

“夫人。”哈罗彻对她略略点了下头，手动了一下，那手势既可以看作敬了个略加变化的分析员式军礼，也可以理解成是拉了一下脑门上的头发，其间的细微差别太模糊了。“我重新考虑了一下您想要获准进入帝国安全部诊所的要求。伊林部长可能很快就要动手术了。在手术之前，如果您愿意来这里陪他一段时间，那就算是帮了我个大忙。熟悉的面孔看来可以帮助他……呃……用较少的药物就能保持安静。”

艾利丝挺直了身子。“我昨天就这么对你说了！”

“是的，夫人，”哈罗彻温顺地说道，“您是对的。我能派辆车到您府上去接您吗？可以的话，多久以后？”

“为这件事，”艾利丝宣布，“我可以在十五分钟内准备好。”

迈尔斯怀疑哈罗彻能不能体会到这句话有多么惊人。一位高层弗氏淑女为做好出门的准备有时候可能要花上十五个小时的时间。

“谢谢您，夫人。我想这会帮我们的大忙。”

“谢谢你，将军。”她犹豫了一下，“也谢谢弗·科西根勋爵。”她关掉了通信。

“哈！”哈罗彻歪了歪嘴，“她的确很精明。”

“在她个人专长的某些领域，她是最精明的一个。”

“人们会纳闷怎么伊凡勋爵……啊，算了。如何，我的审计官大人？”

非同凡响。“高贵的道歉。她不得不接受。你不会后悔的。”

“考虑到从前你对你多数上司的态度，这种道歉方式对你来说可能很难掌握吧。对我也是——”哈罗彻在他的算讯终端上敲击着——他刚才读的是什么文件？“——可我确实想把工作做好。尽到本分是不够的。下级军官中充斥着些仅仅只尽本分的人。我知道我不是个世故圆通的人——一直都不是——”

“我听说，伊林的前任内格利上尉也不是。”迈尔斯主动告诉他。

哈罗彻凄苦地笑笑。“我可没想要遇到这种紧急状况。我大概永远都没法像伊林那样圆滑。但我希望能把工作做得跟他一样出色。”

迈尔斯点了点头。“谢谢你，将军。”

迈尔斯回到诊所那层楼，去解救伊凡。迈尔斯发现这家伙还坐在伊林旁边，不过他把自己的身子尽可能地缩到了椅子最里面，苦笑着，还用一只靴子不安地轻轻点着地板。

一看到迈尔斯正靠在门边看他，伊凡就匆忙站起身，走到门口。“感谢上帝。你可算回来了。”他咕哝着。

“情况怎么样？”

“你觉得呢？现在我能理解他们为什么要给他用镇静剂了，哪怕他没有试图把他们的头拧下来也一样。只为了他们不用一小时一小时地听着那样的话。迈尔斯，这是场噩梦。”

“是的，我知道。”他叹了口气，“不过在这个事情上，我已经找来人帮忙了。我请你的母亲过来坐在这儿陪他。”

“噢，”伊凡说，“好主意。无论如何，她来比我来强。”

迈尔斯的嘴抽搐了一下。“你不怕这对她来说会太难受吗？”

“噢。呃……她很坚强的。”

“比你还坚强吗？”

“这种事她会干得很棒的。”伊凡的承诺听起来有几分急不可待。

“休息一下吧，伊凡。”

“好啊。”伊凡没等迈尔斯发出第二遍邀请，就从他身边溜了过去。

“还有。伊凡？”

伊凡狐疑地停下了。“干吗？”

“谢谢。”

“哦。不客气。”

迈尔斯深吸了一口气，走进了伊林的房间。房间里还是很热。他脱下上衣，把它对搭在椅背上，又把丝绸衬衣的袖子卷起，然后坐了下来。有一会儿，伊林完全对他视而不见，然后开始困惑地盯着他，然后他的脸色明朗起来。于是他们又开始了一问一答——迈尔斯，你在这儿干什么……？西蒙，听我说，你的芯片出故障了……

一遍又一遍。

过了一会儿，迈尔斯感觉这有点像是在跟一个拥有多重人格的人进行对话。三十岁的伊林让位给了四十六岁的伊林，两者又都和六十岁的伊林大为不同。迈尔斯没完没了地重复着当下的日期、事实和形势，耐心地等着从牌堆里再度抽到他想要的那张。最终会不会所有的伊林都听到了现在的状况，还是说他会继续无限细分下去？

终于，又轮到了他等待的那个伊林。

“迈尔斯！弗·伯格找到你了？妈的，这是场噩梦。我那块天杀的芯片出故障了。它正在我的脑子里变成一团鼻涕。答应我——以弗·科西根的名义向我承诺！——你不会让这种局面继续下去。”

“听着，西蒙！我都知道了。但该死的，我不会割断你的喉咙。不过我们已经安排了手术，把芯片取出来。要我说的话，时间不会迟于明天，我会不惜一切代价保证这点的。那玩意已经修不好了，所以我们打算把它拿掉。”

伊林停顿了一下。“拿掉……？”他伸手摸了摸自己的额头。“但是没有了它，我要怎么工作？”

“跟你二十七岁之前还没装它的时候一样。医生们猜测最好的结果会是这样。”

伊林的眼神郑重中含着恐惧。“手术会带走……我全部的记忆吗？我会忘掉我整个一生吗？噢，上帝啊，迈尔斯。”他沉默了一会儿，然后加了一句，“我想我宁愿让你割断我的喉咙。”

“你没有选择的余地，西蒙。”

伊林摇摇头。然后这个伊林又消失了，出现了另一个伊林，又开始了新的一轮。“迈尔斯！你在这儿干什么？我又在这里干什么？”他低头盯着自己身上朴素的平民服装，伊林要么是不喜欢平淡无奇的款式，要么是不相信自己的品位。“此刻我应该穿上全套礼服去参加伯爵议会的啊。必须告诉他们——必须告诉他们……”

在这样的情况下，迈尔斯无法确定这到底算不算获得了伊林对手术的知情同意。这样真的让伊林知情了吗？他有表示同意吗？但看起来他也只能做这点事了。他重复着这个程序。又一遍。再一遍。

最后，瑞鲍医生陪着艾利丝夫人走进了房间。瑞鲍已经按迈尔斯的要求把大概情况告诉了她：迈尔斯从她阴沉、心事重重的样子看得出来。

“你好，西蒙。”她的声音是平和而优美的女低音。

“艾利丝夫人！”伊林的脸激动地抽搐着，看样子正在自己脑袋里搜寻着什么——迈尔斯不知道到底是什么。“对于弗·帕特利尔勋爵的过世，我非常遗憾。”伊林最后说，“要是我当时知道你们在城里就好了。我那时候正在设法营救坎齐安上将。要是我当时知道就好了。您把孩子救出来了吗？”（译者注：这段故事详见《贝拉亚》）

他这是在对三十年前艾利丝丈夫的遇害表示道歉和安慰。坎齐安都已经在五年前老死了。艾利丝看了迈尔斯一眼，压抑着心中巨大的痛苦。“是的，西蒙。没关系。”她说。“库德尔卡中尉（译者注：即现在的库德尔卡将军）带我们穿过了弗·达瑞安的防线。现在没事了。”

迈尔斯点点头，把修正伊林认识的那段程序又重复了一遍，给艾利丝做演示。她仔细地听着两人的对话，看着伊林脸上的表情照例在震惊、否认和极度沮丧之间变换。在她面前，伊林之前讲话时毫不掩饰的兵营粗口突然全都消失了。迈尔斯悄悄从伊林身旁的椅子上站起来，把位子让给了艾利丝夫人。她毫不迟疑地坐下，牵起了伊林的手。

伊林眨了眨眼睛，抬头看着她。“艾利丝夫人！”他的表情柔和起来。“您在这里做什么？”

迈尔斯退到门口，瑞鲍正站在那儿看着。

“这真有趣，”瑞鲍检查了一下墙上显示的监控数据，“他的血压降低了点。”

“对，我……并不觉得奇怪。出来到大厅去，我想跟你谈谈。还有和阿瓦克里。”

迈尔斯、瑞鲍还有阿瓦克里，三个男人都穿着衬衫，坐在医务台前，喝着咖啡。迈尔斯意识到，外面已是深夜了。跟伊林那没完没了的机械式重复打交道太久，他现在有点像伊林一样犯糊涂了。

“那么，你们已经说服了我，这里的手术设施已经够用了。”迈尔斯说，“再跟我多说些那位医生的情况。”

“在我手下给跃迁飞行员安装维护神经植入装置的外科医生中，他的资历排第二。”阿瓦克里说道。

“为什么我们不让你们那里资历第一的外科医生来？”

“那位医生也很不错，但是这一位要年轻些，接受的培训也更先进。最先进的培训和最长的实践经验之间是矛盾的，我觉得他是个最佳的折中人选。”

“你信任他吗？”

“这么说吧，”阿瓦克里说，“如果你在过去五年里乘坐过帝国信使快船的话，你可能就已经放心地把自己的生命托付给他过了，就如同你把性命托付给校准飞船的奈克林杆（译者注：奈克林发生器的核心部件。外形是一根极度笔直的长杆）的工程师们一样。皇帝的私人飞行员的植入手术他也做过。”

“很好。我同意你的选择。那么什么时候我们可以把他请来，然后他要多久能开始工作？”

“今晚我们就可以把他从弗·达瑞安领用飞机接来，不过我觉得先让他在家好好睡上一觉会更好。我会至少给他一天的时间研究这个问题，策划手术方案。那之后——就全看他的了。我们多半最早也要到后天才能看到手术进行。”

“我明白了。很好。”迈尔斯做什么也不可能把这个安排再往前催了，“那样的话，阿瓦克里这边的人马还有两天的时间继续研究这个问题。如果你们想出什么新的办法，可以不让伊林再经受更多的……这种事情的话，让我知道。哦，还有！我有一个建议，等手术完了，阿瓦克里医生的小组就去给那块芯片进行验尸。虽然那该死的玩意到时候已经死了，我还是想要你们对它进行尸体解剖。导致故障的原因是什么？我和帝国安全部都想知道。我想起了一个人，可以加入到你们的小组中，他能够给你们带来些外面银河系里的专业知识，可能会很有价值。他在弗贝拉苏丹娜郊外的帝国科学院生物所有个实验室，在那里为帝国做一些机密工作。名叫沃恩·韦德尔。”在杰克逊·霍尔时他曾经的名字是休·卡那巴博士。早年间登达立的一次行动把他作为一位匿名的难民带回了贝拉亚，在这边他改名易容，开始了新的生活，从事着银河系中最隐秘的遗传学研究。陶娜中士就是他在那之前多项野心勃勃的研究的成果之一。“他所学的专业和从事的研究都是分子生物学方面的，但他早年的一些经历让他非常广泛地涉猎了某些……古怪的东西。是个百搭牌，而且……呃……个性上有点恃才傲物，但如果没有意外的话，我想你们会发现他的想法是很有价值的。”

“好的，大人。”阿瓦克里做了条笔记。迈尔斯再度意识到，一名审计官大人的建议，其分量相当于皇帝的命令。他真的得管好自己的嘴巴。

今天看来他已经没什么可做的了。他非常想逃回弗·科西根府邸，睡上一觉。

可他没有。他在邻近的一间病房里的床上躺了四个小时，然后去换下艾利丝·弗·帕特利尔夫人，自己值夜班。前来当班守卫的弗·伯格中尉似乎很高兴把伊林床旁的位子让给他们，自己则在诊所门口站岗。伊林睡得断断续续的，每过大约二十分钟就会猛然惊醒，重新陷入又迷惘又害怕的状态。手术之前的两天将会非常非常漫长。

第十八章

两天的时间延长到了三天，让人万般痛苦。最后的一整天里，伊林的思维完全不连贯了，一次都没能开口乞求速死，也没能表示一下他对即将到来的手术的恐惧，这倒是让迈尔斯在某种程度上得到了喘息之机。迷惘而痛苦的一个个伊林现在切换得太快了，闪动间让人都来不及安慰他；他变得沉默不语，只有脸上的抽搐无言地反映出他大脑中万花筒般的颠倒变换。

连艾利丝都觉得无法忍受了。她休息的时间延长了，而她去探望伊林的时间则越来越短。迈尔斯一边坚持，一边纳闷自己为什么要这么做。现在这些事伊林将来能记得一点吗？我将来能忘记吗？

伊林不再有攻击性了，但他会毫无先兆地突然摇晃摔倒。他们决定，手术时不采取措施让他保持清醒。对他神经系统高级功能的监控得等到手术结果出来之后。技师们来把伊林麻醉，并进行术前准备工作的时候，迈尔斯一下子感到了由衷的轻松：他终于能安静一下了。

作为格雷果钦点的观察者，迈尔斯跟着队伍一路走进了手术室里。手术室就在实验室附近，从病房那边沿着走廊走几步就到了。都没人建议说他该在外面等。那位体重四十公斤的帝国审计官该坐哪儿？他想坐哪儿就坐哪儿。一位技师帮他穿上一件只是略微大了一点的无菌手术服，又提供了一张舒适的凳子，坐在上面可以很方便地把几台全息监控显示器一览无余：那些监控会把手术中在伊林颅骨内外发生的大小事情都记录下来；他也可以越过外科医生的肩头看到伊林的头顶，视野还过得去。总的来说，迈尔斯觉得他还是更乐意看监控。

那位医生在伊林的头皮中央剃出了一块小小的长方形空地，虽然其实以他那么稀少的头发这样几乎没有必要。迈尔斯觉得自己应该对各式各样的流血场面已经习以为常了，但当外科医生灵巧地切开头皮和头盖骨，将它们层层剥离，好继续向内推进的时候，他的胃还是翻腾了起来。切口实际上很小，只有一个插槽那么大。然后一条计算机辅助机械臂伸了过来，挡住了伤口；外科医生倾身向前，盯着自己的图像增强显示器，身子悬在伊林的脑袋上方。迈尔斯将注意力转回到监控器上。接下来的手术仅用了十五分钟。芯片上附着着许多毛细血管，给芯片供血，让它上面日渐萎缩的有机部分得以存活；外科医生用激光灼烧掉了它们，又飞快地烧光了芯片表面比蛛丝还细的那些纤毛状神经连线阵列。最精密的外科手术用手动牵引器把芯片从基底中干净利落地提了起来。一直焦急地在旁边守着的阿瓦克里医生手里端着一个盘子，主刀医师让芯片落入了盘子里的溶液中。

阿瓦克里和他手下的技师朝门口走去，急着要把已经停止工作的芯片带回实验室去。阿瓦克里顿了一下，回头看了迈尔斯一眼，似乎期待他会跟着他们走。“您也来吗，大人？”阿瓦克里问。

“不了。等会儿见。去吧，少将。”

迈尔斯在监控器上看到的内容他几乎一点也看不懂，但至少他能看懂瑞鲍的表情，后者一直在外科医生身边，时刻关注着伊林的生理状况；瑞鲍现在仍然很专注，但神情放松。这样看来，目前还没有什么紧急状况。

主刀医生用生物胶水把那一小片颅骨粘回到原来的位置，又把切口缝合，清理干净。在苍白的头皮上最后除了一道整齐的细细的红线之外没有留下任何痕迹；猫咪扎普在人身上留下的抓痕看起来都会比这更血腥。

外科医生站直身体，伸了伸懒腰。“那么，就这样了。他交给你了，瑞鲍医生。”

“这……比我预料的要简单。”迈尔斯说出他的看法。

“肯定比原来装上去时要简单几个数量级。”外科医生表示同意，“我第一次看到这东西的结构图时，一时间感觉糟透了，我还以为我将会不得不进到里面去，把那些遍布大脑的神经连线都从另一头断开，直到后来，我意识到可以就让那些接头留在现场。”

“把它们就留在里面不会有什么后果吗？”

“不会。它们会只是待在那里，不发生作用，也没有危害。就像其他任何被切断的电线一样，现在已经没有电路了。不会有东西从中流过。”

麻醉师向瑞鲍医生和外科医生询问：“你们好了吗？现在我可以开始注入拮抗剂了吗？”

瑞鲍深吸了一口气。“是的。把他弄醒。让我们来看看结果如何。”

无针注射器嗞地响了一声。麻醉师观察着伊林渐渐加速的呼吸，在外科医生点了点头之后，他就把伊林嘴里的管子撤掉，又松开了固定头部的带子。伊林苍白的面孔上多了一丝血色，昏迷时那副死气沉沉的样子逐渐消失。

伊林那双褐色的眼睛睁开了，他挤了下眼，然后飞快地转动目光看着边上的一张张面孔。他舔了舔自己干裂的嘴唇。

“迈尔斯？”他嘶声说道，“我到底是在哪儿？你们在这儿干什么？”

听到这句四天里伊林大多数时候的开场白再度重现，迈尔斯的心一时间沉了下去。不过伊林此时的目光虽然迷茫，但一直定在他的脸上。

医疗人员们给迈尔斯让出一条路，他挤上前来。“西蒙，你现在正在帝国安全部总部手术室里。你的超级记忆芯片崩溃了，修不好了。我们刚刚把它整个取了出来。”

“哦。”伊林皱皱眉。

“您记得的最后一件事情是什么，长官？”瑞鲍边问边仔细观察着伊林。

“……记得？”伊林哆嗦了一下。他的右手抽动了一下，举到头边，朝前挥去，握成拳头，又落了回去。“我……那就像一场梦。”他沉默了一会儿。“一场噩梦。”

迈尔斯觉得这话很好地表明了伊林现在有连贯的思维和正确的理解力，可瑞鲍却眉头紧锁。

“是谁，”伊林又问道，“决定……这么做？”他的手朝着自己的头部略为动了动。

“我。”迈尔斯承认，“或者不如说，是我向格雷果提出了建议，他同意了。”

“是他啊。格雷果让你来负责这边？”

“是的。”迈尔斯的内心有点胆怯。

“很好。”伊林叹了口气。迈尔斯又松了口气。伊林的眼光更专注了。“帝国安全部呢？现在怎么样了？有多久……”

“哈罗彻将军在操作你的算讯终端。”

“卢卡斯？哦，很好。”

“他已经控制住了一切。除了你身上的问题之外，没什么严重危机。你可以休息下。”

“我承认，”伊林嘟囔着，“我是累了。”

他看上去彻底筋疲力尽了。“我一点也不奇怪。”迈尔斯说，“这事已经三个多星期了。”

“是吗？”伊林的声音更低了，甚至是更小心翼翼了。他的手又一次伸到自己脸旁做出了那个奇怪的姿势，好像是在唤起……好像是在试图唤起脑海中的某个图像，但它并未出现。他的手又抽动了一下，然后合上了。他那样子几乎是强迫自己把手收回到了身侧。

接下来，神经病学家瑞鲍接手了，开始进行初步测试。伊林只说自己有点轻微的头痛，肌肉也有些痛，除此之外并没有什么更糟糕的感觉了。他有些迷惑地端详着自己瘀青的指关节，但并没问那是怎么回事，也没问他手腕上的印子是怎么来的。他们把伊林推回了病房，迈尔斯一路跟在后面。

伊林被送回床上之后，瑞鲍在走廊里向迈尔斯做了个简报。“等他身体状况基本恢复——等他吃过东西、排泄过，然后睡一觉之后——我就开始给他做一套认知测试。”

“他多快能……不，我觉得现在问那个还为时过早，”迈尔斯开口说道，“我刚刚想问的是，他什么时候能回家？”虽然伊林的家不过是那么个地方。迈尔斯记起了很久以前自己在楼下那些连窗子都没有的证人套间里逗留的经历，在心里打了个寒战。

瑞鲍耸耸肩。“除非有新问题出现，否则我打算在仔细观察两天后放他回家。当然，他需要每天回来做后续检查。”

“那么快？”

“您看到了，手术并不太难。几乎可以称得上是小手术。对身体而言。”

“对其他方面呢？”

“那只有等我们找出来了。”

迈尔斯把无菌服还给了技师，又找回了自己的制服上衣，连带上面的全套装饰。穿戴整齐之后，他探头往拐角另一边的办公室里望去。艾利丝·弗·帕特利尔正耐心地坐在里面，她发现了迈尔斯的动作，抬起头来。

“全做完了。”迈尔斯汇报道，“目前都挺好。他好像在逐渐回到正常状态上。不过他有点抑郁。如果您乐意的话，我看不出您有什么理由不能去看他了。”

“是的，我想去。”艾利丝夫人站起身，飞快地从他身边走了过去。

迈尔斯去了趟走廊那头阿瓦克里的小组所在的保密实验室。

阿瓦克里已经把芯片放到了扫描显微镜下，但还没开始把它拆开。小组里的一张新面孔立刻吸引住了迈尔斯的目光：一个高高瘦瘦的男人，独自站在人群之后。

沃恩·韦德尔博士，当年在杰克逊·霍尔上的休·卡那巴博士。跟迈尔斯第一次遇见他的时候相比，他的肤色淡了些，头发颜色深了些，原来深褐色的眼睛变成了淡榛色。颧骨和鼻梁都垫高了，使他的外表更加与众不同。不过神情中那发自内心的智力优越感倒还是跟当年一样。

韦德尔看见了迈尔斯，瞪大了眼睛。迈尔斯露出一个冷笑。他就知道这位好博士还没忘了“内史密斯将军”的。迈尔斯同他走到一旁，压低了声音。

“早上好，韦德尔博士。这段时间对你的新身份感觉还好吗？”

韦德尔非常顺利地压下了心中的惊讶。“啊，谢谢你。对了，呃……你对你的新身份感觉还好吗？”

“实际上，这是我的老身份。”

“真的吗？”韦德尔挑起了眉毛。他打量着迈尔斯身上穿的贝拉亚式家族制服，上面佩戴的装饰品，以及他脖子上那闪闪发光的链子，领会了其中的含义。“哼。那么，我没搞错的话，你就是那位审计官大人？打断了我在科学研究院的工作，还真是要多谢你啊。”

“说得对。现在你一定已经意识到这点了，我们身为帝国的臣民，有时确实会要承担些意外的职责。这是成为贝拉亚人的代价。代价之一。”

“至少，”韦德尔叹了口气，“你们这里的气候要好些。”

跟杰克逊·霍尔相比，确实如此。而且韦德尔指的并不只是天气。“我很高兴事情的结果能让你满意。”迈尔斯说，“要是早知道会见到你的话，我会为你带来陶娜中士的问候。”

“哎呀，她还活着吗？”

“哦，是的。”*不是你的功劳。*“阿瓦克里少将可能已经跟你简单介绍过了我让他的队伍研究的内容。问题非常复杂。我希望，如果这事和银河系中的事情有什么值得注意联系的话，你比较丰富的背景经历也许能帮着把它们找出来。你有什么想法了吗？”

“有几个。”

“倾向于自然原因，还是蓄意破坏？”

“我会寻找蓄意破坏的迹象。如果我一点都找不到的话，我们最后就可以将这默认为是自然原因引起的了。进行彻底分析的话，要花几天的时间。”

“我要你彻底分析。必要的话，一个分子一个分子地做。”

“噢，必须得那样的。”

“而且，嗯……记住，虽然你是在帝国安全部的实验室里，而且当然是属于小组的一分子，但你不在帝国安全部的指挥下。你直接向我报告。”

韦德尔若有所思地垂下了眉毛。“那倒是……很有趣。”

“那么，接着干吧。”

韦德尔翘起下巴，微微有些挖苦地表示认可。“是的，啊……弗·科西根大人，对吗？”

“这一周里，叫我‘审计官大人’会更准确。”

“高高在上啊。”

“在这个地方，我不冒碰得头破血流的风险几乎就没机会再走高点。”

“这是在告诫我吗？”

“只是介绍情况。出于好意。”

“啊。谢谢你。”韦德尔点点头，然后漫步走回去，越过阿瓦克里的肩头观看着分析的过程。

韦德尔/卡那巴还是打从心里倔得像驴，迈尔斯心想。但他确实精通分子生物学。

在和阿瓦克里少将谈了一会儿后，迈尔斯打电话给格雷果，向他报告了手术成功的消息。然后他又回去再看看伊林。他发现这位帝国安全部部长坐在床上，穿好了衣服，艾利丝夫人就坐在旁边。他进去的时候，伊林居然还微笑了一下，这是几天来迈尔斯头一次在他脸上看到不含痛苦的表情。

“嗨，长官。你又回来了，真好。”

“迈尔斯。”伊林小心地点点脑袋，接着用手摸了摸自己的头，仿佛想确认头会留在那儿似的。“你在这里待了多长时间了？过来。”

“我估计就四天吧。也许五天。”迈尔斯走到他的另一边。

伊林也跟别人一样，对着他的家族制服，还有上面五花八门的装饰品端详起来。他伸手轻轻碰了碰迈尔斯肩膀上的审计官金链。金环鸣出一个微小而纯净的音符。“这个……可真是出人意料。”

“哈罗彻将军不想放我进来。格雷果认为，这样做可以免去口舌之争。”

“格雷果可真有创意。”伊林惊讶地笑了一声，迈尔斯不确定他这是什么意思。“我就永远想不到这点。不过，不浪费，不愁缺嘛。”

“长官，您似乎现在已经能自己照顾自己了，这样的话我想我要休息下，回家一段时间。”

“我会多待一会儿。”艾利丝自告奋勇。然后她加了一句，“事情办得不错，迈尔斯。”

迈尔斯耸耸肩。“见鬼，我其实没做多少事。我想，只是让那些技师伙计动起来了而已。”他费了不小的力气才没在告别时行出军礼，而是换成了更平民化的点头为礼，然后他半鞠着身子退了出去。

回到弗·科西根府邸里他的卧室后，迈尔斯把制服挂了起来，等着洗衣店来人把衣服拿去洗，他把上面的那堆装饰品都拿了下来，仔细地收好。他下次就算还会戴这些东西，也多半会是在很久以后了。不过，它们总算还是派上了一回用场。最后，他举起象征他代理（译者注：此处原文为德文，有“劣等，伪造”的意思）审计官身份的金链，迎着光线转动着链子，研究着上头精美的细节。

好吧。在拥有它的时候，这还是很有趣的。

迈尔斯想着，自己应当马上把链子带回皇宫，归还到原本所在的宝库中。让这么一件富于历史意义和艺术价值的物品躺在私人书桌的抽屉里，看起来有点太漫不经心了。话说回来……在帝国安全部的十年当中，他首先学到的一件事就是：只有写好报告以后，工作才算完成。而在阿瓦克里和他的手下把他们的报告交上来之前，迈尔斯不太可能写好自己的总结报告呈交给格雷果。

他把链子卷起来，搁到旁边的一堆衬衣上。

第十九章

第二天，迈尔斯勉强但坚决地让自己坐到他的算讯终端前，给帝国部队医院的老兵诊疗部打了个电话，预约对他的癫痫进行一次初期诊断。帝国部队医院是逻辑上最合适的地方，他们在冷冻复活病例上积累的经验不亚于贝拉亚的任何一家医院，而且他们可以迅速得到迈尔斯的所有医疗记录，不管是否保密他们都有权访问。单是他在登达立舰队的军医的笔记就可以为大家省去好几周无意义的重复工作。伊凡曾威胁要么迈尔斯选一家医院，然后他把迈尔斯的人拖过去，要不就把迈尔斯拖拖拉拉的行径报告给格雷果，这就更糟糕了；或迟或早，伊凡肯定会记起来这事情的。迈尔斯这样抢占先机，可以让伊凡的威胁成空。

任务完成后，迈尔斯叹了口气，双手一推算讯终端，退后了些，然后站起身来漫无目的地在弗·科西根府邸里散步，走廊和房间里都空荡荡的，能听得到他脚步声的回音。倒不是说他怀念伊凡的陪伴了，真的不是，只不过……他希望有人陪伴，哪怕是伊凡也好。弗·科西根府不该这么安静的。它原本是被设计成整天上演喧闹的马戏表演的；这里应该还有卫士和其他工作人员，有女仆，有马夫，还有园丁，有匆忙的信使和慵懒的近臣，有到访的弗氏贵族，身后拖着他们的扈从和孩子们……历代的弗·科西根伯爵们就是马戏团的表演领班，整个花里胡哨的巨轮旋转的轴心。确切地说，是伯爵和伯爵夫人们。迈尔斯猜测，派对的巅峰时期是在他曾祖父那会儿，在隔绝时代即将结束之前。他在一扇俯瞰下面弯道的窗子前驻足不前，想象着当年下面的情景：马匹和马车在门前停下，军官们和女士们走下车来，剑光闪烁，衣袂旋飞。

管理登达立雇佣军跟这有点像，至少二者都类似一个喧闹的马戏团。迈尔斯不知道，登达立舰队在它的缔造者已经不在之后还能存在多久，能不能像弗·科西根府邸那样，从第一代伯爵以来，历经了十一代主人还在。它又会不会像弗·科西根府那样，屡次被拆除，全新地重建起来。想起来怪怪的：他可能已经创造出了一个活生生的有机体，就算他不在，那东西也会延续下去，不需要他的推动和支持……就好像孩子们就算脱离了父母的意愿和行动，也还是会继续生活。

奎因肯定是个称职的继任者。他应该放弃假装自己还会回登达立的念头，干脆把她晋升为将军，毋庸多言。或者说现在人事任命是哈罗彻的工作了？要是伊林来处理奎因的事，迈尔斯会很放心。可哈罗彻真有这工作所需的洞察力和想象力吗？他不安地叹了口气。

他信步走到了二楼的那一串房间前，从那里观赏后花园视角是最好的；他那令人生畏的老祖父生命中最后几年就盘踞于此。老伯爵死后，迈尔斯的父亲和母亲没有选择搬进这边，而是仍住在楼上他们宽敞的房间里。不过他们把老伯爵的那些房间都翻新过了，当成招待帝王级客人的套房：有卧室、独立浴室、客厅，还有书房。就连伊凡这个最会享受安逸的人最近过来暂住的时候都没敢要求占据这片装饰优雅的地方，而是选择了跟迈尔斯的卧室就在大厅两侧对面的一间小卧室。不过那也许是为了方便他持续监视自己行为异常的表弟。迈尔斯瞪视着一个又一个寂然无声的房间，忽然有了灵感。

“绑架？”第二天早上，哈罗彻将军隔着伊林的算讯终端桌望着对面的迈尔斯，嘟囔了一声。

迈尔斯和蔼地笑笑。“怎么会呢，长官。是个邀请，请伊林在康复期间享受弗·科西根府的殷勤款待。我以我父亲的名义，请他到我父亲的府上去。我毫不怀疑他本人会同意的。”

“阿瓦克里少将的小组还没排除芯片是被人蓄意破坏的可能呢，虽然我发现自己是越来越倾向于这是自然原因造成的。不过在这种不确定的情况下，弗·科西根府真的，呃，足够安全吗？跟帝国安全部总部相比起来？”

“如果伊林的芯片是遭到了蓄意破坏，那破坏很可能就发生在帝国安全部大楼里，毕竟，伊林大部分时间都是在那里的。由此可证，帝国安全部并不能给他提供保护。而且，啊……要是帝国安全部认为弗·科西根府不安全的话，那对前摄政王来说肯定是个大新闻啊。我甚至觉得这可以说是个重大丑闻了。”

哈罗彻龇牙咧嘴。“言之有理，我的审计官大人。”他朝坐在迈尔斯身旁的瑞鲍瞟了一眼。“你从治疗的角度看，这次搬迁如何，瑞鲍医生？好主意，还是坏主意？”

“嗯……我想，好处多于坏处，”这位微胖的神经病学家说道，“伊林的身体已经可以做些正常的轻体力劳动了——当然，工作不在其中。在他和他办公室之间有稍为远点的距离的话，可能会有助于在这个问题上避免和他争论。”

哈罗彻的眉毛抬了起来。显然在这之前他还没考虑过这种令人尴尬的可能性。

瑞鲍医生又补充道：“让他休个病假，休息和放松一下，看看书或者随便干点别的什么……又新出现什么问题的话都记录下来。当然，他在那边我也可以每天过去给他做检查，跟在这里一样。”

“又新出现问题？”迈尔斯注意到了瑞鲍的措辞，“他现在有什么问题？他恢复得如何？”

“噢，他的身体状况不错，虽然很疲惫，但那是可以理解的。运动反射正常。但他的短期记忆，坦率地说吧，目前是彻底完蛋了。他在认知测试中的得分，凡是涉及短期记忆的——大部分项目都涉及——全都比他正常水平要低很多。当然，他的正常水平是超乎寻常人的。这种状况会一直延续下去，还是他的大脑会随时间渐渐重新调整过来，现在要下结论还言之过早。也许会需要用某种医疗措施进行干预。或者，上帝保佑，某种别的形式的干预。我的处方是休息几周，做各种不同活动，然后我们看看情况。”

这样就可以为瑞鲍赢得时间，摸索解决方案。“我觉得这说法很有道理。”迈尔斯说。

哈罗彻点头表示同意。“那么，这事就由你负责了，弗·科西根勋爵。”

迈尔斯又给阿瓦克里的实验室打了个电话，找他说了几句。之后他匆匆赶去帝国安全部诊所，向伊林推销这个邀请。在那里他发现，他在自己给自己指派的这项说服行动中有位意外的友军：艾利丝夫人，她又来看望伊林了。今天她的穿着还是和往常一样无可挑剔：一套暗红色的衣服，贵族仕女风——也就是说，非常昂贵。

“可这主意真是太棒了。”伊林刚犹犹豫豫地开口反对，她就说道，“迈尔斯，你这主意很对，很得体。考迪利亚会赞成的。”

“你真这么觉得？”伊林说。

“是的，真真切切。”

“而且那个套房有窗户，”迈尔斯热心地指出，“许许多多的窗户。每当我待在这儿不能出去的时候，我最想念的就是这点。”

伊林环视了一下这间墙上一片空白的病房。“窗户，呃？有窗户可不见得是好事。让你生下来就要受苦的那颗毒气弹就是被伊冯·弗·哈拉斯从你父母卧室的窗户里射进去的。我还记得那个晚上……”他的手抽搐起来，他的眉头紧锁。“就像一场梦。”

那次事件已经过去了三十年，还多几天。“正因为如此，后来弗·科西根府的全部窗户都安上了屏障力场。”迈尔斯说，“现在安全无虞了。这段时间府里没什么人，不过我请了个新厨师。”

“伊凡跟我提到过你的新厨师，”伊林承认，“说了很多。”

“是啊。”艾利丝夫人说，她那精致的面孔上掠过一丝若有所思的神色——她是不是很遗憾，那些可以对隔壁领主发动袭击，掠夺属于他人的牛马和农奴的日子已经一去不复返了？“而且，西蒙，人家到那边看望你也比来这儿要方便得多——也舒服得多——这地方压抑得可怕。”

“嗯。”伊林带着若有所思的神色朝她笑了笑，“确实是这样。那么，迈尔斯……好的。谢谢你。我接受邀请。”

“太好了，”艾利丝夫人说，“你需要帮忙吗？要不用我的车？”

“我的车和司机就在外面，”迈尔斯说，“我想我们坐得下。”

“那样的话，我想我还是去那儿跟你们碰头吧。我敢肯定你没考虑周全，迈尔斯。男人从来都没这个本事。”艾利丝夫人断然点了点头，站起身来，带得衣裙舞动，然后匆匆地走了出去。

“她能准备些什么弗·科西根府里目前还没有的？”伊林有些困惑地发出疑问。

“鲜花？”迈尔斯猜测道，“舞娘？”*呃……肥皂和毛巾？*她说得对，他是没考虑周全。

“我都等不及想知道是什么了。”

“嗯，不管她想准备的是什么，我敢肯定一定会安排得妥妥的。”

“这种事情上，你可以完全信赖她，”伊林表示同意，“靠得住的女人。”伊林看起来完全不觉得这个表述自相矛盾；迈尔斯认识的另外某些跟伊林同辈的男人可不这么看。他踌躇了一下，眯起眼睛看着迈尔斯。“我依稀记得……她在这里。在某些相当令人不快的时候。”

“她就是这样的女人。气度非凡。”

“可不是？她是艾利丝夫人啊。”伊林环视了一下这间小小的病房，仿佛几周以来他第一次真正看清这里。“你可敬的表叔母是对的。这个地方太阴沉了。”

“那我们就赶紧离开这里出去吧。”

他们只带着一个小旅行箱，无声无息地离开了帝国安全部总部。毕竟，伊林轻装旅行的年头比迈尔斯活过的还多。

马丁开着那辆装修老派的旧豪华装甲地行车把他们送回了弗·科西根府。他们来到伊林的新窝时，发现艾利丝夫人正领着一队家政人员往外走。房间里摆好了鲜花、肥皂以及毛巾，还有崭新的床单。如果迈尔斯真的要实现自己之前的威胁，把弗·科西根府变成一家旅馆的话，他现在知道自己会想要雇谁来当总经理了。马丁花了整整五分钟时间才把伊林那点少得可怜的行李在新位置给安放妥当，然后他就被艾利丝打发到厨房去了。

众人的殷勤起初让伊林稍微觉得有点尴尬，不过当马丁推着一辆茶点车回来的时候，他已经放松下来。小推车上满载着下午茶点，全是科斯特母亲风格的杰作。马丁把这顿丰盛的餐点在起居室的桌子上排开，他们从桌边可以透过一扇弧形外凸的窗户俯瞰后花园。这次服务中明显有艾利丝夫人插手的痕迹：所有的杯盘叉勺总算都被一一找出，各得其宜地派上了用场。一轮茶点过后，他们已经享用过了奶茶、小三明治、酿馅鸡蛋、梅子酱炸肉丸、著名的多味桃子馅饼、甜酒，还有些迈尔斯叫不上名字的装饰迷人得要命，分量也重得要命的巧克力制品，于是每个人都放松了下来。

吃完茶点之后，肚子里塞满了东西的大家都若有所思地沉默下来。迈尔斯最终鼓足勇气，提出了一个问题。

“那么，西蒙。你当时的感觉如何？你现在能记得多少，过去几周里，以及，呃……之前的事？”*我们对你做的那些事情？*

伊林往后斜靠着，半个身子都陷进了扶手椅的软垫当中。他做了个鬼脸。“过去几周似乎是支离破碎。在那之前……也是支离破碎的。”他的手又抽搐了一下。“那感觉就像……就像一个本来视力一直非常好的人，脑袋被套进了一个玻璃头盔里，玻璃上涂满了油污和泥浆。只不过……我没法把它脱下来。没法打破它。不能呼吸。”

“可是，”迈尔斯说，“你确实看来，我不知道说得对不对啊，清楚知道自己是谁。似乎不像，比如说，我冷冻复活后的失忆症。我那时候不知道我自己是谁……见鬼的，我那时候连对奎因都没印象了。”*上帝啊，我好想念奎因。*

“啊哈，确实。我想，你的经历大概更糟糕。”伊林阴郁地笑笑，“我开始有点庆幸了。”

“我不知道那是不是更糟糕。我只是确实知道那相当烦人。”这话有些轻描淡写。

“我似乎对事情都有印象。”伊林叹了口气，“我只是没法正确地回忆起来。脑海里没有任何东西浮现出来，空空如也。”这一回他的手攥成了拳头，他坐起身来。

艾利丝立刻察觉到了伊林突如其来的紧张情绪。“所有的过去都像梦一样，”她专门安慰性地说道，“大多数人对过去任何时候的记忆都是这个样子。或许你可以回忆一下你年轻的时候，在先皇伊扎给你安上芯片之前的时候。要是跟那个时候的回忆差不多，哎，那你的记忆就是完全正常的。”

“对你来说正常。”

“嗯。”她皱了皱眉，呷起茶杯里剩下的底子来，仿佛想掩盖自己无言以对的尴尬。

“我问这个事出有因，”迈尔斯说，“我不清楚有没有人把整个事情的经过都跟你解释过，但格雷果已经任命我为代理审计官，授权我监察你的这个案子。”

“我知道。我正纳闷你是怎么办到这个的呢。”

“你看，我们需要设法压过帝国安全部一头，而除此之外又没什么别的好办法了。等阿瓦克里将军的团队完成对芯片的检查工作后，我就必须要向皇帝陛下呈交一份正式的审计官报告。如果他们交过来的结论说是自然原因导致的崩溃，那好，事情就此结束。但如果他们的结论不是……我不知道你能不能想起什么可能隐藏着实施某种形式的生物学手段蓄意破坏的记忆，任何时候的任何事件都好。”

伊林摊开双手，慢慢放在头的两旁，样子十分沮丧。“要是我的芯片还在……只要能划定一个时间窗口，我就可以把我清醒时的每分每秒都在脑海里重播一遍。看清每个细节。需要花时间，但肯定能完成，把那些杂种的作案现场给抓个正着，无论他们对我下手的方法多么巧妙……如果是蓄意破坏的话，他们已经把那些对他们不利的证据干净利落地销毁了。”他不快地哼了一声。

“嗯。”迈尔斯伸直了身子，失望，但并不吃惊。他给自己倒了半杯茶，然后决定还是不去吃最后那块桃子馅饼，让它继续孤苦伶仃地斜躺在撒满碎屑的花边小垫上。迈尔斯感觉，进一步向伊林施加压力会让他的焦虑严重增加的。这话题走进死胡同了，是该换个话题的时候了。“那么，艾利丝表叔母，格雷果的订婚仪式准备工作进行得怎么样了？”

"哦——"艾利丝夫人为这个漂亮的直传感激地朝他看了一眼——"从整体上看，相当不错。"

"谁负责安保工作？"伊林问道，"哈罗彻是不是准备亲自出马？"

"不，他派了位上校负责此事：小弗·达拉勋爵（译者注：本代弗·达拉伯爵有两个儿子，这是其中的次子）。"

"哦。不错的选择。"伊林又松弛下来，把玩起了自己的空茶杯。

"是的，"艾利丝说道，"弗·达拉明白该怎么把事情办好。当然，正式通告和典礼会在皇宫举行——我这段时间一直在帮蕾莎处理错综复杂的贝拉亚传统服饰，虽然我们还在争论订婚仪式上如果出现科玛风格的服饰是不是合适。当然，婚礼上必须要穿贝拉亚式的……"她这一开始就停不下来了，长篇大论起来——迈尔斯在心中默默地把这些话归类为艾利丝夫人关于她工作中社交技巧的真知灼见。这个话题令人高兴，颇有安慰作用，于是伊林和迈尔斯两人都时不时地问上几个问题，好让她继续说下去。

马丁把茶点餐具全收拾走了以后，迈尔斯提议玩玩牌，好打发时间。当然，这其实不是为了打发时间，而是为了私下里测试一下伊林的神经功能；伊林察觉到了其中的细微分别。但他并没有表示反对。

占星塔罗强手牌是个中等复杂度的游戏，打牌者手气不好时要获得胜利，就得记住一定数量的已打出来的和对手手上的牌张，推算出下面可能的发展。迈尔斯这辈子从来没见过任何人在任何局数的这种游戏中胜过伊林，除非是特别走运，手气压倒性的好。打完六局之后，迈尔斯和艾利丝夫人瓜分了全部的点数，然后伊林说他太累了，不玩了。迈尔斯立刻表示同意。伊林看起来确实很疲惫，他面容憔悴，神情焦虑，但迈尔斯不觉得他放弃游戏的真正原因是他累了。

瑞鲍并没有夸张。伊林的短期记忆和对细节的观察力确实已经荡然无存。在闲谈当中，上一句话会引出下一句，接连不断，这时候他看似跟其他人没什么两样，但……

"那么，你觉得哈罗彻任命的格雷果婚礼安保工作负责人如何？"迈尔斯漫不经心地问道。

"他任命了谁？"伊林问。

"要是你来任命的话，头号人选是谁？"

"我想是弗·达拉上校。他对首都状况的了解不比我手下任何一个人少。"

"啊。"迈尔斯说。正起身离开的艾利丝倒抽一口冷气。伊林猛地皱起眉头，眼睛也眯了起来，不过没再说什么。他挥手让迈尔斯回到自己座位上去，态度稍有点无礼，然后严守礼节，一丝不苟地目送艾利丝夫人出门上车。

迈尔斯站起来，伸了伸懒腰。他疲惫的程度远超过今天他的劳动所应造成的。这事可真是奇怪。

新的日常家居生活开始了，虽然仍然相当安静。很快大家就形成了自己的规律。迈尔斯和伊林想什么时候起床就什么时候起床，上午去厨房乞讨早餐的时候他们也许会碰上，也许不会，不过他们吃科斯特母亲做的午饭和晚饭时通常来说还是要碰面的。迈尔斯每天都去帝国部队医院报到。老城区被一条河谷一分为二，这所庞大的医院综合体在河谷的另一边。第一天去的时候，他们让迈尔斯跟其他来看病的老兵们一样，在走廊里等着。他漫不经心地提了一下自己身为代理帝国审计官的新身份，之后这种情况就再也没有发生了。嗯，脖子上拴着格雷果的这根粗链子还是有好处的。

达夫·盖伦尼第二天晚上来了一趟。他发现伊林住在老伯爵的房间里，似乎大吃一惊。他想找个借口不吃晚饭就溜掉，可迈尔斯不让。这位出生在科玛的军官在同他那令人生畏的前部长一起用餐时显得十分拘谨，很不自在，迈尔斯觉得，大概是因为他心头的历史包袱太沉重了吧。盖伦尼圆滑地假装没有注意到伊林频繁出现的丢失记忆和走神的情况，并且迅速学会了迈尔斯的一门小技术：在对话中掺进些小小的提醒词句，好帮助伊林不会走题，或者至少维持住他没有走题的假象。

艾利丝夫人像她承诺的那样，经常到访，不过她的生活节奏随着皇帝订婚典礼的临近正在渐渐加速，她在皇宫的办公室新增了社交秘书，不是一个，而是两个。伊凡有时会顺路过来看看，出现的时候总是正好赶上被请吃饭。六个伊林在军中的熟人会过来跟他打招呼，他们都是跟他同辈的，都上了年纪，他们也很快学会了在下午茶时分出现。他们当中包括帝国安全部科玛事务司的司长盖伊·阿利格里，不过好在这位还没傻到试图跟伊林谈论业务，让伊林更加不安。

帝国安全部给不在家的瑟格亚总督家里配的免费警卫上了个档次，从每班一名增加到了三名，不幸的是这样有个副作用，让科斯特下士没法吃装在盒子里的私人午餐了，不过他总是在值完班后到厨房去一趟，所以迈尔斯估计他没有挨饿的危险。弗·科西根府邸买食物的账单总额正迅速扩张，但想让家计支出达到伯爵当初的那个水平的话，他们还有很长的路要走。

迈尔斯每天都给阿瓦克里将军打电话，了解他小组的进展。阿瓦克里的评述都谨慎地有所保留，不过迈尔斯能够从中领会到，他们至少在排除错误假设的事情上正稳步向前。迈尔斯并不指望他会给出更确定的说法。这件案子上忙中出错的话，无论是哪个方向的错判，他们真的都是承受不起的。而且现在也没必要匆匆忙忙下结论。该有的损害现在都已经有了，迈尔斯、阿瓦克里，或者任何其他的人都已经无力回天。

迈尔斯焦急等待的医学问题上的突破在第六天出现了，但不是来自阿瓦克里的小组。在帝国部队医院中由冷冻学家和神经病学家为应对迈尔斯的病例组成的联合小组终于第一次成功地在实验室中让他的大脑发病了。

又是五彩纸屑，然后漆黑一片；迈尔斯对这画面已经太熟悉了。他醒来时，发现自己仍然躺在检查台上，脑袋被固定在一台足有半个房间那么大的扫描器里，身上到处连着电线。在他身旁围着三名神情警觉的技师：让他们站在那儿也许是为了防止他从桌子上掉下去，不过更可能是为了随时调校监控器。神经病学家辰科上校和人体冷冻学家德盖斯上尉两人正在欢呼雀跃，互相大声报出那些他们着迷的读数。自从上次那只骑着自行车的熊来到海萨达尔集市上把马吓得惊慌逃窜之后，这无疑是迈尔斯见到的最棒的一场演出了。他呻吟了几声，可并没有马上引来他们的注意，监控器显然要引人入胜得多。

迈尔斯重新穿好衣服，去辰科医生的办公室里等着。那两名医生一直在自顾自交谈，没怎么理会他。这次即使他身为帝国审计官，也没能让他们加快速度。辰科终于进来了。这个中年人身材健壮，充满活力，那样子简直可以做医疗行业的活广告，他手里拿着几个数据盘，先前兴高采烈的劲头已经过去了，他现在仅仅是在沾沾自喜而已。

“我们知道您这是怎么回事了，弗·科西根勋爵。”他边发出宣告，边坐到自己的算讯终端前，“正如我们之前所猜测的，您发病的机理属于一种特异反应（译者注：指仅仅出现在单独个体上的特殊机制）。但我们现在知道详情了！”

“太棒了，”迈尔斯用呆板的声调说道，“具体怎么回事？”

辰科对他的语调无动于衷，把数据盘插进自己的算讯终端，让全息显示器投射出几个模型和若干图表，边说边朝上面指指点点。“显然，在您冷冻复活后，您的大脑中神经递质的生成水平出现了不正常升高。这些东西在您的神经中枢脑池（译者注：解剖学术语，指一些能储存液体的结构）中堆积起来，随时间渐渐增多，最终造成一个相当异常的肿胀，您看，就是这里。这边叠加了一张正常情况下的脑池图，作为对比，你看出差别了吗？然后一旦某些事情导致脑部活动异常剧烈——比如说过大的压力、过于兴奋，或者别的什么——脑池中的全部液体就会一泄而出。在这张图上的这个尖峰，就是这里。这会暂时关闭您神经系统的正常功能，顺便也导致你出现报告中的幻觉。一两分钟后，您脑池中的神经递质清空了，回到正常——实际上，是低于正常的水平。因此随后会出现几分钟的昏迷。然后平衡开始恢复，于是你就会恢复意识，不过多少处于疲惫状态。而这个循环也再度开始。一种新型的癫痫病，完全是生物化学的，和脑电相位无关。相当有趣，独一无二。德盖斯医生想把这个病例写下来，发表到帝国部队医学期刊上——当然，您的隐私权会得到保障，病人的名字不会公开。”

迈尔斯默默地咀嚼着这个消息：自己即将在医学历史上占据一席之地了。“那么，”他最后说，“对于这个病，你们能做些什么？”

“嗯。病灶是全局性的，分散在您大脑的很大一部分当中。不过，也许能算幸运的是，问题主要集中在脑前叶，而不是脑干，所以病症的发作不会直接要了您的命。看起来并不适合手术治疗。”

没人会来把我的脑子劈开，哟嗬嗬。“听到这我很高兴。那么适合什么样的治疗呢？”

“啊。”辰科医生犹豫了。确切地说，他陷入了沉默。“啊。嗯。”过了一会儿，他又加了两声。

迈尔斯等待着，竭力维持住自己脆弱的耐心。一名帝国审计官冲上去把辰科医生扑倒在算讯终端上，试图将他掐死并不能提升他在医学上的创造力。而且迈尔斯并不能肯定自己身为审计官的豁免权能不能豁免人身攻击罪。

“对付脑电相位不正常导致的癫痫有个办法，”过了好一会儿后，辰科医生说道，“就是在病人大脑里装一个抗失稳芯片。当病症开始发作的时候，这个生物芯片就能感知出来，并且制造一个反向激波电脉冲，偏移相位，将引起麻烦的脑电波正反馈打断。某种逆向激波抑制器。确切地说，这并不算是治好疾病，但能减轻主要的几种症状。”

“我……不确定我是不是信任生物芯片，”迈尔斯表示，“尤其是神经方面的。”

“哦，这是个很可靠的成熟技术。”辰科让他放心，“我只是觉得在你的身上这种技术无法使用。”

有一个治疗办法，可你不能用它。“那么，结论是？”

“我和德盖斯医生准备再讨论一下。现在既然我们有了可供分析的数据，我想我们可以推演出几套可行的方案来。当然，因为您的病情独一无二，它们肯定是实验性的。我们可能不得不多尝试几种办法，然后才能找到最佳方案。”

迈尔斯觉得，这话很有道理。“那么……要用几天？几周？几个月？”几年？

“不，用不了几个月。如果说可以保证什么的话……今天在实验室里的那次病发之后，我想，从化学角度看，到您处于另一次发作前夕会有一段时间。实际上，这让我有了个想法……”辰科医生的神情变得心不在焉起来，他开始在他的算讯终端上敲出几行字，停了停，然后更使劲地敲了起来。一个个数据图表喷涌而出，然后又被收起。迈尔斯盯着他看了一会儿，然后站起身，踮着脚尖静悄悄地走了出去。

“明天我会给您打电话的，大人。”门嗞的一下关上时，辰科医生匆忙在他身后喊了一句。

迈尔斯刚一走进弗·科西根府地上铺着黑白格子的前厅，就发现伊林正坐在旋转楼梯口旁一张装有软垫的长凳上。他洗了澡，刮了胡子，梳了头，身上穿着全套绿色军服，戴上了他所有的徽章和配套的饰物。有那么一刻，迈尔斯心中满是恐惧地想着，现在这有两种可能：第一，伊林脑子不清楚，以为自己该出去跟皇帝开会了；第二，脑子不清楚的是迈尔斯，伊林确实要去跟皇帝开会。

“怎么了，西蒙？”他装出漫不经心的样子问道。

“啊，你回来了啊，迈尔斯。你说你去哪儿来着？哦，对了，是帝国部队医院。抱歉。对了。艾利丝夫人今天晚上想去听一场音乐会，她让我陪她去。”

“音乐会？我倒是不知道你还对音乐会有兴趣。在哪儿？”

“在弗贝拉苏丹娜剧团大厅。我不知道自己对音乐会到底有没有兴趣。格雷果每次去那儿的时候，我都负责安排保卫工作，从没有一次坐下来，亲自观看和聆听表演的机会。也许我今晚会明白像你表叔母那样美丽的人物都是为什么去那里。”

“我想是为了竞相展示自己的美丽吧。”迈尔斯说，“不过这大概并不是那里的演出票会提前两年卖光的唯一原因。弗贝拉苏丹娜剧团确实被誉为贝拉亚最杰出的剧团。”

音乐会，多么出人意料啊。伊林倒下后第一次的公开亮相肯定会在首都的流言工厂中产生些有趣的效应。在费了一番工夫梳洗，打扮成过去那位帝国军官的样子后，他看起来跟以往一样精明；手术留下的那点疤痕已经快长好了，而且把他日渐稀疏的头发梳过来盖在那块没毛的位置以后，除非你知道该往哪儿找，不然很难看得出来。甚至他眼中新出现的那种隐约的踌躇之色，跟他过去装着芯片时那种心不在焉、若有所思的神色之间的差别也并不明显。但如果这次的事情是蓄意破坏，是某种形式的攻击……会不会有人试着再来一次？迈尔斯能想象得出忧郁不已的伊林诱人刺杀自己的场景，但他要把迈尔斯唯一的表叔母拖下水看起来可不太公平。

“那么你采取了什么安保措施，西蒙？”

“嗯，迈尔斯……今晚这是帝国安全部的问题。我想我不必插手他们的工作。”伊林的嘴角浮出一抹古怪的笑意。“啊。她来了。”

正门前的车道门廊上传来艾利丝夫人地行车的轰鸣声，然后是座舱罩升起的吱嘎声，司机的踏地声，接下来是艾利丝夫人轻快的脚步声。迈尔斯为他笑容满面的表叔母打开大门。今晚她穿着的衣服是米色的，垂下的布料上闪着点点柔光，非常有弗氏风范。

“你好，迈尔斯。”她经过迈尔斯身边时拍了拍他的肩膀，比她往常在脸颊上亲热地啄一下来得好，迈尔斯想。至少她没有拍他的头。“西蒙。”

伊林站起来，对着她伸出的手躬下身子。“夫人。”

好吧……艾利丝夫人多半应该不会让他走丢的。迈尔斯往后退去，让艾利丝夫人带着自己的战利品，气派十足地走出门去。伊林看来对自己被艾利丝夫人掳掠相当高兴。看在老天的分儿上，伊林是个客人，又不是被软禁在这里的。“呃……当心点！”他在他们身后喊道。

伊林快活地挥了挥手，然后忽然停了下来。“等等。有件事……我刚才忘了。”

艾利丝也停下来等着他。“什么事，西蒙？”

“有你的消息，迈尔斯。很重要。”他用右手揉着自己的太阳穴，“我把信息盘放在你的算讯终端桌上了。是什么来着？噢，对了。是你母亲大人发来的。她刚离开科玛，五天之后回来。”

迈尔斯压下了即将脱口而出的一声“噢，糟透了”。“噢？我父亲没有和她一起，是吗？”

“我想没有。”

“没有，他没一起来。”艾利丝插话道，“我自己今天下午也收到了考迪利亚发来的消息——肯定是她同时发送的。我很高兴，在筹备订婚礼当中将可以得到她的帮助——噢，确切地说，并不是帮助，你知道你母亲在处理这些小小的社交难题时会有多懒惰。但至少是精神上的支持。我们现在有太多要赶着完成的事情了。”

伊林的嘴扭了扭。“你看起来不太高兴啊，迈尔斯。”

“哦，我想我会为见到她而高兴。不过你知道，她老想揣摩我的情绪，那种贝塔式的揣摩。一想到马上就要面对那些充满母爱的嘘寒问暖，我就只想逃得远远的，躲起来。”

“嗯。”伊林略带同情地说。

“别孩子气了，迈尔斯。”艾利丝表叔母坚定地说。她那位板着张扑克脸的司机把座舱盖升了起来，伊林帮她坐到座位上，把她的衣服也整齐地塞了进去。迈尔斯不得不承认，伊林确实从这些年来对弗氏阶层近距离的观察中学会了这套把戏。

然后他们走了，今晚又只剩迈尔斯一人，在弗·科西根府中独自徘徊，自言自语。那么，为什么他没带女士们去音乐会？是什么阻止了他？嗯，当然是发病的事。还有伊林悬而未决的危机。但二者看起来很快就都会解决了，之后呢？不，亲爱的上帝啊，又得陪着伊凡去双重约会了。迈尔斯想起过去的那些可怕灾难，不寒而栗。他需要些新事物。不知为什么，他仍然没完没了地被束缚着，被过去的习惯所囚禁。该死的，他太年轻了，不该这就退休。要是奎因在这里就好了……

他希望他的艾利丝表叔母今晚小心些。有天下午他和伊林一起出去散步，科斯特下士小心地悄悄尾随在后；然后离开弗·科西根府还没走出两个街区，伊林已经迷路了。要是伊林和艾利丝夫人留在家里玩牌——瑞鲍医生认可了这种温和的认知疗法——他就不会那么紧张了。

伊林和艾利丝夫人直到凌晨两点才回来，那之前很久音乐会就结束了。迈尔斯有点不高兴地在门口迎接暂住在他家的客人。

伊林的神情略有些吃惊。“你好，迈尔斯。你还没睡吗？”他看起来没什么问题，只是身上有点凌乱，还带有明显的高级葡萄酒和香水的酯类气味。

“这段时间你们都上哪儿去了？”迈尔斯问。

“哪段时间？”

“音乐会结束之后。”

“哦，我们兜了会儿风。吃了顿夜宵。讲讲话。你知道的。”

“讲话？”

“好吧，是艾利丝夫人讲。我听。我发现这样很闲适。”

“你们玩牌了吗？”

“今晚没有。去睡觉吧，迈尔斯。我当然也要去睡了。”伊林打着哈欠，朝楼上他的套房走去。

“那么你觉得音乐会怎么样？”迈尔斯在他身后问道。

伊林的声音飘向身后："很好！"

该死的，我们其他人都为这芯片的事情急得发疯了。你怎么一点不急？不，因为伊林不着急，嗯，不肯着急而指责他是不公平的。也许这位帝国安全部部长已经下了结论，认为是自然原因导致了芯片崩溃，并且已经在适应现在的状况了吧。或者也许他只是比迈尔斯更有耐心、更狡猾，想要反过来追踪跟踪他的人。要是这样那可是个大新闻。

可无论如何，伊林凭什么不能在夜里普普通通出去一下呢？他可没有在众人面前倒下惊厥过。迈尔斯抱怨了几句，上了床，但没睡，要等到辰科发自帝国部队医院的来电，这个过程会很烦人的。

辰科医生俯身向前，专心致志地对着算讯终端的摄像头，然后开始讲话。

"到目前为止，弗·科西根勋爵，我们有以下结论。我们排除了单纯药物治疗——比如说，适当用药减慢您的神经递质产生速度——的可能性。如果只是涉及一种或少数几种相关的化学物质的话，这种方法可能可行，但您脑内超量分泌的化学物质显然有几十种，甚至上百种——甚至可能是所有相关化学物质。我们无法将所有这些物质的产生全部抑制住，而且说到底，就算我们能办到，那也只会降低发病的频率，而无法消灭病症。另外，通过对数据更详尽的分析，事实上我觉得您的机能障碍主要并不在于产生神经递质的过程，而更多地在于脑池的分子释放机制上。

"第二种办法看来更有前途。我们认为我们可以将那天我们在实验室里用来诱发您的癫痫的那套神经激励器做出一个小微型化的版本。那套电极阵列可以被永久性安装到您的颅内，连同一些当你的过剩神经递质累积到危险程度时会发出信号的反馈传感器。利用激励器，你可以在自己控制的时间和地点主动选择诱发癫痫，如此一来，您可以说是安全地拆掉了自己身上的雷管。而且定期诱发的话，发作的程度会温和些，时间也会更短些。"

"我能开车吗？能飞行吗？"能指挥吗？

"呃……要是神经递质水平能被准确监控和维持，我看不出为什么不能。只要这办法能起作用的话。"

在短暂的内心挣扎——挣扎对抗谁？——之后，迈尔斯脱口而出："我因为这些癫痫而病退了。我是否会——我是否能被重新安置？回到岗位上？"

"是的，我不大明白……在你的退役安排定案之前你本该被送到帝国部队医院来的。嗯。好吧。如果您是个仍在服役的中尉，你大概可以提出申请——或者您有关系的话可以动用一下——然后给您安排一个案头工作。由于您已经退役了，那你就……当然会需要有更多关系。”

辰科谨慎地微笑着，他不愿低估弗·科西根勋爵关系网的大小。

“案头工作。不是飞船上的岗位，不能进行战场指挥？”

“战场指挥？我还以为您是帝国安全部银河事务司的特工呢。”

“啊……我们这么说吧，我落得要在那个冷冻室里等人复活可不是因为训练中出了事故。”尽管那无疑让人从中学到了不少东西。

“哦。好吧，这方面我确确实实是外行。帝国安全部有自己的一套章程，您适合做什么，那得由帝国安全部自己的医务人员来决定。就军中其他部门的情况而言，您想给自己安排除了办公室工作以外的任何职位，都会需要特别宽松的环境。”

我敢肯定可以设法安排的。但案头工作对于弗·科西根勋爵生存的延续既没有诱惑，也不构成威胁。他接下来的职业生涯都会用在负责洗衣房上，或者更糟，在某个死水一潭的基地里做气象官，等待着永远不会来的晋升——不，理智点吧。毫无疑问，他最后肯定是窝在安全部大楼深处一间舒适的小隔间里，分析由其他的银河事务司特工们采集回来的数据，按照固定的时间表获得加薪——但不用承受被提拔为部门首脑或者帝国安全部部长的压力。每天晚上回家，睡在弗·科西根府中他自己的床上，就像伊凡每夜都会摇摇晃晃地回到自己的公寓里。一个人睡觉？当然，也未必就要一个人。

要是他没有伪造那份该千刀万剐的报告就好了。

迈尔斯叹了口气。“我恐怕这些全部都只能是假设。至于那个按期发病的主意……那并不算真正治好了，是吧？”

“不算。不过在您等待某个比我更聪明的人想出某种治愈您的办法来的时候，它可以控制住您的症状。”

“如果说没有个比你更聪明的人出现。该死的，那我余生中是不是得一直就这样了？”

辰科耸了耸肩。“老实说，我不知道。您的情况在我从事神经病学的经验中独一无二。”

迈尔斯坐在那儿，沉默了好一会儿。“好吧，”他最后说，“我们试试看吧。看看会出现什么结果。”他略微笑了笑。这句话是格雷果惯用的措辞，一个他说给自己听的笑话。

“很好，大人。”辰科匆匆地做了些笔记，“嗯，嗯，大约在一周后，我们需要再见到您。”他停了一下，抬起头来。“请原谅我的好奇心，大人……可究竟为什么，一名帝国审计官会想要作为帝国安全部的一名区区中尉重新入役？”

帝国安全部的上尉。我想作为一名帝国安全部的上尉重新入役。“我恐怕得说，我只是一名代理审计官。我手头的案子一结，我的任期也就结束了。”

“嗯，那么……您的案子是什么？”

“高度敏感。”

“哦，是的。抱歉。”

迈尔斯关闭了自己的算讯终端，回味着辰科的那个问题。真是个很好的问题。对这个问题，他似乎并没有一个很好的答案。

第二十章

随着日子一天天太平无事地流逝，哈罗彻越来越认定芯片故障是由于自然原因造成的，迈尔斯也不情不愿地越来越倾向于这个观点。帝国安全部新任代理部长代理工作时看起来显然是没那么紧张了。可是，既然在那段混乱的时间窗口中没有后续行为，没有其他的攻击发生，哈罗彻又有什么理由要继续紧张不安呢？权力交接进行得很顺利。假如存在的阴谋是意在让帝国安全部的组织运行脱轨，而不是针对伊林个人的话，那它可真是彻底失败。

离弗·科西根伯爵夫人回到首都的预定日期还有三天的时候，迈尔斯的勇气消耗殆尽，于是他决定逃到弗科西根萨尔洛去。他并不是期望，也不是真的想要在母亲这次回家期间一直躲开她，只是还没准备好去面对她而已。也许在宁静的乡村待上几天能帮他收集起足够的勇气。除此以外……那地方对伊林来说很安全。在那个人烟稀少的区域，陌生人一出现就会立刻被注意到的地方，发现麻烦袭来会更容易些。

在战略转移到乡间住屋里的事情上，迈尔斯有个疑虑：他能不能说服他家的大厨跟他们一起去？不过，事实证明，要让科斯特妈妈踢开她熟悉的城市，进入情况不明的穷乡僻壤，马丁是个可用的诱饵。迈尔斯开始考虑不仅仅给厨师涨工资，也给她儿子加薪，好诱使他多留段时间，从而也诱使他母亲多留些时候。不过也许很快他就不再需要司机了。

伊林对于迈尔斯去短期旅行的建议并没有欣喜若狂，但还是同意了。

“本周一过，今年那里美妙的秋季气候多半也就结束了。”迈尔斯指出。的确，首都近来天气越来越寒冷，雨水越来越多，令人不快地预示着今年的冬雪会早早降临。

“又见到那个地方会……很有趣，”伊林表示，“看看它和我记忆中是否一样。”

又一项悄悄进行的自我测试；伊林很少提及这种测试的结果，大概是因为多数这种小测验的结果实在太令人丧气。或者也许是因为他太过迅速地忘掉了那些结果。

一个上午相当轻微的忙碌工作——迈尔斯和伊林都习惯于轻装出行，这是他们所受的训练使然，已经成为了习惯——在下午结出了果实：他们悠闲地在湖边住所长长的前廊上喝起下午茶来了。在温暖的下午，坐在阴凉处，越过绿色的草场凝望群山环绕中那片闪闪发光的狭长水面，谁也不可能紧张得起来。深秋的树上那些彩色的叶子已经几乎尽数飘落，让人们的视野开阔起来。观者就算心中还剩下一丁点野心，也会被塞进肚子的急需消化的食物给淹没掉了。迈尔斯觉得，照这样下去，他必须要开始日常锻炼了，要不然到头来他会看起来跟他的克隆兄弟马克一个样子，这对马克的意图会造成严重打击的（译者注：马克为了跟迈尔斯外观上有明显差别，故意让自己增肥）。他在心里默默记上一条：要尽可能久地把马克和科斯特妈妈隔离开来。

在等着美味佳肴送上桌来的空当，伊林朝下面的草场望了望。“嗯。内格利上尉（译者注：伊林的前任。他拒绝晋升到更高军衔，伊林为此也只接受上尉军衔）死去的地方差不多就是在这里，对吗？弗·达瑞觎位战争开场第一枪。”

“我听说是这里。”迈尔斯说，“你当时在这儿吗？你亲眼见到了吗？”

“没有，没有。我当时在首都，同其他几乎所有人一样，被弗·达瑞安的部队打了个措手不及。”伊林若有所思地叹了口气，“至少照我的分析是这样。我能记起的仅有的情景就是我的一名部下跑进来告诉我第一手消息——我记不起他的名字了——然后就是乘坐地行车到某个地方去。还有，我被吓坏了，很难受。我还记得我肚子里的那种感觉，印象鲜明。为什么我记得这种东西，而不是……更重要的那些事实？”

“我猜，”迈尔斯说，“是因为你以前总是不得不去记住那些事情。你的芯片有记录你的情绪吗？”

“实际上没有。不过我在回忆过去的时候，重建情绪是可能的。”

“推断出来。而非感觉到。”

“多少是这样。”

“这感觉肯定很奇怪。”

“我早就习惯了。”伊林自嘲地笑了笑，视线越过阳光照耀下的草场投向远方，“你父亲提拔我为帝国安全部部长的时候，我的第一项工作就是调查我的前任被谋杀的案子。现在想来，内格利当年的第一项工作可以说也是一样的。不过话说回来，他帮助策划了谋杀他前任的案件，那显然让他的调查变得容易许多。在贝拉亚，任何事情被重复两次就会成为传统。我想我离开得算是轻松的了。我以前从没想过我会活着从这个岗位上退下来，不过去年你父亲的退休相当鼓舞人心。”

“你是从那时起……开始考虑让我做你的接班人吗？”

“哦，在那之前很久我就相中你了。或者说是格雷果和我都相中了你。”

迈尔斯拿不准他是不是真的愿意考虑那件事。“那么……在认真思考了一周之后，你现在觉得你的芯片故障是自然的吗？”

伊林耸耸肩。“万物无常。人也好，东西也好……唉，反正阿瓦克里少将到时候自然会告诉我们的。我有些好奇艾利丝夫人今天在做什么？”

“对名单上的客人进行分类，选择信纸，鞭策她的新秘书练好书法。至少她是这么说的。”艾利丝夫人昨天是这么告诉他们两个的。

“啊。”伊林说。

馅饼来了，于是有一阵子他们都沉默了，只偶尔发出咀嚼声或是满意的小声咕哝。“那么，”伊林最后说，“两名退了休的军官先生在乡下度周末时该干什么？”

“想干什么干什么。比如睡懒觉？”

“我们最近整个星期都在睡懒觉。”

“你对骑马感兴趣吗？”

“不太感兴趣。以前我在这儿的时候，你的祖父，那位将军大人，一次又一次坚持要给我上骑马课。我能骑马，不被摔死，但你们所谓‘奢侈享受’的那种感觉我印象里完全没有。我倒更多的有受虐的感觉。”

“啊。嗯，可以徒步旅行。还有游泳，虽说去游泳对我来说可能不够谨慎……我觉得我可以穿件浮力夹克。”

“现在水已经有点冷了，不是吗？”

“没春天那么冷。”

“我想，我就算了。那些感觉都像是小孩子们的运动。”

“噢，对童年的我来说这儿是个非常棒的地方。”迈尔斯仔细想了想，“我想，还可以钓鱼。我以前很少钓鱼。伯沙瑞中士不喜欢收拾鱼。”

“这个听起来倒是够成熟稳重。”

“按照传统，你去的时候得带上本地村子里的啤酒——村里有个女人自己家里酿的，那玩意非同凡响——然后把瓶子挂在船舷外，保持凉爽。等到啤酒会变暖不好喝的时候，天气也就热得不能钓鱼了。”

“那是什么时候？”

“据我所知，从来没有这种时候。”

“我们要切实遵守传统办事。”伊林严肃地说。

第二天，他们花了半天时间才把电动船从库房里弄出来，结果到湖上的时候已经是暖霭依稀的下午，而不是冷雾弥漫的早上了。非常适合迈尔斯。迈尔斯还没忘掉钓鱼的基本要领，至于细枝末节他从没仔细了解过。原来人们需要把鱼钩戳进那些扭动着的可怜小生命体内，现在科技进步让人不必如此了：发明了一种小小的蛋白质方块，按照包装上的承诺，它们保证可以引来一团团，或者一群群，或者一什么什么的鱼。

他和伊林把啤酒安放在一个网袋里，挂到船舷外，又支好了头上的遮阳篷，然后坐下来享受这里的安宁和美景。帝国安全部总部派来了三名警卫跟着伊林来到了这里，现在当班的那位正坐在岸边一架装有浮筒的轻便飞车旁，远远地看着他们；虽然并没有走出他们的视野，至少不那么碍眼。

两条鱼线几乎同时嗖的一下甩了出去，诱饵和坠子顺畅地向下滑去，消失在水中。在离岸边这么远的位置，看到的已经不再是绿色的水底岩石，而是深邃的暗影。迈尔斯和伊林仰靠在他们铺着坐垫的椅子上，打开了第一瓶啤酒。酒味醇和，颜色几乎暗得像下面的湖水，而且毫无疑问，富含大量维生素。它泛出美味的苦泡沫，滑下迈尔斯的喉咙，那股泥土味的芬芳冲进了他的鼻子。

“这感觉就像是在秘密监视罪犯，”过了一会儿，伊林开始发表议论，“如果鱼有武装，而且能够还击的话，就更像了。假如鱼要钓人的话，它们会用什么样的诱饵？”

迈尔斯想象着一根线被丢到了岸上，线上拴着块多味桃子馅饼。“‘让我们去钓人？’我不晓得。你过去用的什么诱饵？”

“啊，驱动人们的动机。金钱、权力、仇恨、性……实际上几乎从不会那么简单。我记得的最古怪的一个案例……亲爱的上帝啊，为什么我能记住这个，却记不住……哦，算了。在那次事件里，当时的首相弗·塔拉正忙于跟波尔人就虫洞的使用条约进行艰苦的谈判，他在千方百计地试图让交易结果对我们有利。波尔大使对弗·塔拉表示，他个人这辈子心底里最想要的东西其实就是一头大象。直到今天我都不知道他是不是真的想要一头大象，或者那只是他那一刻心血来潮，故意说想要他当时想到的最荒唐、最不可思议的东西。反正不管怎么说，这话传过来了……那其实是银河事务部门首脑该管的事情，但我亲自把任务布置给了我的帝国安全部特工，好让我可以直接看着这事。我现在仿佛都能看到那人脸上呆若木鸡的表情，他当时磕磕巴巴地说：‘那……这头大象该得有多大才够，长官？’我的职业生涯中这样的时候可不多。我对它们珍若拱璧。当时你还不是我的手下，不然，你知道我第一个会想到找谁的。”

“哦，谢谢。那么……你那位特工找到所需的大象没有？”

“他是个地道的帝国安全部人，所以当然找到了。是只小象。弗·塔拉把它送到波尔使馆那天，各种细节事务我也是让自己直接负责的。他用他那圆润的嗓音不带感情地说道：‘这是来自我贝拉亚之主格雷果·弗·贝拉的礼物……’那时格雷果肯定是十岁左右，他很可能宁愿自己留着那头走兽。你父亲小心翼翼地没让他知道他曾经把一头大象送给了别人。”

“然后弗·塔拉得到他想要的条约了吗？”

“当然。我想那大使真的想要一头大象，因为他从震惊和惶惑中缓过劲来后，他明显是非常高兴。他们把那头大象放在使馆院子里养了大约一年，大使经常亲自为它刷洗梳理，最后他把那家伙给带回了家。自那以后，我的眼界宽阔了不少。金钱、权力、性……还有大象。”

迈尔斯哼了一声。他疑惑着自己的动机是什么。是什么驱使着他奋斗，这么努力，这么久长，这么深远？驱使着他奔向死亡，超越死亡。他觉得，自己不会为金钱而兴奋，因为他从没感到过缺钱，除了看到修理战舰所需的天文数字时；马克则相反，他贪得无厌，以他自己的不事张扬的方式。权力？迈尔斯并不渴望拥有帝国，或者其他类似的东西。但别人有权力控制他时，他心里会痒得火烧火燎。这不是渴望权力，这是害怕。害怕什么？害怕成为他人的无能的牺牲品？害怕如果他不能持续证明自己的优秀，就会被作为一个变种人消灭？在他内心深处是有点害怕这个。嗯……老实说，是非常害怕。别人告诉他，因为他先天畸形，他自己的祖父就曾试图杀死他；而且他童年时代发生过几件丑恶的小事故，虽然它们通常都被伯沙瑞中士的及时干预给中断了，但并非全都如此。但这种害怕很难算得上一个隐藏的动机，它不是那种你自己都没有认识到，会让你陷入深深的麻烦中，还不明所以的东西。

他又咽下一小杯冒着白雾的冰啤酒。自我认同。那就是我的大象。新冒出来的这个念头很确定，后面没有带上问号。真的不是名望，虽说他人的承认在此相当于某种重要的黏合剂。但你是什么人终究是由你做了些什么决定的。而我比别人做得多，噢，是的。要是对自我认同的渴望可以转换成，比如说，对食物的渴望，那他会成为一个连马克都望尘莫及的超级饕餮。

渴求那么多的认同，渴求得那么强烈，为此伤痕累累，这是不是太不理智了？还有，多少才算够呢？

伊林也喝了一大口家酿啤酒，然后晃动起手中的高强度碳纤维鱼竿来。和迈尔斯的一样，他的这根鱼竿也是从泊船库的仓库里拿来的。“你肯定这下面有鱼？”

“哦，是的。几个世纪来一直有。人们可以躺在码头上，看着小鱼在岩石周围探头探脑，还可以下去跟它们一起游泳。实际上，这个湖当初被地球化改造还远在隔绝时代结束之前，那时候用的是原始的老办法，把他们手头找到的任何有机废料，不管是什么，全都倒进湖里去，接下来把偷来的种子和小鱼也丢进去，希望结果会出现一个能支撑地球生命形式的生态系统。在最初几位伯爵的年代，这种做法很有争议，因为当地的农民也需要各式各样的粪便来肥田。从我祖父当伯爵那时起，海萨达尔的伯爵办事处就专门派出一批人负责用科学手段对领地中的水域进行地球化改造，并且在里面养鱼，结果是这里的水又能饮用了，并且鱼类的物种也丰富了。湖鳟鱼、鲈鱼、淡水鲑鱼……下面有不少好货色。”

伊林探出身子，有点怀疑地盯着清澈的湖水。“真的吗？”他把线绕回绕线轮上，检查了下他的鱼钩。那个做鱼饵的小方块已经没了。

“我在这上面放鱼饵了吗？”

“放了。我看见你放的。大概是掉下去了。”

“这鱼手指还真灵巧。”然后伊林克制住了继续拿变种鱼开更多玩笑的冲动。他在鱼钩上重新装上鱼饵，这次钩得更牢些，然后又嗖的一下把鱼钩抛进水中。他们每人又开了一瓶啤酒。迈尔斯坐在船沿，把光脚伸进水里凉快了会儿。

“这样太没效率了。”伊林调整了一下遮阳篷，好让它重新挡住爬过来的阳光，然后评论道。

“我也一直纳闷这个问题。我想，可能最初就没把这运动设计成高效的。我估计发明这东西就是为了在实际上什么都不干的时候，营造出你正在做事的表象。也许是为了糊弄家务缠身的妻子们吧。”

“我什么都没做已经有一周了。”伊林犹豫了一下，“看来并没什么帮助。”

“并非如此。你玩强手牌时进步多了。我一直在观察你的进步情况呢。”

“我还以为上次是你和艾利丝夫人串通，故意让我赢的呢。”

“没有的事。”

“啊。”伊林看上去有点高兴，不过很快又情绪低落了。“我恐怕，要想适合回到帝国安全部里工作，仅仅玩牌的时候不会一直输下去的能力是不够的。”

“给你自己些时间。你的复健过程才刚刚开始呢。”迈尔斯脚上的皮泡得起皱了，他回到了自己椅子的坐垫上。

伊林盯着远处的湖岸，在渐渐西沉的太阳下，那边满眼都是绿色和棕色。“不……人的表现有个尖峰。当你的游戏状态处于巅峰时，你曾经在那个尖峰上维持平衡……你就受不了处于更低的位置。用你母亲那句老话倒过来说：‘任何不能做好的事都不值得做。’而且……管理帝国安全部差不多是我所知道的跟游戏距离最远的事情了。每天都有太多其他人的生命悬在你掌中的细线上。”

“嗯。”迈尔斯边说边又喝了一大口酒，掩盖住自己无话可说的事实。

“我为皇帝服务了两个二十年了。”伊林说，“从我十八岁那年开始，那时候我开始受训成为先皇伊扎的军官……不是在帝国军事学院；那时候想进那里，你得分数更高，更有钱，姓氏前面还得多个音节才行。我读的是一所地方学校。我从没想到要做上三个二十年。我知道我会止步于那之前的某个时候，只是不知道会在什么时候而已。我从格雷果五岁起，就一直在为他效劳。上帝见证，他现在已经完全成人了。”

“那无疑是你的功劳。”迈尔斯说。

伊林点点头。“不是我一个人的。可我不能……做自己——原来的自己——我自己都不知道那个自己是什么样子。”

“我连第一个二十年都没做完，”迈尔斯闷闷不乐地说，“甚至都还没接近。”

伊林清了清嗓子，又研究起他的鱼线来。“看，是不是有鱼在咬钩？”

“不是，我想不是。咬钩的话鱼竿会沉得更深。只是水流在冲击鱼线，施加力道。”

“跟你说啊，我本来绝不会选择现在退休的，”伊林说，“我会想要看着格雷果举办完他的婚礼再说。”

“然后下一个危机就会到来，”迈尔斯取笑道，“然后是再下一个危机，然后……”

伊林咕哝着表示投降。“那么……也许这样也不太坏。”过了一会儿，他又说，“你觉得你这湖里的鱼会不会已经都被人偷走了？”

"首先那些人得能抓得到鱼。"

"啊。说得好。"伊林停了下来，捞起网袋，又给自己开了一瓶啤酒，给迈尔斯也递了一瓶过去。这瓶酒喝到一半的时候，他说，"我……知道登达立对于你来说意味着什么。我……很高兴你挺过来了。"

迈尔斯注意到，他没说"对不起"。迈尔斯的遭难是他自作自受。"死亡啊，汝的钩子在哪里？"（译者注：《新约·哥林多前书》第15章第55节）他左右轻摇鱼竿，"钩子啊，汝的鱼儿在哪里……？不。我发现，自杀已经不再是我的选项了。我已不再是往昔那个焦虑少年。我私下里也已经再没有只要我自己别去找死，死神就会不知怎么忘了我的观点。既然活着……不充分利用拥有的一切看起来有些愚蠢。更别提做些极度不知感恩的事情。"

"你觉得……你和奎因……该怎么说才合适呢。你觉得你能说服奎因上校对弗·科西根勋爵感兴趣吗？"

啊。伊林是在试着为搞糟了迈尔斯的爱情生活而道歉呢，就是这么回事。迈尔斯又喝了些啤酒，认真地考虑了一下。"以前我一直都没做到。我想试试……我必须找她再试试。再试一次。"*什么时候？怎么做？在哪儿？*想到奎因就让人心痛。而想到登达立，他会心痛得越发厉害。所以，他不让自己去想到它。不想到太多次。多喝啤酒。"至于其他的——"他啜了一口，苦笑着说——"有些很有说服力的证据表明，我的速度减慢了太多，已经快不够格充当移动靶子了。实际上，近来我中意的几次行动里都很少涉及动用军队了。"

"你越来越他妈的机灵了，就这么回事。"伊林透过手中酒瓶彩色的玻璃盯着迈尔斯那变了形的样子，说出自己的看法。"不过即使是用策略战胜敌人，你也需要有相当强大的力量来执行策略。"

"我喜欢取胜，"迈尔斯柔声说道，"我真的喜欢取胜。"

伊林把手中的酒瓶跟其他空酒瓶一样丢到箱子里，然后探出身子，眯着眼盯着下面的湖水。他叹了口气，站起身来，又调整了下遮阳篷；他再度拉起网袋，还是没有鱼跟着被拉上来。

迈尔斯举起自己喝了一半的酒瓶，示意不用伊林再给他递酒。然后他坐回去，看着自己那根白色的鱼线，它静静地垂在那里，向下，向下，一直伸入神秘的幽暗中。"我总能侥幸获胜。不管怎么都可以。无论明争还是暗斗，赢的都是我。这个癫痫的毛病……好像是我第一个想不出办法战胜的敌人。"

伊林戏谑地扬起了眉毛。"常言说，最为坚固的堡垒到头来往往是被内部的叛徒攻陷的。”

“我失败了。”迈尔斯若有所思地对着瓶子口吹气，吹得它嗡嗡作响，“但我挺过来了。出乎意料。我觉得……那让我很不平衡。我必须获胜，一直都，不然就完了。所以……我除了失败之外还做错了什么？……现在把那瓶啤酒给我吧，谢谢。”

伊林为他掀开瓶盖，然后把酒递给了他。现在的湖水已经很冰了，毫无疑问已经过了游泳的季节。也过了投水自杀的季节。

“也许，”又过了好一会儿，伊林说道，“一代代的渔民已经把鱼群当中笨得会上钩的全都给淘汰掉了吧。”

“有可能。”迈尔斯表示同意。恐怕，他的客人开始厌烦了。作为一名合格的主人，他应当做点什么。

“我觉得这下面现在是没鱼了。这是欺诈，弗·科西根。”

“不。我看到过鱼。要是有把击晕枪的话，我就可以证明给你看。”

“小伙子，这时候你在外面到处跑，居然敢不带击晕枪？这可不聪明。”

“嘿，我现在是帝国审计官。身为一名大人物，我有大块头打手给我带击晕枪。”

“不管怎么说，隔着这么深的水，你什么也打不晕。”伊林坚定地说。

“那，不用击晕枪。用击晕枪的电池组。”

“啊！”伊林一瞬间看起来高兴起来，接着反而更加疑心重重了，“你能炸鱼，是吗？我没想到这一点。”

“哦，这是登达立山民当年惯用的把戏。他们可没时间无所事事地坐在那儿把弦线垂到水中晃荡，弗氏们才会这么变态。他们肚子饿，需要弄晚餐。而且，湖的主人们会认为这是在他们的私有鱼塘里盗猎，所以有必要快进快出，在伯爵的兵士们骑马赶来之前完事走人。”

过了大概一分钟后，伊林说道：“我身上正好带着一把击晕枪。”

亲爱的上帝啊，我们居然让你带着武器出门？“哦？”

伊林放下他那瓶啤酒，从口袋里抽出那把武器。“这儿。我把它给你，作为祭品。我非得看下这个把戏不可。”

“啊。好吧……”迈尔斯放下自己的啤酒，把他的鱼竿递给伊林，然后打量着那把击晕枪。是常规型号，电量充满了。按照帝国安全部秘密特工们大为激赏的《如何将一把击晕枪变成一颗手榴弹》中介绍的方法，他把电源组拉出来，接着动手拆开弹药筒。他又喝了一大口啤酒，数了会儿时间，然后把电池炸弹丢到船外。

“你最好希望它能沉下去。”伊林表示。

“它会的。你看。”金属的微光消失在黑暗中。

“要多少秒？”伊林问道。

“不用说也知道，这永远没法搞得太清楚。这种花招总是难用得要命，原因之一就在于此。”

半分钟后，黑暗的湖底亮起了一大片四射的微弱闪光。又过了一会儿，船边的水面汩汩翻腾起来。水里发出的声音不像是爆炸声，倒像是人打嗝的声音。船摇晃起来。

岸上的帝国安全部卫兵猛地站起身来，用他的高倍望远镜端详着他们。酒意醺然的迈尔斯快活地朝他挥挥手让他放心，卫兵缓缓地坐回了原位。

“怎么？”伊林窥视着水中说道。

“等着瞧吧。”

过了约两分钟，一团黯淡的银光从下面忽闪着浮上来。然后又一团。再一团。又来了两个，银光闪闪，线条流畅的形体从水面下接二连三地冒了出来。

“老天，”伊林的声音里满是敬佩，“鱼来了。”他毕恭毕敬地举起酒瓶向迈尔斯致意，然后把瓶里的酒一饮而尽。

是鱼，而且很多。最小的有半米长，最大的差不多有三分之二米，有鲑鱼，有湖鳟，其中的一条肯定是从迈尔斯的祖父那年头就潜藏在下头了。它们呆滞的眼里满是责备，迈尔斯小心翼翼地把身子探出船舷，努力用网子把它们收集起来。鱼的身子冰凉，滑溜溜的，迈尔斯还没全捞完就差点掉下去，陪着它们沉入水底的墓场。迈尔斯晃荡着，弄得水花四溅，而伊林则稳稳地抓住他一只脚的脚踝。他们的猎物在船甲板上一字排开，鱼鳞在黄昏的阳光下显得七彩斑斓，颇为壮观。

“我们钓到鱼了。”伊林盯着这些几乎跟迈尔斯的人差不多大小的一大摊收获宣布，“我们现在可以回去了吗？”

“你身上还有击晕枪电池组吗？”

“没了。”

“啤酒还有剩吗？”

“刚才那是最后一瓶了。”

“那我们最好还是回去吧。”

伊林充满恶意地怪笑起来。“我简直迫不及待，”他小声说，“就等着有人来问我，我们是用的什么鱼饵啦。”

尽管迈尔斯感觉尿急得厉害，而且脚下有种跟湖水的波浪毫无关联的忽上忽下的感觉，他还是成功地把船停到了码头，而没有发生撞船事故。他仰身朝屋子走去，身后拖着被一根线穿过鱼鳃串在一起的两条比较小的鱼，把那三条大些的鱼留给了伊林去出苦力。

“我们是不是得把这些全吃掉？”伊林在他身后呼哧着问道。

“大概吃一条。剩下的可以收拾好了然后冻起来。”

“谁来做？科斯特的母亲会愿意吗？我真的不觉得你会想要冒犯你的大厨，迈尔斯。”

“绝无此意。”迈尔斯停下脚步，朝上面点点头，“说到底，你觉得仆从是用来做什么的？”

小船的归来吸引了马丁——或许他也隐隐在想着要获得允许，让他自己开船出去——他正迈着沉重的脚步顺着小路朝他们走来。

“啊，马丁！”迈尔斯欢唱起来，那语调要被伊凡听见了，老于经验的他准会掉头就跑，“你来得正好。把这些拿给你母亲”——他把自己拖着的重物解下来，塞到被惊呆了的年轻人怀中——“然后她叫你怎么处理你就怎么处理。来吧，西蒙。”

伊林和蔼地笑着，把自己的那些死鱼也递了过去。“谢谢你，马丁。”

他们无情地离开了马丁，即便听到他哀怨地叫着“大人……？”也不回头看看，径自摇摇晃晃朝着山上阴凉的石屋走去。迈尔斯的心中现在最重要的雄心壮志依次就是去上个厕所，洗个澡，然后打个盹。这样就心满意足了。

黄昏时分，迈尔斯和伊林坐在湖边房子的餐厅里吃全鱼宴。科斯特的母亲只把最小的那条鳟鱼给做成了菜，这已经足够屋子里所有人吃了。有她的调味汁，哪怕烤纸板也能成为美味，而浇在这条鲜鱼上之后，这顿饭足以成为供奉小神（译者注：希腊神话概念，指主神之外的地方或者低级神祇。如家神、河神、山林神、情绪神等）的飨宴了。

这次经历证明了他们在原始条件下作为养家的人是多么技艺高超，伊林显然为此大为高兴。“在这里你经常这么做吗？给全家人张罗食物？”

“很久才这么一次。后来我发现，我那位除了人造蛋白质之外只要有可能就什么都不吃的贝塔人母亲，她一边勇敢地大声咀嚼着那些东西，一边还从牙缝里挤出谎话来夸奖我是多么好的一个男孩。于是我就不再……嗯……挑衅她对食物的偏好了。”

“我能想象得出她当时的样子。”伊林咧嘴笑了。

“你明天还想再出去吗？”

“我们……还是至少等到把剩下的吃完再说。”

“谷仓里的猫儿们或许可以帮我们解决些。现在就有大概四只在厨房门口转悠，想让我的厨师软下心肠。我最后一次看到它们时，它们正在接近成功。”

迈尔斯一点点慢慢啜着杯里的葡萄酒。喝了很多水，睡了一觉，又吃了些药，先前因为啤酒和阳光引起的宿醉感已经消失了。真正放松下来的感觉对他来说很奇怪，很陌生。不做超光速航行，不做任何速度的旅行，哪儿都不去。享受眼前，这带有永恒性的当下。

马丁缓步走进餐厅，但手上没端食物，迈尔斯抬起头来看着他。

“大人？算讯终端上有人找您。”

不管那是谁，告诉他们我会给他们打回去，等明天。或者等下周。不行，那可能是伯爵夫人，她提前着陆了，或者从轨道上打来的。他觉得，自己现在已经准备好面对她了。“是谁？”

“那边说他是阿瓦克里少将。”

“噢。”迈尔斯立刻放下自己的叉子，站起身来，“我这就去接，谢谢你，马丁。”

装着私人算讯终端的房间在屋子后面一条走道顶头。阿瓦克里瘦削的脸在视讯板上等着他了，脑袋下面没有身子。迈尔斯滑进椅子里，调整了一下摄像头。“什么事，将军？”

“审计官大人。”阿瓦克里点点头，“我的小组已经准备好做报告了。我们可以按照您的要求，同时提交两份报告，分别给您和哈罗彻将军。”

“很好。什么时候？”

阿瓦克里犹豫了一下。“我建议，越快越好。”

迈尔斯的心里一阵恶寒。“为什么？”

“您希望通过算讯终端讨论这件事？”

“不。”迈尔斯舔了舔发干的嘴唇，“我……明白了。我回到弗贝拉苏丹娜大约要用两小时。”在去开会之前，他最好留出换衣服的时间，“我们可以在……嗯，26点整见（译者注：贝拉亚的计时单位小时以下和地球一致，每天是26.7小时。一个太阳年分12个月，每个月28天，余下多少不等的日子归入冬节）。除非你更愿意在明天一早见。”

“随您选择，审计官大人。”

阿瓦克里并没有反对半夜开会。如果结论是人畜无害的“自然原因”，那用不着这么急。想到这点以后，迈尔斯无论如何也睡不着了。“那就今晚。”

“很好，大人。”阿瓦克里点了点头，表示同意，以及告别。

迈尔斯关上算讯终端，用力呼出一口气。生活在刚才开始再度加速了。

第二十一章

帝国安全部总部大楼的午夜一片寂静，诊所会议室给人的感觉简直像个坟墓。黑色的投影桌周围放了五张座椅。啊，这马上又是一次医学简报会。这些日子里，迈尔斯学到的关于人脑——包括他自己的脑袋——内部的知识，已经比从前他想要学到的所有内容还多了。

“我们这儿好像少一把椅子。”迈尔斯朝着桌子点点头，对阿瓦克里少将说道，“除非你是打算让哈罗彻将军站着？”

“我再去拿一张来，审计官大人。”阿瓦克里咕哝着答道，“我们没料到……”他的目光移向了伊林，后者正坐在给迈尔斯预留的位子左边，另一边挨着瑞鲍上校，对面则是韦德尔博士。

迈尔斯本来拿不准把伊林拉来这里到底是不是明智，但阿瓦克里明显的不安给他心中注入了些残忍的快意。“这样我回头就不用再给他从头到尾重复一遍了。”迈尔斯低声回答，“顺便说一句，我想不出这颗行星上还有谁比他更有权利了解这事的内情。”

“这话我无法反驳，大人。”

你最好是别反驳。

阿瓦克里出去找另外的椅子了。

迈尔斯此刻装备上了全套棕银相间的家族制服，不过这次出行前他把那些军功章全都留在了他桌子抽屉里。他不想让那堆杂乱无章的东西分散人们的视线，看不清他规规矩矩挂在胸前的审计官金链。伊林选择了色彩柔和的平民服装：敞领汗衫，宽松的长裤，加上一件夹克，整个一副不在其位的疗养病人神态。是对正在代替他艰难奋战的哈罗彻表示谦恭吗？只是伊林在位的时候也时不时就穿便装，所以即便这姿态有传达什么信息，其含义也有点模棱两可。

阿瓦克里同哈罗彻一道回到了简报室。哈罗彻看见伊林，惊讶地动了动嘴；伊林转过头向他点头致意。“你好，卢卡斯。”

哈罗彻深沉的声音变得柔和了。“你好，长官。看见您又站起来了真好。”可他随即转向旁边的迈尔斯低声耳语，“他没问题吗？他受得了这个吗？”

“哦，是的。”迈尔斯用微笑掩饰他自己对此也是一无所知的现实。哈罗彻的手飞快地做了个表示否定的手势，让这群人今晚跳过了互敬军礼的礼节；要不然的话，有伊林在场，恐怕大家会陷入长时间的迷惘，搞不清谁该先向谁敬礼。一阵窸窣声和嘎吱声之后，他们坐到了各自的位子上，严肃而专注。阿瓦克里将军没坐下，仍然站在视讯演示台上。

“审计官大人，”阿瓦克里开始了，“哈罗彻将军，各位先生。伊林部长。”他特别对着伊林点了点头，虽然朝向有点含糊，“我……认为各位听到下面的结论不会吃惊的：我们已经发现，伊林部长的超忆神经植入装置遭到的破坏是一次人为制造的事故。”

哈罗彻发出一声长叹，点了点头。“我怕的就是这个。我一直希望会是个简单些的问题。”

过去有许多次，迈尔斯自己也曾抱着这种希望；他不禁有些同病相怜的感觉。他也经常感到失望。

“‘简单’，”阿瓦克里说，“是我最不会用来形容这次事件的词汇。”

“那么，我们面对的是一次蓄意破坏了。”哈罗彻说。

阿瓦克里咬着自己的下嘴唇。“那个，长官，是您管辖的范畴。我想，目前我更倾向于继续使用我先前的描述。一次人为制造的事故。为了向各位解释清楚这件事，下面改由韦德尔博士报告，他——”阿瓦克里高高的眉毛微微皱了一下，“——在建立因果链的过程中起了重要作用。韦德尔博士，有请。”

从阿瓦克里的那一皱眉，迈尔斯推断出韦德尔/卡那巴仍然一如既往地才华横溢，也一如既往地惹人厌恶。哪天他要是江郎才尽了，他惹人讨厌的能力带来的恶果毫无疑问会多得让他自己大吃一惊的。但阿瓦克里身为一名科学家太诚实了，绝不会把别人的成就据为己有。韦德尔站到了讲台前，他那高贵的五官显出几分疲惫，几分紧张，还有些许沾沾自喜。

“如果各位想要看看那位罪犯——那位直接下手的罪犯——这就是它的肖像。”韦德尔摆弄了一下全息图像遥控器，视讯板投影出了一个拓扑结构非常复杂的鲜绿色团块，在空中缓缓旋转。“当然，颜色是计算机着色的——这里我进行了一点小小的艺术加工——并放大了几百万倍。这个，先生们，是一种生物工程制造的凋亡性原核生物，或者说是我重建出的那东西的模型。”

“一种什么？”迈尔斯说，“请说得简单点。”

韦德尔脸上闪过一丝苦笑，他肯定是在脑中搜寻起单音节词来。迈尔斯开始后悔了：不该喝最后那四瓶啤酒的。“一种会吃东西的小虫子。”韦德尔说话的语气像是在提交翻译稿，等待修改意见。

“也不是简单成这样。”迈尔斯冷冷地说道。他的语气让桌边的贝拉亚人都为之畏缩：他们都清楚一位帝国审计官的权力有多大；身为移民的韦德尔则不然。*永远不要和学究争论术语。这既浪费你的时间，又会惹恼学究。*迈尔斯不再纠缠这个问题。“一种原核生物。嗯。重建是怎么回事？”

“我过一会儿就会谈到那个问题，审计官大人。这东西几乎算不上是个生命，它比最小的细菌都更小、更简单，但它确实能执行两种生命机能。用刚才的说法，‘吃’。具体来说，它会制造出一种蛋白水解酶，后者会把存在于超忆芯片以及银河系中某几种相关的神经增强装置中的蛋白质基质给分解掉。它专一破坏这一种蛋白质。然后，吸收了分解产生的养分后，它会繁殖，简单的二分裂式繁殖。这种原核生物的数量，如果拥有一个合适的环境，比如这个案例中，有芯片提供供养它们的蛋白质，将会按照几何级数两倍两倍地增加——直到某个数值。这种原核生物被设计成在数量翻倍若干次之后就会自毁。当我们拿到芯片进行分析的时候，几乎所有的细胞都已经完成了自毁，只给我留下了一大堆碎片，让我玩了好一阵子的拼图游戏。要是再晚一周，那就什么可供分析的东西都不会剩下了。”

哈罗彻皱了皱眉。

“那么，”迈尔斯说，“这东西是专为伊林设计的呢？抑或是一种商业产品，还是其他的什么？”

“你的第一个问题我无从回答。但我可以从它的分子结构上获知相当一部分它的制造史。首先，制造它的人，无论是谁，并不是从零开始的。这玩意是对一个既存的凋亡性有机体专利进行了一些修饰所得，原本的专利设计是用来消灭神经斑（译者注：老年痴呆症等病症可能的病因之一，在大脑灰质中出现的斑状沉积物）的。那是种完全合法的医疗产品，它的银河系专利序列号在一些分子碎片上都还能读取出来。然而，修改后的原核生物上没有任何标志，发明它的实验室、许可证，或者专利标示，都没有。顺便提一下，原版的专利登记于大约十年前，这就给你定下了这东西诞生的时间窗的起点。”

“我打算问的下一个问题正是这个，”迈尔斯说，“我希望我们能把范围再收窄些。”

“当然。不过，你可以看到，单是从代码和代码缺失当中我们已经知道了许多信息。原版的医疗用原核生物被非法翻版，派上了新的用场，而且修改它的人显然并不关心要将它合法化以进行大规模贸易的事情。所有的迹象都指向针对一次性顾客的一次性工作。”

“也许碰巧是杰克逊人干的非法勾当？”迈尔斯问。*你应该知道。*

“从它的设计中采用的一些走捷径的手法来看非常像。不幸的是，我个人对它没什么印象。”

那么这东西并非来自韦德尔/卡那巴原本的雇主布拉马普特拉家族的实验室。要是那么巧就太好了。但是杰克逊还有十几个其他的家族都可能接下这种小活。为了钱。

“那么这个要花多少钱能造出来？确切地说，当时制造它要用多少？”

“嗯……”韦德尔盯着空中琢磨了一下，“在实验室的实际花费，应该不到五万贝塔元。至于对外加价多少，谁知道呢。买主如果特别提出保密要求，价钱会翻上个……呃……大概五倍。也许会更高，如果市场能承受的话。”

那么，这事不是哪个独行狂徒做得出来的，除非他是个超级有钱的独行狂徒。多半是个组织。他脑海中想到了科玛恐怖分子组织——这种时候他们老是会被想起，真不幸。

“可不可能是西塔甘达人干的？”哈罗彻将军问道。

“哦，不，我不这么认为，”韦德尔说，“完全不是他们的风格。从基因角度看，西塔甘达人做的活出了名的质量高、原创性强，以及，我该怎么形容呢，优雅。而这个，与之相比，显得粗制滥造。必须指出，这玩意效率很高，但粗制滥造。在分子水平上而言。”

伊林的嘴抽动了一下，但他什么也没说。

“其中的自毁程序，”韦德尔接着说道，“可能是最初的设计中就有的安全措施。或者……可能是有意为之，以毁灭证据。”

“你能知道是哪种吗？”

“与原来的医用原核生物相比，有一些细微的修饰……不管怎么说，是专门设计的。我可以给您提供事实，大人。但我无法告诉您那些无名氏的动机。”

没错，那是我的工作。“那么……它被施用到伊林身上是在什么时候？怎么做的？”

“说‘施用’有些证据不足，虽然在目前的情况下这么说也不为过。我想再问一下，第一次严重的崩溃症状出现在什么时候？”

“四周前，”哈罗彻说，“在全体部门简报会上。”

“实际上，还在那之前一周，”迈尔斯说，“根据我线人的消息。”

哈罗彻飞快地看了他一眼。“确实。”

伊林略微动了动，似乎想要补充些什么，但最后还是保持了安静。

“嗯。原核生物的繁殖速度不是很快。很大程度上取决于最初输入人体的剂量有多大。”

“好，那么是怎么做到的？”迈尔斯插进来说，“还有，这东西是如何储存，如何运输的？保存期限多长？需不需要什么特殊储藏条件？”

“在胶囊包装情况下，应该保持干燥，室温环境下保存，不过稍微冷冻下也没坏处。保存期限——天哪，很多年。不过显然它还没放到十年。遇水就会激活，想必是在施用的时候激活的，这时候需要和潮湿界面接触。能以溶液的形式——它可以像微尘一样被吸入——透过黏膜，或者污染伤口进入人体。皮肤有破损，加上湿气就行。并不需要多大的伤口。”

“口服呢？”

“大多数原核生物会被胃酸杀死。这样的话也不是不可能，但最初所需的剂量会更大，才能保证有足够的原核生物进入血液，再被带到芯片那边。”

“那……什么时候？最有可能的发生接触的时间窗口是？你不能通过它的繁殖速度计算出施用时间吗？”

“只能粗略估算。我恐怕繁殖速度只是几个变量之一，大人。从第一次症状出现时往前推，施用时间肯定在一周前到十周前之间。”

迈尔斯转向伊林。“你能记得那时有什么可疑的事情吗？”

伊林无助地摇摇头。

哈罗彻说：“有没有任何方式……会不会……有没有可能是偶然接触到的？”

韦德尔紧绷着嘴。“有可能吧？谁知道呢？也许？问题就在这里。”他看上去仿佛很高兴自己用不着回答这个问题。

“到现在为止——”迈尔斯转向哈罗彻——“在贝拉亚有没有收到过任何其他使用了相关芯片装置的人发生了神秘的崩溃的报告？”不过，在贝拉亚真有其他人使用相关芯片吗？

“据我所知没有。”哈罗彻说。

“我希望，帝国安全部能对此进行再次确认。拜托。”

“好的，大人。”哈罗彻做了条记录。

“跃迁飞行员的神经植入装置使用的是完全不同的系统，”阿瓦克里插话说。“感谢上帝。”他把眼帘合上了一瞬间，大概是在心中想象着飞行员们中瘟疫横行会导致何等的混乱。

“这种原核生物不能通过一般方式传染。”韦德尔让他们放心。迈尔斯觉得，这话说得相当得罪人。

“我想，我们必须假设会出现最坏的情况。”迈尔斯说。

“确实。”哈罗彻叹了口气。

“在我看来这像是蓄意破坏，”迈尔斯继续说道，“精准，审慎，手段高明，而且精妙。”*并且残忍，主啊，相当残忍。*“我们现在知道了这是何物，也知道了是如何发生的。部分知道了是何时。可作案者是何人，为何？”啊，问题又回到了人类的动机上。*我摸到了大象，它很像*……那六个回答是什么来着？——*一根绳子，一棵树，一堵墙，一条蛇，一杆长矛，一把扇子*……“我们知道了作案方法。但作案动机仍然模糊不清。你的敌人太多了，西蒙，不过我想应该没有一个是私敌。在我们不知道的地方，你没有跟谁的妻子或者女儿睡过觉，或者做类似的事情吧？你有吗？”

伊林凄凉地抽动了下嘴角，笑了笑。“唉，没有，迈尔斯。”

“那么……只能是某些对整个安全部恨得发疯的人了。政治动机？该死的，这还是太宽泛了。不过那帮人确实有钱拿去烧，而且……呃……有耐心——你估计研制出这种小怪兽得需要多长时间，韦德尔博士？”

“花在实验室里的时间，哦，几个月。除非他们付钱要求加急赶工。那也至少一个月。”

“加上运输的时间……我认为，这个阴谋的启动至少是在六个月之前了。”

哈罗彻清了清嗓子。“看来，这东西很可能来自贝拉亚以外。我很想知道它来自哪个实验室，以及是什么时候来的。您允许的话，审计官大人，我要立即责令银河系事务司派特工到杰克逊联邦去解开这个谜团。同时也要盯着点此类生物制品的其他源头。比如说埃斯科巴。毕竟杰克逊·霍尔并没有彻底垄断此类黑市交易。”

“是的，请务必如此，哈罗彻将军。”迈尔斯说。这无疑是些单调乏味的跑腿调查工作，帝国安全部干起来会比迈尔斯好得多。一名正式的帝国审计官手下通常都拥有一班自己的人马，这种活儿可以交给他们干。不过，最后的报告还是得他本人进行审查确认才行。啊，他终归还是得被困在帝国安全部总部大楼里头了。他一定是命该如此。

“还有，”哈罗彻补充说，“我会重新检查伊林部长，嗯，从十六周前到五周前这段时间内的所有动向。”

“我基本上都在总部这边，”伊林说，“出城去了两次……我想想……我记得在那段时间里我从没离开过贝拉亚。”

“你还参加过格雷果的国宴，”迈尔斯指出，“还有另外几件事你也亲身到场督办。”

“是的。”哈罗彻又记了下来，“我们需要列出在那些场合可能和伊林部长有过身体接触的所有银河系来客的名单。名单会很长，但毕竟有限。”

“你们是否还可以把时间窗口进一步缩小？”迈尔斯向阿瓦克里和韦德尔问道。

韦德尔摊开双手。阿瓦克里摇摇头说：“就我们目前掌握的数据不行，大人。”

“你们还有没有什么要补充的？”哈罗彻将军问。

众人齐齐摇头。“除了些纯属猜测的没啥好说的。”阿瓦克里说。

“这攻击真奇怪，”迈尔斯说，“瞄准的是伊林的工作能力，而不是他的生命。”

“我不觉得您能确实排除谋杀的企图，大人，”瑞鲍医生插言道，“如果芯片没有被拿下来的话，他很可能最终会衰竭而死。或者在他处于糊涂的时候发生意外。”

哈罗彻倒抽了一口气。*很对*，迈尔斯想。如果有人正瞄准帝国安全部部长进行刺杀的话，名单上的下一个很可能就是哈罗彻了。

哈罗彻坐直了身子。“先生们，你们大家完成了一项出色的工作。我对你们的个人表彰会记入你们所有人的秘密档案中。你们把结题报告准备好，可以提交之后，你们就可以回到日常工作中了。”

“明天一多半就能好。”阿瓦克里说。

“我今晚能回去吗？”韦德尔插言道，“我那可怜的实验室落到我那些助手的手里都快一周了。一想到回去我将面对的局面，我就不寒而栗。”

阿瓦克里看看迈尔斯，把这个问题抛给了他——*你把他安插到我这里的，他由你应付。*

“我看不出为什么不可以，”迈尔斯说，“我希望务必给我一份报告的副本。”

“当然，审计官大人。”阿瓦克里少将说。

“还有任何从你办公室发出的材料，哈罗彻将军。”

“当然。”哈罗彻欲言又止，然后朝迈尔斯摊开手，“审计官大人？这次会议是您召集的。”

迈尔斯笑了笑，站起身来。“先生们，解散。谢谢你们大家。”

在外面的走廊上，伊林与哈罗彻停了下来，迈尔斯也停下等着他们。

“哦，长官，”哈罗彻叹口气，“我得说，您给我留下了道棘手的谜题。”

伊林粲然一笑。“欢迎坐上这把滚烫的交椅。是昨天吧？……我还跟迈尔斯说呢——我作为帝国安全部部长的第一件工作就是调查我前任遇刺的案件。传统获胜了啊。”

你是今天下午跟我说的，西蒙。

“至少你没有被杀。”哈罗彻说。

“啊。”伊林敛起了笑容，“我……忘了。”他看了一眼哈罗彻，音量降到了小声私语的地步，哈罗彻不得不侧耳倾听才行。“你会给我抓到那些杂种的，卢卡斯，是吧？”

“我会竭尽所能，长官。我们都会的。”他们转身离去时，虽然伊林穿着便服，哈罗彻还是郑重其事地向他敬了个礼。

那个晚上，或者，更准确地说，那天凌晨，迈尔斯迟迟难以入眠，可他失眠并非如预料之中的那样因为充满期待，而是因为……什么？信息消化不良吧，他估计。

他在床单上辗转反侧，睁眼瞪着面前的黑暗；刚刚落到他肩上的难题比这黑暗还要更让人捉摸不透得多。当他迫不及待地接受扮演帝国审计官这个角色的时候，他还以为这不过是装模作样而已，只要把西蒙·伊林从帝国安全部那些呆瓜医生的掌握中解救出来，戏就演完了。回想起来，那个任务并没有多么困难。可现在……现在他面对的问题，足以让一名真正的审计官突然患上失眠症，哪怕他拥有自己的全班人马和各种资源。

他的职位徒有其表，仅仅是格雷果心血来潮给他的一个空名，这念头不断在他脑海里回响。他怀念起自己在登达立时拥有的后援来。但凡他早先能想到这个任命会弄假成真，哪怕是暂时的，他也会立刻着手开始建立团队，从贝拉亚其他所有机构把合适的专家给抓过来，成立一支独立于它们的队伍。比如说吧，在帝国安全部里他就认识好些不错的家伙，他们已经干了接近二十年，可能会乐意提前退休，让他们的经验技能为迈尔斯所用。研究一下其他审计官的班子，然后照葫芦画瓢。把弗·豪威斯审计官大人死死摁在旁边的墙上，他不把自己脑子里所有的工作经验吐个干干净净就绝不放他走。他又在一个新行当里做学徒了。*该死的，这回我做事的次序又是颠倒的。*他很熟悉这种新入行时的陌生感。*人们会以为我已经学乖了呢。*

好了。下面，或者不如说，第一步，他该做什么？他的一个物证，那个生物工程制造出的原核生物，看来又把线索引回到了杰克逊·霍尔：如果他可以信任韦德尔博士的专业技术水平的话；他确实信。那他是不是该赶到杰克逊·霍尔去，监督调查？这念头让他不寒而栗。

那种实地调查正是该派给一线特工小组的任务，他自己从前就是那样的特工。说到专业的话，那么很明显该做的就是把任务指派下去，除非……要是帝国安全部本身也有嫌疑的话……

如果制造这种原核生物是纯粹的商业生产的话，在杰克逊·霍尔上是找不到作案动机的。好吧，报复是个可能。他上次去那里时，“内史密斯将军”可是把杰克逊联邦的好几个大家族给严重激怒了；如果他们最后搞清楚了他是为谁工作的……话说回来，费尔家族拥有研制这种恶心的破坏道具所需的资源，但他并没有太惹恼他们；布拉马普特拉家族对他更加恼火，但他们多半不会疯狂到私下跟贝拉亚开战——毕竟，这样做没有任何明显的益处；瑞阿瓦尔家族既有足够的资源，又够疯狂，但瑞阿瓦尔男爵死后，这个家族已经解体了。

不。武器可能是来自杰克逊·霍尔，但罪行是在这里实施的。*直觉吗，小伙子？*那么他该怎么做？躺下来等着，看能不能突然抓住自己潜意识的灵光？他会静静地疯掉的。

也许他需要再给自己的直觉恶魔更多的东西供它咀嚼。在帝国安全部里四下煽风点火？*或许，刺激别人来刺杀你自己？*至少这样会很有趣，现在这样的茫然要更令人沮丧。

*你真的觉得这是内部人作案？*直觉的恶魔像往常一样太忸怩了，拒绝给他直接的答案。但有一点是肯定的：任何人都可以到杰克逊·霍尔去进行探查。但只有一名帝国审计官才能进入到帝国安全部内部。解决这个难题靠一个人是不行的，但在其中哪部分任务非他不可却是再明白不过了。

那么，目标就是帝国安全部了。

迈尔斯一觉睡到接近中午才起来，穿上了整套棕银相间的家族制服，又戴好了审计官的金链。他来到铺着黑白格子的前厅里，坐在那张铺着软垫的长凳上，啜饮着他最后剩下的咖啡，等着马丁把伯爵的地行车开过来，这时外面的车道上传来一阵响动。声音太大了，不可能是马丁——至少，迈尔斯没听到地行车撞到柱子之类的地方上发出的碎裂声。但外面听起来有好几辆地行车，然后是座舱盖打开的声音，人们说话的声音，接着是窸窣的脚步声。他放下咖啡，站起身来要去应门，但门自己开了。噢。它当然会开。弗·科西根伯爵夫人和她的扈从们显然是今天上午就进入了绕星轨道——在他还呼呼大睡的时候。

两名身穿棕银相间制服的卫士在伯爵夫人前头进入大厅，躬身把她迎进来，然后转身向迈尔斯行礼。她大步穿过人群，沿途越过卫士、秘书、女仆、男仆、司机、行李工、侍从，然后又是几名卫兵，就如同一艘精致的快艇分波裂浪；人们在她周围散开，转身，就好像艇首激起的艏波，分散成小小的涡流，各自朝着指定的方向离去。她是个高个子女人，红头发，即便不言不语的时候存在感也很强。她现在穿着的米色裙子长得拖到了地上，进一步加强了走动时的“航行”效果。用“保养良好”来形容她那独特的美并不公平：毕竟她是个贝塔人，按照那个星球的标准，六十四五岁的她离人到中年还远着呢（译者注：贝塔人的预期寿命在120岁以上）。弗·科西根伯爵夫人一看见自己的儿子，就挥手让原本在她身边亦步亦趋的秘书离开。

“迈尔斯，亲爱的！”

他丢下咖啡杯，对着她的手鞠了一躬，想躲掉她慈爱的拥抱。她看出了其中意味，只是说了一句：“哎呀，上午这时候你就穿戴得这么正式啊。”

“我正要去工作，”迈尔斯解释说，“差不多可以这么说。”

“你得详细说说，当然……”她抓着他的胳膊，拖着他离开那些来来往往搬运行李的人群。那样子让迈尔斯不由得想起了成队的行军蚁。他们钻进隔壁的房间，大图书室的接待室。她不在场的情况下，她的下属也继续有条不紊地工作着。

她让他站在离自己一臂之遥的位置，上上下下打量着他。“你还好吗？”她的笑容并不能完全掩饰住强烈的焦虑。

从她嘴里问出来，这问题可能意味深长。他泛泛地答了句“很好，谢谢”。

“真的吗？”她平静地问道。

“真的。”

“你的气色实际上比我预期的更好。没你给我们发来的那些……呃……简短得过头了的公报里那么糟，看上去跟僵尸似的。”

“我……有几天日子很不好过，在您知道的那件事之后。不过我挺过来了。”

“我和你父亲差点就要赶回来了。好几次。”

“我很高兴你们没有。并不是说我现在见到你不高兴。”他急忙补充说。

“嗯。我想，这就是事情渐渐平息的方式吧。”

“本来我可能依旧处于鸵鸟状态。”他沮丧地承认道，“但形势逼得我发生了改变。你听说过西蒙的事了吧。”

“是的，但只听到一部分。不过艾利丝比你和格雷果都更乐于助人。西蒙现在怎么样？”

“他还好。就在这里。还在睡觉。昨天夜里我们睡得很晚。我想……我最好让他来告诉您。只要他办得到。”他小心地补充道，“他身体上复原了，但有点……嗯，我恐怕，他比起你熟悉的那个西蒙来要糊涂许多。您跟他谈几句就马上会发现这一点的。”

“我明白了。”她微微皱了皱眉，“尽快吧。我和艾利丝约好了，一小时后一起吃早午餐。我非常急着要见见蕾莎。”

“那么，你成功地安抚好她的父母了？艾利丝夫人说她没能做到这点。”

“哦，艾利丝为我打下了很好的基础。当然，蕾莎父母的心情很复杂，这是很自然的。身为那个托斯凯恩家族的人，他们的兴奋之情可以理解，因为他们预期，不仅是他们自己和他们的公司，而且，值得赞扬的是，科玛整体，都将获得更多的影响力。”

“要是他们是那样想的话，那他们就错了。格雷果太在意要表现得公正无私了，他不会公开给他妻子的亲戚太多好处的。”

“我委婉地告诉他们的就是这一点。我可以很高兴地说，他们不是没有头脑的人。他们的兴奋之情被他们真心关注自己女儿的安全和个人幸福的情绪给压抑住了。不过当然了，他们跟所有其他的父母一样，对这事是如何发生的感到大惑不解。”她朝迈尔斯淡淡一笑。

这话是说给他听的吗？毫无疑问。“那么……父亲大人怎么样了？他怎么看待这一切？”迈尔斯抖了抖肩膀，强调自己新的平民身份。

她清了清自己的嗓子。“感受很复杂，反应也很复杂。他让我转达给你一堆各式各样的安慰话，逻辑上互相冲突。我觉得我可以把那些话简单地提炼成一句话：他支持你，永远支持。”

“这点我知道。实际上，问题不在于此。他……很失望吗？”

她回了迈尔斯一记耸肩。“我们都知道为了取得你获得的那些成就，你付出了多大的努力，面对了多么不利的形势。”

她避开了回答问题。糟透了。

她又说了一句：“他更担心之后，你在无所约束的情况下会怎么样。”一根修长的指头轻轻点了一下他职位附带的链子。“我必须要说，格雷果这么做真是聪明。那孩子成熟了，这么精明，很令人满意。”

“等西蒙告诉你这根该死的链子会让我承受什么样的重担之后再说吧。”

她的眉毛扬了起来，但她没有催他解释。他回顾了一下弗·科西根伯爵夫人冷静的母爱表达方式；这跟艾利丝夫人对——确实是“对”，对阵的对——伊凡那种总在试图亲手安排一切的方式恰好相反。总的来说，他发现伯爵夫人沉默的尊重制造出的威慑力比任何公然干预所能获得的都要多出老大一截来。你会发现你自己都希望不要辜负这样的尊重。伯爵夫人扮演起公正的旁观者来几乎要让人信以为真，毫无疑问，格雷果的这种做派就是从她那里学来的。

马丁的脸从门框边探了出来，看到伯爵夫人的时候他的表情满是敬畏。“大人？呃，您的车准备好了，都……”

伯爵夫人挥挥手让迈尔斯离开。“你该走就走吧。我会去找西蒙谈谈。”

“看起来，督促他从前的——”他不喜欢这个“从前”的意蕴——“部门的工作得由我来完成。哈罗彻推动他们解决这个问题的动作太迟缓。不过我想，我不能因为帝国安全部的人们不愿在得到数据前先进行推理就责备他们。”

“为什么不能？他们以前经常这么做，太经常了。”

“哎呀哎呀。别这么尖刻。我的母亲大人。”迈尔斯躬身退了出去，一派弗氏风范。

她在他身后喊道：“不管怎么说，我很高兴在这里看到你。”

“不在这里还能在哪儿？”

她犹豫了一下，然后苦笑着承认：“我跟阿罗打赌说，你会选择小个子将军那边的。”

第二十二章

那天剩下的时间里，迈尔斯一直泡在哈罗彻的办公室里，一件件核对头天晚上之后帝国安全部都做了些什么，并且监督从这里发出的每条新命令。他如饥似渴地读着伊林在过去三个月的详尽行踪记录，直到他眼睛发直，开始担心自己会看漏内容才作罢。哈罗彻耐心地忍受着他在焦虑中的胡乱插手。银河系那边的调查出结果至少也得几个星期。哈罗彻目前把大部分注意力放在调查这事和杰克逊·霍尔方面的联系上：这既符合他们手上仅有的客观线索，也正跟迈尔斯的想法，或者说偏见吻合。

凡是哈罗彻遗漏的细枝末节，迈尔斯都会一一指出，然后哈罗彻立刻纠正自己的疏失。到下午快要过完时，对杰克逊·霍尔那边看起来他们已经没什么可做的了，除非迈尔斯亲自去那里一趟：这个主意是哈罗彻忽然想到的。

“看样子，你在对付杰克逊那些家族的方面确实有着非常丰富的经验。”哈罗彻评论道。

“嗯。”迈尔斯的声音无悲无喜，掩藏起这个想法在他脑中激起的想象。以一名帝国审计官的新身份回到杰克逊·霍尔，带着他想征用多少就有多少的贝拉亚战舰作为后盾，那景象化成一个令人愉悦的小小的权力幻梦。“不，”他含糊地说道，“我并不这么想。”答案就在这儿，在帝国安全部内部。我真希望自己知道问题该如何表达。

迈尔斯焦躁而又沮丧地暂时把杰克逊·霍尔留给派到那里的特工负责，而哈罗彻也暂时留给他自己自行其是，开始在大楼里四处乱逛起来。他本以为帝国安全部总部大楼他记得很清楚，但有些犄角旮旯他从来没有进去看过，有些部门他以前从来不属于有必要知情者。好了，现在他肯定可以自由出入任何地方了。

他随意走进几个这样的办公室，把里面的人弄得惊慌失措，于是他决定还是有计划地进行参观。他会从顶楼往下，把每个部门都视察一遍，连机电房和食堂也不例外。

他所过之处，留下一片混乱和迷茫，每一个部门的头头都在拼命检查自己的良心，想知道为什么帝国审计官会来拜访自己。*哈。有罪，他们无一清白。*迈尔斯冷冷地想道。有几个人努力向他解释他们的预算开销，可其中细节在迈尔斯听来是太多了些，还有一个没等人问起就为自己最近去银河系度假的事情进行了连篇辩护。迈尔斯不得不承认，看着这些平常三缄其口的人在慌乱中喋喋不休的样子相当具有娱乐性。他在恰当的时机发出了一些诸如“呃”和“嗯”之类的不含任何意见的声音，引导他们说下去。只是这些对他找到恰当的问题似乎并没有什么帮助。

有很多的部门都在贝拉亚的一天26.7个小时里通宵工作，足够迈尔斯继续逛一整晚的；但他在午夜时分停了下来。总部大楼是栋很大的建筑。谨慎，而不是速度，才是现在所需要的。

第二天早上，迈尔斯一醒来就发现，弗·科西根府到处都是他母亲的扈从们在忙忙碌碌，让他很不习惯。他们正在改变这地方的秩序。他们扯掉了家具上的罩子，有效地接管了照料他的客人伊林的工作；他们还拦住衣服只穿了一半，打算在屋里到处转转，边思考问题边喝早餐咖啡的迈尔斯，问他“我们能为您做点什么吗，少爷？”事情本该如此，但……这还是让他觉得该早点离开，去工作。既然他如今要职在身，或者说，既然他如今要管闲事（*译者注：这两句的用词是在做押头韵的文字游戏。原文如此*），迈尔斯判断自己该到皇宫去，向格雷果当面进行汇报，尽量按照审计官的风格办事。另外，格雷果也可能会有什么点子。迈尔斯觉得现在脑子里空空如也，特别缺乏点子。

可到了格雷果的办公室，只剩下他们两个人之后，他的审计官风格就飞快地冰消瓦解，他又回到了自己惯常的风格。他们坐在舒适的椅子上，边上是俯瞰花园的窗户；迈尔斯把脚跷到矮桌上，愁眉不展地看着他的靴子。

“有什么新进展吗？”格雷果靠在自己的椅背上问道。

“现在还没有。哈罗彻告诉了你些什么？”

格雷果迅速而精确地复述出了一份大体上还算完整的概要，包括那场午夜会议的内容，还有哈罗彻办公室昨天在迈尔斯的眼皮底下倾泻而出的大批命令和质询。“他说伊林在你们那场简报会上安静得可怕。”格雷果又说，“我猜，哈罗彻是相信伊林遭受的伤害比表面上看起来的要严重得多。”

“嗯。伊林也是这么认为的。我拿不准他真的是遭到了那么严重的伤害，还是因为许久不用，脑子变迟钝了。看上去就好像他忘掉了要怎么集中注意力。他脑袋里的状况……现在肯定对他来说也是全然陌生的。我想在那方面，艾利丝夫人也许能比哈罗彻给出更好的观察结论。”

“那，你做了些什么？”

迈尔斯做了个鬼脸。“什么都没做。我现在只能无所事事地摆弄自己的大拇指，一直等到银河系那边开始发回报告。我前些时在扮演监察长的角色，在帝国安全部里东戳戳西探探。这样可以让我在没完没了的等待期间有些乐子。”

“你才等了一天。”

“预期会等很久。”

“你现在对哈罗彻满意些了吗？”

“确实如此。他在做他该做的一切。而且他学得很快，不会犯相同的错误，噢，最多犯两次。我现在不满意的是这局面。看起来不可思议地让人完全无从着手……没有一个可以让我猛地一拉，看看会发生什么的线头。或者说，我还一个都没找到。”

格雷果深表同情地点点头。“你才刚刚开始真正的调查。”

“对。”迈尔斯犹豫着，“这件事情的发展比起我当初以为的要大得多、复杂得多，那时我只是对帝国安全部对伊林的医疗问题的处理方式很不爽。现在这可不是开玩笑的。你确定你不想把一名真正的审计官投入这个案子？比如说，弗·豪威斯。”

“弗·豪威斯还在科玛呢。召他回来需要一周时间。而且我想让他待在那里。”

“或者其他的某一个。”

“你这是怎么了，畏缩了？”格雷果眯缝着眼睛端详着迈尔斯，“你想让我给你解围？”

迈尔斯欲言又止，最后终于说道：“我觉得你应当有个机会来改变主意。”

“明白了。”格雷果吸着自己的下嘴唇，“谢谢你，弗·科西根勋爵。但我不改。”

*我希望你这不是在铸成大错，格雷果。*但他没把这话说出来。

格雷果在迈尔斯刚到时点的咖啡，现在终于给端上来了。来人不是格雷果的总管，而是艾利丝·弗·帕特利尔夫人，她亲自端着托盘。在她身边的是蕾莎·托斯凯恩。格雷果顿时容光焕发。

“你们想休息一会儿吗，先生们？”艾利丝问道。她把托盘放下，冲着迈尔斯的靴子使劲摆了摆手，皱了皱眉。他慌忙把脚从桌上拿下来，坐直了身子。

“是的。”格雷果边说边朝蕾莎伸出手，后者牵着他的手，在他身旁坐下，依偎着他。一时间迈尔斯不由羡妒丛生。

“我想我们实际上已经谈完了，”迈尔斯补充道，“今天谈完了。”*我的报告就是，没什么可报告的。呸。*

蕾莎露出一个浅笑，笑容里半是关切，半是探询。“格雷果和艾利丝夫人把伊林的事告诉我了。我想我对此感到……遗憾？不，那个词不对。也许该说惊惧吧。那样一个偶像倒下了。他在科玛简直是个传奇。可我最终见到他的时候，他看样子就是个普普通通的男人。”

“并非如此。”艾利丝夫人说。

“啊，也不是真的普通，但那似乎就是他想给人留下的印象。那么安静。他完全不像……我想象中的样子。”

*不像个魔头？蕾莎是个很有礼貌的科玛人，*这点上你必须对她表示赞许。“现实生活里那些魔头，”迈尔斯针对她的念头，而不是她的言语评论道，“经常都不过是些普通人。只不过他们的思维太糊涂。伊林是我所认识的最不糊涂的人之一。”

蕾莎微微赧然。在她脸上，这表情看上去很美。她清了清嗓子，然后开口道：“我们到这里来，实际上是有原因的，弗·科西根勋爵。”

“私下里，请不妨开始叫我迈尔斯。”

她瞧了瞧格雷果，以征求同意，后者点了点头。“迈尔斯，”她接着说道，“艾利丝夫人提议下周在皇宫举行一个舞会，招待格雷果和我的好朋友们。跟以往不同的是，这次舞会和政治完全无关。”

*或者只是你期望如此。*但艾利丝夫人点头对她的话加以证实。如果与政治无关，那肯定是有社交方面的计算。这是给蕾莎的犒赏吗？为了表彰她这么努力地做好一名弗氏学徒？

蕾莎继续说：“你会来吗，勋——迈尔斯，如果你的工作允许的话？作为我们两人共同的朋友。”

迈尔斯坐在椅子上，朝他未来的皇后略为欠身。“如果我的工作允许的话，我会非常荣幸地到场。”那时他多半还在等着来自银河系的报告，手头有的是时间。

“还有，当然，欢迎你带一名客人来。”蕾莎加了一句。她又朝格雷果瞧了瞧，他们两人又交换了个亲密的笑容，简直要让人发狂。“你有固定的——”她努力寻找着合适的贝拉亚用语——“年轻女士吗？”

“现在没有。”

“嗯。”她若有所思地看了看他，一直握着她的格雷果捏了下她的手。假如她有个妹妹的话，迈尔斯就很清楚这个眼神该如何理解了。看来，爱情不仅会传染，而且会主动传染。

“事实证明，迈尔斯对我们弗氏的女性毫无兴趣。”他的艾利丝表叔母插话了，语气颇为不满。仁慈的上帝啊，她不会是沮丧之下要放弃改变伊凡的单身状态的努力，而开始把目标转向他吧？

蕾莎的表情似乎在说她想搞清楚艾利丝夫人的意思是不是要暗示迈尔斯更喜欢男孩子，但她又不想唐突地问出来，或者至少是要等到她和她的导师单独相处时才好问。

“不是不感兴趣，”迈尔斯慌忙说道，“只是一直都运气不佳。我原先的出行时间表对展开罗曼蒂克的爱情非常不利。”*反正，对于在家乡展开确实不利。*“现在既然我在弗贝拉苏丹娜扎下根了，谁知道会怎么样呢。嗯……也许我会邀请迪黎娅·库德尔卡跟我一起。”

蕾莎露出个高兴的笑容。“我真希望再次见到她。”

艾利丝给大家斟上咖啡，蕾莎仔细地看着。她没有记笔记，但迈尔斯敢打赌，下次她会记得迈尔斯要喝的是黑咖啡的。艾利丝把交谈引向了些轻松的话题，直到他们喝完了一杯咖啡，并没有再加。她站起身，领着蕾莎回到房间外。是到女盥洗室去在迈尔斯不在场的情况下对他进行解析吗？*别那么神经紧张，小伙子。*在艾利丝的教导下，蕾莎看来正在和弗氏女性们的世界飞快地建立起联系，而且她看来不像哈罗彻，她没有低估这个世界对她的未来的重要程度。

格雷果明显很不情愿地放开了蕾莎。“艾利丝夫人，”他若有所思地补充道，“如果你觉得西蒙可以的话，为什么不带他来参加我和蕾莎将要跟你和弗·科西根夫人共进的午餐呢。我发觉自己很想听他谈话。”他盯着迈尔斯的眼睛，笑得有些古怪。

“我还以为西蒙跟你谈话时基本就是在做报告呢。”迈尔斯说。

“搞清楚这么多年来，那些报告都被什么给取代了——这很有吸引力。”艾利丝夫人评论道，“当然了，格雷果。我想那对他会有好处的。”她领着蕾莎走了出去，迈尔斯稍过了一会儿也跟了出去。

迈尔斯从昨天离开的地方开始，继续在帝国安全部总部大楼自讨苦吃的巡视工作。就他个人而言，其实他更乐意瞄准目标，一剑封喉，而不是这样挥舞大棒，暴力遍历数据，但当你不知道你究竟在找什么的时候，你就不得不把所有东西都一一过目。密码部门证明自己果然善于隐藏秘密，他们开始表面上很合作，但迅速就开始闪烁其词，用一堆科技术语解释他们的工作，成功地让迈尔斯从第三轮对话开始就如坠五里雾中。*要是你不能用勇气震慑住他们，那就用胡说八道拖住他们。*迈尔斯全程保持微笑，在心里暗暗记下回头要重新审查这个部门。财务部似乎对于有人关注他们简直欣喜若狂，而且审查过程看起来将会没完没了。迈尔斯从电子表单的包围中挣扎出来，落荒而逃。

后勤部和机电房则出乎意料地饶有趣味。迈尔斯早就知道总部大楼安保严密，但他从没了解过具体实施细节。他现在知道了所有那些用钢板加固的墙壁和地板分布在哪里，知道了人们在防爆问题、空气循环和净化问题、水处理问题上投入了多少心思。他对这栋建筑那位已故的疯狂建筑师的敬意又提高了一个档次。设计这栋大楼的不仅仅是一位受迫害妄想狂，还是位高明的设计师。每个房间都有独立的生物实验室级过滤系统，大楼还有个中央单元，对所有流经那里的空气进行过滤和散热处理，摧毁任何可能存在的毒素或者微生物，然后才让空气重新循环利用或者是排放出去。过程中产生的废热同时用来蒸馏饮水，这就是这里的水特别淡而无味的原因。迈尔斯曾见过的某些宇宙飞船防范措施也没这么严密。在这里，连感冒都无法在人们之间传播。

保洁人员全都是现役士兵，而且都是至少有十年服役史的老兵。他发现，在帝国军队的所有从事类似工作的人员中，他们的工资也算是最高的。他们士气高昂，在意识到迈尔斯的到访并不意味着要对他们的工作质量进行批评之后，他们不仅仅是愿意合作，而且对他非常友善。看起来，好久都没有哪个监察官员真的愿意亲自下去跟他们一起在管道系统当中爬来爬去了，不过话说回来，多数高级监察人员都比迈尔斯老得多，肢体僵硬得多，身材也粗壮得多。在检查途中，他还发现了帝国安全部总部里最无聊的工作是什么——对大楼里长度以公里计的所有管网系统和下水道的监控视频进行监察。在他早年近乎声名扫地的那段日子里，这任务居然从没落到他头上，这他只能说是个奇迹了。

迈尔斯依依不舍地离开时，保洁员们已经相当喜欢他们这位帝国审计官了，而反过来，他也一样。他们的业务能力，加上他们的同志情谊，一时间让他想起了登达立，痛苦得几乎不能呼吸，直到他让自己的思绪逃离了这个对比。

他让自己忙碌起来，免得过多地对他现在这总体上十分怪异的处境胡思乱想。总的来说，迈尔斯觉得自己还蛮喜欢现在的状况。他成年以来，第一次成了帝国安全部的局外人，一个平民，可却拥有了比以往任何时候都更好的视角，来好好观察这个他曾经那么充满激情地为之服务过的机构。这算是某种形式的最后告别吗？拥有的时候要好好珍惜。

良心在刺痛的他那天晚上早早地结束了工作，好赶回家跟他母亲和伊林一起吃晚饭，热情拥抱一下人类礼仪文明。他成功地让话题集中在瑟格亚的帝国殖民地发展状况上，这个话题伯爵夫人也确实谈兴甚佳。第二天一大早他就回到了总部，贴在哈罗彻的脖子后面紧盯着不放，直到哈罗彻又向他充满希望地列举了一番到杰克逊·霍尔去一趟的各种好处。迈尔斯咧嘴笑笑，然后又开始继续自己的视察历程。

迈尔斯今天花在拜访分析处上的时间是最多的。其中，他特别停下跟盖伦尼谈了谈，也跟受命分析这个帝国安全部内部问题的分析员们谈了谈，他们基本上也是在等着从银河系回来的报告。他也检查了负责其他问题的人的工作。伊林的芯片遭破坏一事是他们工作的重中之重，但这并不意味着其他所有的事件都要被搁置一旁。迈尔斯同科玛事务司司长阿利格里将军进行了长时间饶有兴味的交谈，话题理所当然地转到了格雷果的订婚礼上，这个话题迈尔斯跟盖伦尼交谈时一直小心翼翼地避开了。迈尔斯不知道是不是值得到科玛去一趟，同驻守在那里的银河系事务司和阿利格里将军职位同样的那位谈谈。瑟格亚事务司的奥尔山斯基上校殷勤问候了伯爵夫人的近况，迈尔斯邀请他去跟伯爵夫人一道共进晚餐，这礼遇让上校似乎觉得有点思之生畏，但还是欣然接受了。

接下来的检查迈尔斯视为本日视察大餐的饭后甜点，因此他有意把那里放在了最后一站。

帝国安全部证物库位于地下室的底层，占用了老监狱区的房间——迈尔斯一直觉得，那是些充满恐怖的房间。这地方在疯皇尤里最后那段肆无忌惮的日子里，曾经是最好的现代化地牢，里面弥漫着一股浓烈的药味。迈尔斯觉得比起滴水的墙壁、蜘蛛网、镣铐还有在地上窜来窜去的虫鼠，这味道更令人恐惧。伊扎皇帝对这里的使用要谨慎许多，他把这里用来关押政治犯——最先关进去的就是尤里手下的那帮狱卒。在他一辈子冷酷无情的统治中，这个装饰音符总算体现了点天理公义。不过迈尔斯觉得，他父亲摄政期间，把阴森的监狱实际上变成了一个博物馆，这一成就更了不起，虽然无人称颂。那里面真的该在显要位置摆上些老尤里和他那帮凶暴手下们的仿真蜡像。

但作为一个证物库，它绝对是这个星球上最安全的。这里现在存放着帝国安全部在它历次调查中收集来的全部有趣的零星饰品和玩具。几间屋子里塞满了文档、武器、生物制品——迈尔斯相信它们都被封得严严实实的——药物，还有些从恶徒或者是倒霉蛋那儿没收来的更加稀奇古怪的东西。它们在这里等待着案件起诉，进一步调查，或者是在重新分类后被归于过期物品而被剔除出去。

他在心中幻想着自己进入武器室的样子。自从上次把他在登达立的一次行动中缴获的某些有趣的好玩意带回家乡之后，他已经好几年没下去过了。在房间深处的一个架子上他曾发现了一个生锈的金属十字弓和几个空了的索托辛（译者注：作者虚构的一种毒气，能破坏人体遗传基因，导致畸形）毒气罐。三十年零几个月前，有人企图毒杀当时的新任摄政王阿罗·弗·科西根和他怀孕的妻子未遂，如今除了迈尔斯自己之外，这就是那起案件仅存的实物遗留了。*阿尔发和欧米加，孩子，开始和结束。*

原本的监狱区只有一个出入口，囚犯们在这里的小房间里被进行甄别。如今房间里摆上了一张桌子算是前台，后面坐着管理这里的军士，一名脸色苍白的年轻人，身上有几分修道院图书馆管理员的气质。迈尔斯一进门，他就从自己的电脑椅里弹了起来，立正站好，然后……他显然吃不准是该鞠躬还是该敬礼。最后他取了个折中，低下了脑袋。“审计官大人。有什么我能为您效劳的吗？”

“坐下，放松，然后放我进去。我要进去巡视一下。”迈尔斯告诉他。

“当然，审计官大人。”他坐回位置上。对这套程序经验丰富的迈尔斯走到台前，把手掌放在读取器上，伸长脖子过去进行视网膜扫描。军士感激地冲迈尔斯笑了笑，因为这样一来他就轻松了，用不着考虑是否一名帝国审计官能凌驾于安检程序之上，以及如果不能的话，他究竟该怎样执行规定了。

他的轻松只是昙花一现，因为控制面板上的灯闪起了红光，他的算讯终端发出刺耳的噪声。“大人？依照哈罗彻将军的命令，您被明确地划归在未获准进入的名单里。”

“什么？”迈尔斯绕过算讯终端桌，从军士的肩膀上看了看。“啊。查查日期。那是个历史遗留问题……几周前的。如果你为此感到困扰的话，给哈罗彻的办公室打电话，让他们修改授权名单。我会等着的。”

中士紧张地照做了。他跟哈罗彻的秘书交涉了一阵子，后者一明白是怎么回事就飞快地授予了迈尔斯进入权限，附带还道了个歉。在这期间，迈尔斯盯着视讯板在上空投影出的页面上的数据。列表当中包括他每次下到这里来的日期和时间，从将近十年前开始，同时还有他每次带进或者带出——带进为主——的物品的代码。啊，在这儿，那颗兹维加（译者注：原文如此，意义不明）灵巧炸弹，经过钝化处理后安全无害了的。还有那些奇怪的西塔甘达基因样品，他猜安全部正在韦德尔博士的大力支持下对它们进行进一步分析。还有……这什么见鬼的……？

迈尔斯的脑袋探得更靠前了。“请原谅。这台算讯终端把我列在了十二周之前来过这个证物库的人员名单中。”实际上，那个日期正好是他结束在登达立的最后一次行动回来的那天，伊林没在城里的要命的那天。记录的时间是……刚好是他到伊林办公室报到，然后出来之后；实际上，那个时间段他正走在回家的路上。他不由得瞪大眼睛，紧咬牙关。“多么有趣啊。”他愤怒地低声说道。

“您说什么，大人？”中士问道。

“你那天在值班吗？”

“我记不得了，大人。我得查一下排班表。呃……您问这个干什么，长官？”

“因为那天我没来这里。自从前年之后，任何一天我都没来过这里。”

“可是名单上有您，长官。”

“我看见了。”迈尔斯笑得龇牙咧嘴。

他找到了自己在过去三天里一直在下意识找寻的东西，就是这个，严丝合缝。谜团的线头。

这要么是头彩，要么是陷阱。我想知道，究竟是哪样？那么，是不是他本来就该发现这事？是不是本来就该现在发现？会不会有哪个先知，预言到了他会来地下室走一遭？别预做任何假设，小伙子。只管向前。

但要小心。

“用你的算讯终端开启一个保密通话，连接到作战部，”他对那位军士说，“我要找弗·帕特利尔上尉，要他现在就来。”

伊凡从城市另一头的作战部大楼赶过来的用时比预期的要短，迈尔斯今天运气很好，刚好他没有提前开溜。迈尔斯坐在证物库入口处算讯终端桌的边上，晃荡着一条穿着靴子的腿，阴笑着看着进来的伊凡打发走陪他进来的帝国安全部内部人员——“好了，好了，看，我没迷路。你现在可以走了。谢谢你。”证物库里的中士和他的上级中尉在等待着审计官大人的吩咐。中尉脸色铁青，瑟瑟发抖。

伊凡一看到迈尔斯的脸，就扬起了眉毛。“那么，审计官表弟大人。你找到什么好玩的了？”

“我看起来很高兴？”

“更像是狂躁。”

“这事很有趣，伊凡，绝对有趣。帝国安全部的内部安保系统在向我撒谎。”

“那可就麻烦了，”伊凡谨慎地说，“它说什么？”

“它认为我来过证物间，来过这里，在我最后一次行动后回来的那天来过这里。不仅如此，楼上入口处的记录也被相应修改了——那上面记录的当天我离开的时间要比真实的时间晚半个小时。不过，弗·科西根府上的安保记录中还存有我实际到达家里的时间——这两个记录之间的时间差刚好够我乘坐地行车回家。只不过那天我是走回去的。这还没完——精彩的在后头——那天证物间的内部监控视频录像被发现，嗯，你猜猜怎么了？”

伊凡瞧瞧那样子显然心焦如焚的帝国安全部中尉。“失踪了？”

“一猜就中。”

伊凡的脸皱成一团。“为什么？”

“是啊，为什么呢？这正是我下面打算解答的问题。我估测，这事看起来和针对伊林的破坏行为会完全无关。要不要来个场外押注（译者注：赌某个特定事件在过程中是否发生，而不赌整个事件结果的赌博押注）？”

“免了。”伊凡闷闷不乐地盯着他，“这是不是意味着我得取消我的晚餐计划了？”

“是的，我自己的也要取消。打电话给我母亲，告诉她我很抱歉，但我今晚不回家了。然后坐到这个桌子后面。”他指指军士的座椅，军士慌忙爬下椅子。“我宣布将这间证物库封存起来。没有我的审计官授权，伊凡，不许任何人进去，任何人都不行。你们两个……”他转动手臂，指向那两名帝国安全部职员，把他们吓得直往后退——“是我的证人，证明我本人今天没有进入储藏区。”他又对中尉说，“告诉我你们盘点的流程。”

中尉咽了口唾沫。“算讯终端上的记录，当然，在不断地更新，审计官大人。我们每月进行一次实物盘存。要用一周的时间。”

“上次是什么时候做的？”

“两周前。”

“发现少了什么没有？”

“没有，大人。”

“过去三个月少了什么没有？”

“没有。”

“去年？”

“没有！”

“盘存清点工作是不是总是同一个人来做？”

“轮换着来。单调乏味的杂活可不受欢迎。”

“我相信确实不是。”迈尔斯朝伊凡看了看。“伊凡，你坐在这里等的时候，给作战部打个电话，给你自己征调四名有顶级安全许可的人来，要从没为帝国安全部工作过或者合作过的。他们将成为你的组员。”

伊凡气急败坏，表情都扭曲了。“哦，上帝啊。”他呻吟道，“你不是要让我来清点所有这些见鬼的玩意吧，是吗？”

“是的。由于显而易见的原因，这事我不能做。有人在这里插了一面示警红旗，上面写着我的名字。如果他们是想吸引我的注意力的话，无疑他们已经成功了。”

“生物制剂也得检查？要去冷库里？”伊凡颤抖了。

“全部都要。”

“我要找什么呢？”

“如果我知道的话，我们现在就用不着做盘存了，不是吗？”

“如果，没有东西被拿走，反而是多了些东西呢？要是你手上的不是线索，而是导火索呢？”伊凡问道。他的手紧张地屈伸，像在演哑剧。

“那么我相信你会把它踩灭的。”他示意让那两个安全部的人跟着他。“随我来，先生们。我们要去见见哈罗彻将军。”

哈罗彻同样是在见到迈尔斯的脸的一刻就立刻警觉起来。迈尔斯和他的“小火车”开进了他的办公室，哈罗彻闭上他们身后的房门，又关上了他的算讯终端，然后说道：“你发现了什么，大人？”

“大约二十五分钟的篡改了的历史。你们的算讯终端被人动了手脚。”

迈尔斯讲述他发现那段多出来的时间的事情，而证物库主管在一旁加以证实，哈罗彻则越听脸色越难看。听到视频录像失踪的消息后，他的脸色越发阴沉了。

“你能证明你当时在哪里吗？”等迈尔斯说完后，他问道，“怎么证明你是走回家的？”

迈尔斯耸耸肩。“可以啊。我在街上遇见了不少人，而且，我……呵……比一般人更容易让人记住些。一直以来，内安人员在调查国内犯罪时不都会在事情过后几年再四处搜寻证人吗。如果看起来有必要的话，我可能会要求他们去做。但作为一名帝国审计官，我的话是不容置疑的。”*现在是*。

“呃。是的。”

迈尔斯朝证物库的人望去。“先生们，能不能请你们去外面办公室等我。哪儿都不要去，也不要跟任何人说话。”

他和哈罗彻等到他们离开了房间，然后迈尔斯继续说道：“目前，可以肯定的是，你的内部安保系统里有只鼹鼠。接下来，我可以有两种处理这事的方式。我可以让帝国安全部完全停摆，同时去找外面的专家来检查。这一方法有一些明显的坏处。”

哈罗彻呻吟了一声。“您说得太轻描淡写了，大人。”

“是的。让整个帝国安全部下线一个星期——或者更长时间——同时让不熟悉你们系统的人们试着搞懂它，然后进行检查，这在我看来，就是在给灾难发邀请函。但是，用内部人员来进行内部检查也有些……呃……明显的缺点。有什么主意吗？”

哈罗彻揉揉额头。“我大概明白你的意思了。要不……要不我们建立一个小组来进行检查，由至少三人组成，他们必须在任何时候都一起工作。那样他们可以互相盯着。我必须承认这里有一只鼹鼠，但随机选出来的三个……他们可以一部分一部分地冻结整个系统，把对帝国安全部正在进行中的工作的干扰减到最小。如果你愿意的话，我可以给你一个合格人员的名单，你可以从中选人。”

“是的，”迈尔斯缓缓说道，“这行得通。很好。就这么办。”

哈罗彻明显地松了一口气。“我……很感激你在这件事上通情达理，大人。”

“我一直都通情达理。”

哈罗彻撇了撇嘴，但没有反驳。他叹了口气。“事态这一路发展，越来越烦人。我很鄙视内部调查。即便你赢了，你也是输家。但是什么……我承认，我无法理解证物库这档子事。你看出什么来了吗？”

迈尔斯摇摇头。“看起来好像是为了诬陷。但大多数情况下诬陷都有相应的情景。这次一点都没有。整件事情都是颠倒的。我是说，通常，你会先发现罪行，然后推断出嫌疑人。我现在是不得不从嫌疑人开始推断出罪行。”

“是的，但是……谁会蠢到居然试图诬陷一名帝国审计官呢？这似乎完全是非理性的。”

迈尔斯在哈罗彻桌子前面皱着眉头，在房间里来回踱步。当年他和伊林在敲定他的行动计划时，他曾经像这样在伊林面前踱步过多少回？“那要看……我希望你的系统分析员们特别研究下这个问题。那要看这个记录蹲在下面证物库的算讯终端里有多久了。这是一颗埋好的地雷，设定成只有在被触动时才会爆炸。记录里的改动是什么时候发生的？我的意思是说，从我回来的那倒霉的一天，一直到今天早上，这事可能发生在二者之间的任何时间。但如果他们做手脚是在一两周以前或者更早的时间的话——某些人当时可能并不觉得他们在诬陷一名帝国审计官。我看不出他们怎么可能预见到我会得到那个任命，连我自己事先都没想到。他们当时是在诬陷，直说吧，一位被开除的下级军官，他是带着嫌疑离开帝国安全部的。我可能天生就被设置得容易被人当靶子。”在之前。“我不喜欢当靶子。我已经对这种事厌烦透顶了。”

哈罗彻惊奇地晃晃脑袋。“你让我无话可说，弗·科西根勋爵。我相信我终于开始明白为什么伊林总是……”

“伊林总是什么？”迈尔斯等了半天之后，忍不住催问道。

哈罗彻的嘴角往一侧歪过去，露出半个笑容，让他严肃的面孔显得轻快了些。“在读你的简报时发出低声咒骂。可随即就转过头去，再度派你去执行他手头最困难的任务。”

迈尔斯朝着哈罗彻那边马马虎虎地行了个带有几分讽刺的额手礼。“谢谢你，将军。”

第二十三章

黎明前两小时，伊凡找到了那东西。并不完全是偶然。

它就在他检查的第二间屋子——武器四室的第五过道上。会这样是因为伊凡把生物制剂、毒药和冷库放在了他检查列表的最后，希望自己可能根本用不着去检查那些。要是迈尔斯的话，就会选择把最麻烦的几个房间首先解决掉。有时候，迈尔斯不得不承认，伊凡并不是像他装出来的那么傻。

伊凡大步流星地走出库房，回到接待区。迈尔斯在楼上盯着哈罗彻选好系统安全分析三人小组，让他们开始工作之后就回到了这里，几个小时当中一直在算讯终端上交叉比对存货清单。

“我刚才是在一间武器室里，没错吧？”伊凡边问边挥舞着手中那张印着库存表的塑料纸。

迈尔斯把注意力转向伊凡，丢开毒药室按字母顺序排列的第九百零九项物品的化学说明：蛇类碎屑，来自波尔，三克。“你说是就是吧。”

“没错。那为什么一个标着‘科玛病毒’的小盒子会放在那房间里五号过道的九号架上的二十七号柜里呢？这究竟是什么东西？难道它不该被放在生物制剂那边吗？是不是有人分类的时候搞错了？我不会把这该死的东西打开的，你得先搞清楚它是什么。它有可能让我身上骤然长出绿色的真菌，或者像那些遭了瑟格亚虫瘟（译者注：瑟格亚当地一种原本几乎无害的微型寄生虫在寄生到新的宿主——人类身上后行为异变，身体过度发育、释放毒素导致人体出现发烧、过敏、局部肿胀等病症的疾病。具备传染性，给宿主带来很大痛苦，但一般不致命。瘟疫爆发早期唯一的疗法是进行漫长而痛苦的外科手术，将虫子逐条全部取出，这一阶段的病人往往留下终生疤痕。后开发出较好的疗法：皮下注射杀虫剂。该事件导致瑟格亚殖民地一度被封锁，是系列中的一个重大历史事件，但未进行过正面描写）的可怜家伙一样肿起来，或者更糟。”

“瑟格亚虫瘟肯定是近代史上最令人恶心的玩意了。”迈尔斯表示赞同，“但它作为瘟疫而言并不怎么致命。让我看看。这东西在武器室的清单上吗？”

“哦，是的，它就在按照清单它该在的位置上。他们认为该在的位置。”

“那么它应该是件武器。有这个可能。”迈尔斯回到证物库的算讯终端上，往刚才检查的毒药清单上加上个记号，标明他读到的位置，重新把文件存好，然后调出了武器区的物品清单。“科玛病毒”上有一个密级代码，只有安全许可级别最高的人才能访问它的说明和历史。帝国安全部总部里塞满了这样的人。迈尔斯轻轻笑了笑，用他审计官的印玺覆盖掉了屏蔽指令。

他还没读完前头三行就开始笑了，声音非常轻柔。他想骂人，可想不出任何足够恶毒的字眼。

“怎么了？”伊凡不耐烦地伸长脖子，越过迈尔斯的肩膀窥探着。

“不是病毒，伊凡。分类室的某个人需要听听韦德尔博士的讲座。那是个生物工程制造的凋亡性原核生物。一种小虫子，会吃东西，专门吃神经芯片中的蛋白质。就是那个原核生物，伊林身上的原核生物。它对你没有任何危险，除非在我不知道的情况下你装上了神经芯片。哦，上帝啊。它就是从这里来的……更确切地说，它直接的来源是这里。”他坐正身子，开始阅读。伊凡俯身靠在他座椅的椅背上看。当迈尔斯想翻页的时候，还没读完的伊凡把他的手打到一旁。

就是它，隐藏在光天化日之下，深埋在包括数以万计其他物品的目录中。自从科玛事务司的一名军官把它送到帝国安全部证物库之后，它就安静地躺在九号架的二十七号柜中，蒙尘已经将近五年了。当时，帝国反间谍部门在这里，在弗贝拉苏丹娜，对几个科玛恐怖分子小组进行的扫荡中缴获了这东西，那些恐怖分子和……已故的萨尔·盖伦有关。在试图实施他推翻贝拉亚帝国，解放科玛的最后一个计划时，他在地球上被杀了，那个计划复杂精巧，异想天开，然而却徒劳无功。就是为了这个计划，盖伦制造了迈尔斯的克隆兄弟马克。

“哦，见鬼，”伊凡说，“你那该死的克隆体跟这有关吗？”

“我的兄弟。”迈尔斯强压下心中同样的恐惧，出言纠正道，“我看不出有什么可能。最近这快半年的时间里，他一直都在贝塔殖民地。我在贝塔的外祖母可以做证。”

“如果你想要确实证明这点的话，”伊凡说，“那么你现在肯定和我有同样的想法。他可能再次假扮成你吗？”

“不行，除非经过一番有效得惊人的突击节食减肥。”

伊凡已经半被说服了，但还是咕哝了一句。“有合适的药物的话，可以做到的。”

“我不这样认为。我向你保证，马克现在最不愿做的事就是再次扮演我的角色。我还是要让人正式核查一下他的行踪，不过只是为了免得人们都钻进一条死胡同。正是因为马克……的身份，在贝塔殖民地大使馆里的帝国安全部办事处一直都把他置于他们的视野之内。”

迈尔斯继续往下读。这东西确实跟杰克逊人有关。这种吃芯片的原核生物实际上是科玛恐怖分子找那里的一个小家族下单定做的，那个家族通常以为病人量身定制药物而闻名。而伊林从一开始就是它的目标。恐怖分子计划在暗杀当时的首相阿罗·弗·科西根伯爵的同时对帝国安全部进行破坏。帝国安全部五年前的调查已经从这个原核生物追溯到了制造它的地方，还有科玛人给杰克逊生化小组银行转账付款的记录。刚刚开始的新一轮调查或早或晚肯定会得出完全相同的数据：如果他们不得不把第一次冗长的调查过程重新走一遍，那就晚些；如果这个机构能克服它的集体健忘症，从它自己的档案里找到这些数据的话，那就早些。迈尔斯估计，可能早则三周，晚则八周吧。

“这至少解释了对我的诬陷。”迈尔斯嘟囔道。

伊凡挑起一边眉毛。“怎么回事？”

“我撞上这事情的次序不对。我访问这里的虚假记录本来就打算要让人发现的，是的，不可避免地会被发现，但并不是打算让人上来就发现它。这些数据——”迈尔斯朝算讯终端挥挥手——“当调查最终进行到这里的时候，会把人们的注意力集中到证物库里。调查者不会先看到算讯终端里的记录，然后再检查库存，而是会先看二十七号柜，然后检查出入人员的安检记录。在其中他们会有个让他们很愉快的发现：我，一名刚被开除，跟这里没有任何关系的军官。如果事情是这样发展，那这将会成为一个说服力强得多的诬陷。”

迈尔斯又坐了一会儿，理清自己的思路。然后他给帝国安全部法医处打了个电话，要求他们的高级军官随时待命。接下来他把电话打到了沃恩·韦德尔博士家的算讯终端上。

机器阻挡了他，并试图让他留言。看起来，韦德尔不喜欢被人打断他的美容觉。他又试了一次，得到了同样的结果。他足足等了三秒钟，才恢复了做事的耐心，然后打电话给帝国安全部的卫兵。迈尔斯让值班的军官派几个块头最大的手下穿着制服到韦德尔的公寓去，指示他们用任何必要的手段弄醒他，然后立即把他带到帝国安全部总部来，必要的话，抬过来也行。

他的队伍集结的时间显得无比漫长，最后完毕时，迈尔斯估计，外面差不多快到黎明时分了。他让队员们列队走进武器四室，自己走在最后。韦德尔还在低声发牢骚，说什么自己在半夜被人粗鲁地弄醒之类的，迈尔斯决定选择不管他，只要他抱怨时谨慎地保持“压低声音”（译者注：原文为意大利文，通常用于剧本标注，强调角色有意识地小声说话）。他和伊凡都压根没睡过，不过现在迈尔斯一点也不累。

他让法医处的人第一个上阵，检查这个小小的密封生物制剂盒的外部。

“这东西被人移动过几次，”那人报告道，“有几个指纹，有一些污迹，都不太新鲜……”他不出所料地用激光扫描器把它们记录了下来，好跟证物库人员的指纹进行交叉比对，以及在必要的时候跟帝国里所有其他人的指纹进行比对。“在盒子被从证物库中带出去时会发出警报声的探测回路从来没有给激活过。没有头发丝或者别的纤维。由于这里的空气过滤装置，我不认为这上面应该有太多尘土。我能说的就是这些。下面的事情是你们的了，先生们。”

他往后退开，伊凡走上前，从架子上把盒子抽下来，放到专门拿进来亮着灯的检查板上。盒子是用最简单的数字密码锁锁着的，这种设计与其说是为了真正的保险起见，还不如是说为了保证它万一落到地上时不至于被摔开——证据是，开锁的密码就在库存说明里写着呢。伊凡看了看手上的单子，把那串数字输了进去。小盖子自动旋开了。

“对的。”伊凡朝里面窥视了一下，又看着他的目录清单，慢吞吞地说道。盒子里装着一团防震凝胶垫，垫子上开有六个平行的凹槽。有三个槽里塞着小小的棕色胶囊，小得小孩子都可以吞下。另外三个是空的。“刚开始有六个密封好的传染病介体单元——反正他们这里是这么写的——其中一个在五年前给拿出来进行检验，标着已销毁。应该还剩下五个——只不过现在这里是三个。”他动作夸张地松开手，法医处的人再度上前，弯下腰开始检查盒子封口的内部。

*这就对了！*迈尔斯在心中号叫着，不过对有一颗五年前就给拿走了略感可惜。这让事情变得复杂了些，但那边实验室的记录多半会有助于解决这个问题，只要去拿来就好。

“你们是说，”韦德尔悲叹道，“我绞尽脑汁忙了一周才把那堆该死的垃圾重新拼回去，与此同时，楼下就放着一套完好无损的样品？”

“没错。”迈尔斯咧嘴一笑，“我希望你会喜欢这种意外惊喜。”

“一大早这个点的我可不喜欢。”

法医处的人抬起头向他报告：“锁从没有被撬开过。”

“很好。”迈尔斯说，“把盒子送到法医处进行一次全面检查。伊凡，我希望你跟着一起去。不要让楼上那些鬼鬼祟祟的人偷偷拿着它离开你的视线。韦德尔，你拿一份样品去做分子分析——我希望你证实它与你从伊林的芯片里弄出来的那些玩意是一个东西，此外你从中发现更多信息的话我也希望都能知道。你和样品都不能离开这座大楼——你可以再度使用诊所里的那间实验室，还有你想要征用的任何物资，但除了你之外，任何人——无论是谁——都不能接触那个样品。你只向我一人，不向其他任何人报告。最后两枚胶囊放进新盒子里，用我的审计官印玺封好，放回架子上去。我相信新盒子会安然无恙地待在原地的。”虽然我开始觉得把它放到我口袋里还要安全些。

哈罗彻这讨厌鬼昨晚在午夜一点派出系统分析小组后就回家去睡觉了。迈尔斯在等着他回来的空隙暂时离开，到帝国安全部总部的自助食堂吃早餐。发觉自己对着面前的咖啡杯打盹的时候，他才意识到这是个错误。他不该歇会儿的。不知为什么，歇下来后再度开始工作比之前要困难得多。

帝国安全部部长打着哈欠走进他的外间办公室时，迈尔斯也正在那里打着哈欠。睡眼惺忪的哈罗彻止住了自己的哈欠，然后示意迈尔斯跟着他进入里面的禁区。哈罗彻在他的桌子后面坐定，迈尔斯也拉了把椅子坐了下来。“好了，弗·科西根勋爵。有什么进展吗？”

“哦，有的。”迈尔斯迅速把这几个小时发生的事情大概告诉了哈罗彻。哈罗彻边听身子边往前倾，都快从椅子上掉下来了，等迈尔斯说完时，他已经睡意全无了。

“该死，”哈罗彻小声骂着把身子往后靠去，“该死。这事并非内部人员作案的最后一点希望也破灭了。”

“我恐怕是这样。”

“那现在我们又得再列一份名单。有多少人可能知道那些样品在下面？”

“首先是五年来进入过证物库管理团队的所有人员。”迈尔斯说。

“缴获和运送那些样品的人们。”哈罗彻补充说。

“以及所有当时在这里工作，并且可能跟缴获和运送那些样品的人们有密切交往的人员。”迈尔斯开始掰着手指数起来。他很怀疑自己的手指够不够用。“东西是由阿利格里之前的科玛事务司司长封存归档的。阿利格里本人当时还在科玛，担任当地支部的领导。我核实过了。还有……当时那些科玛独立组织里逃过抓捕的成员，或者是那些被关进监狱最近被释放了的，任何一个都有可能。还有那些可能在监狱里跟他们交谈过的人……我觉得这些人最好也查查。不过，正如你说的……篡改算讯终端中的记录让我也不得不相信，这是一起内部作案。”

哈罗彻做了条笔记。“没错。我恐怕，无论如何，这名单都已经短不起来了。”

“是的。不过比起最初要检查三个星球上所有的人员，已经减少了许多。”迈尔斯犹豫了一下，然后勉强地加了一句，“我不知道我的兄弟马克勋爵——就是我的克隆体——知不知道这个东西。我想这也有必要查一下。”

哈罗彻抬起目光，跟迈尔斯的眼睛对视，一副颇有兴趣的表情。“你是不是觉得——”

“实际上是不可能的，”迈尔斯断言道，“马克过去六个月里一直都在贝塔殖民地。这学期开学起每天都去上学。”*我希望如此。*“他的行踪很容易证实。”

“嗯。”哈罗彻不甘心地偃旗息鼓。

“你还记得什么那段时间的事情吗？”

“我当时还是国内事务司司长的助理。刚好在我最近一次提升之前。我还记得当时在弗贝拉苏丹娜，大家为科玛人的事情手忙脚乱。之前国内事务司的人的注意力恰好都被一个反政府组织给牢牢吸引住了，他们涉嫌往弗·史密兹领地进口违禁武器。”

“啊。对了，我希望你的那些数据组员能帮忙做一下交叉分析。”迈尔斯接着说道，“不管是谁干的，这人肯定最近能进入到安全部内部系统，还得有相当的勇气和机智。把同时符合这两个条件的人列进一个优先名单里。”

“为什么你会假定是一个人干的呢？”哈罗彻问。

“噢。”迈尔斯顿时泄气了，“没错。谢谢你。”迈尔斯提醒自己，哈罗彻在这类事情上可不是没有经验。

“我也不是不希望如此。”哈罗彻承认，“我倒宁愿发现自己要对付的是一个人，而不是一个阴谋集团。”

“嗯。但那个人或者是那个集团的动机看起来是越来越……复杂。为什么是我？为什么选上我当替罪羊？这下面是隐藏着什么特别的仇恨，还是纯属巧合呢——仅仅是因为在那个时间窗口，我恰好是唯一一名被革职的帝国安全部军官？”

“容我冒昧一言，大人，动机在这种事里是很难搞清的。理智地来看，太虚无缥缈了。我一直是依据事实来取得更快的进展。你可以在以后喝庆功酒时再构思解释动机的理论。你知道了是谁干的，就知道为什么了。我得承认，这是我从哲学角度出发的偏好。”

我知道为什么的话，也就知道是谁干的了。“确实，这事可能并不存在个人原因。一旦犯罪罪行被发现，那个，那个……我想我不能把那人叫作杀手……”

哈罗彻微微一笑，但并不显得高兴。“是啊，首先这儿并没有一具尸体。”

伊林近来有些糊涂，但绝算不上行尸走肉。可迈尔斯还记得他发狂般地衷心乞求速死的嘶哑声音……“刺客，”他继续说，“绝对需要一头替罪羊来引开调查者的注意力。因为这案子不是在没有解决的情况下也会结案的那种。这次我们不会‘等待更多证据’，直到案卷上挤满尘埃，被人遗忘。他一定知道，帝国安全部这次绝不会善罢甘休。”

“你说得太对了。”哈罗彻吼道。

“楼下的那东西是精心安排好让人发现的，因为那是不可避免的。一旦搜寻结束，有太多地方存在着太多记录，不可能让它就那么消失。我所做的只不过是——”迈尔斯的语速慢了下来——“改变了进程表。”

“三天，”哈罗彻的笑容有些不自然，“你只用了三天，就把帝国安全部整个查了个遍。”

“不是整个帝国安全部，只是总部大楼。而且是用了快四天。不过……现在肯定有人会很不自在。我希望如此。要是他们本来想钓上前中尉弗·科西根，结果钓到的却是弗·科西根审计官大人……那感觉肯定像是想钓上一尾鳟鱼，却拖上来条鲨鱼。毕竟，我到证物库的时间点可能还是太及时了。假使给他几周所需的准备时间，我们这位刺客可能会考虑撤掉他在证物库安排的机关，然后试试别的路子。上帝啊，我真想知道那会是什么。”

*谁对我恨之入骨，而且在这里工作？*弗·伯格中尉会不会已经发现了内史密斯将军其实就是……？弗·伯格不可能那么偏执，仅仅为了毁掉迈尔斯，就去毁掉伊林，是不是？*我绝对是第二目标。*他只能是第二目标。如若不然的话……那种可能恐怖得让他想都不敢想。

“尽管如此，你已经取得了非凡的进展，弗·科西根勋爵。”哈罗彻说，“我曾经破过的一些案子，起初的线索比你现在找到的还少得多。你的工作很出色，很扎实。”

迈尔斯努力不让自己为哈罗彻这很有分寸的夸奖太高兴，不过他还是感觉得到自己的脸在发烧。哈罗彻这人真的是不轻易许人，他的赞扬总是言简意赅，让人会力求挣得一二。期望伊林的继任者也许能继续成长，填补他留下的空缺，以另一种方式做事，但做得同样出色——这肯定算不上是对他的背叛吧。

“真可惜，”哈罗彻叹了口气，“帝国安全部总部里有太多人对吐真药审讯免疫。”

“现在就开始琢磨拔人手指甲来拷问口供还为时太早，”迈尔斯边说边啃着自己的手指甲，“虽然这想法挺有吸引力的。我想……我们现在还是接着等你的系统分析小组的报告吧。我想——”他又打了个大大的哈欠——“现在我最好趁着还在等待的时候回家睡会儿。他们要有任何消息报上来，就请立刻打电话给我。”

“好的，审计官大人。”

“噢，见鬼，你不能就叫我迈尔斯吗？别人都这么叫。审计官大人这话只是最初二十分钟里听着好玩，但过后就太公事公办了。”其实也不完全是这样，但……

他离开时，哈罗彻朝他挥了挥手，勉勉强强算得上是敬了个分析员式的军礼。

马丁把迈尔斯送回弗·科西根府的前门时，已是日上三竿。迈尔斯满脑子都是他那张诱人的软床。不过他还是恪尽本分，先去找他的母亲大人对她说早安——或者是晚安。

两三个扈从给他指的方向互相矛盾，最终把他引到了东翼一楼的一间起居室。在初冬寒冷的天气里，这里少见地洒满了令人愉悦的晨光。伯爵夫人就在这里，正边啜饮咖啡，边翻着一本古老的皮面书。迈尔斯觉得他认得那本书，是本弗·帕特利尔夫人指派他读，但他一直躲着没读的有关皇室婚礼历史的书籍。*她去读比我去读好。*

迈尔斯向她问候，她回了一句：“你好，亲爱的。”她理所当然地在他的额头上印下慈爱的一吻，他偷偷喝了一大口她的咖啡。“你回来得太晚了。你的案子有什么进展吗？”

“我想是的。算是有了第一个线索吧。”迈尔斯决定不告诉她第一个线索包含了发现他自己被人诬陷犯罪的事，免得打搅她上午的好心情。

“啊。我不知道你心不在焉的表情是在想案子，还是因为缺乏睡觉呢？”

“都有。我现在要去睡觉，但我想先跟伊林谈谈。你知道他起床了没有？”

“我觉得是起来了。皮姆刚刚把早餐给他送上去。”

“快到中午了在床上吃早饭。这日子过得……”

“我想这是他挣来的，你不这么认为吗？”

“以艰苦的方式挣来的。”他又吮了些她的咖啡，然后起身准备上楼。

“哦，记得先敲门。”迈尔斯走到门口时她建议道。

“为什么？”

“他在和艾利丝一起吃早饭。”

这就解释了那本书的来由了：是艾利丝夫人拿来的。他有些好奇她在让可怜的伊林读的又是哪一段弗氏历史。

按照建议，他礼貌地在二楼客房的门上敲了敲。没反应，他又敲了次。看来皮姆没有留下伺候早饭，因为最后这位侍从也没前来开门，倒是伊林的声音从里面飘了出来：“是谁？”

“迈尔斯。我必须跟你谈谈。”

“稍等一分钟。”

他斜倚在门框上，在印花地毯上蹭着自己的靴子。一分钟变成了两分钟，三分钟，或者四分钟。他又敲了敲。“快点，西蒙，让我进去。”

“不要那么急躁，迈尔斯。”他表叔母用严厉的语气告诫他，“这样有点无礼。”

迈尔斯猛地咬紧牙关，抑制住自己焦躁下还嘴的冲动。他继续在地毯上蹭了会儿自己的靴子，然后把玩起手中的审计官链子来。正当他准备要解开自己棕、银两色制服上衣的高领的时候，房间里传来一阵窸窣声和叮当声，还有低低的笑声。艾利丝夫人轻盈的脚步终于来到了门口，她“咔”的一下打开了锁，然后门开了。

“早上好，艾利丝表叔母。”他干巴巴地说。

“早上好，迈尔斯。”她回答的声音比他预期的要欢快许多。她招手让他进了起居室。早餐托盘放在可以俯瞰后花园的凸窗旁的那张小桌子上，里面一片狼藉。呜呼，只剩下残渣了。迈尔斯心里有些犯嘀咕：艾利丝的衣着在现在这个时间点显得过于正式了。她身上的长袍更适合晚宴而不是早餐，而且显然正在试验新的发型：她的头发没系，锃亮的青丝中混着白发，带着几分卷曲在背后披散而下。

伊林从卫生间的方向出现了，身上穿着衬衣和长裤，边走边套上一件短袍，脚上还穿着卧室拖鞋。“早上好，迈尔斯。”他说的话和艾利丝夫人的一模一样，连那种让人讨厌的早起鸟儿的欢快啁啾鸟鸣般的腔调也一样。他看到迈尔斯的同时，笑容就消失了：迈尔斯那副邋遢样一看就是整夜没睡了。他放低了声调。

“怎么了？”

“昨天夜里，我在帝国安全部总部发现了些很有趣的东西。”

“有进展了？”

“前进了两步，往侧面迈了三步。呃……”他朝自己的表叔母皱皱眉，想着要怎么礼貌地把她打发出去。艾利丝没有领会他的暗示，反倒是坐在了桌旁的小沙发上，比刚才更有兴趣地盯着他。伊林在她身旁坐下。迈尔斯决定自己不要那么英勇，还是让伊林去干脏活吧。“这事属于高度机密，或者说将要属于。”

他等了一下，他们两个都看着他。“你真觉得让艾利丝夫人听到这些合适吗？”他补充道。

糟糕的措辞，不过伊林只是说：“当然。说出来吧，迈尔斯，别让我们等得心焦。”

好吧，如果伊林觉得这样没问题的话……迈尔斯深吸了口气，开始迅速地把他昨天在安全部的调查讲了一遍。他的两名听众都没有打断他，但当他讲到伊凡从武器四室的汪洋中捞到了那枚宝针的时候，艾利丝夫人嘀咕了一声：“伊凡挺有用的嘛。”

伊林欢快的情绪已经完全消失了，他的坐姿绷得紧紧的。艾利丝关切地看着他，抓住他的手，伊林也反手捏了捏她。

“我需要知道的是，”迈尔斯最后说，“你记不记得，在那个样品给带回来的前后，也就是在挫败科玛人最后的叛乱企图期间，发生过什么？什么都行。”

伊林揉着自己的前额。“基本……一片空白。当然，我记得萨尔·盖伦的阴谋，还有刚发现马克勋爵的存在时那阵可怕的慌乱。伯爵夫人很不安，以她最贝塔的方式。让你父亲心烦意乱。我还记得你从地球发来的报告。在此类文章里堪称杰作。那次你在谈到马克勋爵的存在时最初的恐慌。伯爵夫人以她最贝塔的方式表现出了她的不安，把你父亲都弄得心烦意乱。我记得你从地球发回的报告，简直是篇文学佳作。后来在第四天区的冒险中，你的双臂都折断了……那是之后不久发生的事（译者注：在《兄弟手足》的末尾迈尔斯接到去第四天区执行营救任务的命令），对吧？”

“对。但肯定有人向你报告过原核生物的事。可能你没有冒险亲自进行检查，我可以理解那是为什么。”

“我肯定有人报告过。”伊林的右手松开了艾利丝夫人的手，握成了拳头。“毫无疑问他们告诉了我全部细节。而且毫无疑问我把那些细节全部储存在通常的地方了。可现在什么都没剩下了。”

艾利丝夫人生气地对迈尔斯皱着眉头，仿佛不知怎么回事这都是他的错似的。

“应该是谁向你做的那个报告？”迈尔斯追问道。

“我想应该是戴阿曼特将军。阿利格里前一任的科玛事务司司长，你还记得他吗？那个可怜的家伙，才退休两年就死了。迈尔斯，我真的办不到……如果那东西还在这里的话，我肯定在这之前就想起来了！”他沮丧地捧住自己的脑袋。艾利丝夫人再度捉住他的手，安慰地抚摩着。

“你的朋友盖伦尼上尉有什么想法吗？”伊林平静了些，继续说道，“这事情上他可能有些先天优势。毕竟那是他父亲的阴谋。”

迈尔斯苦笑了下。

伊林的眼睛眯了起来。“你知道的，一旦发生这种事，他肯定会进入被优先怀疑的名单。”

“是的。”

“你告诉哈罗彻了吗？”

“没有。”

“为什么没有？”

“那是多此一举。达夫会跟所有其他人一起接受调查。而且……最近我已经伤他够多了。”

“你没有在……对情报过早地做出判断吧——我的审计官大人？”

“你了解盖伦尼。”

“没有你那么了解。”

“确实是。我现在不是在对情报进行判断。我是在判断这个人的性格。或者说，动机——如果你更愿意用这个词的话。”

“嘿，”伊林说，“审视一下你自己的动机吧，大孩子。”

“是，是，我知道。我不仅要公正，而且还必须表现得公正。你教我的。”他有些不怀好意地加了一句，“以我大概很难以忘怀的方式。”

“我教给你的？什么时候？”

“算了，没什么。”迈尔斯按着自己的鼻梁。他不仅是筋疲力尽，而且累得头都疼了。该回去睡个觉了，不然回头他也没法正常工作的。

“好吧，”他叹了口气，“最后一件事。你记不记得，在过去四个月里，任何时间，有没有人曾给过你一颗棕色的小胶囊让你吞下？”

“没有。”

“一共丢了两颗。他可能在你吃的同时自己也吃了一颗。”无论那个人是谁。

“没有。”伊林的声音比平时更肯定，“过去三十年中，我除了吃我的私人医生亲手给我的药之外，什么别的药都没吃过。”

迈尔斯记起了哈罗彻的“不止一个人”的理论。“甚至有可能就是你自己的医师。我想追查的是那些棕色小胶囊的去向。”

伊林摇摇头。

迈尔斯撑起身子，彬彬有礼地道了别，然后摇摇晃晃地去上床睡觉。

下午过了差不多一半时，迈尔斯醒了，然后花了半个小时劳而无功地努力想要再睡着，可心里一直在为他碰到的新问题焦虑不安。最后他放弃了，起床，然后通过算讯终端和哈罗彻沟通了一下，系统分析小组还没提交报告。给在帝国安全部诊所实验室里的韦德尔打的电话招来了一阵劈头盖脸的咆哮，因为打搅了那边的工作，不过韦德尔也保证很快就会有更多的信息。很快，但还没有。

他焦躁地在屋子里四下徘徊，直到反过来接到了伊凡的来电。睡眼惺忪的伊凡向他报告说，法医处的人已经把原本那个装生物制剂的盒子仔细地检查过了，又送还了回来，以及看在上帝的面上，他现在能不能把那该死的东西交给别人，然后下班回去睡觉？迈尔斯有些心虚，好在伊凡并不会通过算讯终端传过去的他的声音察觉出他睡过了。他命令伊凡把盒子交还给证物库的看管之下，然后今天的剩余时间都可以休息了。

他刚走进浴室门，算讯终端又叫了起来。这次是辰科医生，从帝国部队医院老兵诊疗部打来的电话。

“弗·科西根勋爵，”辰科喜气洋洋地向他点头致意，“很抱歉花了这么长时间。事实证明，这些微工程上的挑战实际操作起来总是比计划中更复杂些。但我们已经造出了一个小得足以装到您颅骨里面的装置，我们期望它能安全可靠地激发您的癫痫发作，而且我们已经做好了在您身上进行试验的最终准备。要是它工作正常的话，我们就可以接着进行最后的校准，然后安排手术，把它装上去。”

“哦，”迈尔斯说，“漂亮的工作。”糟糕的时机。

“您什么时候能来？明天？”

哈罗彻随时都可能打电话来告诉他系统分析小组的报告出来了，迈尔斯觉得，那之后事态的发展会开始变得非常快。而且……在弗贝拉苏丹娜的某个地方有个非常聪明的帝国安全部训练出来的男人，正把迈尔斯当成靶子瞄着呢。辰科那个试验性的小装置里有没有用蛋白质回路？那个丢失的胶囊到底怎么了？暂时而言，一想到要让几个他不太了解的人把一个他不太明白的装置装进他的脑子里，他就会不寒而栗。“我……明天大概不行。我只能回头再安排时间去找你，医生。”

辰科显得很失望。“从实验室回去后您又发作过吗？”

“嗯……我建议您不要等太久，大人。”

“我明白。我会早做安排的。”

“还有，要避免压力。”迈尔斯伸手去按控制台开关时，辰科记起来了，又补充说。

“谢谢你，医生！”迈尔斯朝着空空的屏幕吼叫道。

洗澡洗到中途，他忽然想起了蕾莎召集的聚会就在今晚。他是要去的，他们就差没以皇室的名义命令他去参加了，而且看起来他的工作状况也允许他去。最起码，在晚会开始前抓个机会向格雷果做个临时汇报也好。现在他只需要找个舞伴就好。

他认真穿好衣服，然后打电话给迪黎娅·库德尔卡。

“嗨。”他朝这位金发美人打了个招呼。至少，通过算讯终端看着她时，他不用仰头仰到脖子抽筋。“今天晚上你有什么安排吗？”

“相当忙碌。”她礼貌地答道，“你问这个干什么？”

“哦。”该死。他自己的错，等到最后一刻才找人家，而且还想当然……

“还是说——这和你身为帝国审计官的工作没任何关系吧，是不是？”她忧心忡忡地加了一句。

滥用自己手上的新权力的绝佳机会来了。一瞬间这念头在他脑中闪过。他遗憾地把它丢开。“不。只是个人私事。”

“对不起。”她的声音听来很真诚。

“呃……玛蒂娅在家吗？”

“我恐怕她今天晚上也很忙。”

“那奥莉维亚？”

“她也是。

“啊。好吧，还是谢谢你。”

“谢什么呢。”她关闭了通信。

第二十四章

迈尔斯给格雷果做口头报告的结果是他俩都迟到了。格雷果的问题成堆，其中大多数迈尔斯现在都还无法回答。他沮丧地咬着嘴唇，跟着格雷果在皇宫一间比较小的接待室外有顶棚的门廊里停了下来。接待室里已经点亮了灯火，挤满了人。透过大开着的两道拱门可以看到隔壁的房间，一支小型管弦乐队正在那里调音。

今晚负责皇宫安保工作的上校小弗·达拉勋爵亲自过来接待迈尔斯和皇帝。弗·达拉显得干净利落，同时又忙碌不堪。看，他这会儿敬了个礼，就立刻回头往门廊里走去，边走就已经边在回答下属在耳机里提出的什么问题了。

“伊林不在我背后的日子真是难以习惯。”格雷果盯着他的背影叹了口气，“不过弗·达拉干得挺不错。”他匆忙加了一句。他低头瞧瞧迈尔斯。“能不能别这么阴沉。就算没戴着审计官金链，你这样子也会让人们好奇我们在干吗，然后呢我们今晚剩下的时间就都只能耗在努力扑灭四起的流言上了。”

迈尔斯点点头。“你也一样。”这会儿他想不出任何好笑话来，连糟糕的笑话都想不出。“想想蕾莎。”他提议。

格雷果的面容立刻阳光起来，迈尔斯干巴巴地回了他个笑脸，跟在他后面走进房间。在那里，格雷果的幸福圆满了，因为他们找到了托斯凯恩博士。同以往一样，她正在艾利丝夫人的庇护之下。弗·科西根伯爵夫人也站在她们身旁，正亲切地交谈着。

“哦，太好了，”伯爵夫人说。“他们来了。”格雷果抓住蕾莎的手，宣示所有权似的把它放到了自己胳膊上；她冲皇帝微笑，双眼闪闪发光。伯爵夫人又开口道，“艾利丝，现在既然她的护花使者来了，你为什么不就让我来充当一下巴巴呢。你该换个角色，去放松一下，让自己享受一下这种场合。”她微微颔首，迈尔斯顺着她点头的方向望去，看到了伊林。伊林穿着一套平民服装，黑色的上衣和裤子样式入时，剪裁非常合体，可他完全出于习惯地成功做到了让人对他视而不见，仿佛光线到了他身边就会绕开，从旁边流过去似的。

“谢谢你，考迪利亚。”艾利丝小声说。格雷果跟他的前安全部部长打了声招呼，两人互相说了些“你感觉如何”“很好，陛下，您气色很好”之类的宴会套话，然后艾利丝抢在伊林冒出任何回到工作状态的苗头之前，坚决地把他拖走了。

“他的术后康复看来确实进展顺利。”格雷果欣赏着这段配角戏，赞许道。

“这您得谢谢艾利丝夫人。”弗·科西根伯爵夫人告诉他。

“还有您的儿子。”

“我也听说是这样。”

迈尔斯微微鞠了一躬，动作中并非只有讽刺。他转头看着伊林和他的姑妈，他们显然是在朝茶点桌走去。“虽然我对伊林的衣橱里有些什么并不太了解，可……我敢发誓，他今天的穿着打扮和以往大不相同。和往常一样，保守得要命，但是……”

弗·科西根伯爵夫人笑了。“艾利丝夫人终于说服了他，让她推荐了个裁缝给他。他在服装上的品位，或者说是缺乏品位，这些年来一直让她挠头。”

“我一直觉得那是他身为帝国安全部部长的特性。没有特色，隐于人群。”

“这个当然也是有的。”

格雷果和蕾莎开始比较自从他们上次见面之后，在那漫长的四个小时当中他们做的事情有何异同，这话题基本上只对他们二位参加者有吸引力。迈尔斯看到了在房间对面的伊凡，就走掉了，留下他母亲用慈爱的目光注视着那一对。伊凡正陪着玛蒂娅·库德尔卡。啊哈。

玛蒂娅跟迪黎娅比起来，年轻一点，矮一点，而且肤色深一点，但她自有她的动人风姿，绝不逊色半分。她今晚穿着套淡绿色的衣服，那色调经过精心考量，跟帝国军服的颜色形成完美的搭配。

迈尔斯走近他们时，玛蒂娅戳了她的同伴一下。“伊凡，你这个蠢货，不许再看我姐姐了。是你请我来这陪你跳舞的，忘了吗？”

“没，但……我先请的她。”

“你动作太慢啦。要是我踩到你脚上，弄黑铿亮的皮子，那全是你活该。”她扭头看看旁边的迈尔斯，朝他补充了一句，“等迪黎娅总算选定对象，搬出去以后，我会非常高兴的。我越来越讨厌从姐姐那儿接收二手男人，就像厌烦了接收她给我的二手衣服一样。”

“你完全有理由这样，小姐。”迈尔斯弯下腰，执起她的手，亲吻了一下。

这引起了伊凡的注意，他抢回玛蒂娅的手，拍了拍，安慰着她。“对不起。”他道了个歉。但他的眼睛又往左边溜了过去，这次动作更偷偷摸摸。

迈尔斯也朝那边望过去，然后他立刻看见了那头亮丽的金发。迪黎娅·库德尔卡正跟达夫·盖伦尼挤着坐在一张小沙发上，他们显然在共享盖伦尼膝上搁着的一盘小点心。有一会儿，黑发和金发挨到了一块儿，然后迪黎娅笑出了声。盖伦尼也忧郁地笑了，一瞬间门牙都露了出来。迈尔斯注意到，盖伦尼正在拿膝头碰迪黎娅的膝盖。他发现自己对这事的兴趣意外地强烈。

有一名仆役托着一盘酒在边上转来转去。“你要不要来一杯？”伊凡问玛蒂娅。

“是的，请帮我拿一杯，但不要那种红的。白的，拜托。”伊凡动身朝那名仆人走去，玛蒂娅朝迈尔斯坦白道，“要是我不小心把酒洒在了身上，白的不会那么显眼。我不知道迪黎娅是怎么办到的。她从来不洒东西。有时候我觉得她在学着成为艾利丝夫人那样的人。”

盖伦尼没提到过他会来这儿——而且是和迪黎娅一起——那是他们在安全部总部谈话的时候……不就是昨天吗？“他们这样多长时间了？”迈尔斯往盖伦尼的方向偏了下脑袋，朝玛蒂娅问道。

玛蒂娅笑嘻嘻地说：“一个月以前，迪黎娅告诉我们老爸说达夫会成为她的那一位。她说，她喜欢达夫的风格。我觉得以他那么大的年纪而言，他还算是不错。”

“我也有自己的风格哦。”迈尔斯指出。

“你独一无二的风格。”玛蒂娅温柔地表示同意。

迈尔斯决定，还是小心为妙，别再顺着这个话题讲下去了。“呃……老达夫是什么时候明白的？”

“迪黎娅努力了好久。有些家伙你得用棍子打他们才能引起他们的注意。有些你还非得用大号的棍子。”

迈尔斯正琢磨着她心里会把自己划归哪一类时，伊凡托着酒回来了。几分钟后，隔壁响起了第一段舞曲声，伊凡于是把玛蒂娅带去跳舞，同时让她的长裙免于跟加香葡萄酒来个亲密约会。这里有一大堆身穿平民服装的陌生人，很可能是蕾莎在船业联盟的合作伙伴；人群中其他的科玛人就少得可以了。这个晚会与政治一点不沾边，哈。而盖伦尼会到场，迈尔斯怀疑，肯定是蕾莎亲手把他写进了宾客名单。当然，是作为她关系最好的老朋友。

迈尔斯吃了会和平常一样美味的小点，然后漫步走进了隔壁的房间，听听音乐，看看跳舞。他深刻地意识到，他没能带来自己的舞伴导致他成了个落单的局外男，不过他并不是唯一一个，现场的男女比例即便没到十比八，肯定也有十比九了。他找了一两位足够了解他，不在乎他身高的女士——比如亨利·弗·沃克伯爵的夫人——乞求她们陪他跳了会舞，不过，她们所有人要不就是结了婚的，要不就是有了固定男友的。真让人沮丧。其余的时间里他都靠在墙边，试着尽力摆出伊林式的阴森姿势。

伊林本人和艾利丝·弗·帕特利尔在跳舞，从他身边转了过去。伊凡正准备去给自己拿杯热的加香酒提神，看到这一幕在迈尔斯身边停了下来，目瞪口呆。

“我还不知道老伊林会跳舞呢。”他说。

“我确实不知道他能跳得这么好。”迈尔斯附和道。感到震惊的并不只是伊凡一个，亨利·弗·沃克的妻子看着艾利丝和她的舞伴从旁边飘过，在她丈夫的耳边耳语了几句。他抬头望去，不知所措地笑了。“我以前从没见过伊林做这种事。我还以为他总是在工作。”总是。瑞鲍医生提到过，取掉芯片后可能存在的副作用除了认知改变外，还可能有性格改变……见鬼，单是卸掉他扛了三十年的千钧重担就足以解释这种变化了。

一缕头发从艾利丝夫人精致的簪花发型中掉了出来，随即就被她从额头拢到了后面。她早餐时钗横发乱的模样忽然出现在迈尔斯的脑海中，让他猛地有种被一根大号棍子打了一记的感觉。他被自己嘴里的酒呛到了。

仁慈的上帝啊。伊林跟我表叔母睡到一起了。

反过来说也可以，总之就那么回事。他拿不准自己是该生气，还是该高兴。只有一个念头在他脑中骤然清晰：伊林的沉着冷静越发令人钦佩了。

“你还好吗？”伊凡问他。

“哦，没事。”*我想我还是让伊凡自己来发现这事吧。*他赶紧又吞下一大口酒，压下了自己难以控制的笑意。

他躲开伊凡，退回到接待室。在放食品的地方他遇到了盖伦尼上尉。盖伦尼正在为迪黎娅挑小吃，而后者摆出一副端庄的样子，在不远处等着。她朝着迈尔斯冷淡地微微摆了下手指。

“我发现你，呃……找到一位新舞伴了。”迈尔斯对着盖伦尼的耳朵说。

盖伦尼兴高采烈地笑着，就像只嘴里满是鸡毛的狐狸。“对。”

“我本打算请她当我舞伴的。她说她今晚很忙。”

“太糟糕了，迈尔斯。”

“这算是某种扭曲的对等报复吗？”

盖伦尼的黑眉毛抽动了一下。“我不会假装说我没有一点小小的报复心，但我是个正直的男人。我首先问过她，问她觉得你对她是不是认真的。她说不。”

“哦。”迈尔斯假装咬了一小口水果馅饼，“那你对她是认真的吗？”他感觉自己仿佛是成了库德尔卡准将的代理人，在质询着盖伦尼的意图。

“非常认真。”盖伦尼轻声说。有一会儿，他的眼睛里完全没有了笑意。迈尔斯几乎要畏缩了。盖伦尼眨了眨眼，说话的语气轻快了些。“凭她的背景和关系，她会成为一名超级棒的官场贤内助，你不觉得吗？”他的笑意久久不散，还笑得更欢了。“而且，头脑和美貌也没有坏处啊。”

“她没有钱。”迈尔斯告诉他。

盖伦尼耸耸肩。“关于那个嘛，我自己可以处理好，只要我用心。”

迈尔斯对此毫不怀疑。“嗯……”现在说些“祝你这次有好运”之类的话不大合适，“你要不要，呃，让我去在她爸，准将那边，给你说些好话？”

“我希望你不要见怪，迈尔斯，可我真的宁可你不要再想帮我什么忙了。”

“哦。我想我能理解。”

“谢谢你。我不想再重蹈覆辙。今天晚上回家的路上，我就向她求婚。”盖伦尼下定决心地点点头，然后义无反顾地甩开了迈尔斯。

达夫和迪黎娅。迪黎娅和达夫。至少，这一对的名字是押头韵的。

有两个迈尔斯的熟人听到了些关于迈尔斯被任命为帝国审计官的不实谣言，前来向他询问，被他搪塞过去了。然后迈尔斯又躲回到了音乐厅里，在那里人们要找他讲话更困难。他靠在墙上，瞪大眼睛，对眼前回旋而过的舞者们视而不见，脑子里翻来覆去地回想着昨晚的事情。他这样双眼茫然地瞪着人群十分钟左右之后，别人开始瞪着他了。他离开墙边，趁着还有时间，去请蕾莎跟他跳一曲。最后几轮跟蕾莎共舞的机会格雷果肯定是要自己留着的。

他和蕾莎跳的是节奏相当快的镜舞。他正专心地跟上节拍，同时努力在欣赏他皇帝的未婚妻那丰腴的身材时别太露骨，就在这时，他透过拱门瞥见了接待室里的盖伦尼。一名帝国安全部上校和两名士兵正在上前跟他搭话，三个人都穿着绿色的军便服，盖伦尼和上校面对面，正在争执着什么，隐隐有些愤怒。迪黎娅站在他们旁边，隔开了一点距离，她的蓝眼睛睁得大大的，用一只手捂着嘴巴。盖伦尼的站姿有些僵硬，面无表情，但显然怒火中烧，这意味着他很好地压制住了自己的情绪，但随时有爆发的危险。帝国安全部有什么事那么急，非得派人来把他们的科玛问题高级分析员从舞会上带回去呢？迈尔斯担心地滑步，点地，旋身，好让蕾莎背对着拱门。

上校急切地打了个手势，把手放在了盖伦尼的袖子上，被盖伦尼甩开了。一名卫兵伸手抓住击晕枪，另一只手把枪的皮套子松开。

喘息着的蕾莎跟着迈尔斯停住了身子，一动不动，然后才意识到这并不是舞蹈中的动作。“迈尔斯，怎么了？”

“对不起，女士。我必须要去办点事。请您马上回到格雷果身边去。”他匆忙鞠了一躬，绕过她；自然，蕾莎的目光追随着他，看着他用有点过快的速度走过拱门。

“先生们，出什么问题了？”迈尔斯走到这几个剑拔弩张的人面前，轻声问道。如果他不能改变这个事情的调子，至少他可以降低音量。半屋子的人都在盯着这边了。

上校有些迟疑地对他点点头——迈尔斯没戴自己的审计官链子，但帝国安全部的人不可能不知道他是谁。“大人。哈罗彻将军命令逮捕这个人。”

迈尔斯掩饰住自己的震惊，继续压低声音问道：“为什么？”

“没说具体罪名。只是要求我立刻把他从皇宫带走。”

盖伦尼咬牙切齿地对迈尔斯说：“这到底是怎么回事，弗·科西根？跟你有关吗？”

“没有。我不知道。不是我的命令——”这是不是和他的案子有关？如果是，哈罗彻怎么敢背着他突然采取行动？

伊凡和玛蒂娅也走过来，神情关切，上校看着情况越来越超出他的控制，脸色越来越僵，毫无疑问，他是被下令要悄悄实施逮捕的。

“你是不是欠缴交通罚金了没告诉我，达夫？”迈尔斯继续说道。他尽量让语调轻松些。现在两名卫兵都把手放在击晕枪上了。

“没有，该死的。”

“哈罗彻将军现在在哪儿？”迈尔斯询问上校，“总部？”

“不，大人。他随后就来。很快就到了。”

来向格雷果报告？哈罗彻最好对此有个解释。迈尔斯深吸了一口气。“你看，达夫……我想你最好安静地跟他们走。我会调查此事的。”

上校感激地看了他一眼，盖伦尼也看了他一眼，眼神中满是困惑、怀疑，还有万般沮丧。面对这样公开的羞辱，让盖伦尼咽下这口气确实强人所难了些，但不这么做会更糟，如果拒捕的话，他会在皇帝的招待会上让人用枪击晕，或者用拳头打晕的。迈尔斯想象着那幅情景，那会引来屋子里所有人的注意的。

盖伦尼看了看迪黎娅，他黑色的眼睛里闪过一丝痛楚，然后他朝伊凡看去。“伊凡，能不能请你护送迪黎娅安全回家？”

“当然，达夫。”

迪黎娅紧咬着自己的嘴唇，以迈尔斯对她的了解来推算的话，再拖个十秒钟，她肯定会忍不住插手，她会像火山一样爆发的。

迈尔斯飞快地点点头，上校和卫兵会意地闪到一旁，让盖伦尼走出了房间，他们明智地没有碰他，而是任他自己走。迈尔斯挥手让伊凡走开，自己跟着来到了走廊上。正如他所担心的，他们刚一转过拐角，两名卫兵就立刻把盖伦尼挤到旁边的墙上，一个开始搜他的身，另一个动手捆绑。

盖伦尼正要转身朝他们扑过去时，迈尔斯高声叫道：“先生们，没必要这样！”

他们顿住了，盖伦尼显然是努力克制住了自己：他虽然还是咬紧牙关，但松开了拳头；他耸耸肩把卫兵们甩开，而没有试图把他们整个人给丢到走廊对面去。

“作为一名袍泽兄弟，他会跟你们走的，只要你们给他这个机会。”他严肃地看着盖伦尼，用目光默默地问他：不是吗，达夫？盖伦尼掸了掸自己的上衣，然后动作僵硬地点点头。“上校——盖伦尼上尉被控的到底是什么罪名？”

上校清了清嗓子。不管哈罗彻下过多严格的对公众保密的命令，他还是不敢回避一名帝国审计官的问话。“叛国罪，大人。”

“什么？”盖伦尼怒吼起来。迈尔斯厉声说道：“胡扯！”他小心地抓住盖伦尼的袖子，制止了他采取更为激烈的暴力形式抗议。

迈尔斯深深地吸了三口气，好控制住自己的情绪，也给盖伦尼树立一个好榜样。然后他说：“达夫，我跟哈罗彻谈谈，然后会立刻去看你，好吗？”

盖伦尼气得鼻子呼哧呼哧的，但还是答道：“好吧。”还好，他紧咬牙关，没再说什么。他尽量地保持着自己的尊严，昂首阔步走向前方，来逮捕他的几个人跟在后面，离开了走廊。

迈尔斯赶忙回头朝接待室走去。在接待室外面的过道上他就被一群人拦住了，其中包括格雷果、蕾莎、迪黎娅，还有他的母亲。

“发生什么事了，迈尔斯？”格雷果问。

“那些人为什么要把达夫带走？”蕾莎加了一句。她眼睛惊恐地瞪得大大的。

“迈尔斯，做点什么！”迪黎娅要求。

而弗·科西根伯爵夫人只是看着他，一只手抱在胸前，另一只放在嘴上。

“我不知道。虽然我他妈的本该知道的！”迈尔斯气急败坏地说道，“盖伦尼刚刚被帝国安全部逮捕，以——”他偷偷朝蕾莎望了一眼，“某些含糊的罪名。看起来是卢卡斯·哈罗彻亲自下的命令。”

“我想他肯定是有原因……”格雷果说。

“我想他肯定是弄错了！”迪黎娅愤怒地说道。“考迪利亚，救救他！”

弗·科西根伯爵夫人抬起眼，越过迈尔斯的肩头朝后看去。“要是你们希望得到未经歪曲的信息，那就直接找信息源头。他现在来了。”

迈尔斯转过身，看见哈罗彻正由格雷果的一名卫士领着从拐角那边走来。哈罗彻的脸色同他的脚步一样沉重。他大步走到这群人面前，朝着格雷果庄重地点点头，说了声“陛下”，然后对迈尔斯点头的时候就敷衍多了：“审计官大人。我尽可能快地赶来了。”

“这到底是怎么回事，卢卡斯？”格雷果平静地问道，“帝国安全部刚刚在我的招待会中途抓走了我的一名宾客。我相信你能够解释原因吧。”不知哈罗彻对格雷果了解得够不够多，能不能察觉蕴含在他说“我”的时候略略加重的语气下潜藏的愤怒？

“我对此非常抱歉，陛下；还有您，托斯凯恩博士。我完全理解这有多尴尬。但帝国安全部的任务就是保证您，还有您的——”他朝着蕾莎轻轻偏了偏头“——安全。就在今天晚上我才得知，有理由对这个人的忠诚表示怀疑，然后马上惊恐地发现他实际上正和你们在一起。我可能很多时候会过于谨慎，但我绝不敢过于轻忽，一次也不敢。我必须首先就把盖伦尼上尉本人带走，其他任何事，包括解释，都可以等。”他望了望几位女士，又意味深长地把目光转向一旁。“为此……我现在听凭您的处置，陛下。”

“哦。”格雷果转向弗·科西根伯爵夫人，然后朝着迪黎娅和蕾莎做了个含含糊糊的手势，似乎有些沮丧。“考迪利亚，你能不能……”

弗·科西根伯爵夫人笑容冷冽。“来吧，女士们。先生们要谈一谈。”

“可我想知道这是怎么回事！”蕾莎抗议道。

“我们晚一点可以知道的。我会向你解释这套体系的。它真的很愚蠢，但可以正常运行。嗯，我想起来了，它还可以产生出许许多多的弗氏习俗来呢。与此同时，我们需要让那边的表演继续进行，”——她朝着接待室那边点点头——“以及尽力弥补这个，呵，”——她瞥了哈罗彻一眼，目光严厉得足以让人不寒而栗——“这个不合时宜的谨慎举措所造成的破坏。”

“弥补损失？怎么做？”蕾莎问。

“撒谎，亲爱的。艾利丝和我会给你示范的……”弗·科西根伯爵夫人带着她们走了。迪黎娅扭过头来，对着迈尔斯做出口形：*该死的，做点什么！*

“接下来的话我们最好在您办公室里继续谈，陛下。”哈罗彻小声说道，“我们会需要用到算讯终端。我为你们二位带来了我的安防系统小组的报告拷贝，每人一份。”他摸摸自己的外衣，朝迈尔斯冷冷一笑，“我想您一定希望尽快看到它吧，审计官大人。”

“噢。很好。是的。”迈尔斯承认道。他们顺着走廊向前，迈尔斯掉在了另外两人后面，他们沿着走廊尽头的旋梯走下去，一名卫士跟了上来，在格雷果办公室的外面停下站岗。格雷果关上他们身后的房门。

“我的短名单再度缩短了。突然，而且出乎意料。”哈罗彻说，“陛下，您要不要……”他朝算讯终端点点头，格雷果打开了它。哈罗彻把一块保密数据卡插进了读取口，把另一张一模一样的卡递给了迈尔斯。“我肯定你们回头会要对这东西进行详细研究，但现在我可以给二位迅速解说一下报告的梗概。

“对你的诬陷，迈尔斯，是一次非常接近于完美的诬陷。把你访问证物库的虚假信息插入到证物库的日志中的操作做得天衣无缝，我的小组花了极多的时间都没能找出蛛丝马迹。我真的都要开始怀疑你了。然后我忽然想到个主意，让他们重新去检查您的视网膜扫描记录。您知道吗？您的冷冻复活让您的视网膜扫描图像发生了细微的改变。”

迈尔斯摇了摇头。“不过我并不吃惊。”*我的冷冻复活让我很多方面都发生了细微的改变。*

“据说每个罪犯都会犯错误。据我的经验，这话不见得正确，但它这次正好是对的。证物库的记录里您的视网膜扫描记录是从去年的一份记录拷贝的，和您现在的并不完全相同。正如从这张叠加图上所示。”哈罗彻把两次扫描的结果在格雷果的算讯终端上叠合，同时显示在视讯板上空，变化被用紫色凸显出来，一望可知。仿佛是宿醉未消的独眼巨人瞪着的大眼。“所以您就是清白的，审计官大人。”哈罗彻摊开手。

“谢谢。”迈尔斯没好气地说。*我本来就没嫌疑。*“这事又和达夫·盖伦尼有什么关系？”

“请耐心点。从证据看来，或者说从缺乏证据的情况看来，我的小组推断，证物库的算讯终端上的记录肯定是被盖伦尼通过读取口插卡输入其中的间谍程序给篡改了。那台机器没有联网。没有别的办法做到这点。”

“盖伦尼或者另外的某人。”迈尔斯纠正他。

哈罗彻耸耸肩。“不过，我们锁定盖伦尼并不是因为这个。大楼本身的出入记录是另一个遭到攻击的点，那个我没管，放手让他们去查。结果证明，那边收获更大。记录并不是在现场修改的，而是远程修改的，通过门口的机器和帝国安全部其他系统之间的数据联结。我的小组不得不抽丝剥茧，查到底层代码才找到用来修改的那台终端；陛下，我要向您称赞一下他们的忠诚和耐心，还有他们的专业技术。”哈罗彻飞快地点开一个又一个逻辑链路界面。“重要的部分都用红色专门标示出来了，二位可以自己查阅。他们追踪这次修改的源头，一路查到了分部门负责人一级——对各部门在这级别以下的人员，系统都是锁定的，无法做出修改。要越过这种锁定，必须是部门负责人——国内事务司是我，不过现在其实是我的副手——以及阿利格里，银河事务司司长奥尔山斯基要是在这里的话也可以。他们追踪到的修改路径通过了阿利格里的算讯终端，然后往下降到了他的分析员一级。到了盖伦尼上尉的算讯终端上。”

哈罗彻叹了口气。“我们各个部门的事务分析员对于他们能够访问哪些资料都有相当大的自由裁量权。坦白地说，我并不能说这太过分了，他们的工作就是浏览全部资料，因为高层的关键性决定都是依据他们的报告、评论和观点做出的。我本人在国内事务司就在这个岗位上干过几年。可盖伦尼显然是使用了他的分析员密码进入到了他的上级的算讯终端里，然后从那里蛙跳到了更大的系统中。”

“或者是别人用盖伦尼的算讯终端这么做的。”迈尔斯提出一种可能。他感到胃里很不舒服。图像中高亮的红色部分看上去就像一团团血渍。“这证据真的够吗？”如果诬陷了一个人，为什么不能诬陷两个人呢？或者……需要诬陷几个就诬陷几个，直到最后出现一个迈尔斯既不认识也不喜欢的嫌犯？

哈罗彻看上去闷闷不乐。“我们能拿到的证据大概就这么多了。如果能够用吐真药来讯问这个人的话，我宁愿砍掉自己的一只手，但他升到现在这个位置的时候已经接受过诱发过敏处置（译者注：书中掌握高级情报的人员基本都会接受的一种医学处置，会让他们患有人为的吐真药过敏症。被注射吐真药时他们不会像常人一样坦白说出实话，而会思维崩溃胡说八道，或者是死亡）了。吐真药可能会要了他的命。所以这案子里我们只能用老的、麻烦的办法来拼凑证据。犯罪的所有物理证据都早已经灰飞烟灭了。到头来我们回到了您提出的动机问题上，审计官大人。科玛事务司分析处里，有谁既知道那个生物工程制造的凋亡性原核生物的存在，同时又有理由作案？盖伦尼有可能知道，就在当初科玛人的那次阴谋遭到失败之前，他在地球上见过他的父亲萨尔·盖伦。”

“这我知道，”迈尔斯回答，“当时我也在那儿。”*哦，上帝，达夫……*

“我不知道您的克隆兄弟杀死盖伦尼的父亲的事情对此有多大的影响……”

“如果那会成为一个问题，那应该在这之前早就出问题了。”

“也许吧。但那事肯定会对他留下些感情上的影响。然后，雪上加霜的是，你最近又在破坏他的婚姻计划中起了重要作用。”

“那事情他已经释怀了。”

“什么婚姻计划？”格雷果问道。

迈尔斯咬牙切齿。*哈罗彻，你个白痴。*“有段时间，达夫曾经对蕾莎很有意思。所以他才陪她参加了你那次招待大使的宴会，在那里你们相遇了。达夫在那以后，呃，另有所爱了。”

“噢，”格雷果大吃一惊的样子，“我一直没怎么意识到……蕾莎和盖伦尼之间的事那么严重。”

“那是一厢情愿的事。”

哈罗彻摇摇头。“对不起，迈尔斯。但那个人管你叫作，我引用他的原话，一名‘虚情假意的天杀的拉皮条的侏儒’。”哈罗彻的目光变得悠远起来，他的表情一瞬间看起来很像在逐字引用自己芯片中记录的语句的伊林，让迈尔斯不由得倒抽一口冷气。“然后他继续相当激动地声称，‘弗确实是小偷的意思。你们这些天杀的贝拉亚小偷沆瀣一气，是吧。你，还有你们那个他妈的尊贵的皇帝，还有你们整个该死的团伙。’那么，你真的指望我会把这理解为他仅仅是略感不快？”

格雷果的眉毛扬了起来。

“他是当着我的面说的。”迈尔斯立刻说道。从格雷果的表情上可以看出，皇帝并不觉得这话能构成有效的辩护。“不是在背后说的，”迈尔斯试着解释清楚，“盖伦尼从不在人背后说三道四。那……不是他的风格。”他又对哈罗彻说，“你到底是从哪儿得到这段对话的？现在帝国安全部是不是把所有分析员的私人算讯终端都监控了？或者在伊林倒下之前，就有人把盖伦尼当作攻击目标了？”

哈罗彻清了清嗓子。“实际上，监控的不是盖伦尼的算讯终端，大人。是您的。”

“什么？！”

“为了安全起见，弗·科西根府邸的全部公共频道都处于帝国安全部部长办公室的监控。好几十年了。只有三台没有受到监控：伯爵，伯爵夫人的私人终端，还有您本人的。您的父母以前肯定跟您提到过。他们知道这事。”

由伊林监控，当然了。他的父母亲不会反对的。而那天晚上他接盖伦尼电话用的是……客房的算讯终端，是的。迈尔斯压下怒气，平静了些；部分是因为这，但主要是因为他正飞快转动着脑子，尽力回忆自己过去三个月中在弗·科西根宅邸中通过每一台算讯终端跟每个人说的每一句话。

“你对朋友的忠诚很让人钦佩，迈尔斯，”哈罗彻继续说道，“但他是不是你的朋友呢？我看并不那么肯定。”

“不对，”迈尔斯说，“不对。我清楚盖伦尼为了走到现在这一步付出了多少。他不会为了……个人的愤怒让这一切付之东流。这只是迷惑人的虚假表象。而且说到底，即便盖伦尼有诬陷我的动机，那之前的那桩罪行呢？他有什么动机要先把伊林除掉？”

哈罗彻耸耸肩。“也许是政治原因。在伊林领导下的帝国安全部和某些科玛人之间的仇恨已经绵延三十年了。我承认，这个案子无论怎么说都还没结束，但既然现在我们有了确实的方向，下面的工作应该要容易得多。”

格雷果看上去几乎快发狂了。“我曾希望我的婚姻能对抚平同科玛之间的伤痕有一点小小的作用。一个真正团结的帝国……”

“会的。”迈尔斯安慰他道，“如果盖伦尼最终能够迎娶一个贝拉亚人，那就有双倍的功效。”*前提是，他没有在这之前就因为捏造的叛国罪给关进监狱。*“你知道帝国的风尚是怎么回事的，你肯定会带动起一波跨星追爱的风潮的。另外，考虑到我们父母那一辈生下的贝拉亚女性数量严重短缺，我们这辈中总是会有一大群人不得不从外面引进太太的。”

格雷果的嘴唇往上翘了一下，对迈尔斯努力表现出的幽默表示悲哀的赞赏。

迈尔斯拿起给自己的报告拷贝。“我要再看看这个。”

“请吧，”哈罗彻说。“尽管看个够。如果你在里面能找到什么我没有发现的东西，请告诉我。我也并不乐意看到帝国安全部里我的部下中有任何人不忠，无论他们来自哪颗行星。”

哈罗彻告辞了，迈尔斯立刻就派了个宫中的仆役去找马丁，让他把车开过来。要是再回到舞会上，女士们肯定会对他群起而攻之，要求他做出解释，并采取行动，可现在，这二者他都无能为力。格雷果要承担的差事也并不令人羡慕：他还得回去，还得若无其事地继续社交活动。

迈尔斯坐在伯爵的地行车上，车子正在皇宫到帝国安全部的半路上。他透过座舱盖望去，外面是几座年久失修的建筑，后方耸立着灯火通明的大楼。骤然间，视野中的一切变得异常明锐；眼前的现实忽然之间呈现出虚幻的面貌，一切仿佛都变得更浓墨重彩，令人目眩，仿佛马上就会镀上一圈绿色火焰的边框。他在心中想着，噢，糟了，噢糟了，噢糟——跟着整个场景就融化掉了，变成了他熟悉的彩色碎屑，然后是一片黑暗。

他恢复了意识，发现自己正躺在后座上，俯看着他的马丁惊慌失措，在昏暗的黄色灯光中显得有些朦胧。他的上衣给扯开了。座舱盖被升了起来，夜雾的寒气冲入，让他打了个寒战。

“弗·科西根勋爵？大人，噢见鬼的，你要死了吗？别啊，别啊！”

“呜……”他发出了点声音。在他嗡嗡作响的耳朵里听来，那只是一声含糊的呻吟。他的嘴疼，他用手摸了摸湿乎乎的嘴唇，然后他的手指就沾上了些鲜血，在这灯光下呈红棕色。

“没事，马丁。只不过是……呃……发病了。”

“您发病的时候总是刚才那样吗？我不由得在想着您是中毒了或者被枪击了或者怎么了呢。”马丁看上去稍稍放心了点。

他试着要坐起来，马丁张开大手，手停在半空，不知道是该扶他起来还是该把他按下去。迈尔斯的舌头和下嘴唇都被咬破了，鲜血毫无阻碍地往外流着，滴到他的家族制服上。

“我是不是该送您到医院或者去找医生，大人？去哪儿？”

“不。”

“那么至少让我送您回家。或许……”马丁焦急的脸因为希望而有了精神，“或许您母亲大人很快就回去了。”

“好从你手里接收我？”迈尔斯痛苦地低声笑了。*她做不到亲亲我就把我的病治好的，马丁。不管她也许会多么希望那样。*

他多么渴望能继续前往帝国安全部总部啊。他承诺盖伦尼……但他还没好好看那些新的资料，而且他读完之后需要找小组的那几个人问话，但他们毫无疑问已经回家去了。他们也是该好好地休息一晚上了。而且现在癫痫发作过后的疲乏仍然让他摇摇晃晃，昏昏沉沉。

部队医院那些人说得太对了。这些该死的癫痫发作的一部分诱因就是压力，这实际上就保证了它们会经常在可能的最不方便的时候发生。他确实不适合执行任务，任何任务。都不适合。

我恨这种状况。

“回家，马丁。”他长叹一声。

第二十五章

第二天早上醒来时，迈尔斯感觉很难受，他现在渐渐能辨认出这种癫痫后遗症的感觉了。他吃了几片止痛药，可收效甚微。要说跟之前有什么改变的话，只能说症状在愈演愈烈，而不是减轻。或者，也许这不过是因为他能更加准确地分辨出这些症状了，现在没有击晕枪造成的偏头疼或者让他想要自杀的抑郁情绪来混淆它们造成的感受了。*我得赶快去找辰科。*

他端了一瓶咖啡到自己的房间，然后把自己锁在屋子里，专心阅读算讯终端上哈罗彻的报告。那天上午剩下的时间，他全都花在，或者说浪费在一遍又一遍地审阅这份报告上了。

这份材料中的欠缺颇多，但反而让它更有说服力了。如果这是一起双重诬陷的话，应该会有更多材料的。报告暗示性很强，但证据不足。可他费尽心思也看不出推理上有缺陷，找不到逻辑上有漏洞。

结果这么糟糕，让他根本不敢去见盖伦尼。昨天晚上帝国安全部把这位科玛出身的军官关在总部的临时牢房里——相比楼底下伊扎时代那个面积广阔的地牢，这块地方小得可以。在被提起正式诉讼之前，盖伦尼要一直在那里坐着干等；那之后他按理说就要被移送到更正规，也更沉闷的军事监狱里去。*作为一名嫌疑犯被拘留。*在贝拉亚的军法中，可以将嫌疑犯拘留多长时间的规定有点含糊其词。*一名被妄加猜疑者可以被拘留多久就更他妈的含糊了。*

他郁闷的沉思被韦德尔博士的电话打断了。韦德尔哀怨地请求告知要什么时候他才能回家。迈尔斯答应去拿他的报告，然后就放他回去。如果没办法救走一名帝国安全部的囚徒，他至少还可以放走另一个。他穿上一身干净的，有点旧但还能将就的家族制服，戴上他的审计官链子，在他咬破的嘴唇上又涂了些镇痛软膏，然后叫马丁把他的车开过来。

安全部总部诊所里的药味和化学品的味道还是让迈尔斯觉得很难受，肚子里一个劲反胃。他走进去，找到了韦德尔占据的实验室。角落里一张皱巴巴的帆布床表明这位银河系的生物专家遵守了他的命令，一刻也没有让样品和他的数据离开他的看管。韦德尔自己身上还穿着昨天早上穿的那套衣服，不过他显然已经抽时间刮了胡子。不知怎的，他看来没迈尔斯那么睡眼蒙眬，但这并不能说明什么。

“嗨，审计官大人。我已经得出确实的鉴定结论，您所发现的原核生物和被用在伊林部长身上的原核生物是完全一样的。甚至是同一批的。您应该并不意外吧。”他领着迈尔斯来到实验室的算讯终端前，开始对这两个样品做详细比较。他使用了图像辅助说明，还高亮标出了重点，略为有些扬扬自得地说个不停。帝国审计官全程保持沉默，一言不发。

“我跟伊林谈过。”迈尔斯说，“他说他不记得在过去四个月里曾经吞服过一颗棕色的小胶囊。不幸的是，他的记忆没以往那么好了。”

“哦，那不是吞服的。”韦德尔把握十足地断言道，“它的设计就不是用来给人吞服的。”

“你怎么知道？”

“那胶囊既不透水透气，也不会溶解。意味着必须得把它弄破——手指捏一下就行——然后样品就混合在空气中，被人吸入体内。这种介质封装设计显然是想通过空气来进行传播。那东西很像孢子。”

“什么？”

“这儿。”韦德尔把正占据着视讯板上空的分子链图形消去，调出另一个图像来，那东西的样子怎么看都像是个球形卫星，外面竖满了天线，“真正的原核生物太小了，要直接把它们装到那么大的胶囊里是不可能的。所以，它们是被装在这些空心的孢子状的微粒当中的——”韦德尔指着视讯板说道——“这些微粒会飘浮在空气中，直到接触到湿润的表面，比方说黏膜或者支气管壁。这个时候，这些运输单元就会融化，释放出里面的货物。”

“在空气中人们能看见它们吗，就像看见烟或者尘土？能闻得到吗？”

“如果光线够强，我想在它们刚打开的时候，大概可以看见一蓬转瞬即逝的烟雾。它们应该是无味的。”

“它们会在空气中悬浮多长时间？”

“至少几分钟。具体要看通风的效果如何。”

迈尔斯着迷地盯着那造型邪恶的球体。“这可是新的信息。”虽然眼下他还不知道这信息能有多大用处。

“靠超忆芯片里得到的碎片不可能重建出这一块，”韦德尔略有点尴尬地说，“因为这些介体微囊根本不会接触到芯片。还可能有其他几种用药的方式。”

“我……很理解。是的，谢谢你。”他想象着自己又回头去找伊林——你能不能记得你在过去四个月里吸进每一口空气时的情景？曾经，伊林大概是可以的。

算讯终端上传来的哔哔声打断了他的思绪。那些运输孢子消失了，取而代之的是哈罗彻将军的脑袋。

“审计官大人。”哈罗彻信心不足地对迈尔斯点点头，“我很抱歉来打搅您。但既然您在大楼里，我就想着您能不能顺便过来跟我见个面。当然，要在您方便的时候，等您在实验室以及别处的事情都完了之后。”

迈尔斯叹了口气。“当然，将军。”至少这让他有了个借口，可以再推迟几分钟去看盖伦尼，“我很快就到你办公室。”

迈尔斯接收了存着韦德尔报告的加密卡以及被重新密封好的余下的样品，然后解除了对这男人的封印（译者注：文字游戏。原文如此），后者感激地离开了。迈尔斯在帝国安全部总部大楼他无比熟悉的走廊中加快了脚步，上楼，拐弯，直奔原来伊林的办公室，现在哈罗彻的办公室。也许，赞美上帝，哈罗彻是要跟他分享一些新发现，一些可以使这整个一团乱麻的状况有所好转的东西。

哈罗彻锁上迈尔斯身后的办公室大门，又殷勤地为这位帝国审计官拖来一把椅子，挨着他的算讯终端桌子放下。“昨晚之后您有什么新的想法吗，大人？”哈罗彻询问道。

“基本没有。哎，韦德尔对样品进行了鉴定。你多半会想拷贝一份这个报告吧。”

迈尔斯把韦德尔的数据卡递给哈罗彻，他点点头，拿过卡在自己的算讯终端读取口上划了一下。“谢谢您。”他把原件还给迈尔斯，然后继续说道，“我对阿利格里部门里的另外四位科玛事务高级分析员进行了更详细的检查。他们中没人像盖伦尼那么容易得知这些科玛药物样品的存在，其中两个在这点上更是可以完全被排除嫌疑。另外两个我找不出任何可能的动机。”

“完美犯罪。”迈尔斯低声说。

“差一点。真正的完美犯罪会永远不被人发现，这个很接近了。种种迹象全都表明，对您的诬陷是某种后备计划，所以必然不那么完美。”

“我指挥登达立雇佣军的整个时间里，一次都没能说服现实接受我的完美作战计划，”迈尔斯叹道，“充其量也只能做到‘够好’。”

“您尽可以放心，国内事务司做得也好不了多少。”哈罗彻坦白道。

“没有认罪供词的话，这些证据全都太过含糊了。”

“是的。而我不知道该怎么拿到供词。吐真药又不能用。我不知道……在这一点上您是否可以帮个忙。您对这个人很了解。把您那著名的说服能力用在他身上。”

“我也许可以，”迈尔斯说，“如果我觉得盖伦尼有罪的话。”

哈罗彻摇摇头。“为此我们大概需要更多证据，但能不能得到呢？我并不乐观。你经常得在不完美的情况下继续向前，因为你必须继续向前。你不能止步不前。”

“让神圣的巨轮滚滚向前，无论下面有多少东西给压得粉身碎骨？”迈尔斯扬起了眉毛，“你现在打算朝哪里继续前进？”

“大概是军事法庭吧。这个案子必须得体地结案。正如您指出的，不能让这个案子迟迟悬而不决。”

被帝国安全部在背后紧盯着，要求尽快判决的话，军事法庭会怎么断案？有罪？无罪？或者是更含糊的一句“证据不足”？他必须找一名最优秀的军法律师来评估一下案情……“不，该死的。我不想让军事法庭的法官组猜个结果出来，然后回家吃晚餐。真要这样的话，我可以自己来猜，猜它个一整天。我想要知道结果。你必须继续调查。我们不能在盖伦尼这里止步。”

哈罗彻长长地吐出一口气，揉了揉自己的下巴。“迈尔斯，你是要我在这里发动一场猎巫行动啊。可能会对我的组织造成巨大的破坏。你要让我把帝国安全部翻个底朝天，可为了什么呢？如果那个科玛人确实有罪——我目前是相信他有罪的——你为了炮制出一名更合你胃口的嫌疑犯来，会不得不做更多事情。到哪一步你才肯罢手呢？”

绝对不是在这儿。“未来的皇后会对你很不满的。或者对我。”

哈罗彻做了个鬼脸。“我知道。她看上去是个很善良的年轻女性，想到这可能会让她伤心，我也并不愉快。但我宣誓效忠的对象是格雷果。你也一样。”

“是的。”

“如果你拿不出更确实的反对意见，我就准备提出指控，让军事法庭来解决这个案子。”

你可以摆放炸弹（译者注：文字游戏。原文摆放炸弹和提出指控这两个意思是同一个词组），但我不会点燃引信……“我可以以审计官的身份拒绝结束这个案子。”

“如果军事法庭宣判他有罪，您就不能不结案了，大人。”

不，我能。意识到这一点，他不由得眨起眼来。只要他乐意，他可以让自己身为审计官的调查工作永远继续下去，而哈罗彻对此根本就毫无办法。难怪哈罗彻今天对自己这么彬彬有礼呢。迈尔斯甚至可以驳回军事法庭的判决……但传统上，帝国审计官在运用他们巨大的权力时都是很慎重的。经验丰富的人员车载斗量，他们能被选中，不仅因为他们从前的辉煌战绩，也是因为他们长期以来保持绝对正直的品行记录。通常而言，经历五十年的生活考验以后一个人才会被视为有资格成为可能的候选者。他不该再跟帝国安全部的内部规条拧着干了，除非是在必要的时候最小限度地——

哈罗彻疲惫不堪地笑笑。“可能最后我们只能各自保留意见，不过我还是请您试着从我的角度想想。盖伦尼曾经是您的朋友，我能体会突然发生这种事情的时候您有多难受。我可以这样处理事情：放弃叛国罪的指控，改控较轻的袭击上官的罪名。把不幸最小化。只要在监狱里待一年，加上不名誉退役，然后盖伦尼就自由了。你甚至可以用你所拥有的影响力去为他求得皇帝的特赦，让他根本不用坐牢。只要把他从这里弄走，我就不会大加反对。”

以这种方式毁灭盖伦尼的事业，还有他在政治上的任何雄心……而盖伦尼一直都是个雄心勃勃的人，他很明白在格雷果所构想的新的、更和平的未来中他有什么样的机会，并且迫切地想要抓住机会为科玛奋斗。“有罪者才需要被特赦，”迈尔斯说，“它和宣判无罪不是一回事。”

哈罗彻挠了挠头，又做了个鬼脸，或许他本来是想笑一下。“其实……我请您上来还有另一个原因，弗·科西根勋爵。我从不止一个角度展望未来。”哈罗彻迟疑了好一会儿，然后继续说道：“我擅自找帝国部队医院的神经病学家们要了一份关于您身体状况的医学报告。有关您癫痫病症的。我觉得他的治疗方案很有希望。”

“帝国安全部，”迈尔斯轻轻地说，“总是像蟑螂一样无处不在。先是窃听我的算讯终端，接着是我的医疗档案……下回就该在早晨提醒我把落在靴子里的东西抖出来了吧。”

“对不起，大人。我想您会原谅我的。我必须先知道详情，才能说出我下面要说的那些话。但如果这个控制发病的装置能够像您希望的那样有效……”

“也只是控制症状，并不能治愈。”

哈罗彻摊开手，表示他对这个差别不予考虑。“那是个医学定义的问题，和实际应用无关。我是个讲求实际的人。我近来研究了你为帝国安全部执行的那些登达立行动的报告。你和西蒙·伊林的组合真是出类拔萃。”

我们是最好的，哦，是的。迈尔斯忽然弄不清楚哈罗彻的意图了。他不置可否地哼了两声。

哈罗彻苦笑了一下。“填补伊林留下的空缺是个非常艰巨的挑战。我不愿意放弃任何有利因素。在我有机会同你本人共事，又详细地读了你的材料之后……现在我越来越确信，伊林把你开除是犯下了严重错误。”

“他没有错。那样都是便宜我了。”迈尔斯的嘴越来越干了。

“我不这么认为，我觉得伊林反应过激了，以我看来，在你的记录中写上些严厉责备的话就够了。”哈罗彻耸耸肩，“然后你收藏的众多批评意见又可以增加一条了。我以前跟你这类人共事过。为了得到别人无法得到的结果，你们愿意冒任何人都不愿冒的风险。我喜欢结果，迈尔斯。我非常喜欢结果。对帝国安全部来说，登达立雇佣军是一笔了不起的资源。”

“他们现在仍然是。奎因准将会从你这里一手接钱，一手交货。”他的心脏开始狂跳起来。

“这位叫奎因的女性对我而言是个陌生人，而且她不是贝拉亚人。我更情愿——如果您的治疗成功的话——重新启用您。”

他咽下一口唾沫，勉强开口说话。“一切……都会和以前一样吗？从我中断的地方开始？”登达立……内史密斯将军……

“不，并不完全是从您中断的地方。比如说，据我推算，您早在两年前就该晋升上尉了。但我觉得您和我的组合可以跟您以前跟伊林的组合一样好。”哈罗彻的眼里闪过一丝亮光，“如果我说，也许甚至能更好，或许您会原谅我这小小的野心吧？能和您共事，我会感到非常骄傲的，弗·科西根。”

迈尔斯坐在那里，头晕目眩。有一会儿，他脑子里只有一个傻呆呆的念头：我真高兴我昨天晚上就发过病了，要不我现在又得在他的地毯上打滚了。“我……我……”他的手在颤抖，他的脑袋快乐得要炸裂了。是的！是的！是的！“我得……先把案子结了再说。把格雷果的粗链子还给他。但那之后……当然！”他咧开嘴笑了，把嘴唇上的伤口都给扯破了。很疼，但他停不下来。他舔掉自己伤口上流出的咸咸的血。

“对，”哈罗彻耐心地说，“这正是我一直在说的。”

一盆冰水在迈尔斯的胸中浇下，扑灭了他火烫的热情。什么？他觉得自己简直不能好好思考了。一时间他脑海里只有一个记忆中的场景。那是个飞船码头，地上满满登登挤的全是登达立的士兵，他们在欢呼：内史密斯，内史密斯，内史密斯！

我的第一次胜利。

……你还记得它的代价吗？

他的笑容凝固了。“我……我……我……”他咽下两口唾沫，然后清了清喉咙。他听见了自己的声音——是哪个他在讲话？仿佛是从深深的隧道里传来的回声：“这事情我得考虑考虑，将军。”

“请吧，”哈罗彻和蔼地说道，“尽管慢慢考虑。但不要让我永远等下去——我现在就已经可以看到要动用登达立的可能了，如果在克莱恩空间站（译者注：一个独立太空站，位于银河系虫洞路网的交通要冲。和地球、天仓五、杰克逊·霍尔、埃斯科巴等行星相距都不远）附近出现某种状况的话，这种可能正在不断加大。如果你参与的话，我会非常乐意跟你讨论这事。我希望能听到你的建议。”

迈尔斯的双眼睁得大大的，脸色苍白而又沮丧。“谢谢你，将军，”他哽噎着说，“非常感……”

他慌乱地从椅子上站了起来，脸上还挂着那个笑容，嘴唇上还在流血。他像个醉汉似的，踉跄着往外走，差点撞到门框，哈罗彻刚好及时地给他打开了门。哈罗彻对着自己的秘书小声吩咐了一句，然后等迈尔斯走到大楼出口处时，马丁已经在地行车里等着他了。

迈尔斯挥手让马丁走开，自己坐进后排座位里。他让座舱盖变成不透明的银色，心里希望着自己脸上震惊的表情也能同样容易地被遮挡住。他感觉自己仿佛正从战场上逃走。然而，在这灿烂的笑容之中，伤口在哪里？

他一路溃退回了弗·科西根府邸。他埋头从他母亲的侍从身旁走过，又绕了个大圈子，躲开伊林住着的客房。他把自己锁在自己的卧室里，开始在房间里踱步，直到他发现自己的目光一直死死盯在自己的算讯终端上。它看起来好像也在回瞪着他，而且是用荷鲁斯的全知之眼。他朝上一层楼逃去，逃进了那间放着老式扶手椅的小空屋子。这间屋子够小，刚好能装下他，就跟一件拘束衣一样不舒服。他这次没拿白兰地，也没拿刀。它们是多余的。

他锁上门，一屁股坐进扶手椅中。不光是他的手，他的全身都在颤抖。

他又可以干回老本行了。一切都将和从前一样。

现在说说看，我要怎么拒绝，嗯？他还以为自己已经忘了内史密斯了呢。是啊，弗·科西根勋爵占了上风。假装不在乎内史密斯的死亡。他在水边行走，却假装是行于水上——为什么不呢？所以那就是为什么我觉得自己快要被淹死了。真相浮出水面。

你想要吗？想跟登达立重聚？

是的！

可他的身体状况真的适合吗？那么，他也许只能待在该死的战术室里，再也不能跟小队一起出去了。那又有啥新鲜的？他可以应付得来的。他一辈子都在挑战自己的身体缺陷，这只不过是长长一串挑战上又新加的一环而已。他知道该怎么办。我能做到。总是有办法的。

他可以和奎因重聚。还有陶娜，在她剩下的所有宝贵时间里陪伴着她。

然而在他内心深处，有一个恶魔在鬼鬼祟祟地朝他低声私语：只不过这里有一个小小的障碍……

终于，充满痛苦地，他开始悄悄观察这件事情，先用眼角的余光窥探，然后正面审视。

哈罗彻想让我牺牲盖伦尼。迈尔斯把案子结了，让哈罗彻不受阻碍地继续管理帝国安全部，迈尔斯才能拿到重回登达立的门票。一名帝国审计官有很多项权力，但其中肯定偏偏不包括命令帝国安全部重新雇用某个人。这一职权完全在于哈罗彻，凭他自由决定。

他坐在椅子上前后摇摆着，双脚断断续续地在地上打着节拍。可要是盖伦尼真的有罪呢？说到拒绝……哈罗彻也拒绝了迈尔斯。他对猎巫行动的恐惧非常有说服力。迈尔斯和盖伦尼曾经是朋友。如果是另外的什么人受到指控，一个迈尔斯不认识的人，他现在还会这么挑剔吗？他会不会已经满意地接受了哈罗彻提供的证据？

该死，这不是友谊不友谊的问题，是了解不了解的问题。对人的个性做出判断。我觉得，我向来很知人善任。他现在该怀疑那个判断吗？可是见鬼，人性是很奇怪的。复杂微妙，曲折多变。你永远不会真正了解他人的全部，纵使是多年故友也一样。对亲戚的了解那就更少了。

他的双手在椅子扶手上屈伸着。他忽然发现自己想到了他命令伯沙瑞中士去讯问的那名跃迁飞行员。那是在十三年前，他第一次与登达立和他的命运相遇之日。让他极为不安的是，他现在记不起那人的名字了，虽然在那人的葬礼上自己还假惺惺地讲过话。为了挽救人们的性命，他们当时急切地需要获得那个飞行员的登录密码。然后伯沙瑞拿到了密码，通过最粗暴的简便方式。迈尔斯想，他们成功地挽救了人们的生命。但不包括跃迁飞行员的。

他军事生涯中的第一次行动就以牺牲一个人的生命作为开端。也许为了重新开始，需要再牺牲一个人。上帝知道，他已经牺牲了够多的朋友了。他把他们带进这桩或者那桩美好的事业中去，却没把他们带出来。而且他们并不全是自愿的。

我想要，我想要……哈罗彻是不是读出了他脸上那赤裸裸的渴望？是的，当然了。迈尔斯从哈罗彻扬扬得意的眼睛里，从他轻松自信的笑容中都可以看出他知道了这一点。从黑色玻璃当中他那惬意地搭在一块的双手的黑色倒影上更可以。手握大权，生杀予夺，在乎一念。他看透了我，哦，是的。迈尔斯的眼睛眯了起来，咧开了还在疼的嘴唇。他朝小屋寒冷的空气中呼出一口白气，仿佛肚子上刚刚吃了一记重击。

哦，上帝。这不仅仅是个工作机会。这是在贿赂。卢卡斯·哈罗彻刚刚试图向一名帝国审计官行贿。

试图行贿？还是行贿成功了？

这个我们等会儿再说吧。

而且，这是何等的贿赂啊。多么甜蜜啊。迈尔斯能不能证明这是否就是贿赂，而不是真心的赞美都是个问题。

我肯定。哦，我肯定。卢卡斯·哈罗彻，你这个狡猾的狗娘养的，我从第一天起就低估了你。迈尔斯一贯以看人准确而自负，但以后再也不能了。

他不该低估哈罗彻的。同他自己一样，哈罗彻也是伊林亲自选中的人。伊林喜欢狡诈之徒，但伊林有本事保持对他们的控制。哈罗彻那温和、内敛、之前不大与人交往的风格是个伪装，好掩盖他剃刀般敏锐的头脑。哈罗彻也跟他自己一样，会为了收获成果不择手段，否则他不可能爬到国内事务司领导的位置上，在伊林手下是不可能的。

哈罗彻敢于提出他那个建议，必定是已经吃透了迈尔斯。他有什么理由做不到？他可以看到伊林掌管的全部档案，有足够的机会好好研究内史密斯将军的整个职业生涯，从头到尾。特别是结尾。哈罗彻知道这个小个子将军是个多狡诈的家伙。他能够很有把握地预言迈尔斯会牺牲一切，乃至他的诚信来保全内史密斯，因为他已经那么做过一次了。他并不清白。

他的上尉军衔。他的上尉军衔。哈罗彻肯定是毫不费力就弄清了操控我的要点何在。但迈尔斯敢发誓，哈罗彻这个狡诈之徒是忠诚的，忠于格雷果，忠于帝国，是个可靠的战友。金钱对他来说没任何意义，至少迈尔斯完全看不出来。就像伊林一样，也和迈尔斯一样，他的热情只倾注于他在帝国安全部的工作中。他从伊林那里接手的工作。

迈尔斯的呼吸顿住了，一瞬间他感觉自己就像一具被冷冻的尸体，浑身冰冷，动弹不得。

不对。哈罗彻从伊林手里抢过来的工作。

噢。

迈尔斯在椅子里蜷成一团，开始咒骂，声音很轻，用词很毒。他头晕目眩，原因是愤怒和羞耻，但主要是愤怒。我真瞎，真瞎，真瞎！动机！这里的“大象”是什么？职位提升和得到赏识？

就是哈罗彻，一直都是哈罗彻，只能是他。破坏伊林的脑子的就是哈罗彻，目的是偷走他的职位。

难怪所有的算讯终端记录都给安排得漂漂亮亮。哈罗彻掌握着伊林所有的超级权限密码，有充分的时间用来作假，而且对帝国安全部总部的内部系统有十年的使用经验。迈尔斯从椅子上弹起，开始踱步。实际上，他是开始在这个小小的房间两头来回跑，每次停下转身的时候都得用手啪地撑到墙上，力道大得让他手疼。没错，这头大象太像一条蛇了。

是哈罗彻，该死的，我知道是他。

哦，是吗？证明这点啊，审计官小子。

所有的有形证据都已经烟消云散了，而全部的档案资料又都处于哈罗彻的掌控之中。迈尔斯能拿来指控哈罗彻的材料比起哈罗彻拿来指控盖伦尼的少得可怜。

他不能无中生有地指控这个人，他会被反控个上帝才晓得是什么的罪名，最起码也会被指责犯了癔症。一名帝国审计官的权力很大，可帝国安全部部长的权力也不小。他只有一次机会，然后哈罗彻就会反击他。我会开始遇到些非常奇怪的事情。无法查清的事情。实际上，只要他回去时没有接受哈罗彻那极其诱人的贿赂，哈罗彻就会明白迈尔斯已经明白了。没多少时间。

动机。判断。证据。烟雾。

他倒在地板上，大睁双目瞪着天花板；他紧握双拳，朝破旧的地毯上砸了一下。

可是……设想下他继续跟哈罗彻周旋下去会如何。接受他的贿赂，静候更好的时机，到时候再把他抓住。迈尔斯可以得到登达立，以及正义。

是的！

哈罗彻和迈尔斯会暂时被捆在一起，或者说，可以诱使哈罗彻这么认为……这时迈尔斯才后知后觉地发现，如果这是个贿赂的话，哈罗彻在伊林办公室里对他的那些阿谀奉承，什么“你和伊林的组合多么了不起”，全是在胡说八道。哈罗彻并不喜欢内史密斯将军。然后，多久之后，哈罗彻就会安排迈尔斯“意外”死亡？而且这次不会有冷冻复活了。反正一位帝国安全部一线特工本来就是在拿生命进行赌博。啊哈，各怀鬼胎，钩心斗角。这会是一场引人入胜的竞赛，看谁能先把对方抓住。死亡，对叛国罪的传统报偿，在一根慢慢燃烧的导火索上，从中间朝两头逼近。在接下来的一小段时间里，我们会过上什么样的生活啊。会非常刺激的。

门外的敲击声猛地把他的思维彻底拉回现实。他躺在原地哆嗦了一下，这会儿他对外界事物有些过度敏感。“是谁？”他气喘吁吁地问道。

“迈尔斯？”门外传来他母亲的轻声细语，她的女低音中满是关切，“你在里面没事吧？”

“你不是正在发病吧？”伊林在伯爵夫人之后也说话了。

“没……没有。我很好。”

“你到底在干什么？”伯爵夫人问道，“我们听到天花板上传来许多脚步声，还有咚的一声。”

他竭力让自己的声音保持平稳。“只是在……与诱惑角力摔跤。”

传来伊林给逗乐了的声音。“现在谁占上风？”

迈尔斯的目光沿着头顶天花板上石膏的裂缝移动。他叹了口气，声音轻细：“我想……我会争取能三局两胜的。”

伊林笑了。“很好。回头见。”

“我想，我很快就会下去的。”

他们的脚步声远了，说话声也减弱消失了。

卢卡斯·哈罗彻，我确信，我憎恨你。

但假如迈尔斯能事前确认，哈罗彻是打算跟他真诚合作吗？这是有可能的。假如这个提议的实质仅仅、确实就是跟它表面上一样，并没有准备背后捅他一刀？那他该怎么回答？能怎么回答？

好吧，哈罗彻已经摸透了内史密斯，里里外外。内史密斯会大叫一声“好！”

回头再设法把交易推脱掉。但哈罗彻不了解弗·科西根勋爵。他怎么可能了解呢？实际上，没人能，甚至迈尔斯都不能。我自己都刚遇见这个人。很久以前，他曾经认识一位叫那个名字的男孩，那孩子迷茫，充满激情，为军队而疯狂。而后这个男孩被内史密斯将军彻底抛在了身后，被从将军更宏大的自我，更广阔的世界中驱逐出去。但现在这位新的弗·科西根勋爵完全是另一个人，迈尔斯几乎畏惧于去揣测他的未来。

迈尔斯骤然之间疲惫不堪，对他自己脑子里的声音恶心得要死。哈罗彻这位傀儡大师让他转着圈跑，竭力想要咬到自己的屁股。如果他不玩哈罗彻这让人头昏眼花的游戏呢？如果他……就这么停下来呢？接下来会是什么游戏？

你是谁，小伙子？

……在发问的你又是谁？

这个想法一出现，随之而来的是安宁的静谧，虚无的清澄。他起初还以为这是极度的凄凉，可凄凉的感觉就仿佛是在做自由落体，只是永无止境，下面没有地面。而现在他的感觉是宁静，平稳，牢靠，不可思议的安详。它不受到任何力量的丝毫撼动，不前进，不后退，也不横移。

我是自己选择做的那个人。我一直都是自己选择做个什么样的人……虽然并不总是自己乐意的。

他的母亲常说："你选择行动的时候，你也就选择了行动的结果。"她还曾经用更激烈的话强调过这个道理的必然性：当你渴望一个结果的时候，那你绝对应该去采取能创造出这个结果的行动。

他躺在那里，丝毫不再紧张，一动也不动，而且对现在这样心满意足。时间被奇怪地拉长了，仿佛是从永恒上咬了一口肉，边跑边吃。这片安静的区域是藏在某个新生长出来的东西里面，抑或仅仅是他之前从没转到过这里？这么大的一片，怎么就能那么长时间不被发现？他的呼吸放慢了，更加深沉了。

……真的吗？实际上，哈罗彻到目前为止还没有杀人。而一名帝国审计官要是未结案就死在中途，那会引来最强烈的怀疑的；在迈尔斯倒下的位置，就像被砍了一个脑袋的九头蛇一样，会冒出来至少半打其他的审计官：个个经验丰富，怒火中烧，任何胡言乱语都影响不了他们。哈罗彻不可能控制得了他们所有人。

而盖伦尼则是命如草芥。一个蒙受耻辱的军官做什么事会比在牢房里自杀更司空见惯？这是很具有弗氏特色的行为。人们会认为这是自认有罪，是赎罪行为。噢耶，案子了结了。毫无疑问这会是场精心编排的自杀戏码。哈罗彻在此类事情上拥有丰富的实践经验，不会犯那些低级错误。一旦哈罗彻明白了迈尔斯明白过来了，他们就要开始和时间赛跑。而迈尔斯手上没有证据，只有一串幻象和烟雾而已。

烟雾。

空气过滤器。

迈尔斯瞪大了眼睛。

第二十六章

离帝国安全部总部的下班时间还有不到一个小时了，至少对于那些在此上白班的幸运儿来说是这样。迈尔斯让他的小小部队在侧面口列阵待发，准备开始他在心中命名为“突袭蟑螂窝”的行动。他现在头一回为伯爵那辆老爷地行车庞大得令人尴尬的尺寸感到庆幸，多亏这样他才能把每个人都塞到后排座位里，在从帝国科学院过来的路上就把任务简单交代了一遍，如此一来就节省了几分钟宝贵的时间。迈尔斯又把伊凡给拉了壮丁，还叫来了伊林本人，并且坚持让他在绿色军常服上戴上了全套徽章。韦德尔博士跟在伊林后面，小心翼翼地抱着个旧硬纸运输盒，外面贴着“皮氏（译者注：常用的微生物或者组织细胞培养方式，以发明者德国细菌学家朱利斯·理查德·皮特里的姓氏冠名）培养小鼠细胞，冷冻，组别621A，一打”的标签，但里面装的是别的东西。队伍的最后一名，但绝对不是最不重要的一位成员，是迪黎娅·库德尔卡。她从车里甩出她的那双长腿，赶忙跟上队伍。

在前台值班的军士抬起头来，不安地看着走进来的迈尔斯。迈尔斯大踏步走向他，绷着脸笑了笑。“哈罗彻将军给你们这个岗位下了命令，在我进出大楼的时候就向他办公室报告，对吧？”

“为什么……是的，审计官大人。”下士朝迈尔斯身旁瞥了一眼，给伊林敬了个礼，后者也还了礼。

“嗯，别报告。”

“呃……是的，审计官大人。”军士看上去有点惊慌，就像一粒预见到自己就要给夹在两块石头之间被磨得粉碎的小麦。

“没事的，斯梅塔尼。”伊林从他身边走过时安慰道。军士感激地松了口气。

队伍继续向前，走进帝国安全部的过道中。迈尔斯的第一站是现在位于二楼中间四分之一区域的新拘留所。迈尔斯向这里的负责军官提出告诫。

“过不了多久，我就会回来跟盖伦尼上尉面谈。我希望我到这来的时候他还活着，这个结果我要你本人负责。在这段时间里，这位库德尔卡小姐会进去探视他。你不得允许其他任何人——任何人，甚至你自己的长官，”——尤其是你自己的长官——“在我回来之前进入犯人所在区域。这话说得够清楚明白吗？”

“明白，审计官大人。”

“迪黎娅，我可来之前，一秒钟都不要让达夫单独待着。”

“我懂，迈尔斯。”她坚定地昂起头。“还有……谢谢。”

迈尔斯点点头。

他希望这样就堵死了试图在最后一分钟让盖伦尼轻松“自杀”的所有路子。哈罗彻肯定已经做好了准备，一转眼的工夫就可以实施计划，要诀就在于，不给他这一转眼的工夫。迈尔斯领着其他人继续向前，前往清洁部门。他在那里堵住了部门负责人，一位上了年纪的上校。迈尔斯向他保证，自己对空气过滤器的维护日程表产生强烈兴趣并不是要对他的部门工作横加指责，然后他的态度就非常合作了。迈尔斯把他也带上了。

迈尔斯真想能瞬间就跑遍四个地方，但事情必须严格按照顺序来，就像五维数学定理的证明一样。灵感是一回事，论证则完全是另一码事。在从法医处征调了一名技术人员后，他匆忙带队赶到了地下室底层，来到了证物库。他又花了一两分钟的时间，让他这批无懈可击的证人在武器四室的五号过道上站成一排。韦德尔把他的纸盒子放了下来，斜倚在架子上，双臂横抱胸前。他对正在发生的事情着了迷，头一次几乎全然收起了那股似乎怀疑一切的智力优越感。

第九架上的东西并不好够着，迈尔斯不得不让伊凡把那个熟悉的小小的生物制剂密封盒拿下来递给他。他的审计官封印完好无损。剩下两粒脆弱的棕色胶囊正默然等在里面。他拿起一枚，夹在他的拇指和食指之间转了转。

“好了。大家仔细看。来了。”他使劲压了一下，于是胶囊啪的一下裂开了，迈尔斯捏着它在头上晃了两下。一股由极细微的粉末组成的烟雾状棕褐色彗尾在空中停了一小会儿，然后消散了。他的手指沾上了一点点污渍。迈尔斯注意到，伊凡屏住了他的呼吸。

“我们要等多久？”迈尔斯问韦德尔博士。

“我想至少要等十分钟才能散布到整个房间。”韦德尔告诉他。

迈尔斯试着让自己的心情平静下来，耐心等候。伊林盯着半空中，表情僵硬。

是啊，迈尔斯想，这就是用来谋杀你的武器。你碰不到它，可它却碰得到你……伊凡的脸已经憋成了猪肝色，在他的脸完全变紫，陷入昏迷之前，他终于放弃了，再度开始呼吸。

终于，韦德尔博士弯下腰，打开了盒子。他从里面拿出一个透明的小瓶子，里面装着些清澈的液体，又拿出一个雾化给药器，然后把液体装了进去。韦德尔在得到通知后的三小时内就配制出了那瓶珍贵的液体，冲着这点，迈尔斯已经准备好在今后的五年里原谅他的傲慢之罪，并且亲吻他的靴子。韦德尔自己看上去觉得这事微不足道。从科学的角度上看，大概是这样。他不屑一顾地说这只是“一种简单的螯合溶液”。“介体微囊的外部结构很好：规则，特异，独一无二。如果你想要配制出某种能直接探测到那些原核生物本身的东西，那才真正具有挑战性。”

“好了，”迈尔斯对负责清洁维护的上校说，“我们去排放和过滤循环空气的地方。”

“这边走，审计官大人。”

他们所有人列队走出过道，转了个弯，走到对面的墙边。那儿在脚踝高的位置有一扇小小的长方形栅格，大概跟一张标准的塑料描图纸差不多大。“去把外面的罩子扯下来，”迈尔斯对上校提出要求，“我感兴趣的是最上面的过滤层。”

队伍里所有成员都跪在了地上，从上校的肩头望过去。他拿下外面那层栅格，露出封在里面的长方形纤维网。这些网是用来吸附灰尘、污垢、头发、霉菌、孢子、烟尘，以及诸如此类的其他杂质的，那些微小的原核生物本身如果已经从它们那些孢子状的包装中被释放出来的话，会直接穿透这个屏障，继续向前，或许还会接着穿透它后面的电解树脂屏障，但最后到达中心闪热单元时还是会被毁灭掉。

在迈尔斯点头示意之下，上校给韦德尔博士让开位子。博士盘腿坐在地板上，起劲地用他的雾化器在通风口周围的空气中喷洒液体。

“现在他在干什么？”上校朝迈尔斯小声问道。

迈尔斯很想说，我们这是在喷雾捉虫。你没发现今年这里有讨厌的害虫吗？但他压下了这话，只是说：“看着就知道了。”

韦德尔然后从他的盒子里取出一个紫外线手电筒，把它对准过滤器。随着那束不可见的光线在过滤器表面上晃动，那里渐渐出现了一道淡红色的荧光，越来越明亮。

“您看，审计官大人，”韦德尔说，“没错，介体微囊被吸附在过滤器上了。”

“正是如此。”迈尔斯艰难地站直身子，“那么我们就以此为参考基准了。下一步。你，就是你——”他指着法医处的技术员——“把这些全部记录，打包，贴标，封存。然后尽可能快地跟过来。”

一行人各就各位，再度跟着他出发。这次他带他们来到了科玛事务司，在那里迈尔斯邀请惶恐不安的阿利格里将军加入游行。他们一起走到科玛分析员走廊边上的第四道门，挤进了盖伦尼上尉那个小小的办公隔间里。

“在过去三个月里，你是否记得自己曾亲自来过这里看盖伦尼？”迈尔斯问伊林。

“我确定我顺便来过几次。我几乎每周都要下来，讨论他的报告中一些特别有趣的地方。”

一等跑得上气不接下气的法医处技术员抵达，清洁处的上校就在小隔间的循环风口处重复了一遍他在武器四室做的工作。韦德尔博士又猛喷了一阵。这次，迈尔斯屏住了他的呼吸。这个测试的结果可能会迫使他对计划中的战术进行重大改变。如果哈罗彻预计到了他的行动的话——毕竟，失踪的胶囊有两颗。

韦德尔用单手和膝盖撑在地上，让他的黑光电筒在过滤器上晃动。“嗯哼。”迈尔斯的心脏似乎停止了跳动，“我看不到这里有什么。你们看到什么了吗？”

迈尔斯充满欣喜地吸了口气，而其他人纷纷弯下腰一起审视着过滤器。这东西颜色一直没什么变化，有点儿脏，有些打湿的地方变成了白色。

“你能否确定，自从夏至日的最后一次正常维护之后，这东西就没有被换过？”迈尔斯问上校。

上校耸耸肩。“我们并没有给过滤器单独编号，大人。所以，当然，它们是可以交换位置使用的。”他查了一下手里的报告板。“无论如何，我的部门里没人干过这事。按计划，到下个月冬节的时候才该重新更换。在这个时段，它上面积累的污垢的分量看起来差不多是正常的。”

“谢谢你，上校。我喜欢你的细致。”他站起来，看看伊林，伊林一直在面无表情地观看着发生的事。“下一站是你原来的办公室，西蒙。你乐意前面带路吗？”

伊林摇摇头，礼貌地拒绝了。“这在我而言没多少乐趣，迈尔斯。不管你得出什么结果，我都会少掉一个我信任的部下。”

“但难道你不希望少掉的是那个实际上有罪的吗？”

“是的。”伊林哼了一声，听起来并非全然是在讽刺。“继续吧，审计官大人。”

他们上了三层楼，又下了一层，来到了伊林原先的办公室所在。就算迈尔斯率领大队人马杀到让哈罗彻大吃一惊，这位将军也丝毫没有表露出来。不过，在哈罗彻给自己过去的老板打招呼并给对方搬来椅子时，他眼里似乎有那么一点点的不自在？

“谢谢，卢卡斯，不过不用，”伊林冷静地说道，“我不觉得我们会在这里待很久。”

清洁处上校轻车熟路地径直朝将军算讯终端桌右面墙根下的栅格走去。身上的负担越来越重的法医处技术员跟在他身后。“你们在做什么？”哈罗彻问道。

“空气过滤器，”迈尔斯说，“你没有考虑到空气过滤器。你从来没有在太空工作过，是吧，卢卡斯？”

“很不幸，没有。”

“相信我，那种经历会让你对空气循环系统之类的东西非常在意。”

韦德尔开始精神抖擞地在通风口周围喷来喷去；哈罗彻扬起了眉毛，似乎漫不经心地往后一倒，坐进了自己的椅子里。他若有所思地吮着自己的下嘴唇，并没有问出那个问题：“你考虑了我的提议了吗，迈尔斯？”他是个“酷手”［译者注：此处用1967年电影《铁窗喋血》（又译《冷手卢克》）梗，电影主角就叫“卢克”，卢卡斯的昵称也叫卢克；电影中主角因为拿着烂牌吓倒了其他对手后说“没牌有时候就是最酷的手牌”，得到了绰号“酷手卢克”，以后“酷手”就成为形容这种行为的词］，很有耐心，而且他完全可以等着答案自己出现。现在他还没理由要害怕，不管这里的过滤器里是不是塞满了介体微囊，都证明不了什么。在伊林的办公室里进出过的人太多了。

“没有，”过了一会儿，韦德尔说道，“先生们，你们自己来看看吧。”他把黑光手电筒递到伊凡和阿利格里将军面前。

“这里居然没有。”阿利格里感叹了一句，从伊凡的肩头望过去。

迈尔斯本来觉得病毒在这里的概率在四分之一左右，不过在发现盖伦尼那边的通风口上没有之后他上调了这个概率。剩下的可能是一间会议室，或者……

“找到什么了吗？”哈罗彻问道。

迈尔斯动作夸张地走过去，从伊凡手里接过手电。“不在这儿，该死的。我还希望事情会很简单呢。你看，如果原核生物的介体微囊被过滤器捕捉，就会显示出红色亮光。我们在楼下测试过一次。”

“下面你们要做什么？”

“没别的办法了，只有从总部大楼顶楼开始，把每个过滤器通风口都检查一遍，一直查到地下室。很枯燥，但我最终会找到那地方的。你知道我说过，只要我知道为什么，我就会知道是谁干的。我的想法变了。我现在觉得，只要我知道在哪里，我就会知道是谁干的。”

“噢，是吗。你试过盖伦尼上尉的办公室吗？”

“那是我们去看的第一个地方。没有。”

“嗯。也许……是在某间简报室里？”

“我愿意打赌是。”*咬啊，哈罗彻。咬上我的鱼钩。来啊，快来……*

“很好。”

“如果你想省点劲，”伊凡得到暗示，插话说，“你应该从伊林去得最多的地方开始，然后再查别的地方。比从上查到下好。”

“这主意不错，”迈尔斯说，“我们是不是该从这里的外间办公室开始清查？接下来——对不起，阿利格里将军，可我必须彻底清查——各部门负责人的办公室。然后是简报室，再然后是所有事务分析员的办公室。也许我们先前在下头的时候就该把科玛事务司查完再上来的。那之后再做定夺。”

从法医处技术员脸上的表情可以看出，他正在心中与自己的晚餐依依惜别，但他很明显对现在的行动很是着迷，因此遗憾的情绪多半并不太强。阿利格里点点头。他们三三两两地回到了外头，然后上校又开始在外间办公室里重复那套取下栅格的操作。迈尔斯怀疑有没有人注意到一个问题：韦德尔根本就没有足够的螯合溶液来查遍帝国安全部总部里的每个空气过滤器。伊林同他过去的秘书心不在焉地互致问候。过了一会儿，哈罗彻将军告退离开了。伊林头也没抬。

迈尔斯用眼角余光看着哈罗彻出门，进入走廊。*好，咬钩了，现在准备收线……*他开始在脑子里数数，估算一个压抑着恐慌的人大概用多长时间能走到一间屋子，然后到另一间。他打手势韦德尔停止喷雾。等数到一百时，他开口道：“好了，先生们。请诸位再跟我走一趟。务必安静。”

他领着他们走出门，来到走廊里，然后往左拐，接着在第二个岔路口向右。在这条过道中间，他遇到了接替哈罗彻负责国内事务司的那位准将。

“噢，审计官大人，”准将向他打招呼，“真走运。哈罗彻将军刚派我来找您。”

“他让你到哪里去找我？”

“他说您会下楼到证物库去。您省了我多跑路了。”

“哦，是的。告诉我，哈罗彻拿着什么没有？”

“拿着个文件夹。您需要那东西吗？”

“我想大概是的。他就在里面，嗯？跟我来……”迈尔斯领着众人继续沿着走廊向前，走进了国内事务司的外间办公室。通向原本属于哈罗彻的里间办公室锁着门。迈尔斯用他的审计官印玺越过密码直接开了锁。门嗞的一声滑开了。

哈罗彻正蹲在他原来的算讯终端桌的左边，刚把墙角的通风栅格从墙上拿下来。在他身边的地上是那个文件夹，敞开着，里面是另一个纤维过滤器。迈尔斯在心中默默地跟自己打了个赌：在伊林原来的办公室跟这里之间的某个简报室里，他们会找到一个被卸下来的栅格，在那里等着哈罗彻回去安上。手动快速更换，很酷啊。*你的脑子反应很快，将军。可这次我起步在前。*

“时机，”迈尔斯说，“就是一切的关键。”

哈罗彻的上半身猛地弹了起来。“审计官大人。”他飞快地开口说了一句，然后停住了。他看见了迈尔斯身后那一小队帝国安全部的人马正从门口挤进来。即使到了这时候，迈尔斯想，哈罗彻或许还是能够当场找出机智的解释，来说给迈尔斯听，说给这群可恶的家伙听，然而这时，伊林侧身挤上前来。在迈尔斯的幻想中，他几乎可以看见一套流利的谎话在哈罗彻的舌头上凝滞成团，然后化为灰烬，虽然从外面看唯一的迹象就是哈罗彻的嘴角微微抽搐了一下。

迈尔斯之前就注意到了，哈罗彻一直都在避免面对他的受害人。他一次也没有到帝国安全部自己的诊所去探望过伊林；他有段时间一直尽力避免跟迈尔斯照面，只是失败了，那时候他肯定是在进行早先原本的构陷计划；那次他进入皇宫时也小心翼翼地等到了盖伦尼被逮捕离开之后。也许，他并不是个恶人，只是个聪明的普通人，受不住诱惑做出了一件恶行，然后当行为的后果愈演愈烈，无法控制的时候不知所措。*你选择行动的时候，你也就选择了行动的结果。*

“你好啊，卢卡斯。”伊林说。他的眼神冷得令人吃惊。

“长官……”哈罗彻爬了起来，双手空空地站在那里。

“上校，韦德尔博士，劳驾……”迈尔斯挥手让他们走上前去，又打手势让法医处技术员紧跟在他们后面。他自己则稍稍靠后站着，和哈罗彻隔着那群人面对面。他抬起头时，目光无意中撞上了哈罗彻的视线，然后两人都迅速地朝旁边看去，避开这不幸的亲昵行为。*这是我的胜利时刻。为什么它并不太有趣？*

到了这个时候，整套流程都像舞蹈动作一样程式化，一样熟练了。上校完成了栅格的拆卸工作，韦德尔就开始喷雾。又是几秒钟的痛苦等待。接着，紫外光把那些不可见的残留物变成了血色的痕迹，闪动着红色的荧光，鲜艳而恶毒。

“阿利格里将军，”迈尔斯叹息着说道，“你现在是安全部的代理部长了，直到格雷果皇帝的批准下来。我很遗憾地通知你，你的第一项任务就是逮捕你的前任，哈罗彻将军。我以帝国审计官的名义命令你逮捕他，我指控他犯有重罪，罪名是……”什么呢？蓄意破坏？叛国罪？愚蠢？有种流行的观点说，犯人在心底深处希望被抓到。迈尔斯觉得，这不是真的，犯人只会想逃脱法网。自觉罪孽的罪人才会想要被带到光明中，想要通过痛苦漫长的坦白获得赦罪和一些尊严，无论是多么支离破碎的尊严。哈罗彻是个犯人还是个罪人？

“是死罪，叛国。”迈尔斯说完了整句话。听到最后一个词，半屋子的人都倒抽了一口冷气。

“不是叛国。”哈罗彻沙哑着喉咙轻声说，“我永远不会叛国。”

迈尔斯摊开手。“不过……如果他愿意坦白和配合的话，也许会指控一个较轻的罪名，袭击上官。上一次军事法庭审判，蹲一年的监狱，最后不名誉除役了事。我想……我会让军法部来做最后决定。”

从哈罗彻和阿利格里的表情可以看出，两人都发觉了那几句话中的细节的含义。毕竟，阿利格里是盖伦尼的上司，他毫无疑问一直都在关注着对他下属的指控的细节。哈罗彻的下巴绷紧了，阿利格里则尖刻地笑了，以示欣赏。

“我能不能建议，”迈尔斯接着对阿利格里说，“您把他带到楼下去，让他暂时和你的首席分析员换换位置，来个大逆转。”

“好的，审计官大人。”阿利格里的声音坚定果决，但他随后就顿住了，因为他意识到他现在可没有魁梧的军士部下来动手执行逮捕。迈尔斯觉得八对一的数量优势足够了，但他克制住自己没再提出建议。下面是阿利格里的事了。

阿利格里飞快地瞥了伊林一眼，没有得到任何暗示，然后解决了自己的问题：办法是临时征调伊凡——这为什么也会扯上伊凡？——以及上校和准将。“卢卡斯，你打算再给我添麻烦吗？”

“我想……不会的。”哈罗彻叹了口气。他的眼睛四处打量了下房间，但这里没有大窗户，不能让他方便地从四楼大头冲下栽到马路上来个一了百了。“我太老了，身手没那么好了。”

“很好。我也老了。”阿利格里把他带了出去。

伊林目送着他们出去。他压低声音对迈尔斯说道：“这事情真是悲哀之至。帝国安全部更替部长的传统方式真的需要更新了。暗杀和惩罚对组织的破坏性太大了。”

迈尔斯只能耸耸肩表示赞同。他带队前往附近几个简报室里进行迅速检查，查到第二间就发现了那个打开的，里面的过滤器没有了的通风口。他监督着法医处技术员仔细地把这最后一批证据打包并进行记录，然后用他的审计官官印一并加以封存，接着把这些证据都送到楼下证物库里去，在那里等待最终处理结果。

感谢上帝，从现在开始的所有事情都不在他这个代理帝国审计官的职权范围之内了。他的职责就要完结了，只要他向格雷果做了报告，并把他收集的所有证据全部移交给负责起诉的部门——在这起案件中，最可能负责起诉的就是军法部。*我只需要找出真相，用不着管该怎么处置。*不过，他认为，自己对法庭提出的任何建议都会很有分量。

做完了在国内事务司的事情，终于不用赶时间了之后，迈尔斯和伊林肩并肩地走在过道里，跟在技术员身后。“我想知道哈罗彻会试图玩什么样的花招？”迈尔斯说出了他的疑虑，“是不是希望能有个好律师，然后试图熬过去？他自己花在篡改算讯终端证据上的时间和精力太多了——我想，就是因为这分散了他的注意力，他才没能在我之前考虑到那些该死的过滤器——我觉得，他做的第一件事会是大叫‘栽赃陷害’！或许他会退而采用古老的弗氏解决方案？在办公室里，最后那一刻……他脸色相当苍白。他垮得比我预想的要更快。”

“你给他的打击比你以为的更大。你不知道自己的力量，迈尔斯。但他不会的。我不认为自杀符合卢卡斯的作风。”伊林说，“而且不管怎么说，如果没有看守他的狱卒的配合，那是很难办到的。”

“你觉得……我应该暗示他们做这样的配合吗？”迈尔斯故意问道。

“死很容易。”伊林憔悴的面容显得越发陌生了。不过几周前他自己在痛苦中请求迈尔斯让他安乐死的事情，他现在还记得多少？“活着却很难。让那个狗娘养的上军事法庭。让他忍受漫长的每一分钟。”

“啊。”迈尔斯轻声说。

帝国安全部总部里的新拘留所比原来的要小得多，但设计上和原来是一样，也只有唯一的一个出入口，在那里为犯人办理各类手续。在前台的算讯终端桌旁，他们找到了盖伦尼上尉；迪黎娅·库德尔卡陪在他身边。盖伦尼正在阿利格里将军和值班军官的注视下填完出狱表格。伊凡也在旁边看着。看起来，哈罗彻已经给押进去了，迈尔斯希望他会被关到盖伦尼待过的那间牢房里。

盖伦尼身上还是参加格雷果的招待会时穿的那套绿色军服，现在已经皱巴巴的了。他胡子拉碴的，双眼布满血丝，脸色因为缺乏睡眠一片苍白。他仍然烦躁不安，一股危险的气氛弥漫全身，好像一团雾翳一般。

迈尔斯和伊林刚一进门，盖伦尼就一个向后转，面对着迈尔斯。“该死的，弗·科西根，这么长时间你都去什么地方了？”

“啊……”迈尔斯拨弄了一下他的审计官金链，提醒盖伦尼他现在还在任上呢。

盖伦尼怒气冲天：“该死的，审计官大人，这么长时间你都到什么见鬼的地方去了？昨天晚上你说了你随后就到。还想着你会放我出去呢。后来我都不知道见鬼的该想什么了。一从这个老鼠笼里出去以后，我立马就离开这个有他妈妄想症的愚蠢组织。再也不干了！”

阿利格里皱了皱眉。迪黎娅碰了碰盖伦尼的手，他抓住她的手，于是他的怒气肉眼可见地平息了许多，从翻滚着的沸腾状态变成了小火微沸。

呃，我发癫痫了；之后呢，我不得不在算讯终端上从哈罗彻误导我的报告中找出真相；而且接下来还不得不去帝国科学院，去韦德尔的实验室里找他；而且他还拖拖拉拉个没完；而且我还压根不敢用弗·科西根府里的任何一部算讯终端跟任何人联络，只能亲自去一个个找人；而且……“你说得对。我很抱歉。很遗憾，我用了整整一天才拼凑起能证明你清白的证据。”

“迈尔斯……”伊林说，“从发现这是蓄意破坏到现在，才过了五天时间。你拼凑出你的审计官报告的时间都会比你破案花的时间要更长的。”

“报告，”迈尔斯叹了口气，“呃。可是达夫，你看，我光是下命令把你放了是不够的。他们会指责我偏袒你。”

“本来就是。”伊凡小声说。

“开始我以为哈罗彻只不过是太笨了，居然当着那么多人的面在皇宫里逮捕你。哈。笨的不是他。那是精妙的设计，好毁掉你的名声。在那之后，如果没有足够的证据，即便是放了你，或者宣布你无罪，大多数人心里对你的怀疑也不会消除。我必须揪出真正的罪犯。那是唯一的办法。”

“啊？”盖伦尼的表情放松了，“迈尔斯，那谁是真正的罪犯呢？”

“哦，你还没告诉他吗？”迈尔斯问迪黎娅。

“是你告诉我说在你办完事之前什么都不要说的。”迪黎娅抗议道，“我们才刚刚走出那个可怕的小牢房。”

“那里远不如以前的牢房那么让人害怕。”伊林温和地反驳道，“我还记得那些牢房。十三年前，我自己就在里面蹲了一个月。”他朝着迈尔斯露出一个略带酸楚的笑容，“跟摄政王大人的儿子建立私人军队，还有一个与叛国罪指控有关。”

“你忘记了那么多的事，我本指望你已经把这事也忘了呢。”迈尔斯低声嘟囔。

“没那么好的运气，”伊林也低声说道，“出来之后，我立即把那地方改成了存放证据的地方，开始修建新拘留所，条件改善了很多，以防万一自己哪天又会被关进去。”

盖伦尼盯着伊林。“这事我从没听说过。”

“事后回顾起来——过了很久之后——我开始把这视为一个有益的经验。后来，我有个设想，帝国安全部的每一位高级军官都该体验下类似的经历，这道理就像每个医生都应该要当一回病人一样。让人看事情更透彻。”

盖伦尼沉默了一会儿，显然是在咀嚼这番话。他身上那股凶险的怒气差不多已经完全消散了。伊凡悄悄地松了一口气。阿利格里朝着伊林感激地微微一笑，然后继续观望。

“犯人是哈罗彻，”迈尔斯补充道，“他想升官。”

盖伦尼的眉毛猛地扬起，他转身看着阿利格里将军，将军点点头表示肯定。

“那些用生物工程制造出的原核生物一被发现，”迈尔斯继续往下说，“哈罗彻的蓄谋破坏就不可能不被人察觉了，虽然我肯定他最希望的就是出现这种情况。到了这一步，他就必须找个替罪羊。这个替罪羊不必完美，只要他能制造出足够的迷雾，让人觉得停止追查是有道理的就行。他不喜欢我，你的背景正好符合所需，他可以来个一石二鸟。抱歉，我让迪黎娅一直瞒着你，但在帝国安全部的总部大楼里逮捕安全部代理部长实在是有些棘手。在我对结果有把握之前，我不想做出任何承诺。”

盖伦尼的眼睛瞪得溜圆。“请忘了吧……我刚才说的那些话。”

“其中包括你要辞去职务的那些话吗？”阿利格里焦急地问道。

“我……不知道。为什么是我？我从没想到过哈罗彻对科玛人有什么特别的偏见。我还要在这种屁事当中艰难跋涉多久？我还要付出多少，才能对他们证明我的忠诚？”

“我想你这辈子都得继续艰难跋涉。”伊林庄严地回答道，“但因为有你，之后的每一位科玛人都会少些要应付的屁事。”

“你已经走了这么远，”迈尔斯恳求道，“别因为哈罗彻那样的蟑螂就让你的付出白白浪费。帝国需要你的洞察力。帝国安全部更加是极度需要你的洞察力，因为帝国安全部的工作之一就是向帝国的许多部门提供对于这个世界的描述。如果我们能得到未经扭曲的真相，大概我们会有一半的机会做出正确的判断。不然的话，毫无疑问，我们压根没有机会的。”

阿利格里点头附议。

“除此之外——”迈尔斯朝迪黎娅瞥了一眼，她一直在倾听，表情忧心忡忡——“弗贝拉苏丹娜对于一名雄心勃勃的军官来说是个很好的地方。首先，你看，在这里你遇见了这么多人。还有这么多的机会。”伊凡忙不迭地点着头。迈尔斯接着说，“呃……我不是要干涉安全部的内部事务或者怎么的，但我觉得，科玛事务司很快就会需要一名新的负责人了。”他的目光朝阿利格里瞟去，“你瞧，原来的负责人马上就要接手一个糟糕得多的工作了。”

阿利格里看起来大吃一惊，然后若有所思。“由科玛人来领导科玛事务司……”

“激进，”迈尔斯得意地咕哝着，“但很可能会奏效。”

在阿利格里和伊林两人不约而同投去的目光镇压下，迈尔斯才消停下来。

“不仅如此，”阿利格里又说道，“我觉得你这么说还为时过早，弗·科西根勋爵。现在根本就无法确定格雷果会不会批准我正式就任帝国安全部部长。”

“还有别的什么人选吗？”迈尔斯耸耸肩，“奥尔山斯基的火候还不够，而且这位银河系事务司司长非常喜欢他现在的工作。‘谢谢你，不用了’。我得说，在皇帝的大婚好不容易眼看就要到来之际，你在科玛事务上的丰富经验让你几乎是这个职位最理想的人选。”

“不管怎么样，”阿利格里显得有点信心不足，他心里是不是刚刚才开始理解这番话的全部含义？“还是明天再来操心那些事吧。我今天要操心的事已经够多了。先生们，请容我告退。我想我最好先去速查一下楼上那台算讯终端里的文件。然后……还要把各部门负责人召集起来开个会，通知他们，嗯，这些事情。你有什么建议吗，西蒙？”

伊林摇摇头。“接着干吧。你行的。”

“达夫，”阿利格里随后对盖伦尼说，“在你做出任何重要决定之前，至少先回家好好吃一顿，好好睡一觉。你能向我保证做到这点吗？”

“好吧，长官。”盖伦尼现在的声音里听不出感情色彩。迪黎娅按了按他的手。迈尔斯注意到，他们站在这儿谈话的这么长时间里，他一直都没松开抓住迪黎娅的手。他不会再冒放走这一位的风险了。不过要是他放松一点，他大概会意识到，至少要有四个大块头男人拿着手持牵引器才能把迪黎娅从他胳膊上拖开。四个不知死活的大块头。终于也注意到了这个插曲的伊凡微微皱了皱眉头。

“您想第一个向格雷果报告吗，审计官大人？还是我来？”阿利格里问道。

“我来处理这事。你在楼上把手头要做的事情分出轻重缓急之后，再向他报到。”

“好的。谢谢。”他们粗粗相互敬礼之后，阿利格里匆匆离去了。

“你现在就给格雷果打电话吗？”盖伦尼问。

“就在这里打。”迈尔斯说，“我必须赶紧让他知道都发生了些什么事，因为之前我没办法给他透露任何口风。帝国安全部部长办公室监控着他的所有通信。”

“你联系的时候……”盖伦尼看了一眼迪黎娅，又把目光移开了，不过把她的手抓得更紧了些，“务必请你……能不能请你让他务必让蕾莎知道，我不是个叛徒？”

“这会是第一要务，”迈尔斯承诺道，“我发誓。”

“谢谢你。”

迈尔斯向一名卫兵嘱咐了一番，好保证在盖伦尼和迪黎娅出大门的时候，一定不会再受到雪上加霜的骚扰。他把马丁和地行车都借给了迪黎娅，好把他们送回盖伦尼的公寓。伊凡天真地提出要用自己的车先把盖伦尼送回去，再送迪黎娅回家。迈尔斯一句“你的地行车还停在作战部总部呢”就把他给挡了回去。然后他把值班军官从算讯终端座椅上撵走，自己坐了进去。伊林拉过另一把座椅，坐在旁边看着。迈尔斯用专用密码卡在算讯终端的读取器上划了一下。

“陛下。”格雷果的上半身出现在视讯板上空后，迈尔斯正经八百地打了个招呼。那边皇帝正在用餐巾擦着嘴。

听到这么正式的称呼，格雷果的眉毛扬了起来，他全神贯注地看着迈尔斯。“我在，审计官大人。有什么进展？遇到了问题？”

“我结案了。”

“仁慈的上帝。啊……你愿意详细讲讲吗？”

“您会看到全部细节的——”迈尔斯看看旁边的伊林——“在我的报告里。不过简而言之，您失去了您的帝国安全部代理部长。根本不是盖伦尼。是哈罗彻自己干的。我发现原核生物的介体微囊肯定会被吸附在空气过滤器上。”

“他坦白了？”

“更胜一筹。我们在他试图换掉他以前办公室的过滤器时把他抓了个正着。显然他就是在那里给伊林下的药。”

“我……觉得这个事不是靠着撞大运吧。”

迈尔斯把嘴咧开，凶狠地狞笑了下。“机运，”他拿腔拿调地说，“偏爱有准备的头脑。某个不知名的人说的。不，不是靠运气。”

格雷果往后靠去，一副心烦意乱的样子。“就在今天早上，哈罗彻还亲自给我送来帝国安全部的每日工作报告。而且他一直都知道……我都差不多准备要批准他正式担任部长之职了。”

迈尔斯的嘴扭曲了一下。“是啊。然后他应该会成为个好部长。只差一点。对了，呃……我答应了达夫·盖伦尼，说我会请你告诉蕾莎，说他不是叛徒。您能为我实践诺言吗？”

“当然。昨天晚上那一幕让她非常难受。哈罗彻的解释让我们大家都陷入了痛苦的重重疑虑之中。”

“卢卡斯一直很圆滑的。”伊林嘟囔了一句。

“他为什么要这么做？”格雷果问。

“在坐下来撰写我的报告之前，我也还有许多想知道答案的问题，”迈尔斯说，“而其中大多数问题看来都会以‘为什么’开头。其中你这个是最有趣的。”

“也会是最难回答的，”伊林警告道，“‘在哪里，用什么，怎么做，谁……’这些问题我至少有时候还能用实实在在的证据来回答。但‘为什么’几乎是个神学问题了，而且最后的答案几乎总是超乎我的想象。”

“有很多事情只有哈罗彻能告诉我们，”迈尔斯说，“但我们不能在这个杂种身上使用吐真药，真是太遗憾了。我想……如果今天晚上我们就突击审问他，趁着他还没缓过劲来，或许还能从他那套出点什么结果来。到了明天，他那不可小觑的才智会恢复过来，然后他会要求给他派个军中律师，然后顽抗到底。不……不是我们。显然他对我是极端痛恨，虽然‘为什么’这样又是个不明所以的问题……西蒙，你能不能……你可以帮我对他进行一次审问？”

伊林用一只手揉了揉自己的脸。“我可以试试。可既然他都想要把我除掉了，我看不出他怎么会没做好承受我给他带来的任何道德压力的准备。”

格雷果似乎在打量他在算讯终端上交叉着的双手，接着他抬起头来。“等等，”他说，“我有个更好的主意。”

第二十七章

“我真的非得来看着吗？”伊凡在迈尔斯耳边咕哝着。他们这一小伙人正沿着监控严密的走廊向哈罗彻的牢房走去。“这过程肯定让人很不舒服。”

“是的，你非得来，原因有二。整个过程中你一直都是我的正式目击证人，以后肯定得在许多场合中宣誓做证；另外，如果哈罗彻下定决心，狂战士化的话，我和伊林都不具备制伏他的体能。”

“你觉得他会吗？”

“多半……不会吧。可格雷果觉得要是在场的人里有正规卫兵——原来在哈罗彻自己手下做过事的人——会阻碍他的……嗯……坦白。坚持一下吧，伊凡。你不用说话，听着就行。”

“太好了。”

帝国安全部的卫兵在牢门上输入了密码，然后恭恭敬敬地退到一旁站着。迈尔斯第一个走了进去。帝国安全部的新羁押间确实也不宽敞，但迈尔斯看到过比这更糟的。这里总算还有单独的盥洗室，虽然是被监控着的。不过，整个房间还是一股军队监狱的味道，糟糕透顶。狭小的斗室中一边摆着一张床铺，哈罗彻就坐在其中一张上。他身上不到一小时前穿着的制服长裤和衬衫都还在，还没被换成囚犯那身可耻的橙色衬衫和睡裤。但制服上衣和靴子都没了，所有的军衔标志也都被剥夺了，银色的眼徽也被摘除了。那对眼徽的缺失让迈尔斯觉得特别显眼，就好像哈罗彻脖子上多了两个烙印一般。

哈罗彻抬头看见迈尔斯时，脸上敌意满满，打算自我封闭的样子。伊凡跟了进来，在门边找了个位置站好，摆出虽然到场却心不在焉的架势。伊林进来时，哈罗彻的表情变得更尴尬，也更自我封闭了。这时迈尔斯忽然想起来，“屈辱”这个词的词根的意思就是“死”。

只有当身材高大的皇帝格雷果严肃地低下头钻进牢房时，哈罗彻的表情才失去了控制。先是震惊、沮丧，接着痛苦的表情无法掩饰地一闪而过。哈罗彻深吸了一口气，想尽量显出一副冷峻坚定的模样，可结果露出的只是满脸僵硬。他慌忙站起身子，让伊凡紧张起来，但他只是用嘶哑的声音叫了声“陛下”。他没有向他的总司令敬礼，要么是没有足够的勇气，要么是明白现在的情境不对。从格雷果的表情看，他也是不大可能还礼的。

格雷果打手势让他的两名贴身护卫在外面等着。假如哈罗彻暴起袭击皇帝的话，迈尔斯觉得不能指望自己发挥多大的直接作用，但至少他可以扑到这两个人中间去。在哈罗彻停下来好先杀他的当间，援手应该就到了。牢门滑上了。迈尔斯想象着自己的耳朵里感觉到了压力变化，就像是气闸关闭以后那样。这里有种寂静，与世隔绝的感觉，就像飞船上一样，异常深邃。

迈尔斯在仔细计算了一番角度和力量问题之后，在牢门的另一侧跟伊凡采取了类似的站姿，躲在哈罗彻个人空间的最边缘处。他和伊凡会安静得犹如一对不对称的滴水兽，哈罗彻早晚会忘掉他俩的存在的。格雷果在哈罗彻对面的铺位上坐下；伊林抄着手，以他特有的方式靠在墙上，仿佛是个活生生的荷鲁斯之眼。

“坐下，卢卡斯。”格雷果的声音很轻，迈尔斯得全神贯注才听得见。

哈罗彻摊开双手，仿佛等着有人抗议，但他的膝盖已经弯了，他重重地坐了下去。“陛下。”他又小声叫了一遍，然后清了清嗓子。啊，是的。格雷果预料得没错。

“哈罗彻将军，”格雷果继续说，“我希望你亲自向我做最后一次报告。你理应给我报告，而且，冲着你为我效劳了三十年——几乎是从我一登基，一出生就开始了——我也理应再听你讲这么一回。”

“您想——”哈罗彻咽了一口唾沫——“让我说什么？”

“告诉我你做了些什么。告诉我你为什么要那样做。从开始讲起，一直讲到最后。讲出所有的事实。收起所有的辩解。以后会有你辩解的时候的。”

简直再也没有比这番话更简单，也更势不可当的了。迈尔斯见过格雷果平静地施展社交魅力，见过他平静地故弄玄虚，见过他平静地孤注一掷，见过他平静地下定决心。但是迈尔斯以前从未见过他平静地发怒。这样子让人印象深刻，让周围的气氛沉重得像在深深的海底。你可能还在挣扎着想要浮上去呼吸的当间就已经被溺死了。哈罗彻，有本事你再支吾过去啊。格雷果是我们的主君，这可不只是个名义。

哈罗彻一言不发地坐了许久，直到他不敢再继续沉默才开口：“我……早就知道那些科玛原核生物的事情。从一开始就知道。科玛事务司的戴阿曼特告诉我的，我们当时在合作扫荡萨尔·盖伦那一个破坏分子小团伙，在那场危机中互派人手、互相帮助。他把那些胶囊送到楼下的那天，我是跟他在一起的。之后许多年再没想过这事。接着我挣得了晋升，成了国内事务司司长。欧菁草号案件，您还记得吗……长官？”这是对伊林说的。“您说我那个任务做得棒极了。”

“不，卢卡斯。”伊林故作欢快地说道，“我实在不能说我记得。”

这句话带来的沉默仿佛会一直延续很长时间似的。“继续。”格雷果说道。

“我……开始越来越关注在帝国安全部总部大楼进进出出的弗·科西根。关于他有许多流言，一些相当匪夷所思的故事，说什么他在处理银河系事务方面是个行家里手，说他正在被培养成伊林的接班人。有件事很明显：他是伊林的宠儿。然后去年他突然被杀死了，不过后来的结果表明……他并没有死透。”

格雷果唯一允许自己流露出的表情就是微微抽动了一下嘴唇。哈罗彻窥视了一下他的表情，飞快地继续说道：“不知出于什么原因，在那期间伊林重新调整了安全部的指挥系统，把他的接班人次序挑明了。我被任命为帝国安全部的二把手。他告诉我他在考虑遴选一个新的接班人，以防在他坐在这个位子上的时候有人成功地把他干掉，而我就是合适的人选。然后弗·科西根又活着出现了。

“然后就再也没听到关于他的任何消息，直到最近这次夏至日。那天伊林问我觉得自己能不能接纳弗·科西根来国内事务司，做我的副手。还告诫我，这家伙活跃过度，而且极度目无上级，但确实能交出漂亮的成果。说我要么会喜欢他，要么会憎恶他，虽然有些人会对他爱恨交加。他说弗·科西根需要有我的那种经验。我说……我试试看。这话中的暗示相当清楚。我不会介意训练我的接班人。但要求我训练我的老板，这就有些难以接受。三十年的工作经验，被人就这么越过……但我还是接受了。”

格雷果的注意力全在哈罗彻身上，而哈罗彻的，势不可免地，也全在格雷果身上。就仿佛格雷果身上产生了个属于他的小小的力场泡（译者注：一种特殊力场设备，兼具防弹、屏蔽视线、飞行……等多方面功能。详见《西塔甘达》），一位西塔甘达的霍特贵女使用的那种，里面只有他们两个人。哈罗彻越说越激动，他身体前倾，膝盖头几乎要跟格雷果的碰到了一起。

“然后弗·科西根……这么说吧，他自作自受。彻头彻尾的。我不用对付他，他自己把自己干掉了，我自己都想不出那么漂亮的办法。他出局了，我还在。我的机会又回来了，但……伊林适任的时间至少还有五年，也许十年。这段时间里会有更多的年轻好手出现。我正处于自己巅峰状态，我希望我的机会现在就来。人们能看得出，感觉得到，伊林正日渐老去。日渐倦怠。他总在说要退休，但从来不付诸行动。我想为帝国服务，为您服务，陛下！我知道我行的，只要给我机会。总有一天，我的时代会到来。然后……于是我想到了那该死的科玛粉末。”

“你确切是在什么时候想到的？”

“就在弗·科西根踉踉跄跄地从伊林的办公室里出来，身上的眼徽被扯掉了的那个下午。我为了另外一件事到楼下的证物库去，正好从那个架子前走过。我以前曾上百次从旁边经过，但这次……我打开了盒子，往口袋里放了两粒胶囊。带着它们走出去一点都不难。上面有标签，出门时会让报警器尖叫的是盒子，而不是里面的内容物。当然，没人搜我的身。我知道我迟早还得去对监控动些手脚，但就算那之前有人去认真查看了监控录像，他们也只能看到我走了出去，而我有权拿走我想要的任何东西。”

“我们知道那东西在哪里。你是什么时候把原核生物施放到伊林身上的？”

“那是在……几天之后。三，不，四天吧。”哈罗彻的一只手猛地在空中挥了一下，迈尔斯可以想象出那股褐色的烟雾从他的指间四散开去的情形。“他总是突然走进我的办公室，跟我核对事实，听取我的观点。”

“你那时把两个胶囊都用了吗？”

“那时没有。大约有一周的时间，似乎什么事都没发生，所以我又给他再次下药。我没有意识到病症会出现得那么慢，而且……那么严重，但我知道那东西不会杀死他的，反正我是那么想的，我想要确保自己的地位，一时冲动，之后想罢手已经太晚了。”

“冲动？”格雷果扬起了眉毛，那样子非常骇人，“在预先策划了三天之后？”

“冲动，”迈尔斯打破了自己漫长的沉默，“有时确实会像那样，发生得很慢。尤其是你脑子里有的是个馊主意的时候。”这个我再清楚不过了。

格雷果打手势示意他住嘴，迈尔斯咬住了自己的舌头。“你是什么时候决定要诬陷盖伦尼上尉的？”格雷果严厉地问道。

“我没有，当时并没有。我不想陷害任何人，但如果不得不那么做的话，我想以弗·科西根为对象，他是个完美的人选，这有些类似公道的判决。在那位信使的案子中，他差一丁点就犯下了杀人罪。要我的话，会让这个超级小侏儒上军事法庭，但哪怕是在他把事情这么搞得一团糟之后，他还是伊林的宠儿。然后他出现在我的大门口，脖子上绕着那根天杀的审计官金链，于是我意识到，他不仅仅是伊林的宠儿。”哈罗彻这时终于抬头与格雷果对视，眼神仿佛在控诉。

格雷果的眼神显得非常非常的冷静。“接着说。”他的声音里完全不带任何感情色彩。

“那个小讨厌鬼就是不肯放手。他步步紧逼——如果我能把他再挡住一个星期，我就压根用不着诬陷任何人了。都是弗·科西根逼我那么做的。但当时很明显，我没法把火点到弗·科西根身上，我永远没法把事情推到他头上。我注意到了跟他走得很近的盖伦尼，意识到他作为疑犯的先天条件要比弗·科西根还好得多。他并不是我的第一选择，只是……他相比之下非常容易被抛弃。不说别的，他对于未来的皇后也可能成为一个尴尬的存在。谁会想念他呢？”

格雷果还是不动声色，看上去几乎都成了灰色（译者注：原文谐音“格雷”）的了。看来，这就是他狂怒时候的样子了。迈尔斯不知道哈罗彻有没有意识到格雷果这么极度面无表情意味着什么。这位将军似乎沉迷在自己的叙述中，他愤愤不平，越说越快。

“那个小讨厌鬼还是不肯罢休。三天——他找到那间证据室里的那些胶囊只用了三天。本以为那会费去他三个月的时间。我简直无法相信。我以为我可以把他打发出去，到杰克逊·霍尔去转一圈，可是他紧缠着我不放，不论白天黑夜，任何时候我一转身就会看见他在那里，就在我身旁，整座大楼到处都是他的身影。我必须在自己忍不住掐死他之前摆脱他，所以我尽可能地放胆提前了对盖伦尼的行动，把他包装得漂漂亮亮交了出去。可那个小讨厌鬼还是不肯罢休！所以我向他抛出了他渴求的诱饵，我肯定他会吞下那个诱饵的，我实际上都把诱饵塞到他嗓子眼里了，可虽然他那时候口水流得哗哗的，我刚一转头，他又回到了我的办公室里，还带着那个该死的傲慢无礼的鸟人，什么银河系生物学家，把那些他娘的过滤器拆开来，然后我就被带下来关到了这里，而他……高高在上。”哈罗彻停了一下，好喘口气。

格雷果眨眨眼。“什么诱饵？”

哎哟，见鬼，哈罗彻，你用不着提那个的，真的……

见哈罗彻迟迟没有回答，格雷果转身盯着迈尔斯。“什么诱饵？”他貌似温和地问。

迈尔斯清了清自己的嗓子。“他摆出的条件是登达立。他说我可以回去为他工作，条件跟为伊林工作时一样的。噢，要更好些。他抛出了上尉头衔。”

六道几乎一模一样的诧异目光仿佛要把他钉死在墙上。

“你没跟我提过这个。”过了好一会儿，伊林说道。

“没有。”

“你也没有跟我提起过。”格雷果说。

“没有。”

“你是说你没答应他？”伊凡用震惊的语气问道。

“是的。没有。结果就是那样。”

“为什么没有？”大概过了足有一分钟后，伊林问。

“我觉得自己没法证明那是在行贿。”

“不。我的意思是，我知道那是什么样的贿赂，上帝知道，你用不着对我证明。”伊林说，“我是说，为什么你没有接受？”

“然后放弃盖伦尼，把他丢给哈罗彻当替罪羊？明知道哈罗彻的所作所为，还让这个人在接下来的十年、二十年里掌管安全部？你觉得需要多长时间他就会不再仅仅是向格雷果报告，而是开始通过自己的报告来操纵格雷果？他甚至可能开始用更直接的手段来达到目的。当然，是为了他自己的利益，还有帝国的利益。”

“我不会的。我会很好地为您服务的，陛下。”哈罗彻坚持说。他的头颅低垂，他的声音低沉。

格雷果双眉紧锁。

*见鬼的，就让他继续否认吧。*迈尔斯不会逼着他承认的，就好像他不会非得从一个落水的人那里抢走一块救命的木头一样。他不想从哈罗彻那里再拿走什么了，也不要他再坦白，甚至不想报复他。他甚至不再需要对哈罗彻报以仇恨。迈尔斯可能会为仲夏时的那个哈罗彻而忧伤，而那个人已经不复存在；冬节时的这个哈罗彻选择了自己的命运。*你已无足轻重，丝毫不能让我动摇。*我累了，我想吃晚餐了。“我们问完了吗？”他叹息道。

格雷果往后面坐了坐。“恐怕是的。”

“你们这样做就像我犯了谋杀罪一样，可这不是。也不是叛国。”哈罗彻坚持说道，“您必须看到这一点，陛下。”

试试说声对不起吧。别再一个劲为自己辩护了，乞求宽恕吧。将要发生的事情会让你大吃一惊的。

“西蒙甚至都没受伤！”

格雷果从容不迫地站起来，转过身背对着哈罗彻。显然是故意的。哈罗彻张开嘴，更加急切地想继续为自己辩护，但他什么也没有说出来，话语似乎都凝结在了舌头上。一向以毒舌如簧而闻名的伊林现在看起来也似乎想不出足够尖刻的话来说。

格雷果打手势让人把门打开，低头走了出去，伊凡迅速跟着他溜了出去。伊林等着让迈尔斯先走——完全是出于不让迈尔斯毫无防备地背对着潜在的危险的习惯——然后才跟在他身后走进过道。门嗞的一声关上了，把哈罗彻最后那几声哽噎的抗辩骤然关在了房间里面，如同用利刃突然割断了他的喉咙一般。

他们全都一言不发，直到回到了办理手续的区域。这时伊林说道："我原来还以为你说在跟诱惑角力摔跤是个玩笑。"

"三局两胜，西蒙。险些就输了。我……真的不想提起这件事。"

"这么说来，他确实是想贿赂我的审计官，"格雷果说，"那可是项大罪。"

"我想我不愿意在军事法庭上解释这件事，陛下。哈罗彻的罪名已经够他受的了。他几乎已经不能再惨了。就这样吧。拜托。"

"如你所愿，我的审计官大人。"格雷果低头盯着迈尔斯，脸上的表情怪异，迈尔斯不安地挪移着身子。那表情不是吃惊，也不是愕然，毕竟，格雷果只有当受到侮辱时才会那样。敬畏？当然不是。"是什么阻止了你？你看，我也想知道原因。你欠我一个解释。"

"我也不……不太知道该怎么说。"他寻找着适当的表达。让他大为惊讶的是，他发现心中那片奇异的平静之地还在。这大有帮助。"有些代价永远太过高昂，无论眼前的珍宝你多么想要。有样东西不能用来交换你心中所渴望的东西：那就是你的心。"

"哦。"格雷果说。

伊林曾估计，迈尔斯花在撰写审计官报告上的时间会和他破案的时间一样长（译者注：此处和上一章略有出入。原文如此）。事实证明这预测太过乐观——他没把各种原因导致的中断计算进去。接下来的一周里，大部分时间迈尔斯都蛰居在自己的卧室里，在他的算讯终端上翻查着大把大把的文件记录和证人证言。在确定了缺少的碎片之后，他一次次往返帝国安全部总部，跟法医处、诊所，还有半打其他部门的人进行商谈，录下他们的证词；有时还跟阿利格里将军进行密谈。他离开了弗贝拉苏丹娜一趟，从阿瓦克里少将那里拿到了额外所需的医学证明。他逐字逐句重新检查了一边。他不想让别人把这个报告打回来，还附带着一大波要求澄清事实的意见，哪怕其中再也不会有伊林那些尖刻的批注。

伊凡不经通报就闯进屋里的时候，迈尔斯正全神贯注地起草一个简短的摘要，用不偏不倚的词句讲述哈罗彻在伊林的病情最危急之时如何阻挠和误导他自己的经过。他一边写一边咒骂自己，为他遗漏的每一条线索——噢，哈罗彻确实曾经操纵着他，操纵了所有人。伊凡一进来就大声问道："你不知道你的客房里发生了什么事情吗？"

迈尔斯呻吟了一声，举起双手耙了耙自己的头发；他摆手让伊凡安静，想回忆起自己刚才准备用在全文末尾的那个绝妙的句子，但徒劳无功；他放弃了努力，关上了算讯终端。"你用不着大吼大叫。"

"我没有大吼大叫，"伊凡说，"我只是态度坚决。"

"你就不能坚决得小声点吗？"

"不行。西蒙·伊林在和我母亲睡觉，而这都怪你！"

"不知为什么……我并不这么认为。"

"不管怎么说，那是在你家里发生的。你对事情的后果负有一定责任。"

"什么后果？"

"我不知道什么后果！我不知道我究竟该做什么。我是该开始管伊林叫'老爸'，还是该找他发起决斗呢？"

"嗯……或许你可以开始考虑这种可能：这事和你无关。据我所知，他们都成年了。"

"他们老了，迈尔斯！这太……这太……这太……*不体面了*。差不多就是这种。丑闻。她是个高级夫氏，而他是……他是……*伊林*。"

"他自成一类。"迈尔斯咧嘴笑了，"我要是你的话，就不会觉得这事有变成丑闻的可能。我的印象是他们很理性，嗯，很谨慎的。你母亲做什么事都很有品位。况且，以她的身份地位，还有他的，谁敢说三道四？"

"这事太让人难堪了。妈妈告诉我，等格雷果订婚礼结束后，在婚礼的筹备工作开始之前，他们要去南边的海滨度半个月的假。他们一起。那地方我从来没有听说过，是个中产阶级的穷人们常去的度假村；伊林选择那里就是因为他也从没听说过那地方。对他来说，只要是个从没进入帝国安全部注意范围的地方就好。母亲说订婚礼过后，她想整天靠在海滩椅里晒太阳，什么也不做，还要喝那些恶心的饮料，里面放了些插在竹签上的水果；然后一整夜——她这么说的——她肯定他们会想出一整夜要做什么的。仁慈的上帝啊，迈尔斯，我自己的母亲！"

“你觉得她是怎么成为你母亲的呢？当年贝拉亚可还没有人造子宫设备哦。”

“那是三十年前了。”

“现在也不晚。南海岸，是吗？听起来……很让人放松。实际上，一听就觉得那儿非常平静。而且暖和。”今天早上弗贝拉苏丹娜一直在下雨夹雪。也许他可以说服伊林告诉他那个地方的名字，然后等他把这个该死的报告交出去之后……但现在，迈尔斯找不到别人陪自己去度假，除非是伊凡。那可不是个事。“如果这事真的让你很困扰，我觉得你不妨去找我母亲谈谈。”

“我试过了。她是贝塔人。她觉得那是件很好的事。对人的心血管系统有好处，还有利于内啡肽的产生，等等。现在想来，说不定整件事就是她和我母亲两个一块策划的呢。”

“可能吧。往光明的一面看。艾利丝表叔母可能会一心扑在她自己的爱情生活上，那她就没有多余的注意力能用来试图干涉你的了。你不是一直希望如此吗？”

“是的，可……”

“回忆一下。上个月里，她有多少次缠着你，要你去追求合适的女孩？”

“上个月……我们一直都很忙。”

“她详详细细地向你描述了多少次她熟人孩子的订婚礼、婚礼，还有生孩子的事？”

“嗯……现在你这么一提，一次都没有。当然，格雷果的订婚礼除外。她从来没消停这么长时间，不把那些弗氏贵女的重要数据一个个念出来折磨我。连我在地球上的贝拉亚大使馆当差的时候她都会一个月发信两次烦我。”

“要懂得惜福，伊凡。”

伊凡歪了歪嘴。“水果，”他咕哝着，“还串在签子上。”

把伊凡赶走之后，迈尔斯用了整整一个小时的时间才又恢复全神贯注的工作状态。不过他充分利用了这段中断的时间，给帝国部队医院的辰科医生打了个电话，最终敲定了去校准发病控制装置的预约。辰科看来相当急于知道那东西会不会有效。迈尔斯尽量摒除自己成了个两只脚的大号实验室老鼠的感觉。

第二天下午，他正准备走出弗·科西根府的大门去赴约时，跟走进来的伊林撞了个正着。外面正在下雪，白色的雪片沾在伊林穿的平民装外套上，也撒落在他日渐稀疏的头发上。他的脸通红，一部分是被冻的，一部分是因为兴奋。看样子他是一个人来的。

“你上哪儿去了？”迈尔斯问道。大门开始转动，迈尔斯趁门关上之前伸长脖子朝外望了望，但没看见任何人从入口通道离开：没有艾利丝夫人，也没有卫兵，没有任何陪伴伊林的人。

“我在城里转了一圈。”

“就你自己？”迈尔斯竭力不在语声中流露出自己的惊恐。发生这么多事情后，把这人搞丢了，于是不得不派保安、警察去寻找他，最后发现他在恐惧中四处乱走，或者是不知所措地被困在了城市中某个稀奇古怪的角落里……“看起来，你一路平安地回来了。”

“是啊。”伊林咧嘴笑着表示同意。他伸出一只手，展示出里面抓着的全像晶块（译者注：能在内部显示出全息图像的一种显示设备）。“你母亲大人给了我这个地图。其中包括南北两块大陆，还有全部有人居住的岛屿。每个城市、每个乡镇、每条街道、每条山脉都在其中，精确度达到一米水平。现在不论我在哪儿迷了路，我都能自己找到回家的路。”

“大多数人都在使用地图，西蒙。”*我是个白痴！为什么我之前就没想到这招？*

“我上次需要使用地图已经是很久以前的事情了，结果我压根就没想到可以这样。这就像个可以拿在手里的超忆芯片。它甚至记得你以前从不知道的东西。太棒了！”他解开身上的夹克，从衣服内侧的口袋里抽出第二件东西，一个样式极其普通，但质量明显顶尖的商务音频文件管理器。“她还给了我这个。它可以按照关键词自动交叉检索任何东西。结果有点笼统，但完全适合于日常用途了。接近于一个外接记忆库，迈尔斯。”

毕竟，这个人在过去三十五年里根本用不着考虑记笔记的问题。下面他会发现什么呢？火？书写？农业？“你所需要记住的就是自己把它放到哪儿了。”

“我在考虑把它拴在我的腰带上。或许该挂在我的脖子上。”伊林开始沿着旋梯向楼上的客房走去，边走边低声窃笑个不停。

第二天晚上，迈尔斯暂时离开算讯终端，放下已经快让他变成斗鸡眼的数据复核工作，在家中出席了一场安静的晚宴。吃饭的只有他自己、伯爵夫人，还有伊林。他花了半顿饭的时间，坚决地和伯爵夫人对抗。她做出些明白的暗示，说什么也许能让科斯特的母亲有兴趣搬到瑟格亚去，那样的话在总督府里肯定能给她找到个职位。

“只要她儿子在这里工作，她是绝不会离开弗贝拉苏丹娜的。”迈尔斯断言。

伯爵夫人看来若有所思。“科斯特下士也可以被调到瑟格亚……”

“不要玩阴的，”他连忙说，“是我先发现她的，她是我的。”

“只是想想而已。”她充满温情地朝他笑笑。

“说到瑟格亚，父亲什么时候从那边回来？”

“订婚礼的前一天。之后我们很快就会一起回去。当然，夏至日举行婚礼的时候我们又会赶回来。我很想多待些日子，可是我们真的都必须回到那个混乱的殖民地。他在弗贝拉苏丹娜待的时间越短，他那些政治上的老伙伴塞给他新工作的可能就越小。那是瑟格亚的一个优点：在那儿，他们不那么容易逮到他。不过差不多每个月还是会有个把人去骚扰他，带着满脑子阿罗在他并不存在的空闲时间里可以做些什么的点子；然后我们只能好酒好菜地招待一番，再温柔地把他推出门外。”她隔着桌子对着他笑笑，发出邀请，“你真的应该尽快去那里看看我们。现在那边绝对安全了。我们有了对付那些令人作呕的虫子的有效疗法，你知道的，比原来的手术去除方法要好得多。那里有很多东西可看，有很多事情可做。尤其是后者。”

有些东西全宇宙都一样，迈尔斯想。比如一个手里捏着张长长的杂务清单的母亲眼中闪烁的那种阴险的目光。“再说吧。我大概再过几天就会把我的审计官调查结果打包交给格雷果。在那之后……我还不是很确定我自己打算要做什么。”

有一小会儿，大家都没有说话，忙着各自品味甜点。最终，伊林清了清嗓子，告知伯爵夫人：“我今天签好了新公寓的租赁合约，考迪利亚。明天就能住进去了。”

“噢，太好了。”

“我要谢谢你们两位，尤其是你，迈尔斯，谢谢你的盛情款待。以及你提供的帮助。”

“什么公寓？”迈尔斯问道，“我恐怕这个星期一直都住在我的算讯终端里了。”

“这说法相当正确。艾利丝女士帮我找的。”

“是在她那栋楼里吗？”那可也是栋高档物业。伊林负担得起吗？一名中将的一半薪水才刚够那边的开销；不过回头想来，伊林现在必定已经攒下了一笔可观的储蓄了：毕竟他过去一心扑在工作上，生活自然极其简朴。

“我觉得，我给邻居们带去的威胁已经不像从前那么大了，但为了以防万一哪个从前的敌人枪法太糟糕……那里离她住的地方隔着两条街。有个主意可能不错：要是你有机会的话，不妨散布些流言，把我的精神残疾说得比实际情况更严重些。

那样可以让来刺杀我的人不那么踊跃。”

“你觉得你还会接着在安全部干吗？如果不当部长，那么……我不知道……当个顾问什么的？”

“不。现在既然我遭遇的……嗯……古怪的刺杀案已经被解决了，我就要选择退出了。别一脸惊讶，迈尔斯。在帝国军界干了四十五年，这职业生涯怎么也不能算是不幸夭折了。”

“我觉得的确不能。格雷果会想你的。我们都会想你的。”

“哦，我估计我不会走远的。”

第二天下午将尽的时候，迈尔斯终于完成了他的审计官报告，包括正文目录和交叉引文索引。

他在算讯终端前的座椅里往后一靠，伸了个懒腰。他已经尽力让这份报告内容完整，而且已经尽力抑制自己对主要罪行的愤怒，做到平铺直叙。现在，看着最终的成品，他才意识到当年他在登达立作战报告中多少次进行过微妙地误导——哪怕是在最老实的报告里——好让登达立还有内史密斯看起来棒棒的，以保证资金和任务源源不断。而弗·科西根勋爵给人什么印象，他完全可以不在乎，平静地漠然以对：他很喜欢这样。

这个报告首先是给格雷果过目，但并不是仅供格雷果一人过目。在撰写和阅读之间，迈尔斯原本一直处在另一头的位置，他总是不得不根据各式各样可疑的或者不完整的情报来制订登达立的行动计划。他下定决心，绝不让未来任何一个需要把他的报告派上实际用场的可怜家伙有理由咒骂他，就像他过去经常咒骂别的那些报告作者一样。

他把最终的定稿转存到一张加密卡上，然后打电话给格雷果的秘书，请他在第二天上午安排一次正式的会面，好让他把报告以及代表他审计官身份的金链和印玺一道上交皇帝。然后他站起来，绕着弗·科西根府散散步，放松抽筋打结的肌肉，顺便去检查一下自己的轻便飞车。辰科对他许诺，最早大概在明天下午就可以动手术，给他把控制发病的装置安上。在最近的危机中，迈尔斯没有注意到马丁盼望已久的生日已经过去了，他把申请参军的事情延后了几周，好免得迈尔斯不得不又出去找个临时司机。但迈尔斯知道这孩子有多急着离开。

伊林和他寥寥无几的行李今天早上已经离开了，主要是靠艾利丝夫人用她的车装走的；伯爵夫人的家仆们已经把客房恢复了旧观，虽然那样子看上去有点荒凉。

迈尔斯在客房中漫无目的地走着，眼睛望着外面白皑皑的后花园，心中庆幸自己如今没被冻在冷冻舱里。这的确是弗·科西根府里最棒的一套房间，窗户尤其是最好的。迈尔斯还记得他爷爷住在里面的那个时候，房间里堆满了军旅纪念品，还弥漫着一股让人讨厌的气味——来自陈年旧书、老旧皮革，还有那位老年男子。他四处环顾着大扫除之后空荡荡的套房。

“为什么不呢？”他嘟囔了一句，然后大声说道，“见鬼，为什么不呢？”

半小时后，他母亲发现他把马丁和她一半的扈从都给抓了壮丁，领着这伙人走来走去。他们把迈尔斯的所有个人物品从另一翼搬下一层楼，拐个弯过来，然后在迈尔斯多少有些随意的指挥下把它们分别散放到浴室里、卧室里、客厅里，还有书房里。“亲爱的，迈尔斯，你在做什么呢？”

“接管祖父的屋子。现在没有别人使用它。为什么不呢？”他有点紧张地等着，等着她表示反对，同时在心里组织着为自己辩护的言语。

“哦，好主意，你也是时候从楼上那间小屋子里搬出来了。看在老天的分儿上，你从五岁起就一直住在里面了。”

“是啊……我也正是这么想的。”

“我们给你选择那个房间，只是因为伊林计算过后认为，如果有人想要从窗户口把炸弹抛进屋里的话，那里的角度是最不方便的。”

“我明白。”他清清嗓子，给自己壮了下胆，然后继续说道，“我想我会需要占据二楼的整层楼，包括黄厅、另外几间客房，所有的房间。我可能……肯定会需要招待些人之类的。”

“我和你父亲在瑟格亚的时候，这整个地方你都可以随便使用。”

“是的。但我想要有个属于自己的空间，即便你们在这里的时候。以前我从来不需要。以前我很少在家。”

“我知道。现在你在这里了，而我又要离开。生活有时就是这么……”她哼着歌走开了。

有那么多搬运工的情况下，搬家工作只用了一个小时。东西在大小更合理的屋子里分散摆开之后显得颇为稀少，仿佛他的生活，摊开来只是薄薄的一层。在登达立舰队里属于内史密斯将军的个人物品至少有一吨重，迈尔斯觉得他应该设法把那些都拿回来。反正大概也没别人能穿上他的衣裤，或者钻进为他量身定制的太空战斗服。他四下漫步，重新摆放物品，试着想象在这里那些东西他该如何安排。这种无拘无束的感觉太美妙了。他觉得自己能够体会到那些根须被束缚了太久，苦苦等待着被移植到大些的花盆里的植物的强烈痛苦，不过他并不打算跟它们一样，一动不动地混日子。太空之女奎因会管他叫“吃土人”。她这么说……某种程度上是对的。

他欠她一个消息。他欠她好多消息，尤其欠她一个道歉：这段时间事情纷至沓来，他忙得把奎因后来几次发来的问候都丢在一旁了。他在自己刚被搬过来的算讯终端前坐定。城市的灯火倒映在阴霾的天空上，化出一片琥珀色的云霞。从他书房宽敞的窗户望出去，雪夜里的后花园笼罩在一片柔光之中。

他先让自己正容静心，然后才开始。他高高兴兴地向她保证，自己的身体很好，一切都好。他把录好的消息通过定向窄波通信发了出去，奎因会在一周左右之后收到信息，具体多久看登达立舰队现在所处的位置。让他相当吃惊的是，这件任务早先似乎无法完成，现在却轻而易举。也许他需要的只是放开自己的心。

第二十八章

迈尔斯决定把他的审计官金链和印玺连同报告一起交给格雷果时，要搞个小小的仪式。这个职位传统的尊严似乎不允许他仅仅是把它们拿个塑料袋子装着从皇宫门口递进去。所以，按照这种场合应有的着装，他又穿上了他棕、银两色的家族制服。他犹豫了很长时间之后，把自己的军功章一个个别到制服外套上，这多半是最后一次这么做了。他打算向格雷果求一个非常私人的恩惠。与其自己开口，他宁可让这些勋章替他讲。

他对于那个恩惠疑虑重重。总的来说，那只是件小事，所以他依稀觉得自己心中不该对这事如此关切。但这事对他很重要，就像是那多出来的一厘米身高，除了他任何人都注意不到。他让马丁跟从前一样把他送到了皇宫的东门廊处。这次马丁没再撞上格雷果的大门，他现在驾驶伯爵这辆老爷地行车的技术真是大大进步了。迈尔斯又被格雷果的总管领进了格雷果在北翼的办公室。

今天早上，格雷果肯定刚刚履行过参加某个仪式的职责，因为他身上也穿的是他的弗·贝拉家族制服；他身上的衣装总是如此入时，足以让所有那些家中没有这么优秀的仆从的弗氏贵族羡慕嫉妒。他正坐在算讯终端前等迈尔斯，算讯终端是关着的，没有显示任何会分散他注意力的信息。

“早上好，审计官大人。”格雷果笑道。

“早上好，陛下。”迈尔斯不假思索地做出回应。他把装着数据卡的保险盒放下，搁在光滑的黑色玻璃桌面上，然后小心翼翼地把链子和印玺举过头顶拿下来，那些沉重的金环从他的指缝中漏下去，落到桌面上，发出轻柔的叮当声。“还给您。都结束了。”

“谢谢。”皇帝示意总管给迈尔斯搬来把椅子。迈尔斯坐了下来，舔舔嘴唇，心里掂量着他为提出要求所准备的几个开场白该用哪个。可格雷果略为摆摆手，示意迈尔斯和他的总管“请等会儿”，于是他们俩也都只有等着了。格雷果打开保险盒，拿出数据卡在他算讯终端的读取槽上刷了一下。然后他把卡放在敞开的盒子里，递给了他的总管，同时说道：“现在，你可以把这个送到隔壁去了。拜托。”

“好的，陛下。”总管用一个小盘子托着报告离开了，那样子就像是给人送上一道奇特甜品的服务员。

格雷果很快地浏览了一下迈尔斯的审计官报告，除了嘴里时不时小声“啊哈”一下之外完全没说什么，没发表任何看法。迈尔斯的眉毛微微扬起来些，他的身子往后挪了挪。格雷果又回到开头，然后放慢速度检查了其中的某些段落。最后他看完了，显示数据的图像向内收缩，最后消失了。他拿起审计官的链子，对着光线转动着，抚摩着刻在金子上的弗·贝拉纹章。“我必须要说，迈尔斯，对你的任命是我最幸运的一次临机决策。”

迈尔斯耸耸肩。“只是偶然让我处在了一个我刚好有些用得上的专长的场合。”

“是偶然的吗？我好像记得那是故意犯罪。”

“对伊林芯片的蓄意破坏是内部人干的，您需要一名帝国安全部的内部人员来破案。很多人都可能跟我做得一样好。”

“不……”格雷果审慎地看着他，“我想我需要的是一名前帝国安全部内部人员。在我认识的人当中，除了你我一时找不出既有激情又够冷静，能把事情做得像你这么漂亮的人。”

迈尔斯放弃在这个问题上继续争辩了。他需要表现出的只是礼貌，而不是直率。而且，对于开口提出自己的祈愿，现在这个气氛再好不过了。“谢谢你，格雷果。”他深吸了一口气。

“我想了好久，对于把任务完成得如此优秀的人员应该给予什么奖励合适。”皇帝又说道。

迈尔斯把那口气重新吐了出来。“哦？”

“传统的方式是，再奖给他一个工作。本周我这里正好有一个职位空缺：帝国安全部需要一名新的部长。”

迈尔斯不动声色地清了清嗓子。“那么？”

“你想要这个工作吗？虽然这个职位按惯例是给在职军官的，但也没有任何法律禁止我指定一位平民来承担这一重任。”

“不。”

这个简洁明了的回答让格雷果扬起了眉毛。“真的？”他柔声问道。

“真的。”迈尔斯坚定地说，“我不是在玩欲擒故纵的把戏。那是个坐办公室的工作，除了发生恐怖事件的时候，平时净是些最单调乏味的例行公事，而且帝国安全部部长不只是从不会去比科玛更远的外星球，他压根就很少离开那个蟑勒（译者注：他准备说蟑螂窝，紧急掐断了）——离开帝国安全部总部。我讨厌这样的工作。”

“我觉得你可以做好的。”

“我觉得要是非做不可的话，我几乎什么都可以做好。如果你命令我去做的话会去，格雷果。这是个命令吗？”

“不是。”格雷果在座椅里向后一靠，“我是真心在问你。”

“那么您得到的是我真心的回答。对这份工作，盖伊·阿利格里比我要适任得多。他既有基层工作经验，也有领导经验，而且他在贝拉亚和科玛都受人敬重。他对自己的工作全身心地投入，而且非常珍惜，但他没有因为野心而扭曲自己的人格。他的年龄正合适，不过于年轻也不太老。任命他的话，没人会有异议。”

格雷果微笑起来：“其实，我早就知道你会这么说的。”

“那你刚才的话算是什么？心理测试吗？”真是谢谢了啊，有那么一会儿我还以为我拥有了我想要的一切了呢。他的心仿佛还在痛，就像肌肉已经过度疲劳了又被人加以重负的那种感觉。他不知道这心疼会不会也像肌肉酸痛一样，休息一会儿就过去了。

“不，”格雷果说，“只是礼貌性地问问。我想给你优先取舍权。”

他没有再提这事，迈尔斯也免于再次拒绝的尴尬。格雷果向前探身，把金链放在桌上摆弄了一会儿，让那些金环排列成一个规整的椭圆形。然后他问道：“你想喝点咖啡吗？或者茶？吃早餐吗？”

“不用了，谢谢。”

“来点劲头更大的饮品［译者注：指（高度数的）酒］？”

“不。谢谢。今天下午我约好了要去做个脑部手术。辰科医生已经准备好给我安装他那个控制发病的芯片了。那东西似乎会有效。手术之前我不能吃任何东西。”

“啊，很好。也是时候了。”

“是啊。我简直等不及要去驾驶我的轻便飞车了。”

“你会想念你那位异乎寻常的司机马丁吗？”

“我觉得会有点想吧。我渐渐有些喜欢他了。”

格雷果又朝他办公室门口瞟了一眼。他是在等什么吗？现在是迈尔斯开口提要求的好时机。“格雷果，我想求你——”

格雷果办公室的门滑向一旁，之前那位总管走了进来。见格雷果点了点头，总管转回身对着走廊说道：“几位大人，这边请。”他毕恭毕敬地向后退了一步。

四个男人走进了格雷果的办公室。迈尔斯立刻认出了他们。身为一名合格的贝拉亚人，他的第一反应就是良心不安：我的上帝啊，我是做错了什么吗？然后他良好的判断力恢复了。要真是这样，他做出的恶行得是非同一般的壮举，绝对是史诗级别的，那才配得上四位帝国审计官集体注目。看到这么多审计官济济一堂还真是很难得，虽然也同样让人真的很紧张。迈尔斯清清嗓子，坐得更笔挺了。格雷果的总管迅速地为几位审计官在格雷果的桌旁安排了座次，迈尔斯很有弗氏风范地跟他们互相致以礼貌的问候。

弗·豪威斯勋爵看来是从科玛回来了。他六十出头，在这群人中是最年轻的一位，但他的职业背景同样令人敬畏：首先是军人，然后是外交官，驻外星球大使，还当过一段时间的财政部部长助理。他也许可以成为达夫·盖伦尼效法的榜样。他是个瘦削的男人，冷静，见过世面，衣着富于当代弗氏风范——迈尔斯怀疑他是不是跟格雷果找的同一个裁缝——迈尔斯的数据卡盒被他拿在手上。

弗·西兹博士是格雷果新近任命的两名没有从军背景的审计官之一。他是弗贝拉苏丹娜大学的一名退休荣誉教授，专攻工程故障分析，写过这个专业的教科书。实际上，还写了好几本。他一看就是个教授：身材粗壮，头发全白，面带笑容，不修边幅；长着一个高高的鼻子和一双大耳朵。在他职业生涯的晚期，他对社会政治与工程系统之间的联系产生了一探究竟的兴趣；他的加入给格雷果的审计官群体中带来了技术方面的权威意见，受到其他人的欢迎，虽然审计官们其实严格来说并非作为一个团队在工作。

范恩·弗·加斯塔夫逊勋爵是另外一位平民审计官。正在跟弗·西兹博士亲密交谈的这位是名退休企业家，也是位著名的慈善家。他个子很矮，比弗·西兹更胖些，灰色的胡须根根直立，粉红色的胆汁质面孔似乎在提醒看到他的人，他的心血管系统状况堪忧。他肯定是格雷果的审计官里面最不可能被金钱收买的人，他定期大笔捐钱，一次捐的比平常人一辈子见过的还多。乍看上去你是猜不出他多有钱的，因为他打扮得跟个工人似的，不过即便是工人也很少像他那么缺乏辨色力。

弗·卡罗纳将军这位审计官更加符合传统。他退役前在军中待了很长时间，履历无可指摘。他在社交场上表现得态度温和，而且，据迈尔斯所知，他引人注目地跟任何政党，无论是保守派或者是进步派，都没有联系。他身材高大，壮实，一看就知道他占据了老大一块空间（译者注：原文为双关语文字游戏。英文空间和太空是同一个词，而这位将军来自太空海军，因此这句话也可以理解成“占领了很大一片太空”）。

他在坐下之前亲切地朝迈尔斯点了点头。“早上好。那么，你就是阿罗·弗·科西根的儿子了。”

“是的，长官。”迈尔斯叹了口气。

“过去十年都没怎么见到你。现在我知道为什么了。”

迈尔斯竭力想分辨出这是表扬还是批评呢？一次性看到这么多审计官，让迈尔斯再度认识到审计官们是多么古怪的一群人。每个人都经验丰富，成就斐然，凭借自身的努力发家。另外呢，他们全都是群彻头彻尾的怪人，或者说是超乎常轨。他们不单单是谁都没法点火上身的对象，他们是格雷果的消防队员。

弗·豪威斯在皇帝的左边落座。

“那么，”格雷果对他说道，“你们诸位感觉如何？”

“这——”弗·豪威斯倾身向前，把装着迈尔斯审计官报告的盒子搁到算讯终端上——“是份非同凡响的文档，格雷果。”

“是的，”弗·西兹表示赞同，“简洁，连贯，而且完整。你知道这样的报告有多难得吗？我要为此祝贺你，年轻人。”

我这是得了个高分吗，教授？“是西蒙·伊林训练了我。他对滔滔不绝的抒情词句容忍度很低。要是他不喜欢我的作战报告，他就会把报告甩回来让我进行修订。我想，那对他肯定是一大乐事。我敢说，每当我的报告被打回来，之前一周帝国安全部总部里的人日子肯定不好过。因为我到手的报告上总是被标上了一堆检索框，里面用冷冰冰的词句写满了对语法和格式的修改要求。这样被训了十年，一个人自然能学会怎么样在第一次就将报告写好。”

弗·卡罗纳笑了。“老弗·史密兹，”他指出，“以前交上来的报告经常是手写在塑料纸上的。从不超过两页。他坚持认为任何重要的东西都可以在两页纸的篇幅之内讲完。”

“难以辨认的手写体。”格雷果咕哝着说。

“我们经常不得不去找他，逼着他本人给出注释。这多少有些让人恼火。”弗·卡罗纳补充道。

弗·豪威斯对着数据盒做了个手势，接着对迈尔斯说："看来你没给军方起诉人留下多少可做的事情。"

"实际上，是一点可做的事都没有。"格雷果说，"阿利格里昨天晚上向我报告说哈罗彻放弃了，准备认罪，想通过合作来获得减刑。他不太可能在向朕坦白之后转过头又对军中的法官假装清白吧？"

"这我可说不好。他胆子可是很大的。"迈尔斯说，"不过我很高兴听到这事不会再继续拖延下去了。"

"这真是件奇异的案子，"弗·豪威斯继续说道，"一听说伊林倒下，我就担心恐怕是出了大问题。但我不可能像你那么漂亮地揭开真相的，弗·科西根勋爵。"

"我相信您一样能揭开真相的，以您自己的方式，长官。"迈尔斯说。

"不。"弗·豪威斯说。他拍了拍装着数据卡的盒子。"按我的分析，在整件事情中，最关键的节点就是你让那位来自银河的生物化学家韦德尔博士参与进去。就是从那时开始，哈罗彻的计划开始无可挽回地走向破灭。我不会知道有韦德尔博士这么一个人存在，我会完全依赖阿瓦克里少将来选择对芯片进行分析的团队成员。"

"阿瓦克里很不错。"迈尔斯说，他拿不准这话是不是在批评。确实，那位生物控制论专家已经尽了全力。

"我们——"弗·豪威斯伸出一根指头转了一圈，示意这是代表着聚集在那里的全体审计官——"并不经常直接在一起工作。但我们确实会相互交流。'你知道什么可能和这个问题有关的，我尚不知道的资源吗？'这会把我们对冷门知识的了解扩大五倍。"

"五倍？我记得你们不是有七个人吗？"

弗·西兹淡淡一笑。"我们把弗·帕拉迪斯将军看作是一名已退休的荣誉审计官。我们尊敬他，但不会再找他来参与我们的会议。"

"实际上，"弗·加斯塔夫逊低声嘟囔了一句，"我们根本不告诉他我们要开会。"

"而瓦伦丁将军这几年身体太差了，无法积极参与工作。"弗·豪威斯接着说道，"我早就觉得可以敦促他辞职了，但既然弗·史密兹将军死后留下的空缺还没补上，也就没必要请他让位。"

迈尔斯两年前隐约听说过第八位审计官，年老的弗·史密兹去世的消息。第九位审计官的位置，迈尔斯最近曾占据的位置，按照传统平时总会空着，在帝国需要的时候会召唤某些有所需专长的人来担任代理审计官，等任务完成之后就又把这个职位空出来。

“所以在这里的我们四人，”弗·豪威斯继续说，“构成了做出仲裁所需的合法人数。弗·雷斯纳不能来这里，因为他在南大陆有事脱不开身，但我把情况向他做了通报。”

“以当前的状况，诸公，”格雷果说道，“你们对朕有何建言？”

弗·豪威斯扫视了一下他的伙伴，大家都冲他点点头。于是他慎重地噘起嘴唇：“他能行，格雷果。”

“谢谢你们。”格雷果转向迈尔斯，“不久之前，我们正在讨论空缺的工作职位问题。本周恰好我这里第八位审计官的位置也还空着。你想要这个职位吗？”

迈尔斯勉强压下心中的震惊。“那是个……永久性职位，格雷果。审计官的任命是终身。你确定……？”

“不见得是终身的。他们也可能会辞职，被开除，或者被弹劾，同样也可能被刺杀，或者暴死。”

“我难道不过于年轻了吗？”而他刚刚还觉得自己那么老……

“如果你接受的话，”弗·豪威斯说，“你将会成为后隔绝期历史上最年轻的帝国审计官。我查过了。”

“弗·帕拉迪斯将军……肯定不会赞成。还有与他意气相投的那些人。”见鬼的，弗·帕拉迪斯觉得我是个变种。

“弗·帕拉迪斯将军，”弗·豪威斯说，“也觉得我对于这个岗位来说还太年轻，虽然我接到任命的时候就五十八岁了。现在他可以把这个反对意见掉头用在你身上了。我可不想错过这个机会。还有，你除了在安全部受过十年相当特殊的训练之外，你在银河系的经验也胜过我们在座这些人中的四分之三（译者注：指除了弗·卡罗纳之外的三名审计官）。十分奇特的经验，但涉及的范围非常之广。这会让我们共有的信息储备范围有极大的拓展。”

“你们……呃……读了我的个人档案了？”

“几天前，阿利格里将军很好心地把你全部的档案都借给我们过目了。”弗·豪威斯的目光扫过迈尔斯胸前，扫视了一下那些表示荣誉的勋章。幸好，帝国军队不会为某人所犯的过失也颁发个实体的纪念物让他也挂到上衣上。

“那么你们该知道……我交给帝国安全部的最后一份作战报告有点小问题。不，一个严重问题。”他随口更正了自己的话。迈尔斯看了看弗·豪威斯的脸，想找出这张面孔下可能潜藏着的判断。弗·豪威斯表情阴郁，但并无责备之意。他知道吗？迈尔斯环顾所有的审计官。“我在一次发病时，几乎杀死了我们的一位信使官。伊林因为我在这件事上撒了谎才把我开除了。”好啦。他只能说得这么大胆、这么坦率、这么真实了。

“是的。昨天下午我们和格雷果一起花了好几个小时的时间来讨论这件事。伊林部长也在座。”弗·豪威斯的眼睛眯缝了起来，然后极其严肃地打量着迈尔斯。“既然你都篡改了那份作战报告，那是什么让你没有接受哈罗彻的贿赂呢？我几乎可以确信，没人会想到其中真相的。”

“哈罗彻知道。盖伦尼也知道。还有我也知道。两个人可以守住一个秘密，只要其中一人死掉。三个人就不行了。”

“你肯定比盖伦尼上尉活得长，你也可能比哈罗彻长命。如果那样的话？”

迈尔斯呼出一口气，慢慢地做出回答。“可能有个人会活下来，用我的名字，在我的身体里。但那再也不会是我了。那会是一个我不大……喜欢的人。”

“你很看重你的自我，是吗，弗·科西根勋爵？”

“生活教我学会了这点。”他承认。

“那么，大概，我们也该如此。”弗·豪威斯往后一靠，唇边浮现出一个奇特的满意的笑容。

“注意，”格雷果说，“作为这个来员多种多样的团体中最年轻的一员，你几乎肯定会分配到最糟糕的工作。”

“说得太对了。”小声说话的弗·豪威斯眼里闪着兴奋的光芒，“把那个位置让给一个更……啊哈，活跃的人，真是太好了。”

“每一项任务，”格雷果继续说，“可能都和其他任务毫不沾边。无法预料。你会被直接丢进水里，要么自己游起来，要么就沉下去。”

“并非完全没有支援的，”弗·西兹表示反对，“时不时地，我们其他的成员会很愿意从岸上给你提些建议的。”

由于某种原因，迈尔斯脑海里闪现出一幅画面：他们那一群人全都坐在海滩上的椅子里，手里拿着饮料，里面还有些用小签子插着的水果；他们经过审慎讨论后把如何保持风度的指南提供给迈尔斯，而他则正在下沉，疯狂地喘息着，挣扎着，水已经灌进了他的鼻子。

“这个……并不是我进来时计划要讨得的奖赏。”迈尔斯坦白的时候，心中感到无比迷茫。人们从来都不会依照你的蓝图行事，从来都不。

“你想要的是什么奖赏？”格雷果耐心地问道。

“我想要……我知道这个听起来会很傻。我希望退役后帝国军队能给我追授一个上尉的身份，而不是以中尉的身份离开。我知道有些人在离职之后会获得晋升，作为一种特殊的奖赏。通常这样做的着眼点在于改善忠诚的军官们退休后收入只有之前薪水的一半的生活。我不想要钱，我只想要那个头衔。”好了，他说出来了。那确实听起来很傻。但全是真心的。“我实在心痒难搔。”他一直希望自己的上尉头衔是别人自愿的授予，是无可争议地挣来的，而不是乞得的恩惠。他在职业生涯中对特殊恩惠一直不屑一顾。但他也不愿意在余生中跟人追忆军旅生涯时总是被称为中尉。

这时候迈尔斯才忽然明白，格雷果这一次提供工作机会并非又是一次将选择自主权交予他的礼貌行为。格雷果和这些严肃认真的人已经商量了差不多有一周了。这次不是个心血来潮的临机决定，而是经过了讨论、研究、权衡的。*他们是真的需要我。他们都需要，而不仅仅是格雷果一个人。多么奇怪啊。*但这也就意味着，他有了讨价还价的筹码。

“大多数别的审计官都是仪——”他的舌尖差点就吐出了那个惯用的形容词，“仪表堂堂”——“已退休的高级官员、海军或者陆军的将官。”

“你就是一名退役海军将官，迈尔斯。”格雷果欢快地指出，“内史密斯将军。”

“噢。”他还从没这样想过，这让他整个人都呆了一下子。“可是……可是那不是公开的，也不在贝拉亚。审计官这一职位的尊严……确实至少需要一个上尉军衔才支撑得起，您不这么认为吗？”

“他真固执，”弗·豪威斯低声说，“真是的。”

“不屈不挠。”格雷果表示同意，“就像广告上说的那样。很好，迈尔斯。让我治好你的心病吧。”

他伸出一根神奇的御指——用的是食指，而不是中指，谢谢你，格雷果——向下一点，正指着迈尔斯。

“恭喜。你是一名上尉了。我的秘书会监督更新你的档案记录。这下你满意了吧？”

“完全满意，陛下。”迈尔斯忍着没让自己咧嘴大笑。这些年来，他梦想过上千种晋升时的场面，结果这有点虎头蛇尾的味道啊。“我什么也不想要了。”

“可我需要。”格雷果坚定地说，“我交给审计官们的，几乎天然就从不是常规任务。只有在常规的解决方案不存在，在规则条例不起作用，甚或根本无据可循的时候，我才会派出审计官。他们处理的是始料未及的状况。”

“复杂的难题。”弗·西兹补充道。

“别人谁都不敢沾边的麻烦。”弗·豪威斯说。

“真正的怪异之事。”弗·加斯塔夫逊叹息着说。

“而且有时，”格雷果说，“就像那名审计官证实了哈罗彻将军奇突的叛国一样，他们要解决些对帝国的未来至关重要的危机。你愿意接受第八审计官的职位吗，弗·科西根勋爵？”

过后会有正式的公开宣誓，以及其他仪式，但关键的时刻，吐露真心的时刻，却是现在。

迈尔斯深深吸了一口气。“愿意。”他说。

安装诱控发病装置脑内部分的手术并不像迈尔斯以为的那么漫长，也没有那么可怕，原因之一在于，现在辰科对他这位明星病人略带偏执的世界观已经渐渐习惯了，所以允许他在手术中保持清醒，通过一个监视器观看手术全程。监视器屏幕被小心地固定在他的头部夹钳上。辰科允许他第二天上午就出院回家。

过了两个下午之后，他们再度在帝国部队医院中辰科的神经病学实验室进行冒烟测试（译者注：正式使用前确认系统是否存在故障的实测。来自对电路板进行测试时，若存在短路故障会冒烟）。

“您想亲自劳神动手吗，大人？”辰科医生问迈尔斯。

“是的，拜托了。我以后也许会不得不自己动手。”

“我建议您平时还是不要自己动手。尤其是刚开始，您需要有个人在您身旁守着。”

辰科医生递给迈尔斯他的新牙套，还有装置的激活单元，这玩意握在迈尔斯的手里，大小正合适。迈尔斯在检查台上躺下，最后一次检查了一下激活器的设置，把它压在自己的右太阳穴上，然后按下了按钮。

五彩缤纷的纸屑。

漆黑一片。

迈尔斯猛地睁开眼睛。“弯没（译者注：此时主角口齿不清）。”他说道。他扭动自己的下颚，吐出了嘴里的牙套。

守在一旁的辰科医生高兴地接住牙套，伸出一只手安在迈尔斯胸前不让他坐起来。激活单元现在正搁在辰科身旁的一个监视器顶上，迈尔斯怀疑他忙起来会不会把它碰掉。“请等一下，弗·科西根勋爵。我们还要测几个数据。”辰科和他的技术人员们围着设备忙起来。辰科哼起了小曲，不过跑调了。迈尔斯觉得这是个好兆头。

“现在……现在你已经照我要求你的，把激活信号进行编码了吗，辰科？我可不想这该死的玩意在我走过安全扫描门或者其他地方时意外启动。”

“是的，大人。除了用这个激活器，什么都不可能打开您的刺激发病装置。”辰科再一次向他保证，“必须有它才能连上线路。”

“要是因为什么原因——我不知道具体什么，比方说飞车失事或者别的——我的脑袋被撞来撞去的，这东西没可能会自己启动然后无法关闭吧？”

“不会，大人，”辰科耐心地说道，“要是您遭受的外伤足以把脑内单元给损坏的话，您的大脑也就不剩什么值得担忧的部分了。或者说，没有足够产生担忧意识的部分了。”

“噢。很好。”

“嗯，嗯，”辰科嘴里哼着小调，完成对监控器的最后检查，“没错。好的。您这次的惊厥症状持续时间仅有非受控发作时的一半。您的身体动作也没那么剧烈了。您之前报告的发作后效应也应该会有所减轻，请试着在第二天观察一下那些效应，然后告诉我的主观感受。是的。这应该成为您每天的例行公事的一部分，就像刷牙一样。看看激活单元上的读数监控窗口，检查你的神经递质水平，每天要在同一时间，比如说，在晚上上床睡觉之前，只要数值超过了一半，就释放它们，但不要等到超过四分之三。”

“好的，医生。我能飞了吗？”

“明天吧。”辰科说。

“为什么今天不行？”

“明天。”辰科重复了一遍，语气越发坚定，“在我再次对您进行检查之后，也许可以。请老实一点，大人。”

“看来……似乎我只能乖乖听命了。”

“我可不会用贝塔元（译者注：贝塔元是书中世界的硬通货，相当于真金白银）赌你会听话。”辰科压低嗓子嘟囔了一句。迈尔斯假装没听见他说的什么。

在格雷果的敦促之下，艾利丝夫人把皇帝的正式订婚仪式安排在热闹非凡的冬节期间，作为社交场上的头一件大事。迈尔斯吃不准这是不是代表着皇帝的坚定态度，急于做新郎的心情，还是体现了一种合理的担心：他在害怕蕾莎随时可能从爱情的迷雾中醒来，认识到她面临的危险，然后以最快速度逃到最远的地方去。也许各种都有一点吧。

在仪式的前一天，弗贝拉苏丹娜和它周围的三个领地都遭遇了四十年来冬节时期最严重的暴风雪，所有的商务航天港都被关闭了，军用空港的起降活动也受到了严重限制，轨道上的瑟格亚总督的到达时间也被顺延了。被风卷起的雪花从弗·科西根府的窗外呼啸而过，轨迹几乎是平行于地面的；积雪就像海边的泡沫一样迅速堆积起来，在首都有些街区已经堆到了二楼的窗台了。为谨慎起见，总督弗·科西根伯爵决定第二天早上再降落，届时他将直奔皇宫。

迈尔斯本来打算自己开着他那辆轻便飞车去皇宫的，现在只好打消主意，转而陪着伯爵夫人以及她的扈从乘坐地行车。他原本计划让大家早早出门，结果在他打开衣橱门时就遇到了当天的第一道考验：他发现猫咪扎普已经在内奸厨娘的帮助下突破了弗·科西根府的安防线，在他的靴子和掉落的衣服中间的底板上筑了个窝，下了一窝小猫咪。一共六只。

他警告扎普，攻击一名帝国审计官会有极其严重的后果，但它无视他的威胁，照样跟平时一样，从昏暗的地上疯狂地朝他发出呼噜声和咆哮声。迈尔斯鼓起勇气，付出了一些高贵的弗氏鲜血作为代价，才抢救出了自己最好的靴子和家族制服，他随后把这些拿下楼去，让已经累得够呛的卫士皮姆给做个紧急清洗。同往常一样，伯爵夫人发现她的生物王国壮大了，显得非常高兴，考虑周全地端着一盘科斯特母亲准备的美味猫食走进房间，要是迈尔斯能做主的话，他会毫不犹豫地把这些东西作为自己的早餐吃掉。然而，在早上的一片混乱中，他只能自己下楼去厨房里觅食。伯爵夫人坐在地板上，对着他的衣橱里轻声细语地讲了足有半个小时的话，最后她不但没有被抓伤，还成功地把那窝蠕动着的小毛球全都抱了起来，辨明了它们的性别，又给每一只取了名字，这才依依不舍地离开，赶去换衣服。

三辆地行车组成的车队终于从弗·科西根府出发了，它们的风扇把积雪吹得翻腾而上，化成团团雪云。在又经历了几场由被堵塞的街道形成的考验之后，它们颠簸着缓缓越过最后几道雪堤，盘旋着在皇宫的铁艺大门内降落。一群士兵和宫中的仆从正在那里拼命忙碌，让路面保持干净。大风还是个麻烦，但风速已经不再像昨晚那样高得危险了。天空，迈尔斯充满希望地想着，看起来也亮多了。

姗姗来迟的不只是他们，政府部长和他们的夫人，高级军官和他们的夫人，伯爵和伯爵夫人都还在陆陆续续地进入皇宫。那些幸运的队伍里，卫士们款式入时的多色家族制服依旧闪闪发光；不那么走运的队伍里，卫士们在为他们的地行车清理被冰堵住的进气口，或是把车子从缠着猎物不放的雪堆里弄出来的过程中已经是疲惫不堪，满身污泥，人都快冻僵了，可一听说他们不是最后到的，就立刻得意扬扬起来。有些卫士的年纪跟他们侍奉的伯爵一样大，有的甚至更老些，让迈尔斯受到了良心的驱使，近前去密切观察着他们，唯恐有人出现冠心病发作的症状。不过只有一名卫士因为胸痛不得不被送到皇宫医务室去。幸好，包括蕾莎双亲在内的大多数科玛要人这周的前几天都已经安全降落了，然后被安置在皇宫那些宽敞的客房里。

艾利丝夫人面带笑容——也许是早已恐慌到了一定的限度，这冰天雪地带来的额外负担让她超越了极限。也许是因为她对于安排格雷果的社交活动太有经验了，以至于什么都不能扰乱她平静的心态；也许，原因二者兼而有之，奇异地混在一起。她步履从容，但片刻不停地走动着，和前来的客人们打招呼，然后把他们安排停当。当看见伯爵夫人和迈尔斯到了之后，她放松了些。即将开始的仪式中的要角们总算只差一位就到齐了。几分钟后，她的表情豁然开朗，明显松了口气。总督阿罗·弗·科西根伯爵本人也在妻儿之后从通向东门廊的门口走了进来。伯爵抖掉身上的雪，同时把关切地围上来的卫士们打发走（译者注：原文此处为文字游戏，抖掉和打发走是同一个词）。从他的扈从们整洁的外表来看，在从航天港到皇宫的一路上，他们成功地避开了跟任何一条积雪掩盖下的沟渠发生亲密接触的事件。

伯爵和伯爵夫人用力拥抱在一起，夫人头上的花都被挤得摇摇欲坠，那样儿就像是他们在瑟格亚分别后已经过了一年，而不是仅仅几周。他从胸中轻轻发出一声低沉的“啊哈”，就像是一个刚从重负下解脱的男人。他伸直手臂，紧紧抓住自己的妻子，如饥似渴地盯着她。“我相信，”他对妻子说道，“格雷果的气象员曾被派到基里尔岛一段时间，在那里锻炼他的职业技能直到熟练掌握。”

“这位气象员的确说过会下雪。”迈尔斯看着他们，咧嘴笑了，“他只是漏了说会雪虐风饕。我猜想之前他感到了某种压力，必须为这个日子做出比较乐观的预报。”

“你好，孩子！”在这种公共场合下，他们只是简单地握了握手，但伯爵让这个动作也显得意味深长。“你气色不错。我们必须谈谈。”

“我相信艾利丝夫人想先要与您谈谈，长官……”

艾利丝夫人正走下楼梯，她那条厚重的蓝色裙子一般是下午穿的，此刻正随着她快速的移动在她双腿旁飘飞。“噢，阿罗，很好，你终于到了。格雷果正在玻璃厅等着呢。快来，快……”

就像任何其他艺术家一样，她在自己作品诞生前的阵痛中显得心不在焉，她将弗·科西根家的三名成员一扫而光，赶着这群人走在自己前面，走向传统要求他们履行的职责，比预定时间只晚了一个小时。

由于前来观礼的人数实在太多——本次订婚礼是冬节社交场上的第一件，也是最重要的一件大事——仪式在最大的舞厅里举行。准新娘和她的亲朋好友按照安排站成一条线，正对着准新郎的队列，仿佛两支小规模的部队正互相对峙。优雅动人的蕾莎身穿科玛式样的外衣和裤子，不过颜色则是夺目的红色，贝拉亚在冬节期间的传统颜色：一个艾利丝夫人精心计算出的折中着装方案。

两群人里领头的那对，一边是蕾莎，站在她两侧的是她父母亲，然后有一位科玛女性充当她的伴娘；另一边的格雷果身旁站着的是他的养父母弗·科西根伯爵和伯爵夫人，由迈尔斯作为他的伴郎。蕾莎的体形显然遗传自她的父亲，一位圆滚滚的矮个儿男人，脸上始终是一副小心翼翼的谦恭表情；而她奶白色的肌肤则来自她的母亲，一位目光警惕，正不安地笑着的女性。艾利丝夫人当然是中间的大媒。曾经，伴郎/伴娘要承担一定的法定义务，在订婚式和结婚礼之间如果发生了不幸的死亡事件，他/她有责任和幸存的一方新人结婚，不过那样的日子早就过去了。如今他们的职责仅限于把一堆仪式性的礼物依次传来传去。

有些礼物的象征意义很明显——新娘父母送出的包装精美的钱币，新郎那边送出的多种五花八门的食物，其中包括一包用银箔裹着的彩色谷粒，几瓶枫糖浆和葡萄酒。镀银的马辔头就有点让人困惑了，因为并没有跟着送一匹马。原本新娘的母亲还要送一把没有开刃的小刀，样子像手术刀的那种，象征着她发誓自己女儿的遗传因子纯净无瑕。迈尔斯很高兴地看到，这个规定被悄悄删掉了。

接下来是依据传统对新娘宣读训诫，这个任务落在了身为格雷果伴郎的迈尔斯身上。并没有相应的宣读给新郎的训诫。要是埃莉·奎因在场，她一定会很快地指出这个巨大的差异。迈尔斯挺身而出，向前走了一步，展开羊皮纸卷，开始朗读。他的发音清晰准确，他的表情严肃非常，仿佛是在对登达立舰队做简要报告。

迈尔斯注意到，这份训诫虽然在形式和内容上都很传统，但也有些微妙的改动。关于“生育一名后嗣”的那番议论已经经过了重新措辞，免得其中有任何特别暗示要用自己真正的子宫在自己身体里这么做的意味，毕竟这样做必然带来许多风险。这改动出自谁的手笔毫无疑问。至于其他的……迈尔斯想象着奎因会怎么说。

她会对他提出建议，告诉他该从什么地方下手，该用多大力气把这个羊皮纸重新卷起来，以便过后把这东西好好珍藏起来。托斯凯恩博士没那么健谈，她只是朝着弗·科西根伯爵夫人投去了一两次恳求的眼神。伯爵夫人悄悄地手掌朝下对她做了几个手势，示意“亲爱的，别对这玩意太当真”，安抚住了她。幸运的是，剩下的时间里她忙着对正在朝她微笑着的格雷果微笑，所以朗读训诫部分没有遭遇反对，顺利通过了。

迈尔斯退了回去。接下来是仪式的最后一项，未婚夫妇的手结合在一起，确切地说，其实是每人被准许抓住艾利丝夫人的一只手，然后在严密的监护下交换彼此的誓约。如果你觉得这很热闹的话，等着到仲夏节婚礼的时候吧。然后仪式结束了，派对随之开始。由于每个人都多少觉得大雪堵路不好回去，派对一直持续个没完……

格雷果先要找迈尔斯的父亲有事，所以迈尔斯自觉地离开，走向一张餐台。在那里他和伊凡不期而遇。伊凡穿着他的红、蓝两色阅兵服，高高的个子显得帅极了，他正在往一个盘子里堆吃的。

“你好，审计官大人表弟。”伊凡招呼道，“你的金狗链在哪儿？”

“我下周会把它拿回来。我要赶在伯爵和部长联席会议的冬节休会之前在那里宣誓。”

“你知道吧，风声已经走漏了。各种各样的人都在问我关于你任命的事。”

“要是问的人太多了，就引导他们去找弗·豪威斯或是弗·卡罗纳。不过我觉得，别让他们去找弗·帕拉迪斯比较好。你带舞伴来了吗？我可以借用一下不？”

伊凡做了个鬼脸，四下里看了看，然后压低声音说：“我试着更进一步来着。我请求迪黎娅·库德尔卡嫁给我。”

迈尔斯想他已经知道会是什么结果了，可是，他毕竟是伊凡啊。“我想这种事情可能具有传染性。恭喜你！”他假装衷心地说，“你的母亲会欣喜若狂的。”

“不。”

“不？可她喜欢库德尔卡家的女孩子啊。”

“不是那个问题。迪黎娅回绝了我。我平生第一次向女孩子求婚，然后——被打回来了！”伊凡一副愤愤不平的样子。

“她没有接受你呀，伊凡！这可真让人吃惊。”

伊凡意识到了迈尔斯的语调不对劲，用怀疑的眼光看着他。“而我母亲只是说：‘那太糟了，亲爱的。我告诉过你不要等太久的。’然后就漫步离开，找伊林去了。几分钟前我看见他们了，正躲在一个隐蔽的角落里呢。伊林正在给她揉脖子。这个女人沉迷其中了。”

“好吧，这么说你母亲确实跟你说过。说过几百次了。她了解人口性别比问题。”

“我想，在上层社会总会有机会的。迪黎娅说她要嫁给达夫·盖伦尼！那个该死的科玛……嗯……”

“竞争对手？”看着伊凡搜肠刮肚地找寻着名词，迈尔斯提示道。

“你早就知道了！”

“我看出了些苗头。我肯定，你会继续享受无拘无束的单身生活的。你的下一个十年会和这一个一样，对吗？然后再下一个，再下一个，再下一个……开开心心，无牵无挂。”

“你做得也不比我强。”伊凡恼火地说。

“我……也没这么指望。”迈尔斯冷笑着说。在这个话题上对伊凡的挖苦大概该到此为止了。“你只有再试试了。也许，试试找玛蒂娅？”

伊凡轻轻惨号了一声。

“怎么，被两个人拒绝？仅仅在——你不是在同一天向两姐妹求婚的吧，伊凡？”

“我慌了神。”

“那么……玛蒂娅要嫁给谁？”

“显然，除了我谁都可能。”

“确实啊。那么，呃……你看到库德尔卡家的人们到哪儿去了吗？”

“刚刚准将还在这儿来着。他现在可能和你老爸一块离开了。我估计，音乐一开始，姑娘们就都会到上面舞厅里去。”

“啊。”迈尔斯准备转身离开时突然又加了一句，“你想要只小猫吗？”

伊凡瞪着他。“以上帝的名义，我为什么会需要一只小猫？”

“它会给你那单身狗窝增添一点光彩，不是吗。一点活泼的生机，陪伴你度过孤独的漫漫长夜。”

“去塞住你自己的嘴吧，审计官大人表弟。”

迈尔斯咧嘴一笑，往嘴里丢了一块冷盘小吃，边心不在焉地咀嚼着边走开了。

迈尔斯在舞厅里看到了库德尔卡一族，他们正在远处聚成一团。他们家的三姐妹都在场，唯一不在的是老四凯琳：她还在贝塔殖民地。不过迈尔斯听说她会在仲夏节皇帝大婚的时候回来。这么想来，马克勋爵到时候也得回来。盖伦尼上尉站在那儿，正忙着跟他未来的岳父准将大人进行严肃的交流；迪黎娅陪在他身旁，身上的衣服是她最喜欢的蓝色。在一番深思熟虑，并且他未婚妻私下里做了些工作之后，盖伦尼已经决定不辞去自己的职务了，这让迈尔斯大大松了一口气。迈尔斯这周没有插手帝国安全部内部的事务，但他从格雷果那边听到些风声，说他们正在认真考虑任命盖伦尼为科玛事务司负责人的事情。他预期用不了多久就能向盖伦尼表示祝贺了。

库德尔卡太太慈祥地在一旁看着他们。这场面构成了一幅漂亮的群像，会大大有助于恢复盖伦尼的名声：如果几周前他在这里被哈罗彻精心算计后"冒失"逮捕对他的名声造成的破坏仍然还有残留影响的话。库德尔卡家可是一共有四姐妹，盖伦尼如今走上了和贝拉亚的一系列重要家族建立姻亲关系的道路……迈尔斯不知道到目前为止有没有人告诉盖伦尼，他面临着跟迈尔斯的克隆兄弟马克成为连襟的危险。如果还没有的话，等有人告诉盖伦尼的时候，迈尔斯希望能在场，只为了好好欣赏一下盖伦尼脸上的表情。还有，他不知道小猫能不能作为不错的结婚礼物。

一个沉厚、沙哑的男低音从他肩膀上面传来："恭喜你获得晋升，先生。"

迈尔斯干巴巴地笑笑，转身向他的父亲致意。"您是向哪一个致喜呢，长官？"

"我承认，"总督阿罗·弗·科西根伯爵说，"我刚才是在祝贺你成为帝国审计官。不过我也从格雷果那儿得知你还设法弄到了个上尉头衔。你没提过这事。对此我也表示祝贺，尽管……得到一套蓝色领章的方法中我肯定是从没听到过有这么拐弯抹角的。"

"要是你不能做你想做的，就做你能做的，或者尽你所能。对我来说，上尉军衔……意味着某种补偿。"

"我很高兴你能一直活到最终成长为现在的自己。那么，你并没有随着年龄的增长而失去冲劲，是吧，孩子？"伯爵控制住自己，没有在这句后面加上一句"而我跟你母亲已经这样了"之类的抱怨，这种话说出来主要都是为了请求听者给予反驳的。

"我觉得没有。"迈尔斯眯着眼睛反躬自省了一小会儿。他新获得的平静还在心中，还在原地，可他一点儿也不感觉厌倦。倒是恰恰相反。"只是换了一个方向而已。弗·豪威斯告诉我说我是自从隔绝期以后最年轻的帝国审计官。据我所知，您就从来没有担任过这个职位。"

"没有。我不知怎么没能当上。你祖父也从来没能获得这个职位。你的曾祖父也没有。实际上……我得查查看，但我估计以前没有哪个弗·科西根伯爵或勋爵曾经当过审计官。”

“我查过了。没人当过。我是家里第一个。”迈尔斯扬扬得意地告知父亲，“我的成就史无前例。”

伯爵微笑着。“这可不是新闻，迈尔斯。”

第二十九章

迈尔斯站在海关通道外面的大厅里，这里是科玛的大型轨道中转站之一。噢，是的，闻起来像个太空站的样。这股味道并不甜美，而是机械，电子设备，人体和它产生的各种臭味的怪异混合体，相当刺鼻，虽然这里冰冷的空气经过过滤，却没能让这味道变得简单一点。但对他来说，这是一股熟悉的味道，宇宙的味道，让他思念之情大起的味道：内史密斯将军的空气，甚至现在仍然会使他下意识地激动。

这里有十二个这样的太空站，环绕着这个太阳系中唯一一颗宜居行星运行。还有三个深空站，绕着科玛光芒黯淡的太阳转动；六个虫洞出口处每个都建有一对太空站，一个军用，一个民用。在银河系辽阔的交通网上，货物和旅客进进出出、来来往往，这里不仅联系着贝拉亚，还联系着波尔、海根枢纽、瑟格亚、瑟格亚背后的埃斯科巴，还有十几条别的跃迁线路。通往罗西塔，由此通往西塔甘达帝国其他星域的贸易线路已经重新开通——虽然这些邻居让人有些不安心——其客货流量也在迅速增长。这里产出的税费是贝拉亚帝国重要的一项财源，远远多于从他家乡那穷乡僻壤中种植粮食的可怜农民身上能榨出的全部。这里也是贝拉亚的一部分，他必须记得要向生长在太空的埃莉·奎因指出这点。

奎因在科玛也许会快乐些吧。那些有穹顶的城市会让人想起太空站，她就出生在太空站中。的确，弗·科西根勋爵的大多数职责只会让他在弗贝拉苏丹娜附近的一个小圈子里打转。首都就像一个重力阱，吸引着所有胸怀大志的人们。不过某人也许可以在这里的某个太空站中保留一个第二住所，太空深处的一间怡人小别墅……*住在远离群山的地方*。

昨天他才在这里目送伯爵和伯爵夫人返回瑟格亚。他们乘坐的政府信使快船让他搭了个顺风船，一路坐到了科玛。被关在相对清静的跃迁飞船里待了五天，他们反倒有了足够的谈话时间，这点是平时做不到的。他还抓住这个机会请求他父亲给他配备一名卫士，并且选择了让他称心的皮姆。伯爵夫人抱怨说他们应该要求他交出科斯特的母亲作为交换，不过她最终还是把这位她也钟意的卫士给了迈尔斯。伯爵许诺回头再多送他几名卫士，从那些妻子和家人对于被迫从他们熟悉的城市迁居到混沌蛮荒的殖民地感到最不痛快的人当中选。

随着到站的乘客开始涌出，海关通道出口处的人群密集起来，一部分乘客匆匆忙忙地赶往他们要去的其他目的地。另一部分则在跟等候着他们的人打招呼：有些是公事公办，彬彬有礼；有些则热情洋溢，亲如家人。迈尔斯徒然地踮起脚尖张望着。出站人流散去了九成之后，奎因才大步从门里走了出来。她谨慎地穿了身不引人注目的科玛平民装：白色的衬垫加厚丝面外套和长裤。这套衣服衬得她黑色的卷发和明亮的棕色眼眸越发显眼，不过，奎因会让她穿的任何衣服看起来都很棒，哪怕是破破烂烂的军服，上面还沾着泥巴也一样。

她也在伸长脖子找寻他。看到他正隔着几个人朝她挥手，奎因满意地小声“哈”了一下，绕过沿途的人群向他走来。离迈尔斯越近，她的步子就迈得越大；她丢下她手中晃荡着的灰色行李袋，然后他们撞了个满怀，差点把迈尔斯撞得飞起来。不管太空站的空气过滤器坏得多严重，她身上的芬芳已经弥补了一切。奎因，我的奎因。在亲吻了十几次后，他们稍稍分开，好能够开口说话。

“那么，你为什么让我把你所有的东西都带来？”她满腹狐疑地问道，“我不喜欢你说话的那种声调。”

“你带了吗？”

“带来了。卡在后头海关那边了。那目录看得他们呆若木鸡，特别是里面还有那些武器。我跟他们争辩了一会儿就放弃了——你是贝拉亚人，你去搞定他们。”

“啊，皮姆。”迈尔斯对着他的卫士做了个手势。皮姆也同迈尔斯一样，穿着件不起眼的街头服装。“请拿上奎因准将的凭条，把我的财产从我们的官僚机构手中抢救出来。用商业托运送到弗·科西根府邸去。然后回旅店去。”

“是的，大人。”皮姆拿到取货码后，就冲向了通往海关内部的大门。

“你自己的行李就这些吗？”迈尔斯问奎因。

“和往常一样。”

“那么去旅店吧。那是家很不错的旅店。”实际上是这太空站里最好的一家，奢华级的，“我……啊，给我们订了一套房。”

“那就好。”

“你吃晚餐了吗？”

“还没有。”

“很好。我也没吃呢。”

他们走了一小截路，来到了最近的泡泡车（译者注：小型圆顶汽车或者三轮车的俗名。常用作出租车）停靠点，坐了一小段路，就到了旅店。旅店的陈设雅致，走廊很宽，地上还铺着厚厚的地毯，员工们也殷勤周到。相对于太空站来说，他们的套房很大，这意味着它非常适合迈尔斯现在的目的。

“你那位阿利格里将军真慷慨，”奎因迅速地踏勘了一下奢侈的卫生间之后，一边放下她的行李袋，一边评论道。“可能我会喜欢为他工作的。”

“我想你会的。不过今晚付账的是我，而不是安全部。在你明天和阿利格里及银河事务司司长正式会面之前，我想要一个我们可以好好谈话的安静地方。”

“好吧……我不太理解现在的状况。我从你那儿得到了一份糟心的来信，你摆出一副天杀的僵尸脸，告诉我伊林抓到了你在可怜的弗·伯格那件事上搞的鬼，我不早就警告过你会这样吗。然后是彻底的沉默，连着好几个星期，我给你发的信息你完全都不回，你这个讨厌鬼。然后我又收到了你发来的信息，你整个人又活蹦乱跳了，说现在没事了，可我根本看不出事情的经过。然后我又接到这么个命令，立刻前来科玛向帝国安全部报到，没有解释，也没有新任务是什么的暗示，只有你加上的这条附言，要我来的时候把你的全部家伙什都带上，运费由帝国安全部支付。你是又回到安全部了，还是没有？”

“没。我来这里是作为一名顾问，协助你和你的新老板进行磨合，开展工作。我，啊哈……现在有另一份工作了。”

“我真的不明白。我是说，你发来的消息一直都晦涩难解——”

“当你知道你说的每一句话都会被帝国安全部的审查员监控时，你是很难送出像样的情书的。”

“但这次，他妈的根本就是无法理解了。你到底怎么了？”她的声音里流露出压抑着的恐惧，迈尔斯也正在体会到同样的感觉：*我正在失去你吗？*不，不是恐惧。是了悟。

“好几次我都试着给你发个消息，可事情……太复杂了，而且所有重要的部分都是些我不想通过窄波通信发送的内容。编辑掉那些得到的版本听起来像是一堆呓语。反正我总要和你见一面的，因为……因为许多原因。说来话长，而且其中大部分都是保密的信息，虽然我准备完全无视这个事实。你知道我可以的。你想到下面餐厅里去吃东西，还是想叫客房服务，让他们送过来？”

“迈尔斯，”她恼怒地说，“叫客房服务。并且给我解释清楚。”

他用旅店冗长的菜单暂时转移了她的注意力，好再争取点时间来组织语言。但这样并没什么效果：先前的几周里，他已经花了很多时间来把各个事项没完没了地进行排列组合了。迈尔斯下了订单，然后他们两个紧挨着在套房最小的沙发椅上坐下，面对着面。

“要解释清楚我的新工作，我得先告诉你些事情：关于我是怎么得到它的，以及为什么伊林不再是帝国安全部部长了……”他告诉了她过去几个月里发生的事——先从伊林的倒下说起，然后又掉过头解释蕾莎和达夫·盖伦尼的事，他越说越激动，在描述他最终把哈罗彻钉死时甚至跳了起来，边说边手舞足蹈。然后是他的疾病治疗。格雷果的工作邀请。说的全是容易说的部分：事件，事实。他不知道该怎么解释他的心路旅程，毕竟，埃莉不是个贝拉亚人。餐点到了，阻止了埃莉立即做出反应。她表情紧张地整理着内心的思绪。*是的。今晚我们都应该考虑好了再开口，亲爱的。*

直到旅店的人类服务员把餐点在他们的桌上摆放停当，又匆匆离去，她也没理清思绪。

她吃了三口之后才开始说话。迈尔斯不知道她喝下羹汤的时候嘴里是不是像他一样食不知味。她开口之后并没有直奔主题，而是小心地用不带任何感情色彩的口吻说道：“帝国审计官这头衔听起来像是个会计。那可不是你该干的，迈尔斯。”

“现在我已经干了。我已经宣誓了。这是贝拉亚的一个词汇，它的含义和你想象的不一样。我不知道怎么解释……皇帝代官？特别检察官？特命专使？监察长？都有一些，又都不是。它是……格雷果需要它是什么，就是什么。格外地不受限制。太适合我了，我都不知道该怎么跟你形容。”

“你以前从来没提过这个东西，虽然你对它如此热切。”

“我从来没想到过有这个可能。不过这工作也根本不能交给太热切地想要得到它的人。有想法，可以，但不能太热切。这个职位要求……冷静，而不是热情，甚至对于这个职位本身的热情也不行。”

听了这话之后，奎因坐在那里足足皱了一分钟眉头。最终，她显然鼓足了勇气，更加直截了当地切入了问题核心。“那么以后我该怎么办？我们该怎么办？这是不是意味着你以后再也不回登达立了？迈尔斯，可能我再也见不到你了。”她努力控制着自己，语声中只有些微的颤抖。

“那正是……我今晚想先私下跟你谈谈的原因之一。在明天公事会压过其他一切。”现在轮到他要停一下了，好让自己鼓起勇气，并且让自己的声音中不流露出太多情绪。“你看，如果你是……如果你待在这里……如果你是弗·科西根夫人的话，你就可以一直跟我在一起了。”

“不……”幸好碗底有保温电路，否则她忘在那里的汤早就要凉了，“那样的话，一直都跟我在一起的只是弗·科西根勋爵——而不是你，迈尔斯，不是内史密斯将军。”

“内史密斯将军是我虚构出来的，埃莉，”他温柔地说道，“他是我自己创造的。我觉得，我是个很自我本位的艺术家。我很高兴你喜欢我的作品，毕竟我是基于我自己造出了他。但并不是基于我自己的全部。”

她摇摇头，试着换个方式。“上次你告诉过我，说你再也不会要求我考虑成为弗·科西根夫人的事了。实际上，最近三次你求我嫁给弗·科西根勋爵时都这么说过。”

“再给我最后一次机会，埃莉。这次真的是最后一次了。我……为了诚实起见，我必须告诉你事情的另外一半，更确切地说，事情的另外一面。你知不知道明天除了跟登达立订立新合同之外还会发生什么？”

“合同，见鬼去吧。你在改变话题，迈尔斯。我们会怎么样？”

“我没法说清楚我们的事情，除非这样。吐露一切真情。明天，我们，这里的我们指的是阿利格里、帝国安全部还有我——如果你愿意的话，也可以看作是贝拉亚——将要授予你海军将官的军衔。登达立自由雇佣舰队的奎因将军。接下来你将为阿利格里工作，职责和为伊林工作的我完全一样。”

奎因瞪大了眼睛，眼神先是亮了起来，然后又黯淡下去。“迈尔斯……我做不来你的工作。我还远远没有准备好。”

“我要这么说：你一直在做我的工作。你早就准备得差不多了，奎因。”

听到他的声音里那股熟悉的冲劲，她笑了。就是那冲劲，驱使他们所有人奔向前方，取得毫无道理的胜利。“我承认……我希望分享指挥权。但不是这么快，不是以这种方式。”

“现在时候到了。你的。我的。就是这样。”

她专心致志地看着他，似乎他的语调让她有些迷茫。“迈尔斯……我不想这辈子的余生里就陷在一颗星球上。”

“一旦你开始认真考虑细节就会发现，埃莉，一颗行星是一个非常大的地方了。而且不管怎么说，贝拉亚帝国有三颗行星呢。”

“那么情况就是三倍的糟糕。”奎因向前俯身，越过桌面，用双手紧紧地抓住迈尔斯的一只手。“要不，我也向你提出一个反建议。让贝拉亚帝国见鬼去吧。登达立舰队用不着跟帝国的合同也能生存。虽然我得承认，多亏了你，那些合同一直条件很好，利润丰厚。在贝拉亚出现在我们的事象视界中之前，舰队就存在了，就算他们沉回他们那该死的重力阱里头，舰队也还是能继续存在。我们是太空人，我们不需要被行星来把我们吸下去。相反地，你过来——和我一起。做内史密斯将军，甩掉你靴子上的泥土。我会毫不犹豫地嫁给内史密斯将军，只要那时你还想娶我。我们可以成为这样一个团队，我们两个，我们会创造传奇。你和我，迈尔斯，我们都并非凡庸之辈！”她挥动一只胳膊，在空中随意画了个圆圈，不过另一只手始终没有松开。

“我试过，埃莉，我试了好几个星期。你不知道我有多努力地想要让自己离开。可我根本就不是个雇佣兵，从来都不是。每分每秒都不是。”

她棕色的眼睛里闪过一丝怒火。“你认为那让你比我们其他人在道德上高出一等吗？”

“不，”他叹了口气，“但那让我是迈尔斯·弗·科西根。而不是迈尔斯·内史密斯。”

她摇了摇头。啊，她拒绝了。他意识到了这动作中那空洞的回响。“你身上总是有一部分我永远也触摸不到。”她的声音里含着痛苦。

“我知道。我为了消灭弗·科西根勋爵努力了好多年。可我办不到，即使是为了你也不行。你不能选择性地接受我，埃莉，拿走你喜欢的部分，然后把剩下的丢在桌上。”他沮丧地指着他们正在干涸的晚餐，“我不能一样样单点。要么是全部的我，要么就是没有。”

“你可以成为任何你选择成为的人，迈尔斯，在哪里都行！为什么要坚持待在这里？”

他苦涩地笑了。“不。我发现，我在其他的某些层面是被束缚着的。”这次是他用双手握住了她的手。“但也许你能够选择。来贝拉亚吧，埃莉，然后……然后闷闷不乐地和我在一起？”

她“扑哧”一声笑了。“这算什么，又是坦诚起见？”

“考虑长远的话，必须如此。而我现在说的就是一段很长、很远的旅程。”

“迈尔斯，我办不到。我是说，你的家乡，作为一颗行星，它很美，但到那上面扎根就太可怕了。”

“你可以让它不那么可怕。”

“我办不到……我不能成为你想要的那个人，不能成为你的弗·科西根夫人。”

他把目光转向别处，又转了回来，向她摊开双手。“我可以把我所拥有的一切都给你。我也不可能有所保留。”

“但你会需要我的一切来作为回报。奎因将军会被消灭，而弗·科西根夫人……从灰烬中站起来。我不擅长重生，迈尔斯。那是你的专长。”她无助地摇着头，“陪我一起走吧。”

“陪我一起留下吧。”

爱情没有征服一切（译者注：维吉尔《牧歌》第十首名句的否定形式）。看着她挣扎的表情，他的感觉开始变得像哈罗彻将军一样糟糕透顶。就算是哈罗彻大概也没有经历过他此刻这种精神上的折磨。有一样东西不能拿出去交换，换回你心中渴望的东西……他把她的手握得更紧了。这一刻他想要的不是爱，而是真实；全心全意地想要。“那么选择做埃莉。不管埃莉是谁。”

“埃莉是……奎因将军。”

“我也觉得她就是。”

“那你为什么要这样对我？”

“因为你必须要现在就做决定，埃莉，一劳永逸。”

“你步步紧逼想要获得的是一个选择，不是我！”

“是的。正是如此。有你我可以继续前行。如果别无选择，没有你我也能继续前行。可我不能原地不动，埃莉，即便是为你也不能。完美的防腐储藏不是生活，是死亡。我很清楚。”

奎因缓缓地点了点头。“无论如何，这点我能理解。”她开始用勺子喝汤，同时看着正在看着自己的她的迈尔斯……

他们做了最后一次爱，既是为过去的甜蜜时光，也是为了道别；此外，迈尔斯中途意识到，两人还都在拼命做最后的努力，指望着自己和对方的欢愉足够强大，能使他们改变想法。我们要改变的不仅是我们的想法。我们还得改变我们的全部自我。

他叹了口气，松开和她纠缠在一起的肢体，在套房宽大的床上坐了起来。“这不管用，埃莉。”

“那就让它变得管用。”她喃喃地说。他抓住她的手，吻了吻她手腕内侧。她深深地吸了口气，在他身边坐了起来。他们两人沉默了很久。

“你注定要成为一名战士，”她最后说道，“而不是成为某种……某种高官大吏。”

他不再试图向一个非贝拉亚人解释帝国审计官这一古老而崇高的职位。“为了成为一名伟大的士兵，你需要一场伟大的战争。可现在正好没有战争，这附近没有。十年来，西塔甘达人第一次安静下来了；波尔不具有威胁性，而且毕竟我们近来在整个海根枢纽的名声都很好；杰克逊·霍尔倒是够恶心，但他们分裂得太狠了，在这么远的距离上无法构成军事威胁。对邻里威胁最大的就是我们，可我们的精力现在完全被瑟格亚吸引住了。而且无论如何，我都不觉得自己可以接受参与一场侵略战争。”

“你父亲可以。并且取得了巨大的成功。”

“成败互见。你应该更仔细地研究我们的历史，亲爱的。但我不是我父亲。我不必重复他的错误。我可以创造全新的东西。”

“近来你正在变成一个完全的政治动物。”

“这是我的职务使然。此外……有些只是守株待兔的人也能继续在军中干下去，可生命已经够短暂了。如果帝国哪天又需要我从军入伍的话，他们可以往我的算讯终端上发封猩红色的信。”

奎因的眉毛扬了起来，她向后靠去，噗的一下栽进他们周围的枕头当中。迈尔斯把她的脑袋往下拖了些，让她枕到自己满是伤疤的胸膛上，抚弄着她的头发，把发丝卷在自己的指头上；奎因一只空着的手在迈尔斯身上四下游走。迈尔斯可以感觉到他们之间坦然放手的气氛，从紧张和恐惧的消退，从他们血液每次脉动的放缓。这并不疼，至少没那么疼，仅仅只是有些悲哀，一种程度恰如其分的忧愁，宁静而妥帖。

“嗯……”他最后说，“那并不是说我们不会时不时需要人去执行些特殊的营救行动之类的。我得提醒你，作为奎因将军，适合你那可爱的屁股的所在是战术室里某张漂亮软和的椅子。你别总跟着小分队出去。对于一名高级长官来说这并不合适，而且也太危险了。”

奎因用指甲沿着他那蔚为壮观的伤疤形成的蛛网滑动，让他胳膊上的汗毛倒竖起来。“你真是个会喊口号的伪君子，我亲爱的。”

他选择谨慎地不在这点上为自己辩解。他清了清自己的嗓子。“这话……让我想起了我希望拜托你的另一件事。帮我个忙。跟陶娜中士有关。”

她略微有些僵硬。“什么事？”

“我上次见到她的时候，我注意到她已经开始长出白头发了。你知道那意味着什么。我最近同原先的卡那巴谈了这事，你还记得他吧。他说如果她开始出现严重的代谢问题，那就意味着不超过两个月内她的死期就会降临。我希望你答应我，在她要死之前，你会及时告诉我，让我有足够的时间到达舰队，或者她待的任何地方。我……不想让她在那个时候还孤零零的。这是我曾在自己心中许下的诺言，我一定要履行它。”

她放松了。“好吧。”她认真地说。过了一会儿，她加了一句，“那么……你跟她睡过吗？”

“呃……”他紧张地咽了口唾沫，“跟她是在你之前，埃莉。”又过了一分钟，他不得不补充道，“之后也有过，偶尔。很少。”

“啊哈，我就知道。”

我们一直是同病相怜……“那……你呢？有没有别人，在我不在的时候？”

“没有。我可是很正派。哼！”过了一会儿，她又说了一句，“嘿，在跟你之前，奎因可不是这样。”

这句挖苦，在迈尔斯看来，是她正当的权利，他将这话按下不提。“有句话本该是用不着说的，但以防万一……你从此以后对我再没有任何个人义务了，这点你知道吧？”

“那么，你也可以一样？说了半天就是为了这个吗？”她摸了摸他的脸，笑了起来，“我不需要你来解放我，亲爱的。我可以自己解放自己，我自己可以任意选择时机。”

“我想，我一直爱你，就是因为你的这些特质。”他犹豫了一下，“但你真的可以任意选择吗？”

“哦。那是另外一个问题了，不是吗。”她轻柔地说道。他们久久地凝视着对方，仿佛要将对方的样子铭刻在心中。过了一阵她又开口了，以她准确的洞察力，带着几分善意地揶揄道，“我希望你找到你的弗·科西根夫人，迈尔斯。不管她是谁。”

“我也希望这样，埃莉。”他叹息着说，“不过我害怕寻找。”

“真懒。”她咕哝道。

“也对。你是个不切实际的幻梦，奎因。知道吗，你把我惯坏了。”

“我该为此道歉吗？”

“绝不。”

接着是个长长的吻。奎因抬起头喘了口气，然后问道：“在你的寻寻觅觅有结果之前，我们能不能继续偶尔共度良宵？”

“也许……我不知道。如果我们再在同一时间同一个星球上相逢的话。这宇宙很大。”

“那为什么我总是在一次次地遇见同样的人？”

他们于是陷入了轻怜密爱，心中不抱任何期待。没有过去，没有将来，只有时间长河上一个小小的气泡，里面装着迈尔斯和埃莉。那之后一切都美好多了。

在晚霞中，埃莉把头埋在迈尔斯的鬓旁，低声说道：“你觉得，你会喜欢自己的新工作吗，像我喜欢我的工作那样？”

“我开始怀疑了。你已经准备好了，不是吗。最近某些事让我学到了深刻的教训：太长时间不让有能力的下属得到晋升，是个很糟糕的主意。在今后的工作中你要注意别对——”他差点说出“我的”这个词——“你的部下这样。”

“那么，有没有一个你可以努力获取的最高点？比方说，从第八审计官一路升到第一审计官？”

“只能靠年资。这么一说……想来是可以做到的，我是年纪最轻的一个，比他们小三十来岁。不过把审计官编号其实只是为了方便起见。这个数字并不代表等级。他们看来一律平等。开会的时候，大家是围成一圈坐的。这在对等级很敏感的贝拉亚真的很不寻常。”

“就像圆桌骑士。”埃莉指出。

迈尔斯笑得呛住了。“要是你能见到他们就不会这么说了……”他犹豫了一下，“好吧，我说不好。当初那些圆桌骑士痴迷于荣誉，争竞不已。我是说，古代那位亚瑟王不得不把桌子做成圆形，他的初衷就是为了平息这种争端。但大多数审计官……我不能说他们没有雄心壮志，不然他们也不会各自取得种种成就。也许该说，过了雄心勃勃的年纪了？这些年老的科玛圣骑士是群无私得让人吃惊的家伙。实际上，我很期待对他们了解得更多些。”他绘声绘色地把他新同事的一些奇闻趣事讲给她听，逗得她咯咯笑了起来。

她用一只手捋过自己黑色的鬈发，忍俊不禁。“敬爱的诸神啊，迈尔斯，我开始觉得你最终会很适合这项工作了。”

“你有没有过到一个你从没去过的地方，却感觉很亲切的时候？成为审计官的感觉就类似那种。那感觉……相当奇特。但我一点也不讨厌。”

奎因吻了吻他的前额，为他祝福；迈尔斯吻了吻她的手掌，祝她好运。

“那么，如果你坚持要退役的话，就去做一个优秀的圣骑士官僚吧，”她语气坚定地对他说道，“让我为你骄傲吧。”

“我会的，埃莉。”

迈尔斯从科玛回到贝拉亚，一路无事。在一个静静的深冬之夜，他回到了弗·科西根府，发现屋子里灯火通明，气氛温暖，预备好了迎接他。他决定，第二天要正式邀请些宾客来用晚餐，备选的对象包括达夫和迪黎娅，还有库德尔卡家族的其他成员。但今晚他还是在厨房里同他的卫士还有科斯特的母亲共进晚餐，他的大厨对他有点反感，也许是因为他这样有失身份，也许是因为他侵犯了她的领地。不过迈尔斯给她连讲了好几个笑话，直到把她逗笑了，她手里挥舞着一条毛巾笑着呵斥迈尔斯，就好像他是自己的儿子似的，那样子让皮姆乐得不行。科斯特下士同平常一样，值班完了之后就悄悄钻进厨房找吃的，顺便逗逗小猫咪们。这些小猫如今在火炉旁一个铺了破衣服的箱子里居住，不过确切地说它们其实是一直在着了魔似的使劲要从那里头逃走。下士和科斯特的母亲告诉迈尔斯，马丁发来了消息，说他现在正在痛苦地进行基础训练，顺便对训练进行了一堆夸大其词的抱怨。

在吃完了这顿迟来的晚饭之后，他独自到下面的酒窖去了趟，隆重地从他祖父的珍藏中选了瓶年头最久、最珍稀的酒。一打开酒瓶，他就发现酒已经压根不能喝了。他考虑了下是不是为了它的象征意义还是把它喝掉。然后，他果断地把酒倒进了他新套房卫生间的下水道里，又回去拿了一瓶年代近得多，但他知道质量很好的酒。

这次，他拿着最好的水晶酒杯，坐在凸窗旁一张舒服得不可思议的椅子里，观看着几片宽大的雪片从花园里电灯照亮的区域里飞舞而过，悄悄地为自己守灵。他对着窗户上在夜色中隐约倒映着的自己举杯祝酒。这是什么，内史密斯将军的第三次死亡？一次在杰克逊·霍尔，一次在伊林的办公室里，现在的第三次也是最后一次，痛苦得异乎寻常；卢卡斯·哈罗彻让他复活，又把他杀死了。在他第一次死时，他所处的状态无法享有一场像样的守灵仪式——他那时是件失踪了的冷冻行李（译者注：当时被冷冻的迈尔斯被邮寄出去了，但寄送者死了，于是一段时间内无人知道他的去向。详见《镜舞》）——而第二次，他祖父的短剑，比白兰地更有诱惑力，它可以打开另一个容器，放出些比葡萄酒更红的……他舒舒服服地往后靠了靠，准备给自己一个小时的时间自斟自饮，顾影自怜，然后结束守灵。

可他却发现自己靠在温暖的椅子里轻轻地笑出了声。他忍住笑，疑惑着自己是不是终于失去了对自己的控制了。

恰好相反。

哈罗彻不是个创造奇迹的人。他甚至连个舞台魔术师（译者注：在舞台上对现场观众直接表演的魔术师。跟电视魔术师不同，无法应用特技等手段）都算不上。他无力决定内史密斯的去留，不管是当时，还是在别的什么时候，不过一想到他曾险些把自己送进哈罗彻的掌心中，迈尔斯就感到浑身冰冷，就好像被冷冻了一般。

难怪他在笑呢。他不是在哀悼自己又死了一次。他是在庆祝自己逃过一劫。

“我没死。我在这里。”他惊奇地触摩着自己伤痕累累的前胸。

自己不再是碎片了，而是一个整体，这感觉很陌生。不是如日东升的弗·科西根勋爵，也不是迷失无踪的内史密斯将军，而是他的全部，一体俱在，时时刻刻。那儿挤吗？

不太挤。

海拉·沙瑞克几乎全说对了。不过，一直继续前进到最后，他并不是重新发现了生活。而是发现了一个崭新的生活。而且完全出乎他的意料。他脸上缓缓地展开一个笑容，笑得越来越欢畅。他开始对自己的将来感到无比好奇。

作者的话

比约德的阅读指南

（译者注：除迈尔斯系列中的十一本小说已有中译本外，本书中的书籍《查里昂的诅咒》《灵魂骑士》这两本也有中译本。短篇《冬节的礼物》有同好者翻译。已有中译本的下面基本依照旧译名。比约德其他作品目前均无中译本，本书中出现的译名均为暂定名，兹不一一注明）

奇幻小说

我的奇幻小说不难排序。其中最容易的一本是《魂戒》，这本是独立成篇的，或者叫作“只此一本”（译者注：原文用词为法国方言欧西特语……）——有些爱开玩笑的人曾经这么称呼那些由于某些不清不楚的原因没能延伸出后续系列的书。其次是“家传匕首”系列——依次为《欺心》《遗产》《航道》和《地平线》——这是我自己划分的，并且还编了1、2、3、4的号数，因为这套实际上是一个连续的故事，拆分成了几本厚书，免得合在一起把读者的手腕压断。

另一些被称为“查里昂系列”。最初是两本小说，但后来我把它们加以扩展，扩大舞台的地理范围，形成“五神世界”系列。它们可以独立阅读，但也是一个更大的整体中的一部分。理论上读者可以按照任意顺序阅读这几本书。有些读者认为，按照出版顺序阅读会更容易理解那个世界的构造，而且第二本当中包含了对第一本的剧透（不过没对第三本进行剧透）。总之呢，出版顺序如下：

《查里昂的诅咒》

《灵魂骑士》

《神圣狩猎》

此外还有个短篇《皮里克的怪物》

故事的发生时间的话，《神圣狩猎》最早；那个短篇《皮里克的怪物》大概发生在这之后一百五十年；《查里昂的诅咒》和《灵魂骑士》的故事发生在再往后一个世纪左右的时候。

其他我写的电子书

短篇故事集《原虫》，包括我早年写的五个短篇故事——三个写于20世纪80年代的现代背景奇幻小说，以及两个短篇科幻小说——之前全都出版过，但没有结集出书。其中的短篇《织梦者的困境》可能会让读完弗·科西根系列（译者注：迈尔斯系列更正式的名称。系列中还包括他父母亲友等人的故事）的读者感到有趣，因为那个系列的元宇宙（译者注：指幻想小说中虚构的整个宇宙）就是由这个最初的故事扩展而来的。故事中提到了贝塔殖民地，但当时我还没想出贝拉亚帝国等。

《书场之外：谈话和杂文》的内容正如书名所示——其中收集了我三十年来的非小说作品，包括在会议上的演讲、杂文、游记、序言，以及一些不那么正规的小段子。我希望它能成为我小说的一个……有趣的姊妹篇。

弗·科西根系列故事

关于什么是阅读这套书的“最佳”顺序颇有争论——这套书被称作弗·科西根系列，也叫弗·科西根传奇，又名弗·科宇宙歌剧、迈尔斯系列故事，等等。争论的中心是出版顺序和故事发生顺序两强对决。我更喜欢后者，不过要加上少许修正。

我总是想让写出来的每本书都可以独立成篇，因此理论上读者可以按照任何顺序跳着看。但实际上，随着这套系列的延伸，其中多多少少形成了一些子结构。若干故事之间相互关联，互相锦上添花。我会先列出子结构，然后是书名，接着会给出重复阅读示警，最后是出版顺序，给那些需要的人（我的出版历史挺复杂的）。

《荣誉碎片》和《贝拉亚》。这是整个系列的最初两部。书中详细描写了贝塔殖民地的考得瑞亚·内史密斯和贝拉亚的阿罗·弗·科西根的传奇故事。

《荣誉碎片》是我的第一部小说；《贝拉亚》实际上是第八本，但故事的开端就在《荣誉碎片》末尾的第二天。那些想要保证自己能从头开始阅读小说的人，或者是非常讨厌剧透的人，请从这两本看起。

《战争学徒》和《贵族们的游戏》（译者注：严格而言应该是《学徒战士》和《弗氏游戏》，可能还要加上短篇小说《哀悼的群山》，插在二者之间。《战争学徒》中整个系列的中心人物，迈尔斯·弗·科西根首次亮相。这本书中讲述了他如何误打误撞创建了一支太空佣兵舰队的故事；第二本则告诉读者他如何弥补了上一轮中犯下的错误。太空歌剧、军事类的冒险（还有一堆其他的东西，读者最好自己去发现）。《战争学徒》是另一本适合作为系列入门的书籍——对那些更喜欢由年轻人充当头号男主角的读者尤其如此。

那之后，在读《镜舞》之前应该先读《兄弟手足》。最好在读完这两本之后再看《记忆》。

《科玛》是系列入门的另一个好选择——从头开始了解迈尔斯的第二段职业生涯。要看《明争暗斗》之前应该先看完《科玛》。

《无尽的边界》是一本短篇集，收录了三个短篇外传故事——目前这种故事一共有五个。它们是迈尔斯·弗·科西根早年间惊险故事的一个样品拼盘。我一直觉得，这本书最适合那些不想看长篇故事的读者（但先看《战争学徒》再看这本书会更合适）。整本书的标题来自其中一个故事《无尽的边界》（译者注：实际上，原文二者之间有一个冠词的差别），请勿混淆。

《自由落体》的故事在时间线上比系列的主线故事早200年，也没有共通的设定或者任务。大多数读者最好把这本书放到一边，迟些时候再读。话说回来，在看《外交豁免权》之前最好先看这本书。在后者的故事里读者会再次见到“方舻人”，一个生物工程创造出的生活在自由落体（零重力）环境中的种族——在迈尔斯的时代。

下面按照故事发生的时间顺序排列的目录中，小说名以斜体字标明，而短篇故事（官方定义：单词数在17500至40000个的故事）则会加上双引号。

《自由落体》

《荣誉碎片》

《贝拉亚》

《战争学徒》

《哀悼的群山》

《气象员》

《贵族们的游戏》

《西塔甘达》

《阿多斯的伊森》

《无尽的边界》

《迷宫》

《无尽的边界》

《兄弟手足》

《镜舞》

《记忆》

《科玛》

《明争暗斗》

《冬节的礼物》

《外交豁免权》

《弗·帕特利尔上尉的婚姻》

《冷冻燃烧》

《乔尔先生和红桃皇后》

注意：

短篇故事《气象员》是从小说《贵族们的游戏》前面部分抽出来的一个单独小故事。如果你已经看过了后者，那么就不需要读这个了。

此外，中篇小说《无尽的边界》其实是一个混合体，其中包含《哀悼的群山》《迷宫》和《无尽的边界》三个短篇小说，以及把它们连接在一起的框架故事。再一次提请注意重复问题。这本书的框架故事并不能独立成篇。

出版次序：

这同时也是它们被创作的次序——除了几个短篇故事之外。但该次序跟故事发生的时序并不一致。按照这个次序，它们依次是：

《荣誉碎片》（1986年6月）

《战争学徒》（1986年8月）

《阿多斯的伊桑》（1986年12月）

《自由落体》（1988年4月）

《兄弟手足》（1989年1月）

《无尽的边界》（1989年10月）

《贵族们的游戏》（1990年9月）

《贝拉亚》（1991年10月）

《镜舞》（1994年3月）

《西塔甘达》（1996年1月）

《记忆》（1996年10月）

《科玛》（1998年6月）

《明争暗斗》（1999年9月）

《外交豁免权》（2002年5月）

《冬节的礼物》（2004年2月）

《冷冻燃烧》（2010年11月）

《弗·帕特利尔上尉的婚姻》（2012年11月）

《乔尔先生和红桃皇后》（2016年1月）

……三十年的创作浓缩在这一页当中。嗯哼。

阅读愉快！

——洛伊斯·麦克马斯特·比约德

洛伊斯·麦克马斯特·比约德官方网站

https://www.goodreads.com/author/show/16094.Lois_McMaster_Bujold（译者注：原文此处只有网站网址，缺少后面部分。据网站页面修订）

www.spectrumliteraryagency.com/bujold.htm

www.dendarii.com

洛伊斯·麦克马斯特·比约德生于1949年。作为俄亥俄州立大学一位工程学教授的女儿，她由于父亲的缘故很早就对科幻小说产生了兴趣。现在她生活在明尼阿波利斯，有两个已成年的子女。1982年，她开始以职业作家为目标写作，三年中她写了三本小说。1985年10月，她将它们全都卖给了比恩图书公司，踏上了职业作家的道路。比约德之后继续为比恩公司创作了若干其他小说，大多数都描写的是她最受欢迎的人物：迈尔斯·内史密斯·弗·科西根，他的家人、朋友和敌人。她的书籍被翻译成了超过二十种语言。她为厄俄斯（译者注：哈珀柯林斯出版社旗下子品牌。专注出版科幻和奇幻小说）创作了一些奇幻小说，主要包括获得过雨果奖的“查里昂”系列和“家传匕首”系列。

洛伊斯·麦克马斯特·比约德已出版书籍：

弗·科西根系列

《自由落体》

《荣誉碎片》

《贝拉亚》

《战争学徒》

《贵族们的游戏》

《西塔甘达》

《阿多斯的伊森》

《无尽的边界》

《兄弟手足》

《镜舞》

《记忆》

《科玛》

《明争暗斗》

《外交豁免权》

《弗·帕特利尔上尉的婚姻》

《冷冻燃烧》

《乔尔先生和红桃皇后》

查里昂系列

《查里昂的诅咒》

《灵魂骑士》

《神圣狩猎》

《皮里克的怪物》

“家传匕首”四部曲

第一部：《欺心》

第二部：《遗产》

第三部：《航道》

第四部：《地平线》

其他奇幻小说

《魂戒》

短篇故事集

《原虫》

非小说类：

《书场之外：谈话和杂文》

图书在版编目（CIP）数据

记忆 /（美）洛伊斯·麦克马斯特·比约德著；何锐译 . — 成都：四川文艺出版社，2018.11
ISBN 978-7-5411-4835-4

Ⅰ . ①记… Ⅱ . ①洛… ②何… Ⅲ . ①科学幻想小说—美国—现代 Ⅳ . ① I712.45

中国版本图书馆 CIP 数据核字（2018）第 175713 号

版权登记号：图进字 21-2017-643

JI YI

记忆

【美】洛伊斯·麦克马斯特·比约德 著 何锐 译

策划出品 磨铁图书
责任编辑 邓 敏
责任校对 汪 平
特约监制 王传先
特约编辑 李 彤
装帧设计 好谢翔工作室

出版发行 四川文艺出版社（成都市槐树街 2 号）
网 址 www.scwys.com
电 话 028-86259287（发行部） 028-86259303（编辑部）
传 真 028-86259306

邮购地址 成都市槐树街 2 号四川文艺出版社邮购部 610031
印 刷 三河市文通印刷包装有限公司
成品尺寸 166mm × 235mm 1/16
印 张 23.5 字 数 440 千
版 次 2018 年 11 月第一版 印 次 2018 年 11 月第一次印刷
书 号 ISBN 978-7-5411-4835-4
定 价 46.00 元